JANE FEATHER

Die geraubte Braut

Roman

Deutsch von Ingrid Rothmann

BLANVALET

Die Originalausgabe erschien unter dem Titel
»Hostage Bride« bei Bantam Books,
Bantam Doubleday Dell Publishing Group, Inc., New York.

Umwelthinweis:
Alle bedruckten Materialien dieses Taschenbuches
sind chlorfrei und umweltschonend.
Das Papier enthält Recycling-Anteile.

Blanvalet Taschenbücher erscheinen im Goldmann Verlag,
einem Unternehmen der Verlagsgruppe Bertelsmann.

Deutsche Erstveröffentlichung Januar 2000

Umschlaggestaltung: Design Team München
Umschlagillustration: Daeni/Schlück, Garbsen
Satz: deutsch-türkischer fotosatz, Berlin
Druck: Elsnerdruck, Berlin
Verlagsnummer: 35173
Lektorat: SK
Redaktion: Petra Zimmermann
Herstellung: Heidrun Nawrot
ISBN 3-442-35173-1
Made in Germany

1 3 5 7 9 10 8 6 4 2

Vorwort zur »Braut«-Triologie

London, 11. Mai 1641

Phoebe fuhr mit einer Hand über ihre Augen, während sie mit der anderen nach ihrem Taschentuch tastete. Daß es unauffindbar war, verwunderte sie nicht weiter, da sie mit ihren dreizehn Jahren schon Taschentücher in rauhen Mengen verloren hatte. Mit einem energischen und wirkungsvollen Schnaubton verschwand sie hinter der gestutzten Lorbeerhecke, die sie den Blicken der angeregt plaudernden und scherzenden Hochzeitsgesellschaft entzog. Das laute und vergnügte Stimmengewirr der Gäste verschmolz mit dem wüsten Gejohle des Pöbels, das vom Tower Hill her unausgesetzt über den Fluß brandete, zu einem eigenartigen Gemisch.

Sie warf einen Blick über die Schulter auf ihr Elternhaus. Der anmutige, auf einer kleinen Erhebung am Südufer der Themse gelegene Fachwerkbau bot Ausblick auf London und das umliegende Land. Die Fenster blinkten in der Nachmittagssonne, melancholische Harfenklänge begleiteten in harmonischem Gleichmaß die an- und abschwellenden Geräusche der Gesellschaft.

Niemand würde nach ihr suchen. Warum auch, da sie doch völlig uninteressant war? Nach ihrem dummen Mißgeschick hatte Diana sie aus ihren Augen verbannt. Unter dem Eindruck der Erinnerung zuckte Phoebe zusammen. Sie konnte es sich selbst nicht erklären, wie es kam, daß ihr Körper ihr zuweilen nicht gehorchte und selbständig agierte, so daß es aussah, als wäre sie von Chaos und Malheur verfolgt.

Eine Zeitlang würde sie hier in Sicherheit sein. Sie beschleunigte ihre Schritte und lief zum alten Bootshaus, ihrem heimlichen Versteck. Nachdem ihr Vater die Wassertreppe des Hauses an eine Stelle verlegt hatte, die den Stufen in Wapping genau gegenüber lag, war das alte Bootshaus verfallen. Nun lag es geduckt und mit eingesunkenem Dach im hohen Uferschilf, von Salzluft und Wind verwittert.

Es war der einzige Ort, an dem Phoebe heimlich ihre Wunden lecken konnte. Sie war gar nicht sicher, ob man im Haus von der Existenz des alten Schuppens noch wußte, doch als sie näher kam, sah sie, daß die Tür nur angelehnt war.

Ihre erste Reaktion war Zorn, da jemand ihr den einzigen Ort, den sie ihr eigen nennen konnte, streitig machte. Gleich darauf regte sich Angst in ihr. Die Welt war voller Ungeheuer, menschlichen und tierischen, und in diese Hütte, der man ansah, daß sie verlassen war, konnte sich Gott weiß wer eingeschlichen haben. Wer konnte wissen, was sie im Inneren erwartete? Innehaltend starrte sie den dunklen Spalt zwischen Tür und Rahmen an, fast so, als könne er sich öffnen und ihr aus sicherer Entfernung einen Blick in das düstere und modrige Innere gewähren. Dann gewann ihr Unmut die Oberhand. Da sie das Bootshaus als ihr Eigentum betrachtete, würde sie jeden Eindringling einfach verjagen.

Auf der Suche nach einem Stück Treibholz wagte sie sich ins Schilf und entdeckte dort einen alten Sparren, der mit rostigen, gefährlich herausragenden Nägeln gespickt war. Dergestalt bewaffnet näherte sie sich dem Bootshaus mit klopfendem Herzen, aber äußerlich ruhig. Als sie die Tür mit dem Fuß aufstieß, fiel Licht in die dunklen, verstaubten Winkel.

»Wer bist du?« fragte sie verblüfft den Eindringling, ein erschrocken blinzelndes Mädchen, das jedoch ruhig auf dem dreibeinigen Schemel sitzen blieb, den es ans offene Fenster gestellt hatte, um Licht für seine Lektüre zu haben.

Phoebe trat ein und ließ ihre Waffe fallen. »Ach«, sagte sie, »dich kenne ich doch. Du bist Lord Granvilles Tochter. Was machst du hier? Warum bist du nicht auf dem Fest? Ich dachte, du solltest die Schleppe meiner Schwester tragen?«

Das dunkelhaarige Mädchen klappte vorsichtig das Buch zu, nicht ohne einen Finger darin zu lassen. »Ja, ich bin Olivia«, sagte sie nach einer kleinen Pause. »Und i-ich w-wollte nicht bleiben. Mein Vater sagte, ich m-müßte nicht, wenn ich keine Lust hätte.« Am Ende dieser kleinen Rede, die sie einige Mühe gekostet hatte, atmete sie auf.

Phoebe sah das Mädchen neugierig an. Es war jünger als sie selbst, wenn auch gleich groß. Vor allem aber war Olivia gertenschlank, Grund für Phoebe, sie zu beneiden, da sie ihre eigene angebliche Rundlichkeit ständig beklagte. »Das ist mein Geheimversteck«, sagte Phoebe ohne Groll, ließ sich auf einem heruntergefallenen Balken nieder und zog ein eingewickeltes Päckchen aus der Tasche. »Daß du nicht bei der Hochzeit bleiben wolltest, kann ich gut verstehen. Ich hätte meiner Schwester helfen sollen, stieß aber den Parfümflakon um und trat dann auf Dianas Schleppenvolant.«

Sie wickelte das Päckchen auf und biß in das Ingwerbrot, das es enthielt, ehe sie es Olivia anbot, die es mit einem Kopfschütteln ablehnte.

»Diana verwünschte mich tüchtig und sagte, sie wolle mich niemals mehr sehen«, fuhr Phoebe fort. »Was auch der Fall sein dürfte, da sie weit weg in Yorkshire leben wird. Und mir täte es auch nicht leid, wenn ich sie nie wieder zu sehen bekäme.« Trotzig blickte sie nach oben, als hätte sie mit dieser lästerlichen Bemerkung himmlischen Zorn herausgefordert.

»I-ich mag sie nicht«, vertraute Olivia ihr an.

»Ich möchte sie auch nicht als Stiefmutter ... Sie wird absolut gräßlich sein! Ach, entschuldige. Ständig sage ich etwas Falsches«, rief Phoebe ärgerlich aus. »Ich sage nämlich immer, was ich mir denke.«

»E-es ist jedenfalls die Wahrheit«, murmelte Olivia, die ihr Buch aufschlug und weiterlesen wollte.

Phoebe runzelte die Stirn. Ihre Stiefnichte, die Olivia vermutlich jetzt war, benahm sich nicht sonderlich freundlich. »Stotterst du immer?«

Olivia errötete tief. »Ich k-k-kann nichts dafür.«

»Nein, natürlich nicht«, beeilte Phoebe sie zu beschwichtigen. »Ich war ja nur neugierig.« Da sie keine Antwort bekam, biß sie in das zweite Stück Ingwerkuchen und strich müßig über eine Ansammlung winziger Fettflecken, die sich auf ihrem rosa Seidenkleid zeigten. Ein Kleid, das eigens zur Hochzeit ihrer Schwester angefertigt worden war und einen wirkungsvollen Kontrast zu Dianas perlenbesticktem elfenbeinfarbigen Damastkleid hätte bilden sollen, ein Effekt, der an Phoebe nicht zur Geltung kam, wie Diana mit ihrer gewohnt spitzen Zunge bemerkt hatte.

Von der Tür her kam ein Luftzug, als diese von innen zugeworfen wurde, so daß in der Hütte Halbdunkel herrschte. »Herrjeh, eine gräßlichere Hochzeit kann es nicht geben!« hörten sie eine Stimme mit Nachdruck sagen. Der Neuankömmling, ein junges Mädchen, lehnte sich schwer atmend an die geschlossene Tür und fuhr sich über ihre schweißnasse Stirn. Nun erst fiel der Blick ihrer hellgrünen Augen auf die anderen.

»Ich wußte gar nicht, daß jemand diese Hütte kennt. Letzte Nacht schlief ich hier. Nur so konnte ich den zudringlichen Pranken dieser lästigen Kerle entgehen. Und jetzt sind sie wieder hinter mir her. Ich glaubte, hier würde ich Ruhe und Frieden finden.«

»Das ist *mein* Zufluchtsort«, sagte Phoebe mit besonderer Betonung und stand auf. »Du befindest dich hier auf verbotenem Terrain.« Das Mädchen sah nicht wie ein Hochzeitsgast aus. Sein Haar, eine leuchtendrote Lockenflut, schien wochenlang mit keiner Bürste in Berührung gekommen zu sein. Im Halbdunkel wirkte sein Gesicht unsauber, obwohl man wegen der vielen Sommersprossen nicht unterscheiden konnte, was Schmutz war und was nicht. An dem Kleid aus grobem Leinen hing der Saum schief, die Volants an den Ärmeln waren unordentlich und zerrissen.

»Nein, stimmt nicht«, widersprach das Mädchen und setzte sich auf den umgedrehten Rumpf eines alten Ruderbootes. »Ich wurde zur Hochzeit eingeladen. Zumindest ist mein Vater Gast«, setzte sie hinzu. »Und wo Jack ist, bin natürlich auch ich.«

»Ich weiß, wer du bist.« Olivia blickte zum erstenmal seit dem Eintreten des Mädchens von ihrer Lektüre auf. »Du bist die leibliche Tochter des H-halbbruders meines Vaters.«

»Ich bin Portia«, sagte das Mädchen daraufhin freundlich. »Der Bastard von Jack Worth. Und du mußt Olivia sein. Jack hat von dir gesprochen.« Sie wandte sich an Phoebe. »Wenn du hier wohnst, bist du sicher die Schwester der Braut.«

Phoebe setzte sich wieder. »Du scheinst ja sehr viel über uns zu wissen.«

Portia zuckte mit den Achseln. »Ich halte Augen und Ohren offen. Nur eine halbe Sekunde nicht aufgepaßt, und die Teufel erwischen einen.«

»Welche Teufel?«

»Die Männer«, erklärte Portia. »Man würde es gar nicht meinen, wenn man mich ansieht.« Sie kicherte. »Ich bin mager wie eine Vogelscheuche, aber Männer nehmen eben alles, was sie kriegen können, solange es zu haben ist.«

»Ich verabscheue Männer!« Diese hitzig, aber ganz klar geäußerte Erklärung kam von Olivia.

»Ich auch«, pflichtete Portia ihr bei, um dann mit der Überlegenheit ihrer vierzehn Jahre zu sagen: »Aber für eine solche Behauptung bist du zu jung, Kleine. Wie alt bist du denn?«

»Elf.«

»Na, dann wirst du deine Meinung noch ändern«, sagte Portia altklug.

»Nein. Ich werde nie heiraten.« Olivias braune Augen verschossen Pfeile unter ihren dichten schwarzen Brauen hervor.

»Ich auch nicht«, erklärte Phoebe. »Da mein Vater es nun geschafft hat, Diana so gut zu verheiraten, wird er mich sicher in Ruhe lassen.«

»Warum willst du nicht heiraten?« fragte Portia interessiert. »Für ein Mädchen vornehmer Abkunft ist es die einzige Bestimmung.«

Phoebe schüttelte den Kopf. »Niemand wird mich heiraten wollen. Ich bin linkisch, lasse immer Sachen fallen und spreche alles aus, was mir durch den Kopf geht. Diana und mein Vater sagen, daß ich nur mit Nachteilen behaftet bin. Nichts kann ich richtig machen. Deshalb möchte ich Dichterin werden und bedeutende Werke verfassen.«

»Natürlich wird dich jemand heiraten wollen«, stellte Portia fest. »Du bist hübsch, gut gewachsen und weiblich. Ich bin diejenige, die unvermählt bleiben wird. Seht mich an!« Sie stand auf und deutete schwungvoll auf sich. »Ich bin flach wie ein Brett. Überdies bin ich unehelich geboren, habe weder Geld noch Besitz. Meine Aussichten sind hoffnungslos.« Sie setzte sich wieder und lächelte so unbekümmert, als sei ihre Prophezeiung kein Grund, den Kopf hängen zu lassen.

Phoebe überlegte. »Ich verstehe, was du meinst. Du wirst nur schwer einen Mann finden. Was hast du also vor?«

»Ich möchte Soldat werden. Schade, daß ich kein Junge bin. Eigentlich hätte ich einer werden sollen, doch es kam anders.«

»Ich w-w-werde Gelehrte«, erklärte Olivia. »Wenn ich älter bin, soll mein Vater einen Hauslehrer für mich engagieren. Ich möchte in Oxford leben und studieren.«

»Frauen studieren nicht an der Universität«, gab Phoebe zu bedenken.

»Ich schon«, erklärte Olivia hartnäckig.

»O Gott, ein Soldat, eine Dichterin und eine Gelehrte! Was für ein Trio mißratener Weiblichkeit!« Portia wollte sich ausschütten vor Lachen.

Phoebe stimmte in das Lachen ein, von einer köstlichen und

ihr bislang unbekannten inneren Wärme erfüllt. Am liebsten hätte sie mit ihren Gefährtinnen gesungen und getanzt. Sogar Olivia, deren abweisender Trotz aus ihrem Blick verschwunden war, lächelte.

»Wir müssen einen Bund schließen, um einander zur Seite zu stehen, sollte jemals eine versucht sein, vom richtigen Weg abzuweichen und so gewöhnlich zu werden wie die anderen.« Portia sprang auf. »Olivia, hast du eine Schere in deiner Tasche?«

Olivia öffnete die Schnüre der kleinen spitzenbesetzten Tasche, die sie an ihrer Taille trug, und holte eine kleine Schere hervor, die sie Portia reichte. Diese schnitt nun sehr sorgfältig drei rote Locken aus ihrer Mähne, die wie ein Heiligenschein ihr Gesicht umrahmte.

»Phoebe, jetzt brauche ich drei von deinen blonden Locken und drei von Olivias schwarzen.« Sie ließ ihren Worten sofort Taten folgen und betätigte die kleine Schere. »Seht her.«

Unter den neugierigen Blicken der anderen flocht Portia mit langen schmalen Fingern, deren schmutzige Fingernägel abgebrochen waren, je drei verschiedene Strähnen zu ebenso vielen dreifarbigen Ringen. »Jede von uns bekommt einen. Meiner ist außen rot, Phoebes Ring blond und jener Olivias schwarz.« Sie reichte ihnen die Ringe. »Also, wenn jemanden sein Ehrgeiz zu verlassen droht, soll er den Ring ansehen … ach, noch etwas, wir müssen unseren Bund mit Blut besiegeln.« In ihren grünen, leicht schrägen Katzenaugen blitzte es vor freudiger Begeisterung.

Sie ritzte ihr Handgelenk leicht auf und drückte einen Blutstropfen heraus. »Und jetzt du, Phoebe.« Sie reichte ihr die Schere.

Phoebe schüttelte ihren blonden Kopf. »Das kann ich nicht. Mach du es.« Mit geschlossenen Augen streckte sie den Arm aus. Portia ritzte ihr die Haut auf, um sich dann an Olivia zu wenden, die ihr schon das Handgelenk hinhielt.

»So, und jetzt reiben wir unsere Gelenke aneinander, damit das Blut sich vermengt. So bekräftigen wir unseren Eid, mit dem wir geloben, einander durch dick und dünn beizustehen.«

Olivia wußte, daß es für Portia nur ein Spiel war, ihr eigenes Erdbeben bei der Berührung aber verriet, daß es für sie ernster war und über einen Spaß hinausging. Als eher nüchterner Typ war ihr Unsinn dieser Art freilich nicht geheuer.

»Sollte jemals eine von uns in Bedrängnis geraten, kann sie den Ring einer der anderen zukommen lassen, und diese wird ihr helfen«, rief Phoebe hochgestimmt aus.

»Wie töricht und romantisch«, spottete Olivia aus einer momentanen Laune heraus.

»Was ist schlecht an Romantik?« fragte Portia achselzuckend, worauf Phoebe sie mit einem kleinen, dankbaren Lächeln bedachte.

»Gelehrte sind nicht romantisch«, wandte Olivia ein. Sie runzelte die Stirn so angestrengt, daß ihre Brauen über den tiefliegenden dunklen Augen fast zusammenstießen. Dann seufzte sie. »I-ich muß jetzt zurück zum Fest.« Sie steckte den geflochtenen Ring in ihr Taillentäschchen. Wie um sich Mut zu machen, faßte sie mit einer sachten, nachdenklichen Geste nach ihrem Handgelenk, an dem eine dünne Blutspur zu sehen war, und ging zur Tür.

Als sie öffnete, drang der Lärm von der City über den Fluß und in die dunkle Abgeschiedenheit des Bootshauses, so ungezügelt und wild, daß Olivia ein Schauer überlief. »K-könnt ihr verstehen, was gerufen wird?«

»Sie rufen: ›Der Kopf ist ab! Der Kopf ist ab!‹« sagte Portia wissend. »Eben wurde der Earl of Strafford hingerichtet.«

»Warum?« fragte Phoebe.

»O Gott, weißt du denn gar nichts?« So viel Unwissenheit war Portia unbegreiflich. »Strafford war der engste Ratgeber des Königs. Das Parlament widersetzte sich dem König und brachte den Earl vor Gericht. Eben wurde er enthauptet.«

Olivia spürte, wie sich ihre Kopfhaut zusammenzog, als das blutrünstige, brutale Gejohle des triumphierenden Pöbels die milde Mailuft durchdrang und die Rauchsäulen der Freudenfeuer, entzündet, um den grausamen Tod eines Menschen zu feiern, dicht und erstickend über der City und den umliegenden Stadtteilen aufstiegen.

»Jack sagt, daß ein Bürgerkrieg bevorsteht«, fuhr Portia fort, die ihren Vater immer zwanglos bei seinem Vornamen nannte. »Meist behält er recht in diesen Dingen.«

»Einen Bürgerkrieg darf es nicht geben!« Olivia sagte es mit Entsetzen.

»Man wird sehen«, meinte Portia achselzuckend.

»Ich wünschte, er würde gleich jetzt ausbrechen, damit ich nicht zurück zum Fest muß«, sagte Phoebe verdrossen. »Kommst du mit, Portia?«

Portia schüttelte den Kopf. »Geht nur«, sagte sie mit einer brüsken Handbewegung. »Für mich ist auf dem Fest kein Platz.«

Phoebe folgte Olivia nach kurzem Zögern, den Ring fest in der Hand.

Portia blieb allein in Gesellschaft der Spinnweben zurück. Sie bückte sich nach dem Stück Ingwerkuchen, das Phoebe über den Ereignissen der letzten halben Stunde vergessen hatte, und knabberte langsam und mit Appetit daran, um den Genuß voll auszukosten, während die Schatten länger wurden und das laute Getöse aus der City und das fröhliche Treiben im Haus mit dem Sonnenuntergang verklangen.

Die geraubte Braut

Prolog

Rothbury House, Yorkshire, England, 1617

»Mylord, sie kommen!«

William Decatur, Earl of Rothbury, blickte von dem Pergament auf, das er beschrieb, und legte seinen Federkiel sorgsam über das silberne Tintenfaß. Seine Augen, von so leuchtendem Blau wie ein Blitz am Sommerhimmel, schienen durch den Boten hindurchzusehen.

»Wie weit sind sie?«

»Eine Meile hinter mir, Mylord ... sie reiten schnell.« Der nach Schweiß und Pferd riechende Bote wischte sich mit einem fleckigen Tuch über die Stirn.

Der Earl schüttete Sand aufs Pergament, ließ Wachs aus einer brennenden Kerze neben seine Unterschrift fließen und drückte seinen Siegelring hinein. Ohne Eile schob er seinen geschnitzten Eichenstuhl zurück und erhob sich. Seine Haltung verriet nichts. »Wie viele sind es?«

»Mindestens ein Bataillon, Sir. Kavallerie und Infanterie.«

»Wer führt das Kommando?«

Der Bote zögerte.

»Wer führt das Kommando?« Die Frage kam scharf wie ein Musketenschuß.

»Sie führen das Banner der Granville, Sir.«

William Decatur atmete unhörbar aus.

Hinter dem Boten öffnete sich leise und zögernd eine Tür, doch die Frau, die eintrat, war weder leise noch zögernd. »Sie kommen also?« Ihr Blick hing mit schmerzlicher Eindringlichkeit am Earl. »Sie kommen, um uns aus unserem Haus zu weisen, so ist es doch, Mylord?«

»Ja, Clarissa, so ist es.« Der Blick ihres Gemahls war undeutbar, als er auf der Frau mit dem braunen Haar und dem Knaben ruhte, der mit großen Augen neben ihr stand. Das Kind, das Clarissa unter dem Gürtel mit dem großen Schlüsselring trug, verriet sich nur durch eine leichte Rundung ihrer Mitte. Eine Hand ruhte auf ihrem Leib, die andere auf der schon kräftigen Schulter ihres Sohnes, unbewußt das geborene und ungeborene Leben schützend.

»Sie werden dich mitnehmen«, sagte sie. Es war ihr anzusehen, wieviel Mühe es sie kostete, so ruhig zu sprechen. »Und was soll aus uns werden, Mylord?«

William zuckte unter der Bitterkeit ihres Vorwurfs zusammen. Sie verstand nicht, daß es sein Gewissen war, das ihn zu diesem Opfer zwang, wiewohl es bedeutete, daß seiner Familie Armut und Heimatlosigkeit bevorstanden und ihr stolzer Name fortan mit dem schändlichen Makel des Verrates behaftet sein würde.

Ehe er antworten konnte, drang lautes Hufgeklapper durch das offene Fenster. Clarissa rang um Fassung, und der Junge, Rufus, Viscount Rothbury, Sohn und Erbe des seiner Ehre beraubten Earl of Rothbury, wich seiner Mutter von der Seite und ging zu seinem Vater, als wolle er sich weiblicher Schwäche entziehen.

Der Earl blickte auf den rothaarigen Jungen hinunter und begegnete dem klaren, unverwandten Blick des Kindes, dessen Augen von ebenso leuchtendem Blau wie seine eigenen waren. William lächelte, ein halbes Lächeln, das jedoch von tiefer Sorge um dieses Kind geprägt war, das, seines Geburtsrechtes beraubt, dazu verdammt sein würde, das Leben eines Geächteten zu führen. Er legte seinem Sohn die Hand auf die Schulter und zog ihn zu sich, als er sich zum Fenster umdrehte.

Die Abteilung nahm in der einbrechenden Dunkelheit in

Reih und Glied auf der kiesbestreuten Fläche vor der verwitterten Fassade des elizabethanischen Herrenhauses Aufstellung. Bewaffnet mit Piken und Musketen, stand die Infanterie hinter drei Reihen Kavallerie. Die Königsstandarte James Stuarts, Königs von England, knatterte im Abendwind.

Doch war es nicht die Flagge seines Königs, die bewirkte, daß der Blick des Earls sich zornig verfinsterte. Es war das Banner, das daneben flatterte. Das Banner des Hauses Granville. Darunter saß auf seinem schwarzen Hengst George, Marquis of Granville, barhäuptig, die behandschuhten Hände locker auf dem Sattel.

Ein Herold ließ ein Signal ertönen, und eine Stimme rief herauf: »William Decatur, Earl of Rothbury, ergebt Euch im Namen des Königs der Gerichtsbarkeit der Krone.«

Es war, als sei der Bann im Raum gebrochen. Der Earl wandte sich vom Fenster ab und ging zum Kamin, um mit den Fingern die Steinumrahmung abzutasten, worauf ein großer Feldstein zurückschwang und die schwarze Höhlung eines Versteckes preisgab. »Clarissa, du weißt, was du zu tun hast. Nimm Rufus und fliehe. Meine Brüder erwarten dich jenseits des Waldes. Ich halte dieses Gesindel im Zaum, bis ihr in Sicherheit seid.«

»Aber William …« Clarissa sprach nicht weiter, und die Hand, die sie ihrem Mann reichen wollte, wurde nicht gedrückt.

»Ich werde euch folgen«, sagte er kurz. »Jetzt tut, was ich will, und geht.«

Eine Frau war ihrem Mann nicht ungehorsam, auch nicht in dieser Notlage. Clarissa griff nach der Hand ihres Sohnes, doch dieser entzog sie ihr.

»Ich bleibe bei Vater.« Er sah seine Mutter nicht an. Sein Blick hing unbeirrt an William, und dieser begriff, daß sein Sohn die Wahrheit kannte und wußte, daß der Earl of Rothbury Frau und Sohn nicht ins Exil folgen würde. Er würde sich dem Gericht des Königs nicht entziehen, da er neben der Schmach des Verrates nicht auch jene der Feigheit auf sich laden wollte.

Er nahm den Jungen an den Schultern und sagte leise: »Rufus, du bist der Hüter deiner Mutter und von nun an ihr Schutz und Schirm. An dir liegt es, unsere Ehre zu rächen.«

Er drehte sich zum Tisch um und griff nach dem Pergament, das er sorgfältig zusammenrollte und dem Jungen übergab. »Rufus, mein Sohn, ich vertraue fest darauf, daß du Rache am Haus Granville übst und unseren Namen voller Stolz trägst, auch angesichts jener, die ihn entehrt nennen. Durch deine Taten wirst du das Haus Rothbury zum Inbegriff für Wahrheit, Gerechtigkeit und Ehre machen, selbst wenn du verdammt sein solltest, außerhalb des Gesetzes zu leben, und dir eine eigene Welt, eine eigene Ehre und Wahrheit schaffen mußt.«

Rufus schluckte, als er das Pergament in Empfang nahm. Unter dem schrecklichen Gewicht der Worte seines Vaters war ihm seine Kehle eng geworden. Er war erst acht, doch straffte er seine Schultern, wie um die schwere Verantwortung besser tragen zu können, die sein Vater ihm aufgebürdet hatte.

»Schwörst du es mir?«

»Ich schwöre es.« Seine eigenen Worte klangen Rufus fremd und wie aus großer Ferne kommend in den Ohren.

»Dann geh.« Der Vater legte segnend seine Hand auf das Haupt des Jungen, dann küßte er seine Frau und drängte sie zum Geheimgang. Rufus blickte sich kurz um. Sein Haar flammte auf im Licht der Öllampe, die der Bote hochhielt. In seine Augen, die nun nicht mehr die unschuldigen offenen Augen eines Achtjährigen waren, trat eine Ahnung von Verlust und von dem schrecklichen Wissen um seine Pflicht. Dann drehte er sich um und folgte seiner Mutter in die Dunkelheit.

Der Bote folgte ihnen, und der Türstein glitt auf gut geölten Angeln leise hinter ihnen zu.

William verließ den Raum. Er schritt über die breite Treppe hinunter, in die Halle mit den Steinfliesen und hinaus in die Dämmerung. Auf der obersten Stufe vor dem Portal hielt er inne, um seine Ankläger zu mustern und in die Augen des Mannes zu blicken, den er einst Freund nannte, des Mannes, der nun gekommen war, um ihn seines Hauses, seiner Ländereien und seiner Familienehre zu berauben.

Einen Moment sahen die zwei Männer einander an, und das Schweigen zwischen ihnen war gespannt wie eine Bogensehne. Dann sprach William Decatur, und seine Stimme war leise, doch wurde jedes verbitterte Wort mit der Gewalt einer Bleikugel geäußert. »So also ehrst du das Freundschaftsgelöbnis, Granville.«

George, Marquis of Granville, ritt vor die angetretene Reiterei. Eine Hand wie zum Protest hebend, antwortete er: »William, ich komme nicht in Feindschaft, sondern in …«

»Granville, beleidige mich nicht!« Williams zornige Worte schnitten dem anderen den Satz ab. »Ich durchschaue dich und werde es dir heimzahlen, dir und deinen Erben. Das schwöre ich bei Christi Blut.« Als er seine Hand hob, sah man den matt schimmernden Silberlauf seiner Pistole …

Kreischend zogen Krähen über den Giebeln ihre Kreise, als der laute Knall sich in betäubender Stille verlor. William Decatur, Earl of Rothbury, lag am Fuße der Treppe zu seinem Haus; unter seinem Kopf breitete sich eine Blutlache aus. Seine blicklosen Augen starrten zu den kreisenden Vögeln empor, zu den treibenden Wolken, zum ersten schwachen Funkeln des Abendsterns.

Ein Soldat trat mit einer Pechfackel vor, deren Flamme unter einem Windstoß blau und orange aufloderte. Mit einem Schritt über den am Boden Liegenden schleuderte er die Fackel in ein offenes Fenster.

George Granville verharrte reglos auf seinem Pferd. Er war gekommen, um das Urteil des Königs zu vollstrecken. Er war aber auch gekommen, um das Urteil zu mildern und mit Einverständnis und unter Mithilfe seines alten Freundes das Schlimmste abzuwenden. Seine Absichten waren nun verweht wie Spreu im Wind.

Der Earl of Rothbury lag tot vor den Stufen seines brennenden Hauses, und sein Erbe, ein Knabe von acht Sommern, war hinausgestoßen in die Welt jenseits aller Gesetze, befrachtet mit einem Racheschwur, der viel zu schwer auf den jungen Schultern lastete. George Granville wußte freilich, daß der Knabe ihm sehr bald gewachsen sein würde. Rufus Decatur war nicht umsonst der Sohn seines Vaters.

1

Edinburgh, Schottland, Dezember 1643

Beißende Rauchschwaden eines glosenden Torffeuers durchzogen den fensterlosen Raum. Das alte Weib, das in einem Topf über dem Feuer rührte, hustete unausgesetzt. Ihr harter, krampfartiger Husten war das einzige Geräusch. Draußen lag hoch der Schnee auf einer toten, weißen Welt, in der dicke Flocken stetig von einem eisengrauen Himmel fielen.

Unter einer mottenzerfressenen Decke lag zusammengekauert ein stöhnendes Lumpenbündel. Als es sich rührte, raschelte Stroh unter der abgezehrten Gestalt. »Brandy, Weib!«

Die Alte warf dem Haufen in der Ecke einen Blick zu und spuckte ins Feuer. Der Speichel traf zischend auf dem Torf auf. »Das Mädchen holt den Fusel. Gott allein mag wissen, womit sie bezahlt.«

Wieder stöhnte das Bündel. Ein knochiger Arm schob matt die Decke zurück. Jack Worth kämpfte sich auf den Ellbogen hoch und spähte durch halbgeschlossene Lider in den verqualmten Raum. Nichts hatte sich gebessert seit dem letzten Blick. Als er sich zurücksinken ließ, spürte sein ausgemergelter Leib Härte und Kälte des Lehmbodens unter dem dünnen und modrig riechenden Stroh um so schmerzhafter.

Jack sehnte den Tod herbei, doch erwies sich sein Lebenslicht als hartnäckig. Und wenn er schon nicht sterben konnte, verlangte er Brandy. Portia war gegangen, um Brandy zu holen. Soviel hatte sein geschwächtes Gehirn noch mitbekommen. Aber wo zum Teufel steckte sie? Er konnte sich nicht erinnern, wann sie sich hinaus ins Schneetreiben gewagt hatte. Der Schneesturm verwischte alle Merkmale der Zeit. Es konnte ebensogut Mitternacht wie Morgengrauen sein.

Seine schmerzgeplagten Glieder glühten, seine Augen brannten tief in den Höhlen, jeder Zoll Haut schmerzte, und das schreckliche Verlangen nach Brandy drohte ihn zu verzehren, so daß er aufschrie. Es war ein so schwacher Laut, daß die Alte sich nicht einmal vom Feuer umdrehte.

Die Tür öffnete sich. Ein Kälteschwall fegte durch die abgestandene Luft und ließ die Rauchschwaden tanzen. Das Mädchen, das die Tür mit einem Fußritt schloß, war dünn und schmächtig, strahlte aber eine nervöse Energie aus, die die Dumpfheit der Hütte zu beleben schien.

»Da ist der Brandy, Jack.« Sie trat an den Strohsack und kniete nieder, um eine kleine Lederflasche unter ihrem abgetragenen Mantel hervorzuziehen. Der säuerliche Geruch alten Brandys und verfaulenden Fleisches, der von dem Mann und seinem Elendslager ausging, ließ sie die Nase rümpfen. Dennoch schob sie einen Arm unter seinen dünnen Nacken und hob ihn an, wobei sie den Korken mit den Zähnen herauszog. Ihr Vater zitterte so heftig, daß sie es kaum schaffte, ihm die Flasche an die Lippen zu halten. Seine Zähne schlugen aufeinander, seine leblosen Augen glotzten sie aus seinem hageren Antlitz an.

Er nahm ein paar Schlucke von dem scharfen Zeug, und als das Gesöff durch seine Kehle rann, ließen die Schmerzen ein wenig nach, das Zittern wurde schwächer, und er vermochte die Flasche in seiner klauenartigen Hand zu halten und sie bis zum letzten Tropfen selbst an die Lippen zu führen.

»Verdammt, nie ist es genug!« fluchte er. »Warum hast du nicht mehr gebracht, Mädchen?«

Portia, die vor ihm kauerte, betrachtete ihren Vater mit einer Mischung aus Widerwillen und Mitgefühl. »Mehr konnte ich nicht bezahlen. Falls du es vergessen hast – es ist lange her, seitdem du zum Unterhalt der Familie beitragen konntest.«

»Unverschämtheit!« knurrte er und schloß die Augen. Er lag so reglos da, daß Portia schon glaubte, der Tod hätte ihm endlich Frieden gebracht. Nach einer Weile aber öffneten seine Augen sich zuckend. Speichel benetzte seine Lippen inmitten seines dichten und struppigen grauen Bartes. Schweiß stand auf seiner wächsernen Stirn und perlte ihm über die hohlen Wangen.

Portia wischte ihm das Gesicht mit dem Mantelzipfel ab. Ihr Magen war so leer, daß es schmerzte und daß ihr immer wieder schwindelte. Sie stand auf und ging ans übelriechende Feuer. »Ist das Porridge?«

»Ja, was sonst?«

»Ja, was sonst«, wiederholte sie und ließ sich auf dem Boden neben dem Kessel nieder. Früh an Anspruchslosigkeit gewöhnt, löffelte sie den wäßrigen Brei so eifrig in eine Holzschüssel, als wäre er eine Köstlichkeit von der königlichen Tafel.

Es war ein dünnes, wenig sättigendes Gemisch, das ihren Hunger nicht stillte. Vor ihrem geistigen Auge tauchten verlockende Bilder von Brot und Käse auf, doch das wenige, das sie im Schankraum der Rising Sun verdiente, indem sie Ale zapfte, Derbheiten gebührend beantwortete und unverschämte Finger an ihrem Körper geflissentlich übersah, solange ihr eine Münze in den mageren Ausschnitt geschoben wurde, ging für die verzehrende Sucht ihres Vaters drauf. Es war eine Sucht, die ihn langsam tötete.

»Port ... Portia!« Er stieß ihren Namen hervor, und sie beugte sich über ihn. »In meiner Kassette ... ein Brief ... suche ihn ... rasch.« Jedes Wort hörte sich an, als würde es ihm unter Folterqualen entrissen.

Sie holte die kleine Lederkassette, ihren einzigen Besitz neben den Lumpen, die sie am Leib trugen, und brachte sie ihrem Vater. Da sie den Inhalt kannte, hielt sich ihre Neugierde in Grenzen, als sie die Kassette öffnete. Alles, was einigen Wert hatte, war längst verkauft worden, um Brandy zu erstehen.

»Hinter ... hinter der Seide.«

Sie schob ihre Finger unter das dünne Futter und stieß gegen ein steifes Pergament, das sie hervorzog und ihrem Vater reichte.

»Wenn ich nicht mehr bin, dann mußt du zu ...« Ein Hustenanfall hinderte ihren Vater am Weitersprechen, und als er sich beruhigt hatte, lag er erschöpft da und brachte kein Wort mehr heraus. Nach einer Weile aber setzte er unter Portias besorgten Blicken seine schmerzhaften Bemühungen fort. »Schicke es nach Lammermuir, nach Castle Granville. Lies die Adresse.«

Portia wendete das versiegelte Pergament in ihrer Hand. »Was ist das? Was steht darin?«

»Lies die Adresse!«

»Castle Granville, Lammermuir, Yorkshire.«

»Schick es mit der Post ab, wenn ich tot bin.« Seine Stimme verstummte, doch seine Hand tastete nach ihr, und sie hielt sie fest. »Das ist alles, was ich noch für dich tun kann, Portia«, krächzte er und drückte ihre Finger mit unerwarteter Kraft. Dann öffnete sich seine Hand und entglitt ihr wie von der Anstrengung überwältigt.

Eine Stunde darauf starb Jack Worth, Halbbruder von Cato, Marquis of Granville, wie er gelebt hatte, im Brandyrausch und ohne einen Penny.

Portia drückte ihrem Vater die Augen zu. »Ich muß ihn begraben.«

»Der Boden ist steinhart«, erklärte die Alte wenig hilfreich.

Portias Lippen wurden schmal. »Ich schaffe das schon.«

»Du hast kein Geld für eine Beerdigung.«

»Ich werde selbst das Grab ausheben und ihn begraben.«

Die Alte zuckte die Schultern. Da der Mann und seine Tochter seit einem knappen Monat bei ihr hausten, hatte sie sich ein Bild vom Charakter des Mädchens machen können und wußte, daß es sich nicht leicht unterkriegen ließ.

Portia drehte und wendete das versiegelte Pergament in ihrer

Hand. Sie hatte kein Geld für die Beförderung mit der Post und kannte niemanden, der ihr aushelfen konnte. Sie wußte gar nicht, ob die Post zwischen Edinburgh und York noch befördert wurde, da jenseits der schottischen Grenze ein Bürgerkrieg tobte. Andererseits konnte sie den letzten Wunsch ihres Vaters nicht einfach ignorieren. Er wollte, daß dieser Brief an seinen Halbbruder gelangte, also mußte sie einen Weg finden.

Und was sollte sie dann tun? Sie blickte sich in der kahlen Hütte um. Hier konnte sie den Winter über bleiben. In der Kneipe ließ sich etwas verdienen, und die Alte würde sie nicht vor die Tür setzen, solange sie für den Strohsack und eine tägliche Schüssel Haferbrei bezahlen konnte. Da sie nun Jacks Trunksucht nicht mehr finanzieren mußte, würde sie vielleicht sogar etwas sparen können. Im Frühling würde sie weiterziehen. Irgendwohin.

Aber zuerst mußte sie ihren Vater beerdigen.

»Mylord ... Mylord ... Verzeihung, Mylord ...«

Cato, Marquis of Granville, blickte auf, als er auf dem Stallhof von Castle Granville hinter sich die keuchende, abgehackte Stimme hörte.

»Nun?« Er zog eine Braue hoch, als der Junge, der vor Atemlosigkeit kein Wort herausbrachte, ihm stumm ein versiegeltes Pergament übergab und dann die erfrorenen Hände zum Schutz gegen den kalten Januarwind von den Lammermuir Hills unter die Achseln steckte.

Cato nahm das Schreiben entgegen. Die Handschrift, ein zerzogenes, von kraftloser Hand zu Papier gebrachtes Gekritzel, war ihm unbekannt.

Er drehte das Pergament um und atmete scharf ein, als sein Blick auf das Siegel seines Halbbruders fiel. »Heute morgen werde ich doch nicht ausreiten, Jebediah.«

»Sehr wohl, Mylord.« Der Stallbursche ergriff das Pferd am Zaum und führte es zu seiner Box.

»He, Junge.« Der Marquis hielt inne, um sich nach dem wartenden Boten umzudrehen. Die Nase des jungen Mannes war rot vor Kälte, sein Atemhauch hing in der kalten Luft vor ihm. »Du kommst von der Post in York?«

Der Junge nickte eifrig.

»Ich wußte gar nicht, daß noch Post zugestellt wird.«

»Sie kommt nicht immer durch, aber der Bote, der den Sack brachte, bekam von Lord Leven freies Geleit, als dieser die Grenze überschritt.«

Cato nickt ernst und verständnisvoll. »Ehe du dich auf den Rückweg machst, gehe in die Küche. Dort wird man sich um dich kümmern.«

Der Marquis überquerte den inneren Burghof zum großen Burgfried, in dem die Familie residierte. Von den Feldern jenseits des Burggrabens ertönten Trompetenstöße, gefolgt von Trommelwirbeln und den lauten Befehlen eines Ausbilders. Die Marschtritte der Truppe wurden vom Schnee auf dem Exerzierplatz – einst ein friedliches Getreidefeld – gedämpft.

Der Marquis betrat die Burg durch eine schmale Pforte. Pechfackeln flackerten in ihren Halterungen und warfen ihr Licht auf die uralten Mauern und die massiven Steinplatten, die den Boden deckten. Die Tapisserien an den Wänden der großen Halle vermochten nicht den militärischen, abweisenden Eindruck des Burgfrieds zu mildern, der jahrhundertelang den Familien des Hauses Granville Schutz geboten hatte, sei es vor Marodeuren und Wegelagerern, die an der Grenze zwischen Schottland und England ihr Unwesen trieben, oder vor zügellos hausendem Kriegsvolk, das seit den Tagen der normannischen Eroberung immer wieder das Land heimsuchte.

Als er die Halle über eine Steintreppe verließ, änderte sich die Atmosphäre. Alles wirkte plötzlich wohnlicher und einladender. Die Fenster waren vergrößert und verglast worden, um Licht und Luft einzulassen, Teppiche deckten die Steinfliesen, Wandbehänge, üppig und zahlreich, sorgten für Wärme in den

Räumen. Er ging einen Korridor entlang und betrat sein Allerheiligstes im Festungsturm.

Er warf seinen schweren Umhang von sich und zog seine Lederhandschuhe aus. Dann bückte er sich, um seine Hände am Kaminfeuer zu wärmen, ehe er sich aufrichtete und sich langsam vor den Flammen drehte. Endlich erbrach er das Siegel auf dem Pergament, das sein Halbbruder ihm geschickt hatte.

St. Stephen's Street, Edinburgh, Dezember 1643

Mein lieber Bruder,
wenn Du dies liest, kannst Du sicher sein, daß ich meinen gerechten Lohn empfangen habe und in den Tiefen der Hölle schmachte. Doch zahle ich willig den Preis für ein Leben, wie ich es führte. (Ach, ich kann mir Dein geplagtes Stirnrunzeln vorstellen, Cato. Einer redlichen Seele wie Dir werden die Wonnen der Ausschweifung ewig unbegreiflich bleiben.)

Wisse, daß ich nun für meine Sünden bezahle, und gewähre mir aus der Güte Deines Herzens und aus der Barmherzigkeit, die so süß durch Deine Adern fließt, eine Gunst! Meine Tochter Portia hat mit mir gelitten, soll aber ohne mich nicht noch mehr leiden müssen. Würdest Du sie aufnehmen und gut zu ihr sein? Die arme Kleine hat an Dich keine Forderungen zu stellen, und doch erbitte ich diese Gunst von Dir als einzigem Menschen, der sie zu gewähren vermag.

Immer Dein verkommener Bruder
Jack

Cato, der aus jedem Wort Jacks Spott herauszuhören vermeinte, zerknüllte das Pergament. Zweifellos schmorte sein Bruder nun als wenig bußfertiger Sünder im Höllenfeuer.

Er bückte sich, um das Schreiben den Flammen zu überantworten, hielt dann aber inne. Seufzend glättete er den Bogen, legte ihn auf den Eichentisch und strich die Falten glatt. Wann war Jack gestorben? Der Brief war vom vergangenen Monat datiert. Bis nach Granville hatte er mindestens drei Wochen gebraucht. Befand das Mädchen sich noch immer in der St. Stephen's Street in Edinburgh? Und wie sollte er sie finden, wenn an der Grenze Aufruhr herrschte?

Seit jenem sonnigen Nachmittag seines Hochzeitstages vor zweieinhalb Jahren hatte er gewußt, daß ein Bürgerkrieg unvermeidlich war. Als König Charles in seinem Streben nach absoluter Herrschaft zu weit gegangen war, hatte das Parlament mit erbittertem Widerstand reagiert. Seit zwei Jahren herrschte Zwietracht im Land, in den Familien standen Bruder gegen Bruder, Vater gegen Sohn. Auch nach mehreren verlustreichen Schlachten hatte keine der beiden Seiten einen entscheidenden Sieg erringen können. Mit dem Winter war ein vorläufiges Ende der Kämpfe gekommen. Die Königstreuen, die sich im kalten neuen Jahr 1643 im Norden Englands hatten halten können, sahen sich nun einer neuen Herausforderung gegenüber, da die schottische Armee, die sich auf die Seite des Parlaments geschlagen hatte, mit Lord Leven an der Spitze über die Grenze nach Yorkshire vorgestoßen war und Verstärkung für den Gegner gebracht hatte.

Cato trat an das schmale Turmfenster, von dem aus er seine eigenen Truppen beim Exerzieren beobachten konnte. Er befehligte eine Miliz, die er ursprünglich im Namen des Königs ausgehoben hatte. Die Soldaten waren der Meinung, man hätte sie bewaffnet und ausgebildet, um auf Befehl ihres Lords für den König zu kämpfen. Sie konnten nicht ahnen, daß die Loyalität ihres Lords nicht mehr unerschütterlich war.

Zu Beginn des Bürgerkrieges hatte Cato keine Alternative zum König und der Sache der Royalisten gesehen, da es für einen Granville undenkbar war, nicht die Partei des Königs zu ergreifen.

Er hatte im Namen des Königs eine Streitmacht aufgestellt, hatte Geld aufgetrieben und seine Grenzfestung für seinen Souverän gehalten, während in ihm langsam und unaufhaltsam die Überzeugung wuchs, daß die Sache des unter dem Einfluß schwacher, wenn nicht gar falscher Ratgeber stehenden Königs keine gerechte sein konnte, wenn sie Leben und Freiheit seiner Untertanen zunehmend gefährdete. Wer sein Land wahrhaft liebte, mußte einem Herrscher, der für die Bedürfnisse und Rechte seines Volks blind war, seine Unterstützung versagen. Nun war das zweite Kriegsjahr gekommen, und Cato Granvilles Entschluß stand fest. Er war gewillt, sich gegen den König zu wenden und für das Parlament und die Freiheit in den Kampf zu ziehen.

Da diese Gesinnungsänderung jedoch gegen alle Grundsätze seines Hauses verstieß, hatte er davon in seinen vier Wänden kein Wort verlauten lassen, ganz zu schweigen davon, daß er öffentlich Partei für das Parlament ergriffen hätte.

Doch der Zeitpunkt des offenen Bekenntnisses rückte immer näher, und mit jedem Tag bereitete er sich von neuem darauf vor.

Mit ungeduldigem Kopfschütteln drehte Cato dem Fenster den Rücken und griff wieder zu Jacks Brief.

Er hatte Jacks Tochter nur einmal gesehen, bei seiner Hochzeit, an dem Tag, als Strafford am Tower Hill enthauptet wurde. Seine Erinnerung an das Mädchen war undeutlich: dünn, unordentlich, sommersprossig, rothaarig, dazu Jacks Augen, grüne Katzenaugen, die ebenso spöttisch funkelten wie die ihres Vaters. Und ihr Ton ist ebenso unverschämt, fiel ihm ein. Er verzog voller Abscheu die Lippen.

Im Moment hatte er andere Sorgen als ein verlassenes Kind ohne Familie und Vermögen. Wieder zerknüllte er den Brief in der Hand, bereit, ihn ins Feuer zu werfen. Doch abermals hielt er inne. Er konnte die auf dem Sterbebett geäußerte letzte Bitte seines Bruders nicht einfach übergehen. Der letzte Wunsch eines Verstorbenen war eine moralische Verpflichtung. So ungelegen es ihm auch kam, er mußte etwas für das Mädchen tun.

Er verließ das Turmzimmer und ging den Gang entlang zum

Speisezimmer, wo er Frau und Tochter beim Frühstück antraf. Schon beim Eintreten hatte er das sichere Gefühl, daß die Atmosphäre gespannt war.

Diana sah bei seinem Eintreten auf. Ihr Mund war etwas fester als sonst, ihre schönen braunen Augen zuckten, ihre sorgsam gezupften Augenbrauen hoben sich gereizt. Doch beim Anblick ihres Gemahls wich jede Spur von Mißmut aus ihren Zügen, als würde eine Kreideschrift von einer Schiefertafel gelöscht.

Olivia, die den Blick ihrer dunklen Augen abwandte, schob ihren Stuhl zurück und knickste, um sich wieder hinzusetzen.

»G-guten Morgen, Sir.«

»Guten Morgen, Olivia.« Cato fragte sich stirnrunzelnd, was wohl der Grund der Spannung zwischen seiner Frau und ihrer Stieftochter sein mochte. Olivia begegnete Diana stets nur mit steifer, fast wortloser Höflichkeit, obwohl er den Eindruck hatte, daß Diana nur das Beste des Kindes im Auge hatte.

»Mylord, es ist nicht Eure Gewohnheit, das Frühstück mit uns einzunehmen«, sagte Diana leichthin, doch war ein gewisser Unmut herauszuhören.

Olivia hatte sich oft gefragt, ob ihr Vater spürte, wie unzufrieden Diana mit ihrem Leben im frostigen Norden war, eingeschlossen in einer Festung, weit entfernt von den verfeinerten Lustbarkeiten des Hofes. Die von Seufzern begleiteten Reminiszenzen seiner Frau, in denen sie der vergangenen Pracht des Hoflebens nachweinte und ein schlechtes Gewissen bekundete, weil sie in diesen schweren Zeiten nicht an der Seite der Königin sein konnte, nahm er nicht zur Kenntnis. Auch schien er geflissentlich ihre gelegentlichen Bemerkungen zu überhören, in denen sie hervorhob, daß der Marquis of Granville sich dem König und dessen Ratgebern unentbehrlich machen könnte, wenn er in klarer Erkenntnis seiner Pflicht dem Monarchen nach Oxford folgen würde, wohin der Hof sich seit Kriegsbeginn zurückgezogen hatte.

Aber es gibt so vieles, das er nicht wahrnimmt, dachte Olivia bekümmert, obwohl sie sich nicht vorstellen konnte, was er getan hätte, wenn ihm zu Ohren gekommen wäre, was sich zwischen seiner Tochter und ihrer Stiefmutter abspielte.

»Ich wollte ausreiten, Madam, doch brachte mir ein Bote aus Edinburgh die Nachricht vom Tod meines Halbbruders.« Cato saß auf dem reichverzierten Armstuhl am Kopf der Tafel und griff nach dem Bierhumpen, der wie durch ein Wunder plötzlich vor ihm stand. Nachdem er getrunken hatte, häufte er Fleischscheiben auf seinen Teller und bestrich ein Gerstenbrot dick mit Butter.

Olivia überlief der Schauer einer Vorahnung, so daß sie ihr übliches abweisendes Schweigen mit einem kleinen Wortschwall brach. »Ist d-das Portias Vater?«

»Meine liebe Olivia, wenn du tief durchatmen würdest, wie ich dir unzählige Male riet, könntest du deine unglückliche Schwäche sicher ablegen«, sagte Diana mit liebreizendem Lächeln. »Man findet nur schwer einen Mann, wenn man nicht deutlich sprechen kann.« Sie tätschelte Olivias Hand.

Olivia zog ihre Hand brüsk zurück und versteckte sie in ihrem Schoß, um mit zusammengepreßten Lippen auf ihren Teller zu starren. Jedes Bedürfnis, sich zu äußern, war ihr vergangen.

»Das Schreiben meines Bruders betraf Portia«, sagte Cato.

Olivia blickte auf. Jetzt konnte sie unmöglich Gleichgültigkeit heucheln. Cato fuhr gelassen fort: »Es war sein letzter Wunsch, daß Portia in meinem Haus Aufnahme findet.«

»Mylord, es fällt nicht in Eure Verantwortung, für einen Bastard zu sorgen«, gab Diana mit sanftem Lächeln zu bedenken.

»Das wußte mein Bruder. Doch mein Gewissen verbietet mir, das Mädchen im Stich zu lassen. Es ist immerhin meine Nichte.«

Diana würde diese wunderbare Chance zunichte machen, wenn man nichts unternahm. Verzweiflung und Erregung drängten Olivia zum Sprechen. »Ich möchte, daß sie k-kommt«, stieß sie hervor. Ihre sonst so bleichen Wangen hatten sich gerötet.

Dianas Brauen verschwanden fast unter dem kunstvollen Lockengekräusel auf ihrer weißen Stirn. »Meine liebe Olivia, sie kann dir keine passende Gefährtin sein. Bedenke doch, was für ein gräßlicher Mensch ihr Vater war.« Sie schauderte vor Abscheu. »Verzeiht, Mylord, daß ich so über Euren Halbbruder spreche, aber Ihr wißt, was ich meine.«

Cato nickte grimmig. »Nur zu gut.«

»Ich möchte so sehr, daß P-Portia k-kommt!« wiederholte Olivia, die in ihrer Erregung noch stärker stotterte als sonst.

Diana klappte ihren Fächer auf. »Meine Liebe, das steht dir nicht zu«, schalt sie, während ihre Blicke hinter dem Fächer hervor Feuerpfeile auf Olivia abschossen.

Cato schien die Bemerkung seiner Frau zu überhören. »Ich vergaß ganz, daß du ihr einmal begegnet bist ... bei der Hochzeit. Hast du so große Zuneigung zu ihr gefaßt, Olivia?«

Olivia, die kein Wort mehr zu äußern wagte, beschränkte sich auf ein Nicken.

»Du könntest ihr vielleicht Manieren beibringen«, meinte Cato nachdenklich. Er erwog schon seit einiger Zeit, für seine Tochter eine Gefährtin zu suchen und hatte etliche Male vorgeschlagen, Dianas jüngere Schwester Phoebe solle länger auf Besuch kommen. Diana aber hatte immer Einwände vorgebracht, und Cato, der wußte, daß sie Phoebe nicht mochte, da sie sie für linkisch und unbeholfen hielt, hatte das Thema nicht weiter verfolgt.

»Wie alt ist das Kind?« Diana merkte, daß sie wieder ihre Stirn runzelte und änderte rasch ihre Miene, nicht ohne mit dem Zeigefinger nachzuhelfen, ihre Stirn zu glätten.

Cato schüttelte den Kopf. »Ich weiß es nicht, älter jedenfalls als Olivia.«

»Ja, das ist sie«, sagte Olivia trotzig. Wenn sie jetzt Diana den Gefallen tat, sich an dem Gespräch nicht mehr zu beteiligen, würde Portia nicht kommen. Dianas Gemahl würde mit seinem üblichen wegwerfenden Achselzucken nachgeben, weil er mit wichtigeren Dingen befaßt war. Olivia hatte das Gefühl, für ihren Vater sei alles wichtiger als sie.

Verstohlen griff Olivia nach dem kleinen Silbermedaillon an ihrem Hals, das die zu einem Ring geflochtenen Haarsträhnen barg. Die Erinnerung an die wundervollen Minuten der Freundschaft, die sie an jenem Maitag im verfallenen Bootshaus erlebt hatte, verlieh ihr Mut.

»Sicher ist sie zu alt, um noch Manieren zu erlernen?« sagte Diana nun mit tückischem Lächeln.

Nun war es an Cato, die Stirn zu runzeln. »Madam, seid Ihr wirklich dagegen? Meine Ehre gebietet, den letzten Wunsch meines Bruders zu erfüllen.«

»Natürlich«, beeilte sich Diana zuzugeben. »Ich würde Euch nie davon abraten. Nur frage ich mich, ob das Mädchen nicht bei einer passenden Familie besser aufgehoben wäre. In einem bürgerlichen Haus könnte sie ein Handwerk lernen oder einen standesgemäßen Ehemann finden, wenn Ihr dem Mädchen eine Mitgift aussetzt.« Sie öffnete die Hände in einer vielsagenden Geste.

Olivia sah, daß ihr Vater Dianas Standpunkt zuneigte und im Begriff war nachzugeben. »B-bitte, Sir«, sagte sie so leise und flehentlich, daß sie selbst überrascht war.

Ihr Ton verblüffte Cato ebenso. Er blickte seine Tochter forschend an und sah plötzlich das zutrauliche, muntere kleine Mädchen von einst vor sich. Dann war der Winter gekommen, als sie zu stottern anfing und sich zurückgezogen hatte. Er wußte gar nicht mehr, wann sie zum letzten Mal einen Wunsch geäußert hatte.

»Also gut«, entschied er.

Dianas Fächer klappte zu, so heftig, daß die zarten Elfenbeinstangen in der momentan eintretenden Stille laut aneinanderschlugen.

Olivias Antlitz erglühte, die Schatten in ihren Augen schwanden, und ihr Lächeln milderte den Ernst ihrer Miene.

Cato wandte sich an seine Gemahlin. »Sicher wird Portia sich an uns anpassen, Diana. Mit deiner Hilfe.«

»Wie Ihr befehlt, Sir.« Diana neigte pflichtbewußt den Kopf. »Vielleicht wird sie sich nützlich machen. Sie könnte in der Kinderstube leichtere Aufgaben übernehmen und so ihre Dankbarkeit für Eure Großzügigkeit zeigen.«

Cato schob seinen Stuhl zurück und erhob sich. »Ja, es wäre sehr wünschenswert, wenn sie mit den Kleinen spielt und Olivia Gesellschaft leistet. Die Einzelheiten überlasse ich deinen überaus befähigten Händen, meine Liebe.« Er verließ das Speisezimmer mit einer Verbeugung.

Dianas liebreizender Ausdruck verlor sich. »Olivia, nach dem Frühstück machst du deine Haltungsübungen. Wer so über Büchern hockt, bekommt einen Buckel. Komm.« Als sie anmutig und würdevoll aufstand, hielt sie Rücken und Schultern kerzengerade.

Aber schließlich kann kein Mensch behaupten, daß Lady Granville jemals ihre Nase in ein Buch gesteckt hat, dachte Olivia, als sie widerstrebend ihren Stuhl zurückschob und ihrer Stiefmutter in deren Schlafgemach folgte, wo Diana das gefürchtete Rückenbrett auf den schmalen Schultern ihrer Stieftochter befestigen würde.

Ohne eine Ahnung von der täglichen Tortur, der sich seine Tochter unterziehen mußte, eilte Cato aus der Burg zum Exerzierfeld, wo seine Miliz noch immer übte. Er blieb auf einer Seite stehen und sah dem Drill zu. Giles Crampton, der diensthabende Sergeant, war ein wahrer Meister darin, eine Schar ungeschlachter, linkischer Bauerntölpel in eine kampftüchtige Truppe zu verwandeln.

Kampftüchtig genug für eine Armee des Parlaments. Tatsächlich würden sie für diese sogar ein Gewinn sein. Und Giles Crampton hatte genau dieses Ziel vor Augen. Er wußte als einziger von Lord Granvilles Gesinnungswechsel und stand voll und ganz hinter seinem Herrn und Gebieter.

Der Sergeant übergab das Kommando seinem Stellvertreter, ehe er mit langen Schritten auf Lord Granville zutrat.

»N'Morgen, Mylord.«

Cato bedeutete ihm, er solle ihn begleiten. »Giles, ich habe eine Aufgabe für dich. Ich wüßte sonst niemanden, den ich damit betrauen könnte.«

»Ich bin Euer Mann, Mylord. Das wißt Ihr.«

»Nun, in diesem Fall handelt es sich um etwas, das dir vielleicht nicht zusagen wird.« Cato machte ein finsteres Gesicht. »Du mußt Kindermädchen spielen, noch dazu zur ungelegensten Zeit, da ich dich kaum entbehren kann.«

Giles behielt seinen festen Schritt bei. »Redet schon, Sir.«

»Du sollst meine Nichte aus Edinburgh holen.« Cato erläuterte die Situation, und Giles hörte geduldig zu.

»Schon heute?« fragte er schließlich.

»Je eher, desto besser. Noch herrscht an der Grenze Ruhe. Leven läßt seine Truppen erst aufmarschieren.«

»Und wir stoßen zu ihm?«

»Ja. Sobald du mit dem Mädchen aus Schottland zurückkommst, werden wir für das Parlament in den Kampf ziehen.«

Giles' grobe Züge erhellten sich. »Nun, das wird ein freudiger Anblick, Mylord.«

»Werden die Leute dem neuen Banner folgen?«

»Sie werden den Befehlen folgen. Und diejenigen, die sich ihre eigenen Gedanken machen, neigen ohnehin zur Seite des Parlaments.«

»Gut.« Cato zog eine schwere Lederbörse aus seiner Tasche. »Damit müßtest du auskommen.«

»Und wenn das Mädchen sich nicht willig zeigt?«

»Dann sollst du sie nicht zwingen. Wenn sie schon eigene Pläne hat – um so besser.« Sein Bruder konnte nicht mehr erwarten, als daß er dem Mädchen ein Zuhause bot.

Wieder nickte Giles. »Ich werde übers Moor reiten. Da laufe ich nicht Gefahr, auf eine Armee zu stoßen.« Er grinste schlau.

»Dort läufst du Gefahr, auf Wegelagerer zu stoßen«, warnte Cato mit grimmigem Lächeln. »Rufus Decaturs Späher lauern überall. Nichts käme ihm gelegener als ein Überfall auf meine Leute.«

»Ich hörte, daß er eigene Truppen für den König aufstellen soll«, sagte Giles.

»Es war zu erwarten, daß er in die Kämpfe eingreift«, gab Cato finster zur Antwort. »In den Kriegswirren winkt ihm reiche Beute, und wenn Anarchie herrscht, ist er in seinem Element.«

Er ging zurück in die Burg, die Brauen finster gerunzelt, da er in Gedanken versunken war, die nur Enttäuschung und Wut in ihm weckten. Seit sechsundzwanzig Jahren hauste der ausgestoßene Clan der Decatur im unwirtlichen, öden Gebiet der Cheviot Hills und führte von dort aus einen zermürbenden und von Verwüstungen begleiteten Kampf gegen Besitz und Leben all jener, die dem Banner der Granvilles folgten.

Die Brigantenbanden, die unter Königin Elizabeth und ihrem Nachfolger James die Grenzgebiete des Nordens als ihr eigenes, von Gesetzlosigkeit beherrschtes Territorium angesehen hatten, waren zerschlagen worden. Doch die Anhänger Decaturs hatten sich in ihrem abgeschiedenen Schlupfwinkel halten können. Geschickt beidseits der schottischen Grenze agierend, unternahmen sie dreiste Raubzüge, die vor allem den Besitzungen der Granvilles galten, und trotzten Verfolgung und Gefangennahme.

Rufus Decatur war der Anführer dieser Bande von Gesetzlosen. Sein Ruf eilte ihm voraus, unzählige Legenden rankten sich um seinen Namen. Obschon Herr über Briganten und Diebe, wurde er vom Volk geliebt. Er wiederum lohnte den Menschen diese Liebe, indem er von ihnen nur nahm, was freiwillig gegeben wurde, und großzügig gab, wo Hilfe not tat. Trotz seiner Voreingenommenheit mußte Cato anerkennen, daß vom verfemten Haus Rothbury noch ebensoviel Gutes ausging wie seinerzeit, als die Familie noch über Besitz und Stellung verfügte.

Aber nichts Gutes für die Granville. Was diese betraf, kannte Decaturs Feindseligkeit und Bosheit keine Grenzen. Er jagte und verfolgte, überfiel und zerstörte und nützte jede Gelegenheit für eine Untat, wenn sie den Marquis of Granville treffen konnte.

Jeden Tag seines Lebens als erwachsener Mann hatte Cato im Kampf gegen Rufus Decatur gestanden. Sie waren im gleichen Alter. Jeder hatte den Titel des Vaters geerbt, doch während Cato nach dem Tod des Vaters alle Rechte und Pflichten eines mächtigen Edelmannes des Grenzlandes übernommen hatte, besaß Rufus nur einen leeren Titel, beschlagnahmte Güter und die Erinnerung an einen Vater, der den Tod von eigener Hand wählte, um der Anklage des Hochverrats und der Hinrichtung oder einem langsamen, elenden Sterben im Kerker zu entgehen.

Cato wußte, daß in den Augen Rufus Decaturs die Schuld seines Vaters auf ihm lastete. Wo es um Ehre und Gewissen ging, hatte der starre Ehrbegriff seines Vaters keinen Spielraum gekannt. Als William Decatur sich offen gegen König James ausgesprochen hatte und sich gegen die unseligen Ratgeber des Königs verschwor, hatte George Granville nicht gezögert, seinen alten Freund zu verdammen. Als Lord Marshal des Grenzlandes hatte es zu seinen Pflichten gehört, den Verräter festzunehmen und der Gerechtigkeit zu überantworten, und er hatte es getan.

Cato wußte nicht, ob er selbst unter ähnlichen Umständen ebenso gehandelt hätte wie sein Vater. Da er für beide Seiten Verständnis aufbrachte, fehlte ihm die Härte seines Vaters. Er wußte freilich, daß es Rufus Decatur nicht kümmerte, wie er an Stelle seines Vaters gehandelt hätte. Für ihn war es George Granvilles Schuld, daß William Decatur tot war und die Familie ihren Besitz verloren hatte. Rufus lechzte nach Vergeltung. Sein Feldzug gegen Georges Sohn war eine persönliche Fehde, und Cato war zum Kampf gezwungen, ob er wollte oder nicht.

Wenn nun Rufus Decatur im Bürgerkrieg auf der gegnerischen Seite stand, würde die persönliche Fehde auf höherer Ebene eine Fortsetzung finden.

Cato sah der Aussicht, seinem Widersacher von Angesicht zu Angesicht im Kampf gegenüberzutreten, mit einer gewissen Genugtuung entgegen, da eine Begegnung auf dem Schlachtfeld etwas Kaltes, Klares und Greifbares war.

2

»Rufus, wohin willst du?« Die verschlafene, ein wenig ärgerliche Stimme drang unter einem Berg von Bettzeug hervor. Die Felldecke geriet in Bewegung, als die Frau sich halb aufrichtete und auf einen Ellbogen stützte. Mit rauher Arbeitshand schob sie ihre dunkle Haarflut beiseite und enthüllte ein braunes Augenpaar.

»Maggie, ich muß an die Arbeit, das weißt du genau.« Rufus Decatur durchschlug mit einem Fausthieb das Eis im Krug und goß sich mit einem Stöhnen, das Unlust und Wohlbehagen vereinte, das kalte Wasser über den Kopf. Als er den Kopf schüttelte, flogen Tropfen durch die kleine Dachkammer. Mit einer Verwünschung suchte die Frau Zuflucht unter dem Fell.

Ohne ihre Verwünschungen und ihr Gejammer zu beachten, trocknete Rufus seinen Kopf energisch ab, und nach einer Weile setzte Maggie sich im breiten Bett auf, die Decke bis ans Kinn ziehend, und betrachtete den Gebieter über das Dorf Decatur mit mißbilligendem Stirnrunzeln.

»Es ist noch nicht Tag.«

»Und du bist ein faules Stück, Maggie, meine Liebe«, erklärte Rufus und griff nach seinem Hemd, das über dem Fußteil des Bettes hing.

Sein Ton bewirkte, daß die Frau die Augen zusammenkniff

und sich an den geschnitzten Kopfteil lehnte. »Komm zurück ins Bett.« Dieser Rufus Decatur war ein schmucker, starker Mann, und sie war einem Ruf in sein Bett nie abgeneigt. Die Nächte mit ihm bescherten ihr viel mehr Vergnügen, als sie von ihren übrigen Kunden gewohnt war.

Ihr Blick wanderte wollüstig über seinen Körper. Rotgoldenes Haar fiel ihm auf die Schultern, schmückte sein kantiges Kinn und sproß als dichtes Gekräusel auf Brust und Lenden. Es schimmerte im Kerzenlicht auf seinen Unterarmen und Beinen, wo es sich rötlich von der wettergebräunten Haut abhob. Er hatte keine Unze zu viel an sich, dank seiner Größe aber wirkte er geradezu überdimensional und viel zu groß für den kleinen Raum.

»Steh auf«, forderte er sie auf, von ihren Überredungskünsten unbeeindruckt. Er beugte sich über sie und zog ihr die Decken weg. »Aufstehen! Vor mir liegt ein arbeitsreicher Tag!« Der Blick seiner blauen Augen brachte seine Bettgespielin, wenn auch bebend und grollend, auf die Beine. Rufus Decaturs Temperament paßte zu seinem roten Haar. War er in einer gewissen Stimmung, so duldete er keinen Widerspruch.

»Wieder ein Überfall?« Sie setzte sich aufs Bett, um ihre Wollstrümpfe überzustreifen, dann zog sie ihren Flanellunterrock hoch, ehe sie den Kopf in die Öffnung ihres Hemdes steckte.

»Kann sein.« Er schlüpfte in ein braunes Lederkoller und bückte sich, um die Glut im Kamin zu schüren. Als eine Flamme hochschoß, warf er Späne hinein, bis die Flammen lodernd brannten.

Maggie kam näher an den Kamin, um sich fertig anzuziehen. »Es heißt, du würdest dich für den König entscheiden«, bemerkte sie mit listigem Blick. »Deine Truppen sollen angeblich zu den Königlichen stoßen.«

»Geredet wird viel.« Rufus tätschelte im Vorübergehen ihre breite Kehrseite. »Deine Börse findest du am üblichen Ort.«

Mit einem flüchtigen Lächeln verschwand er und stieg die wackelige Treppe zum Erdgeschoß hinunter.

Maggie begnügte sich mit dem Lächeln. Da Rufus nicht der Mensch war, der gern von seinen Angelegenheiten sprach, hätte sie sich ebensogut eine scharfe Zurechtweisung einhandeln können. Was im Dorf Decatur vor sich ging, blieb geheim. Frauen gab es hier keine. Maggie und ihre Freundinnen kamen, wenn man sie rief, und die Hausarbeit wurde von den Männern selbst erledigt.

Daß das Dorf eher ein Militärlager als eine zivile Niederlassung war, wußte man, und es war anzunehmen, daß Rufus im Begriff stand, seine gutausgebildete Brigantentruppe in einen Kampf zu führen, der an das Gewissen aller rührte. Bislang aber wußte außerhalb der Grenzen von Rufus' Festung niemand, auf welcher Seite sich der Herr von Decatur schlagen würde, eine Frage, die viel Interesse erregte und der große Bedeutung beigemessen wurde.

Rufus wußte um die Spekulationen. Vermutlich hatte die neugierige Mistress Beldam, die Hüterin der Frauen, die sich der Männer im Dorf Decatur annahmen, Maggie zu der Frage angeregt. Doch die allgemeine Neugierde würde bald befriedigt werden, da sein Entschluß feststand und in einigen Tagen an die Öffentlichkeit dringen würde.

Das eingedämmte Feuer schuf einen fahlen Schein, der den einfach ausgestatteten Raum schwach erhellte. Rufus ging leise zu einem durch einen Vorhang abgeteilten Alkoven am anderen Ende. Er lugte hinter den Vorhang und sah mit Verwunderung, daß die zwei kleinen Wölbungen unter den Decken noch nicht gewillt waren, ihren ungestümen Tagesablauf zu beginnen. Meist waren sie auch mitten im Winter schon vor dem ersten Hahnenschrei wach, doch wußte er, daß sie sicher aufwachen würden, wenn sie hörten, daß Maggie aus dem Haus ging. Bis dahin konnte ihr Vater diese kurze und seltene Verlängerung frühmorgendlicher Ruhe genießen.

Er griff nach seinem Mantel, der an einem Nagel in der Wand neben der Tür hing, hob den schweren Holzriegel an und stieß die Tür auf. Da es in der Nacht stark geschneit hatte, mußte er mit der Schulter nachhelfen, um gegen den angewehten Schnee am Fuß der Tür anzukommen.

Als er ins eisige Morgengrauen hinaustrat, verblaßten die letzten Sterne am Himmel, und der Mond hing tief über den Cheviot Hills. Die in eine tiefe Senke zwischen den sanft gerundeten Hügeln geschmiegten Steinhäuser des Dorfes lagen in einer völlig unzugänglichen Gegend, da keine Straße in das Tal führte. Auf den Hügelrücken ringsum brannten die Feuer der Posten, die über dem kahlen unwirtlichen Land bis zur schottischen Grenze Wache hielten.

Rufus ging durchs Dorf an den Fluß, der in idealer Entfernung hinter seiner Niederlassung dahinströmte. Unter der Eisdecke floß nur ein spärliches Rinnsal, doch bezog das Dorf auch jetzt sein Wasser daraus und benutzte den Fluß als Verbindung zur Außenwelt – winters mit Schlitten, in der eisfreien Zeit mit Booten.

Am Ufer hatte sich eine Gruppe von jungen Leuten zusammengefunden. Sie hatten ihre Mäntel neben die Eimer gelegt und schwangen die Pickel, um das Eis aufzuhacken, das sich in der Nacht gebildet hatte. Als Rufus kam, richteten sie sich auf und verharrten abwartend. Er sah, daß ihre Wangen sich vor Kälte und Anstrengung gerötet hatten.

»'n Morgen, Mylord.«

»'n Morgen, Leute.« Rufus begrüßte sie und wechselte ein paar Worte mit ihnen, wobei er jeden mit seinem Namen ansprach. Falls ihm die unverhüllte Bewunderung in ihren Blicken auffiel, so ließ er es sich nicht anmerken.

Dies waren die Neulinge, die jüngsten Rekruten der Decatur-Truppe. Viele waren ihren Vätern, Brüdern und Onkeln in die Welt der Geächteten gefolgt. Einige waren selbst vor dem Gesetz geflohen, andere wiederum hatte das Abenteuer gelockt.

Aber allen war eines gemeinsam: Sie waren dem Haus Rothbury und seiner kleinen Armee in unwandelbarer Treue ergeben.

»Stimmt es, daß wir uns auf die Seite des Königs schlagen?« Ein hochgewachsener junger Mann, dessen Haltung ihn eindeutig als Führer der Gruppe auswies, sprach für alle. Zehn Augenpaare sahen Rufus an.

»Glaubst du, Seine Majestät würde die Hilfe einer Bande von Wegelagerern annehmen, Paul?« antwortete Rufus mit einer Gegenfrage, deren gleichmütiger Ton niemanden zu täuschen vermochte. Im Blitzen seiner Augen schien sich die Eisfläche des Flusses unter den verblassenden Sternen widerzuspiegeln. »Die Hilfe einer Familie, die wegen Hochverrats enteignet wurde? Die Hand eines Geächteten, eines Rinderdiebes und Räubers, der weiß Gott was für Verbrechen an ehrbaren Bürgern beging?«

Paul hielt seinem Blick stand. »Ich glaube, daß der König jede Hand ergreift, die sich ihm bietet«, erklärte er. »Da nun Lord Leven von Schottland her vorrückt, gerät der König in arge Bedrängnis.«

Um den Mund seines Kommandeurs zuckte es, mehr aus Verachtung denn aus Erheiterung. »Ja, ich glaube, du hast recht, Junge. Aber merke dir eines: Unter dem Banner der Loyalität sammelt sich viel verborgener Groll. Und was kann einer nicht alles erreichen, wenn ihm der König Dank schuldet?« Er hob die Hand zum Abschied und wandte sich zum Gehen. Sein energischer Schritt ließ seinen Mantel um die Beine wehen.

Wem der König Dank schuldet, der kann seine Güter wiedergewinnen und voll rehabilitiert werden. Das Haus Rothbury könnte seinen rechtmäßigen Platz in der Welt des Gesetzes wieder einnehmen. Ja, es gibt wenig, was ein dankschuldiger König einem treuen Untertanen versagen würde.

Rufus lachte kurz auf. Wenn er sich jetzt auf die Seite des Königs schlug, dann nur, weil er den Konflikt zu seinem Vorteil zu nutzen gedachte, und nicht, weil er sich dazu bemüßigt fühlte. Charles war ein ähnlicher Narr wie sein Vater James. Aber Rufus würde den Fehler seines eigenen Vaters nicht wiederholen. Wenn er diesen König in seiner Torheit unterstützte, war er entschlossen, die Früchte dafür zu ernten. Sein Preis war die volle Rehabilitierung.

Er stieg hügelan, den schmalen Pfad entlang, der zum ersten Wachtfeuer führte. Als er oben anlangte, waren die Sterne verblaßt, doch der Ring von Feuern um das Tal brannte noch hell. Sie würden den ganzen Tag über brennen und die Posten wärmen, die den Schlupfwinkel der Decatur-Truppe vierundzwanzig Stunden am Tag bewachten.

»Guten Morgen, Rufus.« Ein großer, hagerer Mann Anfang zwanzig wandte dem Feuer, an dem er sich die Hände gewärmt hatte, den Rücken. »Kaffee?«

»Danke, Will.« Rufus nickte seinem Vetter zu. Der Jüngere, dessen Vater Rufus in jungen Jahren vor manchem Fehler bewahrt hatte, stand ihm sehr nahe. Will war der Sohn von Rufus' Onkel, gezeugt, als der Alte friedlich am Kamin hätte sitzen sollen, anstatt den Tag über das Land zu durchstreifen und sich nachts seiner Bettgefährtin eifrig wie ein Mann in der Blüte seiner Jahre zu widmen. »War die Nacht ruhig?«

»Ja. Aber Connor meldete Truppenbewegungen im Norden. Vermutlich Levens Leute.«

Rufus nahm einen Becher Glühwein von einem mit Pike und Muskete bewaffneten Mann entgegen. »Wir wollen noch heute Späher ausschicken. Wenn Fairfax und Leven sich auf die Seite des Parlaments schlagen, gerät der König in große Bedrängnis, da er eine große Streitmacht im Norden verliert.« Das hörte sich an, als würde Rufus die Frage nicht übermäßig interessieren, doch ließ Will sich von seinem ruhigen, sachlichen Ton nicht täuschen. Er wußte, wieviel Rufus seine Entscheidung gekostet hatte.

»Du meinst, wir könnten Levens Vormarsch aufhalten?«

Will blies in seinen Glühwein, um ihn zu kühlen. »Durch einige geschickt ausgeführte Nadelstiche?«

»Genau das hatte ich im Sinn.« Plötzlich lachte Rufus auf, und seine Miene erhellte sich. »Wir werden dem königlichen Kommando inoffiziell ein wenig Hilfestellung leisten. Die Mylords Bellasis und Newcastle werden es uns danken.«

Will grinste, da er erkannte, daß Rufus seine Ernsthaftigkeit abgelegt hatte und diese kleine Unternehmung in ähnlichem Licht sah wie andere, voller Übermut ausgeführte Aktionen.

»Auch Granville ist für den König«, bemerkte er nach einer Weile.

Rufus ließ sich Zeit mit der Antwort und starrte in die Weite, als die Nachtwolken sich von den Hügeln im Osten hoben. »Man wird sehen. Ich habe das Gefühl, daß er sich noch nicht festgelegt hat. Sollte er sich fürs Parlament entscheiden, um so besser. Dann wollen wir ihn tüchtig in den Schwanz zwicken.«

»Es heißt, daß er eine Miliz für den König aufstellt.« Will konnte sein Erstaunen nicht verbergen.

»Man wird sehen«, wiederholte Rufus. Er wußte nicht, wie es kam, daß er Cato Granvilles Unentschlossenheit so sicher war, doch hatte er das Gefühl, es sei seine eigene. Sein Leben lang war er Gegner dieses Mannes gewesen, hatte seine Bewegungen ausgespäht, hatte versucht, seine Gedanken zu erraten, bis er mitunter das Gefühl hatte, mit seinem Kopf zu denken.

Er reichte dem Pikenträger den Becher. »Ich reite mit ein paar Leuten auf Selkirk zu. Mal sehen, welche Leckerbissen uns auf der Straße nach Edinburgh in die Hände fallen.«

»Sei auf der Hut.«

»Ja.« Rufus ging den schmalen Pfad zum Dorf hinunter.

Schrilles Gezeter aus einem Garten am Rand des Dorfes ließ ihn innehalten. Seine Miene verlor den Ausdruck ernster Versunkenheit. Er betrat durch ein Holzgatter einen kleinen Küchengarten. Auf dem steinharten und kahlen Boden zankten sich ein paar Hühner um Getreidekörner, die vor die Küchentür geschüttet worden waren. Zwei kleine, wie Kleiderbündel wirkende Gestalten, die sich im Schnee balgten, waren die Quelle des Gezeters.

Mit zwei Schritten war er bei ihnen. Ein Glück, daß sie am Abend zuvor angekleidet zu Bett gegangen waren. Unbeaufsichtigt wie sie waren, wären sie vermutlich aus dem Bett gekugelt und in ihren Nachthemden im Schnee gelandet. Nun hatte der kleine Luke seine Stiefel verkehrt an, und seine Finger hatten nicht in die Handschuhe gefunden.

Rufus packte je einen Kragen mit einer Hand und trennte die Streithähne. Hellblond und blauäugig starrten die beiden einander mit roten Gesichtern wutentbrannt an.

»Ich bin dran mit dem Eierholen!«

»Nein, ich!«

Rufus betrachtete die Jungen mit belustigter Nachsicht. Sie waren ein wildes Gespann, nur ein Jahr auseinander. Da beide das Temperament der Rothburys mitbekommen hatten, neigten sie zu Ungestüm und Wildheit, doch erkannte er so viel von sich selbst in seinen Söhnen wieder, daß er nur selten mit Gewalt gegen ihre stürmischen Aktivitäten vorging. »Ihr seid zwei richtige Streithähne. Es ist viel zu kalt, um sich im Schnee zu balgen.«

»Ich darf die Eier holen, weil ich älter bin«, erklärte der kleine Tobias und wehrte sich gegen die Hand, deren Griff an seinem Kragen fester wurde.

»Du hast sie gestern geholt. Immer sagst du, du bist älter.« Sein kleiner Bruder konnte vor lauter Tränen kaum sprechen, als er diese unbestreitbare Wahrheit äußerte.

»Weil ich es bin«, gab Toby selbstzufrieden zurück.

»Das ist nicht fair!« heulte Luke. »Gar nicht fair!«

»Nein, das sind diese Dinge fast nie«, gab Rufus ihm recht. »Aber leider kann man da nichts machen. Wer hat gestern die Eier eingesammelt?«

»Toby!« Luke fuhr sich mit dem Unterarm über seine Knopfnase. »Immer tut er es, weil er älter ist.«

»Ich kann es besser, weil ich älter bin«, behauptete Toby voller Selbstvertrauen.

»Aber wie soll Luke sich verbessern, wenn er nicht üben kann?« gab Rufus zu bedenken, während ihn ein plötzlicher kalter Windstoß traf, der von der Anhöhe her um die Hausecke fegte. »Die Eier müssen warten. Jetzt wird gefrühstückt.«

Ohne die lautstarken Proteste der Jungen zu beachten, packte er ihre Kragen fester und trieb sie vor sich her auf den niedrigen Steinbau zu, in dem sich die Kantine befand.

Elinor, die Mutter der Kinder, die bald nach Lukes Geburt gestorben war, hatte fünf Jahre lang regelmäßig Rufus' Bett geteilt. Sie hatte nicht im Dorf gelebt, doch war ihre Beziehung über die simplen finanziellen Transaktionen hinausgegangen, die ihn mit Maggie und den anderen Frauen in Mistress Beldams Etablissement verbanden. Ihr Tod hatte ihn tief getroffen, und sobald Luke aus dem Windelalter heraus war, hatte Rufus die Jungen ungeachtet aller Schwierigkeiten zu sich genommen. Ein Militärlager war kein idealer Ort, um Kinder großzuziehen, doch hatte er ihrer Mutter geschworen, daß sie seinen Namen tragen sollten und er sich um sie kümmern würde.

Natürlich würde die Zukunft der Kinder sich viel rosiger gestalten, wenn ihr Vater sich auf die richtige Seite schlug und ihm seine Ländereien von einem dankbaren König rückerstattet würden, überlegte Rufus mit kaltem Zynismus und schob die Kinder in die würzige Wärme der überfüllten Kantine.

Portia zog die Kapuze ihres Umhangs gegen den windgepeitschten Schneeregen, der über die Lammermuir Hills fegte, fester um ihr Gesicht. Ihr Pferd schnaubte unwillig und senkte den Kopf gegen die kalten Windstöße. Es war spät am Morgen, und sie hoffte, man würde bald zum Mittagessen anhalten, doch sah man auf diesem Abschnitt der Straße nach Edinburgh nirgends Anzeichen von Schutz bietenden Behausungen. Portias Begleiter, der mürrische, aber ihr wohlgesinnte Giles

Crampton und seine vier Mann, trotzten dem schneidenden Wind mit jener beharrlichen Ausdauer, die man den Bewohnern Yorkshires nachrühmte.

Eine Woche war vergangen, seit Sergeant Crampton, wie er sich selbst nannte, im Rising Sun aufgetaucht war. Sie hatte Ale gezapft und sich bemüht, den zudringlichen Händen der Gäste auszuweichen, als dieser stämmige Mann aus Yorkshire die Tür aufstieß und mit ihm Schnee hereintrieb, was ihm grollende Verwünschungen jener einbrachte, die sich um das glosende Torffeuer scharten.

»Mistress Worth?«

»Die bin ich.« Portia schob dem wartenden Gast den gefüllten Humpen hin und stützte ihre Ellbogen auf die Theke. Ihre grünen Augen sahen den Neuankömmling abschätzend an, registrierten seine warme, bequeme Kleidung, die schweren Stiefel, sein rauhes Äußeres, das darauf hindeutete, daß er sich viel im Freien aufhielt. Ein wohlhabender Bauer oder Handwerker, schätzte sie. Aber kein Mann, dem man in die Quere kommen durfte, wie seine großen, eckigen Hände mit den Venensträngen verrieten, die breiten Schultern, seine muskelbepackten Schenkel, vor allem aber der kompromißlose Blick seiner scharfen braunen Augen.

»Crampton, Sergeant Crampton.« Giles vergrub die Hände in den Hosentaschen und schob dabei den Umhang beiseite, so daß die in seinem Gürtel steckenden Pistolen mit den beinernen Griffen und ein schlichtes, in der Scheide steckendes Schwert sichtbar wurden.

Natürlich, dachte Portia. Ein Soldat. In Schottland war zwar der englische Bürgerkrieg in aller Munde, doch gekämpft wurde bislang nur jenseits der Grenze.

»Was wollt Ihr von mir, Sergeant?« Sie stützte ihr Kinn in die Hand und sah ihn neugierig an. »Vielleicht ein Ale?«

»Ale zapfen ist keine Arbeit für Lord Granvilles Nichte«, stellte Giles bärbeißig fest. »Miss Worth, Ihr sollt diesem Ort den Rücken kehren und mit mir kommen. Ich bringe einen Brief von Eurem Onkel.« Er zog eine Pergamentrolle aus der Brusttasche und legte sie auf die Theke.

Portia, die Gänsehaut bekam, spürte, wie ihr Herz schneller schlug. Sie hatte keine Ahnung, was Jack seinem Halbbruder geschrieben hatte, doch mußte es in seinem Brief um sie gegangen sein. Sie entrollte das Pergament und überflog den in kühner Schrift abgefaßten Text.

Giles beobachtete sie. Eine Schankmagd, die lesen konnte, war höchst ungewöhnlich, diese aber, die äußerlich alle Bedingungen dieser Rolle erfüllte – rissige Hände, ein ausgefranstes und nicht allzu sauberes Hemd unter dem Leinenkittel, wirre Locken um das schmale, sommersprossige Gesicht –, schien keine Schwierigkeiten damit zu haben.

Portia konnte sich an Cato Granville von jenem heißen Nachmittag in London her erinnern, als man den Earl of Strafford enthauptet hatte. Sie dachte an das Bootshaus und die zwei Mädchen. An Phoebe, die Schwester der Braut, und an ihre eigene Halbcousine Olivia. Ein ernstes Kind, das stotterte. Sie hatten ein törichtes Spiel gespielt und ihren Freundschaftsbund mit Blut besiegelt, und sie hatten Ringe aus ihren Haarlocken geflochten. Sie wußte auch noch, daß sie absurde Pläne geschmiedet und Mittel und Wege erörtert hatten, den Männern und der Ehe zu entgehen. Sie selbst hatte sich gewünscht, Soldat zu werden und ihre Freiheit zu bewahren, indem sie der Kriegstrommel folgte.

Fast hätte Portia wegen dieser absurden kindlichen Spielereien laut aufgelacht. Vor drei Jahren hatte sie noch das Kind spielen können. Jetzt nicht mehr.

Ihr Onkel bot ihr ein Zuhause. An das Angebot schienen keine Bedingungen geknüpft, doch wußte Portia, daß Wohltun nie bedingungslos war. Doch was konnte die illegitime Tochter des mißratenen Halbbruders des Marquis für Lord Granville tun? Sie konnte keine vorteilhafte Partie machen und der Familie einflußreiche Allianzen und reiche Ländereien bringen, da kein Mensch einen mittellosen Bastard heiraten würde. Und an einem zusätzlichen Dienstboten konnte ihm nicht gelegen sein, da er gewiß Scharen davon hatte.

Was also?

»Lady Olivia bat mich, Euch dies zu geben.« Sergeant Crampton riß sie aus ihren Überlegungen, als er ein versiegeltes Stück Papier auf die Theke legte.

Portia öffnete es. Ein dreifarbiger Ring aus geflochtenem Haar fiel heraus. Eine schwarze Locke, mit einer blonden und einer roten verflochten, fiel heraus.

Bitte komm. Das waren die einzigen Worte, die auf dem Papier standen.

Nun lachte Portia tatsächlich auf. Wie kindisch das alles war! Was hatte das Spiel in einem Bootshaus mit ihrem eigenen verzweifelten Überlebenskampf zu tun?

»Und wenn ich Lord Granville für sein Angebot danke, aber lieber bleibe, wo ich bin?« Sie zog fragend eine Braue hoch.

»Dann ist es Eure Entscheidung, Mistress.« Er ließ den Blick vielsagend durch den Schankraum wandern. »Mir scheint aber, die Entscheidung ist für jemanden, der auch nur einen Funken Verstand hat, klar.«

Portia schob den geflochtenen Ring zurück ins Papier, das sie zusammengefaltet in ihren Ausschnitt schob. »Ihr habt recht, Sergeant. Lieber den unbekannten Teufel als den bekannten …«

Da war sie also, drei Tagesritte von Edinburgh entfernt, praktisch, wenn auch nicht elegant gekleidet, mit festen Stiefeln und einem dicken Reitmantel über einem Gewand aus dunklem Wollstoff, darunter einige saubere Unterröcke, die diskret ein paar Lederbreeches verbargen, in denen sie bequem im Herrensitz reiten konnte. Damensättel taugten im Winter auf den holprigen Wegen im schottischen Grenzland nichts.

Sergeant Crampton hatte ihr kommentarlos Geld gegeben, und dafür war Portia dankbar. Sie nahm Wohltätigkeit ungern in Anspruch, doch hatte die nüchterne Art des Sergeanten ihr Verlegenheit erspart. Und ihr gesunder Menschenverstand hatte ihr geraten, das Angebot anzunehmen. In den Kleidern, die sie am Leibe trug, hätte sie nicht eine Meile weit reiten können.

Trotz der bitteren Kälte und der gefrierenden Nässe, die ihr in den Hals lief, wenn sie die Kapuze zurückschlug, befand sich Portia in Hochstimmung. Es war etliche Jahre her, seitdem sie ein anständiges Pferd geritten hatte. Jack, bei Pferden sehr wählerisch, hatte für sich und seine Tochter immer nur erstklassige Tiere ausgesucht, bis die Trunksucht seinen reiterlichen Fähigkeiten wie auch seiner Geschicklichkeit beim Glücksspiel, das sie vor totaler Armut bewahrte, ein Ende gemacht hatte.

»Ist alles in Ordnung, Mistress?« Der Sergeant brachte sein Pferd neben jenes von Portia. Sein Blick strich dabei über die öde Landschaft, und sie spürte, daß der Mann, der sonst phlegmatisch bis zur scheinbaren Schläfrigkeit war, eine gewisse Nervosität zeigte.

»Ich kann nicht klagen, Sergeant«, gab Portia zurück. »Obwohl diese Gegend sehr öde ist.«

»Ja, aber in vier Stunden müßten wir zu Hause angelangt sein. Ich möchte vorher nicht Rast machen, falls Ihr es aushaltet.«

»Mühelos«, sagte Portia leichthin. Hunger war ihr nicht ungewohnt. »Drohen uns hier Gefahren?«

»Es ist das Land von Decatur, dem verdammten Wegelagerer.« Giles spuckte angewidert aus.

»Und ich dachte, die Räuber wären schon vor Jahren aus dem Hügelland vertrieben worden.«

»Nicht die Bande Decaturs, die sich in den Cheviots vergräbt und Land und Vieh der Granvilles raubt. Elendes Mörder- und Diebsgesindel.«

Portia fiel ein, was Jack ihm von der Fehde zwischen dem Haus Rothbury und dem Haus Granville erzählt hatte. Jack hatte schlimme Erinnerungen an den Vater, der ihm und Cato gemeinsam war. Ein Mann unbeugsamer Wesensart und strenger Disziplin, der nichts getan hatte, um die Zuneigung seiner Söhne zu gewinnen. Aber noch weniger Achtung hatte Jack vor Rufus Decatur, Earl of Rothbury und seiner Bande von Geächteten. In diesem Punkt waren Jack und sein Halbbruder sich einig. Nichts, was in der Vergangenheit geschehen war, rechtfertigte das grausame Vorgehen und die Rachsucht Decaturs und seiner Männer. Sie waren eine Schwäre auf dem Antlitz des Grenzlandes, nicht besser als die Räuberbanden, die man wie Ratten auf einem Stoppelfeld gejagt und ausgemerzt hatte.

»Sie sind also noch aktiv?«

»Ja, und seit ein paar Monaten treiben sie es besonders arg.« Giles spuckte wieder aus. »Viehdiebe und Mörder. Dieser Schurke Decatur wird den Krieg für seine eigenen Zwecke nützen.«

Portia schauderte. Sie konnte sich denken, daß der Krieg manch einem Gelegenheit für einen persönlichen Rachefeldzug bot. »Steht Lord Granville auf seiten des Königs?«

Giles warf ihr einen scharfen Blick zu. »Warum fragt Ihr?«

»Nur aus Interesse.« Sie warf ihm einen Seitenblick zu. »Nun, wie ist es?«

»Ja«, lautete die knappe Antwort. Der Sergeant trieb sein Pferd an, um die zwei Männer einzuholen, die ein Stück vor Portia ritten. Die anderen zwei bildeten das Ende und gaben ihr das Gefühl, eingeklemmt zu sein. Es sah ganz danach aus, als wolle der Halbbruder ihres Vaters sie beschützt wissen – für sie eine ungewohnte Erfahrung.

Sie steckte ihre behandschuhte Hand in die Tasche ihrer Jacke unter dem Umhang. Olivias geflochtener Ring befand sich noch immer in seiner Papierhülle, und Portia hatte ihren eigenen Ring in der kleinen Kassette entdeckt, in der sie die spärlichen persönlichen Habseligkeiten verwahrte, die für sie Gefühlswert besaßen: den Siegelring ihres Vaters; eine angeblich mit Zauberkräften ausgestattete Silbermünze mit einem Loch in der

Mitte, die sie als Kind bekommen hatte; ein getrocknetes Veilchen, von dem sie glaubte, es wäre ein Geschenk ihrer Mutter, an die sie keine Erinnerung mehr hatte, da sie vor Portias zweitem Geburtstag gestorben war; ein Kamm aus Elfenbein, dem einige Zähne fehlten, und eine kleine Porzellanbrosche in Form eines Gänseblümchens, von der Jack gesagt hatte, sie stamme aus dem Besitz ihrer Mutter. Die Schatulle und deren Inhalt waren das einzige, das sie aus Edinburgh mitgebracht hatte.

Wie Olivia jetzt sein mochte? Sie war ein so ernstes Mädchen gewesen ... unglücklich, hatte Portia damals gedacht, obwohl ihr unverständlich war, wie jemand, der Not nie kennengelernt hatte, unglücklich sein konnte. Natürlich hatte Olivia sich Sorgen wegen ihrer jungen Stiefmutter gemacht. Phoebe, die jüngere Schwester der Braut, hatte von dieser eine sehr schlechte Meinung gehabt. Portia fragte sich, ob Olivia in Schwierigkeiten stecke. Und wenn ja, ob sie wirklich glaubte, Portia könne ihr helfen? Ausgerechnet Portia, die genug damit zu tun hatte, sich irgendwie durchzuschlagen und ihre Lebensfreude nicht zu verlieren.

Portia, deren Magen laut knurrte, hüllte sich tiefer in ihren Umhang. Eine Woche regelmäßiger und ausgiebiger Mahlzeiten machte es ihr schwerer, einen leeren Magen zu ertragen.

Ein Ausruf, Hufgetrappel und Musketenfeuer ließen sie alle Gedanken an Hunger vergessen. Ihr Pferd bäumte sich in panischer Angst laut wiehernd auf und drohte durchzugehen, als es um sie herum plötzlich von Männern wimmelte. Sergeant Crampton rief seinen Leuten zu, sie sollten die Reihen schließen, doch waren es nur vier, die es nun mit acht bewaffneten Reitern aufnehmen mußten. Rasch war die kleine Gruppe umzingelt, die Granville-Männer isoliert und gegen eine Baumgruppe gedrängt.

»Ach, wen haben wir denn da?«

Portia zog die Zügel ihres zitternden Pferdes an, das den Kopf hochwarf, protestierend wieherte und mit den Vorderhufen scharrte. Sie blickte in blaue Augen, aus denen Belustigung blitzte, die auch den Ton des Sprechers färbte.

»Und wer seid Ihr?« wollte sie wissen. »Warum habt Ihr diese Männer gefangengenommen?«

Ihre Kapuze war bei ihrem Kampf mit dem Pferd hinuntergerutscht, und Rufus sah sich dem kritischen Blick eines grünen Augenpaares gegenüber, das ihn unter leuchtendroten Locken hervor ansah. Sie war blaß, aber nicht vor Angst. Er hatte vielmehr den Eindruck, daß sie viel zu wütend war, um sich zu fürchten.

»Rufus Decatur, Lord Rothbury, zu Euren Diensten«, sagte er förmlich und zog schwungvoll den federgeschmückten Hut, als er sich im Sattel seines großen Fuchses spöttisch verbeugte. »Und wer reist unter dem Banner Granvilles? Wenn Ihr erlaubt ...« Er zog eine Braue hoch.

Portia gab darauf keine Antwort. »Wollt Ihr uns entführen? Oder habt Ihr Mord im Sinn?«

»Ich schlage vor, wir wechseln Frage um Frage«, meinte Rufus verbindlich, nach dem Zaum ihres Pferdes knapp unter dem Biß fassend. »Aber wir wollen dieses faszinierende, wenngleich bislang wenig informative Gespräch irgendwo fortsetzen, wo man nicht dieser nervtötenden Kälte ausgesetzt ist.«

3

Portia reagierte, ohne zu überlegen. Sie hob die Gerte und schlug damit Decatur mit aller Kraft auf die Hand, so daß der Schlag seinen Lederhandschuh durchdrang. Mit einem überraschten Aufschrei ließ er den Zaum los, und Portia ergriff die Zügel, stieß dem Pferd die Fersen in die Flanken und sprengte den Weg entlang, ohne zu wissen, wohin, da es sie nicht kümmerte. Und das alles, ehe Rufus begriff, was geschehen war.

Portia hörte ihn hinter sich, hörte, wie die Hufe seines Fuchses durch das dünne Eis über dem Schlamm zwischen den Wegfurchen brachen. Sie trieb ihr Pferd an, das in Panik von dem Getümmel den Kopf hochwarf und angstvoll davonsprengte. Hätte sie die Zügel lockergelassen, es wäre durchgegangen. Irgendwie behielt sie es in der Gewalt, tief über den Hals des Tieres geduckt, halb in Erwartung eines Musketenschusses.

Sie wußte, daß sie dieses Rennen nicht gewinnen konnte. Ihr Pferd, ein hübscher, feuriger Wallach, verfügte nicht über den ausgreifenden Schritt oder das Atemvolumen des Verfolgerpferdes. Wenn Rufus Decatur nicht aus irgendeinem Grund die Jagd aufgab, würde er sie rasch einholen. Bald aber merkte sie, daß ihr Verfolger sie nicht überholte und gleichmäßigen Abstand hielt. Aus irgendeinem Grund erboste dies Portia. Es war, als würde er mit ihr Katz und Maus spielen, um sie glauben zu machen, sie könne ihm entkommen, während er nur darauf wartete, zum richtigen Zeitpunkt zuzuschlagen.

Sie faßte in ihren Stiefel und bekam den Griff ihres scharfen Dolches zu fassen, den Jack ihr aufgedrängt hatte, als er gemerkt hatte, daß sie reif genug war, um unwillkommene Aufmerksamkeit zu erregen. Immer war es nur um ihre Reife und nicht um ihre körperlichen Reize gegangen. Sie hatte rasch erfahren müssen, daß es Männer nicht störte, wenn ihre weibliche Beute zerlumpt, pockennarbig und häßlich wie die Sünde war, wenn sie Sex im Sinn hatten.

Allmählich faßte Portia die Zügel kürzer, und das Pferd wurde langsamer, während sie sich im Sattel aufrichtete. Nun waren die Hufe hinter ihr schon näher. Sie wartete, weil er so nahe herankommen sollte, daß er nicht rasch anhalten konnte. Ihr Verstand arbeitete kalt und klar, ihr Herz schlug stetig, ihr Atem ging leicht. Und doch war sie bereit, einen Mord zu begehen.

Mit einem Ruck zügelte sie ihr Pferd und vollführte im Sattel eine Drehung, den Dolch in der Hand, dessen Griff zwischen Zeige- und Mittelfinger ruhte und von ihrem Daumen festgehalten wurde.

Rufus Decatur war nun im richtigen Abstand, und sein Pferd war so schnell, wie sie gehofft hatte, damit es ihn vorübertrug, ehe er anhalten konnte. Sie sah seine erschrockene Miene, als er sich ihr einen Moment direkt gegenübersah. Sie zielte mit dem Dolch auf sein Herz.

Er traf seine Brust und durchdrang den dicken Umhang. Der Griff bebte. Portia starrte ihn wie gebannt an, momentan unfähig, ihr Pferd wieder anzuspornen. Sie hatte noch nie einen Menschen getötet.

»Jesus, Maria und heiliger Joseph!« rief Rufus Decatur mit einer für einen Toten viel zu kräftigen Stimme aus. Er zog den Dolch heraus und sah ihn erstaunt an. »Heilige Muttergottes!« Erstaunt musterte er die Reiterin. »Ihr wolltet mich erdolchen!«

Portia war ebenso verblüfft wie er, wenn auch aus anderen Gründen. Sie sah kein Blut an der Klinge. Gleich darauf war das Rätsel gelöst. Ihr so glimpflich davongekommenes Opfer schob den Umhang zur Seite und enthüllte ein wattiertes Koller, wie Soldaten es trugen. Es bot Schutz gegen Klingen und Pfeile, wenn auch nicht gegen Musketenkugeln.

»Ihr habt mich verfolgt«, sagte sie, ohne ihren Mordversuch zu rechtfertigen. Tatsächlich hörte sie sich so ungehalten an, wie ihr zumute war. »Ihr habt meine Eskorte entführt und mich verfolgt. Natürlich wollte ich Euch außer Gefecht setzen.«

Rufus dachte, daß die meisten jungen Mädchen in dieser Situation, falls sie nicht gleich in Ohnmacht gefallen wären oder einen hysterischen Anfall bekommen hätten, sich für eine weniger gewaltsame Vorgehensweise entschieden hätten. Doch dieses zerraufte und empörte Geschöpf war offenbar von nüchterner Natur, und in ihm regte sich wider Willen Sympathie.

»Tja, das hat etwas für sich«, meinte er, das Messer in seiner Hand wägend. Nachdenklich untersuchte er die Waffe. Spielzeug war das keines. Er blickte auf und sah sie forschend an. »Ich hätte mir denken können, daß ein Mädchen mit diesem Haar über entsprechendes Temperament verfügt.«

»Zufällig trifft das bei mir nicht zu«, sagte Portia und erwiderte seinen Blick ebenso scharf, wenn auch weniger wohlwollend. »Im allgemeinen bin ich sehr ruhig und gelassen ... falls man mich nicht mit offenkundig böser Absicht verfolgt.«

»Nun, ich muß gestehen, daß aber ich über das entsprechende Temperament verfüge«, erklärte Rufus auflachend und zog den Hut, um sein eigenes rotflammendes Haar zu enthüllen. »Im Moment aber rührt es sich nicht. Von Euch möchte ich nur die Antworten auf ein paar Fragen, dann könnt Ihr Euren Weg fortsetzen. Ich möchte wissen, wer Ihr seid und warum Ihr unter Granvilles Schutz reist.«

»Und was geht Euch das alles an?«

»Nun ja, alles, was mit den Granvilles zusammenhängt, geht mich etwas an«, erklärte Rufus fast entschuldigend. »Deshalb bestehe ich darauf, daß meine Fragen beantwortet werden.«

»Was geschieht mit Sergeant Crampton und seinen Leuten?«

»Ach, nicht viel«, sagte er mit einem lässigen Schwenken seines Hutes. »Es wird Ihnen nichts zustoßen, wenn sie vielleicht auch ein wenig frieren müssen.«

Portia warf einen Blick über die Schulter den Weg entlang. Sie konnte weder den Sergeanten und seine Leute noch Decaturs Bande sehen. »Warum habt Ihr mich nicht eingeholt?« Sie drehte sich um und sah ihn aus zusammengekniffenen Augen an. »Ihr hättet es jederzeit gekonnt.«

»Ihr hattet die richtige Richtung eingeschlagen, deshalb sah ich keine Notwendigkeit«, erklärte er vernünftig. »Sollen wir weiterreiten?«

Die richtige Richtung wofür? fragte Portia sich verwirrt. »Ihr wollt mich entführen?«

»Nein, ich biete Euch Schutz vor der Kälte«, berichtigte er sie im gleichen vernünftigen Ton. »Da Ihr Euren Weg erst fortsetzen werdet, bis meine Leute ihre Aufgabe beendet haben, erscheint es mir als Gebot der Ritterlichkeit, Euch Schutz zu gewähren.«

»Ritterlichkeit?« Portia starrte ihn an. Unwillkürlich ahmte sie den spöttischen Ton ihres Vaters nach, den er angeschlagen hatte, wenn er von den Decatur sprach. »Ein Decatur und Ritterlichkeit! Wollt Ihr mich zum Lachen bringen?«

»Glaubt mir, nichts liegt mir ferner«, sagte Rufus leise, und Portias Verwirrung wich offener Angst. Ein Dämon blitzte ihr aus den hellblauen Augen entgegen. Decaturs Temperament war nun erwacht. Fast spürte sie, wieviel Kraft es ihn kostete, es zu beherrschen.

Ihr wurde übel bei dem Gedanken, daß er von ihr eine Entschuldigung erwartete, doch würde Jack sich im Grab umdrehen, wenn seine Tochter sich bei einem Decatur entschuldigte. Da wurde das gespannte Schweigen durch ihr Magenknurren gestört.

Plötzlich war der Dämon aus Decaturs Augen verschwunden, und als er sprach, war sein Ton wieder kühl und sachlich. »Sieht aus, als hätten wir beide ein warmes Essen dringend nötig«, bemerkte er. »Schreiben wir diesen unglücklichen Wortwechsel unseren leeren Mägen und der Tatsache zu, daß Ihr mich noch nicht sehr gut kennt. Solltet Ihr mich einmal besser kennen«, setzte er fast nachdenklich hinzu, »werdet Ihr bald merken, daß bei mir Vorsicht angebracht ist.« Er wendete sein Pferd. »Kommt, wir machen uns auf die Suche nach einer Mahlzeit.«

Portia wollte noch einwenden, daß sie weder Interesse noch Absicht hatte, ihre Bekanntschaft zu vertiefen, entschied sich aber für ein gleichmütiges Achselzucken. »Gebt mir zumindest meinen Dolch wieder.«

»Ach ja.« Höflich reichte er ihr die Klinge mit dem Griff voran und sah interessiert zu, wie sie ihn in ihren Stiefel steckte. »Ihr habt ihn wie ein geübter Meuchelmörder gehandhabt.«

»Zufällig habe ich noch nie versucht, jemanden zu töten, doch könnte ich es nötigenfalls.« Sie wendete ihr Pferd neben seinem. »Wohin bringt Ihr mich?«

»Zu einem Bauernhaus, das auf dem Weg liegt.«

»Ihr wollt die Leute zwingen, einen Geächteten zu bewirten?« sagte sie ätzend, um sofort ihre lose Zunge zu verwünschen.

Zu ihrer Erleichterung aber lachte Rufus auf. »Nein, nein, im Gegenteil. Die Boltons werden sich über meinen Besuch freuen. Hoffentlich bringt Ihr Appetit mit, da Annie sich kränkt, wenn ihre Schüsseln nicht leer gegessen werden.«

Wieder warf Portia einen Blick über die Schulter. Sie hätte dem Sergeanten und seinen Leuten nicht helfen können, selbst wenn sie gewußt hätte, wohin man sie gebracht hatte.

»Sollen wir schneller reiten?« schlug Rufus vor. »Ihr macht einen erschöpften und erfrorenen Eindruck.«

»Ich sehe immer erfroren aus, weil ich so dünn bin«, erwiderte sie scharf. »Wie eine Vogelscheuche.« Sie trieb ihr Pferd zu einem Galopp an und hielt mit dem Fuchs leicht Schritt, bis sie vor einem Haus anhielten, das ein wenig abseits vom Weg hinter einer Feldsteinmauer stand. Aus den zwei Kaminen stiegen Rauchfahnen auf, die Fensterbalken waren gegen die Kälte geschlossen.

Rufus beugte sich hinunter, um das Gatter zu öffnen und machte ihr Platz, damit sie an ihm vorüber in den kleinen Vorgarten gelangen konnte, in dem Kohlstrünke aus dem Schnee ragten. Die Tür flog auf, ein kleiner Junge stürmte heraus.

»Es ist Lord Rufus«, rief er aufgeregt. »Großmutter, es ist Lord Rufus.«

»Gott segne dich, Junge.« Eine rundliche Frau tauchte hinter ihm im Eingang auf. »Du brauchst es aber nicht lauthals in die Welt zu schreien.« Sie trat ins Freie und zog ein Tuch über den Kopf. »Seit Eurem letzten Besuch ist viel Zeit vergangen, Mylord.«

»Ich weiß, Annie.« Rufus schwang sich aus dem Sattel und umarmte die Frau, die augenblicklich in seinem Mantel zu verschwinden schien. »Und wenn du mir nicht verzeihst, raubst du mir vierzehn Tage lang den Schlaf.«

»Ach was!« Sie lachte und schlug ihm scherzhaft auf den Arm. »Wer ist das Mädchen?«

»Das weiß ich noch nicht.« Rufus drehte sich zu Portia um, die noch im Sattel saß. »Doch habe ich die Absicht, es bald herauszufinden.« Ehe sie wußte, wie ihr geschah, umfaßte er fest ihre Taille und hob sie aus dem Sattel, ohne sie auf den Boden zu stellen. »Du wirst doch deine Geheimnisse nicht für dich behalten, Mädchen?«

In seinem Lachen schwang eine unmißverständliche Herausforderung mit. Portias Nackenhaare sträubten sich, als sie in seine Augen blickte.

Mit einem leisen Auflachen hob er sie noch ein Stück höher. Seine großen Hände umspannten mühelos ihre Taille, und Portia fühlte sich plötzlich hilflos wie eine Puppe. »Stellt mich hin«, verlangte sie und widerstand dem fast unbezähmbaren Verlangen, sich mit Tritten zur Wehr zu setzen.

Zu ihrer Erleichterung tat er es sofort und sagte über die Schulter: »Annie, wir sind halb verhungert. Freddie, füttere und tränke die Pferde und reibe sie trocken.«

»Sehr wohl, Mylord.« Aus dem Blick des Jungen sprach Bewunderung, als Rufus ihm durch seinen dunklen, widerspenstigen Haarschopf fuhr.

»Wie geht es Euren Jungen, Mylord?« erkundigte sich Annie und bat sie ins Haus.

»Sie zanken sich in einem fort«, sagte Rufus mit tiefem Lachen und hängte seinen Umhang an einen Nagel neben der Tür. Dann streckte er mit befehlsgewohnter Selbstverständlichkeit die Hand nach Portias Mantel aus.

Rufus nahm ihr den Mantel ab und hielt ihn kurz in den Händen, ehe er ihn aufhängte, wobei sein Blick sie so unverhohlen abschätzte, daß sie sich unbehaglich und wehrlos fühlte.

»Hm, jetzt verstehe ich, wie das mit der Vogelscheuche gemeint war«, sagte er. »Ihr habt kein Fleisch an den Knochen. Wie kommt es, daß ein Granville-Schützling halbverhungert ist?« Er deutete zum Feuer. »Setzt Euch an die Wärme. Ihr seid schier erfroren.«

»O Gott, das Mädchen ist ja totenblaß«, rief Annie aus und drängte Portia auf einen Schemel in der Kaminecke. »Aber eine so helle Haut sieht man bei Rothaarigen oft.« Sie hob ein bauchiges Gefäß vom Bord über dem Kamin. »Hier, ein Schlückchen Rhabarberwein wird Euer Blut in Schwung bringen, Kleine.«

Portia nahm den angebotenen Schnabelkrug. Annies Bemerkungen über ihr Äußeres kränkten sie nicht, da sie ähnliches ihr Leben lang zu hören bekommen hatte und sich diesbezüglich keinen Illusionen hingab. Aber aus irgendeinem Grund empfand sie Rufus Decaturs wenig schmeichelhafte Musterung anders, obwohl er nur das Echo ihrer eigenen Meinung wiedergab.

»Es gibt Suppe mit Kartoffeln und Kohl und danach Schweinernes«, kündigte Annie an. »Ein paar Minuten, und das Essen steht auf dem Tisch. Würdet Ihr schon das Brot anschneiden, Mylord?«

Rufus nahm ein Messer und einen Laib Gerstenbrot vom Tisch, drückte den Laib an seine Brust und schnitt ihn in Scheiben, wobei seine Schnelligkeit und Geschicklichkeit anzeigten, daß Verrichtungen dieser Art für ihn nicht ungewohnt waren.

Wider Willen fasziniert, beobachtete Portia ihn. Diese häusliche Tätigkeit schien den großen Händen des rotbärtigen Riesen nicht angemessen. Bemerkenswert wohlgeformte Hände, wie sie feststellte, mit langen, schlanken Fingern, glatten Knöcheln und breiten, sorgfältig gefeilten Nägeln. Seine unter den zurückgeschlagenen Manschetten sichtbaren Handgelenke waren kräftig und mit rotgoldenen Härchen bedeckt.

»So«, sagte Rufus und legte das geschnittene Brot auf den Tisch. »Eine Antwort auf meine Frage, ehe wir essen. Wer seid Ihr?«

Die Ablenkung kam als Erleichterung. »Ich bin Portia Worth.« Sie hatte keinen Grund, ihre Identität zu verbergen.

»Ach so.« Er nickte und griff zu seinem Humpen. »Der Sproß von Jack Worth.« Er betrachtete sie mit einem Anflug von Mitgefühl. »Auf die nächste Frage müßt Ihr nicht antworten, aber seid Ihr außerehelich geboren?«

Portia zuckte mit den Achseln. »Als Ehemann hätte Jack nicht getaugt.«

»Nein, gewiß nicht.«

»Ihr habt ihn gekannt?« fragte sie erstaunt und interessiert.

»Ich wußte von ihm. Ich wußte auch, daß er den Namen seiner Mutter annahm.« Rufus lachte kurz auf. »Aus falschem Feingefühl, weil er den Namen Granville nicht mit seinen Missetaten beflecken wollte! Als ob dieser Name nicht schon befleckt gewesen wäre. Kommt, setzt Euch an den Tisch.« Er deutete auf einen Schemel, und Annie stellte Holzschüsseln mit dampfender Suppe vor sie hin.

Portia war es nicht gewohnt, die Familie ihres Vaters zu verteidigen, weil sie es nicht gewohnt war, angegriffen zu werden. Sogar Jack mit seinem trunkenen Zynismus hatte seinem Halbbruder Cato ein gewisses Ausmaß an Respekt gezollt, das fast an brüderliche Liebe grenzte. Mochte sie auch niedrig geboren sein, sie war trotzdem eine halbe Granville und hatte gelernt, die Untaten der geächteten Decaturs mit den Augen ihres Vaters zu sehen. Ihr Zorn regte sich, und sie vergaß ihre Vorsicht.

»Was Untaten anlangt, denkt lieber an die eigenen«, gab sie scharf zurück. »Mord, Raub, Brigantentum ...«

»Aber, aber, Miss, an meinem Tisch derart zu lästern ...« Mit vor Entrüstung geröteten Wangen drehte Annie ihren Töpfen am Herd den Rücken. »Lord Rufus ist in meinem Haus als Gast wohlgelitten, und wenn Ihr ...«

Angesichts ihres vorangegangenen Wortwechsels fiel Rufus' Erwiderung erstaunlich aus. Er hob die Hand, um dem Wortschwall der Hausfrau Einhalt zu gebieten. »Pst, Annie, das Mädchen vertritt nur seinen Standpunkt. Wäre es anders, hätte ich von ihm eine geringere Meinung.«

»Ist das als Kompliment gemeint?« fragte Portia. »Eure Meinung kümmert mich keinen Pfifferling, Lord Rothbury.«

»Bislang konnte ich mir darüber kein endgültiges Urteil bilden«, sagte er. »Euer Granville-Blut spricht eindeutig gegen Euch, aber Eure Loyalität trage ich Euch nicht nach, wenn ich sie auch für unangebracht halte.« Er griff nach seinem Löffel. »Aber hütet Euch vor unbegründeten Anschuldigungen. Und jetzt setzt Euch und nutzt Euren Atem, um die Suppe zu kühlen.« Seine Aufmerksamkeit galt nun seinem Teller, als hielte er das Thema für abgeschlossen.

Es hatte keinen Sinn, das letzte Wort behalten zu wollen und dabei zu verhungern. Portia zog mit dem Fuß den Schemel heran und setzte sich. Nun fiel kein Wort mehr, bis sie ihren Teller halb leer gegessen hatte und Rufus mit seinem fertig war.

»Und was führt Euch zu Cato?« fragte er dann.

»Jack ist tot.«

Ihm entging der flüchtige Schatten nicht, der über ihre Augen glitt. »Das tut mir leid«, sagte er leise.

»Ich hatte nur ihn«, erwiderte sie. Ihr nüchterner Ton strafte ihre Gefühle Lügen. Nachts weinte sie noch immer um ihren Vater.

»Und deshalb liefert Ihr Euch der Gnade Granvilles aus?«

Sein spöttischer Ton verriet, daß sein Anflug von Mitgefühl vergangen war. Portia wurde wieder die Realität ihrer Situation vor Augen geführt: Sie war sozusagen entführt worden, während Decaturs Leute mit ihrer Eskorte Gott weiß wie umsprangen. Entschlossen legte sie ihren Löffel hin.

»Eßt Eure Suppe auf«, sagte Rufus. »Annie wird ungehalten, wenn etwas bleibt.«

Portia schob die Schüssel von sich.

Rufus zog eine Braue hoch. »Woher kommt Ihr?« fragte er in neutralem Ton.

»Aus Edinburgh«, sagte sie tonlos.

»Cato hat Euch holen lassen?«

»Was geht Euch das an?« sagte sie unfreundlich und schob den Schemel zurück. »Welches Interesse könnt Ihr daran haben?«

»Alles, was Cato tut, ist für mich von Interesse«, gab er gelassen zurück. »Setzt Euch und eßt Eure Suppe auf. Was nützt es, wenn Ihr verhungert?«

»Ach, an Hunger bin ich gewöhnt«, sagte sie verbittert und ging zur Tür. »Ich werde doch nicht dasitzen und meinen Onkel feige um eine Schüssel Suppe verraten.« Eisige Luft fegte ins Haus, als sie die Tür öffnete, um sie gleich darauf hinter sich zuzuknallen.

Rufus fragte sich, wie lang es dauern würde, bis sie merkte, daß sie in ihrem Zorn ihren Mantel vergessen hatte.

»Was hat das Mädchen?« Annie stellte Schweinebacke und einen Teller Rüben auf den Tisch. »Ißt sie oder nicht?«

Zu seiner Verwunderung stellte Rufus fest, daß er nicht gewillt war, die wenig entgegenkommende Mistress Worth den Folgen ihres Eigensinns zu überlassen.

»Ja, sie wird aufessen.« Er stand auf und ging zur Tür. Portia war an der Gartentür stehengeblieben. Da sie wußte, daß Freddy ihr ohne Rufus' Zustimmung das Pferd nicht geben würde, suchte sie angestrengt nach einer Lösung.

Er ertappte sich bei dem Gedanken, daß Jack Worths Tochter trotz ihrer Jugend sehr besonnen und vernünftig war. Sie hatte etwas an sich, das ihn beunruhigte und anrührte, so wie sie dastand und ihren zarten Körper dem von neuem einsetzenden Schneegestöber preisgab. Ihr leuchtendes Haar trug eine weiße Schicht, und als sie den Kopf wendete, weil sie seinen Schritt hörte, waren ihre Züge abgehärmt und angespannt.

»Portia.« Er ging auf sie zu, die Arme gegen die Kälte verschränkt. »Keine weiteren Fragen. Kommt ins Haus.«

»Ich nehme an, Ihr wißt alles, was Ihr wissen müßt.«

»Nein«, sagte er offen. »Ich werde niemals alles, was ich über Cato Granville wissen müßte, in Erfahrung bringen. Aber ich möchte, daß Ihr hereinkommt und aufeßt.«

»Ich komme nicht ins Haus, während man mit den Leuten meines Onkels Schindluder treibt.«

Rufus riß plötzlich der Geduldsfaden. Er hatte getan, was er konnte, hatte gelockt und geschmeichelt, um eine verdammte Granville vor leerem Magen und einer Ohnmacht zu bewahren.

»Wie Ihr wollt.« Er machte kehrt und ging ins Haus, um den Mantel vom Haken neben der Tür zu nehmen und ihn ihr den Pfad entlang zuzuwerfen. Dann trat er zurück in die Wärme und schloß die Tür.

Portia lief rasch um ihren Mantel, ehe er auf dem schneebedeckten Boden naß werden konnte. Die Flocken fielen nun schwer und dichter. Sie hüllte sich ein und ging zielstrebig um das Haus herum, den Hufspuren nach. Es mußte einen Stall geben, und in Stallungen war es um vieles wärmer als im Freien.

Hinter dem Haus stand ein fester Schuppen. Vier Pferde, zwei davon Zugtiere, füllten den kleinen Raum mit dampfendem Atem und sattem Pferdegeruch. An der Wand hing Zaumzeug, ihr eigener Sattel lag auf einem Querbalken.

Der Junge war nirgends zu sehen. Was konnte sie daran hindern, ihr Pferd zu satteln und loszureiten? Nachdenklich stand sie da. War die Flucht so einfach? Sie hatte nichts zu verlieren, wenn sie es versuchte.

»Komm, Patches.« Sie führte ihren Buntschecken rücklings aus der Box. Das Tier drehte den Kopf und wieherte, als es den Schnee durch die offene Tür roch. »Entschuldige, aber wir müssen ins Freie.« Sie hob den Sattel vom Balken und warf ihn dem Pferd über. »Auch wenn wir den Sergeanten und seine Männer nicht finden, muß es in dieser gottverlassenen Gegend doch einen Ort oder ein paar Häuser geben, wo man den Granvilles freundlich gesinnt ist.«

Ihre Finger wurden trotz der Handschuhe taub vor Kälte, so daß das Satteln und Aufzäumen länger dauerte, als ihr lieb war. Schließlich hatte sie es geschafft, schwang sich in den Sattel und ritt den Schecken aus dem Stall.

Auf dem kleinen eingezäunten Hinterhof gab es einen Brunnen, einen Hühnerstall und Kaninchenställe. Sie ritt auf ein Gatter zu, das sich auf ein Feld öffnete, da sie annahm, daß sie dann parallel zur Straße weiterreiten konnte. Ihr Herz klopfte heftig. Alles war viel zu einfach. Warum sollte Rufus Decatur sie entführen und dann ihre Flucht nicht verhindern?

Es war wirklich zu einfach. Als sie sich bückte, um das Gatter zu öffnen, erschien der Earl of Rothbury an der Hintertür des Hauses, seinen Humpen in einer Hand, ein Stück Brot und Käse in der anderen. Er wirkte sorglos und entspannt, und sein Blick war von beunruhigender Sanftheit, als sei ihr Tun für ihn ohne Interesse.

»So rasch brecht Ihr auf?« Er führte den Humpen an die Lippen.

Portias taube Finger glitten am Riegel des Gatters aus. Sie fluchte.

»Ich muß mich entschuldigen, falls die Gastlichkeit nicht dem Granville-Standard entsprach«, sagte er. »Ein Mangel, an dem der Bruder Eures Vaters die Schuld trägt.«

Er hatte keinen Schritt getan. Vielleicht würde er sie nicht aufhalten. Portia sagte nichts. Schließlich bekam sie den Riegel zu fassen und stieß das Gatter mit dem Knie auf.

»Wenn Ihr Castle Granville erreicht, könnt Ihr Cato von Rufus Decatur Grüße bestellen«, sagte der Earl of Rothbury freundlich. »Außerdem könnt Ihr ihm ausrichten, daß er zur Hölle fahren soll.« Hinter ihm schloß sich die Tür, und Portia war auf dem Hof allein.

Als sie mit Patches das schmale Gatter passierte, schloß sie es hinter sich, zu vertraut mit ländlichen Gepflogenheiten, als daß sie es offengelassen hätte, obwohl sie in Eile war.

Sie erreichte die Straße, die sie im Schneesturm freilich nur schwer ausmachen konnte. Ihr Pferd kam im hohen Schnee nur mühsam weiter und schien nicht gewillt, schneller zu gehen. Mit einem Anflug von Angst erkannte Portia, daß es ein Fehler gewesen war, den sicheren Hort des Hauses zu verlassen. Sie hätte ihren dummen Stolz schlucken und Decaturs Geschwätz übergehen sollen. Immer noch besser, als sich in einem Schneesturm zu verirren.

Um sie herum regte sich kein Zeichen von Leben. Sie schien im wirbelnden Weiß verloren. Da hörte sie Hufschlag hinter sich, und der große Fuchshengst tauchte als grauer Schatten im Weiß auf. Sein Reiter trug eine Schneeschicht. Seine leuchtenden blauen Augen waren das einzige Lebendige und Farbige in der einförmigen Düsterkeit.

»Guter Gott! Habt Ihr denn den Verstand verloren?« schalt Rufus sie aus und bückte sich, um nach ihrem Zaum zu fassen. »Aber ich selbst bin auch nicht viel besser.« Er verwünschte nicht nur Portia, sondern sein irregeleitetes Verlangen, sie vor ihrem Eigensinn zu retten. Er zog ihr Pferd an die Seite seines Fuchses. »Ich führe Euer Pferd; es wird hinter Ajax leichter gehen, als wenn es sich selbst einen Weg spuren müßte.«

»Aber was ist mit Sergeant Crampton?« fragte Portia. Ihre ursprüngliche Besorgnis hatte ihre momentane Angst verdrängt. Sie schluckte Schnee, als er ihr in den geöffneten Mund wehte. »Ihr könnt sie nicht draußen …«

»Sie sind nicht im Freien«, sagte er knapp. »Sprecht nicht, und haltet den Kopf gesenkt.«

Portia tat, wie ihr geheißen, da es das einzig Sinnvolle war. Sie hatte erwartet, sie würden zurück zum Haus reiten, statt dessen aber ritten sie zum Schauplatz des Überfalls zurück. Um sie herum war gestaltloses Grau-Weiß, in dem man nichts erkennen konnte und das durch die Stille, die sie umgab, noch gespenstischer wirkte. Sogar ihr eigener Hufschlag war nur gedämpft zu hören.

Plötzlich sah sie vor sich das kahle Waldstück. Rufus lenkte sein Pferd vom Pfad weg, und Patches folgte. Kaum waren sie ein Stück ins Dickicht eingedrungen, als Rufus anhielt.

Er deutete mit seiner Gerte nach vorne. »Haltet Euch geradeaus, bis Ihr einen Felsen mit einer Höhle erreicht. Darin befinden sich Granvilles Leute.« Ehe Portia etwas erwidern konnte, ließ er seine Gerte auf die Flanken ihres Pferdes niedersausen, und das Tier sprengte davon.

»Vergeßt meine Botschaft für Cato nicht!« Die Worte waren nur einen Augenblick deutlich zu hören und verloren sich dann. Portia wandte den Kopf, dem Wind entgegen. Sekundenlang sah sie einen grauen Schatten zwischen den Bäumen, dann war auch dieser verschwunden. Sie war ganz allein und bekam es wieder mit der Angst zu tun.

Da sich ihr Pferd von selbst den Weg zwischen den Bäumen suchte, gab sie ihm die Zügel frei. Es war immerhin möglich, daß es wußte, wohin es ging. Portia wußte es jedenfalls nicht, bis sich in der weißen Düsternis ein Felsen und eine Öffnung abzeichneten, die sie im ersten Moment gar nicht erkennen konnte. »Halt!« Sie zügelte ihr Pferd, das bebend anhielt, als sie die leere Wand vor sich in Augenschein nahm. Da hörte sie leises Gewieher aus dem Inneren des Felsens.

Sie trieb Patches weiter, und allmählich wurde im Schneetreiben ein dunkler Schatten im Fels sichtbar. Sie hielt direkt darauf zu und trat Patches in die Flanken, als er scheute. Es war, als ritte man durch Nebel, doch im nächsten Moment wichen die Schatten, und es fiel kein Schnee mehr. Sie befanden sich in einem kleinen dunklen Raum.

Portia wischte sich den Schnee aus Augen und Gesicht. Sie brauchte eine Weile, bis ihre Augen sich an die Dunkelheit gewöhnt hatten. Noch während sie blinzelte, hörte sie eine bekannte Stimme sagen: »Ach, das Mädchen ist es.«

»Ja, dem Himmel sei Dank.« Giles Crampton tauchte aus dem Halbdunkel auf. »Dieser elende Schurke hat Euch also gehen lassen.« Er half ihr aus dem Sattel. »Seid Ihr wohlauf? Hat er Euch etwas angetan?« Die Besorgnis machte seine Stimme rauh. »Wenn er seine dreckigen Hände ...«

»Nein, nichts ist passiert!« unterbrach Portia ihn. »Und er hat mich selbst zurückgebracht. Aber was ist Euch widerfahren?« Jetzt konnte sie alle fünf Mann erkennen, die irgendwie verändert wirkten, und sie fragte sich ratlos, was diese Veränderung bewirkte. Ihre Mäntel waren geöffnet ... sie bemerkte, daß die Knöpfe fehlten. Es sah aus, als hätte man sie ihnen abgeschnitten. Im nächsten Moment war ihr auch klar, warum sie so verändert aussahen. Alle hatten in irgendeiner Form Bärte getragen – Vollbärte, Backenbärte, Schnurrbärte. Nun aber präsentierten sich alle glattrasiert, mit rosig schimmernden Gesichtern.

Es lag ihr eine Bemerkung auf der Zunge, weibliches Feingefühl aber ließ sie schweigen, da sie ahnte, wie nackt und gedemütigt sie sich vorkommen mußten.

»Ich nehme an, man hat euch ausgeraubt?« fragte sie, die Hände gegeneinander schlagend. Ihr schauderte in der eisigen Höhle.

»Diese Schweine ... diese Diebe und Mörder! Sie nahmen uns jede Münze ab, alles, was von einigem Wert ist ... auch unsere Waffen.« Giles wandte sich ab, um sie nicht merken zu lassen, wie sehr es ihn getroffen hatte. »Zum Glück ließ man uns die Pferde.«

»Ja, die haben wir noch, aber ohne Sattel und Zaumzeug«, sagte einer der anderen verbittert. »Kommt nach hinten, Mistress. Wir haben ein kleines Feuer machen können. Besser als gar nichts.«

Portia ging rasch auf den kleinen roten Schein im Hintergrund der Höhle zu. Mit ein paar Ästen und Reisig hatten die Männer ein Feuer entfacht, das ihnen trotz seiner Kleinheit so willkommen war wie das hoch auflodernde Feuer des Jul-Holzes im Weihnachtskamin.

»Was glaubt Ihr, wie lange der Sturm noch toben wird?« Sie bückte sich, um ihre erfrorenen Hände zu wärmen.

Giles kam vom Höhleneingang nach hinten. »Es ist ein Nordost. Der hat sich meist nach ein paar Stunden ausgeweht.«

»Und bis Castle Granville sind es noch vier Stunden?«

»Wenn man schnell reitet. Wir können von Glück reden, wenn wir im Schnee mehr als zwei Meilen in der Stunde schaffen.«

Eine trübe Aussicht. Portia schauderte und verschränkte die Arme.

»Was wollte dieser Teufel von Euch, Mistress?«

»Er wollte wissen, wer ich bin«, antwortete sie.

Giles furchte die Stirn. »Und Ihr habt es ihm gesagt, worauf er Euch hierherbrachte?«

»Im wesentlichen ja«, sagte sie. Annies warmes Haus und die freundliche Bewirtung blieben vor diesen Männern, die auf Befehl Rufus Decaturs gequält, gedemütigt und ausgeraubt worden waren, besser unerwähnt.

Giles, der zu ahnen schien, daß sie einiges verschwieg, brummte vor sich hin und ließ sie stehen, um wieder zum Höhleneingang zu gehen.

Portia spürte die Blicke der Männer, die sich ihren Teil dachten und nun weniger freundlich schienen als zuvor. Offenbar genügte es, von einem Decatur nicht schlecht behandelt worden zu sein, um Mißtrauen zu erregen, obwohl sie sich nicht denken konnte, was sie argwöhnten. Glaubten sie, daß sie mit dem Feind gemeinsame Sache machte, sich auf die Seite eines Geächteten schlug?

Das alles war ihr so unangenehm, daß sie sehr froh war, als Giles ankündigte, der Sturm hätte sich soweit gelegt, daß man aufbrechen könne. Die Männer, die ohne Sattel reiten mußten, mühten sich vergebens, die Mäntel über den knopflosen Jacken zusammenzuhalten, um sich vor der eisigen Kälte zu schützen.

Sie ritten in derselben Reihenfolge wie zuvor; Portia mit Giles in der Mitte, vor und hinter sich zwei Mann. Damit hatte Portia ein wenig Windschutz, doch war das finstere Schweigen ihrer Begleitung wenig tröstlich. Wie Gespenster in der Nacht ritten sie durch stille Dörfer mit geschlossenen Fensterbalken. Nicht einmal die Schenken zeigten ein einladendes Licht.

»Ist das noch immer Decatur-Gebiet?« fragte Portia, nachdem sie eine Stunde geritten waren.

»Halb und halb«, gab Giles zurück. »Aber einkehren werden wir erst, wenn wir tief in Granville-Land eingedrungen sind.«

»Ein Hundewetter für Truppenbewegungen«, sagte sie, nur um ein Gespräch anzuknüpfen und die Männer abzulenken.

»Ach, die Truppen verkriechen sich irgendwo.«

»Das will ich hoffen. Ob für König oder Parlament, heute gilt der Kampf nur dem Wetter«, bemerkte Portia und nahm die Zügel kürzer, als Patches bis über die Fesseln im Schnee versank. Giles brummte nur und faßte nach dem Zaum ihres Pferdes, um ihm aus der Schneewächte zu helfen.

Portia schwieg von nun an und überließ sich ihren Gedanken. Sie stellte sich eine Welt vor, in der Feuer hoch und heiß brannten, Tische sich unter vollen Schüsseln und Krügen mit Wein und Ale bogen, Betten weich waren und Decken warm. Es war ein Phantasiebild, wie sie es sich in der Vergangenheit oft ausgemalt hatte, um mit der harten Realität besser zurechtzukommen. Dabei hatte sie so großes Geschick entwickelt, daß sie tatsächlich die Speisen auf der Zunge zu schmecken und die Wärme an ihren Gliedern zu spüren vermeinte.

Der Schneefall hatte aufgehört, helles Sternenlicht strahlte von einem klirrendkalten Himmel, als sie vor Castle Granville anlangten. Portia starrte zu dem abweisenden grauen Bauwerk mit seinen Verliesen, Türmen und zinnenbewehrten Wehrgängen empor. Man konnte sich nicht vorstellen, daß in dieser Festung eine Familie wohnte, und Portia fiel unwillkürlich das anmutige Fachwerkhaus am Ufer der Themse ein, in dem Cato seine zweite Gemahlin, die bildschöne und elegante Lady Diana Carlton, angetraut worden war.

Daß Lady Diana sich hier einigermaßen häuslich eingerichtet hatte, war kaum vorstellbar.

Als sie mit lautem Hufgetrappel die Zugbrücke passierten, die einen breiten, zugefrorenen Burggraben überspannte, wurde das eiserne Fallgatter hochgezogen, um sie in den äußeren Hof einzulassen. Mochten sich die feindlichen Armeen um ihre Feuer scharen, so herrschte doch immer noch Krieg, und Lord Granvilles Burg blieb der Außenwelt verschlossen.

Männer kamen gelaufen, um ihre Pferde zu übernehmen, riefen Fragen und zeigten sich erstaunt, weil es so spät geworden war. Der Schnee war vom Pflaster geweht worden und lag in hohen Wächten an den Mauern, im Licht der lodernden Pechfackeln rosig glitzernd. Patches scharrte im Stroh, das den Boden deckte, damit man auf der eisglatten Fläche nicht ausglitt. Portia stand unschlüssig da.

Ihre Begleiter waren abgesessen und wurden nun von ihren Kameraden umringt. Giles schritt auf das Bogentor zu, das in den inneren Burghof führte. Ehe er ihn erreichte, trat eine schlanke, mantelumhüllte Gestalt in den Vorhof. Das Mädchen ging auf Portia und ihr Pferd zu.

»P-Portia ... wie bin ich froh, daß du da bist!« rief Olivia aus, als sie Portias Zaum ergriff. Ihre schwarzen Augen leuchteten im Fackelschein. »Ich k-kann dir gar nicht sagen, wie sehr ich mich freue.«

»Ich mich auch«, sagte Portia ein wenig steif. Sie konnte sich erinnern, daß Olivia bei der Hochzeit groß für ihr Alter gewesen war, und dabei war es geblieben. Fast so groß wie Portia, trug sie ihr Haar als dunkle Flechtenkrone, und ihre Miene ließ einen gewissen Ernst erahnen.

Portia sprang aus dem Sattel. Ratlos, was sie als nächstes tun sollte, streckte sie einfach ihre Hand aus. »Wie geht es dir? Drei Jahre sind eine lange Zeit.«

Olivia ergriff die dargebotene Hand und drückte sie mit scheuem Lächeln. »Danke, es geht mir gut.«

»Willkommen auf Castle Granville, Portia.«

Portia drehte sich nach der ruhigen Stimme um. Der Halbbruder ihres Vaters war hochgewachsen und hager, mit braunen Augen, kühner Nase und wohlgeformtem Mund. Sein dunkles Haar bildete einen spitzen Ansatz über der Stirn. Er streifte seinen Handschuh ab und reichte ihr die Hand.

Hastig folgte Portia seinem Beispiel.

»Du frierst«, sagte er und rieb ihre Finger. »Bei diesem Wetter muß es ein schlimmer Ritt gewesen sein.« Er nickte Giles zu, der umgekehrt war und neben seinen Gebieter trat.

»Wir gerieten in einen Hinterhalt, Sir.«

Catos wohlwollende Miene änderte sich mit einem Schlag. »Decatur?«

»Ja, Sir.« Giles nickte.

Cato gab Portias Hand frei. »Olivia, führe deine Cousine ins Warme, und kümmere dich um sie. Sie ist halb erfroren.« Dann drehte er sich zu Giles um. »Komm und erstatte Bericht.«

Die Männer gingen auf den Zwingturm zu, in dem die Mannschaft untergebracht war. Portia zog ihren Handschuh wieder an.

»In diese Richtung.« Olivia ging zum Rundbogentor voraus, durch das man in den Innenhof und weiter zum Haupttrakt gelangte. Portia straffte ihre Schultern und folgte ihr.

4

»Das ist dein Schlafgemach.« Olivia öffnete die Tür zu einem kleinen Turmzimmer. »Sehr einladend ist es n-nicht«, entschuldigte sie sich. »Aber D-Diana sagte, du solltest es bekommen.«

Portia trat ein. Die Kahlheit der Wände wurde durch ein paar armselige Wandteppiche gemildert, auf dem Boden lag eine Bastmatte. Im Kamin brannte ein kleines Feuer, in einem Doppelarmleuchter aus Zinn flackerten zwei Talgkerzen. Das geölte Pergament, mit dem das hohe, in die dicken Mauern eingelassene Fenster verschlossen war, knatterte unter den eisigen Windstößen. Ein niedriges, schmales Bett, ein Schemel, ein Tischchen, ein Waschtisch und ein Schrank bildeten die Einrichtung.

Portia erfaßte alles mit einem einzigen Blick. Die Kargheit des Raumes verriet, welche Position ihr in diesem Haus zugedacht war. »Mit wem teile ich die Kammer?«

»Mit n-niemandem natürlich!« wehrte Olivia schockiert ab.

»Dann ist es ein wahrer Palast«, erklärte Portia gutgelaunt und zog ihre Handschuhe aus. »Es ist um vieles komfortabler, als ich es gewöhnt bin.«

Olivias Miene ließ Zweifel erkennen. »Sicher bringt man dein G-Gepäck gleich herauf. Wenn du deine eigenen Sachen um dich hast, wird es gleich viel g-gemütlicher sein.«

Portia lachte. »Gepäck? Ich habe nur das, was ich am Leibe trage. Ach, natürlich auch die kleine Kassette, die am Sattel festgemacht ist. Die möchte ich nicht missen.« Ihr Lächeln verblaßte kurz. »Wenig genug für die siebzehn Jahre, die ich auf der Welt bin, aber mehr habe ich nicht.« Es war alles, womit sie beweisen konnte, wer sie war. Diese kleinen Andenken, die mitleiderregend wirkten und nur ihr etwas bedeuteten, waren alles, was ihr von ihrem bisherigen Leben und von ihrem Vater geblieben war.

»Du hast nichts anderes an Kleidung?« Olivia starrte sie an.

Portia schüttelte den Kopf und sagte mit gewohnter Unbekümmertheit: »Nur das, was ich am Leibe trage. Und diese Sachen sind schon viel besser als jene, die ich anhatte, ehe Sergeant Crampton mich fand.« Sie öffnete ihren Umhang und warf ihn aufs Bett, ehe sie sich bückte, um das glosende Feuer zu schüren. »Das Holz ist grün«, bemerkte sie. »Vielleicht finde ich ein paar trockene Stücke, wenn ich mich hier ein wenig auskenne.«

Olivia runzelte die Stirn. Vermutlich hatte Lady Diana den Dienstboten, die diesen Raum vorbereitet hatten, zu verstehen gegeben, es sei nicht der Mühe wert, es dem Neuankömmling besonders gemütlich zu machen.

»Ich soll dich zu D-Diana b-bringen.«

Portia richtete sich auf. Die Aussicht, ihrer Stiefmutter gegenübertreten zu müssen, schien Olivias Stottern zu verstärken.

»Ist sie ein Scheusal?«

Olivia nickte. »Sie ist gräßlich.«

»Ach.« Portia nickte. »Ich nehme an, sie will mich hier nicht haben.«

Wieder nickte Olivia.

»Weiß es Lord Granville?«

Olivia schüttelte den Kopf. »Nein! D-Diana läßt ihn nie ihre schlechte Seite sehen. Er hält sie für wundervoll und g-gütig.«

»Männer sind so blind«, bemerkte Portia resigniert. »Auch die nettesten sehen nicht, was sich vor ihrer Nase abspielt. Also, gehen wir und trotzen wir dem Drachen.«

Olivias Lächeln vertrieb die Schatten aus ihrem bleichen, stillen Gesicht, und der Glanz in ihren schwarzen Augen verschönte ihre Züge. »Ich bin so froh, daß du da bist.«

Im Lichte dessen, was sie eben erfahren hatte, enthielt sich Portia eines Urteils, und sagte nur: »Im Vergleich zur St. Stephen's Street ist Castle Granville eine enorme Verbesserung.«

Diana, die sie in ihrem Salon erwartete, legte ihren Stickrahmen beiseite und unterzog Portia mit scharfen, gnadenlosen Augen einer Musterung. »Olivia hat dir dein Zimmer gezeigt?«

»Ja, Madam.« Portia knickste wohlerzogen. »Ich bin Euch für Eure Gastfreundschaft überaus dankbar.«

»Ja, sie geht über das hinaus, was familiäre Verpflichtung gebietet«, stellte Diana kalt fest. »Ich erwarte, daß du dich für die Großzügigkeit meines Gemahls entsprechend erkenntlich zeigst.«

Aha, dachte Portia, nun kommen wir dem Kern der Sache

schon näher. »Madam, Ihr könnt meiner Dankbarkeit gewiß sein.«

»Dein Gemach liegt unmittelbar neben der Kinderstube. Wenn die Kleinen nachts schreien, hörst du sie und kannst der Kinderfrau an die Hand gehen. Wie steht es mit deinen Nähkünsten?«

»Madam, ich bin in häuslichen Belangen nicht ungeübt.«

»Gut, dann kannst du dich um Olivias Garderobe kümmern. Meine eigene Näherin ist zu beschäftigt. Außerdem könntest du die Haushaltswäsche ausbessern. Gewiß machst du dich gern nützlich.«

Portia beschränkte sich auf einen Knicks. Sie spürte, wie es Olivia neben ihr verzweifelt drängte zu sprechen, während sie gleichzeitig unter der Furcht litt, keinen zusammenhängenden Satz über die Lippen zu bringen. Portia warf ihr augenzwinkernd einen Seitenblick zu.

Da öffnete sich hinter ihr die Tür so energisch, daß der Luftzug die Scheite im Kamin aufflammen ließ. Cato Granville trat ein, stampfte Schnee von den Stiefeln und zog seine Handschuhe aus. »Herrgott, wie kalt es draußen ist! Es tut mir leid, daß deine Reise so dramatisch verlief, Portia.« Sein Lächeln war angenehm, doch lag in seinem Blick eine Frage.

»Dramatisch?« Diana fragte es lächelnd und senkte den Blick ihrer grauen Augen.

»Decatur«, knurrte ihr Gemahl knapp. Er ging an das Büfett aus Eiche und griff nach der Sherrykaraffe. »Ein Glas Wein als Willkomm, Portia?«

»Ja, danke, Sir.« Portia knickste höflich.

»Meine Liebe?« Cato reichte seiner Frau ein Glas, goß für Olivia eine kleine Menge ein und zögerte beim dritten Glas ... doch das Mädchen war erwachsen, drei Jahre älter als Olivia. Er füllte das Glas bis zum Rand und reichte es Portia.

»Nun denn, willkommen auf Castle Granville, Portia.« Er neigte den Kopf, als er ihr zutrank, in seinem Blick aber stand noch immer eine Frage. »Sicher bist du nach dem Ritt erschöpft. Nach Giles' Bericht zu schließen, liegt ein wahrer Alptraum hinter euch.«

»Der Schneesturm machte es uns nicht eben leichter«, gab sie ihm recht. »Aber Eure Männer waren am schlimmsten dran, Sir.«

»Ja, das hörte ich.« Er füllte sein Glas nach und musterte sie aus zusammengekniffenen Augen. »Giles versicherte mir, daß dir nichts zustieß.«

»Ja, Sir.« Eine einfache Antwort erschien ihr am angemessensten. Sie spürte den Sherry bereits in ihren Knien und stellte ihr Glas ab.

»Du liebe Güte, was ist denn passiert?« Diana nippte geziert an ihrem Glas und sah ihren Mann aus großen erschrockenen Augen an.

»Rufus Decatur überfiel meine Männer und raubte sie aus«, erwiderte Cato. »Und er entführte Portia für kurze Zeit.« Damit wandte er sich wieder an Portia. Sie sah, daß er seine Augen noch immer zusammenkniff. »Was ist eigentlich geschehen?«

»Nichts, was von besonderem Interesse wäre, Sir«, sagte Portia vorsichtig. »Er zwang mich, mit ihm zu gehen, obwohl ich den Versuch unternahm, ihn zu erdolchen und ...«

»Du hast was getan?« Cato starrte sie ungläubig an.

Dianas Glas entglitt ihren kraftlosen Fingern, die bernsteingelbe Flüssigkeit ergoß sich auf den Teppich zu ihren Füßen. Sie ließ ein ärgerliches Stöhnen hören.

»Ach, vergebt mir, Madam. Ich wollte Euch nicht erschrecken«, entschuldigte Portia sich besorgt, ließ sich auf die Knie nieder und zog ein Taschentuch hervor, um das Verschüttete aufzuwischen. »Euer Kleid hat nicht gelitten.«

»Um Himmels willen, Mädchen, laß das!« Diana stieß sie weg. »Wenn man es verreibt, wird es nur ärger. Olivia, läute nach Clayton.« Sie griff zu ihrem Fächer und klappte ihn auf. »Ich habe mich vorhin wohl verhört.«

»Ich schleuderte meinen Dolch gegen Lord Rothbury, Madam, sein Lederkoller aber war so dick, daß die Klinge nicht tief eindringen konnte«, erklärte Portia in aller Unschuld offen.

Olivia verschluckte sich fast vor Lachen. Sie war ebenso verdutzt wie Diana, ahnte aber, daß Portia sich auf deren Kosten köstlich amüsierte.

»Woher hast du das Messer?« fragte Cato, der seiner Gemahlin mit einer für ihn untypischen ungeduldigen Bewegung Schweigen gebot.

»Jack gab es mir, damit ich mich gegen lästige Annäherungsversuche schützen konnte«, sagte Portia und erzielte damit eine noch verheerendere Wirkung. »Wer mich ansieht, findet es sicher unglaublich, daß es solche gab.« Sie lächelte dem Marquis und seiner Gemahlin zu. »Aber ich hatte tatsächlich einige unangenehme Begegnungen.«

Um das Gespräch in andere Bahnen zu lenken, sagte Cato barsch: »Das ist kein Thema für den Salon meiner Gemahlin. Um wieder auf Rothbury zu sprechen zu kommen ... hat er dir Fragen gestellt?«

»Er wollte wissen, wer ich bin, und warum ich unter Eurem Schutz reise. Zu diesem Zweck brachte er mich in ein Pächterhaus, wo uns eine Mahlzeit serviert wurde.«

»Wie umsichtig von ihm«, bemerkte Cato zynisch. »Er muß einen Grund gehabt haben.«

Diana hatte sich gefaßt und sagte nun mit angewidertem Blick: »Olivia, bring Portia in ihre Kammer. Dort kann sie allein essen. Ihre Ausdrucksweise läßt erkennen, daß ihr gute Gesellschaft und gute Manieren fremd sind, und wir möchten doch vermeiden, daß sie sich hier fehl am Platz fühlt. Inzwischen wurde ihr Gepäck sicher schon hinaufgebracht, und sie wird auspacken wollen.«

»Madam, ich habe kein Gepäck, das der Rede wert wäre«, sagte Portia und konnte sich nicht verkneifen hinzuzusetzen: »Aber mit Verlaub gesagt, knurrt mir der Magen ganz gewaltig.«

Olivia warf ihr einen überraschten Blick zu, da Portia im breitesten Yorkshiredialekt gesprochen hatte. Diana rümpfte die Nase, und Cato zog die Brauen bis zum Haaransatz hoch. Noch vor einer Minute hatte sein Gast sich einer gepflegten Sprache bedient. Hatte Portia einen guten Eindruck machen wollen und war nun in ihre gewohnte Sprechweise zurückverfallen?

Als er sie jedoch genauer ansah, wurde er plötzlich mit aller Macht an seinen Halbbruder erinnert. Die schrägen grünen Katzenaugen des Mädchens erwiderten seinen Blick scharf, intelligent und gewitzt, und ihm wurde klar, daß sich Jacks Tochter trotz ihrer Jugend von niemandem demütigen ließ. Das Mädchen hatte auf Dianas peinliche Arroganz auf seine eigene Weise reagiert.

Nun sah er Olivia an. Seine ernste, in sich gekehrte Tochter schmunzelte unverkennbar.

Während er noch überlegte, wie er reagieren sollte, stürzte Olivia sich in eine Rede. »Komm, Portia, ich werde mit dir essen und dir alles erzählen. Das wäre doch am b-besten, nicht wahr, Sir?«

Portia griff ihr Stichwort auf und sagte nun wieder in gepflegtem Ton: »Danke Sir«, als hätte er Olivias Vorschlag zugestimmt. »Ich gestehe, daß ich müde bin. Gibt es noch etwas, das Ihr über mein Treffen mit Lord Rothbury wissen wollt?«

»Das hat bis morgen Zeit«, sagte er und winkte sie hinaus, während er mit dem sonderbaren Gefühl kämpfte, der Boden unter seinen Füßen sei ins Wanken geraten.

Wieder knickste sie und wandte sich mit Olivia zum Gehen. An der Tür innehaltend, blickte sie über ihre Schulter. »Er gab mir übrigens eine Botschaft für Euch mit. Keine sehr höfliche, aber er bestand darauf, daß ich sie überbringe.«

Cato stand reglos da, eine Hand auf dem verzierten Kaminsims, in der anderen sein Glas. Sein Blick ruhte auf Portias bleichem, sommersprossigem Gesicht. »Los, rede schon.«

»Er schickt Euch seine Grüße und läßt Euch bestellen, daß Ihr zur Hölle fahren sollt.«

Diana entfuhr ein erschrockener Laut, und in Lord Granvilles ruhigen, braunen Augen blitzte es zornig auf.

Gefolgt von Olivia verließ Portia mit einem kleinen Nicken den Raum.

Später lag Portia wach in ihrem schmalen Bett und beobachtete den Widerschein des Feuers an der gewölbten Decke des Raumes. Der Wind rüttelte am Ölpapier vor dem Fenster. Sie kuschelte sich tiefer unter die dicken Decken und genoß die Wärme. Vor allem aber genoß sie die Sicherheit, die ihr die abgeschlossene Tür bot. Warum sie die Tür zugesperrt hatte, wußte sie nicht. Es war eine Gewohnheit, während vieler Jahre des Wanderlebens mit ihrem Vater erworben, als sie gezwungen war, sehr oft in Quartieren zu nächtigen, die der Gesundheit abträglich waren, da die Wahrscheinlichkeit, daß einem die Kehle für einen Heller durchgeschnitten wurde, ebenso groß war wie die Chance, eine ruhige Nacht zu verbringen.

Auf Castle Granville würde man ihr wohl nicht nach dem Leben trachten. Wenn es aber nach Lady Granville ging, würde man danach trachten, ihr das Leben sehr schwer zu machen.

Olivia hatte sie vor die Wiegen ihrer zwei kleinen schlafenden Schwestern geführt. Bislang hatte Portia mit Babys wenig zu tun gehabt und sich noch weniger für sie interessiert. Doch die etwas gönnerhafte Haltung der Kinderfrau hatte ihr verraten, daß sie bei den Kindern Mädchen für alles spielen und Miss Janet Beckton zur Verfügung stehen sollte.

Portia drehte sich auf die Seite und schlang die Arme um ihre Knie. Sie hatte es warm und trocken und war satt, ein fairer Tausch gegen den Verlust der Freiheit. Die Burg inmitten der einsamen Lammermuir Hills, weit entfernt von der nächsten größeren Stadt, bot keine andere Arbeitsmöglichkeit. Im tiefen Winter ruhten zwar die Feindseligkeiten, doch war es eine unsichere Waffenruhe, die nicht lange währen würde. Sobald Lord Leven und seine schottische Streitmacht zur Armee des Parlaments unter Lord Fairfay stießen, würden die Royalisten zahlenmäßig ins Hintertreffen geraten. Einer Frau, die sich, allein auf sich gestellt, auf den Kriegsschauplätzen herumtrieb, stand nur eine einzige Möglichkeit des Geldverdienens offen, die Portia schon vor langer Zeit von sich gewiesen hatte. Selbst als es die einzige Chance war, sich Brot und ein Dach über dem Kopf zu verschaffen.

Als Mann hätte sie sich natürlich den Truppen anschließen können und hätte damit ausgesorgt gehabt. Ein zögerndes Lächeln legte sich um ihre Lippen, als ihr einfiel, daß ihr einst ein solcher Plan gar nicht unvernünftig erschienen war. Aber damals war sie noch ein Kind gewesen, das seinen kindlichen Wunderglauben hegte.

Von Müdigkeit übermannt, gähnte Portia, die jeden einzelnen Muskel zu spüren glaubte. Am Morgen würde sicher alles besser aussehen. So wie immer.

Lächelnd schlief sie ein. Ihr letzter Gedanke galt dem großen rothaarigen Rufus Decatur, der Brot aufschneiden konnte wie eine erfahrene Hausfrau …

Sie erwachte, als an ihre Tür gehämmert wurde, und setzte sich auf, sofort hellwach, aber orientierungslos. Blinzelnd hielt sie Umschau in dem fremden Raum, in den durch das tief in die Mauern eingelassene Fenster fahles Licht einfiel.

»Portia!« Das Pochen wurde wiederholt, und nun kehrte auch die Erinnerung wieder.

»Einen Moment!« Sie glitt aus dem Bett und wickelte sich vor Kälte zitternd in die Decke, als sie barfuß zur Tür tappte und den Schlüssel umdrehte. »O Gott, wie spät ist es denn?« fragte sie gähnend.

»Acht Uhr vorbei.« Olivia trat an ihr vorüber ein. »Es ist etwas Erstaun …«, sie kämpfte verzweifelt, bis sie fortfuhr, »… liches passiert!«

Portia sprang zurück ins Bett und drückte ihre Füße tief in die zurückgebliebene nächtliche Wärme. »Was denn?«

»Mein Vater.« Olivias aufgeregter Blick verriet nicht, ob die Nachricht gut oder schlecht war. Portia wartete geduldig, bis das Mädchen seine Gedanken geordnet hatte.

»Er ... er hat sich für das Parlament entschieden!« brachte Olivia schließlich heraus. »Heute will er sich öffentlich dazu bekennen.«

»Ja, das ist allerdings interessant«, meinte Portia nachdenklich. Die Granvilles waren die einflußreichste Adelsfamilie im Norden. Schlugen sie sich auf die Seite des Parlaments, dann war dies für die Königstreuen ein schwerer Schlag.

»Meine Stiefmutter liegt im Bett.« Olivia holte tief Atem, ehe sie fortfuhr: »Das tut sie immer, wenn ihr etwas nicht genehm ist.« Nun atmete sie laut aus und sah Portia an, als hätte sie eine Großtat vollbracht.

»Das wird für alle eine kleine Atempause sein«, bemerkte Portia und wurde mit einem Kichern Olivias belohnt. Nun schlug Portia die Decken entschlossen zurück. »Ich sollte wohl aufstehen.«

»Ja-Janet hat sich schon gewundert, wo du bleibst.«

»Die Kinderfrau?« Portia verzog das Gesicht, als sie sich aufraffte und in ihrem Hemd zitternd dastand. »Ich glaube, sie und ich werden nicht gut miteinander auskommen.« Rasch zog sie sich mit klammen Fingern an. »Aber als erstes brauche ich Holz fürs Feuer und Wasser zum Waschen. Wo finde ich das alles?«

»Ruf einfach eine Magd.«

Portia schüttelte den Kopf. »Ich glaube nicht, daß jemand auf Castle Granville mich bereitwillig bedienen würde. Außerdem bin ich imstande, alles selbst zu besorgen.« Ihren Mantel um die Schultern werfend, murmelte sie: »Ich wünschte, die Kälte würde mir nicht so zusetzen.« Dann eilte sie, gefolgt von Olivia, zur Tür.

»Laß uns als erstes in die Küche gehen.«

Olivia zuckte zustimmend mit den Achseln und folgte dem Wirbelwind, der in Gestalt Portias in ihr Leben getreten war und mit wehendem Mantel den Gang entlanglief. In der Küche sah Olivia zu, wie Portia völlig zwanglos und unbefangen mit der Köchin und dem Gesinde, die inmitten brodelnder Kessel und rotierender Spieße an der Arbeit waren, Bekanntschaft schloß. In Minutenschnelle hatte sie ihr heißes Wasser, mit dem sie sich in der Spülküche waschen konnte, und als sie wieder in der Küche erschien, setzte sie sich zu Eiern mit Kalbfleischscheibchen.

»Hast du schon gefrühstückt, Olivia?« fragte sie, während sie hungrig ein Stück Gerstenbrot mit goldener Butter bestrich. »Die Eier sind ganz ausgezeichnet.« Sie wies mit dem Messer auf die Bank neben sich.

»Du liebe Güte, Lady Olivia kann doch nicht in der Küche essen!« rief die Köchin aus. »Fort mit Euch, Mylady. Das ist kein Ort für Euch.«

»Aber ich möchte nicht gehen«, erklärte Olivia mit einem Eigensinn, den Portia interessiert registrierte. Olivia setzte sich neben Portia und blickte sich herausfordernd um.

»Der Herr steh mir bei!« ließ sich eine Dienstmagd aus der Speisekammer vernehmen. »Ihre Ladyschaft trifft glatt der Schlag.«

»Wo denkst du hin!« erwiderte darauf lachend eine rundliche, rotbackige Kuchenbäckerin. »Die doch nicht. Die ist aus Eis und wird uns noch alle erstarren lassen wie Lots Weib. Ja, das wird Mylady tun.« Sie schlug mit dem Nudelholz auf den ausgerollten Teig, daß eine feine Mehlwolke aufstieg.

»Und jetzt haltet gefälligst den Mund!« schalt die Köchin mit einer bezeichnenden Geste, die Olivia galt, obwohl diese gar nicht zuhörte. Dennoch trat nun ein unbehagliches Schweigen ein, das nur vom Geklapper der Töpfe und Pfannen unterbrochen wurde, bis die Küchentür aufging und Lord Granville, gefolgt von Giles Crampton und einem eisigen Luftschwall, eintrat.

»Wie viele Fässer Ale haben wir vorrätig, Garsing?« erkundigte Cato sich gutgelaunt beim Kastellan, der sich vom übrigen Gesinde durch seine schweren, am Gürtel hängenden Kellerschlüssel unterschied. »Morgen brauchen wir im äußeren Hof mindestens ein halbes Dutzend. Dazu ganze Rinderlenden, Spanferkel und Hammel. Kümmert Ihr Euch darum, Mistress Quick? Es gibt Grund zum Feiern.« Er stampfte mit den Füßen und blies auf seine Hände. Seine Wangen waren gerötet von der Kälte, seine Augen blitzten, und sein ganzer Körper schien Energie und Tatkraft zu verströmen.

Da fiel sein Blick auf die zwei Mädchen bei Tisch. Er runzelte die Stirn. »Was treibst du hier, Olivia?«

Portia sprang sofort auf und antwortete für ihre Freundin. »Sie leistet mir Gesellschaft beim Frühstück, Mylord.«

»Und warum frühstückst du in der Küche?« Sein Stirnrunzeln wurde tiefer.

»Mir erschien es nicht geziemend, daß Euer Gesinde mich bedient, Sir.«

Als Cato die Dienstboten ansah, begegnete er gesenkten Blicken. Daraufhin sah er wieder seine Tochter an, diesmal noch finsterer. »Wo ist deine Stiefmutter? Sie würde deine Anwesenheit hier sicher nicht billigen.«

Olivia errötete unter dem Bemühen, die Worte über die Lippen zu bringen. Cato, der wartete, schlug mit den Handschuhen gegen die Handfläche der anderen Hand. Portia spießte im Stehen verstohlen das letzte Stück Speck auf die Gabel.

»Meine gnädige Mutter hütet das Bett, Sir.«

Cato hatte wieder Grund, die Stirn zu runzeln. Wie befürchtet, hatte Diana sich seine Entscheidung, die Seiten zu wechseln, ernsthaft zu Herzen genommen. Nun, sie war seine Frau. Sobald sie sich an den Gedanken gewöhnt hatte, würde sie ihn darin unterstützen.

Er verlor das Interesse an der Anwesenheit seiner Tochter in der Küche und wandte sich wieder dem geduldig an der Tür wartenden Giles zu. »Giles, sag den Leuten, daß morgen ein Feiertag sein soll. Jeder soll seine Familie zum Fest mitbringen. Laß die Tore öffnen, und lade auch die Leute aus dem Dorf ein. Zumindest all jene, die gemeinsam mit ihrem Herrn für das Parlament eintreten«, setzte er hinzu, in einem Ton freilich, der erkennen ließ, daß abweichende Meinungen bei ihm auf geringes Verständnis stoßen würden. »Wenn es nicht wieder schneit, wird es Musik und Tanz geben. Ein Fest für alle, die sich auf unsere Seite schlagen.« Er vollführte eine ausholende Geste.

»Die Männer werden sich freuen.« Giles strahlte. »Sie sind ohnehin schon festlich gestimmt. Kein einziger wird der Fahne den Rücken kehren.«

»Gut.« Cato nickte befriedigt und wollte zur Tür, als er innehielt und Portia einen Blick zuwarf. Sie hatte wieder ihren Platz am Tisch eingenommen und widmete sich ihrem Frühstück.

Cato musterte ihr blasses Sommersprossengesicht so eindringlich, als wolle er die Gedanken hinter den klaren grünen Augen lesen. Warum hatte er den Eindruck, daß dieses neue Mitglied seines Haushalts so undurchschaubar war wie eine Geheimschrift? Entschlossen, sie aus dem Gleichgewicht zu bringen, fragte er abrupt: »Welchen Eindruck hat Lord Rothbury auf dich persönlich gemacht, Nichte?«

Von der Frage überrumpelt, schaffte Portia es dennoch, gelassen zu antworten: »Gar keinen, Mylord. Zumindest fand ich ihn nicht besonders interessant.«

Cato zog eine Braue in die Höhe. Wenn seine Nichte Rufus Decatur nicht interessant gefunden hatte, mußte sie ein ungewöhnliches Exemplar des schönen Geschlechts sein. Wollte man den Gerüchten glauben, trieb der Mann es landauf landab wie ein brünstiger Hengst und hinterließ gebrochene Herzen und illegitime Kinder. Aber schon die Dolch-Episode hatte darauf schließen lassen, daß Jacks Tochter sich von anderen Mädchen unterschied.

Wieder wandte er sich zum Gehen. »Olivia, du solltest unverzüglich deine Stiefmutter aufsuchen. Vielleicht braucht sie dich.« Er zog seine Handschuhe an und polterte aus der Küche, wobei wieder Eiseskälte hereinströmte.

Draußen begab er sich auf direktem Weg zum Exerzierplatz, wo die Männer nach dem Morgenappell wegtraten. Cato hielt inne und blickte zu den Wehrgängen empor, von denen die Banner in den Farben des Parlaments vor einem eisigen blauen Himmel flatterten. Die Luft war zu kalt für tiefe Atemzüge, die Sonne, die keine Wärme spendete, hing fahlgelb und tief über den langgestreckten Rücken der Lammermuir Hills.

Wo war Rufus Decatur in diesem Moment? Hatte er sich in seinen Schlupfwinkel in der Einsamkeit der Cheviots verkrochen? Seit dem Tag zuvor wußte der Earl of Rothbury, daß Cato Granville sich auf die Seite des Parlaments geschlagen hatte, da einem von Giles' weniger standhaften Gefährten diese Information gewaltsam entlockt worden war, während der Räuber-Baron Granvilles Nichte an das Feuer eines Pächters gebeten hatte. Cato war so gut wie sicher, daß es ihm bei dem Überfall vor allem um diese Information gegangen war.

Es machte nicht viel aus, da es nun ohnehin allgemein bekannt war, und jeder meilenweit die Banner auf den Türmen und Wehrgängen von Castle Granville sehen konnte. Aber Cato hätte zu gern gewußt, auf welche Seite sein Feind sich schlagen würde. Wollte Rufus sich im Moment noch alle Optionen offenhalten und als distanziert-ironischer Beobachter mit ansehen, wie Aufruhr das ganze Land erfaßte, während er selbst sich erst dann einzumischen gedachte, wenn er und seine Anhänger den größten Vorteil daraus ziehen würden?

Cato war überzeugt, daß Rufus bei seiner Entscheidung nur Eigeninteressen im Auge hatte. Schlug Decatur sich auf jene Seite, die am Ende den Sieg errang, konnte er damit rechnen, daß das Haus Rothbury seine einstige Position, seinen Reichtum, seinen Einfluß und sein Prestige wiedererlangte.

Falls er dies tatsächlich anstrebte. Rufus Decatur war der geborene Geächtete und der geborene Führer. Er zog Menschen an wie Blüten die Bienen. Gute Menschen und schlechte, Männer, die Abenteuer suchten, Männer, die im Rahmen der Gesellschaft und deren Gesetze nicht leben wollten oder konnten. Würde ein solcher Mann sich jemals wieder in die zivilisierte Welt einfügen?

Aber ehe diese Fragen eine Antwort fanden, mußte ein Krieg ausgefochten werden. Ungeachtet der freudigen Erregung der Männer, die vom Exerzierplatz abzogen, und trotz Catos eigener Hochstimmung, sah der Marquis of Granville blutigen Tod über ihrer aller Zukunft.

5

»Sieh mal einer an.« Rufus lächelte in seinen roten Bart, seine blauen Augen aber funkelten hart wie Diamanten. Hoch zu Roß ließ er seinen Blick über die sanft gewellten Hügel schweifen, bis er an Castle Granville hängenblieb, das auf einer eigenen, alle anderen Anhöhen überragenden Erhebung stand. Vom Hauptturm und den Zinnen wehten die Farben des Parlaments.

»Wie der Hahn auf dem Mist«, sagte er verächtlich. »Kräht seinen Trotz und seine Prahlerei heraus!«

»Sieht ganz nach einem Fest aus«, bemerkte Will, die Augen mit der Hand beschattend. »Man riecht die Spießbraten schon von hier aus.« Es hörte sich wehmütig an. Sie waren kurz nach Sonnenaufgang aufgebrochen, und nun war es fast Mittag.

»Und es sieht aus, als würde das ganze Umland mitfeiern«, murmelte ihr Begleiter.

Schweigend beobachteten die drei Männer die Szene zu ihren Füßen. Festlich gekleidete Menschen strömten über die Zugbrücke in die Festung, Kinder hüpften und sprangen, Trommeln und Dudelsäcke ließen kampflustige und fröhliche Weisen erklingen.

»Sicher wird Granvilles Entscheidung für das Parlament gefeiert.«

»Sieht so aus, George«, gab Rufus ihm zerstreut recht. Er schlug mit der Gerte gegen seinen Stiefel im Bügel, ohne seinen Blick von der Szene im Tal loszureißen – wehende Banner, zwei Eisläufer auf dem zugefrorenen Burggraben, ein Bierfaß, das von einer Gruppe übermütiger junger Leute über die Zugbrücke gerollt wurde. »Es sieht so aus«, wiederholte er murmelnd.

Will warf ihm einen Seitenblick zu. Er war gewarnt, da er diesen Ton gut kannte. Und als Rufus ihn mit seinen blauen Augen ansah, sank Wills Herz. Purer Übermut blitzte ihm trotz des gelassenen Lächelns entgegen, und um den vollen Mund im rotgoldenen Bart lag ein Zug, der Will mit einer wohlbekannten unguten Vorahnung erfüllte.

»Was denkst du, Rufus?« fragte er voller Unbehagen.

Rufus' Lächeln wurde breiter. »Ach, ich dachte mir, daß man vielleicht die Gastfreundschaft unseres Freundes Granville ein wenig in Anspruch nehmen sollte. Seit dem Frühstück ist viel Zeit vergangen, und der Bratenduft macht einem den Mund wäßrig.«

»Ihr wollt in die Burg, Mylord?« George sagte es eher resigniert als entsetzt. »Ihr hofft, in der Menge unterzugehen?«

»Warum nicht?« Rufus zuckte achtlos mit den Achseln und gab seinem Fuchs die Sporen. Die anderen folgten ihm ins Tal und dann wieder die halbe Anhöhe bis zu Castle Granville hinauf.

Rufus zügelte sein Pferd hinter einem schützenden Stechpalmengestrüpp und beäugte die Umgebung. »Näher können wir nicht heran.«

»Du bist verrückt!« rief Will aus. »Granville wird dich vom höchsten Turm hängen lassen.«

»Schon möglich ... wenn er wüßte, daß ich hier bin«, gab Rufus ihm gutgelaunt recht. Er schwang sich vom Pferd und löste eine zusammengerollte Decke vom Sattel. »Hilf mir, George.«

George, der sehr gut wußte, was jetzt von ihm gefordert wurde, saß ab. Rufus Decaturs Meisterschaft in der Kunst der Verkleidung war nur eines seiner zahlreichen Talente.

Rufus schlüpfte aus seinem Mantel und formte aus der Decke eine Einlage, die er unter Wills resignierter Beobachtung auf seiner Schulter befestigte.

»Na, wie sehe ich aus?« Rufus schlang seinen Umhang aus dunklem Tuch über die Schulter, zog die Kapuze über und machte sie vorne am Hals fest. Plötzlich war er wie verwandelt. Seine große, stattliche Erscheinung wirkte gebrechlich und gebeugt, eine Schulter war höher als die andere, da der Höcker die gerade Schulterlinie verformte.

»Du wirst damit durchkommen«, grummelte Will, der wider Willen grinste. Obschon er diese Verkleidung schon kannte, verfehlte sie nicht, ihn stets von neuem in Erstaunen zu setzen. Sie hätte nicht simpler sein können – eine Veränderung der Züge, der Körpergröße und eindrucksvollen Persönlichkeit, die Rufus Decatur unter allen heraushoben. Ohne diese Eigenschaften aber würde ihn niemand erkennen.

George schnitt einen festen Stock aus einem Schößling und reichte ihn Rufus. Nun erst war die Verwandlung perfekt. Gebückt und auf den Stock gestützt, in handgewebten bäuerlichen Kleidern – Umhang, Wams und Hose –, die Kapuze tief in die Stirn gezogen, war aus Rufus ein Dörfler aus der Umgebung geworden.

»Ich gehe allein hinein«, sagte er und tat Wills sofortigen Protest ab. »Ein Eindringling allein ist ein geringeres Risiko als drei.«

»Warum das alles?« fragte Will. »Was erhoffst du dir von diesem Wagnis?«

»Ich dachte, du wärest hungrig«, sagte Rufus in gespieltem

Erstaunen. »Ich bin es nämlich und gedenke, mir auf Cato Granvilles Fest den Bauch vollzuschlagen, was sonst?«

»Ja, was sonst?« murmelte Will und sah zu, als Rufus sich vorsichtig aus dem Schutz der Büsche hinauswagte. »Er hat doch sicher etwas anderes vor, meinst du nicht, George?«

»Vermutlich«, meinte George phlegmatisch. »Aber der Braten würde mir auch schmecken. Von hier aus riecht er verdammt gut.« Er schnupperte anerkennend, als der Wind das volle Aroma gebratenen Fleisches vermischt mit Holzrauch heranwehte und seine Geschmacksnerven reizte.

Rufus schritt nur fünf Minuten allein aus, dann mischte er sich gebeugt unter den Menschenstrom, der sich vom Dorf am Fuß des Hügels bergan bewegte. Will hatte Mühe, ihn im Auge zu behalten, während Rufus sich, mühsam auf den Stock gestützt, hinaufschleppte. Als die Menge die Zugbrücke erreichte, verschwand Rufus aus dem Blickfeld, und Will blieb es überlassen, angsterfüllt an seinen Nägeln zu kauen.

Rufus spähte seitlich in den Graben hinunter, als er über die Zugbrücke ging. Die zwei Schlittschuhläufer, die er schon früher bemerkt hatte, tummelten sich noch immer auf dem Eis. Blitzartiges Erkennen traf ihn tief bis ins Innere, als er Portia Worth unter sich dahingleiten sah, die Kapuze ihres dunklen Mantels im Nacken. Ein Strahlenbündel matten Sonnenlichtes zauberte sprühende Funken in ihr rotes Haar.

Eigentlich kein Wunder, daß er sie sah. Er hatte ja gewußt, daß sie sich irgendwo im Bereich der Burg aufhalten mußte. Dennoch war er sich einer sonderbaren Erregung bewußt ... An ihm nagte der beunruhigende Gedanke, daß er gekommen war, um sie zu sehen. Was natürlich lächerlich war.

Und dann war sie fort und unter der Zugbrücke verschwunden, während er durch das Fallgatter feindliches Gebiet betrat. Von nun an mußte er seinen ganzen Verstand zusammennehmen.

Große Feuer brannten in der Mitte des äußeren Hofes, ganze

Rinderhälften, Schafe und Spanferkel wurden an Spießen gebraten. Gedreht wurden diese von jungen Burschen, deren Wangen von der Hitze und dem Inhalt der Alekrüge gerötet waren, aus denen sie sich labten, während ihre Augen vom Qualm tränten.

In der Mitte des Hofes spielte einer die Fiedel, und eine Gruppe von Morisken-Tänzern, deren Glöckchen die übermütigen Rufe und den Beifall des Publikums melodisch untermalten, unterhielt die Menge. Schragentische, die sich unter der Last von Kartoffeln, Brot, Kuchen, Käse und goldenen Butterlaiben bogen, standen an den Wänden, das dichteste Gedränge herrschte jedoch um die Ale-Fässer.

Rufus fügte sich unauffällig in die Menge ein. Will hatte ganz richtig vermutet, daß der Herr von Decatur bei dieser Eskapade nicht nur eine Teufelei im Sinn hatte, sondern auf Informationen aus war, auf jede Kleinigkeit, den geringsten Klatsch, alles, was ihm eine Ahnung von der Schlagkraft von Cato Granvilles Streitmacht und einen Einblick in seine Absichten und Strategien vermitteln konnte.

Rufus näherte sich den Ale-Fässern und ergriff einen Humpen, den ihm ein rotgesichtiger Bauer gutgelaunt reichte. Der Mann hielt eine gebratene Kartoffel zwischen behandschuhten Fingern und biß herzhaft hinein, während er vor einer Gruppe von Spaßvögeln eine deftige Geschichte zum besten gab.

Da Rufus Cato nirgends entdecken konnte, dachte er voller Ironie, daß es eines Granville wohl nicht würdig war, sich unter seine Pächter und Gefolgsleute zu mischen. Er gab den Menschen Gelegenheit, eine Entscheidung zu feiern, die im ganzen Granville-Land Witwen und Waisen hinterlassen würde, hielt sich dabei aber abseits.

Da erblickte er ihn am anderen Ende des Hofes, und sein Blut geriet in Wallung. Cato war mit drei der mächtigsten Grundherren zwischen Lammermuir und York in ein Gespräch vertieft. Das konnte nur eines bedeuten: Viscount Charter, der Earl of Fairoaks und Sir Graham Preston wollten Granvilles Beispiel folgen und sich auf die Seite des Parlamentes schlagen. Ihre Unterredung bot für einen Lauscher gewiß manch interessante Einzelheit.

Rufus, der sich gemächlich durch die Menge schob und sein Ale trank, wich im dichten Gedränge geschickt aus und bewegte sich unauffällig wie ein Schatten weiter, so daß er kaum wahrgenommen wurde.

Auf dem Eis des Burggrabens schlitterte Portia gegen die Schildmauer und blieb stehen. Lachend kämpfte sie um ihr Gleichgewicht. Sie genoß das schwindelerregende Gefühl der Freiheit, das ihr das Eislaufen verlieh, und die eisige Frische der Luft nach dem üblen Brodem der Städte, in denen sie die letzten Jahre verbracht hatte. Da sie nur selten Gelegenheit zum Eislaufen gehabt hatte, versetzten diese an ihre Stiefel angeschnallten, gutgeschliffenen Kufen aus Bein sie in Hochstimmung, wenn sie ihr auch ihre mangelnde Übung vor Augen führten.

»Ich muß rasch lernen, wie man anhält, ohne gegen ein Hindernis zu stoßen«, rief sie Olivia zu, die als weitaus geübtere Läuferin elegant neben ihr stehenblieb.

Portia blickte zu den Menschenmengen hinauf, die sich nach wie vor über die Zugbrücke bewegten, und kniff die Augen zusammen. »Was würdest du davon halten, wenn wir das Fest mitfeiern?«

Olivia schien erschrocken. »Aber wir wurden nicht eingeladen.«

»Nein, aber meinst du nicht auch, daß du als Tochter deines Vaters ein bißchen Gastgeberin spielen solltest?« Portia strich die Handschuhe an ihren Fingern glatt. Sie war gespannt, wie Olivia auf diesen unerwarteten Vorschlag reagieren würde.

»Das habe ich nie gemacht«, antwortete Olivia, von Zweifeln geplagt. »Das ist D-Dianas Aufgabe.«

»Aber Diana wird heute ihr Schlafgemach nicht verlassen«,

wandte Portia ein. Sie lehnte mit verschränkten Armen an der Mauer und blickte Olivia aus ihren grünen Augen fragend und verschmitzt an.

Olivia überlegte. Nachdenklich blickte sie zu den grauen Burgmauern hoch, die über ihr aufragten. Aus dem äußeren Hof waren Musik und ausgelassener Festlärm zu hören.

»Das würde aussehen, als wolle Diana ihren Pflichten nicht nachkommen«, sagte sie bedächtig.

»Genau.« Portia lachte leise. »Komm.« Sie glitt, gefolgt von Olivia, ans Ufer und setzte sich, um sich ihrer Eislaufkufen zu entledigen. »Außerdem entkomme ich dadurch noch eine Weile Janet Beckton.«

In Olivias Lachen mischten sich Nervosität und Erregung, als sie über die Zugbrücke zurück in die Burg gingen.

Cato staunte, als er bemerkte, daß sich die Mädchen unter die Festgäste im äußeren Hof mischten, und er freute sich, als er sah, mit welcher Umsicht Olivia darauf achtete, daß es an den Tischen an nichts fehlte. Sie machte ihre Sache sehr gut, wie er fand.

Kaum hatte Portia bemerkt, daß Olivia ohne ihre Hilfe zurechtkam, steuerte sie, vom Bratenduft angelockt, auf die Feuer zu. Ihr jahrelanges Hungerleiderleben lag ihr noch so in den Knochen, daß sie jede Gelegenheit, sich zu sättigen, nutzte.

Sie drängelte sich durch die Menge, die den Spanferkelspieß umlagerte. Ein älterer Mann mit einem Buckel unter dem groben Mantel stand unmittelbar neben dem Spieß, schnitt mit seinem Dolch durch die knusprige Haut, spießte ein Stück auf und bot es seinem Nachbarn an.

»Ich möchte auch ein Stückchen, guter Mann«, sagte Portia freundlich, streifte ihre Handschuhe ab und hielt die bloßen Hände ans Feuer. Sie stand ganz dicht bei dem Mann, als ein sonderbares Gefühl sie erfaßte und sie Gänsehaut bekam, als hätte sie ein Gespenst gesehen. Sie erstarrte, ihre ausgestreckte Hand verharrte reglos, ihr Atem stockte. Es war unmöglich …

und doch hatte sie ihn erkannt. Sie spürte, wie ihr Blut plötzlich schneller durch ihre Adern floß.

»Wollt Ihr die knusprige Haut, Mistress?« fragte die krächzende Greisenstimme mit starkem Yorkshire-Akzent, als er sein Messer tief in den Braten stieß und ein saftiges Stück mit brauner Haut abschnitt. Nun wandte er sich ihr voll zu. Seine blauen Augen blitzten unter der tief in die Stirn gezogenen Kapuze hervor.

Portia starrte Rufus Decatur fassungslos an. Was führte ihn hierher? Lord Granvilles Todfeind bewegte sich ungezwungen innerhalb der Burgmauern und bediente sich munter vom Festbraten des Burgherrn. Sie trat einen Schritt aus dem Kreis ums Feuer, ob zu ihrem oder Decaturs Schutz, wußte sie nicht. Aber Rufus trat ebenfalls zurück, das Fleischhäppchen noch immer auf der Dolchspitze.

»Habt Ihr den Verstand verloren?« flüsterte sie und bildete damit unwissentlich Wills Echo.

Rufus schien zu überlegen, doch lag in seinen leuchtenden Augen keine Spur von Ernst. Sie hatte das deutliche Gefühl, daß er sich über sie lustig machte und sie gleichzeitig aufforderte, den Spaß mit ihm zu teilen.

»Habt Ihr den Verstand verloren?« wiederholte sie im Flüsterton und versuchte, ihren Blick von seinen Augen, die eine geradezu magnetische Wirkung auf sie auszuüben schienen, abzuwenden.

»Das glaube ich nicht, Miss Worth«, sagte er nachdenklich. »Aber um meine Sicherheit wäre es besser bestellt, wenn Ihr nicht ein Gesicht machen würdet wie ein verängstigtes Kaninchen. Es könnte unwillkommene Aufmerksamkeit erregen, und dabei habe ich mir so große Mühe gegeben, mich unkenntlich zu machen.« Er lächelte, als wolle er sich entschuldigen, doch seine Augen lachten sie noch immer vergnügt an.

Portia konnte nicht umhin, sich schuldbewußt nach den anderen umzudrehen, worauf Rufus warnend mit der Zunge schnalzte. »So erregt man garantiert Aufmerksamkeit«, murmelte er.

Er bewegte einen Arm, und sein Mantel entfaltete sich wie ein Fledermausflügel. Ohne daß Portia wußte, wie ihr geschah, bewegte sie sich plötzlich im Schutz dieser Schwinge, wobei sie eher bewegt wurde, als daß sie sich aus eigenem Antrieb bewegte. Als sie unvermittelt stehenblieb, wieder gegen ihren Willen, befand sie sich in einem abgeschiedenen Winkel des Hofes, vor der Menge durch einen vorspringenden Stützpfeiler geschützt.

»Was wollt Ihr?« zischelte sie. Von seinem Mantel eingehüllt, stand sie so nahe bei ihm, daß sie seine Körperwärme spürte, das Leder seines Wamses roch, die rauhe Wolle von Hemd und Hose fühlte. Die ganze Welt schien auf diesen kleinen dunklen und von Düften erfüllten Fleck zusammengeschrumpft zu sein, das festliche Treiben war wie aus großer Entfernung zu hören.

Rufus gab keine Antwort und bot ihr das Stück Fleisch an, das noch auf der Messerspitze steckte. Ohne zu überlegen, griff sie danach, um sogleich einen leisen Schrei auszustoßen, als sie sich die Finger daran verbrannte.

»Vorsicht!« warnte er sie, und es klang aufrichtig besorgt. Er nahm das Stückchen mit bloßer Hand und pustete darauf. »So, versucht es jetzt.« Damit hielt er ihr den saftigen Happen an die Lippen, und Portia öffnete wie hypnotisiert den Mund. Es war köstlich, die Haut kroß und leicht gebräunt, das Fleisch saftig und zart. Sie genoß es wie ein Feinschmecker, der jeden Bissen voll auskostet, und vergaß in diesem Augenblick höchsten Genusses alles um sich herum, so daß ihr auch der anerkennende Schimmer in den Augen ihres Begleiters entging, der sie unausgesetzt beobachtete.

»Gut?« fragte er so leise, daß das Gefühl der Vertraulichkeit inmitten des überfüllten und lauten Burghofes noch wuchs. Er leckte seine Finger ab und strich dann mit seinem Daumen konzentriert und stirnrunzelnd über Portias Lippen und Kinn, wo sich ein Rinnsal aus Fleischsaft gebildet hatte. Seine Haut war aufgerauht, und ihr Mund erbebte unter der festen und doch weichen Berührung. Einen flüchtigen Augenblick umfaßte er ihre Wange, und sie spürte die Schwielen seiner Schwerthand an ihrer zarten Haut. Ihre Nackenhärchen sträubten sich unter einer inneren Anspannung, dann ließ er sie los. Sie sah wie betäubt zu, als er wieder seinen Daumen ableckte, seinen Dolch in die Scheide steckte und seinen Handschuh anzog.

Langsam hörte die Welt um sie herum auf, sich zu drehen, und die Realität gewann die Oberhand. »Was wollt Ihr hier?« fragte Portia abermals.

»Ach, ich bin – wie sagt doch gleich der große Barde? – ein Lauscher, der unbedacht geäußerte Kleinigkeiten aufschnappt«, erwiderte er mit einer nonchalanten Geste, die die gesamte Szene zu umfassen schien.

»Ihr wollt hier spionieren?«

»Sozusagen.«

»Aber Lord Granville wird Euch hängen!« Sie sah deutlich vor sich, wie Granvilles Krieger sich auf sie stürzten. Alleine war Rufus ihnen trotz seiner Kraft hilflos ausgeliefert. Man würde ihn erschlagen, ehe … Als Augenzeugin von Hinrichtungen wußte sie, wie ein Körper am Galgen aussah – der Kopf in unnatürlichem Winkel, die heraushängende Zunge, das bläuliche Gesicht, die hervorquellenden Augen. Ihr wurde übel, und das Stückchen Fleisch, das sie eben mit so großem Genuß verspeist hatte, lag ihr fettig und bleischwer im Magen.

»Erst muß Granville mich entdecken.« Rufus' Blick glitt über ihr Gesicht, in dem die Sommersprossen sich im Zustand der Aufregung noch deutlicher von ihrer Blässe abhoben. »Was ist denn?« fragte er, als er Entsetzen in ihren schrägen grünen Augen las. »Ihr seht ja aus, als hättet Ihr den Teufel leibhaftig erblickt.«

»Das habe ich vielleicht«, sagte sie und riß sich zusammen. »Den Teufel in Gestalt von Rufus Decatur. Ist Euch klar, daß

Lord Granvilles Getreue auf den kleinsten Wink meinerseits über Euch herfallen?«

»Aber Ihr werdet mich doch nicht verraten, Mistress Worth?« Er bewegte den Arm, und wieder umschlossen sie die Falten seines Mantels, so daß sie näher an ihn gezogen wurde.

Diese sonderbare und beunruhigende Nähe weckte in ihr das Gefühl, sich tief in feindlichem Territorium zu befinden. Sie wehrte sich gegen dieses Gefühl und fragte: »Warum nicht?«

»Ach, aus mehreren Gründen«, sagte er mit unmerklichem Lächeln. »Erstens glaube ich nicht, daß Ihr imstande wäret, einen Menschen dem Tod auszuliefern.«

»Bei einem Decatur wäre ich dazu imstande«, stieß sie hervor, nichts anderes im Sinn, als sich endlich von ihm zu lösen. Doch sie hatte die Mauer im Rücken, und sein Körper stand wie ein Schild vor ihr, wobei sein Mantel und der Pfeiler sie vom Rest der Welt trennten und isolierten. Sie schufen Intimität und Abgeschiedenheit. »Ihr vergeßt, daß ich eine Granville bin, Lord Rothbury.«

Er schüttelte den Kopf. »Nein, das vergesse ich nicht. Dennoch …« Sein Lächeln vertiefte sich, und sie sah um seine Augen kleine Fältchen, die sich weiß von der wettergegerbten Haut abhoben. »Dennoch haben wir etwas gemeinsam, Ihr und ich«, raunte er. »Ich gehöre nicht hierher, aber Ihr ebensowenig, meine Liebe.«

Seine Worte machten ihr eine so erschreckende Wahrheit bewußt, daß Portia ihn nur stumm anstarren konnte.

Rufus lachte leise. »Nun, hat es Euch die Rede verschlagen?« Er faßte mit einem Finger unter ihr Kinn, beugte sich rasch über sie und küßte sie auf den Mund. »Zur Besiegelung eines Abkommens zwischen Geächteten«, sagte er, sich aufrichtend. Dabei glitt sein Mantel von ihr, und Rufus trat zurück und öffnete ihr wieder das Tor zur Welt.

Der Verlust der Isolation, das wieder vorhandene Raumgefühl überfielen sie so plötzlich, daß Portia von Schwindel erfaßt wurde und sich in ihrem Kopf alles drehte. Was eben geschehen war, ging über ihr Begriffsvermögen hinaus.

Rufus blickte um sich. »Ist das Granvilles Tochter?« fragte er beiläufig. »Das Mädchen im blauen Umhang?«

Seine Frage brach den Bann. Mit einer Aufwallung von Panik fiel ihr ein, wer dieser Mann war. Ein Todfeind, eine gefährliche Bedrohung für alle Granvilles. »Warum wollt Ihr das wissen?« Ihre Stimme war so rauh, daß sie sich räusperte.

»Ach, nur aus Interesse.«

»Welches Interesse habt Ihr an Olivia?« Portia tat einen Schritt, als könne sie Olivia Decaturs Blicken entziehen, obschon sie wußte, daß es vergebens war.

»Ein geringes«, erwiderte er mit einem achtlosen Achselzucken. »Granvilles weibliche Nachkommen kümmern mich wenig. Würde er einen Sohn zeugen, wäre es anders.« Wieder zuckte er mit den Achseln. »Lebt wohl, Mistress Worth.«

Abrupt drehte er sich um und schlurfte durch die Menge, den groben Mantel über der gebückten und mißgebildeten Schulter ... der Inbegriff eines gebrechlichen Greises.

Portia stand reglos inmitten des lauten und fröhlichen Treibens und kämpfte um Fassung. In ihrer Verwirrung war ihr nur soviel klar, daß sie benutzt worden war. Rufus Decatur hatte mit ihren Gefühlen gespielt, ihre Sinne gereizt, und sich dabei ins Fäustchen gelacht. Er hatte sie mit der sorglosen Vertraulichkeit eines Mannes behandelt, der wußte, daß er jede Frau um den kleinen Finger wickeln konnte, und sie hatte es geschehen lassen. Sie besaß genug Erfahrung, um zu wissen, wie Männer mit Frauen tändelten und sie nach Belieben manipulierten. Sie hatte gewußt, was geschah, und doch hatte sie zugelassen, daß Rufus Decatur seinen Spaß mit ihr trieb.

Wütend über sich und Decatur bahnte sie sich mit flammendem Blick den Weg zu Olivia. In diesem Moment hätte sie Rufus Decatur glatt verraten, doch war der Alte im groben Wollmantel spurlos verschwunden.

Der quadratische Raum im Erdgeschoß von Rufus' Haus, der von den großen Scheiten im Kamin hell erleuchtet und gewärmt wurde, bot nach drei Stunden Ritt von Castle Granville her willkommene Zuflucht. Die letzte Stunde hatte es ohne Unterlaß geschneit. Die weiße Schneeschicht hatte Männer und Pferde in der weiß durchwobenen Dunkelheit wie gespenstische Schemen aussehen lassen.

»Wer hütet die Jungen?« fragte Will, der an der Tür den Schnee von seinem Mantel schüttelte.

»Heute sind sie bei Silas. Ich hoffe es wenigstens«, setzte Rufus hinzu und schloß hinter sich die Tür. »Jedenfalls sollten sie dort sein.« Er ging in die Vorratskammer hinter der Küche, um sich einen Krug Met zu holen.

Will lachte auf und entledigte sich seiner durchnäßten Überkleider. »Jemand wird sie schon im Auge behalten.«

»Ja.« Rufus füllte zwei Humpen mit Met und reichte einen seinem Vetter. Um seine Söhne machte er sich keine Sorgen. Gewiß waren sie irgendwo im Lager und wurden beaufsichtigt. Wenn sie Hunger hatten, aßen sie von jenem Tisch, der zufällig am nächsten war, und rollten sich zu schlafenden Kugeln zusammen, wo immer sie erschöpft hinsanken. Es war eine sehr lockere Methode der Kindererziehung, doch hatte Rufus noch nicht festgestellt, daß sie ihnen geschadet hätte.

»Trink jetzt, essen werden wir bald in der Kantine.« Rufus hob seinen Humpen und trank Will zu. Dieser sah, daß sein Vetter nachdenklich, wenn nicht gar ernst war, und machte sich darauf gefaßt, nun zu erfahren, was Rufus bei seinem Ausflug nach Castle Granville an Neuigkeiten erfahren hatte.

Rufus stand vor dem Feuer, einen gestiefelten Fuß auf dem Kaminvorsetzer. Er schien das Schmelzwasser, das sich auf dem sauber gefegten Boden sammelte, nicht zu bemerken. »Granville und seine Verbündeten rekrutieren Truppen für das Parlament«, sagte er knapp und führte seinen Humpen an den Mund.

»Wo?«

»Landauf, landab. Die Macht von Charter, Fairoaks und Preston reicht weit.«

»Sie alle schlagen sich auf Granvilles Seite?« Will machte große Augen, als ihm die Bedeutung aufging.

»Ja. Sie werden York, Nottingham, Bradford und Leeds im Namen des Parlaments plündern. Sie wissen genau, an wen sie sich wenden und wen sie auf ihre Seite ziehen können.«

Rufus füllte seinen Humpen von neuem und forderte Will mit einer Handbewegung auf, seinem Beispiel zu folgen. Sein Mund war ein schmaler Strich, der in seinem Bart fast verschwand, und sein Ton war ausdruckslos. »Fairoaks sagte etwas von Altarsilber, an dem er sich vergreifen wollte … Kelche und ähnliches. Würde mich nicht wundern, wenn sie reiche Beute machen.«

Will spürte, wie seine Schultern sich abwehrend strafften. Ihm gefiel nicht, wie Rufus redete; sein ganzer Humor, seine teuflische Ironie waren dahin. Stimme und Ausdruck waren steinhart geworden. Rufus erstattete mit einer ganz bestimmten Absicht Bericht, und Will ahnte, daß es keine gute war.

»Bürgersfrauen werden ihren Schmuck opfern, Kaufleute ihr Silbergeschirr, Zinn, Gold, alles, was man einschmelzen oder veräußern kann. Und Granville wird Blei und Eisen für Kugeln und Kanonen zusammenraffen.«

Seine blauen Augen verrieten nichts, als sie auf Wills Gesicht ruhten. »Und wo wird Granville sich noch zusätzliche Einnahmen verschaffen, Will?«

Will schluckte nervös unter dem gnadenlosen Blick. Nun wurde eine Antwort von ihm erwartet, und ihm wollte keine einfallen, die zutreffend gewesen wäre.

Während Rufus auf Antwort wartete, trommelte er mit den Fingern laut auf den Kaminsims. Nach einer Weile half er sanft nach: »Vielleicht wird Granville aus eigenen Mitteln etwas beisteuern.«

»Tja, möglich wäre es«, sagte Will, der stirnrunzelnd nach einer Antwort suchte, die seinen Vetter befriedigen würde. »Seine eigene Miliz aufzustellen hat ihn schon eine ganze Menge gekostet. Und wenn er nun auch noch Bewaffnung braucht ...«

»Ja, ich könnte mir denken, daß Cato sich jede Geldquelle zunutze macht, die sich ihm bietet«, sagte Rufus mit ätzender Schärfe.

Will, dem endlich ein Licht aufging, starrte ihn an. »Du glaubst, er wird sich am Rothbury-Vermögen vergreifen?«

Rufus heftete den Blick auf einen Punkt über Wills Kopf, doch der Jüngere schauderte, als er den tödlichen Funken in den kalten blauen Augen entdeckte.

»Warum auch nicht?« knirschte Rufus im gleichen Ton. »Warum auch nicht?« Er ging abrupt an den Tisch, holte mit einem Fuß aus, und ein Schemel schlitterte über den Steinboden, um gegen eine Wand zu prallen und umzukippen. »Cato Granville verwaltet die Rothbury-Güter. Warum sollte er nicht den Ertrag für seine eigenen Zwecke nutzen?«

Will hatte das fast legendäre Temperament seines Vetters kaum kennengelernt, da Rufus schon vor vielen Jahren gelernt hatte, es zu zügeln. Nun aber spürte er, daß Rufus nahe daran war, seine Beherrschung zu verlieren, und Will konnte es gut verstehen.

»Er verwaltet die Güter im Namen der Krone«, fuhr er behutsam fort. »Gewiß könnte er keine große Summen abzweigen, um sie gegen die Krone einzusetzen.«

»Warum nicht?« sagte Rufus. »Der Mann ist ein Betrüger, ein Lügner und Verräter. Er brach den Treueeid, den er seinem König leistete. Was für einen Ehrenkodex hat ein Mensch wie er? Sei nicht so naiv!« Er durchmaß den Raum, und Will bekam das Gefühl, von den Wänden erdrückt zu werden, da die machtvolle Präsenz und die zornige Kampflust seines Vetters eine Enge schufen, in der kein Platz mehr für ihn war.

Plötzlich hieb Rufus mit der Faust gegen die Wand, so daß ein

Geschirrbord über ihm erzitterte und Zinn und Steingut klirrten. Will wäre am liebsten unbemerkt aus dem Raum geschlüpft, obwohl er wußte, daß der Ausbruch nicht ihm persönlich galt.

»Ich werde es nicht zulassen«, knurrte Rufus, und seine Stimme war so leise und giftig wie ein Vipernbiß. »Dieser Schurke wird die Einkünfte der Rothbury-Güter nicht für seine eigenen Zwecke benutzen. Ich brauche die Mittel für den König. Und wenn Granville seinen Schatz beisammen hat, will ich ihn an mich bringen. Jedes Stück Silber, jede Goldguinea, jedes Kleinod, jede Bleikugel und Stahlpike. Das alles will ich für den König.«

Will wußte nicht, ob eine Antwort erwartet wurde, da sein Vetter seine Worte gar nicht an ihn zu richten schien. Sein bitteres, böses Versprechen hatte er sich selbst gegeben. Da Will aber nicht an sich halten konnte, sagte er in die nun folgende Stille hinein: »Wie stellst du dir das vor?«

Rufus kam an den Tisch zurück. Seine Augen glänzten durchtrieben. Die angsteinflößende Spannung des beherrschten Zorns war von ihm gewichen. »Ich habe einen Plan, so gemein und tückisch wie Cato Granville selbst.« Er faßte nach seinem Humpen und leerte ihn, ehe er nach einem Tonkrug auf dem Bord griff und ihn gegen seine Schulter drückte, um den Korken mit seinen starken weißen Zähnen herauszuziehen.

»Bist du Manns genug dafür, Will?« Er bewegte den Krug vielsagend, und sein Ton war scherzhaft, Will aber hatte das Gefühl, daß die Frage sich nicht allein auf den schottischen, aus Malz und Gerste gebrannten Trunk bezog, der so gehaltvoll war, daß er einen Mann binnen einer Stunde unter dem Tisch landen ließ.

Er schob seinen Humpen hin, und Rufus füllte ihn zur Hälfte. »Du brauchst noch ein paar Jahre auf dem Buckel, ehe du mehr verträgst, Junge«, sagte er und hockte sich auf die Tischkante. Dann nahm er einen tiefen Schluck aus dem Krug, ehe er ihn neben sich hinstellte. »Also, was könnte Cato Granville besitzen, das ihm kostbarer ist als alles andere?« Er zog eine buschige rote Braue hoch.

Will nippte vorsichtig. »Ich weiß es nicht. Wer kann das wissen?«

»Er hat eine Tochter«, murmelte Rufus sinnend. »Tatsächlich hat er drei Töchter, glaube ich. Hat er nicht auch eine schöne Frau?« Wieder sah er Will fragend an.

Will spürte eine gewisse Benommenheit, die aber nicht allein dem Trunk zuzuschreiben war. Rufus schien in Rätseln zu sprechen. Er selbst schwieg still und behielt seinen Vetter wachsam im Auge.

Rufus griff abermals nach dem Krug. »Es ist ganz einfach, Junge. Cato wird mir die Rothbury-Einkünfte im Gegenzug für seine älteste Tochter ausliefern.« Er führte den Krug an den Mund, während Will ihn entgeistert anglotzte, da ihm endlich aufging, was Rufus vorhatte.

»Eine Entführung ... du würdest das Mädchen als Geisel nehmen und gegen Lösegeld freigeben.«

»Genau.« Rufus setzte den Krug ab und fuhr sich mit dem Handrücken über den Mund. »Im Austausch für Rothbury, für die Einkünfte aus meinem rechtmäßigen Erbe. Sein Vater übte an meinem um dieser Einkünfte willen Verrat, und nun will ich mit einem Einsatz darum schachern, den er nicht zurückweisen kann. Sie gehören mir, Will«, zischte er mit gezügelter Wildheit. »Mir. Und ich werde nicht dulden, daß sie von einer Granville-Ratte für deren Zwecke benutzt werden.«

Will trank und verschluckte sich prompt. Er klappte vornüber zusammen, als Augen und Nase liefen und das Feuer seine Kehle verbrannte. Rufus schlug ihm mit beherrschter Kraft auf den Rücken. »Nur ganz kleine Schlucke, Will«, riet er, nun schon wieder in lockerem und amüsiertem Ton.

Will röchelte mit tränenden Augen: »Wie willst du das alles bewerkstelligen?«

»Das weiß ich noch nicht, aber mir wird etwas einfallen. Und jetzt gehst du zu Tisch. Ich muß nachdenken.«

Will ließ seinen Vetter mit seinen Gedanken und dem Tonkrug allein. Rufus legte Holz nach und setzte sich ans Feuer. Der Trunk brachte zwar Wärme und Entspannung, konnte aber seinen heißen Zorn nicht besänftigen. Von allem dem Haus Rothbury angetanen Unrecht war das schwerste, daß dem Marquis of Granville die Verwaltung der konfiszierten Rothbury-Güter für alle Zeiten übertragen worden war.

Und nun die allertiefste Demütigung. Die Einkünfte aus den Gütern sollten Granvilles Verbündeten im Bürgerkrieg zugute kommen.

Rufus trank stetig und mit Absicht, während das Feuer im Kamin erlosch und mit ihm sein Zorn. Kalte Entschlossenheit und klare Planung traten an seine Stelle. Als er schließlich vom nahezu leeren Krug abließ und sein einsames Bett aufsuchte, stand sein Plan so gut wie fest. Bei seinem kurzen und erstaunlich unterhaltsamen Besuch auf Castle Granville hatte er viele nützliche Tatsachen in Erfahrung bringen können.

6

Im flackernden Laternenlicht schienen die schwankenden Schatten der Männer mit der Außenmauer von Castle Granville zu verschmelzen. Maultiergewieher drang aus der lichtdurchzuckten Dunkelheit tief unter Portias Guckloch. Sie konnte das Tier oder die Tiere nicht sehen, die irgendwo außerhalb des Lichtkreises darauf warteten, daß ihnen die Tragkörbe abgenommen wurden. Nur die Männer konnte sie sehen, tiefgebückt unter ihren Lasten, aus der Dunkelheit auftauchend, auf die Geheimtür zuhaltend, die in der dicken Mauer nur für jene sichtbar war, die gezielt auf sie zugingen.

Der geheime Eingang war vom Graben aus zugänglich, von einer Stelle unter der Zugbrücke aus. Wie sie auf einem ihrer bei Tag durchgeführten Erkundungsgänge festgestellt hatte, war er so niedrig, daß man sich darin nicht aufrichten konnte.

Es war völlig still. Von den Männern, unter denen sie als einzigen Giles Crampton erkannt hatte, war kein Laut zu hören.

Niemand wußte, daß sie hier auf der Lauer lag, nicht einmal Olivia, die vermutlich schon im Bett war. Aber Portia hatte von klein auf schon die Gewohnheit gehabt, sich mit ihrer Umgebung vertraut zu machen. Das geschah am besten nachts und unbeobachtet. Es war erstaunlich, was man entdecken konnte – die Szene im Graben unter ihr gab ihr recht.

»Wir haben etwas gemeinsam, du und ich.« Verdammter Kerl! Warum schlich er sich ständig in ihre Gedanken ein? Portia stieß eine leise Verwünschung aus. Das Problem war nur, daß es stimmte. Sie spionierte, wie Rufus Decatur es getan hatte. Sie schlich nachts durch die Festung und versuchte, Dinge über eine Umgebung in Erfahrung zu bringen, in der sie nicht wirklich zu Hause war. Sie war eine Ausgestoßene und genauso auf sich allein angewiesen wie dieser aufreizende Rufus Decatur. Er aber hatte es im Gegensatz zu ihr durchschaut.

Mit einem weiteren kräftigen Fluch widmete sie sich wieder ihren Beobachtungen.

Sie blickte von einem der uralten, in den Wehrmauern eingebauten Abtritte auf die Szene hinunter. Dieser hier war genau über der Zugbrücke. Vor etwa dreihundert Jahren bei der Erbauung des Schlosses installiert, war der Raum seit langem unbenutzt, doch der hinunter in den Graben gerichtete Schacht existierte noch. Auf dem Bauch liegend konnte sie die Aktivitäten aus der Vogelperspektive beobachten, und was sie sah, war ungemein fesselnd.

Es war das dritte Mal in einer Woche, daß sie dieselbe Szene beobachtete. Die Maultiere trafen kurz nach Mitternacht ein und wurden von Männern aus der Burg in Empfang genommen.

Das Abladen ging in aller Eile und Lautlosigkeit vor sich, und als sie jetzt hinunterspähte, verschwand der letzte Mann mit seiner Laterne in der Mauer, und es herrschte wieder Dunkelheit und nächtliche Stille.

Portia richtete sich zu hockender Stellung auf. In dem winzigen Raum roch es feucht und modrig, Moos wucherte an den Wänden und zwischen den Bodensteinen, doch als Ausguck war er hervorragend geeignet. In den Wehrgängen über dem Graben gab es einige solcher Abtritte, so daß man viele Punkte im Umkreis der Burg aus der Vogelperspektive beobachten konnte.

Aber was hatte sie gesehen? Mitten in der Nacht traf regelmäßig irgendeine Fracht ein. Hast und Verstohlenheit, mit der sie ins Burginnere geschafft wurde, ließen darauf schließen, daß niemand, auch nicht die Burgbewohner, davon wissen durften. Und schon gar nicht der Earl of Rothbury. Nach seinen vorangegangenen Aktivitäten zu schließen, gab es auf Granville freilich nicht viel, von dem Rufus Decatur nichts wußte.

Portia gähnte und richtete sich langsam zu ihrer vollen, mageren Größe auf. Waren für ihn in der Burg Späher tätig? Vielleicht hatte er die Szene sogar ebenso beobachtet wie sie. Sie ertappte sich dabei, daß sie ständig darauf gefaßt war, ihn zu sehen – wenn sie aus dem Augenwinkel flüchtig eine bekannte Gestalt zu erkennen glaubte, wenn sie Neuankömmlinge beobachtete und eine mögliche Verkleidung zu durchschauen versuchte, unter der sie Decatur vermutete. Es war lächerlich und ärgerte sie, doch sie konnte die Angewohnheit nicht abschütteln. Und das Schlimmste war, daß sie nicht unterscheiden konnte, ob sie Angst um ihn ausstand oder ob der Gedanke an seine Tollkühnheit ihr eine Art nachempfundener Erregung verschaffte.

Es war eine Frage ohne Antworten, eine, die man lieber gar nicht stellte. Sie schlüpfte aus der Zelle und lief den Wehrgang entlang, eng an die Brustwehr gedrückt, in der Hoffnung, für die Posten auf den Türmen unsichtbar zu bleiben.

Ungehindert erreichte sie die schmale Treppe, die zur Verbindungsbrücke zwischen dem Wohngeschoß der Hauptburg und den äußeren Wehrmauern führte. Sie wurde selten benutzt, obwohl Olivia ihr anvertraut hatte, daß sie im Sommer oft auf den Wehrgängen lustwandelte, wenn es ihr gelang, Diana zu entschlüpfen. Ansonsten erging sich die Familie, wenn ihr nach frischer Luft zumute war, in den an den Wohntrakt anschließenden Gartenanlagen, zu denen auch ein Obstgarten gehörte.

Sie gelangte ungesehen in ihre Kammer und zog sich unter ausgiebigem Gähnen aus, um sofort ins Bett zu hüpfen. Der Raum war viel wärmer, seitdem sie sich einen ausreichenden Vorrat an abgelagertem Holz verschafft hatte, dennoch dauerte es eine Weile, bis ihr Zittern nachließ.

Sie lag da, den Kopf auf die verschränkten Arme gestützt und dachte über dieses Geheimnis nach. Vermutlich hatte die Szene, deren Zeugin sie geworden war, mit Lord Granvilles militärischen Aktivitäten zu tun. Vielleicht würde es sich lohnen zu erkunden, was hinter der Tür lag, die sich auf den Graben hin öffnete.

Am nächsten Morgen erwachte sie früh und sah voller Freude, daß die Sonne schien. Ein schwaches diffuses Gelb zeigte sich durch das Ölpapier, das das Fenster verschloß. Ein kühles Licht, aber immerhin aufmunternder als das eintönige Grau der vorangegangenen Tage.

Sie sprang aus dem Bett und zog sich schon an, während sie eilig das fast erloschene Feuer schürte. Dann ging sie in die Kinderstube, um dort nach Janets Anweisungen ihren morgendlichen Pflichten nachzukommen.

Es dauerte nicht lange, und Olivia steckte den Kopf durch den Türspalt. »Vater möchte wissen, warum du nicht beim Frühstück bist, Portia.«

Portia blickte von der Windel auf, die sie wechselte, und sagte erstaunt: »Aber ich frühstücke immer in der Küche.«

»Das weiß Vater nicht.«

Portia verzog das Gesicht. »Und Ihre Ladyschaft hat ihm vermutlich nicht gesagt, daß es ihre Idee war.« Lord Granville hatte sie seit dem Morgen nach ihrer Ankunft kaum zu Gesicht bekommen. Da er tagelang abwesend war und sich nur selten im Wohntrakt blicken ließ, wenn er sich auf der Burg aufhielt, war Dianas Herrschaft unumschränkt.

Olivia schüttelte den Kopf. »Wirst du kommen?«

»Natürlich.« Bereitwillig übergab Portia Janet das Baby und nahm Olivia bei der Hand, als sie den Korridor zum Eßzimmer entlanggingen.

Olivia konnte sich nicht erinnern, jemals so glücklich gewesen zu sein. Portia war wie Sonnenschein, ein heller Schimmer, der sich über das trübselige Leben auf Castle Granville legte, die Schatten durchdrang und die feuchte Kälte der Festung erwärmte. Sogar mit dem Gesinde schien eine Veränderung vorgegangen zu sein. Wenn Portia sich zu den Leuten gesellte, sah man nur Lächeln auf ihren Gesichtern und hörte gutgelaunte, scherzhafte Bemerkungen. Olivia, die man gelehrt hatte, Dienstboten nur im Licht ihrer Pflichten zu sehen, stellte fest, daß das Zusammensein mit Portia ihr eine Reihe von neuen Erkenntnissen brachte. Nun erst sah sie den Menschen hinter der beherrschten Miene jener, die sie bedienten. Sie erfuhr von ihren Familien, von ihren Sorgen und kleinen Freuden.

Sie betraten das Eßzimmer, und Cato staunte, als er einen Ausdruck im Antlitz seiner Tochter sah, der ihn an das unbefangene, glückliche Kind von einst erinnerte. Er fragte sich ernsthaft, warum es so ungewöhnlich war, sie lächeln zu sehen und lachen zu hören.

Olivia knickste und nahm ihren Platz am Tisch ein. Auch Portia knickste, murmelte ein ›Guten Morgen‹ und setzte sich.

Diana betrachtete sie mit verstohlenem Unwillen. Das Mädchen war so unansehnlich und reizlos mit ihrem bleichen Gesicht, den unmöglichen Sommersprossen und den durchdringenden grünen Augen. Und doch vibrierte Portia vor Energie und Zielstrebigkeit, die Diana irgendwie bedrohlich empfand. Sie wußte, daß es lächerlich war, sich vorzustellen, dieser vom Glück nicht eben begünstigte Bastard-Sprößling könne ihren eigenen Frieden bedrohen, aber das Leben auf Castle Granville, das nie sehr anregend gewesen war, hatte sich seit Portia Worths Ankunft zum Schlimmeren gewendet. Zwar konnte Diana Portia nicht die Schuld daran geben, daß der Marquis im Krieg die Seiten gewechselt hatte, aber in ihrer momentanen voreingenommenen Stimmung brauchte sie einen Sündenbock.

»Vielleicht könntest du uns den Grund deiner Belustigung mitteilen, Olivia«, schnappte sie giftig. »Es ist der Gipfel schlechter Manieren, sich vor anderen allein über einen Scherz zu amüsieren. Portia mag das unbekannt sein, du aber weißt es.«

Das fröhliche Blitzen in Olivias Augen erlosch. »Es ist kein Scherz, Ma-madam«, murmelte sie.

»Nun, etwas scheint dich zu erheitern«, drängte Diana. »Sag uns, was es ist.«

»Madam, das Baby hat heute zum erstenmal gelächelt«, sprang Portia ein und strich Butter auf eine Scheibe Gerstenbrot. »Ich glaube, es wirkte auf uns beide ansteckend.«

Als Olivia unter gesenkten Wimpern aufblickte, erhaschte sie Portias spitzbübisches Augenzwinkern und hätte am liebsten laut gekichert. Dianas Bosheit verlor ihre Schärfe. Sie nahm sich von den eingemachten Pilzen und Nieren, trank ihr Ale und setzte beherrscht ihr Frühstück fort.

Cato, der seine kleinen Töchter liebte, momentan aber von anderen Dingen beansprucht war und wenig Zeit für sie hatte, konnte verstehen, daß weibliche Wesen dem ersten Lächeln eines Kindes besondere Bedeutung beimaßen. Er ließ den Blick wohlwollend über die streitlustige Tischrunde wandern und bemerkte, während er sich mit Rinderlende bediente: »Gewiß sagt dir das Leben auf Castle Granville zu, Portia.«

»Ich bin Euer Lordschaft für Eure Gastfreundschaft sehr dankbar«, erwiderte Portia.

»Ich nehme an, daß du dich angenehm beschäftigst.«

Portia sah kurz zu Diana hin, ehe sie sagte: »Höchst angenehm, Lord Granville.«

»Sehr gut«, sagte er knapp. Etwas anderes hatte er auch nicht erwartet. Er zog ein Bündel Briefe aus seiner Tasche. »Ein Brief von deinem Vater, meine Liebe«, sagte er zu Diana. »Und einer von deiner Schwester Phoebe an Olivia, glaube ich.« Er lächelte seiner Tochter zu, als er ihr das versiegelte Schreiben überreichte. Olivia strahlte immer, wenn sie einen Brief von Dianas Schwester bekam.

Portia sah Olivias Freude, als diese das Siegel brach, und wartete voller Ungeduld, etwas vom Inhalt zu erfahren. Phoebe war ihr als ziemlich rundliches und erfrischend offenes Mädchen in Erinnerung geblieben. Sie sah ein weiches, hübsches Gesicht mit hellblauen Augen vor sich, das von einer Haarflut von der Farbe des Sommerweizens umrahmt wurde. Sie hätte zu gern gewußt, wie Phoebe sich in den drei Jahren seit der Begegnung im Bootshaus verändert hatte.

Cato brach das Siegel des an ihn gerichteten Briefes und reagierte sofort mit ärgerlichem Stirnrunzeln. Das Schreiben kam von seinem Stiefsohn Brian Morse, dem Sohn seiner ersten Frau Elizabeth. Er hatte seinerzeit mit der um ein Jahr älteren Witwe eine Vernunftehe geschlossen, in die sie einen zehnjährigen Sohn mitbrachte.

Die Ehe hatte ein knappes halbes Jahr gedauert, dann war Elizabeth einem Typhusfieber erlegen. Nach dem Tod der Mutter war der Junge bei der Familie seines verstorbenen Vaters aufgewachsen. Cato hatte ihn nicht mehr zu Gesicht bekommen, bis der junge Mann vor ein paar Jahren auf Castle Granville aufgetaucht war und die Gastfreundschaft seines Stiefvaters in Anspruch genommen hatte, nachdem er wegen hoher Spielschulden in Oxford von der Universität geflogen war und die Familie seines Vaters sich weigerte, ihn aufzunehmen.

Cato konnte Brian Morse nicht ausstehen. Der junge, recht gutaussehende Mann war liebenswürdig und amüsant, ein guter Sportsmann, in den Artigkeiten eines Edelmannes bewandert und zudem in Erwartung eines stattlichen Erbes. Cato aber spürte eine gewisse Verschlagenheit und Unaufrichtigkeit an ihm.

Und jetzt schrieb Brian ihm, daß sein Weg ihn zur Armee der Royalisten im Norden führen würde und er Castle Granville bei der nächsten sich bietenden Gelegenheit aufzusuchen gedenke. Ihm war offenbar noch nicht zu Ohren gekommen, daß sein Stiefvater sich gegen den König gewendet hatte.

Cato faltete das Pergament zusammen und blickte auf. Diana war erbleicht, und ihre langen Finger, die den Brief ihres Vaters hielten, bebten leicht.

»Ist etwas passiert, Madam? Ist Euer Vater erkrankt?«

»Ich weiß es nicht«, gab Diana zurück.

»Darf ich den Brief sehen?« Schon streckte er die Hand danach aus, da seine Frage purer Höflichkeit entsprang. Ein Mann hatte das Recht, die Korrespondenz seiner Frau zu lesen. Diana reichte ihm das Blatt, und er las es schweigend, da er sofort begriff. Sein Schwiegervater wurde offenbar auch von Zweifeln an der gottgewollten Rechtmäßigkeit der Sache des Königs geplagt. Noch hatte er sich nicht für das Parlament entschieden, doch hatte er sich vorerst vom königlichen Hof in Oxford zurückgezogen, um mit sich zu Rate zu gehen. Arme Diana! Als glühende Parteigängerin des Hofes und Anhängerin von König Charles und Königin Henrietta Maria hatte sie sich kaum von dem Schock erholt, den die Entscheidung ihres Mannes bedeutete. Jetzt mußte sie sich auch noch mit dem Gesinnungswandel ihres Vaters abfinden.

Er reichte Diana kommentarlos den Brief zurück und sagte nüchtern: »Und wie geht es Phoebe, Olivia?«

Olivia gab den Brief sofort ihrem Vater, der ihn rasch überflog. »Nicht leicht zu lesen, aber Phoebe freut sich, daß sie Oxford und dem königlichen Hof den Rücken drehen kann«, bemerkte er.

»Meine Schwester hat nie auch nur eine Spur Anstand besessen«, erklärte Diana. »Sie hat kein Gespür, kein Benehmen, keine Ahnung, wie gut es ihr geht ... und daß sie sich glücklich schätzen kann.« Diana stand auf. »Wenn Ihr mich entschuldigt, Mylord. Ich habe zu tun.«

Er nickte gutmütig, ohne von ihrer zornigen Röte oder ihren wütenden Blicken Notiz zu nehmen. Diana fegte hinaus und schloß die Tür hinter sich so laut, daß das Geräusch einem Zuknallen sehr nahekam.

Portia, die nun Phoebes Brief zu lesen bekam, amüsierte das Durcheinander der immer wieder durchgestrichenen Zeilen. Der ein wenig holprige, aber enthusiastische Stil paßte zu der Schreiberin, wie sie sie in Erinnerung hatte. Plötzlich fiel ihr auf, daß Olivia kerzengerade dasaß und ihren Vater mit großen dunklen Augen starr ansah.

»Natürlich kannst du dich an Brian erinnern, Olivia«, sagte Cato. »Sieht aus, als wolle er uns wieder besuchen – zumindest war es seine Absicht, die er möglicherweise ändert, wenn er entdeckt, daß Castle Granville nun auf seiten des Parlaments steht. Ich weiß nicht ...« Er unterbrach sich und sah seine Tochter erschrocken an. »Ist etwas, Olivia?«

»Nein, Sir«, sagte Olivia, doch ihre Augen blickten merkwürdig leer. Sie schob ihren Stuhl zurück. »B-bitte entschuldigt mich, Sir.«

Cato sah sie mißbilligend an, doch gab er ihr mit einem kleinem Nicken die Erlaubnis und widmete sich wieder Brians Brief.

Olivia warf Portia einen flehentlichen Blick zu und eilte hinaus, wobei sie in der Eile die Tür angelehnt ließ.

Portia stand mit einem fragenden Blick zu Cato hin auf, bis dieser nach kurzer Überlegung unwillig sagte: »Geh zu ihr, sicher fühlt sie sich nicht wohl. Ich wüßte nicht, was sonst ihr merkwürdiges Benehmen erklären könnte.«

Portia huschte hinaus, und Cato, der unwillig seinen Blick

um den leeren Frühstückstisch wandern ließ, fragte sich verärgert, warum er plötzlich allein dasaß.

Olivias Schlafgemach war leer. Portia stand an der Tür und überlegte, wohin Olivia gegangen sein mochte. Ihr Mantel hing an einem Haken hinter der Tür, ihre Handschuhe lagen achtlos auf einem niedrigen Stuhl am Fenster, also konnte sie nicht ausgegangen sein. Als Portia sich zum Gehen wandte, hörte sie ein leises, dem Vorüberhuschen einer Maus ähnliches Geräusch aus den Tiefen des großen Kamins.

»Olivia?« Sie trat an den Kamin. Das heruntergebrannte Feuer gloste in einem Behälter in der Mitte. Die Feuerstelle wurde beidseits von Bänken flankiert, die in die dicken Wände eingelassen waren.

Olivia kauerte im entferntesten Winkel einer dieser Nischen, zusammengekrümmt, mit abgewendetem Kopf, den sie in den Händen vergraben hielt.

Portia schlüpfte neben sie auf die Bank. Es war heiß, da der Stein die Wärme speicherte, und in ihr regte sich flüchtig Neid. Wäre ihr eigener Kamin so konstruiert gewesen, sie hätte darin schlafen können und es wirklich warm gehabt.

»Was regt dich an diesem Brian so auf, Kleines?« fragte sie munter und legte eine Hand auf Olivias Schulter.

»Woher weißt du es?« Olivia hob den Kopf und drehte sich Portia halb zu, ohne ihren Winkel zu verlassen.

»Eine wahrhaft raffinierte Schlußfolgerung«, entgegnete Portia. »Eben noch verzehrst du munter wie eine Lerche dein Frühstück, und im nächsten Moment genügt die Erwähnung dieses Mr. Morse, daß du Reißaus nimmst, als wäre dir der Teufel auf den Fersen.«

»Er ist der T-Teufel«, bemerkte Olivia mit unverhohlenem Abscheu und schauderte so heftig zusammen, daß sie sich zum Feuer hinunterbeugte.

»Was hat er getan?«

Nach kurzer Überlegung sagte Olivia: »Ich k-kann es nicht sagen. Ich k-komme nicht dahinter.«

Portia schürzte die Lippen und meinte nachdenklich: »Du kannst dich also nicht erinnern?«

Olivia nickte. »Es ist nur so, daß mich bei dem Gedanken an ihn schreckliche A-Angst erfaßt.«

»Er verkörpert das Böse«, sagte Portia mitfühlend. »Ich bin einigen Männern begegnet, die dieses Gefühl in mir weckten. Es waren böse, schleimige Kreaturen.«

»Ja!« Olivia richtete sich auf und neigte sich wieder vor. »Genau. Er ist bösartig wie eine Schlange.« Dann sank sie wieder auf der Bank zusammen und sagte im Flüsterton: »Ich könnte es nicht ertragen, wenn er k-käme.«

»Aber ich werde da sein«, sagte Portia aufmunternd. »Ich kenne ein, zwei Tricks, die einem im Umgang mit den Nattern dieser Welt sehr nützlich sein können.«

Olivia schaffte ein zittriges Lächeln. »Portia, ich weiß gar nicht mehr, wie ich l-leben konnte, ehe du k-kamst. Ich h-hatte noch nie zuvor eine F-freundin.«

»Jetzt hast du eine«, sagte Portia lächelnd. Sie glitt von der Bank und trat zurück ins Gemach, das ihr nach der Hitze der Kaminecke wie ein Eiskasten vorkam. »Komm«, schlug sie vor. »Gehen wir eislaufen. Die Sonne scheint. Die Enten werden sicher hungrig sein, und es ist viel zu schön, um sich hier zu verkriechen.«

Olivia war so heiser, als hätte sie die letzte halbe Stunde lauthals geschrien, doch ihre namenlose Angst ließ allmählich nach. Vielleicht würde Brian gar nicht kommen. Ihr Vater rechnete mit dieser Möglichkeit. *Vielleicht kommt er nicht. Er kommt nicht, kommt nicht.* Sie wiederholte es wie eine Litanei immer wieder, bis die Worte ihren Kopf ausfüllten und die letzten Spuren der Angst vertrieben.

»Am besten, wir stehlen uns davon, d-damit wir Diana nicht begegnen«, sagte sie. »Sie ist so sch-schlechter Laune, daß sie sich sicher etwas Schlimmes für mich ausdenkt, wenn sie mich erwischt.«

»Und wenn du mir einen Mantel borgst, brauche ich meinen nicht zu holen und riskiere nicht, mit Janet zusammenzustoßen.« Portia ging zur Tür und öffnete sie einen Spaltbreit, um in übertriebener Verschwörermanier hinauszuspähen, so daß Olivia unwillkürlich lachen mußte.

»Nimm diesen.« Olivia nahm ihren Mantel vom Türhaken. »Ich ziehe meinen b-besten an.« Sie holte ihn aus dem Schrank und hakte den Halsverschluß ein. Ihre Hände waren völlig ruhig, als sie die Handschuhe überstreifte.

»Fertig?« Portia zog die Kapuze über den Kopf.

Olivia nickte.

Sie eilten den Gang entlang, brachten die Brücke zu den Wehranlagen hinter sich und liefen eine Treppe hinunter, über die sie in den Außenhof gelangten, wo sie vor Diana und Janet Beckton so gut wie sicher waren.

Im äußeren Hof herrschte geschäftiges Treiben, Soldaten eilten zwischen den Stallungen, der Rüstkammer, der Schmiede und dem Beschlagmeister hin und her. Vor dem Getreidespeicher wurden Vorräte von einem Wagen abgeladen, ein anderes Fuhrwerk mit Bier- und Weinfässern stand vor der Kellerrampe.

»Warum legt m-mein Vater so große Vorräte an?« fragte Olivia.

»Vielleicht bereitet er sich auf eine Belagerung vor«, gab Olivia zur Antwort, als sie in den Stall gingen, um ihre Schlittschuhe zu holen und sich die Taschen mit Getreide für die Enten auf dem zugefrorenen Graben vollzustopfen. »Mitten im Winter ruhen die Waffen, sobald aber der Frühling kommt, geht alles richtig los. Castle Granville ist eine mächtige Festung, und dein Vater hat eine so große Streitmacht aufgestellt, daß die Truppen des Königs sehr wohl versucht sein könnten, eine Belagerung anzufangen, um deinen Vater und seine Armee aus den Kämpfen herauszuhalten.«

»Ach.« Olivia mußte dies erst verarbeiten. Sie hatte sich mit dem Gedanken an den Krieg und alles, was er mit sich brachte, noch nicht vertraut gemacht, da er sie nicht wirklich berührte und sie ihn nur insofern spürte, als sie das Festungsgelände nicht verlassen durfte, weder zu einem Ausritt noch zur Falkenjagd. Auch war ihr ein Besuch im Dorf Granville am Fuß des Hügels untersagt. Da das Wetter aber wenig einladend war, hatte sie die Einschränkungen kaum wahrgenommen. Mit dem Nahen des Frühlings würde sich dies jedoch ändern.

Sie lief hinter Portia auf die Zugbrücke, die Kufen aus Bein unter dem Arm. Das Eislaufen auf dem Burggraben war notgedrungen zu ihrer bevorzugten Aktivität außer Haus geworden, da ihnen außerhalb der Wehrmauern alles verboten war.

Portia hatte bereits die Hälfte der von der Zugbrücke hinunterführenden Eisenleiter hinter sich gebracht. Sie setzte sich aufs Eis, um die Kufen anzuschnallen, dann stand sie behende auf, schon viel sicherer als noch vor kurzem.

Während Olivia ihre Kufen befestigte, lief Portia in die Mitte des Grabens und versuchte eine Drehung. Ihr Blick suchte die dunklen Umrisse der Geheimtür unter der Zugbrücke und fand sie. Falls heute keine Lieferung käme, wollte sie nachts feststellen, ob sie sich von außen öffnen ließ. Die Tür mußte mit einem Gang innerhalb der Mauern im Verbindung stehen. Doch ihre Chancen, ihn im Gewirr der Wehrmauern ausfindig zu machen, waren äußerst gering. In der Mauer mußte ein Riegel oder ein Hebel angebracht sein – es sei denn, der Eingang ließ sich vom Graben aus nicht öffnen …

»Da sind sie, genauso wie gestern.« George deutete hinunter zum Graben. Die Blicke seiner zwei dunkel vermummten Gefährten folgten seinem Zeigefinger. In einem Gebüsch auf einer kleinen Anhöhe der Zugbrücke gegenüber versteckt, war ihnen bewußt, wie gefährlich ihre Position war – in unmittelbarer Nähe von Castle Granville, an einem hellen, sonnigen Morgen.

»Aber wie sollen wir uns das Mädel direkt unter den Wachtürmen vom Eis schnappen?« überlegte ein kleiner stämmiger Graubart.

»Abwarten, Titus«, riet George mit der Andeutung eines Grinsens. »Wenn sie es wie gestern machen, laufen sie um den Graben herum und füttern die Enten auf der Insel. Auf der anderen Seite der kleinen Insel sind sie für ein paar Minuten von den Wachtürmen aus nicht zu sehen. Dann können wir sie vom Eis holen wie eine reife Frucht.«

»Welche ist es?«

»Das Mädel im blauen Mantel. Der Herr hat sie beobachtet, als er sich aufs Fest schlich. Ach, da sind sie! Los jetzt!« George war schon ungeduldig. Mit jeder Minute, die sie länger hier blieben, wuchs die Gefahr, ertappt und gehängt zu werden.

Die drei schlichen gedeckt durch das Gestrüpp weiter und folgten den Eisläuferinnen, die den Graben umrundeten.

Die Insel auf der anderen Seite der Festung war ein kleiner baumbestandener Fels, der aus dem Eis ragte. An ihrem Ufer sammelten sich Enten, die traurig vor sich hin auf die Eisfläche starrten. Als die Mädchen kamen, ließen sich die Enten laut schnatternd aufs Eis gleiten.

George und seine Männer waren auf der Leeseite der Insel schon dicht an den Rand des Grabens herangekommen. Das Entengeschnatter würde ihre Schritte übertönen, und George hatte richtig bemerkt, daß sie an diesem Punkt durch die Insel den Blicken der Wachtposten entzogen waren.

Die zwei von Enten umringten Mädchen, die mit dem Rücken zum Ufer standen, waren damit beschäftigt, Körner aufs Eis zu streuen, als die drei Männer gebückt und völlig lautlos hinunter aufs Eis sprangen.

Eine instinktive Vorahnung von Gefahr warnte Portia. Sie fuhr herum, als auch schon die dicke Decke über ihren Kopf fiel und sie in erstickende Dunkelheit hüllte, ihre Gliedmaßen behinderte und sie aus dem Gleichgewicht brachte. Hätte man sie nicht hochgehoben und die Decke fest um sie gewickelt wie einen engen Kokon, wäre sie gestürzt. Irgendwo außerhalb der Schwärze hörte sie Olivias Schrei, dann spürte sie, wie sie im Laufschritt davongeschleppt wurde.

Sie setzte sich zur Wehr, doch war es ihr unmöglich, sich aus ihrer Umhüllung zu befreien. Als sie zu schreien versuchte, gerieten ihr Fasern der Decke in den Mund. Eine Hand packte ihren Kopf und drückte ihr Gesicht gegen die Brust des Entführers. Mund und Nase stießen gegen etwas Hartes, so daß sie kaum Luft bekam.

Sie hörte unter gestiefelten Schritten Äste knistern und Unterholz rascheln, dann übernahm ein anderer sie wie ein Paket. Man löste die Eislaufkufen von ihren Stiefeln, als man sie hochhob, dann wurde sie anderen Händen übergeben, festgehalten und wieder gegen eine eisenharte Brust gedrückt. Das Pferd unter ihr sprengte los, die Arme hielten sie fester und federten den wilden Galopp ab.

Ihr Kopf dröhnte, als sie um Atemluft kämpfte und versuchte, mit der Zunge die klebrigen Wollfasern loszuwerden und gegen ihre Panik anzukämpfen. Was mit ihr vorging, war unfaßbar. Für eine Entführung gab es keinen Grund. Niemand konnte ihr übelwollen. Außerhalb der Mauern von Castle Granville hatte sie weder Freunde noch Feinde.

Und sie war einer Ohnmacht nahe. Ihr schwindelte, ihr Herz raste, sie spürte kalten Schweiß auf ihrer Haut. Gottlob wurde ihr Kopf von der Brust abgewendet, die erstickende Decke wurde gelockert, kalte Luft strich über ihr Gesicht.

Gierig sog sie die Luft ein und blickte zum vorüberfliegenden Himmel empor, während das Pferd in gestrecktem Galopp dahinsprengte. Sie hörte den Hufschlag anderer Pferde, konnte aber nur himmelwärts sehen, da sie festgehalten wurde.

»Schön ruhig, Mädel«, sagte eine barsche Stimme über ihr. »Vor uns liegt ein langer Ritt, und wenn du versprichst, schön stillzuhalten, dann erlaube ich dir, daß du dich aufsetzt.«

Portia war nicht sicher, ob sie ein unter diesen Bedingungen gegebenes Versprechen halten würde, doch ihre Kopfbewegung war als Einverständnis zu deuten. Das angedeutete Nicken wurde sofort belohnt, indem sie im Sattel vor ihrem Entführer zu halb sitzender Position hochgezogen wurde. Da Arme und Beine noch immer durch die Decke behindert waren, mußte sie sich darauf verlassen, daß der Mann sie festhielt, doch war ihr Kopf endlich frei, und sie konnte etwas sehen.

Ihr Entführer war ein stämmiger rotgesichtiger Mann mit fröhlichen Augen, die Portia unter diesen Umständen als höchst unpassend empfand. Sein Mantel wehte im Wind, und sie sah nun, was so hart gegen ihr Gesicht gedrückt hatte. Er trug einen stählernen Brustharnisch ... eine richtige Kampfrüstung für eine simple Entführung!

Zwei Männer, deren Pferde ebenso halsbrecherisch dahinsprengten, ritten neben ihnen. Auch sie trugen Brustpanzer unter ihren dunklen Mänteln und starrten unverwandt auf den Pfad geradeaus, ohne auch nur einen neugierigen Blick zu ihr zu riskieren.

»Wer seid Ihr?« fragte sie.

»Das geht dich nichts an, Mädel«, sagte ihr Entführer seelenruhig.

»Doch, natürlich geht es mich etwas an!« protestierte sie, eher erstaunt als entrüstet über seine lächerliche Antwort. »Wie soll es mich nichts angehen, wenn man mich entführt?«

»Beruhige dich«, riet er ihr unverändert freundlich. »Es steht mir nicht zu, etwas zu sagen. Wenn du also bequem reiten möchtest, dann hältst du am besten den Mund und guckst dir die Gegend an.«

Portia schwieg verblüfft. Als sie sich wieder gefaßt hatte, sagte sie: »Gebt wenigstens meine Hände frei, damit ich dieses gräßliche Zeug aus dem Mund bekomme.«

»Was für ein Zeug?« fragte er verdutzt.

»Von dieser verdreckten Decke«, stieß Portia würgend hervor.

»Warte.« Er kramte in seiner Tasche und holte ein großes Schnupftuch hervor. »So, jetzt steck deine Zunge heraus, Mädchen!«

»Das mache ich selbst.«

Achselzuckend wollte er das Tuch wieder einstecken, als Portia sich anders besann und ihre Zunge nicht sehr anmutig herausstreckte. Doch war es eine Erleichterung, die Fasern endlich loszuwerden, und noch besser war es, als er ihr eine Wasserflasche an den Mund hielt.

Danach war ein Gespräch wenig sinnvoll, deshalb ergab sie sich scheinbar in ihr Schicksal, während ihr Verstand rasend schnell arbeitete und ihr Blick auf der Suche nach einer noch so kleinen Fluchtmöglichkeit von einer Seite zur anderen schoß. Auch wenn sie sich frei hätte bewegen können, wäre es glatter Selbstmord gewesen, bei dieser Geschwindigkeit herunterzuspringen, aber es war ja möglich, daß irgend etwas geschah.

Und es geschah etwas. Das Pferd wich jäh einem zusammengerollten Igel aus und stolperte in einen von Gras überwucherten Graben. Mit angezogenen Zügeln versuchte der Reiter, es am Straucheln zu hindern, wobei sich momentan sein Griff um Portia lockerte. Sofort versetzte sie ihm mit ihren von der Decke wie in einem Nixenschwanz zusammengehaltenen Beinen einen Tritt und konnte sich befreien, um gleich darauf unsanft auf dem Boden zu landen und den Pferdehufen nur knapp zu entgehen.

»He! Faßt sie!« brüllte ihr Entführer seinen Gefährten zu, die ihre eigenen Pferde gezügelt hatten, als das erste stolperte.

Portia raffte sich auf, warf die Decke ab und rannte los, instinktiv auf dichtes Strauchwerk zuhaltend, das ihr Deckung zu bieten schien. Gellende Rufe störten die Stille des einsamen Hügellandes, doch sie verdrängte den Gedanken an Verfolgung und konzentrierte sich auf ihr Ziel. Das Blut dröhnte ihr in den Ohren, eisige Luft stach in ihren schmerzenden Lungen.

Als sie sich ins Dickicht warf, erkannte sie sofort ihren Fehler. Dornenranken schlugen ihr entgegen, rissen an ihrem Mantel, zerkratzten ihr Gesicht. Sie schützte sich so gut wie möglich mit ihren behandschuhten Händen und bahnte sich mühsam den Weg durch das Dickicht, das freilich immer undurchdringlicher wurde. Mit sinkendem Mut wurde ihr klar, daß sie in diesem Rankengewirr in der Falle saß. Handschuhe und Mantel waren zerfetzt, ihr Gesicht blutig gekratzt, ihr Haar zerrauft und mit Wollflusen, Zweigen und Laub verfilzt.

Schon hörte sie die Schritte ihrer Verfolger, die sich mit ihren Schwertern den Weg durch die Dornen hieben. Ihr eigenes kleines Messer, das sie wie immer im Stiefel trug, war zu leicht, um ihr eine Hilfe zu sein, doch hielt sie es in der Hand, als sie plötzlich gewaltsam aufgehalten und umgedreht wurde.

Die Männer durchdrangen krachend das Gehölz und hieben fluchend auf die Zweige ein. »Allmächtiger!« rief George aus. »Sieh einer an! Das Mädchen hat ein Messer. Her damit!« Er streckte die Hand aus. »Gegen uns drei nützt es dir nichts.«

Vom Dornengebüsch umgeben, drei Männern mit Schwertern und Brustharnisch ausgeliefert ... Portia wußte, daß sie verloren war. Sie bückte sich und steckte das Messer in den Stiefel. Dann wies sie mit resigniertem Achselzucken ihre leeren Hände vor.

»Bei Gott, sieh an, was du dir angetan hast«, sagte George. »Blutig und zerkratzt bist du. Also, komm jetzt.« Er trat auf sie zu, bückte sich und warf sie ohne weitere Umstände über seine Schulter.

Portia schrie entrüstet auf und trommelte mit den Fäusten auf seinen Rücken. Er aber beachtete sie nicht und schritt ruhig hinter seinen zwei Gefährten, die ihm den Weg bahnten, aus dem Dickicht.

»Das war sehr dumm, Mädchen«, rügte er sie, als sie bei den nun friedlich grasenden Pferden anlangten. »Jetzt wird es ungemütlich für dich, so leid es mir tut, aber anders geht es nicht.«

Portia erwog zu protestieren, zu bitten, Versprechen zu geben, doch ihr Stolz ließ sie schweigen, als sie wieder in die Decke gewickelt wurde. Diesmal aber wurde die Decke an Knöcheln, Taille und Armen mit Leinwandstreifen gesichert, so daß sie sich vorkam wie eine zusammengebundene Gans auf dem Markt. Man zog ihr die Kapuze ins Gesicht, ließ aber Mund und Nase frei.

Der Rest der Strecke schien kein Ende nehmen zu wollen. Portia, die seitlich im Sattel saß, wurde gegen die harte und stämmige Gestalt des George genannten Mannes gedrückt. Sie saß qualvoll unbequem, weil sie in ihrer Umhüllung keinen Muskel rühren konnte. Sie war auch nicht imstande, ihre Position zu verändern oder sich zu kratzen, als sie ein Jucken an der Wade spürte, das sich in Windeseile als Prickeln über ihren ganzen Körper verbreitete.

Die Männer wechselten ab und zu ein paar Worte, die Portia jedoch keinen Hinweis auf ihr Ziel oder den Grund ihrer Entführung lieferten. Die Gegend war gottverlassenes, ödes Heideland, das in kahle Hügel überging. Schafe und stämmige Bergponys waren die einzigen Lebewesen, denen sie begegneten. Nirgends sah man menschliche Behausungen, nicht einmal die kleinen Pächterkaten aus Stein.

Schließlich mündete ihr vielfaches Unbehagen in eine peinliche Tatsache. Ihre Blase drohte zu bersten, und die Gangart des Pferdes war nicht dazu angetan, um sie von ihrer Situation abzulenken. »Haltet an«, sagte sie schließlich. »Ich muß mich in die Büsche schlagen.«

»Mädchen, wir haben es bald hinter uns«, sagte George in seinem aufreizend freundlichen Ton. »Siehst du da vorne die Feuer?« Er deutete mit seiner Gerte hin.

Portia drehte den Kopf. Mittlerweile war es später Nachmittag, aber noch sonnig. Sie sah am Gipfel des Hügels, den sie hinaufritten, Rauch aufsteigen. »Dorthin wollen wir?«

»Ja.«

»Ich kann nicht warten«, sagte sie mit Absicht.

Er sah in ihr weißes, angespanntes Gesicht. »Doch, du kannst.« Er gab seinem Pferd die Sporen, und es lief trotz seiner Ermattung schneller, um das letzte Stück rasch hinter sich zu bringen, da Stall und Hafer winkten.

Portia zwang sich zähneknirschend an etwas anderes zu denken als an ihr Bedürfnis. Sie blickte um sich und suchte nach einem Hinweis darauf, wo sie sich befand. Der Rauchgeruch wurde stärker, und schließlich war der Gipfel erreicht. Sie sah einen kleinen Wachtposten mit einem einsamen Wächter, der, Pike und Muskete in der Hand, Wache stand.

Er hob die Hand zum freundlichen Gruß. »Alles gutgegangen, George?«

»Jawohl, Tim.« George nahm das Winken zur Kenntnis. Wäre der Posten nicht so altgedient gewesen oder wären Rufus oder Will zur Stelle gewesen, wäre es ohne Losungswort nicht abgegangen, doch am hellichten Tag, wenn man meilenweit in die Runde sehen konnte, erübrigte sich das.

»Ist der Herr unten?«

»Ja. Glaube nicht, daß er heute ausritt.«

»Treffen wir uns später auf einen Krug in der Kantine?«

»Ja, in einer halben Stunde bin ich frei.«

Als sie die andere Seite hinunterritten, bekam Portia von ihrer Umgebung nicht viel mit, da sie es kaum mehr aushielt. Ihr blieb ein vager Eindruck von Häusern, die sich an einem Flußufer drängten, und sie sah, daß die Männer, die sie passierten, Lederkoller wie Soldaten trugen und nicht locker gingen, sondern marschierten. Die Bauten sahen nicht aus wie heimelige Dorfhäuser, sondern eher wie Mannschaftsunterkünfte, doch erkannte sie eine Schmiede, einen Speicher und ein großes Gebäude mit einer Bierbank davor. Vermutlich die Kantine. Sonst fiel ihr nur auf, daß eine Atmosphäre sachlicher Zweckmäßigkeit herrschte.

George hielt am anderen Ende der Niederlassung vor einem ein wenig abseits stehenden Haus an. Er saß ab, griff nach oben und warf sich Portias sorgsam eingewickelten Körper über die Schulter. Sie biß sich auf die Lippen, als ihre volle Blase gegen seine Schulter gedrückt wurde.

Die Haustür wurde geöffnet, als er näher kam. Er trat mit seiner Last ein und legte sie der vollen Länge nach auf den Boden.

»Du lieber Gott, George, war es denn nötig, sie in einen Teppich einzuwickeln wie Kleopatra?«

7

Portia kannte diese Stimme. In den letzten Wochen hatte sie sie im Geiste sehr oft gehört.

»'tschuldigung, Mylord, aber das Mädchen ist ein bißchen schwierig«, sagte George in seinem gelassenen Ton und bückte sich, um die Verschnürung zu lösen.

»Das wundert mich«, sagte Rufus Decatur amüsiert. »Ich dachte, ein zartes Mädchen in Samt und Seide würde dir nicht mehr Ärger machen als ein Mäuschen.«

Die Bänder waren gelöst, und Portia, die ihr dringendes Be dürfnis kurz vergaß, befreite sich mit einer energischen Bewegung von der Decke. Aufspringend zerrte sie ungeduldig an ihrer Kapuze, die unter ihrem Kinn festgebunden war. »Warum schon wieder?« rief sie aus und schüttelte den Kopf, daß ihre Kapuze zurückfiel.

»Herrjeh, George!« rief Rufus aus. »Was zum Teufel hast du da gebracht?« Er starrte das blasse, grünäugige Geschöpf mit den karottenroten Haaren fassungslos an.

»Nun, das ist die kleine Granville«, gab George ein wenig unsicher von sich.

»Heilige Muttergottes«, stieß Portia hervor. »Ihr hattet es auf Olivia abgesehen.« Sie kreuzte gequält die Beine. »Ich muß dringend hinaus.«

Rufus deutete wortlos auf die Tür hinter sich. Er machte ein Gesicht, als hätte er in seiner Geburtstagstorte etwas Ekliges entdeckt.

Portia rannte zum Abtritt.

»Ist das die Falsche?« fragte George betreten.

»Ja, die Falsche!« Rufus bemühte sich, Fassungslosigkeit und Zorn zu beherrschen. »Wie konnte das nur passieren, Mann?«

»Ihr sagtet, das Mädchen würde einen blauen Mantel tragen. Die andere hatte einen braunen.« George sah zerknirscht drein.

»Himmelherrgott!« Rufus starrte George an. Die unerquickliche Situation bekam langsam Sinn.

Als er hinter sich Schritte hörte, drehte er sich um und sah der falschen Geisel entgegen. »Wieso ein blauer Mantel?«

Portia wußte erst nicht, was er meinte, dann aber erhellte sich ihre Miene. »Er gehört Olivia«, sagte sie nüchtern. »Sie borgte ihn mir.«

»Ich verstehe«, sagte Rufus tonlos. »Also gut, George, du kannst gehen.«

»Mylord, es tut mir aufrichtig leid.«

Rufus bedeutete ihm mit einer resignierten Geste, er solle gehen. »Woher hättest du es wissen sollen?«

George zögerte. Decaturs Männer machten keinen Fehler. Und wenn, dann büßten sie dafür mit Gewissensbissen und Selbstvorwürfen.

»Geh«, sagte Rufus nun schon sanfter. »George, dich trifft keine Schuld.«

»Trotzdem ist es sehr ärgerlich, Mylord.«

»Du hast ein Talent für Untertreibung, mein Freund«, erklärte Rufus mit einem freudlosen Auflachen. Er sah Portia an und fragte in die verlegene Stille hinein mit beißendem Lachen: »Wie kommt es, daß Ihr so zerkratzt seid?«

»Das Mädchen nahm Reißaus, als mein Pferd strauchelte«, erklärte George, der noch immer unsicher in der Tür stand. »Rannte direkt in ein Dornendickicht.«

»Davonlaufen scheint zu Euren Gewohnheiten zu gehören«, bemerkte Rufus düster.

»Ja, es wurde mir zur Gewohnheit, als es jemandem zur Gewohnheit wurde, mich zu entführen«, sagte Portia schnippisch. Ihr war nach Weinen zumute, und es bedurfte ihrer ganzen Entschlossenheit, um ihrer drohenden Schwäche nicht nachzugeben.

»Für uns alle wäre es besser, wenn Ihr mehr Geschick darin hättet«, erklärte Rufus ohne einen Funken Humor. Er wandte sich wieder dem geknickten Mann an der Tür zu. »George, das wäre alles. Geh und stärke dich. Gönne dir ein Ale. Wenn du Will siehst, dann schick ihn zu mir.«

George verneigte sich und ging. Rufus drehte sich zu Portia um, die finster am Tisch stand und sich krampfhaft an der Kante festhielt.

»Was zum Teufel soll ich mit Euch anfangen?« fragte er die Luft im allgemeinen im Ton höchster Verzweiflung. »Ich kann mir nicht denken, daß der illegitime Sproß seines Bruders für Cato irgendeinen Wert besitzt.«

Die mühsam zurückgehaltenen Tränen traten Portia in die Augen und flossen über ihre Wangen. Sie wischte sich mit der Hand über die Augen, doch die Tränen flossen weiter.

Rufus schien verdutzt. Alles hatte er erwartet, nur keine Tränen. Er hatte sie für kämpferisch und zäh gehalten, für kühl und realistisch. Ihr Schwächeanfall überraschte ihn. Zögernd trat er einen Schritt auf sie zu. »Was ist los?«

»Was glaubt Ihr denn?« schnüffelte sie zornig. »Ich bin todmüde und hungrig, mein Gesicht ist zerkratzt und wund, meine Kleider zerrissen, und alles für nichts. Ihr hattet es gar nicht auf mich abgesehen.« Es war lächerlich, so etwas zu sagen, wie ihr sogar an diesem Tiefpunkt klarwurde, aber aus irgendeinem Grund war das Wissen, unerwünscht zu sein, das sie mit der Ammenmilch eingesogen hatte, in diesem ganzen verwünschten Verwirrspiel der absolute Gipfel.

»Nein, Ihr wart nicht das Objekt dieser kleinen Aktion«, pflichtete er ihr ruhig bei. »Und es tut mir leid, daß es für Euch so strapaziös war. Ihr hättet Euch Georges Anweisungen fügen sollen, dann hättet Ihr wenig oder gar keine Unannehmlichkeiten erdulden müssen.«

»Wie könnt Ihr das sagen?« Portias Tränen trockneten wie von Zauberhand. »Gewiß, Olivia hätte schreckensstarr getan, was man ihr befiehlt. Aber sie ist anders als ich. Sie wurde vornehm erzogen und ihr ganzes Leben lang behütet. Und Ihr nennt Todesangst wenig oder keine Unannehmlichkeit!«

Rufus sah erleichtert, daß die Portia Worth, die er kannte, wieder zum Vorschein kam. »Aber George ist doch keine furchteinflößende Erscheinung«, wandte er ein. »Ich betraute ihn mit dieser Aufgabe, weil er irgendwie väterlich wirkt.«

In der Meinung, sich verhört zu haben, starrte Portia ihn entgeistert an. »Väterlich!« rief sie aus. »Väterlich!«

»Er ist das geachtetste Ratsmitglied unserer Gemeinschaft«, brachte Rufus als Rechtfertigung vor. »Seinen Rat und seine Hilfe schätze ich über alles. Er wußte, daß er das Mädchen gut behandeln sollte und hätte sich daran gehalten.«

»Ach, ich soll also glauben, daß Ihr die Tochter Cato Granvilles anständig behandelt hättet?« Portias Worte troffen vor Hohn. »Ihr haßt den Mann. Ich glaube keine Sekunde, daß Ihr Euren Haß seine Tochter nicht hättet fühlen lassen!«

Rufus erbleichte trotz seiner wettergegerbten Haut, seine Augen sprühten blaues Feuer. »Hütet Euch«, sagte er leise.

Portia hielt es für besser, sich zurückzuhalten, zumindest bis das Feuer in seinen Augen erloschen war. »Ihr könnt mir nicht verargen, daß ich so denke«, sagte sie schon milder gestimmt.

»Doch, ich kann«, beharrte er. »Ich kann es Euch verargen, daß Ihr glaubt, ich würde ein unschuldiges Mädchen etwas büßen lassen, an dem es keine Schuld trägt.«

»Und was tut Ihr mir an? Bin ich nicht unschuldig? Und leide ich nicht für etwas, an dem ich nicht schuld bin?«

Rufus sah sie schweigend an, dann lachte er reumütig auf, und die Spannung im Raum zersprang wie Kristall. »Da ist etwas Wahres dran, Mädchen. Setzt Euch.« Er legte seine Hände auf ihre Schultern und drückte Portia auf einen Schemel.

Dem Druck widerstehend blickte Portia trotzig zu ihm auf. Die Schultern unter seinen Händen waren so dünn, daß er jeden Knochen spürte wie einen Zweig, der zwischen seinen Fingern zu zerbrechen drohte.

»Setzt Euch«, wiederholte er. »Sicher werdet Ihr mir Gelegenheit geben, einige der Unannehmlichkeiten wiedergutzumachen.« Eine rotgoldene Augenbraue hob sich herausfordernd. »Habt Ihr Angst, Portia?«

»Nein.« Sie ließ sich auf dem Schemel nieder. »Sollte ich denn Angst haben?«

»Nein.« Er schüttelte den Kopf. »Aber ich habe, wie schon gesagt, ein unberechenbares Temperament.«

Er füllte ein Becken mit heißem Wasser aus dem Kessel über dem Feuer und brachte es an den Tisch. Sodann tauchte er ein Tuch ins Wasser, faßte unter Portias Kinn und machte sich daran, die Kratzer in ihrem Gesicht abzutupfen und getrocknetes Blut und Schmutz zu entfernen.

»In Krankenpflege bin ich nicht gut«, murmelte er kopfschüttelnd. »Wo habt Ihr Euch so zugerichtet?«

»Ich wußte schließlich nicht, daß ich in ein Dornendickicht geraten würde, bis ich mittendrin steckte«, erwiderte Portia und fragte sich, warum ihr so heiß wurde, als seine großen, kraftvollen Hände ihr Gesicht mit merkwürdiger und nicht zu ihm passender Sanftheit hin und her drehten.

»Es würde mich interessieren, was Ihr gemacht hättet, wenn Euch die Flucht geglückt wäre«, fragte Rufus, nachdem er sich überzeugt hatte, daß alle sichtbaren Kratzwunden gereinigt waren. Er ließ sich auf der Tischkante nieder, das feuchte, blutbefleckte Tuch in Händen. »Ihr wart auf fremdem Gebiet, meilenweit von irgendwo.«

»So weit dachte ich nicht.«

»Seid Ihr immer so impulsiv?«

»Ich muß mich ja nicht immer vor einem Entführer in Sicherheit bringen.« Ihre schrägen Augen wurden schmal, als sie unter ihrem roten, einer Gloriole ähnelndem Haar zu ihm aufblickte.

Sie sah so bemitleidenswert aus, dünn, scheinbar zart, übersät von Sommersprossen, die ihre Blässe um so deutlicher hervortreten ließen, daß Rufus ihre Tollkühnheit geradezu rührend fand.

»Da ist ja ein richtiges Vogelnest«, murmelte er unbewußt lächelnd und entfernte ein Zweiglein aus ihrem Haar. Als er ihr durch die Locken strich, holte er noch einiges heraus, das nicht hineingehörte.

Portias Augen wurden groß, ihre blassen Wangen färbten sich rosig. Er zog ein Klümpchen Wollfäden von der Decke aus einer besonders hartnäckig verfilzten Haarsträhne und bemerkte wie im Selbstgespräch: »Ich glaube, irgendwo müßte ich eine Salbe haben.« Er warf das Tuch auf den Tisch und ging in die kleine, mit Steinfliesen ausgelegte Speisekammer im rückwärtigen Teil des Hauses.

»Ach, da ist sie ja. Stinkt schrecklich, wirkt aber wahre Wunder«, hörte sie ihn sagen. Er kam wieder und schraubte den Deckel von einem kleinen Alabastertiegel. »Haltet still. Es wird ein wenig brennen.« Er tauchte den Finger in die stark riechende Salbe und bestrich damit Portias Kratzer.

Sie zuckte zusammen. Das mit dem Brennen stimmte. Ihr Gesicht brannte, als hätte sich ein ganzer Bienenschwarm darüber hergemacht.

»Gleich wird es kühler«, sagte er und drehte ihr Gesicht auf der Suche nach weiteren Kratzern mit einer Hand unter ihrem Kinn hin und her. »Das müßte reichen, denke ich.« Er verschloß den Tiegel. »So, was sonst müssen wir noch kurieren … ach ja, den Hunger. Nach dem langen Ritt müßt Ihr halb verhungert sein.«

Die ruhige, sachliche Art, wie er sich in Küche und Speisekammer bewegte, Brot, Käse und kaltes Fleisch auf den Tisch stellte, stand im Widerspruch zur geballten Kraft seines Soldatenkörpers. Alles an ihm ließ an Kampf denken, und doch schien er sich in einer Küche völlig zu Hause zu fühlen. Portia fand seine gelassene Tüchtigkeit faszinierend, ebenso das Gefühl, daß er ein Mann mannigfacher Gegensätze war.

»Versucht dies als erstes.« Er goß dicke, sahnige Milch aus einem Kupferkrug in einen Becher, den er vor sie hinstellte.

»Milch habe ich seit meiner Kindheit nicht mehr getrunken«, protestierte Portia, obwohl sie im selben Moment entdeckte, wie verlockend sie aussah.

»Wie alt seid Ihr?«

»Siebzehn.« Sie nahm einen tiefen Schluck.

»So jung noch?« Sie sah zwar nicht älter aus, doch ließ ihr Benehmen auf eine Vielfalt von Erfahrungen schließen.

»Das Leben eines vagabundierenden Bastards läßt einen früh altern«, bemerkte Portia spöttisch.

Rufus zog achselzuckend eine Braue hoch. Er griff nach dem irdenen Whiskykrug auf dem Bord über dem Kamin.

»Nun, was gedenkt Ihr jetzt zu tun?« fragte Portia, mit vollem Mund an Brot und Käse kauend.

Rufus schien zu überlegen. »Lachen wie ein Irrer wäre eine Möglichkeit, heulen wie ein Schreckgespenst eine andere.«

Portia wollte ihn eben fragen, was er für Olivias Freilassung gefordert hätte, als laut an die Tür geklopft wurde. Will stürmte herein, als wären ihm Bluthunde auf den Fersen. »Hölle und Teufel, Rufus. George sagte, es wäre die Falsche!« Er starrte Portia an. »Ist es so?«

»Sieht so aus, Will.« Rufus spießte ein Stück Käse mit der Messerspitze auf und führte es an den Mund.

Will trat nun vollends ein, ohne den Blick von Portia zu wenden. »Was ist mit ihrem Gesicht?«

»Kratzer und Salbe.« Rufus führte den Krug an die Lippen. »Setz dich, Junge, und trink einen Humpen Bier.«

Portia klopfte mit beiden Händen auf ihre brennenden Wangen. Ihr Gesicht fühlte sich entzündet und wund an. Sie hatte keine Ahnung, wie sie aussah, doch nach der Miene des Neuankömmlings zu schließen, ziemlich schrecklich. Vielleicht war die Salbe nur eine teuflische List, um sie noch mehr zu verunstalten. »Das Brennen wird bald nachlassen«, sagte Rufus, der ihre Miene richtig deutete. »In einer Stunde ist alles wieder gut.« Er schnitt noch ein Stück Fleisch ab und tat es auf ihren Teller. »Noch etwas Milch, oder würdet Ihr Ale vorziehen?«

»Ale, bitte.« Es war sinnlos, auf seine Gastfreundschaft mit Abweisung zu reagieren, obwohl die ganze Situation so unwirklich war, daß Portia sich fragte, ob sie nicht bald aus einem Traum erwachen würde.

Will, der sich von der Tür kaum entfernt hatte, fuhr fort, sie ungläubig anzustarren. »Aber wer ist die da?«

»Portia Worth«, stieß Portia hervor. Sie war nicht mehr gewillt, sich von diesem Idioten wie eine Strohpuppe anglotzen zu lassen. »Warum sprecht Ihr mich nicht direkt an, wenn Ihr Fragen zu meiner Person habt?«

Will errötete bis an die Haarwurzeln, und in seine Augen, von hellerem Blau als jene seines Vetters, trat Bestürzung. »Verzeiht, Madam. Ich wollte nicht unhöflich sein.«

»Unhöflich?« rief Portia aus. »Nachdem man mich entführte und mich so fest einwickelte, daß ich wie eine Wurst in der Haut steckte, nachdem ich davongeschleppt und stundenlang durchgerüttelt wurde, redet Ihr von Unhöflichkeit?!«

Ein hilfloser Blick Wills traf Rufus, der am Kamin lehnte und den Krug mit nur einem, durch den Henkel gesteckten Finger mit Leichtigkeit festhielt.

»Aber … wird Granville denn zah-«

»Das bezweifle ich sehr«, unterbrach Rufus ihn. »Aber seine Reaktion könnte interessant sein. Die Lösegeldforderung ist ihm nach der Entführung zugegangen. Er wird eine gewisse Bedenkzeit benötigen.«

»Und wenn er gar nicht reagiert?«

Die Belustigung schwand aus den leuchtenden blauen Augen, die Miene des Earls verhärtete sich. »Dann werden wir einen anderen Weg finden müssen, Will.«

»Aber ich begreife noch immer nicht, wer sie ... ich meine, wer Ihr seid.« Will war bemüht, seine Fragen an Portia zu richten, die nun gesättigt war und aufmerksam lauschte, da sie zu erfahren hoffte, was der Earl of Rothbury vom Marquis of Granville wollte.

»Das Mädchen ist die Tochter von Catos Halbbruder Jack Worth.«

»Ach so.« Will starrte Portia, die seinen Blick erwiderte, unverwandt an.

»Die Bastard-Tochter«, ergänzte sie mit Absicht. »Keinen Penny wert, da Jack tot ist.«

Stille erstreckte sich zwischen ihnen, dann sagte Will, der unbewußt seinen Gedanken nachgehangen hatte: »Ach, da fällt mir ein ... die Jungen, Rufus. Sie liefen mir nach, müssen aber abgelenkt worden sein. ...« Er riß die Tür auf und rief in die Nacht hinaus: »Luke ... Toby ... wo seid ihr Teufelsbraten?«

Portia überlief ein Schauer, als ein Windstoß durch die offene Tür fuhr. Im nächsten Moment kollerten zwei Bündel an Wills Beinen vorüber und landeten in der Küche. In Jacken und Wämse eingepackt, waren sie so breit wie hoch. Zwei blaue Augenpaare schweiften blitzschnell durch den Raum.

»Wir sind zurück«, verkündete Toby.

»Das sehe ich«, bemerkte Rufus ernst.

»Wer ist das?« Luke deutete auf Portia.

»Mein Gast«, erwiderte sein Vater im gleichen Ton.

»Wie Maggie?« fragte Toby voll altklugem Interesse.

Will erstickte beinahe, und Rufus sagte: »Nicht so ganz. Mistress Worth wird sich hier ein paar Tage aufhalten.«

»Ach, werde ich das?« gab Portia halblaut von sich. Wer waren die zwei Knaben, und wer war Maggie?

»Soll ich sie zu Bett bringen?« Will deutete auf die Jungen, die ganz plötzlich vor dem Feuer zusammengesunken waren, wo sie nun saßen und sich leicht schwankend die Augen rieben.

»Nimm Toby, ich nehme Luke.« Rufus bückte sich nach einem der Kinder und trug es hinter einen Vorhang in der Ecke des Raumes. Will folgte mit dem zweiten. Portia war total verblüfft. Nahmen die Überraschungen bei diesem Mann denn kein Ende? Halblauter kindlicher Protest, der ignoriert wurde, drang hinter dem Vorhang hervor. Nach wenigen Minuten tauchten Will und Rufus wieder auf.

»Habt Ihr sie angekleidet zu Bett gebracht?« Portia konnte sich diese Frage nicht verkneifen.

»Zum Ausziehen waren sie zu müde«, sagte Rufus obenhin. »Morgen werdet Ihr formell mit ihnen bekanntgemacht.«

»Es sind Eure Kinder?«

»Meine leiblichen Söhne«, sagte er mit Absicht. »Und sie sind unbezahlbar.«

Portia fühlte ihre Wangen erglühen. Sie griff nach ihrem Humpen und leerte ihn.

»Soll ich noch etwas tun?« Will hantierte mit dem Verschluß seines Mantels.

»Nein. Halte nur George davon ab, daß er sich aus Scham und Reue vollaufen läßt. Ihm klarzumachen, daß es nicht seine Schuld war, dürfte nicht einfach sein.«

Will nickte und ging zur Tür. Dort blieb er stehen und warf Portia, die in ihren leeren Humpen starrte, einen Blick zu. Auf eine Handbewegung von Rufus hin ging Will wortlos.

Portia blickte auf. »Wo hättet Ihr die arme kleine Olivia festgehalten? Aber vermutlich gibt es in einer Räuberhöhle Kerkerzellen.«

»Wir haben ein Gefängnis«, entgegnete Rufus mit satanisch freundlichem Lächeln. »Aber ich glaube, Ihr werdet es im Obergeschoß behaglicher haben. Dort oben ist ein Apfelspeicher, der entsprechend hergerichtet wurde.«

»Sicher wüßte Olivia Eure Umsicht zu schätzen, Sir.«

»Das will ich hoffen«, erwiderte er mit unbeirrbarem Lächeln. »Und ich hoffe, Ihr wißt sie ebenso zu schätzen, Mistress Worth.«

Portia stand auf. Schlagartig war sie zu müde, um sich mit einem so schwierigen Widersacher Wortgefechte zu liefern. »So sehr ich Eure Gesellschaft schätze, Lord Rothbury, ziehe ich im Moment das Alleinsein vor.«

»Das ist Euer gutes Recht«, sagte er ernst. »Kommt, ich zeige Euch Eure Schlafstatt.«

Portia folgte ihm über die schmale Treppe hinauf in einen großen, gut eingerichteten Raum, in dem ein stattliches Bett und andere massive Möbel aus Eichenholz standen. Im Kamin brannte ein Feuer, Bastmatten deckten den sauber gefegten Boden. Diese alles andere als luxuriöse Einrichtung schuf dennoch eine Atmosphäre rustikaler Behaglichkeit. »Wer schläft hier?«

»Ich.« Er öffnete die Tür zu einer kleinen sauberen Kammer. »Und dies hier wurde für Euch vorbereitet.«

Portia zögerte.

»Ihr seid vor mir sicher«, bemerkte Rufus knapp.

»Meiner Erfahrung nach meinen Männer, die sagen, man sei vor ihnen sicher, meist das Gegenteil«, gab Portia zurück.

Rufus schüttelte den Kopf. »Mädchen, wenn ich eine Frau in meinem Bett haben möchte, finde ich mühelos eine. Seid versichert, daß unwillige Frauen für mich nie verlockend waren.« Ungeduldig bedeutete er ihr, sie solle die kleine Kammer betreten.

Portia sah keinen Grund, ihm nicht zu glauben, zudem konnte sie die Tür ohnehin abschließen. Sie trat ein.

»Ich glaube, Ihr findet alles vor, was Ihr braucht. Ein Nachthemd, Handtuch, Seife, Wasser im Krug, ein Nachtgeschirr unterm Bett.« Rufus ließ den Blick über die Einrichtung wandern wie eine erfahrene Haushälterin. »Wenn Ihr etwas braucht, dann ruft einfach.«

»Ein hübsches kleines Gefängnis«, bemerkte Portia, die mit einem Blick das winzige vergitterte Fenster erspäht hatte.

Rufus beachtete ihren Einwurf nicht. »Gute Nacht, Portia«, sagte er nur, ging hinaus und schloß die Tür fest hinter sich.

Portia sprang an die Tür. Kein Schloß oder Riegel. Sie konnte sich nicht einschließen, aber sie konnte andererseits auch nicht eingesperrt werden. Nun machte sie sich daran, die Kammer zu untersuchen. Sie war klein, aber ausreichend. Eine Wand stieß an den Kamin des großen Raumes, so daß die Ziegel vom Feuer der anderen Seite gewärmt wurden.

Sie setzte sich aufs Bett und dachte über ihre Situation nach. Sie war die falsche Geisel, die für keine der beiden Seiten in den Lösegeldverhandlungen von Wert war. Rufus Decatur konnte ihr die Kehle durchschneiden und sie irgendwo in den Hügeln verscharren, ohne daß es jemand erfahren würde. Daß Cato zur Befreiung seiner Nichte seine Streitmacht ausschicken würde, war wenig wahrscheinlich. In diesem Krieg gab es für ihn Wichtigeres als das Wohlergehen der unerwünschten und bettelarmen Bastardtochter seines Bruders.

Und Olivia? Wie hatte sie auf die gewaltsame Entführung reagiert? Sie mußte zu Tode erschrocken sein. Alles war so plötzlich gekommen und mußte ihr völlig sinnlos und grausam erschienen sein. Es war eine Szene, die jedem Todesangst eingejagt hätte. Portia wußte, daß Olivia die Frage quälen würde, wie sie ihr hätte beistehen sollen. Und sie hatte niemanden, der sie beruhigen würde. Ihr Vater war zu beschäftigt, und ihre Stiefmutter ...!

Portia wickelte eine rote Haarsträhne um ihren Zeigefinger. Im Moment konnte sie nichts für Olivia tun. Es erschien ihr mehr als wahrscheinlich, daß der Haß Rufus Decaturs auf alles, was nur entfernt mit den Granvilles in Verbindung stand, verhindern würde, daß er sie einfach zurückschickte und somit eine Schlappe eingestand. Alles in allem bot ihre Lage keinen Grund zu großem Optimismus.

»Es gibt keine Spur ... nicht einmal einen Fußabdruck!« rief Cato aus, als er den Salon seiner Frau betrat. »Mir ist unbegreiflich, wie sie spurlos verschwinden konnte.« Er warf sich in einen mit Schnitzwerk verzierten Stuhl am Feuer und starrte düster in die Flammen.

Diana erhob sich anmutig und ging an das Büffet. Sie goß Wein in einen Zinnpokal und bot ihn ihrem Gemahl an. »Seit das Mädchen kam, gab es mit ihm nur Ärger«, sagte sie. »Ich war ohnehin von vornherein gegen die Ausflüge aufs Eis.«

Cato nahm einen Schluck, und sein Blick wurde noch finsterer. »Ich fand nichts dabei. Sie waren von den Wehrgängen aus zu sehen, während sie sich auf dem Graben tummelten.«

»Aber offenbar nicht jederzeit«, wandte Diana ein und setzte sich wieder.

»Das muß wohl so sein.« Cato stand auf und durchmaß den Raum. »Wie geht es Olivia jetzt? Konnte sie schon sagen, was eigentlich passierte?«

»Nichts Zusammenhängendes.« Diana legte ihre Stickarbeit beiseite. »Aber das war eigentlich zu erwarten. Die Ärmste ist auch in ihren besten Zeiten nicht imstande, sich klar zu artikulieren.«

»Das war nicht immer so.« Cato trat ans Fenster und blickte, die Hände hinter dem Rücken verschränkt, in den Innenhof. Vor drei Stunden war Olivia schreiend angelaufen gekommen, hatte etwas von drei Männern und von Portia gefaselt, doch hatte man sie nicht so weit beruhigen können, daß man aus der Geschichte klug geworden wäre, bis auf die unleugbare Tatsache, daß Portia verschwunden war.

»Sie hat vom Arzt ein Schlafmittel bekommen«, sagte Diana. »Ich dachte, das Reden würde ihr vielleicht leichterfallen, wenn sie sich ausgeruht hat.«

»Hmm.« Cato drehte sich ungeduldig um. »Ich will zu ihr gehen und mit ihr reden.«

Diana stand sofort auf. »Ich komme mit.«

Olivia lag trotz des Schlafmittels wach im Bett. Als Vater und Stiefmutter leise eintraten, schloß sie die Augen ganz fest und rührte sich nicht. Sie betete darum, daß die beiden wieder gingen.

Cato schaute mit fragendem Blick auf sie hinunter. »Olivia, bist du wach?«

Olivia kämpfte mit sich. Irgendwann mußte sie sich äußern, doch hätte sie es vorgezogen, wenn Diana nicht zugegen gewesen wäre. Ihre Lider zuckten. »Hat man sie gefunden?«

»Meine Liebe, du mußt uns sagen, was sich zutrug. Ich kann nichts unternehmen, solange ich nicht weiß, was passierte.«

Sein Ton war ungewöhnlich sanft und beruhigend. Olivia schlug nun die Augen auf und zwang sich zu sprechen, ganz langsam und ohne zu stottern. »Wir l-liefen auf dem Eis und fütterten die Enten. Da kamen drei M-männer und nahmen Portia mit.« Mühsam richtete sie sich auf und sah ihren Vater eindringlich an, wobei sie Diana völlig ignorierte.

»Kannte Portia die Männer?« Catos Ton blieb unverändert sanft.

Olivia schüttelte den Kopf. »Sie warfen ihr eine Decke über und schleppten sie mit sich.«

»Haben sie etwas gesprochen?«

Wieder schüttelte Olivia den Kopf. Die schreckliche Szene war ihr nur verschwommen in Erinnerung geblieben. Alles war lautlos vor sich gegangen. Eben hatte Portia noch neben ihr gestanden und den Enten Körner hingestreut, und im nächsten Moment wurde sie weggeschleppt. Die scheinbare Sinnlosigkeit und die Eile waren furchteinflößend. Und Olivia hatte tatenlos zugesehen. Sie glaubte sich zu erinnern, daß sie geschrien hatte, aber nur einmal und vergebens, da Hilfe ausgeblieben war.

»Hat man versucht, dich auch zu entführen?«

Wieder ein Kopfschütteln. »Ich wüßte nicht, wie ich mich dagegen zur Wehr hätte setzen können«, flüsterte sie.

»Du sagst, es wären drei Mann gewesen. Was hättest du gegen drei ausrichten können?« Er blickte stirnrunzelnd auf sie hinunter, schon seinen eigenen Überlegungen nachhängend. Es ergab keinen Sinn. Warum sollte jemand Portia entführen? Da fiel ihm ein, daß es die zweite Entführung innerhalb weniger Wochen war. Beim letzten Mal hatte sie unversehrt entkommen können, diesmal aber sah alles ganz anders aus. Der Überfall schien geplant. Die Entführer, die wußten, auf welches der zwei Mädchen sie es abgesehen hatten, waren zielstrebig und mit großer Vorsicht vorgegangen. Ihre Rücksichtslosigkeit und Berechnung ließen ihn schaudern. Hatten sie die Absicht, Jacks Tochter etwas zuleide zu tun?

Wie leicht hätte es Olivia treffen können. Gedankenverloren streckte er die Hand aus und strich seiner Tochter eine Strähne aus der Stirn. Als sie ihn mit ihren großen, dunklen Augen erstaunt anschaute, ging ihm auf, daß es sehr lange her war, daß er sich zu einer so liebevollen Geste hatte hinreißen lassen.

»Versuch zu schlafen«, sagte er und wollte sie auf die Stirn küssen, als er Dianas reglose Gestalt neben sich gewahrte. Er trat zurück und sagte in seinem gewohnten Ton: »Wenn du dich ausgeruht hast, wirst du dich besser fühlen.«

»Werdet Ihr sie finden, Sir?«

»Meine Leute durchkämmen die Umgebung«, antwortete er. »Wenn man sie finden kann, dann wird man sie finden.«

»Wird man Portia etwas antun?« Olivia fragte es drängend und mit flehendem Blick.

»Das will ich nicht hoffen«, war alles, was sie zu hören bekam.

»Kommt, Mylord. Das Kind braucht Schlaf.« Diana legte eine Hand auf seinen Arm und drängte ihn zur Tür. Er warf einen letzten Blick zum Bett. Olivia, die sich hingelegt hatte und die Augen geschlossen hielt, lag reglos wie eine Statue unter den weißen Decken da.

»Olivia, ich tue alles, was ich kann«, wiederholte er und wünschte dabei, er hätte mehr tun können. Dann folgte er seiner Gemahlin hinaus.

»Mylord … Mylord!« Er hörte Giles Cramptons dringenden Ruf hinter sich, als er sich in sein Arbeitszimmer im Bastei-Turm begeben wollte.

Cato hielt inne. »Was gibt es?«

»Dies hier.« Giles schwenkte eine Pergamentrolle. »Es wurde eben abgegeben, Mylord.«

Cato überkam sofort eine böse Vorahnung, als er danach griff. »Wer hat es gebracht?«

»Ein Schäferjunge, Sir. Er sagte, ein Mann in Rüstung hätte es ihm gegeben und ihm aufgetragen, es nach Sonnenuntergang zu überbringen.«

Cato ließ ein leises Zungenschnalzen hören. »Vom Mädchen gibt es noch keine Spur, nehme ich an?« Er wandte sich zur Tür des Bastei-Gemaches.

»Sie ist spurlos verschwunden«, gab Giles zurück. »Niemand hat die Männer gesehen.«

Aber Cato schien ihn nicht mehr zu hören. Er starrte das Siegel der Pergamentrolle an. Der Adler des Hauses Rothbury. Die böse Vorahnung von vorhin hatte sich bewahrheitet. Ein Frösteln überlief ihn. Er erbrach das Siegel und entrollte das Pergament. Die Nachricht war knapp und nüchtern. Granvilles Tochter Olivia war als Geisel genommen worden. Als Preis für ihre Freilassung wurden sämtliche Einkünfte aus den Besitzungen der Rothburys gefordert, dazu eine genaue Abrechnung von jenem Zeitpunkt an, als die Verwaltung dieser Güter in die Hände Georges, Marquis of Granville, gelegt wurde.

Da brach Cato in begeistertes Gelächter aus und fand kein Ende. Sich biegend vor Lachen warf er sich in einen Sessel, total dem herrlichen Gefühl hingegeben, das die Schlappe seines Gegners ihm bereitete. An Olivias Stelle hatte Decatur eine namenlose Waise erwischt, ein völlig unbedeutendes Mädchen, das für niemanden von Wert war.

Er merkte, daß Giles ihn von der Tür aus verlegen beobachtete, offenbar in der Meinung, sein Herr hätte womöglich den

Verstand verloren. Nachdem Cato ihm die Lage in wenigen Worten erläutert hatte, prustete Giles.

»Möchte wissen, was dieser Spitzbube nun machen wird, Sir.« Dann änderte sich sein Ausdruck, er kniff die Augen zusammen. »Das nenne ich aber einen Zufall, daß er sie zum zweiten Mal erwischt hat, meint Ihr nicht auch, Sir?«

Cato runzelte die Stirn. »Nur das erste Mal war ein Zufall, denn diesmal hatte er es nicht auf sie abgesehen, sondern auf Olivia.«

»Kann schon sein. Aber letztes Mal hat er ihr nichts getan. Ob er sie auch diesmal ungeschoren läßt?« Giles scharrte mit den Füßen. »Wer kann sagen, ob die beiden nicht unter einer Decke stecken? Vielleicht hat sie Lady Olivia dorthin locken sollen, wo man sie entführen konnte, aber etwas ging schief.«

Cato starrte den Sergeanten an. Der argwöhnische Giles hatte über Portias letzte Begegnung mit Decatur schon dunkle Andeutungen fallenlassen, doch war es undenkbar, daß sie sich in eine Decatur-Intrige hatte hineinziehen lassen … oder?

Was wußte man denn von Portia? Sie besaß keinen Penny und war auf seine Barmherzigkeit angewiesen. Vielleicht war sie bei der ersten Begegnung Decaturs Zauber verfallen. Sie wäre nicht die erste, der es so ergangen war.

Nachdem die Tür sich hinter Giles geschlossen hatte, ging er ans Fenster und blickte hinaus in die Dunkelheit. Im Geiste sah er die Hügel und den gewundenen, zum Schlupfwinkel Decaturs führenden Pfad so deutlich vor sich wie am hellichten Tag.

Der Zeitpunkt der endgültigen Abrechnung war nahe. Decatur gegen Granville. Catos Blick verhärtete sich, während er hinaus in die Nacht starrte.

8

Eine Stunde, nachdem man sie im Apfelspeicher zurückgelassen hatte, hörte Portia, wie die Haustür geschlossen wurde. Sie war noch immer in ihren schmutzigen und zerknitterten Mantel gehüllt und saß am Fußende des Bettes. Undeutlich nahm sie wahr, daß das Brennen in ihrem Gesicht nachgelassen hatte, aber irgendwie war sie nicht imstande, sich zu Bett zu begeben. Als hätten die schrecklichen Ereignisse des Tages sie gelähmt, saß sie nur wie benommen da, unfähig, Ordnung in ihre Gedanken zu bringen.

Doch das Geräusch der ins Schloß fallenden Tür fuhr ihr in die Glieder. Sie sprang auf und ging an die Kammertür, um sie vorsichtig zu öffnen. Absolute Stille. Rufus Decatur war ausgegangen und hatte sie allein gelassen.

Er muß der Meinung sein, daß ich nach den Aufregungen und Schmerzen des Tages fest schlafe, dachte sie. Oder aber er nahm an, daß sie zu verschreckt war, um sich die unversperrte Tür zunutze zu machen. In diesem Fall befand er sich im Irrtum.

Auf Zehenspitzen schlich sie erst durch das große Schlafgemach und dann die Treppe hinunter. Die Reste ihres Abendessens waren abgeräumt, das Feuer war gedämpft, auf dem Kaminsims brannte eine frisch angezündete Kerze. Vielleicht hatte er nicht die Absicht, lange auszubleiben.

Sie warf einen Blick zum Vorhang in der Ecke. Von Neugierde getrieben ging sie auf Zehenspitzen näher und zog ihn beiseite. Die Kinder schlummerten wie junge Hunde, unter einem Berg von Decken aneinandergeschmiegt. Ihre Mäntel und Wämse hatten sie noch an, wie sie mißbilligend sah. Janet Beckton wäre in Ohnmacht gefallen. Trotz ihrer bedrängten Lage entlockte ihr dieser Gedanke ein Lächeln. Zwischen diesem notdürftigen Nachtlager in Rufus Decaturs Brigantendorf und der ordentlichen Kinderstube auf Castle Granville lagen Welten.

Sie blickte auf die schlafenden Gesichter unter ihren blonden Haarschöpfen und dachte an die hellblauen Augen der Kinder ... Sie waren ihrem Vater wie aus dem Gesicht geschnitten. Irgendwo mußte es eine Mutter geben, eine Frau, die einer Ehe nicht würdig befunden war.

Sie schürzte die Lippen, als sie zurücktrat und den Vorhang fallen ließ. Frauen galten hier offenbar wenig.

Welche Stellung nahm dann sie ein? Eine unerwünschte Geisel, eine Frau, auf sich allein gestellt in diesem einsamen Brigantenlager? Zwar besaß sie noch ihr Messer, das allerdings bei einem gezielten Angriff nur eine schwache Gegenwehr darstellte. Eine Andeutung von Angst kroch ihr Rückgrat entlang und bewirkte, daß ihre Kopfhaut sich zusammenzog. Vor Decatur hatte sie behauptet, sie hätte keine Angst, doch gespielter Mut war als Schutzschild höchst unzulänglich, wie Portia nun klarwurde.

Ihr Herz flatterte, als hätte sich ein Schmetterlingsschwarm dort eingenistet. Sie rannte zur Tür und öffnete sie einen Spaltbreit, um auf den verlassenen Weg hinauszuspähen. Der Himmel war wolkenlos wie den ganzen Tag schon. Sternenlicht und Mondschein erhellten das Dorf und ließen die Eisdecke auf dem Fluß glänzen. Aus dem Gebäude mit der langen Bank, das die Kantine sein mußte, drangen Stimmen, Gelächter, Gesang. Wenn sich alle einen fröhlichen Rausch antranken, bot sich ihr vielleicht eine echte Fluchtchance.

Sie schlüpfte hinaus auf den verlassenen Weg und drückte sich an die Mauer in ihrem Rücken. Sie brauchte ein Pferd. Zu Fuß würde sie es nicht schaffen, nicht in dieser unwirtlichen und einsamen Gegend.

In der bitterkalten Luft hing schwer und tröstlich Holzrauchgeruch. Sie sah goldenes Licht hinter Fensterbalken, da und dort roch es köstlich nach Essen, als sie, in die dunklen

Schatten gedrückt, den Weg entlangeilte. In den warmen und behaglichen Häusern saßen die Menschen am Feuer, genossen ihr Abendessen, scherzten miteinander, in ihren vier Wänden und im Kreis der Kameraden geborgen.

Portia war in dem Bewußtsein aufgewachsen, eine Außenseiterin zu sein, ohne ein Zuhause, ohne Familie, die ihre Stellung in der Welt bestimmt hätte. Zwar hatte es Jack gegeben, aber Jack war nicht Familie im üblichen Sinn. Er war nur der Grund ihrer Existenz. Sie hatte sich für ein wenig Zuneigung und Unterstützung an ihn geklammert, bis sie alt genug war, sie beide zu erhalten und Jacks Trunksucht zu finanzieren. Als sie nun den dunklen Weg entlanghuschte und sich die Szenen hinter den Fensterbalken ausmalte, erwachte das vertraute Gefühl der Isolation wieder mit aller Macht zum Leben. Sie versuchte, von einem Ort zu fliehen, an den sie nicht gehörte, um an einen Ort zu gelangen, wo sie ebenfalls fremd war. Meist war sie imstande, das ironische Element, das den verschiedenen Situationen anhaftete, voll auszukosten, da es ein gutes Mittel gegen das Unglücklichsein darstellte. Diesmal aber blieb seine Wirkung aus.

Sie spitzte die Ohren nach Pferdegewieher und schnupperte nach Stallgeruch. Lange mußte sie nicht suchen.

Sie stieß nicht nur auf einen Stall, sondern auf einen ganzen Block in der Mitte des Dorfes, mit einem sauber gefegten und gepflasterten Hof davor. Zu ihrem Leidwesen sah sie sofort, daß es so gut wie ausgeschlossen war, ein Pferd unentdeckt zu entwenden. An beiden Enden des Blocks war Licht zu sehen, die Sattelkammer stand offen. Man hörte Stimmen und Würfelgeklapper, dann trat ein Mann ins Freie. Er knöpfte seine Breeches auf, erleichterte sich gegen eine Wand und ging zurück in die Sattelkammer.

Portia schlich wieder auf den Weg und schlug bekümmert den Weg zum Fluß ein. Sie wußte nicht warum, nur daß er ein Ziel darstellte und sie noch nicht bereit war, die Niederlage hinzunehmen und in ihren Kerker zurückzuschleichen.

Doch als sie an den dunklen Stamm eines kahlen Baumes gelehnt am Ufer stand, erfaßte sie Erregung. Der zugefrorene Fluß schlängelte sich durch das Militärdorf, bis sich seine im Sternenschein glitzernde Oberfläche in der Ferne verlor. Weit jenseits der Decatur-Festung.

Flüsse berührten Ortschaften, Flüsse waren Verkehrsadern. An den Ufern dieses Flusses mußte es bewohnte Häuser und andere Siedlungen geben. Wenn sie nur ihre Eislaufkufen bei sich gehabt hätte …

Und dann sah sie ihn. Einen Schlitten am Ufer mit anmutig gebogenen Holzkufen. Portia lief hin, tief gebückt, obwohl sich hier nichts rührte und es keine erhellten Fenster gab, durch die Geräusche und Licht herausdrangen. Das Flußufer war völlig verlassen.

Auf dem Schlitten lag ein Stapel Häute. Besser hätte sie es nicht treffen können. Fand sie keine andere Unterkunft, konnte sie sich darin bis Tagesanbruch vergraben, sobald sie die Decatur-Grenzen hinter sich gelassen hatte. Ihr Herz hüpfte. Jetzt wußte sie, daß ihr die Flucht glücken würde. Diesen Schlitten samt seiner geradezu idealen Fracht hatte ihr das Schicksal gesandt. Ihr war es bestimmt zu entkommen.

Aber wie sollte sie den Schlitten fortbewegen? Benutzte man Hunde oder Ponys? Oder zog man ihn mit eigener Kraft? Aber dafür hätte sie Eislaufkufen gebraucht.

Da erblickte sie die Stange, die am rückwärtigen Teil des Schlittens lehnte. Da sie einer Bootsstange ähnelte, wurde sie vermutlich auch ähnlich betätigt und zum Abstoßen auf dem Eis benutzt. Einfacher und günstiger hätte es für sie gar nicht sein können.

Portia warf nervös einen Blick hinter sich. Das alles war zu schön, um wahr zu sein. Vielleicht war es nur eine Falle, eine heimtückische Falle Decaturs, um sie auf der Flucht zu fassen. Sie hatte keine Veranlassung, ihm zu trauen, wenn er sagte, er würde ihr nichts antun. Kriegsgefangene wurden anständig behandelt, solange sie keinen Fluchtversuch unternahmen. Ein solcher aber setzte alle Regeln außer Kraft. Was würde man ihr antun, wenn man sie fing? Dann würde sie Freiwild sein, wenn schon nicht für Decatur, dann für seine Bande von Gesetzlosen. Trotz der Kälte trat Schweiß auf ihre Stirn. Sie mußte fliehen. So einfach war das. Und sie würde sich nicht fassen lassen.

Der Schlitten war schwerer, als es zunächst den Anschein gehabt hatte, und Portia war völlig außer Atem, bis sie es schaffte, ihn die Uferböschung hinunter und aufs Eis zu schieben. Ständig blickte sie sich um, in der Erwartung, jemand würde aus der Dunkelheit auftauchen und ihre Verfolgung aufnehmen. Doch das Ufer blieb einsam und verlassen, wenn auch Musikfetzen und Stimmen die Stille der eisigen Mondnacht durchdrangen.

Auf dem Eis wurde der Schlitten leicht und manövrierfähig wie ein Kinderboot. Rutschend und gleitend schob Portia ihn in die Mitte des Flusses, ehe sie sich auf den rückwärtigen Teil setzte, die Stange fest in Händen. Sie stieß sich ab, und der Schlitten schoß mit erstaunlicher Geschwindigkeit dahin und gewann auf dem Eis immer mehr Schwung. Es war wie ein Wunder. Nachdem sie ihn in Bewegung gesetzt hatte, benötigte sie die Stange kaum mehr. Ihr fiel ein, daß es logischerweise bergab gehen mußte, aus dem Hügelland hinaus, und daß das Gefälle eines Flusses Vorteile bot. Schierer Jubel brachte ihr Herz zum Singen, während ihr Gefährt dahinsauste und die Häuser und Lichter von Decatur vorüberglitten. *Es würde klappen.*

Der Posten an der ersten Flußkrümmung erspähte den Schlitten als dunkle, dahingleitende Form aus einer Entfernung von fünfzig Metern auf der hellen Eisfläche und brummte befriedigt. Er brauchte dringend etwas, das die langen, kalten Stunden in seinem Ausguck im Wipfel einer Blutbuche belebte. Sein Posten war einer von sechs, die den Fluß über eine Entfernung von zehn Meilen vom Dorf Decatur kontrollierten. Er entfachte ein Feuersignal, das von den Posten auf den Hügeln und von seinen Gefährten entlang des Flusses weitergegeben würde, ehe er sich enger in seinen pelzgefütterten Mantel hüllte, ohne das nahende Gefährt aus den Augen zu lassen.

Als der Schlitten an seinem Baum vorüberglitt, fiel ihm auf, daß die Gestalt, die ihn lenkte, die Stange geschickt zu handhaben verstand und der Schlitten so schnell dahinsauste, daß das Eis sang. Das Gefährt gehörte Bertram, dem Fallensteller, der seine Felle in Ewefell, etwa zwanzig Meilen flußabwärts, feilbot. Bertram würde wenig erfreut sein, sowohl den Schlitten als auch den Ertrag einer Woche Arbeit einzubüßen.

Allerdings würden der Schlitten und dessen Lenker nicht weit gelangen. Auf dem Hügel hatte der Posten mit einer Fackel bereits das Zeichen für den Empfang des Signals gegeben. Der Gebieter würde binnen zehn Minuten die Meldung bekommen.

Es dauerte weniger als zehn Minuten, um Rufus von der verbotenen Schlittenpartie zu unterrichten. Und er wußte in Sekundenschnelle, wer seinen Wachtposten während ihrer meist eintönigen Nachtwachen ein wenig Aufregung verschafft hatte.

Da er eben zu Tisch saß und hoffte, bei gutem Essen und Wein in Gesellschaft die Ärgernisse des Tages ein wenig zu vergessen, war diese Nachricht nicht dazu angetan, seine Laune zu heben. »Herrgott, wie weit glaubt sie zu kommen?« fragte er verdrossen in die Runde hinein. »Sie kann doch nicht im Ernst annehmen, sie könnte sich hier auf einem gestohlenen Schlitten unbemerkt davonmachen?«

»Sieht aber so aus«, bemerkte Will. »Soll ich sie zurückholen?«

»Nein, verdammt, das übernehme ich selbst.« Rufus schwang seine Beine über die Bank am langgestreckten Tisch und warf seine Serviette beiseite. »Dabei hat mir die Fischterrine so gut gemundet«, bemerkte er gereizt. »Ach was, soll der Teufel das

Mädchen holen! Verdammt will ich sein, wenn ich mir mein Abendessen verderben lasse.« Er drehte sich wieder zum Tisch um und griff nach seiner Gabel. »Jed, hol mein Pferd. Ich lasse sie bis zum dritten Posten kommen, ehe wir sie aufhalten. Soll sie getrost glauben, sie käme davon«, knurrte er und setzte mit einem Anflug von Wildheit hinzu: »Dann wird der Schrecken um so größer.«

Jed, der Überbringer der Nachricht, salutierte und verließ die Kantine, um Ajax zu satteln.

Rufus verspeiste seine Fischterrine, doch konnte Will ihm ansehen, daß ihm der Appetit vergangen war, worauf sich bei ihm ein wenig Mitleid mit Mistress Portia Worth regte.

»Verdammt.« Rufus schob den leeren Teller von sich und stand auf. »Ich bringe es lieber hinter mich.« Er ging an die Tür und legte grimmig seinen Mantel um die Schultern. Eigentlich hätte er das Mädchen laufenlassen können, da es für ihn wertlos war, andererseits widerstrebte es ihm, sich von ihm übertölpeln zu lassen. Wenn er Portia Worth gehen lassen wollte, würde er es tun. Aber noch war er nicht bereit dazu. Außerdem hatte sie einen Schlitten mit Ladung gestohlen. Unter den Decatur-Leuten galt Diebstahl als Todsünde.

Jed stand mit Ajax an der Tür. Er hielt den Steigbügel fest, als Rufus sich in den Sattel schwang. »Ich will einen Läufer zu den Wachen schicken, Mylord. Man wird sie nicht aufhalten, ehe Ihr nicht den Befehl gebt.«

»Gut.« Der große dunkle Fuchs sprengte davon, als sein Reiter ihm die Sporen gab.

Der dritte Posten lag drei Meilen von dem Punkt entfernt, wo Portia losgefahren war. Rufus ritt den Fluß entlang, wobei er Abstand zum Ufer hielt. Er hatte viel Zeit. Ein kräftiger Mann brauchte etwa eine Stunde, um den Schlitten mit der Stange über diese Entfernung zu bringen. Unwillkürlich ertappte er sich dabei, daß er Bewunderung für den unbezähmbaren Mut des Mädchens empfand. Sie hatte offenbar keine Ahnung, wie weit sie fahren mußte, ehe sie das Decatur-Gebiet hinter sich ließ.

Er erreichte den dritten Posten und zügelte sein Pferd unter dem Ausguck. »Wie weit ist sie?« rief er leise hinauf.

»Von hier etwa zweihundert Meter, Sir.«

Rufus ritt ans Ufer und verharrte dort reglos im Mondschein, um den Schlitten zu erwarten.

Portia sah ihn nicht sofort, da das Betätigen der Stange ihre gesamte Aufmerksamkeit in Anspruch nahm. Was ihr anfangs leicht erschienen war, stellte sich nun als mühsam heraus. Armmuskeln und Schultern schmerzten, ihre Hände waren trotz der Handschuhe aufgeschürft. Erschöpft hob sie den Kopf und fragte sich, ob sie schon weit genug gekommen war, um eine Rast zu riskieren. Als sie plötzlich das große Pferd und seinen reglosen Reiter so dicht vor sich am Ufer aufragen sah, daß sie ihr Blickfeld ausfüllten, erschienen sie ihr wie Racheengel des Jüngsten Gerichtes.

Ihr wurde übel. Ihre Handflächen wurden klamm. Es ist unfair, war ihr einziger Gedanke. Sie war ihrer Sache so sicher gewesen, und nun saß er da und erwartete sie triumphierend. Fast hätte sie vor Enttäuschung laut aufgeschrien, während ihre Angst sie zugleich erstarren ließ.

Ob es ihr gelingen würde, an ihm vorüberzugleiten, so schnell, daß sie ihm entkäme? Doch sie wußte, daß sie es mit seinem Hengst nicht aufnehmen konnte. Es wäre ein vergeblicher Versuch geblieben. Vergeblich und unwürdig, falls man in dieser gräßlichen Situation noch von Würde reden konnte. Paradoxerweise verlieh ihre Angst ihr neuen Mut, und sie nahm sich fest vor, ihn nicht merken lassen, wie sehr sie sich fürchtete.

Portia hob die Stange vom Eis, und der Schlitten hielt mitten auf dem Fluß sanft an. Dann ließ sie sich auf dem Fellbündel nieder und wartete.

Rufus saß ab und betrat die Eisfläche. Vorsichtig ging er bis zum Schlitten und blickte auf sie hinunter. »Mistress Worth, was glaubt Ihr eigentlich, daß Ihr da tut?«

»Ich flüchte«, erwiderte Portia keck. »Was dachtet Ihr denn?«

»Zu diesem Schluß gelangte ich selbst«, sagte er daraufhin mit trügerisch freundlichem Lächeln. »Leider muß ich abermals feststellen, daß Ihr darin nicht sehr gut seid.«

Portia faltete schaudernd ihre Hände im Schoß. Sie spürte unter der Kleidung den Schweiß auf ihrer Haut trocknen. Da sie nun reglos dasaß, empfand sie die Kälte als messerscharf und wünschte, er würde nicht nur dastehen und sie mit seinem Raubtierlächeln und seinem nachdenklichen Blick ansehen. Daß er wütend war, spürte sie ebenso deutlich wie die scharfen Windstöße. Er hatte gesagt, daß er ein Mensch mit schwankendem Temperament sei, und sie hatte eine Andeutung dieses Temperaments schon etliche Male erlebt. Und jetzt quälte er sie, indem er sie im Ungewissen hielt. Seine Augen funkelten blau wie das Mondlicht, das sich in der Eisfläche spiegelte.

»Was werdet Ihr tun?« fragte sie.

»Tun?« Rufus zog eine Braue hoch. »Was würdet Ihr denn als angemessenes Vorgehen ansehen, Mistress Worth?«

Portia preßte die Lippen zusammen. »Bringt es hinter Euch«, murmelte sie, wobei sie sich wünschte, sie hätte sich nicht hingesetzt und wäre auf den Beinen geblieben. Daß er nun so bedrohlich vor ihr aufragte, war ihrer Stimmung keineswegs zuträglich.

»Schlitten und Felle gehören Bertram.« Als Rufus mit dem Rücken einer behandschuhten Hand in die Fläche der anderen schlug, störten diese rhythmischen Geräusche die nächtliche Stille. »Er wird alles dort vorfinden wollen, wo er es hinterließ, also tut Ihr gut daran, Euch in Bewegung zu setzen.«

»Ich soll zurückfahren?« Portia sah ihn mit wachsendem Entsetzen an, als ihr aufging, was er meinte.

Er nickte. »Mistress Worth, Ihr müßt den Schlitten zurück zum Dorf bringen. Diebstahl wird bei uns nicht geduldet.«

»Aber das ist doch flußaufwärts!«

»Ja, sieht so aus.« Er trat zurück. »Ich reite am Ufer nebenher, für den Fall, daß Ihr wieder auf dumme Ideen kommen solltet.« Seine Zähne blitzten hell im Dunkel seines Bartes, doch war es beileibe kein freundliches Lächeln.

Portia warf einen Blick auf ihre Hände. Das Leder ihrer Handschuhe zeigte Risse, ihre Handflächen brannten. Wütend stand sie auf, griff nach der Stange und stieß sich ab. Der Schlitten rührte sich kaum von der Stelle, als wären die Kufen stumpf geworden oder mit Tüchern umwickelt. Sie biß sich auf die Lippen und stieß sich wieder ab.

Vom Ufer aus sah Rufus ihre Bemühungen eine Weile mit an, dann schwang er sich auf Ajax und ließ das Pferd im Schritt gehen, langsam wie der Schlitten. Allmählich legte sich sein Rachedurst. Das Mädchen war schon der Erschöpfung nahe gewesen, ehe es sich auf diesen Irrsinn eingelassen hatte. Was sie jetzt tun mußte, mußte für sie eine Qual sein. Wieder einmal regte sich widerwillig Bewunderung für ihren unbezwingbaren Kampfgeist. Ihm fiel ein, daß er auf Castle Granville zu ihr gesagt hatte, sie seien gleich, er und sie. Diese Erkenntnis besiegte seinen Zorn endgültig. Er selbst hätte in einer ähnlichen Situation ebenso gehandelt wie Portia Worth.

Trotzdem war es ärgerlich, den Großteil des Abends hinter ihr herjagen zu müssen. Ärger schwang mit, als er rief: »Portia, laßt den Schlitten und kommt her.«

Portia schenkte ihm keine Beachtung. Sie biß die Zähne zusammen und stemmte die Stange gegen das Eis. Wenn sie jetzt anhielt, würde sie das bißchen Schwung verlieren. Da sie vor sich keine Lichter sehen konnte, nahm sie an, daß man sich im Dorf schon zur Ruhe begeben hatte. Unwillkürlich sah sie die schmale Liegestatt im Apfelspeicher, Feuer und Kerzenlicht vor sich. Rasch verdrängte sie diese Bilder und konzentrierte sich auf die Notwendigkeit, den Schlitten über das Eis zu bewegen.

Rufus' Gereiztheit steigerte sich wieder. »Herrgott, Mädchen! Könnt Ihr nicht tun, was man Euch sagt?« Seine Stimme hallte über den Fluß.

Diesmal blickte sie auf und sah, daß er sein Pferd gezügelt hatte und in den Bügeln aufgerichtet dastand, die Hände als Trichter vor dem Mund gewölbt.

»Warum?« fragte sie, in ihrem Bemühen nicht nachlassend.

Eigensinniger konnte kein Mensch sein! »Weil ich es sage!« brüllte Rufus. »Kommt sofort her!«

Portia warf die Stange weg und trat aufs Eis. Es war ihr einerlei, welche Foltern der Herr von Decatur für sie vorgesehen hatte. Vor Kälte und Erschöpfung dem Ende nahe, war ihr sogar der Tod als Erlösung willkommen. Schlitternd und rutschend gelangte sie ans Ufer und blieb dort stehen, die Hände in die Hüften gestützt. »Was nun?« fragte sie mit finster zusammengezogenen Brauen

Rufus beugte sich aus dem Sattel. »Gebt mir Eure Hand, und setzt einen Fuß auf meinen.«

Noch immer zögerte Portia und musterte ihn argwöhnisch. Was sie sah, war nicht eben beruhigend. Hatte er sich wirklich anders besonnen und bot ihr an, sie hoch zu Roß ins Dorf zu bringen?

»Wenn ich absteigen muß, Mistress Worth, wird es einer von uns bereuen«, erklärte Rufus mit einem ungeduldigen Fingerschnalzen

So oder so, sie hatte keine andere Wahl. Portia kletterte die Böschung hinauf und erfaßte seine große Hand mit schmerzlich festem Griff. Mit allerletzter Kraft schaffte sie es, ihren Fuß so hoch zu heben, daß sie an seinen Stiefel im Bügel herankam. Sogleich wurde sie hochgezogen und landete vor ihm im Sattel, ohne daß sie selbst einen Muskel gerührt hätte.

»Wollt Ihr den Schlitten hier stehen lassen?« fragte sie. »Habt Ihr nicht gesagt, Bertram, oder wie immer er heißt, erwartet ihn dort vorzufinden, wo er ihn zurückließ?«

Rufus war verblüfft. Ließ sie sich denn durch gar nichts unterkriegen? Dann spürte er ihr Beben, die Starre ihres mageren Körpers. Sie hatte sich halb zu ihm umgewendet, als sie ihre Anschuldigung äußerte, und das Mondlicht fiel auf ihr weißes Gesicht. Er sah die Müdigkeit in den schrägen grünen Augen, spürte ihre Angst unter dem Widerspruchsgeist. Ohne zu überlegen, hob er seine Hand und umfaßte die Rundung ihrer Wange. Ihre Augen wurden groß, und ihre Angst wich einem anderen Gefühl, einem Staunen, das den Anflug einer Vorahnung in sich barg. Und er wußte, daß sie wie er daran dachte, wie er sie im Hof von Castle Granville aus einer Laune heraus geküßt hatte. Es hatte nichts bedeutet. Er hatte sich nichts dabei gedacht.

Er ließ ihre Wange los, hüllte sie mit einer jähen Bewegung in seinen Mantel und spornte Ajax zu einem leichten Galopp an.

Portia versuchte sich trotz ihrer Müdigkeit aufrechtzuhalten. Ihre Wange war noch warm von der sonderbaren kleinen Liebkosung, doch sagte ihr ihr Instinkt, daß es eine Verirrung war, ähnlich widernatürlich wie eine streichelnde Tigerpfote. Er hatte sie im Burghof geneckt und mit ihr gespielt, und jetzt war es ähnlich. Offensichtlich machte es ihm Spaß, mit ihr zu tändeln. Ihr war schleierhaft, wie sie auch nur eine Sekunde hatte glauben können, die Geste sei ehrlich gemeint. Er mußte ihre Anfälligkeit in ihrem Blick gelesen haben.

»Ihr müßt Euch zurücklehnen!« Rufus zog sie mit einer ungeduldigen Bewegung zu sich. »Ich bin kein Stachelschwein.« Er hielt sie so fest, daß ihr nichts übrigblieb, als sich an seine breite Brust sinken zu lassen. Sie spürte seinen kräftigen Herzschlag. Ihr eigenes Herz schien im gleichen Rhythmus zu schlagen und versetzte sie in einen merkwürdigen Dämmerzustand.

Nach knapp zehn Minuten ritten sie im dunklen Dorf ein, und Portia dachte in ihrer Benommenheit schaudernd, wie lange sie wohl gebraucht hätte, um den Schlitten so weit flußaufwärts zu bewegen, falls sie es überhaupt geschafft hätte, was höchst unwahrscheinlich war.

Rufus blieb vor seinem Haus stehen, hob Portia aus dem Sattel und ließ sie auf den Boden gleiten. »Geht schon hinein, und macht Euch fürs Bett bereit. Ich komme nach, sobald ich Ajax in den Stall gebracht habe.«

Ein befehlsgewohnter Mann, dachte Portia mit einem Anflug von Spott, der ihr Mut einflößte, da sie darin ein Zeichen sah, daß sie ihr Rückgrat nicht ganz eingebüßt hatte. Als sie das Haus betrat, umfing sie köstliche Wärme. Sie beugte sich über das eingedämmte Feuer und wärmte zitternd ihre erstarrten Hände an der Glut. Hinter dem Vorhang drang Geschnaufe und Gemurmel hervor. Sie erstarrte und spitzte die Ohren, doch war es wieder still geworden. Einer der Kleinen mußte geträumt haben.

Fünf Minuten später betrat Rufus leise das Haus und sah sie finster an. »Sagte ich nicht, Ihr sollt Euch für die Nacht zurechtmachen?«

»Mir war zu kalt, um nach oben zu gehen.«

»Es ist dort warm genug. Kommt.« Er deutete auf die Treppe. »Ich hoffe, daß Ihr heute mitbekommen habt, wie es in einem Militärlager zugeht. Falls es Euch noch nicht klar ist, sollt Ihr wissen, daß ich jetzt gewisse Maßnahmen ergreife, um für den Rest der Nacht garantiert Ruhe zu haben.« Er legte eine Hand auf ihren Rücken und schob sie energisch vor sich her.

Oben im großen Schlafgemach sagte Rufus brüsk: »Alles in allem war es ein anstrengender Tag, und meine Geduld nähert sich dem Ende. Ich weiß, daß Ihr völlig erschöpft seid, also tun wir einander den Gefallen, und gehen wir ohne ermüdende Diskussionen zu Bett.«

Er zog seine Handschuhe aus und öffnete seinen Mantel, um beides über das Fußende des Bettes zu werfen. Es folgte sein Lederkoller, dann setzte er sich auf die Truhe, um Stiefel und Strümpfe auszuziehen. Portia beobachtete ihn mit entsetzter Faszination, als er seinen Gürtel aufschnallte und seine Breeches abschüttelte.

»Um Himmels willen, benehmt Euch nicht wie ein Mondkalb!« In weißem Leinenhemd und Unterhose dastehend, sah er sie ungeduldig an. »Wollt Ihr angezogen schlafen? Wenn nicht, schlage ich vor, daß Ihr das Nachthemd nebenan anzieht.« Sich umdrehend, beugte er sich über den Waschtisch, benetzte sein Gesicht und fuhr sich mit nassen Händen durch Bart und Haar.

Portia drehte sich um, zog sich in den Apfelspeicher zurück und schloß energisch die Tür. Sie hatte nicht die leiseste Ahnung, was er mit gewissen Maßnahmen gemeint hatte, doch sah es aus, als würde sie endlich aus ihren zerrissenen und verschmutzten Sachen herauskommen und sich ins Bett verkriechen können. Diese Aussicht war zu verlockend, um Zeit mit Herumrätseln zu vertun.

Als sie die Bänder ihres Nachthemdes zuknüpfen wollte, zuckte sie vor Schreck zusammen, als an die Tür gepocht wurde. »Kommt, Portia. Ich bin bereit.«

»Wie bitte?« Sie starrte die geschlossene Tür an. Ihre Finger zitterten.

Die Tür ging ein Stück auf, und Rufus Decaturs blaue Augen spähten durch den Spalt. Er winkte sie mit dem Zeigefinger zu sich. »Ich bin sehr müde«, wiederholte er matt. »Kommt endlich.« Sein Ton duldete keinen Widerspruch, und Portia bewegte sich wie von einem Magneten angezogen zur Tür.

»Was werdet Ihr tun?« Alle ihre Ängste brachen sich Bahn. Sie war mit diesem halbnackten Mann allein in seinem Schlafgemach. Auch für den Fall, daß jemand sie hörte, würde niemand eingreifen, wenn der Herr von Decatur seinem Vergnügen frönen wollte.

»Schlafen«, sagte er kurz und bündig. »So wie Ihr. Aber da ich für eine Nacht schon genug unterwegs war, werde ich dafür sorgen, daß Ihr Euch bis zum Morgen nicht von der Stelle rührt.« Er griff nach ihrem Handgelenk und zog sie in sein Gemach.

Portia hatte das Gefühl, keinen eigenen Willen mehr zu haben. Stumm starrte sie ihn an, als er seinen Gürtel um ihre Taille schlang, das Leder durch die Schnalle führte, ohne es festzumachen und das freie Ende lose in der Hand behielt. Welche Abartigkeit hatte er vor?

»Zum Glück seid Ihr so dünn, daß der Gürtel locker bleibt und man sich rühren kann«, murmelte er und schlug die Decke zurück. »Ihr könnt unter der Daunendecke schlafen, und ich schlafe auf ihr, mit einer Matte zugedeckt. Auf diese Weise wird der Anstand gewahrt.« Plötzlich lachte er so echt belustigt auf, daß Portia schon glaubte, der Herr von Decatur hätte den Verstand verloren.

»Konvention und Anstand gelten bei uns nicht«, erklärte er. »Aber wir sind bereit, auf die Schwächen anderer Rücksicht zu nehmen. Würdet Ihr wohl unter die Decke schlüpfen?«

Portia war sprachlos.

»Hinein!« Er hob sie hoch und legte sie einfach mitten aufs Bett. »Hinlegen.« Dann warf er Decken über sie. Als er sich selbst hinlegte, zog er eine dicke Felldecke über sich. Er nahm das freie Ende des Gürtels, um es mit einer Hand um sein Handgelenk zu wickeln, und sicherte es mit einem komplizierten Knoten, den die entsetzte Portia für unauflöslich hielt.

»So, jetzt kann ich sicher sein, daß ich geweckt werde, falls Ihr vor Tagesanbruch wieder auf Fluchtgedanken kommen solltet, Mistress Worth.«

Zu Portias unbeschreiblicher Verwunderung gähnte Rufus Decatur herzhaft und schlief sofort ein.

Eine Weile lag sie reglos da und wagte kaum zu atmen. Noch vor einer Minute hatte sie erwartet, vergewaltigt zu werden, und jetzt lag sie so behaglich und sicher im Bett, als schliefe Jack neben ihr. Im Laufe der Jahre hatte sie Zimmer und Betten, Laken und Decken mit Jack geteilt, hatte seinen röchelnden Atemzügen gelauscht, hatte manchmal selbst den Atem angehalten und als kleines Kind angstvoll auf den nächsten Atemzug gewartet, da es den Anschein hatte, er hätte zu atmen aufgehört. Sie konnte sich lebhaft an die unglaubliche Erleichterung erinnern, die sie jedesmal erfaßte, wenn das Gerassel wieder einsetzte, da sein trunkenes Schnarchen das einzige Wiegenlied war, das sie jemals in den Schlaf gesungen hatte.

Tränen brannten in ihren Augen. Sie wischte sie ab, ängstlich darauf bedacht, ihren Bettgenossen nicht zu wecken. Die Wärme des Bettes ergriff von ihren kalten, müden Gliedern Besitz, das tiefe Federbett umschmiegte sie. Sie spürte einen leichten, nicht unangenehmen Druck um die Mitte, und als sie sich versuchsweise auf die Seite drehte, ging es ganz leicht.

Ihr Bettgenosse schnarchte leise, und nun wurden auch ihre Lider so schwer, daß Portia glaubte, sie hätte keine Minute länger wach bleiben können, selbst wenn sie auf den Beinen gewesen wäre, anstatt sich in diese Nestwärme zu kuscheln.

Rufus erwachte nach ein paar Stunden kurz vor dem ersten Hahnenschrei. Er war immer Frühaufsteher, mochte die Nacht auch noch so kurz oder das Gelage noch so ausgelassen gewesen sein. Seine Bettgenossin lag zusammengerollt auf der Seite in einem gewissen Abstand von ihm und atmete tief und regelmäßig. Er stützte sich auf einen Ellbogen und betrachtete die schlafende Gestalt. Ein wenig kam er sich vor wie ein Voyeur, doch waren ihre Begegnungen bislang so stürmisch ausgefallen, daß er sie nie in Ruhe hatte ansehen können. Und die vielen aufregenden Facetten, die Portia Worth ausmachten, reizten seine Neugierde.

Was Glück und Gunst betrafen, so hatte das Schicksal diesem Sproß der Granvilles die schlechtesten Karten zugedacht. Nicht einmal die wohlwollendste Beschreibung hätte die grellrote Haarflut, die ein blasses, eckiges Gesicht umrahmte, als brünett oder kupferrot bezeichnen können. Ihre momentan geschlossenen Augen waren wohl das Schönste an ihr. Als Gegengewicht in der Skala der Negativpunkte wogen sie freilich jämmerlich wenig. Ihre körperlichen Reize waren jene Aspekte an Portia Worth, die von geringstem Interesse waren. Wer sich ihrem unbezwingbaren, trotzigen Wesen gegenübersah, schenkte ihren Zügen kaum Beachtung. Sie mußte durch eine harte Schule gegangen sein, dachte er bei sich, und hat sie überstanden. Selbstmitleid gehörte nicht zu Portias Eigenschaften, obwohl sie weiß Gott genug Grund gehabt hätte, sich dem hin und wieder hinzugeben.

Er ertappte sich bei einem Lächeln und dachte ein wenig spöttisch, daß dies eine dumme Reaktion auf das Temperament seiner ihm vom Zufall zugespielten Geisel war. Das Pfand in seiner Hand war für ihn völlig wertlos. Dazu kam der Umstand, daß es sich nicht um ein fügsames, schüchternes Kind handelte, sondern um ein Geschöpf, das nicht daran dachte, sich ins Unvermeidliche zu fügen. Und das war der Gipfel.

Mit einem Ruck am Knoten löste er den Gürtel um sein Handgelenk und griff dann unter die Decke, um die Schnalle an Portias Taille zu öffnen. Er berührte Haut, seidenweiche, glatte Haut, so zart, daß seine Hand auch noch verweilte, als er merkte, daß ihr Nachthemd sich bis zur Taille hochgeschoben hatte und er die nackte Rundung ihres Gesäßes entlangstrich. Die Klugheit riet ihm, sowohl Gürtel als auch Bett sofort im Stich zu lassen, doch seine Finger schienen ihm nicht gehorchen zu wollen.

Sie setzten ihre köstliche Erkundungsreise fort, und die wundervolle Glätte ihrer Haut ließ seine Lenden erbeben. Es war ein wonniges Gefühl, eines, dem er ungern ein Ende bereitete. Plötzlich aber rührte sich Portia, murmelte etwas vor sich hin und streifte seine Hand wie ein lästiges Insekt weg. Widerstrebend ließ er seine Hand fallen und versetzte sich mühsam in die Realität des kalten Morgens zurück.

Er schlüpfte aus dem Bett, bereit, den Gürtel aufzugeben. Dann aber hob er ohne bewußte Absicht vorsichtig die Decke, fast schuldbewußt den fortgesetzt ruhigen Atemzügen lauschend. Ihre langen hellhäutigen Beine hatte sie angezogen, ihre Arme vor der Brust gekreuzt, und Rufus ertappte sich bei dem Gedanken, daß die schmalen, verletzlichen Umrisse ihrer Kehrseite etwas bemerkenswert Reizvolles und Verführerisches an sich hatten.

Was mache ich da? rief sich Rufus erschrocken zur Ordnung. Er kam sich wie ein Wüstling vor. Um sein Vorgehen irgendwie vor sich zu begründen, zog er mit grimmiger Konzentration und äußerster Vorsicht den Gürtel durch die Schnalle heraus und unter Portia hervor.

Ein wahres Wunder, daß sie weiterschlief. Rufus deckte sie zu, kleidete sich rasch an und ging auf Zehenspitzen hinunter. Von seinen Söhnen war kein Laut zu hören. Er trat hinaus in die graue Morgendämmerung und eilte durchs Dorf zu den Wachtposten. Die kalte Luft klärte seinen Kopf und dämpfte sein Verlangen, und als er den Posten erreichte, war er fast geneigt, die ganze Episode für die Nachwirkung eines erotischen Traumes zu halten.

9

Es lag nichts vor, was auf ungewöhnliche nächtliche Vorkommnisse in der Gegend schließen ließ. Die Zugänge zum Dorf waren von den Posten auf den Hügeln ringsum einsehbar, und die Nacht war mondhell gewesen. Als Rufus ins Dorf zurückkam, stieg die Sonne über die flachen Hügel im Osten. Rosige und orangerote Finger tasteten sich über den fahlen Himmel. Wieder würde es einen strahlenden Wintertag geben.

Als er die Kantine betrat, mußte er sich unter dem niedrigen Türstock bücken. Ein älterer Mann blickte vom Herd auf, während er Porridge umrührte. »'n Morgen, Herr. Ihr wollt frühstücken?«

»Ja, Bill.« Rufus streifte seine Handschuhe ab, erstaunt, daß er Hunger verspürte. »Sieht aus, als wäre ich der erste.«

»Oh, die Kleinen waren eben schon da.« Der Koch löffelte Porridge in eine irdene Schüssel, die er vor Rufus hinstellte. Dann brachte er einen Krug mit Sahne und eine Schüssel mit dickem, dunklem Sirup.

»Die sind schon auf?« Rufus goß Sahne auf den Brei, löffelte Sirup darauf und rührte hungrig und in vollem Vorgeschmack des Genusses um. »Haben sie gegessen?«

»Sie stibitzten ein Brot und rannten wieder hinaus«, bemerkte Bill in aller Gemütsruhe. »Sie waren in heller Aufregung wegen der Welpen.«

»Ach – sag bloß, Tods Hündin hat schon geworfen?« Rufus seufzte. »Seit Tod es ihnen sagte, plagen sie mich damit. Jeder möchte einen Hund.«

»Da steht Euch ein harter Kampf bevor«, grinste Bill. »Möchtet Ihr etwas Kalbsbries?«

Rufus nickte kauend, schluckte und sagte: »Ist Josiah schon hinüber ins Haus gegangen?«

»Ja, vor einer halben Stunde. Er wollte nachsehen, ob das Mädchen etwas braucht.« Bill warf seinem Herrn einen schlauen Blick zu, als er Bries in eine Bratpfanne schnitt. Da es eine feine Dame in der Decatur-Festung noch nie gegeben hatte, wurden unter den niedrigen Diensträngen, die mit dem Kommandanten nicht so vertraut waren, die wildesten Vermutungen angestellt.

»Gut«, war die Antwort, mit der Bills Neugierde sich begnügen mußte. Rufus widmete sich weiterhin intensiv seinem Frühstück. Da er auf ein verängstigtes, unschuldiges Kind als Geisel gefaßt gewesen war, hatte er Josiah, der sonst in der Kantine aushalf und sich in Abwesenheit ihres Vaters um Lukes und Tobys Bedürfnisse kümmerte, mit der Aufgabe betraut, sich Olivias anzunehmen. Josiah war ein älterer Mann, ruhig und gütig, so daß Rufus angenommen hatte, seine junge Geisel würde ihn weniger furchteinflößend finden als die anderen. Ob die Geisel, die ihm nun dummerweise in die Hände gefallen war, dieser Rücksicht bedurfte, war eine andere Frage.

Bis Rufus mit dem Essen fertig war, hatte sich die Kantine mit anderen Hungrigen gefüllt. Er verließ den lärmerfüllten Raum und trat wieder hinaus in den frischen Morgen, um sich auf die Suche nach seinen Söhnen zu begeben. Noch ehe er Tods Scheune erreichte, hörte er ihre Stimmen. Und diesmal klang ihr aufgeregtes Geplapper durchaus harmonisch. Als er eintrat, sprangen sie ihm entgegen. Aus ihren zwei hellblauen Augenpaaren strahlte blankes Staunen.

»Sieh dir die Hündchen an, Papa!« Sie faßten nach seinen Händen und zogen ihn zum Strohnest, in dem die rote Setterhündin mit ihrem neuen Wurf lag.

»Sie sind blind, Papa!« quiekte Luke, an der Hand seines Vaters schwingend. »Sie sind zu klein, um etwas zu sehen.«

»Waren wir auch blind?« fragte Toby neugierig. Er kniete nieder, um den Kopf der Hündin geübt mit seiner Grübchenhand zu streicheln.

»Nein, menschliche Babys können ihre Augen gleich nach der Geburt öffnen.« Rufus ging neben seinem Sohn in die Hocke, um den Wurf zu bewundern.

»Wenn sie groß genug sind, bekommen wir zwei«, eröffnete Toby seinem Vater. »Tod sagte, wir dürften sie haben.«

»Wir müssen uns aussuchen, welche!« krähte Luke. »Eeene meene muh …«

Es war noch zu früh am Morgen, um sich dem Sturm zu stellen, doch konnte sich ihr Vater nicht leisten, den Eindruck stummer Einwilligung zu erwecken. »Ihr seid noch zu klein für eigene Hunde.« Rufus erwischte Lukes Zeigefinger, ehe er eines der weichen braunen Fellbündel zufällig treffen konnte.

»Aber wir möchten sie!« setzte sein kleiner Bruder hinzu. »Tod sagte, wir dürften!«

»Erst mit sieben«, bestimmte Rufus und stand auf, seine Söhne mit sich ziehend. »Sieben ist das richtige Alter. Mit sieben bekam ich meinen ersten Hund.«

»Dann kriege ich meinen vor Luke!« rief Toby, auf den Zehenspitzen tänzelnd. »Hörst du, Luke, ich kriege meinen zuerst.«

»Aber das ist ungerecht!« heulte Luke, den Tränen nahe. »Das geht nicht, daß er ihn zuerst bekommt!«

Zu spät merkte Rufus, worauf er sich eingelassen hatte. Was immer er nun tat, einer der beiden würde es als ungerecht empfinden. »Die Frage wird erst in drei Jahren aktuell«, knurrte er mit finsterem Blick. Die Buben sahen noch unordentlicher aus als sonst. Ihre Wämse waren nur halb zugeknöpft, ihre Augen noch schlaftrunken, Brotkrümel und kleine Tröpfchen hingen um ihre kleinen, runden Münder. Sie mußten im Augenblick des Erwachens aus dem Bett gepurzelt sein, wie es ihre Gewohnheit war, einer der Gründe, weshalb sie lieber angezogen schliefen.

Vermutlich keine gute Angewohnheit, dachte Rufus, als ihm einfiel, daß Portia trotz ihres eigenen Ungemachs am Abend zuvor Mißbilligung geäußert hatte. Er selbst hatte sich noch nie Gedanken darüber gemacht, doch hatten die beiden gestern wirklich verwahrlost ausgesehen.

»Ihr beide gehört unter die Pumpe«, erklärte er und nahm je ein Kind unter den Arm.

Diese Ankündigung ließ sie die Hündchen vergessen und machte sie zu Verbündeten. Unter Protestgeschrei und heftigem Gestrampel wurden sie aus der Scheune getragen, je einer unter einem väterlichen Arm.

Portia schlug zwinkernd ihre Augen auf. Es war heller Tag, und die Erinnerungen an den Tag und die Nacht zuvor überfielen sie mit einer Woge von Angst und Wut. In dem Bett, das sie mit Rufus Decatur geteilt hatte, lag sie nun allein. Sie tastete nach dem Gürtel. Er lag nicht mehr um ihre Taille.

»Schon wach, Mädchen?« Sie hörte eine Männerstimme vom anderen Ende des Raumes, und Portia kämpfte sich schlaftrunken auf einen Ellbogen hoch.

Ein alter Mann drehte sich vor dem Waschtisch um, auf den er einen Krug mit heißem Wasser neben die Wasserkanne gestellt hatte. Sein rosiges Gesicht zierte ein buschiger weißer Schnurrbart, sein schimmernder Kahlkopf trug einen ebenso üppigen Haarkranz. Blasse blaue Augen betrachteten Portia aufmerksam.

»Wer seid Ihr?« fragte Portia.

»Ich bin Josiah und habe den Auftrag, mich um Euch zu kümmern. Hier ist Wasser zum Waschen.« Er deutete auf den Waschtisch.

»Wie umsichtig von Lord Rothbury«, sagte Portia ätzend. »Wie spät ist es?«

»Acht vorbei.« Josiah schien ihr Ton nicht zu stören. »War das Bett im Apfelspeicher nicht gut genug?«

»Euer Herr muß wohl dieser Meinung gewesen sein«, gab Portia unvermindert schnippisch zurück. Sie setzte sich gähnend auf, streckte die Arme über den Kopf und verschränkte ihre Finger.

»Hm, er wollte wohl eine Bettgefährtin?« Josiah nickte weise.

»Nicht so wie Ihr denkt«, fuhr Portia ihn an. Sie schob die Decke beiseite und schwang die Beine aus dem Bett. »Lord Rothbury hielt mich im Bett fest, aus Angst, ich könnte erneut Reißaus nehmen.«

»Ja, ich hörte davon«, grummelte Josiah. »Ihr habt Bertrams Schlitten entwendet. Seine Laune war heute nicht die beste, kann ich Euch sagen. Er mußte gehen und das Ding holen.«

»Laßt mich nicht vergessen, daß ich mich bei ihm entschuldige«, sagte Portia mit spöttischem Lächeln. »Seid versichert, daß ich nicht die Absicht hatte, einem Dieb und Briganten Verdruß zu bereiten.«

»Hm, heute ist jemand mit dem falschen Fuß aufgestanden«, bemerkte Josiah gelassen. »Vielleicht werdet Ihr nach dem Waschen besser gelaunt sein.« Er ging an den Waschtisch und goß heißes Wasser in die Kanne. »Hier, ein Stück Lavendelseife.« Sein erwartungsvoller Blick traf Portia.

»Ich werde mich nicht nackt vor Euch ausziehen«, wehrte sie ab. »Oder wurde Euch befohlen, mich nicht aus den Augen zu lassen?«

»Gott bewahre, nichts dergleichen. Meinetwegen macht Euch keine Sorgen. Ich hab' schon mehr gesehen, als Ihr zu zeigen habt.« Josiah ging leise vor sich hinlachend zur Tür. »Ein mageres kleines Ding wie Ihr ...«

»Ja, wie recht Ihr habt.« Portia löste die Bänder ihres Nachtgewandes.

Unten wurde die Tür aufgerissen, schrilles Protestgeschrei drang herauf. Rufus' Stimme übertönte das kindliche Gejammer. »Josiah?«

»Ja, Mylord. Was soll der Lärm?« Josiah lief hinunter in die Küche, wo Rufus die Jungen hingestellt hatte, sie aber an den Kragen festhielt.

»Die Kinder gehören unter die Pumpe«, kündigte Rufus an. »Halte Toby fest, während ich Luke aus diesen verdreckten Sachen schäle.«

Portia konnte sich nicht genug wundern. War der Mann komplett verrückt oder nur völlig herzlos? Sie rief vom oberen Ende der Treppe hinunter: »Um Himmels willen, Decatur, man kann sie nicht unter die Pumpe stellen. Wir haben Frost!«

Die Jungen noch immer festhaltend, trat Rufus ans untere Treppenende. Er blickte hinauf und sah ein Paar bloße Füße und lange weiße Beine. »Ihr seid noch nicht angezogen?«

»Euch ist es zu verdanken, daß meine Sachen unbrauchbar sind.« Hastig entzog sie sich seiner Sicht, griff nach einer Decke und wickelte sie wie eine Toga um sich, ehe sie hinunterging.

Die Kleinen, die verstummt waren, sahen sie hoffnungsvoll

an. »Es ist zu kalt für die Pumpe«, erklärte Toby. »Sie hat es eben gesagt.«

»Natürlich ist es zu kalt«, wiederholte Portia mit Bestimmtheit. »Etwas Absurderes und Grausameres konnte Euch wohl nicht einfallen. Es ist Januar.«

Rufus schien verärgert, aber auch verdutzt. »Für wüste Anschuldigungen liegt kein Grund vor«, sagte er steif.

»Ach, Ihr meint, ich bezichtige Euch zu Unrecht der Grausamkeit?« Portia sah ihn mit kalter Verachtung an. »Meine Erlebnisse in dieser Räuberhöhle rechtfertigen diese Anschuldigung. Wenn ich bedenke, daß diese Art von Gastfreundschaft Olivia zugedacht war, könnte ich Euch glatt umbringen!«

Rufus ließ die Kinder los. »Gut, Portia, hier ist nicht der Ort für Streit. Ihr wurdet nicht grausam behandelt, wenngleich Euch eigene Absichten darüber freistehen. Aber Eure Erfahrungen haben nichts damit zu tun, wie ich mit meinen Kindern umgehe. Davon habt Ihr keine Ahnung. Übrigens gebe ich Euch recht, daß es zu kalt ist, um sie im Freien zu waschen. Das hatte ich nicht bedacht. Es ist nur so, daß ich sie immer unter die Pumpe stelle, wenn sie so verdreckt sind.«

In seinem Blick blitzte eine Warnung auf.

»Nun, das sind sie unbestritten.« Portia betrachtete die Knaben mit kritischem Stirnrunzeln. »Viel Erfahrung mit Kindern habe ich nicht, aber Ihr könntet sie in einem Zuber oder dergleichen baden.«

Das Blitzen in Rufus' Augen war erloschen. »Sie würden keine Sekunde stillhalten«, sagte er düster. »Und sie würden so viel Wasser verspritzen, daß die ganze Küche schwimmt.«

Portia hätte am liebsten laut aufgelacht. Einfach absurd! Der Herr von Decatur gab vor diesen zwei Knirpsen klein bei! Sie setzte sich auf die unterste Stufe und stützte ihr Kinn auf die verschränkten Hände. »Ihr müßt sie ausziehen, abseifen und ihnen saubere Sachen anziehen. Dann werden sie viel adretter aussehen.«

Rufus schien zu überlegen. »Ich mache Euch einen Vorschlag«, sagte er schließlich. »Ihr und Josiah befaßt Euch mit den Kindern, während ich saubere Sachen für Euch suche. Einverstanden?«

Portia sah die Knaben an, die sich ans andere Ende der Küche zurückgezogen hatten und den Eindruck erweckten, sie würden bei der ersten gegen sie gerichteten Bewegung aus der Hintertür flitzen. »Hm, ich glaube, Ihr habt Euch den leichteren Teil ausgesucht.«

»Wie Ihr meint. Wenn Ihr in die Decke gewickelt bleiben wollt, soll es mir recht sein«, sagte Rufus von oben herab. »Tatsächlich wäre es nicht unpraktisch. Die Decke kettet Euch ans Haus wie eine Fessel. Ich mache mein Angebot rückgängig.«

»Ihr seid ein unverbesserlicher Schuft«, knirschte Portia. Sie spürte, daß sie beide einem Augenblick des Einverständnisses gefährlich nahe gekommen waren.

»Hütet Eure Zunge!« Josiah hatte seine gewohnte Ruhe verlassen. »So spricht man nicht mit dem Herrn.«

»Ach, Mistress Worth anerkennt keinen als Herrn«, sagte Rufus. »Ist es nicht so?« Er zog fragend eine Braue hoch. »Ist es nicht so?« wiederholte er, als sie keine Antwort gab.

»Es müßte jemand sein, der den Titel zu Recht trägt«, schnappte sie. »Und damit rechne ich nicht, jedenfalls nicht in diesem Leben.« Sie erhob sich, um wieder nach oben zu gehen.

Rufus reagierte blitzschnell, umfaßte ihre Taille und hob sie wieder herunter in die Küche. Er legte ihr seinen Arm um die Schultern und sah ihr lächelnd in ihr wütendes Gesicht. »Kommt, Portia, es war nur ein Scherz. Ich schlage einen Waffenstillstand vor. Helft Josiah mit den Kleinen, und ich suche Euch frische Sachen. Es ist ein schöner Morgen, und wenn Ihr versprecht, nicht wieder Streit anzufangen, mache ich mit Euch einen Rundgang durch das Dorf.«

Das war eine solche Kehrtwendung, daß Portia momentan die Worte fehlten. In seinen blauen Augen tanzten Lachfünkchen, sein Mund verzog sich zu einem unerwartet liebenswerten Lächeln. »Friede?« Er tippte mit dem Zeigefinger auf ihre Nasenspitze.

O Gott, wie sie ihn haßte! Wieder spürte sie, wie er sie manipulierte, wie er männliche Falschheit und Überheblichkeit einsetzte, um sie gefügig zu machen. Wie konnte er wissen, daß ihr Blut in Wallung geriet, wenn er sie so ansah und anfaßte? Unter seinem Lächeln, das tiefes Wissen um die Welt und sogar um sie zu verraten schien, schmolz ihr Widerstreben. Er wußte es ganz genau und nutzte es für seine Zwecke aus.

Seine starke Persönlichkeit und seine Nähe bestimmten ihre Reaktion, so daß ihr eigenes Empfinden, das ihr sagte, was unter diesen Umständen vernünftig und angebracht war, sich nicht durchsetzen konnte.

Rufus ließ ihre Schultern los, und Portia trat mit halberhobenen Händen zurück, als gelte es, etwas abzuwehren.

»Friede«, sagte sie in einem Ton, der ihr selbst fremd in den Ohren klang. Dann drehte sie sich abrupt zu den Kindern um und packte Luke, der sich sofort in ein quiekendes Bündel strampelnder Gliedmaßen verwandelte, während Josiah Toby zu fassen bekam, als dieser unter dem Tisch Schutz suchen wollte.

Rufus stand da, ohne zu merken, daß er lächelte, als er sich fragte, was er an seiner Zufalls-Geisel so ungeheuer anziehend fand. Ihre Abwehr und Widerspenstigkeit konnten nicht verhindern, daß er hin und wieder einen Blick hinter ihre Feindseligkeit tun konnte, und was er dann sah, fand er absolut bezaubernd.

Es war beunruhigend. Er drehte sich um und ließ das aufgeregte Durcheinander, das im Haus herrschte, hinter sich.

Als er eine halbe Stunde später wiederkam, waren seine Söhne sauber angezogen und erstaunlich still. Feuchte Locken klebten an ihren Köpfen, die Gesichter waren sauber geschrubbt. Immer wieder schaudernd wie frisch gebadete junge Hunde, blickten sie ihren Vater mit großen, anklagenden Augen an.

»Ich friere«, schnatterte Toby vorwurfsvoll.

»Wir beide frieren«, ließ sein Bruder sich vernehmen.

»Das kommt davon, daß ihre Haut nicht an frische Luft und Wasser gewöhnt ist«, sagte Portia. »Wir mußten ihnen den Schmutz buchstäblich abschaben.«

»Nun, ich habe meinen Teil des Abkommens erfüllt. Was haltet Ihr davon?« Als Rufus ihr ein Bündel reichte, lag ein sonderbarer Schimmer in seinen Augen, der Portias Wachsamkeit sofort auf den Plan rief.

»Ich gehe jetzt, Herr.« Josiah ging, gefolgt von Luke und Toby, zur Tür, als Portia das Bündel so behutsam entgegennahm, als befürchte sie, gebissen zu werden.

»Was ist das?« fragte sie.

Rufus grinste. »Seht oben selbst nach. Es ist eine Überraschung.«

»Eine angenehme oder unangenehme?«

»Das weiß ich nicht. Etwas anderes konnte ich nicht finden. Unser Vorrat an Kleidung ist begrenzt.«

Überzeugt, es müsse sich um eine unangenehme Überraschung handeln, trug Portia das Bündel hinauf. Vermutlich hatte er ihr einen groben Wollrock und einen Leinenunterrock gebracht, Sachen, wie die Leute auf dem Land sie trugen. Aber der Not mußte man sich fügen, und wenn die Sachen sauber waren, würde sie sich nicht beklagen.

Nachdem sie das Bündel aufs Bett gelegt und aufgeschnürt hatte, starrte sie die Sachen verblüfft an, um dann ein Stück nach dem anderen zu nehmen und glattzuschütteln. Breeches aus Wildleder, wollene Strümpfe und Strumpfbänder, ein Hemd aus ungebleichtem Leinen, Unterhosen aus Wollstoff, ein ärmelloses Wams aus dunklem Kammgarntuch und ein flauschiger Friesmantel. Sogar ein Gürtel war dabei sowie ein Paar Handschuhe als Ersatz für die zerrissenen. Rufus hatte an alles gedacht.

Ihr Staunen wich hellem Entzücken. Immer schon hatte sie

sich gewünscht, die hinderlichen Frauenkleider ablegen zu können. Hier nun war ihre Chance.

Das Wasser, das Josiah ihr vorhin gebracht hatte, war nur mehr lau, doch wusch sie sich gründlich, vor Kälte zitternd, aber energisch. Dann zog sie sich mit fast müßigem Wohlbehagen an, das Gefühl der Kleidungsstücke voll auskostend. Sie setzte sich aufs Bett, um ihre eigenen Stiefel anzuziehen, dann stand sie langsam auf und strich mit den Händen über ihre Hüften, die sich in der Hose ungewohnt deutlich abzeichneten. Diese Sachen vermittelten ihr ein wundervolles Gefühl der Freiheit, dazu kam, daß sie einen viel wirksameren Schutz gegen die Kälte bildeten. Alles in allem eine gewaltige Verbesserung, entschied Portia. Doch es gab keine Spiegel in Rufus' Schlafgemach, so daß sie nicht wußte, wie sie darin aussah.

Rufus, der mit dem Rücken zur Treppe stand, als sie herunterkam, drehte sich um, als er ihre Schritte hörte. »Nun, gefallen Euch die Sachen?« fragte er mit hochgezogenen Brauen. Er betrachtete sie über den Rand seines Humpens hinweg, als er einen Schluck Ale trank.

»Ich war immer schon der Meinung, ich hätte als Junge zur Welt kommen sollen«, sagte Portia. »Ich bin nicht gebaut wie eine Frau und habe keine weiblichen Rundungen.«

»Das würde ich nicht sagen«, murmelte Rufus nachdenklich. »Dreht Euch um.«

Portia gehorchte.

Rufus' Augen wanderten über ihre schlanke Gestalt. In den Hosen wirkten ihre Beine noch länger. Das Wams umspannte ihre Hüften und wurde um die Mitte von einem Gürtel zusammengehalten.

»Es paßt Euch«, verkündete er schließlich mit anerkennendem Blick.

Portias unwillkürliches Lächeln drückte so großes Entzücken aus, daß Rufus zutiefst gerührt war. Er hatte das Gefühl, daß sie in ihrem Leben nicht viele Komplimente zu hören bekommen hatte. Es sei denn, fremde Hände waren mit dieser exquisiten Haut in Berührung gekommen, und ein anderer hatte an dem unbeugsamen Wesen, das sich in einem Paar weit auseinanderstehender schräger, tiefgrüner Augen spiegelte, Gefallen gefunden.

»So, jetzt seid Ihr angekleidet, und wir können unseren Rundgang unternehmen«, sagte er in seinem üblichen bestimmten Ton und reichte ihr den Mantel. »Zieht ihn an.«

»Ich wüßte nicht, warum ich einen Rundgang in einem Räubernest machen sollte«, erwiderte Portia, den Mantel automatisch entgegennehmend. »Ihr mögt der Meinung sein, daß es zu den Pflichten eines aufmerksamen Gastgebers gehört, doch kann ich gern darauf verzichten.«

Der Waffenstillstand war abgelaufen.

Rufus sah sie unverwandt und mit diamantharten Augen an. »Irrtum, Mistress Worth. Dieser Rundgang dient nur dem Zweck, mir weitere Unannehmlichkeiten zu ersparen. Ihr sollt sehen, daß jeder weitere Fluchtversuch vergeblich wäre. Von hier könnt Ihr nicht unentdeckt entkommen.«

»Und wie lange wollt Ihr mich hier festhalten?«

»Das habe ich noch nicht entschieden«, sagte er knapp.

»Aber Ihr wißt bereits, daß Lord Granville für mich kein Lösegeld zahlen wird.«

»Meine Entscheidung gründet sich nicht unbedingt auf Catos Vorgehensweise.«

Portias Mund war wie ausgedörrt. »Werdet Ihr mich töten?«

»Wie kommt Ihr denn auf diese Idee?« Rufus sah sie unwillig an.

»Ihr seid ein Dieb und Entführer. Ihr haßt die Granvilles, und ich bin eine Granville«, stellte sie fest und versuchte, das blaue Feuer in seinem Blick zu übersehen, den Puls, der an seiner Schläfe schneller pochte.

Nun trat gespanntes Schweigen ein, ehe Rufus mit kalter Endgültigkeit erklärte: »Diese Anschuldigungen mißfallen mir.

Seid auf der Hut. Ihr wißt nichts über mich. Und ehe Ihr nicht mehr wißt, haltet Eure Zunge im Zaum.« Er nahm ihren Arm und geleitete sie hinaus auf die Straße.

Er ging so rasch, daß er sie fast mit sich ziehen mußte und sie nur mühsam mit ihm Schritt halten konnte. In einem Ton, der seinen fortgesetzten Ärger heraushören ließ, gab er ihr Informationen, von denen jede Einzelheit sich auf die Uneinnehmbarkeit der Festung und die absolute Autorität ihres Herrn bezog.

Nicht ein einziges Mal hielt er inne, und er verlangsamte seinen Schritt auch nicht, während er mit brüskem Nicken zur Kenntnis nahm, wenn die Männer salutierten – Männer, die exerzierten, Piken schärften oder Musketen ölten. Das Lager summte förmlich vor militärischen Aktivitäten. Portia war enttäuscht, als sie feststellte, daß sie nach den ersten, ein wenig neugierigen Blicken nicht mehr Aufmerksamkeit erregte als ein Hund, der den Herrn über Decatur auf seinem Rundgang begleitete. Stellte denn hier niemand in Frage, was er tat?

Sie unternahm erst gar nicht den Versuch, seinen Redefluß zu unterbrechen, und unwillkürlich regte sich in ihr eine Ahnung, wie es kam, daß die Männer von Decatur ihrem Gebieter mit unbestrittener Hochachtung begegneten.

Mochte er ein Geächteter sein, der Anführer einer Bande von Briganten, so verfügte er doch über achtunggebietende Autorität und stand dem dörflichen Lager mit überlegenem militärischem Verstand vor. Sie wußte noch, daß Jack bei der Erwähnung von Rufus Decatur nie vergessen hatte hinzuzufügen, daß dieser ein würdiger Gegner sei. Trotz seiner Verachtung für das Brigantentum brachte ihr Vater dem Mann, der nur seiner Rache lebte, wider Willen Respekt entgegen. Ähnlichen Respekt hatte sie auch an Cato bemerkt. Er hatte hinter seinem Interesse an ihrer Begegnung mit Decatur gesteckt, hinter seinem Verlangen, auch die kleinste Einzelheit zu erfahren.

Nach diesem erzwungenen Rundgang durch das Dorf werde ich Cato sicher ein paar wichtige Einzelheiten berichten können, dachte sie plötzlich. Und wieder lief ihr ein Angstschauer über den Rücken. Gewiß würde Rufus Decatur sich zu jemandem aus dem feindlichen Lager nicht so freimütig äußern, wenn er beabsichtigte, ihn unversehrt freizulassen, oder?

»Jetzt gehen wir hinauf zum Wachtposten.« Die knappen Worte ihres Begleiters rissen sie aus ihren Gedanken. Er deutete auf den Hügel, von dem der Rauch eines Wachtfeuers in die Höhe stieg. »Man hat Euch durch den östlichen Teil des Tales zu uns gebracht. Auf allen Erhebungen der Cheviots gibt es bis zur Grenze Posten. Ebenso längs des Flusses, zehn Meilen nach jeder Seite, wie Ihr letzte Nacht selbst feststellen konntet.«

Als Portia ihn keiner Antwort würdigte, fuhr Rufus in unverändertem Ton fort: »Mein Vetter Will hat alle Posten unter sich und erhält alle ihre Lageberichte. Ihr habt ihn gestern kennengelernt.«

Als sie bergan stiegen, fiel Rufus auf, daß Portias Gang sich verändert hatte. Sie ging mit wiegenden Hüften und ausgreifenderen Schritten, da sie sich offenbar an die Freiheit, die die Hosen boten, gewöhnte. In seiner momentanen Stimmung wurmte es ihn, daß er es bemerkt hatte.

Als sie bei Will anlangten, zeigte dieser an Portia weitaus mehr Interesse als seine Kameraden im Dorf. »Das ist aber eine ganz neue Aufmachung«, bemerkte er.

»Etwas anderes hatten wir nicht auf Lager«, erklärte Rufus. »Nach letzter Nacht sind ihre Sachen völlig unbrauchbar.«

Will nickte, als sei ihm alles klar, und Portia hüllte sich in eisiges Schweigen. Ihr war klar, daß Will ebenso wie Josiah von ihrer demütigenden erzwungenen Rückkehr wußte. Sie konnte sich denken, daß sie im Lager Tagesgespräch war.

Rufus faßte wieder nach Portias Ellbogen und führte sie fort vom Feuer. »Seht Euch um. Auf jedem Gipfel brennt ein Wachtfeuer.«

Portia verschränkte die Arme vor der Brust. »Ihr habt das schon mehrfach gesagt.«

»Dann habt Ihr begriffen«, sagte er nüchtern. »Den Rückweg lasse ich Euch allein gehen. Ich habe schon genug Zeit mit Euch vertan und habe Wichtigeres zu tun.« Damit machte er auf dem Absatz kehrt und eilte hinunter ins Dorf.

Portia verschlug es die Sprache. Ihre früheren Ängste verflogen unter einer Aufwallung von Wut. Wie konnte er es wagen, ihr seine Mißachtung mit beleidigender Gleichgültigkeit vor Augen zu führen? Das wollte sie ihm heimzahlen. Sie lief ihm nach und gewann auf dem glatten Untergrund rasch an Geschwindigkeit.

Als sie einen kleinen Steinhaufen übersprang, blieb sie mit dem Fuß an einem Eisstück hängen, fiel auf die Kehrseite und rutschte mit einem Aufschrei den Pfad hinunter, um gegen Rufus' Beine zu prallen. Er verlor das Gleichgewicht und fiel um, alle viere von sich streckend. Seine Gliedmaßen gerieten mit jenen Portias in Konflikt, während sie gemeinsam unaufhaltsam bergab schlitterten.

Rufus rollte sich seitwärts weg, riß sie mit sich und grub seine Fersen ins Eis. Ihr Kopf steckte unter seinem Kinn, seine Arme umfingen sie. Er konnte ihre Rippen spüren, ihren beschleunigten Herzschlag, ihre langen Beine, die seinen in die Quere kamen. Sie versuchte, sich von ihm zu befreien, und verwünschte ihn als arroganten, ungeschickten Kerl. Ihr vor Entrüstung gerötetes Gesicht war ihm zugewendet, seinem Blick so nahe, daß er in den blitzenden Augen nur etwas hell Verschwommenes und lodernden Zorn sah.

Sein Griff wurde fester, und er hielt ihren Befreiungsversuchen stand. »War das Absicht?« fragte er knurrend, als ihr wortreicher Zornausbruch kein Ende nehmen wollte.

»Und wenn schon?« schleuderte sie ihm atemlos und vor Wut kochend entgegen.

Ein Augenblick der Stille trat ein. Portia sah, wie er die Augen zusammenkniff, wie es gefährlich in ihnen aufblitzte und sie in Erregung versetzte. Das Schweigen dehnte sich immer mehr in die Länge, bis es sie einzuhüllen und in einen Schwebezustand zu versetzen schien.

Dann gab er ihren Körper frei und nahm ihren Kopf zwischen beide Hände. Seine Finger griffen in ihr zerzaustes Haar. Er veränderte seine Position, so daß seine Beine ihre festhielten und sie auf den Boden drückten. Sie spürte jede Linie seines kraftvollen Körpers an sich, spürte, wie er sich ihr förmlich einprägte. Sie spürte seine Hitze, die Wärme seines Atems.

»Mistress Worth, es gibt so etwas wie Wiedergutmachung«, murmelte er und nahm ihren Mund in Besitz. Diesmal war es kein leichter, flüchtiger Kuß, keine Tändelei. Es war eine harte Besitzerklärung. Unwillkürlich öffnete sich ihr Mund der drängenden Forderung seiner Zunge, und sie spürte, wie er die warme, weiche Höhlung erforschte und auskostete. Dann begannen ihre Zungen zu tänzeln, und sie kostete ihn, ertastete die Konturen seines Mundes und ließ ihre Zunge über seine Zähne gleiten, in seine Wangenhöhlen. Ihre Augen schlossen sich über roter Dunkelheit, und ihr Blut raste vor Erregung. Als sie seine harte Wölbung an sich spürte, umfaßte sie seinen Rücken und knetete seine festen Gesäßbacken. Er griff tiefer in ihr Haar, packte sie fester und hob dann seinen Kopf.

Rufus blickte in ihr gerötetes Gesicht, sah die geschwollenen Lippen, ihren verhangenen Blick. Nach wie vor hielt er sie fest, mit seinem Körper und mit den Händen in ihrem Haar, und rührte sich eine Weile nicht. »Warum habe ich das getan?« Sein Lächeln verriet Verwunderung und eine gewisse Nachdenklichkeit. »Es war so gar nicht meine Absicht.«

Portia fuhr mit der Zunge über ihre Lippen. »Was war dann Eure Absicht?«

»Etwas viel weniger Angenehmes«, gab er mit demselben Lächeln zurück. »Aber wenn es um dich geht, du widerspenstiger kleiner Spatz, bereite ich mir stets wieder selbst eine Überraschung.«

Er gab ihr Haar frei und stand auf, um sich Mantel und Breeches abzuklopfen. »Steh auf.« Er nahm ihre Hände und zog Portia hoch.

Portia strich ihr Haar mit beiden Händen zurück und bemühte sich, die zerraufte Mähne zu glätten und ihre Empfindungen zu ordnen. Sie hatte das Gefühl, die Erdachse hätte sich verschoben, so daß sie Mühe hatte, am steilen Abhang gerade zu stehen.

Aus Rufus' Blick sprach noch immer Verblüffung. »Du bist wirklich ein Spatz«, murmelte er. »Nur Beine und zerrauftes Gefieder.« Bergauf blickend fragte er sich, ob jemand diesen wahnwitzigen Moment beobachtet hatte, und als er es tat, erscholl von einem Hügel im Norden ein Trompetenstoß, der im ganzen Tal widerhallte.

Alle Gedanken an Tändelei, alle Reste von Verblüffung waren vergessen. Das Signal bedeutete nur eines: Ein Posten hatte eine ungewöhnliche Beobachtung gemacht. Er lief los, wieder den Hügel hinauf.

Portia blieb stehen, nach wie vor bemüht, Ordnung in ihre Empfindungen zu bringen. Wieder ertönte der Trompetenstoß, und sie lief ohne zu überlegen Rufus nach. Das Signal hatte so dringend, so elementar geklungen, daß man ihm folgen mußte.

Will, der vor Aufregung kaum an sich halten konnte, reichte Rufus ein Fernglas, als dieser bei ihm ankam. »Truppen im Norden, auf vier Uhr.«

»Granville?« Rufus wischte mit dem behandschuhten Daumen über das Glas, ehe er es ans Auge führte. Keiner der beiden bemerkte Portias Kommen.

»Glaube ich nicht. Sie führen nicht die Granville-Flagge.«

Rufus beobachtete den Reitertrupp, der etwa fünf Meilen weit entfernt durch die öde Gegend ritt. »Sieht mir nach der Standarte Levens aus«, sagte er. »Kavallerie, fünfzehn oder zwanzig Mann. Was mag ihr Ziel sein?«

»Egal, welches, wir halten sie auf.« Will grinste von einem Ohr zum anderen.

Rufus setzte sein Fernglas ab. »Da wäre ich nicht so sicher«, sagte er im Scherzton zu Will.

Wills Grinsen wurde breiter. »Wie viele von uns?«

»Dreißig. Piken und Musketen. Brustpanzer und Handschutz. Sag den Leuten, sie sollen die Mäntel vorne schließen. Unsere Kampfausrüstung bleibt versteckt, bis wir den Gegner vor uns haben.«

»Gut. Soll ich zu den Waffen rufen?«

»Ja, ganz schnell.« Rufus, der sich umdrehte, schien nun erst Portia zu bemerken. »Steh nicht im Weg herum«, ordnete er so befehlsgewohnt an, als hätte es den brisanten Moment auf dem Pfad nicht gegeben. Dann machte er sich auf den Weg bergab, nicht so hastig diesmal, während hinter ihm zwei Trompetenstöße erklangen, die Portia Schauer der Hochspannung über den Rücken jagten.

Portia folgte unauffällig in gebührendem Abstand. Falls Rufus es merkte, ließ er es nicht erkennen. Er schritt durch das Dorf, in dem die Männer sich auf der Straße drängten, Brustharnische umschnallten und Musketen schulterten, schon dem Sammelplatz am Flußufer zustrebend.

Will tauchte wie aus dem Nichts auf, lief unter den Männern hin und her, schickte einige zurück an die Arbeit, befahl den anderen, unter einem kahlen Weidenbaum in Reih und Glied anzutreten

Rufus trat vor die Gruppe von dreißig Mann, und ihr hektisches Stimmengewirr verstummte. Erwartungsvoll ruhten die Blicke aller auf ihm. Portia, die das alles fasziniert beobachtete, blieb ein wenig zurück.

»Wer ist für einen Überfall auf Levens Männer?« fragte Rufus gutgelaunt. Er stand breitbeinig da, die Hände in die Hüften gestützt. Seine Augen blitzten vor Energie, und Portia spürte, wie diese Kraft von ihm auf die Männer überging, als sie ihrer Zustimmung überschwenglich Ausdruck verliehen.

»Wir wollen ihnen ein bißchen in den Schwanz zwicken«,

rief Rufus laut. »Wir nehmen den Morebattle-Pfad, umzingeln sie und greifen diesseits von Yetholm an. Noch Fragen?«

»Machen wir Gefangene?«

»Alle Gefangenen werden ins Hauptquartier der Royalisten in Newcastle gebracht«, sagte Rufus energisch. »Sonst noch etwas?«

Allgemeines Kopfschütteln. »Also, Gentlemen, los jetzt.«

Die Männer setzten sich in Bewegung und liefen zu den Stallungen, von Rüstung und Waffen kaum behindert. Rufus drehte sich um und sah Portia, die hinter einer anderen Weide halbversteckt stand. Als er sie zu sich winkte, war er nicht mehr der Mann, den sie vor kurzem so leidenschaftlich geküßt hatte.

»Ihr bleibt hier. Wo die Kantine ist, wißt Ihr. Dort bekommt Ihr Euer Essen. Und mein Haus steht Euch offen.« Er hob ihr Kinn an und drohte ihr in unmißverständlichem Ton: »Wenn Ihr in meiner Abwesenheit Verdruß macht, Mistress Worth, dann werdet Ihr es bereuen. Habe ich mich klar ausgedrückt?«

»Glasklar«, sagte Portia, seinem Blick standhaltend.

Wortlos hielt er ihr Kinn fest, dann ließ er sie los und ging zu seinem Haus. Portia hielt Schritt mit ihm.

Im Haus stand sie an die Tür gelehnt da und sah zu, wie er ein massives, in einer Lederscheide steckendes Schwert von einem Haken an der Wand nahm. Er befestigte es an seinem breiten Schwertgürtel und schnallte sich einen stählernen Brustpanzer über sein Lederkoller. Dann prüfte er mit dem Finger die Klinge eines gefährlich gekrümmten Dolches, ehe er ihn einsteckte, warf den Mantel um seine Schultern und schloß ihn am Hals.

»Denkt an meine Worte.« Nach einem knappen Nicken schob er sie aus dem Weg und ging, und mit ihm ging seine geballte Energie, so daß die Küche plötzlich verlassen und öde wirkte.

Portia, die ihren Mantel enger um sich zog, starrte in die Glut des Kamins. Mit einer jähen ungeplanten Bewegung zog sie sich die Kapuze über ihr flammendes Haar. So ging sie aus dem

Haus, unsicher, was sie eigentlich vorhatte, doch von einem Gefühl der Rastlosigkeit und des Wagemuts erfüllt, das sie auf einen Weg schickte, der sich ihrem Willen entzog.

10

Auf den ersten Blick bot sich ihr im Stall ein chaotisches Bild. Männer und Pferde drängten sich in wildem Durcheinander, Stallknechte liefen umher und füllten Satteltaschen mit Proviant aus der Kantine. Rufus, der die Menge um Kopf und Schultern überragte, hielt Ajax am Zaum und gab dem neben ihm stehenden Will letzte Anordnungen.

Nach kurzer Beobachtung war Portia klar, daß hinter dem scheinbaren Chaos System steckte und ein geordneter Prozeß ablief, der allen vertraut war. Niemand hatte Zeit, von ihr Notiz zu nehmen, und selbst wenn sie jemandem aufgefallen wäre, hätte er nur eine unauffällige Gestalt in Breeches und Mantel gesehen. Sie hätte einer der jungen Leute sein können, die sich auf dem Hof eifrig zu schaffen machten.

Als sie in den Stall schlüpfte, wußte sie ganz genau, welches Pferd sie suchte. Eine zierliche Stute namens Penny, die schon bei ihrem Rundgang mit Rufus ihre Aufmerksamkeit erregt hatte. Das Pferd stand unbeachtet in seiner Box am entfernten Ende des Stallblockes. Sattel und Zaumzeug hingen in Reichweite an einem Balken im rückwärtigen Teil der Box. In Minutenschnelle war das Pferd gesattelt.

Lässig und wie sie hoffte mit selbstverständlicher Autorität führte Portia die Stute hinaus auf den Hof. Die Männer waren nun aufgesessen, die Pferde, die die Unruhe spürten, scharrten und schnaubten.

Portia schwang sich auf Penny und lenkte die Stute unauffällig in die Reitergruppe hinein. Rufus bestieg den prachtvollen

Ajax und ließ seinen Blick über den Trupp wandern, ehe er mit erhobener Hand das Zeichen zum Aufbruch gab. Die jungen Männer, die zurückbleiben mußten, blickten ihren glücklicheren Kameraden nach, als die Gruppe sich mit Hufgetrappel in Bewegung setzte und losritt, den Fluß entlang.

Toby und Luke liefen der Kavalkade entgegen, als sie diese sahen, kletterten auf ein Gatter und schrien lauthals: »Papa ... Papa!«

Rufus zügelte sein Pferd und bückte sich, um sie vom Gatter zu heben und sie vor sich auf den Sattel zu setzen, ein Vorgang, den sie zwar kannten, der sie aber in bange Bewunderung versetzte und ihr lautes Geschrei jäh verstummen ließ. Nun blickten sie mit einer Mischung aus leichter Furcht und Stolz in den großen Augen um sich, während Ajax am Kopf der Truppe bergauf ging.

Oben angekommen, hob Rufus seine Söhne in die offenen Arme des Wachtpostens hinunter. »Schick sie zurück, wenn wir fort sind.«

»Jawohl, Mylord.« Der Mann setzte sich grinsend je ein Kind auf eine Hüfte. »Viel Glück, Sir.«

Sie ließen die Postenstation hinter sich und ritten durch das Hügelland weiter. Niemandem war aufgefallen, daß Lord Rothburys kleine Abteilung nicht dreißig, sondern einunddreißig Reiter zählte.

Portia verspürte einen Stich, als ihr klarwurde, daß es ihr geglückt war, das Dorf zu verlassen. Sie war ohne bewußte Motivation vorgegangen und hatte auch nicht wirklich geglaubt, daß es ihr glücken würde. Aber da war sie nun, inmitten dieses Männerhaufens unerkannt, vom Anführer unbemerkt. Sie mußte nur eine günstige Gelegenheit abwarten, bis sie zurückbleiben, sich in ein Gebüsch schlagen und verschwinden konnte. Trotz Rufus Decaturs selbstgefälliger Vorträge über die Sicherheit seiner Festung war sie frei und konnte sich ungehindert bewegen.

Sie konnte sich ein Schmunzeln nicht verkneifen, das ihr jedoch rasch verging, als sie sich fragte, wie Cato auf ihre Rückkehr reagieren würde. Ihre Informationen mußten doch gewiß von Interesse für ihn sein, oder? Für Diana war Portias plötzliches Verschwinden natürlich Grund zum Frohlocken, aber Olivia würde sich freuen, sie wiederzusehen.

Die Männer um sie herum ritten schweigend dahin. In das Klirren von Zaumzeug und Sporen mischten sich die klagenden Rufe eines Regenpfeifers und das Jubilieren einer Amsel.

Es war zu früh, um sich davonzustehlen. Das Gelände war zu übersichtlich, die Hügelposten noch zu nahe. Um unerkannt zu bleiben, wechselte sie oft ihre Position. Die Truppe ritt in lockerer Formation, zu zweit oder zu dritt, und Portia lenkte Penny um die kleinen Gruppen herum und verblieb nie lange genug, um Aufmerksamkeit auf sich zu lenken. Die Spitze der Kavalkade, die Rufus Decatur und Will anführten, mied sie geflissentlich.

Bald ließen sie das offene Land hinter sich und bogen auf einen schmalen, felsigen Pfad ab, der sich zwischen zwei Hügelrücken dahinschlängelte. Die zerklüfteten Hänge ragten so hoch auf, daß es aussah, als würden sie über ihnen irgendwo zusammenstoßen. Nur ein schmaler Streifen blauen Himmels war zu sehen. Die Luft war kalt und feucht, und die Nässe, die ständig von den Felswänden lief, ließ bizarre Eiszapfen wachsen.

Nun ritten sie in völligem Schweigen einzeln hintereinander, fast so, als hätte die abweisende und düstere Umgebung auf ihre Haltung abgefärbt und die Hochstimmung von vorhin gedämpft. Penny bahnte sich den Weg behutsam zwischen einem grobknochigen Wallach und einer zierlichen Rappstute hindurch. Ein Weg wie dieser schien ihr völlig vertraut zu sein, als hätte sie schon oft solche Aktionen mitgemacht, doch verhinderte ihre Position zwischen zwei anderen Pferden Portias Entkommen vom schmalen Pfad. Sie würde warten müssen, bis der Engpaß sich öffnete.

Die Reiterabteilung befand sich noch im Hohlweg, als Rufus sein Pferd zügelte und das Zeichen zum Anhalten gab. Erst konnte Portia nicht sehen, was los war, dann bemerkte sie, daß einer der Männer den Felshang hinaufkletterte, so gelenkig, als erstiege er eine Leiter. Oben angekommen, legte er sich auf den Bauch und robbte weiter.

»Mittlerweile müßten sie schon ganz nahe sein«, raunte ihr Vordermann Portia zu, als er sich im Sattel umdrehte, um Proviant aus seiner Satteltasche zu holen. »Der Herr verschätzt sich nie.«

Rufus mußte seine Berechnungen aufgrund der Geschwindigkeit von Levens Truppe gemacht haben. Aber wie konnte er dies aus so großer Entfernung und ohne Fernglas feststellen?

Trotz der unwirtlichen Umgebung machten sich die Männer nun über ihren Proviant her, offenbar, um sich für den Kampf zu stärken – eine Aussicht, die sich auf ihren Appetit nicht auszuwirken schien. Portia quälte der Hunger, ihr blieb aber nichts übrig, als hungrig zu schnuppern und Gleichgültigkeit zu mimen.

Der Späher kletterte wieder herunter und lief zu Rufus, der sich hoch zu Roß in aller Gemütsruhe an Brot und Käse gütlich tat. Es folgte hastiges Geflüster, dann kam die Nachricht die Reihe entlang. »Sie nähern sich dem Taleingang. In Stellung gehen.«

Der Proviant wurde weggepackt, die Musketen hervorgeholt. Die Männer ritten bis zu einem Punkt vor, an dem der Hohlweg sich wie eine Flußmündung öffnete und in ein Flachstück überging. Kahle Bäume und moosüberwucherte Felsblöcke von der Größe kleiner Hügel umgaben als natürliche Abgrenzung das Gelände und machten es zum idealen Ort für einen Hinterhalt.

Die Decatur-Männer sammelten sich nun in Fünfergruppen, eine Reihe hinter der anderen, tief in den Schatten des Engpasses verborgen. Wenn Portia jetzt blieb, lief sie Gefahr, entdeckt zu werden. In den Fünfergruppen war kein Platz für Nummer einunddreißig. Ihre Fluchtchance war gekommen. Sie lenkte Penny die Reihen entlang rücklings nach hinten. Wenn sich niemand umblickte, konnte sie um die Biegung verschwinden und unbemerkt zurückreiten, bis sie wieder offenes Gelände erreichte. Irgendwie würde sie dann sicher den Weg nach Castle Granville finden.

Das Wunder geschah, und niemand drehte sich um. Niemand schien zu bemerken, daß ein einsamer Reiter sich rücklings davonmachte. Kaum war sie um eine Wegbiegung, als Portia ihr Pferd wendete. Hinter sich hörte sie nichts, nicht einmal Hufscharren oder leises Gewieher, doch spürte sie die Spannung wie ein festes Band um ihre Brust, während der kleine Trupp darauf wartete, Leben und Kampfgeschick gegen den Feind einzusetzen.

Plötzlich wußte Portia, daß sie dem Kampfgeschehen nicht einfach den Rücken kehren konnte. Sie mußte sehen, was geschah. In dem Chaos, das dem Kampf folgte, würde sie noch früh genug unbemerkt entwischen können. Sie saß ab, band Penny an einem Felsvorsprung fest und machte sich daran, den Felshang zu erklimmen. Als vorhin der Mann hinaufgeklettert war, hatte es einfach ausgesehen, und es fanden sich tatsächlich Haltepunkte für Hand und Fuß, dennoch war es ein mühsamer Aufstieg, bis sie sich keuchend auf den Felsgrat hinaufziehen konnte.

Bäuchlings auf dem kalten Untergrund liegend, stellte sie fest, daß sie einen idealen Blick auf den Schauplatz des Hinterhalts hatte. Als sie sah, wie Lord Levens Patrouille sich zwischen den kahlen Bäumen hindurchbewegte, schlug ihr Herz bis in den Hals.

Der Angriff kam so schnell und lautlos, daß Lord Levens Männer umzingelt waren, ehe sie wußten, wie ihnen geschah. Decaturs Reitertrupp stürmte aus der Schlucht hervor, Reihe um Reihe, und schwärmte aus, bis seine Beute eingekreist war. Für die Beobachterin von oben gab es einen Moment, da es unausbleiblich schien, daß die Schotten sich kampflos ergeben würden. Plötzlich aber wurde die merkwürdige Stille durch das schrille Quäken eines Dudelsacks durchbrochen, und Levens Leute richteten sich mit einem wüsten Kampfgeschrei in ihren Steigbügeln auf.

Portia hatte den Dudelsackspieler gar nicht bemerkt, auf dessen Kampfruf hin Levens Schotten sich mit neuer Kraft ins Gefecht warfen. Musketen krachten, Schwerter klirrten, und dies alles wurde vom Dudelsack übertönt, immer lauter, aufmunternder und drängender.

Portia überlief ein Schauer. Dudelsackklänge riefen unweigerlich diese Wirkung bei ihr hervor. Sie liebte diese Weisen und tanzte gern und voll wildem Überschwang danach, wobei sie alles um sich herum vergaß und nur das Brausen des Bluts in den Ohren spürte. Sie reagierte auf diese elementaren und wilden Klänge, als würden sie aus den Tiefen ihres eigenen Wesens dringen.

Beinahe wäre sie aufgesprungen und hätte sich ins Getümmel gestürzt. Aber wie konnte sie das, wenn sie gar nicht wußte, auf welche Seite sie sich schlagen sollte? Dennoch zog sie ihr Messer aus dem Stiefel. Ihr Körper gehorchte ihr nun ganz unbewußt, als sie sich bäuchlings so weit vorschob, bis sie auf einem Felsblock direkt über der Kampfszene zu liegen kam.

Levens Männer, in der Minderzahl und überrumpelt, kämpften wie die Teufel, so daß der Kampf bald in wilde Zweikämpfe, Mann gegen Mann, ausartete. Unter diesen Umständen waren Musketen, einmal abgefeuert, nutzlos. Für Nachladen war keine Zeit, wenn man von allen Seiten bedrängt wurde. Schwerter und Dolche blitzten, ein Pferd ließ ein schmerzliches Wiehern hören, ging mit der Vorderhand in die Knie und warf seinen Reiter ab.

Portia sah Will auf dem Boden. Im Nu war er wieder auf den Beinen, das Schwert in der Hand, während sein aus einer Halswunde blutendes Pferd sich taumelnd aufrichtete. Einer von

Levens Leuten drehte sich um und ritt direkt auf den abgeworfenen Reiter zu. Sein Pferd bäumte sich auf, Hufe schlugen, als er sich niederbeugte und in großem Bogen mit dem Schwert gegen Will ausholte, der eindeutig im Nachteil war.

Portia schleuderte ihr Messer. Erst als es den Schwertarm von Wills Angreifer traf und den Hieb vereitelte, wurde ihr klar, für welche Seite sie sich entschieden hatte. Sie hatte instinktiv und aus aufrichtigem Herzen gezielt. Will blieb Zeit, sich zu ducken und nach seinem verwundeten Pferd zu greifen. Er schwang sich in den Sattel, als Rufus aus dem Nichts auftauchte und sein Schwert gegen den Feind schwang. Mit einem mächtigen Hieb, der den Mann aufschreien ließ, als sein bereits verwundeter Arm erbarmungslos verstümmelt wurde, entwaffnete er ihn.

Nun erst blickte Rufus hinauf und suchte nach dem Ursprung des Messers, das Will gerettet hatte. Portia, die reglos auf dem Felsen lag, wußte, daß man sie sehen konnte. Eine Minute eher hätte sie sich noch zurückziehen können und wäre vor Entdeckung sicher gewesen. Über das Messer hätte man bis nach dem Kampf gerätselt. Und wenn Rufus es später als Portias Dolch erkannt hätte, wäre sie längst über alle Berge gewesen.

Dennoch rührte sie sich nicht. Sein suchender Blick fand sie, hielt ihren fest, dann wendete er stürmisch sein Pferd und stürzte sich wieder ins Gefecht. Die nun unbewaffnete Portia suchte nach etwas, mit dem sie ihren Beitrag zum Kampf leisten konnte. Um die reichlich vorhandenen Steine und Felsbrocken wirksam zu nutzen, hätte es eines Katapults oder einer Wurfschlinge bedurft, so aber mußte sie sich mit ihrer Muskelkraft begnügen. Sie fing an, Levens Kämpfer mit Steinen zu bombardieren.

Sie traf ihr Ziel meist genau, und der Hagel von Steinen und Felsbrocken forderte seinen Tribut, da die Männer den aus dem Nichts kommenden Geschossen ausweichen mußten, ständig abgelenkt wurden und den weitaus gefährlicheren Angriffen der Decatur-Leute hilflos ausgeliefert waren. Und in all dem

Kampfgetümmel quäkte der Dudelsack und verstummte nicht ein einziges Mal.

In fünfzehn Minuten war alles vorüber, wenngleich für Portia die Zeit stillzustehen schien und die Szene unter ihr in einer ständigen Wiederholung von Lärm und Gewalt ablief. Aber Levens Mannen, von Anfang an in der Minderheit, büßten nun immer mehr Waffen und Pferde ein, bis nur mehr der Colonel und zwei seiner Männer mit dem Schwert in der Hand im Sattel saßen.

Nach einem Blick in die Runde gab der Colonel dem Dudelsackpfeifer ein Handzeichen, worauf dieser sofort zum Rückzug blies und der Colonel Rufus sein Schwert mit dem Griff voran anbot.

Rufus schüttelte den Kopf. »Nein, Mann, behaltet es, und gebt mir statt dessen Euer Ehrenwort. Ihr habt wacker gekämpft.«

»Colonel Neath von Lord Levens drittem Bataillon gibt sein Ehrenwort und das seiner Kompanie«, sagte der Mann förmlich, doch in leicht fragendem Ton, als er an seinem Gegner vergeblich Rangabzeichen und Regimentszugehörigkeit suchte.

»Decatur, Lord Rothbury, zu Euren Diensten.« Als Rufus im Sattel eine Verbeugung machte, blitzte es in seinen Augen leicht boshaft.

»Ach, Rothbury?« Neath schien erstaunt, als er sein Schwert in die Scheide steckte. »Euer Name ist auch jenseits der Grenze wohlbekannt.«

»Und viel geschmäht, wie ich glaube«, sagte Rufus mit demselben Gesichtsausdruck.

»Ihr seid bekannt als Wegelagerer und Geächteter, gewiß«, sagte der Colonel bedächtig. »Es heißt aber auch, daß Eure ungesetzlichen Aktivitäten sich in der Hauptsache gegen den Marquis of Granville und dessen Besitz richten. Viele sagen, daß Ihr ihn mit gutem Grund beraubt.«

Rufus' Lächeln verriet Ironie. »Colonel, es freut mich, daß ich auf Verständnis stoße. So wie ich jetzt vor Euch stehe, kämpfe ich unter dem Banner Prince Ruperts auf seiten Seiner Majestät,

König Charles'. Wir werden Euch und Eure Leute nach Newcastle eskortieren, sobald die Verwundeten versorgt wurden.«

»Ihr gestattet, daß ich mich mit meinen Leuten berate?«

»Nichts spricht dagegen.« Rufus deutete zu der Stelle, wo die Leute des Colonels eben entwaffnet wurden. Neath salutierte förmlich und ritt zu den anderen.

Rufus blickte zu der Stelle hinauf, wo Portia noch auf dem Bauch liegend den Schauplatz des Kampfes beobachtete. Sie hielt seinen Blick mit einem Ausdruck fest, der reuig und zugleich fragend war. Langsam steckte er sein Schwert ein und ließ sein Pferd ein Stück gehen, bis er einen Punkt unmittelbar unter ihr erreicht hatte.

»Wo bist du ausgekrochen, Spatz?« rief er gutgelaunt, sich mit den Händen auf den Sattelknauf stützend.

Portia setzte sich auf und ließ die Beine über die Felswand baumeln. »Ich bin von Anfang an mitgeritten. Vom Stall an.«

»Ich verstehe. Und warum bist du nicht geflohen?«

»Vor dem Kampf konnte ich nicht, und dann wollte ich sehen, was passiert.«

Wieder nickte er. »Sehr vernünftig. Unvernünftig allerdings die Art und Weise, wie du deine Anwesenheit so dramatisch erkennen ließest.«

»Und ich dachte, Ihr würdet mir dankbar sein.«

»Glaube mir, Spatz, das bin ich. Und Will ist gewiß noch viel dankbarer. Aber ... hm ... verzeih meine Verwirrung.« Eine buschige rote Braue zuckte hoch. »Warum hast du dich auf meine Seite geschlagen?«

»Ich weiß es nicht«, antwortete Portia in einem Ton, aus dem so viel Widerwillen und Verwirrung sprachen, daß Rufus amüsiert auflachte.

Er hob eine Hand. »Komm herunter ... vorsichtig, damit du Ajax nicht erschreckst.«

Portia ergriff seine Hand und glitt vom Felsen, bis sie mit dem Gesicht zu ihm im Sattel saß. Er war ganz nahe, so daß sie den erdigen Geruch seiner Haut spürte, den Schweiß, das Leder seines Kollers. Sie konnte die Lachfältchen um seine Augen und in den Mundwinkeln sehen, die hellen Stirnfurchen, die sich von der wettergegerbten Haut abhoben.

»Ich nehme an, daß du irgendwo ein Pferd hast?« Starke weiße Zähne blitzten im rotgoldenen Bart auf.

»Ich habe mir Penny ausgeborgt.«

»Ausgeborgt?« Wieder schnellten seine Brauen in die Höhe. »Du wolltest sie wirklich nur ausborgen?«

»Nein«, gab sie tonlos zu. »Ich wollte sie stehlen. Warum ich es nicht tat, ist mir ebenso rätselhaft wie Euch.«

Rufus schien zu überlegen, ehe er sagte: »Ich bin froh, daß du es nicht getan hast, da wir Diebstahl nicht dulden, wie ich dir gestern im Fall von Bertrams Schlitten klarzumachen versuchte. Wo ist die Stute?«

»Im Hohlweg. Außerdem, Lord Rothbury, ist ein Vortrag über moralische Prinzipien einer Räuberbande unangebracht«, erwiderte Portia in dem Bemühen, sich von seinem Körper abzulenken, der so groß und stark und so nahe war.

Rufus gab keine Antwort. Er hob sie mühelos aus dem Sattel und beugte sich vor, um sie auf den Boden zu stellen. »Hol Penny.« Er wendete Ajax und ritt zu der Stelle, wo die Verwundeten untersucht wurden.

Portia holte die Stute und ritt sie aus dem Hohlweg heraus. Wieder saß sie ab und lief zu Rufus, der sich mit Colonel Neath so freundschaftlich unterhielt, als hätten sie sich nicht eben einen erbitterten Kampf geliefert.

»In Yetholm gibt es ein Haus mit etwas zweifelhaftem Ruf«, sagte Rufus eben. »Seine Gastlichkeit läßt allerdings nichts zu wünschen übrig. Dort wollen wir eine Rast einlegen und die Verwundeten versorgen, ehe wir weiter nach Newcastle reiten. Einer Eurer Leute scheint sein Bein gebrochen zu haben, aber in Yetholm werden wir einen Wundarzt für ihn holen. Ach, Will ... wie sieht der Schaden aus?«

Will starrte Portia an. »Was macht sie denn hier?«

»Sie machte sich bemerkenswert nützlich«, sagte Rufus trocken. »Zufällig bist du ihr große Dankbarkeit schuldig. Mistress Worth versteht mit einem Messer wie ein Meuchelmörder umzugehen.«

Wills Augen wurden noch größer, und Portia konnte es sich nicht verkneifen, ihn nachzuäffen, indem sie ihre Augen ganz weit aufriß. Wills Miene wurde sofort wieder normal. »Das war Euer Messer?«

»Ja, ich möchte es zurückhaben«, sagte sie trocken. »Hat der Mann es aus seinem Arm herausgezogen?«

»Wir hielten es für besser, es steckenzulassen, bis er in ärztliche Behandlung kommt.« Rufus' Geisel stellte für Will ein Rätsel dar, für dessen Lösung er keine Zeit hatte, da es Dringenderes zu tun gab. »Wenn wir es hier herausziehen, könnte er verbluten.«

»Vielleicht könnte man einen Knebelverband anlegen. Ich will nach ihm sehen«, bot sie an.

Will sah seinen Vetter fragend an, der aber wiederholte nur mit sichtlicher Ungeduld seine Frage: »Wie hoch sind die Verluste?«

»Abgesehen von dem Mann des Colonels, der sich ein Bein brach, und dem Mann mit dem Messer im Arm ist es nicht so schlimm. Ned hat eine Fingerspitze verloren. Die sucht er jetzt, weil er glaubt, sie ließe sich wieder annähen.«

»Ned hat von jeher komische Ideen.« Rufus schüttelte den Kopf. »Wir wollen eine Tragbahre für den Beinbruch machen. Alle sollen aufsitzen, es geht nach Yetholm.«

Rufus ging zu Portia, die sich über den Mann beugte, in dessen Arm ihr Messer steckte. »Hast du Kenntnisse in Wundversorgung?«

»Ich mußte Jack mehr als einmal zusammenflicken, wenn er in eine Schlägerei geraten war und wir uns keinen Arzt leisten konnten«, gab sie zurück. »Oft waren es schlimmere Verletzungen als diese da.« Sie hatte ihr eigenes Taschentuch als Knebel benutzt, nachdem sie das Messer herausgezogen hatte, und machte nun aus einem fleckigen Tuch, das sie aus Ajax' Satteltasche genommen hatte, eine Armschlinge. »Da Ihr den Proviant verzehrt habt, dachte ich, Ihr würdet es uns borgen.«

»Aber gern. Alles aus meinen Beständen, das brauchbar sein könnte«, gab er freundlich zurück. »War da eben ein Anflug von Neid wegen des Proviants herauszuhören?«

»Ja, da niemand daran dachte, für mich etwas einzupacken.«

»Vermutlich hatten die Köche keine Ahnung von deinen Absichten«, bemerkte Rufus und schlenderte mit einem leisen Auflachen davon.

In Yetholm langten sie erst nach Sonnenuntergang an. Inzwischen war es so bitterkalt geworden, daß die Pferde zitterten und stampften und der Verwundete auf der Trage sein von Zähneklappern begleitetes Stöhnen nicht unterdrücken konnte.

Portia, die den Abschluß der Kolonne bildete, fror wie noch nie im Leben, obwohl ihr Verstand ihr sagte, daß es unmöglich war. Aber der Hunger nagte so an ihr, daß sie ihr Zittern nicht beherrschen konnte. So jämmerlich war ihr zumute, daß sie Ajax zunächst gar nicht bemerkte, der aus der Dunkelheit auf sie zukam. Rufus' Stimme, schneidend vor Besorgnis, ließ sie jäh aufblicken.

»Los, zieh die Beine aus den Bügeln.« Er beugte sich zu ihr und hob sie aus dem Sattel, um sie auf sein Pferd zu setzen. Dann nahm er seinen Mantel und hüllte sie darin ein, ehe er sie an sich zog. Trotz seines Brustpanzers, der gegen ihren Rücken drückte, spürte sie seine Körperwärme. »Will, du nimmst Penny am Zügel.«

Portia war gar nicht aufgefallen, daß Will an Rufus' Seite geritten war. Der junge Mann ergriff nun Pennys Zügel und folgte Rufus, der wieder die Spitze der Kolonne übernahm.

»Woher habt Ihr gewußt, daß ich friere?« Ihre Zähne klapperten hemmungslos.

»Eine Vermutung, die sich als richtig erwies«, erwiderte er spöttisch. Ohne seinen Mantel spürte er, wie der kalte Wind durch sein Lederkoller schnitt.

Das Dörfchen Yetholm lag beidseits eines Karrenweges. Am Rand des Ortes stand ein einstöckiger strohgedeckter Bau. Licht drang aus den mit Ölpapier bedeckten Fenstern, deren Balken offenstanden. Aus zwei Kaminen stiegen dichte Rauchspiralen in die Höhe. Lautes, wildes Gelächter und ausgelassene Rufe drangen durch Ritze in der Tür und in den Fensterrahmen nach draußen.

»Gott sei Dank!« murmelte Rufus und trieb Ajax zu schnellerer Gangart an, als er sah, daß sie ihrem Ziel nahe waren.

»Der arme Teufel hätte es nicht viel länger ausgehalten«, bemerkte der neben ihm reitende Colonel Neath. »Die Kälte ist Mensch und Tier nicht zuträglich.« Ein neugieriger Blick traf die fest vermummte Gestalt, die an Lord Rothburys Brust lag. Soldaten pflegten sich im allgemeinen nicht an ihre Vorgesetzten zu schmiegen.

Falls Rufus den Blick bemerkte, so ließ er sich zu keiner Erklärung herab und sagte nur: »Es ist zu kalt für Schneefall, und dafür werden wir morgen dankbar sein.« Er hielt vor der Tür, die sich direkt auf den Weg öffnete, an.

Will war von seinem Pferd gesprungen, aber noch ehe er die Tür erreichte, wurde diese schwungvoll aufgerissen.

»Na, wer kommt denn da in einer solchen Nacht?« rief eine helle Stimme freudig. Eine Frau hob eine Laterne hoch über ihren Kopf. »Ach, wenn das nicht Rufus ist! Viel Zeit ist vergangen, seitdem Ihr mein Haus beehrt habt, Decatur.«

»Ich weiß, Fanny. Ich habe Verwundete mitgebracht. Würdest du nach dem Arzt schicken?« Rufus ließ Portia zu Boden gleiten und saß dann selbst ab. Er wandte sich an Will und äußerte ein paar rasche Befehle, die Unterbringung der eigenen Leute und der Gefangenen betreffend.

»Er ist zwar nur ein Viehdoktor, aber besser als nichts«, bemerkte Fanny, die mit klug abschätzendem Blick die große Gesellschaft musterte. »War es eine Schlägerei, oder ging es um die Sache des Königs?«

»Letzteres«, sagte Rufus, auf Neath deutend, der abgesessen war und reglos neben seinem Pferd stand. »Darf ich Colonel Neath vorstellen? Er und seine Männer sind Gefangene, die wir nach Newcastle bringen. Wir alle brauchen dringend Wärme und leibliche Stärkung.«

Colonel Neath verbeugte sich. »Wir sind dankbar für jede Gastlichkeit, die Ihr uns unter diesen Umständen bieten könnt, Mistress.«

Fanny nickte. »In meinem Haus kümmern wir uns nicht viel um Politik, Sir. Und die Nacht ist eher flau. Bei dieser Kälte wagt sich kein Mensch weit von zu Hause fort, deshalb seid Ihr willkommen. Tretet ein. Es wird zwar eng, aber um so behaglicher.«

»Geh schon hinein, Portia. Jemand wird sich um Penny kümmern.« Rufus schob sie zur Tür, und Portia lief hinein, schuldbewußt, weil sie es einem anderen überließ, lästige Arbeit für sie zu machen.

Sie stand nun in einem großen Raum mit langen Tischen und Bänken. Zwei große Feuer brannten in den Kaminen an beiden Enden des Raumes. Frauen und ein paar Männer lümmelten zwischen Ale-Krügen und Weinflaschen an den Tischen. Eine Treppe führte auf eine Galerie, die die ganze Breite des Hauptraumes einnahm. Lampen hingen von den Balken, Talgkerzen flackerten auf den Tischen. In der Luft lag dichter Holzrauch, der scharfe Geruch von Talg und Öl überlagerte den von verschüttetem Wein, schalem Bier und gebratenem Fleisch. Vor allem aber war es hier warm.

Portia warf Rufus' Mantel ab, sodann ihren Friesmantel. Ihr Haar flammte hellrot im Licht auf.

»Nanu, ein Mädchen in Breeches!« rief Fanny aus. »Eure Gefangene oder Euer Liebchen, Rufus?«

»Weder noch«, erwiderte Rufus, der seinen Mantel in Empfang nahm. »Gib ihr einen Becher Wein, Fanny, sie ist halb erfroren.« Er ging zur Tür. »Ich komme gleich wieder. Neath, wir wollen Euren Mann auf der Trage holen.«

Die zwei Männer gingen wieder hinaus, und Portia war nun einer eingehenden Musterung durch Fanny und die anderen Frauen im Saal ausgesetzt.

»Geh ans Feuer, Mädchen. Du bist ja bleich wie ein Gespenst ... unglaublich.« Fanny versetzte ihr einen Schubs. »Lucy, gib ihr einen Becher vom Burgunder. Der wird Farbe auf ihre Wangen zaubern.«

»Das bezweifle ich«, sagte Portia, die den Wein mit dankbarem Lächeln in Empfang nahm. Sie fühlte sich hier merkwürdig heimisch, und mit dem ersten Schluck wurde sie von einem Anflug von Wehmut erfaßt. Fast glaubte sie, Jacks Stimme zu hören, die mit zunehmender Trunkenheit an Lautstärke zugenommen hatte, glaubte vor sich zu sehen, wie er sich einem lockeren Frauenzimmer mit tiefem Ausschnitt widmete und hin und wieder den Wein seiner kleinen Tochter wässerte, die neben ihm sitzend die Szene mit schläfriger Gleichgültigkeit beobachtete. Portia hatte manche Nacht in einem Haus wie diesem verbracht, vor dem Feuer oder unter einem Tisch zusammengerollt, während Jack sich amüsierte. Sie hatte mit manch einer von Mistress Fannys Professionellen Freundschaft geschlossen und manch verlockendem Angebot widerstanden, obwohl die Mädchen in diesen Häusern im Vergleich zu Portia meist beneidenswert gut gekleidet, wohlgenährt und alles in allem viel besser dran waren.

»Ein dürres Ding bist du«, bemerkte Fanny geradeheraus. »Du bist nicht mit den Decaturs verwandt?«

»Nein.« Portia trank ihren Wein. Ihre erfrorenen Zehen und Finger tauten auf, und sie schnitt eine Grimasse vor Schmerz, als die Blutzirkulation in den tauben Gliederspitzen wieder einsetzte.

Alle weiteren Fragen blieben unbeantwortet, als die Tür aufflog und Rufus und Neath mit der Tragbahre eintraten. Hinter ihnen strömten Männer in den Saal. Einige stützten jene Verwundeten, die gehen konnten, während andere sich laut und treffend über den Unterschied zwischen der Kälte draußen und der Wärme im Haus äußerten.

Portia, der auffiel, wie ungezwungen alle miteinander umgingen, merkte rasch, daß ihre Kameraderie die politischen Gegensätze überbrückte. Alle entstammten demselben Milieu, alle hatten im Bürgerkrieg ihre Bauernhöfe und Werkstätten im Stich lassen müssen und auf dem langen Ritt den Unbilden eines Winterfeldzuges getrotzt. Morgen würden sie wieder Gefangene und Sieger sein, im Moment aber waren sie nur Männer, die froh waren, der tödlichen Kälte entronnen zu sein. Sie sprachen eifrig Wein und Ale zu und ließen es sich nur zu gern gefallen, daß die Frauen sie umlagerten.

»He, Doug, das brauchst du, damit nach dem langen Spiel deine Kehle wieder feucht wird!« Einer von Neaths Männern drückte dem Dudelsackpfeifer einen Krug mit schäumendem Ale in die Hand. »Hast tapfer gespielt, Mann.«

»Ja«, sagte der Dudelsackspieler befriedigt, nachdem er den Krug geleert hatte. »Und wenn ich einen Happen gegessen habe, gibt es mehr davon. Mir knurrt der Magen.«

»Da bist du nicht der einzige«, murmelte Portia.

»Mädchen, in die Küche!« Fanny schnalzte mit den Fingern. »Mit leeren Mägen sind die Männer zu nichts nütze!«

Lachend und schwatzend drängten die Frauen zu Türen im Hintergrund der Halle, als der Wundarzt eintrat und mit ihm eisige Windstöße hereinfegten. Dem Verwundeten auf der Trage wurde Brandy eingeflößt, bis sein Zähneklappern aufhörte, sein Stöhnen leiser wurde und man sein Bein richten konnte. Der Viehdoktor bandagierte anschließend ein verstauchtes Handgelenk, begutachtete Portias Knebel und erklärte, daß er ausreiche, bis der Mann zu einem Arzt in Newcastle gebracht würde – solange es keinen Wundbrand gab. Dann ließ er sich mit einem Becher Wein vor dem Feuer nieder, bereit, den Abend zu genießen.

Portia machte sich über Gänsebraten, Bratkartoffeln und Bratäpfel her. Nicht einmal auf Castle Granville hatte ihr ein Essen so gut geschmeckt. Zwar speiste man an Catos Tafel nicht schlecht, doch herrschte unter Dianas hartem und kritischem Blick bei Tisch eine so gespannte Atmosphäre, daß man keinen Bissen richtig genießen konnte. Portia war überzeugt, daß diese trübsinnigen Mahlzeiten Ursache der häufigen Magenschmerzen der armen kleinen Olivia waren.

Nun aber aß sie konzentriert und mit Genuß und blickte vom Teller nur auf, wenn sie einen Schluck Wein trank. Sie bemerkte nicht, daß Rufus, der ihr an der langen Tafel gegenüber saß, sie beobachtete.

Rufus selbst bemerkte es auch nicht. Dafür aber entging es Will nicht, und ebensowenig der neugierigen Fanny, deren scharfe Augen und wacher Verstand alles registrierten, was unter ihrem Dach vorging. Noch nie hatte sie diesen fast aufgeschreckt wirkenden Blick an Rufus gesehen.

»Musik, Dudelsackpfeifer!« brüllte jemand, als die Teller weggeschoben und die Flaschen nachgefüllt wurden. »Zeit für einen Tanz.«

Doug raffte sich mit gefälligem Grinsen auf. »Sorgt nur dafür, daß mein Humpen nicht leer bleibt, dann spiele ich die ganze Nacht durch.« Er schob den Riemen über die Schulter und stimmte ohne viel Umstände ›The Gay Gordons‹ an. Mit Ausrufen höchsten Entzückens sprangen die Paare auf, um eine Tanzreihe zu bilden.

Die Musik brachte Portia auf die Beine wie eine Marionette, deren Fäden gezogen wurden. Sie brauchte einen Partner, und ihr Blick fiel auf Will, der mit dem Fuß den Rhythmus klopfte. Entschlossen ergriff sie seine Hand und wirbelte mit ihm in den Tanz hinein. Erst schien er erstaunt, dann aber packte ihn der

Schwung der Musik, und er drehte sich und hüpfte wie die anderen.

Rufus schwang die Beine über die Bank und lehnte sich an den Tisch, den Humpen locker in den Händen. Sie ist wie eine Fackel, dachte er, ein langgestreckter, schlanker Körper, von flammengleichem Haar gekrönt. Und wie sie zu tanzen verstand! Als ein Achter-Reel erklang, waren sie und Will eines der acht Paare.

Es dauerte nicht lange, und Rufus fühlte sich ausgeschlossen. Da er sich für einen passablen Tänzer hielt, der wie alle im Grenzland beim schottischen Reel gut mithalten konnte, stellte er seinen Humpen ab und reihte sich in den Achter ein, indem er Will einfach ablöste. Sein Vetter warf ihm einen erstaunten Blick zu, zog sich dann aber mit einem zustimmenden Grinsen zurück.

Portia befand sich im Kreis und drehte sich mit ihrem momentanen Partner. Ein paar Schritte tanzten sie einander gegenüber, dann gesellte Rufus sich zu ihr, umfaßte ihren Ellbogen und wirbelte mit ihr unter Stampfen und Klatschen der anderen Tänzer rundherum.

Es war heiß, die Musik wurde noch wilder. Portia, die unermüdlich tanzte, hing das Haar feucht in die Stirn. Mit einer einzigen wirbelnden Bewegung warf sie ihr Wams von sich, und Rufus folgte ihrem Beispiel. Nicht ein einziges Mal vertrat sie sich in der Schrittkombination, auch nicht, als ausgefallenere Reels mit komplizierten Tanzfiguren folgten. Erst als der plötzlich ermattete Doug einen Schlußakkord ertönen ließ, hochrot und nach Ale lechzend, hielt sie inne und ließ sich lachend auf eine Bank fallen.

Rufus tupfte sich mit einem Tuch den Schweiß aus dem Gesicht und ließ sich japsend neben ihr nieder. »O Gott, du hast Musik im Blut, Spatz.«

»Das hatte Jack auch«, sagte sie atemlos. »Er konnte jeden in Grund und Boden tanzen. Und ich bin total versessen auf Dudelsackmusik.«

»Du bist also durch ihn auf den Geschmack gekommen«, bemerkte er und griff nach seinem Humpen.

»Ja, schon bei meiner Geburt.« Sie strich ihr Haar aus der Stirn und fächelte sich Luft zu. »Das war aber noch nicht der Schluß, oder?«

»Ich bezweifle es.« Er streckte die Hand aus, tippte auf ihre Nase und griente: »Ach, nur eine Sommersprosse. Ich dachte, eine Fliege.« Er nahm seinen Finger nicht fort. Die schrägen, auf ihn gerichteten Augen schienen grünes Feuer zu sprühen.

Portia, die das Gefühl hatte, ihr Atem würde stocken, konnte ihren Blick nicht von ihm wenden. Fast glaubte sie, ihr Blut brausen zu hören. Alle Sinne waren geschärft, und sie war sich der intimen Nähe bewußt, die sie beide wie ein Kokon umschloß. Die Welt schien zu diesem festen Kreis geschrumpft, die laute Menge um sie nicht greifbarer als Traumbilder. Etwas sehr Sonderbares ging vor, und wieder erlebte sie das beunruhigende Gefühl, auf ihre eigenen Reaktionen keinerlei Einfluß zu haben, da diese von dem Mann, der sie unverwandt ansah, tief aus ihrem Inneren hervorgeholt wurden.

Und dann war der Moment zerstört, als Teller und Tongeschirr mit einem mächtigen Getöse vom Tisch gefegt wurden. Rufus' Finger glitt von ihrer Nase, seine Augen gaben sie frei.

Drei Männer schoben den Tisch in die Mitte der Halle. »Kommt, Ladys. Wollt ihr mit einem Tanz eure Kavaliere auswählen?« brüllte ein stattlicher schwarzhaariger Mann, der in die Rolle des Zeremonienmeisters schlüpfte. »Doug, du spielst auf der Galerie. Die Damen nehmen ihre Plätze auf dem Tisch ein. Gentlemen, wählt eure Partnerin, und wenn sie euch in Grund und Boden tanzt, darf sie ihren Preis nennen. Wenn aber ihr den längeren Atem habt, dann ist die Nacht gratis. Wer vom Tisch fällt, hat verloren. Also, wie wär's?«

Sein Vorschlag wurde mit schallendem Gelächter angenommen. Die Frauen sprangen auf den Tisch und vollführten ein paar angedeutete Reel-Schritte, die Männer zeigten unter lauten

Ausrufen auf ihre Erwählte. Auf Anweisung des Zeremonienmeisters sprangen die Frauen herunter, und eine jede stellte sich neben den Mann, der sie ausgewählt hatte. Als nächstes nahm ein Paar auf dem Tisch Aufstellung.

Als Doug die ersten Takte eines Holzfäller-Tanzes erklingen ließ, zeigte der Mann sich nicht so schrittsicher wie seine Partnerin, tat aber sein Bestes, hüpfte und drehte sich und schwang die Arme. Die Zuschauer feuerten das Paar an und klatschten den Rhythmus mit. Da trat der Mann einen Schritt zurück, sein Fuß glitt von der Tischkante, er plumpste hinunter und schaffte es gerade noch, auf den Füßen zu landen.

Der Jubel erhob sich bis zu den Deckenbalken, als die Frau in seine offenen Arme sprang und ihm etwas ins Ohr flüsterte. Er nickte mit einer gutmütigen Grimasse und nahm seine Partnerin in die Arme, um sie über die Treppe zur Galerie hinaufzutragen.

Ein Paar nach dem anderen tanzte, und die Musik wurde immer schneller. Portia lachte und klatschte mit den anderen, doch ihr Blut hämmerte in ihren Adern, und ihre Erregung, ein Überbleibsel jenes phantastisch intensiven Moments, drohte sie zu verzehren. Sie wollte tanzen. Sie mußte tanzen. Ihre Haut glühte, ob vom Wein, von innerer Aufruhr oder dem wilden Tanz, wußte sie nicht, und es kümmerte sie nicht. Mit einem jähen Aufjuchzen sprang sie auf den Tisch, nachdem ein Paar heruntergesprungen war. Der Dudelsackspieler stürzte sich nun in den schnellsten, wildesten Tanz, den er im Repertoire hatte, und sie hielt Schritt. Sie drehte sich in furiosem Tempo auf dem breiten Tisch, mit fliegendem Haar und blitzenden Augen. Ihr Körper verschwamm zu einem schmalen Strich, als sie und der Musikant nun darum wetteiferten, wer mehr Ausdauer zeigte.

Immer näher geriet sie an die Tischkante, wo Rufus stand, wie alle anderen gebannt vom wahnwitzigen Zauber ihres Tanzes. Ohne zu zögern, beugte sie sich mit ausgestreckten Händen vor, um dann rückwärts zu tanzen und ihn heraufzuwinken. Die Menge tobte und stampfte, als Rufus auf den Tisch sprang. Portia warf den Kopf zurück, die Hände in die Hüften gestützt, und empfing ihn, ohne im Tanz innezuhalten, mit einem Lächeln, aus dem so viel einladende Herausforderung sprach, daß ihm kein Mann widerstanden hätte.

Seine Füße flogen, als er ihren Rhythmus aufgriff, sie hochwarf, über die ganze Länge des Tisches, um sie wieder aufzufangen. Sie lachte mit einer merkwürdig wilden Intensität, als sie sich ihm anpaßte und seine Schritte vorauszuahnen versuchte.

Die Musik wurde von der stampfenden, johlenden Menge fast übertönt. Plötzlich sprang Rufus rücklings vom Tisch, streckte die Arme aus und umfing ihre Taille. Er hielt sie hoch über seinem Kopf, als wolle er einen Baumstamm werfen, dann verschob er seinen Griff und legte sie sich über die rechte Schulter.

Mit einer Hand ergriff er einen Kerzenleuchter, mit der anderen eine Weinflasche und strebte zur Treppe. Portia, noch immer von der Leidenschaft des Tanzes gefangen, merkte kaum, daß Rufus sie, seine Beute, die Treppe zur Galerie hinauftrug, unter Getrampel und Beifallsrufen und den letzten quäkenden Tönen des Dudelsacks.

11

Rufus hielt zielstrebig auf die Kammer zu, die er in Fannys Haus immer benutzte. Die Flasche zwischen den Zähnen, öffnete er die Tür zu einem Raum am Ende der Galerie, trat ein und schloß sie mit dem Fuß.

Den Leuchter stellte er auf den Kaminsims, die Flasche auf ein rundes Tischchen, dann entledigte er sich mit einer schwungvollen Bewegung seiner Trophäe, die er auf die Füße stellte.

»Ich habe gewonnen«, stieß Portia atemlos hervor und strich sich die Haare aus den Augen.

»Ein strittiger Punkt«, sagte Rufus, der mit der flachen Hand unter ihr Kinn faßte. Er küßte sie mit harten und gleichzeitig nachgiebigen Lippen. Sie spürte seinen Bart seidig an ihrer Haut. Es war wie am Morgen, und doch gab es eine zusätzliche Dimension, ein Gefühl absoluter Unabänderlichkeit und Schicksalhaftigkeit. Portia erwiderte seinen Kuß mit einer Glut, die ihrem beschleunigten Pulsschlag entsprach. Musik, Rufe, Gejohle drangen von unten herauf, und sie spürte noch den Rhythmus und die Leidenschaft in den Fußsohlen.

Unvermittelt war sie sich jedoch nun ihres tosenden Blutes bewußt, des Duftes seiner Haut, des Gefühls seines Mundes, des Weingeschmacks auf seiner und ihrer Zunge. Seine Hände glitten über ihren Körper, und sie stellte sich auf die Zehenspitzen und schlang die Arme um seinen Nacken, als sie sich an ihn schmiegte.

Rufus lachte leise an ihrem Mund auf. Mit einer Hand umfaßte er ihren Kopf und hielt ihn fest, während er mit seiner freien Hand sein Hemd aus der Hose zog, ungeduldig an den Knöpfen zerrte und es von den Schultern schüttelte. Die ganze Zeit über hielt er ihren Mund gefangen, während Portias Hände seinen Rücken hinaufstrichen und seine Schultern kneteten.

Als er zurücktrat, um seine Schuhe abzustreifen, folgte sie ihm lachend mit ihrem Mund. Auch er lachte, packte ihren Nacken und zog ihr Gesicht an sich. Seine Zunge drang fordernd ein, nahm die süßen weichen Winkel ihres Mundes in Besitz, und sie öffnete sich ihm, sog seine Zunge tief ein und ließ ihn auch nicht los, als er seine Hose über die Hüften schob und erst auf dem einen, dann auf dem anderen Fuß balancierte, um sie vom Bein abzuschütteln.

Dann spürte sie seine Finger an den Knöpfen ihres Hemdes, seine Hände glitten darunter, über ihre Brüste und Rippen, dann hinauf zu den Schultern und streiften das Hemd ab. Ihre

Brüste preßten sich gegen seine Brust, ihre Brustspitzen prickelten unter einem neuen und wundervollen Gefühl. Zurückgelehnt ließ sie es geschehen, daß er ihren Gürtel löste und ihn zu Boden fallen ließ. In einer einzigen Bewegung glitten Hose und Unterhose über ihre schmalen Hüften hinunter, und ihre Haut lebte unter seinen liebkosenden Händen auf.

Eine leichte Berührung, und sie lag rücklings auf dem Bett, die Hose in Kniehöhe verschoben, von ihren Stiefeln festgehalten. Rufus hob ihre Füße hoch, als er die Stiefel auszog, und sie über seine Schulter warf, daß sie gegen den Kaminbock polterten. Strümpfe, Unterhose und Hose wurden auf dieselbe rasche, unkomplizierte Art entfernt, und nun erst merkte Portia am fernen Rand ihres Bewußtseins, was da vor sich ging.

Es war nur ein flüchtiges Innehalten. Damit verbunden war das Wissen, daß sie nur ein Wort sagen mußte, wenn sie allem ein Ende machen wollte, gleichzeitig aber auch das Wissen, daß sie die Aufforderung ausgesprochen hatte und daß der Mann, der im Begriff stand, ihr die Jungfräulichkeit zu rauben, davon nichts ahnte.

Und dann war das Gefühl der Realität vorbei. Seine Handflächen wanderten ihre Beine hinauf, von den Fesseln zu den Schenkeln, die er sacht teilte und die weiche Haut an der Innenseite streichelte. Ihr Kern, der geheimste Ort ihres Körpers, pulsierte, offen, verletzlich, gepeinigt von einem Verlangen, das sie nicht zu äußern vermochte. Sie blickte in Augen, klar und hell wie ein Sommerhimmel. Augen, aus deren Tiefen seine Seele sprach, stellten eine Frage, die zart und fordernd zugleich war. Obschon in diesen Dingen unerfahren, wußte sie, daß er ihre Reaktion auf seinen Körper sehen wollte, sie spüren wollte.

Sie berührte ihn instinktiv, spürte, wie sein Fleisch gegen ihre Handfläche drängte. Dann preßte er sich gegen die Spalte ihres Körpers, erst sachte, dann nachdrücklicher. Sie sah das Aufblitzen von Verwunderung in seinen Augen über den Widerstand, an den sein Begehren stieß, dann Begreifen, doch ehe er reagieren konnte, umklammerte sie ihn und zog ihn machtvoll in sich. Mit einem gurgelnden Seufzer stieß er heftig zu, und sie spürte kaum Schmerz, nur ein wundersames Öffnen, etwas in ihrer Mitte, das sie bis in alle Nervenenden traf.

Als die ersten Ansätze eines köstlichen, unbekannten Gefühls sie wellenartig überspülten, zog er sich aus ihrem Körper zurück. Er sank auf ihr zusammen, sein Atem kam schwer und stoßweise, seine Haut war feucht wie ihre, und Portia blieb mit einem merkwürdigen Gefühl einer beunruhigenden Leere zurück, die nach Erfüllung verlangte.

Rufus stützte sich langsam auf einen Ellbogen auf. Er blickte stirnrunzelnd auf sie hinunter. In ihren verschleierten Augen konnte er das schmerzhafte Unerfülltsein so deutlich lesen wie in einem Bilderbuch.

»Warum hast du es mir nicht gesagt?« Er fragte es leise und tonlos.

»Es spielt keine Rolle. Es ist unwichtig«, gab Portia ebenso leise zurück, während sie mit einer Enttäuschung kämpfte, die bis ins Innerste ihres Wesens drang. Sie kämpfte mit den Tränen, so groß waren die Ernüchterung und das ihr vertraute und diesmal überwältigende Gefühl, immer in dem Ausmaß selbst zu enttäuschen, wie sie enttäuscht wurde.

»Bist du mir böse?« Die Frage klang dünn und blutleer.

»Wenn ich es wäre, würde sich die Frage erübrigen«, erwiderte er trocken.

»Es war unwichtig«, wiederholte sie, wobei ihr peinlich bewußt war, daß ihr Ton Tränen ahnen ließ.

»Portia, glaube mir, es war wichtig.« Rufus ließ sich auf den Rücken fallen, eine Hand auf ihrem Leib, als hätte er sie dort vergessen. »Es ist nicht meine Gewohnheit, Jungfrauen zu deflorieren. Und wenn es so wäre, würde ich nicht ...« Er seufzte. »Woher hätte ich es wissen sollen?«

»Du hast es nicht gewußt.« Angesichts ihrer unverhüllten Aufforderung war es nur natürlich, daß er ihr sexuelle Erfahrung zugetraut hatte. Er wußte, wie sie gelebt hatte, und er kannte ihre Herkunft.

Sie schluckte die Tränen hinunter und wandte verstohlen den Kopf, um sich ihre Augen am Deckenzipfel zu trocknen.

Rufus setzte sich wieder auf. »Hätte ich es gewußt«, sagte er bedächtig, »dann wäre ich ein wenig anders vorgegangen.«

»Wie denn?« Portia war trotz ihres Jammers neugierig. »Ich dachte, es gäbe nur eine Möglichkeit.«

»Das schon«, sagte er, beugte sich über sie und strich mit einem Finger zwischen den kleinen hellen Hügeln ihrer Brüste hindurch. »Aber es gibt vielfältige Verfeinerungen.«

»Ach so.« Sie spürte, wie ihr Puls höher schlug, als sein Blick den ihren traf. Sie konnte seinen Ausdruck nicht deuten, wußte nicht, wovon er sprach, doch nagte eine kleine erregte Vorfreude an den Rändern ihrer Unerfülltheit.

»Sag mir, was du empfandest.« Er legte eine Handfläche über eine Brust und bedeckte sie völlig.

Portia runzelte die Stirn und suchte nach Worten, während ihre Brust unter seiner Hand prickelte, und sie spürte, wie die Spitze sich verhärtete. »Daß etwas hätte passieren sollen, das nicht passierte.«

Er lachte gedämpft. »Das dachte ich auch. Armer kleiner Spatz.« Er senkte seinen Kopf auf die andere Brust und ließ seine Lippen darüber gleiten. Wie schon einmal, war er sich deutlich bewußt, wie seidenweich ihre Haut war. Sie war wie das köstlichste Gewebe und wirkte im Kerzenschein unwahrscheinlich weiß. Seine Zunge umspielte ihre Brustknospe, und sie erbebte.

Er hob den Kopf und sah Verwunderung in ihren Augen. Die Wildheit des Tanzes war erloschen, der rasende Taumel, der sie an diesen Ort gebracht hatte. Jetzt las er nur Neugierde und das langsame Ansteigen von Verlangen.

Die Hand auf ihrem Leib, die sie mit starkem Druck streichelte, raubte ihr den Atem. Sie warf den Kopf auf dem Kissen hin und her, verwirrt vom Ansturm der Gefühle, vom heißen Aufruhr ihres Blutes. Seine Hand drang zwischen ihre geschlossenen Schenkel, und sie teilte ihre Beine für ihn, vor bebender Vorahnung tief einatmend. Ihr Körper verlangte heftig danach, daß seine Finger eindrangen, und diesmal weinte sie vor Verwirrung und Lust.

Wieder nahm er ihren Mund in Besitz, während sein kühnes Vorgehen sie dem köstlichen Augenblick, von dem sie schon eine Ahnung bekommen hatte, näher brachte. Die Haut auf ihrem Körper zog sich zusammen, ihre Muskeln strafften sich; ihre Schenkel umschlossen fest seine Hand, da sie sich in dem aussichtslosen Bemühen anspannte, das Kommende hinauszuzögern, aber auch vor hoffnungslosem Verlangen, sich in der verzehrenden Lust zu verlieren.

Als sie sich zu verlieren glaubte, zog er seine Hand zurück. Ihr Körper verlangte sehnsüchtig nach Erfüllung. Der Schmerz des Verlustes ließ sie aufstöhnen. Er schob eine Hand unter ihr Gesäß und hielt es fest, als er sich in ihren Körper Einlaß verschaffte. Ihr feuchtes, zartes Fleisch umschloß ihn eng, und er berührte ihren Mundwinkel mit seiner Zunge und ließ ein beschwichtigendes Raunen hören.

Er küßte ihre Lider, ihre Nasenspitze, während er mit einer Hand noch immer ihr Gesäß umfangen hielt und mit der andern ihre Brust liebkoste. Ihre Haut glühte, kehlige Laute der Wonne kamen über ihre Lippen. Er drang tiefer ein, und als ihm ihre Augen verrieten, daß sie bereit war, steigerte er das Tempo und stieß heftig in sie. Sie faßte nach seinen Oberarmen, als er sich hoch aufrichtete. Mit einem gutturalen Aufschrei überließ sie sich den Wogen der Lust.

Rufus hielt sie fest, als konvulsivische Zuckungen sie erfaßten – bis sie schwer atmend die Augen aufschlug und ihn verwundert anschaute. Sie berührte lächelnd seinen Mund, und er staunte, wie schön sie in diesem Augenblick völliger Hingabe aussah.

Behutsam fing er an, sich wieder zu bewegen, und ihr Körper paßte sich fast unmerklich seinem Rhythmus an. Wieder berührte sie seinen Mund, ließ dann ihre Hand tiefer gleiten und erstaunte ihn mit ihrer Liebkosung, einer Berührung, die bewirkte, daß er mit lautem Stöhnen einen explosiven Höhepunkt erreichte, der ihn bis ins Mark erschütterte.

Sie drückte seinen Kopf an ihre Brust und hielt ihn fest, während er sich von ihr rollte und schwer in die Matratze sinken ließ. Langsam wurde sein Atem ruhiger, und sie lagen reglos da, während der Lärm von unten unvermindert heraufdrang und Gepolter und Gejohle immer zügelloser wurden.

Nach einer Weile schlug Rufus die Augen auf und stützte sich auf einen Ellbogen. Er zeichnete die Linie von Portias hohen Wangenknochen nach und lächelte träge. »Besser?«

»Wundervoll«, sagte sie mit einem sinnlichen kleinen Auflachen.

Rufus schwang sich grienend vom Bett und ging zum Tisch, um die Flasche zu holen. Er nahm einen Schluck, ehe er sie Portia an die Lippen hielt. Sie trank durstig und ließ sich dann wieder in die Kissen fallen.

»Möchte wissen, ob ich den Pakt gebrochen habe«, sagte sie mit selbstzufriedenem Kicksen.

»Welchen Pakt?« Rufus fand den leisen kehligen Laut so köstlich wie ansteckend.

»Olivia, Phoebe und ich schlossen einen Pakt«, erklärte sie mit gespieltem Ernst. »Wir besiegelten ihn mit Blut, als wir schworen, nie so wie die anderen zu werden. Das bedeutete unter anderem, daß wir niemals heiraten wollten, doch bin ich nicht sicher, ob damit auch gemeint war, daß man für immer seine Jungfräulichkeit bewahren muß.«

Rufus zog eine Braue in die Höhe, auf seiner Stirn zeigten sich Furchen. »Wer ist Phoebe?«

»Dianas kleine Schwester. Wir drei trafen uns auf ihrer Hochzeit.« Portias Lächeln ließ einen Anflug von Bitterkeit erkennen, als sie daran dachte, was sie zusammengeführt hatte. »Wir alle fühlten uns unerwünscht. Und an einem sonnigen Nachmittag trafen wir ganz kurz zusammen, drei Mädchen, die sich in der großen Gesellschaft fehl am Platz fühlten und ein kindisches Phantasiespiel veranstalteten.«

Die letzten Stunden hatten Rufus Cato Granville vergessen lassen. Er hatte auch vergessen, warum dieses Mädchen in sein Leben getreten war, ebenso die Frage, was er mit ihr anfangen sollte.

»Was ist?« fragte sie bestürzt, als sie sah, wie sein Blick sich verfinsterte und sich ein harter Zug um seinen Mund legte.

Er schüttelte wegwerfend den Kopf. »Morgen haben wir einen langen Ritt vor uns. Wir wollen trotz des Lärms zu schlafen versuchen.«

Ein Schatten hatte sich über sie gesenkt, und Portias Überschwang verflog und hinterließ kalte Leere. Sie ahnte, daß ihre unbedachten Bemerkungen Rufus in Erinnerung gerufen hatte, daß sie eine Granville war. Sie selbst hatte es sich wohl in Erinnerung gerufen. Sie war eine Granville und hatte eben in Rufus Decaturs Bett ihr Granville-Erbe verraten. Hätte Jack es als Verrat angesehen? Vermutlich nicht. Er selbst hatte unbekümmert sein Vergnügen gesucht, ohne sich viel Gedanken über Prinzipien und Konsequenzen zu machen.

Doch der Schatten ließ sich nicht abschütteln. Was würde nun werden? Hatte sich etwas geändert? Was wollte sie denn, daß jetzt geschähe?

»Ich bin nicht müde«, sagte sie, sprang aus dem Bett und tarnte die düsteren Gedanken mit guter Laune. »Ich höre noch den Dudelsack. Laß uns wieder hinuntergehen.« Sie bückte sich nach ihren Sachen.

Rufus zögerte, doch im Chaos des lauten Gelages ließ sich sowieso nicht schlafen. Deswegen sagte er nur: »Du bist unermüdlich«, und begann ebenso, sich anzuziehen.

Erst kurz vor Tagesanbruch senkte sich Stille über Fannys

zweifelhaft beleumundetes Haus. Die Halle präsentierte sich als wüstes Durcheinander – Tische und Bänke waren umgestürzt, Getränke verschüttet. Hunde, die nach Essensresten stöberten, bewegten sich verstohlen zwischen den Schlafenden, die dort lagen, wo sie betrunken hingefallen waren.

Rufus war unter den letzten, die sich zurückzogen. Er fand Portia in der Kaminecke, wo sie der Schlaf übermannt hatte. Behutsam hob er sie hoch, trug sie hinauf und steckte sie unter die Decke, ehe er neben ihr aufs Lager sank. Mehr als zwei Stunden Schlaf würde er den Leuten bis zum Aufbruch nicht gönnen. Als erwachsene Männer mußten sie imstande sein, die Folgen eines Trinkgelages zu ertragen.

Cato Granville blickte vom Briefstapel auf, als zaghaft an die Tür seines Turmzimmers geklopft wurde. »Herein.«

Als seine Tochter hineinschlüpfte, war er äußerst verwundert. Er konnte sich nicht erinnern, wann Olivia ihn zuletzt aufgesucht hatte. Er zwang sich zu einer freundlichen Miene.

Olivia knickste und stand zunächst stumm vor ihm. Was für ein unvorteilhaftes Kleid sie trägt, dachte Cato. Das stumpfe gelbliche Braun paßte nicht zu ihren dunklen Haaren und ließ sie fahl aussehen. Dann fiel ihm ein, daß er sich nicht erinnern konnte, wann er seine Tochter zum letzten Mal in einem Kleid gesehen hatte, das ihr gut zu Gesicht stand. Er nahm sich vor, Diana zu bitten, sie möge ihrer Stieftochter zu einer gefälligeren Garderobe verhelfen.

»Ich mache mir Sorgen um P-Portia, Sir«, brachte Olivia schließlich heraus. »Wann k-kommt sie zurück?« Ihre schwarzbraunen Augen blickten ihn mit schmerzlicher Eindringlichkeit an, während sie ihre Finger fest verschränkt hielt.

»Kind, die Sache ist sehr kompliziert«, sagte Cato uninteressiert. »Ich weiß nicht, was passieren wird.«

»A-aber das ist nicht fair«, protestierte Olivia, den Blick nach innen richtend, in jene Bereiche, in denen sie ihre Worte formte. »Eigentlich hätte ich es sein sollen und nicht P-Portia. Du bist es ihr schuldig, sie zurückzuholen.«

Cato war ebenso mißvergnügt wie erstaunt ob dieser Herausforderung seitens seiner sonst so zurückhaltenden Tochter.

»Olivia, das geht dich nichts an«, sagte er scharf. »Dein Benehmen gefällt mir gar nicht. Du kannst gehen.«

Die errötende Olivia knickste schweigend und verließ rückwärtsgehend das Allerheiligste ihres Vaters. Draußen lehnte sie sich an die geschlossene Tür, um sich zu fassen. Die Unterredung hatte sie viel Mut gekostet, und nun hatte sie nichts damit erreicht, lediglich den Zorn ihres Vaters erregt.

Die Turmuhr schlug vier, und ihr fiel ein, daß sie Diana im Vorratsraum hätte helfen sollen. Ein paar Tiegel Eingemachtes waren verschwunden, und Diana unterzog die damit betrauten Mägde einem Verhör. Ihre Stieftochter, die sämtliche Kniffe und Geheimnisse der Haushaltsführung lernen mußte, hätte bei der Befragung zugegen sein sollen.

Sie stieß sich von der Tür ab und ging betrübt den Flur zum Wohntrakt entlang. Als sie um die Ecke bog, sagte eine Stimme: »Ach, wenn das nicht die kleine Olivia, meine süße Schwester ist.«

Als Olivia aufblickte, revoltierte ihr Magen. Brian Morse, der Stiefsohn ihres Vaters, vertrat ihr den Weg. Er war also doch gekommen! Und Portia war nicht da. Sie hatte so fest versprochen, ihr zu helfen. Doch nun …

Brian Morse, ein Mann von schlankem Wuchs, hatte ein längliches Gesicht und braune Augen, die wie Kiesel aussahen. Seine niedrige Stirn wurde von einem auffallend hellen Haarschopf gekrönt.

Portia hätte keine Angst empfunden. »Ich bin nicht deine S-Schwester«, brachte Olivia fast ganz korrekt heraus.

»Ach, wa-was sind w-wir doch für ein t-trotziges kleines Mädchen«, äffte er sie nach. Er streckte die Hand aus und wollte nach ihrer Schulter greifen.

Sie sprang zurück, bleich, mit aufgerissenen Augen, aus denen Ekel und Angst sprachen. »R-rühr mich nicht an!«

Er lachte spöttisch. »Schwesterchen, du hast die Tonlage gewechselt.«

»Nein!« Mit einer plötzlichen Bewegung duckte sie sich zur Seite und rannte an ihm vorüber. Zum erstenmal im Leben wünschte sie sich verzweifelt Dianas Nähe.

Brian Morse sah ihr nach. Ein Grinsen lag um seine dünnen Lippen. Sie wurde erwachsen und würde bald eine junge Frau sein. Groß für ihr Alter, mit einem hübsch gerundeten Busen. Die kurze Begegnung hatte freilich gezeigt, daß sie noch immer ein kleines mitleiderregendes Ding war, das zu necken sich nicht lohnte. Bei diesem Sport zog er echte Herausforderungen vor.

Aber andererseits ... Ein satanisches Lächeln verzog seinen Mund. Vielleicht würde es ganz amüsant sein herauszufinden, wie weit er bei diesem Besuch das junge Mädchen benutzen konnte. Vor vier Jahren war es bemerkenswert einfach gewesen, sie fast bis zur Hysterie zu treiben. Als hätte man einem Baby eine Leckerei entrissen.

Er ging weiter zu Catos Allerheiligstem, klopfte kurz an und trat ein, als er dazu aufgefordert wurde.

Cato erhob sich halb aus seinem Stuhl, als er seinen Besucher sah. »Brian, ich wußte nicht, ob ich dich unter den gegebenen Umständen erwarten durfte.«

»Mylord, dieser Krieg reißt viele Familien auseinander.« Brian ergriff die ausgestreckte Hand. »Ich respektiere Eure Entscheidung, auch wenn ich sie nicht akzeptieren kann.«

»Hmmm.« Cato deutete auf einen Stuhl und setzte sich. Brians Meinungsäußerungen waren stets passend, aber genauso oberflächlich.

»Ach, verzeih ...« Seine Gastgeberpflichten ließen ihn wieder aufstehen. »Wein?« Er goß aus der Flasche auf dem Sideboard zwei Zinnbecher voll und reichte einen seinem Gast. »Man kümmert sich um deine Begleitung?«

»Ich kam allein.«

»Ach?« Erstaunt zog er eine Braue in die Höhe. »Schon seit geraumer Zeit ist es nicht ratsam, allein über Land zu reiten.«

»Ich bin in privater Mission für Prince Rupert unterwegs.« Brian lächelte selbstgefällig, als er die Blume des Weins prüfte.

»Das behältst du besser für dich«, empfahl Cato knapp. »Wie lange willst du bleiben?«

Brian wurde augenblicklich aus dem Konzept gebracht. »Wenn mein Besuch nicht willkommen ist, würdet Ihr es mir sicher sagen, Mylord.«

»Als Anhänger des Königs ist deine Anwesenheit hier unpassend«, sagte Cato nachdenklich. »Als Familienmitglied steht es dir natürlich frei zu bleiben, solange es dir beliebt.«

»Mein Besuch ist rein gesellschaftlicher Natur, da ich Lady Diana meine längst fällige Aufwartung machen möchte. Ich bedaure zutiefst, daß ich Eurer Vermählung nicht beiwohnen konnte.«

Cato nahm einen Schluck und nickte ausdruckslos. Damals hatte sein Stiefsohn in Paris wegen seiner Spielschulden eine Kerkerstrafe abgebüßt. Vielleicht ahnte er nicht, daß Cato es wußte.

»Eben stieß ich mit Olivia zusammen«, fuhr Brian fort. »Sie ist eine junge Frau geworden. Von dem kleinen Mädchen, das ich von meinem letzten Besuch her in Erinnerung habe, ist nichts mehr zu sehen.«

»Nein«, gab Cato ihm ernst recht. »Wohl kaum.« Er griff nach dem Glockenzug. »Nach deiner Reise hast du sicher Ruhe und Erquickung nötig ... Ach ja, Bailey, bringe Mr. Morse in ein Gästegemach, und teile ihm Bedienung zu.«

Der Diener verbeugte sich und trat beiseite, um Brian den Vortritt an der Tür zu lassen.

»Ich bringe dich zu Lady Granville, sobald du dich erfrischt hast«, sagte Cato noch.

Nachdem sich die Tür hinter seinem ungebetenen Gast geschlossen hatte, warf Cato sich in seinen Stuhl aus geschnitztem Eichenholz, schlug die Beine übereinander und spielte mit der Schreibfeder. Was wollte Brian hier? Spionierte er für Prince Rupert? Wollte er Größe und Schlagkraft seiner Streitmacht abschätzen? Aber das waren keine Geheimnisse. Sollten die Royalisten ruhig wissen, was jeder in der Gegend in Erfahrung bringen konnte.

Keinesfalls aber durften sie von dem Schatz erfahren, der in den Gewölben von Castle Granville lagerte. Niemand durfte wissen, welches Vermögen Cato für die Parlamentspartei zusammengerafft hatte. War der Zeitpunkt gekommen, die Kostbarkeiten fortzuschaffen, durfte Brian Morse nicht mehr unter seinem Dach weilen.

Ein winziges Lächeln umspielte Catos Mund, als er nach seinem Becher griff. Es war kein angenehmes Lächeln. Der Schatz konnte ihm dazu dienen, zwei Fliegen mit einer Klappe zu schlagen. Rufus Decatur würde alles unternehmen, um die Erträge der Güter seiner Familie für die Sache des Königs an sich zu bringen. Ja, was würde er nicht alles tun für einen Schatz, wie Cato ihn in seinen Gewölben hortete? Er war ein süßer Köder für die Falle, die Rufus Decatur direkt an den Galgen auf der Festungsmauer von Castle Granville bringen würde. War Jacks Tochter ein unschuldiges Pfand in Decaturs Spiel, würde die Gefangennahme ihres Entführers ihr die Freiheit bringen.

12

»Heute schaffen wir es aber nicht bis Newcastle«, bemerkte Will mit einem Blick zum schmutziggrauen Himmel.

»Nein, ihr werdet unterwegs biwakieren müssen.« Rufus warf einen Blick auf die Reihe der Pferde hinter sich. Die Tiere waren frischer als die Reiter, die nach der durchzechten Nacht dösend im Sattel hingen und sich mühsam an den Zügeln festhielten.

Portia ritt mit schweren Lidern und verhangenem Blick neben ihm. Ihr Schweigen schrieb er ihrer Rücksicht auf Will zu, da der junge Mann vor Verlegenheit nicht gewußt hatte, wohin er seinen Blick wenden sollte, als Rufus und seine Bettgefährtin in der grauen Morgendämmerung aufgetaucht waren. Da Will von einer der jungen Frauen Fannys getröstet worden war, fand Rufus seine Prüderie ein wenig übertrieben, andererseits aber war Will noch nie jemandem wie Portia Worth begegnet.

Portias Schweigen hatte indessen nichts mit Will zu tun, sondern mit der Frage, die sie in der Glut nächtlicher Leidenschaft hatte verdrängen können und die sich ihr nun im frostigen Morgenlicht hart und klar stellte: *Was sollte nun aus ihr werden?* Eine glückliche Gefangene etwa? Eine, die sich willig ins Bett ihres Entführers fügte? Sie empfand weder Freude noch Resignation. Ständig wanderte ihr Blick verstohlen zu Rufus, dessen Miene nichts verriet. Seit dem Erwachen hatte es wenig Gelegenheit für Vertraulichkeiten gegeben. Rufus hatte Mühe gehabt, aus seinem betrunkenen und zügellosen Haufen wieder einen Militärtrupp zu formieren. Sehr sanft war er dabei nicht vorgegangen, doch schien dem aufgebrachten Kommandanten niemand seine wüsten Flüche und Drohungen zu verargen.

Colonel Neath rückte von hinten zu ihnen auf. »Einen Brummschädel habe ich heute …« Er warf einen bekümmerten Blick himmelwärts. »Sieht nach Schnee aus.«

»Ja«, gab Rufus ihm recht. »Ihr werdet sicher eine geschützte Stelle fürs Biwak finden. Führt Ihr Zelte mit?«

»Ja«, sagte Neath. »Wir haben alles Nötige. Wollt Ihr nicht mit uns kommen?«

Rufus schüttelte den Kopf. »Nein, Will und die Hälfte meiner Leute werden Euch nach Newcastle eskortieren. Alle anderen reiten nach Rothbury.«

Portia blickte auf. Es war das erste Mal, daß sie von seinem Plan hörte. Aber das Ziel hatte auf ihre Situation keinerlei Auswirkung.

Penny war es gewöhnt, ihren Platz in einer Reihe von Pferden zu halten, so daß sie kaum der Zügelhilfe bedurfte. Portia ritt daher fast im Halbschlaf dahin, als die Kavalkade plötzlich anhielt. Sie fuhr im Sattel auf, schüttelte sich und sah, daß sie an einer Wegkreuzung angelangt waren.

»Hier trennen sich unsere Wege, Colonel.« Rufus beugte sich vor, um Neath die Hand zu schütteln. »Ich wünschte, wir wären einander unter anderen Umständen begegnet.«

»Ich auch.« Neath ergriff die dargebotene Hand und verzog das Gesicht. »Ich wünsche Euch gute Reise, Mann, aber Glück wünsche ich Euch nicht.«

Rufus hob lachend die Hand zum Gruß. »Gott mit Euch, Neath. Möget Ihr den nächsten Kampf erleben ... Will, ich erwarte dich vor Ablauf der Woche zurück. Falls du vorhast, dich in Newcastle zu vergnügen, laß es mich wissen.«

»Warum sollte ich mich vergnügen?« fragte Will verdutzt.

»Wo ein Hauptquartier ist, bieten sich mancherlei Gelegenheiten«, nannte Portia die Sache beim Namen.

Will lief rot an. Sein Pferd, das die Nervosität seines Reiters spürte, tänzelte nervös auf der Stelle.

»Ich wollte Euch nicht in Verlegenheit bringen«, beeilte sich Portia ihn zu trösten. Doch ihre Entschuldigung machte die Sache nur noch schlimmer, und Will wurde noch röter.

In Rufus regte sich Mitleid. »Will, du wirst so viel zu tun haben, daß wenig Zeit fürs Vergnügen bleibt«, erklärte er und lenkte sein Pferd auf die linke Seite. »Gute Reise.«

»Gute Reise, Will«, wiederholte Portia, als Penny ohne Sporenhilfe mit den fünfzehn Mann, die mit ihnen weiterritten, Ajax auf dem schmalen Pfad folgte.

Sie legten eine kurze Strecke zurück, dann hielt Rufus auf dem Rücken einer kleinen Erhebung an, um dem Zug der Gefangenen und ihrer Eskorte nachzublicken. Dann wendete er Ajax und ritt weiter.

Portia, die nun hellwach war, fiel ein, was er vorhin gesagt hatte. »Heißt dieser Ort hier Rothbury? Reiten wir über das Land Eurer Familie?«

Rufus ließ sich mit der Antwort Zeit, und als er sprach, war es kaum vernehmbar. »Es war unser Land.«

Der bittere Ton verbot weitere Fragen. Während sie weiterritten, spürte Portia, daß sich Finsternis wie ein schwarzer Mantel auf ihn senkte. Ihr verging die Lust zum Reden. Hinter ihnen ritt Georges vertraute untersetzte Gestalt an der Spitze der Kavalkade den gewundenen Pfad entlang. Niemandem war nach Reden zumute. Rhythmisches Hufgetrappel und das Klirren des Zaumzeugs bildeten die einzigen Geräusche.

Rufus kämpfte gegen den übermächtigen Zwang an. Er hatte gewußt, was er riskierte, wenn er diese Route einschlug, doch war es der schnellste Weg zurück ins Decatur-Dorf. Nach seinem erfolgreichen Überfall auf Neaths Truppe hatte er sich stark und unverletzbar gefühlt und sich vor seinem an Wahn grenzenden Drang sicher gewähnt. Doch mit jeder Meile, die er sich dem Ort näherte, fühlte er sich von den schwarzen Fangarmen der Besessenheit fester umschlungen.

Als er sein Pferd zügelte, wußte er, daß er seiner Obsession nachgeben mußte. Im Namen seines Vaters – um das Gedächtnis an seinen Vater zu ehren. Er durfte nicht vergessen. Und er würde nicht vergessen.

Sich im Sattel umwendend, sagte er tonlos zu George: »Hier verlasse ich euch. Ihr reitet weiter nach Decatur, ich komme später nach.«

Aus Georges scharfem Blick sprachen Mitgefühl und Besorgnis. Er wußte, wo sie sich befanden. »Seid Ihr Eurer Sache sicher, Sir?«

Rufus nickte kurz.

»Wohin reiten wir?« fragte Portia.

»Du bleibst bei George«, befahl Rufus. Ohne ein weiteres Wort wendete er Ajax und setzte mit ihm über einen niedrigen Zaun auf einem Stoppelfeld.

»Los geht's, Mädchen.« George ritt an Portia heran. »Der Herr wird später nachkommen.«

Portia schwieg und ließ Penny ruhig weitergehen. Erst nach einer Weile sagte sie: »Ich bleibe kurz zurück.«

George nickte bereitwillig. Natürlichen Bedürfnissen konnte man hier ungehindert nachgeben.

Portia lenkte ihr Pferd abseits und ließ die Kolonne an sich vorüberziehen, dann ritt sie mit Penny im Galopp zurück und zum Zaun.

Das Stoppelfeld erstreckte sich über den Abhang eines Hügels, und als Portia oben angekommen war, sah sie Rufus ein Stück tiefer, auf der anderen Seite. Hoch zu Roß saß er da und hielt seinen Blick hinunter ins Tal gerichtet. Seine völlig reglose Gestalt wirkte im schwindenden Licht so abweisend, daß sie wünschte, sie wäre bei George geblieben.

Schon wollte sie kehrtmachen, als er sich plötzlich im Sattel umdrehte. Seine Augen, die sie über die trennende Entfernung hinweg anstarrten, waren wie leere Höhlen. Die Schwärze rasender Wut schien ihn zu umgeben.

Sie wußte nichts von ihm. Das hatte er erst gestern zu ihr gesagt. War es erst gestern gewesen? Ihr war bis jetzt nicht klargewesen, wie sehr es stimmte. Die zerbrechliche Intimität ihrer gemeinsamen Nacht war zersplittert wie Glas.

»Komm schon, und sieh dir an, was du sehen wolltest«, rief er ihr voller Bitterkeit und Hohn zu.

Portia wollte nicht, und doch mußte sie, da sie wie durch teuflischen Zauber zu ihm hingezogen wurde. Sie ritt bergab, bis Penny neben Ajax stand. Der Fuchs zitterte so heftig, daß seine Decke am Hals und an den Flanken bebte.

»Du möchtest also das Werk der Granvilles sehen«, sagte Rufus. »Also, sieh hin!« Er deutete mit der Reitgerte hinunter.

Portia blickte hinüber ins Tal und sah eine geschwärzte Brandruine. Der einst mattrote Backstein war verkohlt; eingestürzte Mauern, deren Ränder gezackt aufragten, zeigten noch immer die Umrisse des Herrensitzes, der sich hier einst erhoben hatte. Heruntergefallene Schornstein-Aufsätze lagen auf den von Unkraut überwucherten Höfen. Zwischen zerbrochenen blaugrauen Dachziegeln schimmerten die Glasscherben der Fenster im Gras. Der einstmals eingefriedete und bepflanzte Park war nun eine verwahrloste Wildnis üppig wuchernder Sträucher. Die mit Kies bestreute Zufahrt, die zur großen elizabethanischen Eichentür führte, erstickte unter Unkraut.

Portia starrte in benommenem Schweigen auf dieses Werk der Vernichtung hinunter.

»In diesem Haus wurde ich geboren.« Rufus' Ton war heftig und sein Blick hart, als er in Portias bleiches Gesicht sah. »Ich war acht, als die Granvilles meinen Vater vor seiner eigenen Haustür ermordeten. Acht Jahre, als man ein Haus in Brand setzte, dessen Fundamente vor der normannischen Invasion gelegt wurden. Ich war acht, als die Granvilles die Decaturs wie wilde Tiere ins Hügelland trieben.«

»Jack sagte, dein Vater hätte sich selbst getötet«, sagte Portia, deren Kehle so trocken war, daß sie kaum ein Wort herausbrachte. »Nicht George Granville war es, der deinen Vater tötete, sondern dieser selbst.«

»Ja, er tötete sich, um der Schmach des Verrätertodes zu entrinnen«, stieß Rufus hervor. »Er tötete sich, damit sein Sohn nicht mit ansehen mußte, wie sein Vater am Tower Hill für ein nicht begangenes Verbrechen aufs Schafott mußte. Und der Mann, dem er über zwanzig Jahre lang in Freundschaft verbunden war, trägt die Schuld an seinem Tod, als hätte er die Pistole selbst abgedrückt.«

Portia sah ihn an. Dann starrte sie wieder zur Brandruine hin. Seine Miene hätte nicht furchteinflößender sein können. Fast war es, als hätte er ihre Gegenwart vergessen.

»Als Lohn für seinen Verrat wurde George Granville mit der Verwaltung der Güter der Rothburys betraut.« Er sprach noch immer wie ins Leere. »Ich hatte Granville zwingen wollen, mir die Einkünfte aus diesen Gütern im Gegenzug für seine Tochter auszuhändigen. Statt dessen aber ...«

Innehaltend sah er Portia mit einem undeutbaren Blick an, ehe er mit einer Sanftheit, die seine schrecklichen Worte Lügen strafte, fortfuhr: »Ich schwor, meinen Vater zu rächen, und ich werde es tun, so wahr mir Gott helfe. Ich will diese Ratte Cato für den Verrat seines Vaters vor mir im Staub kriechen sehen.«

Portia merkte entsetzt, daß er jedes Wort ernst meinte. Ihr Einfühlungsvermögen ließ sie freilich verstehen, was er verloren hatte. Vom zarten Kindesalter an vaterlos, seines Geburtsrechtes beraubt, war er in die harte Welt außerhalb von Gesetz und Gesellschaft hinausgestoßen worden. Ein kleiner Junge, der wußte, daß sein Vater einen schrecklichen Tod gestorben war.

»Und deine Mutter?« fragte sie zaghaft.

»Sie starb bei der Geburt meiner Schwester, fünf Monate, nachdem man uns vertrieben hatte.« Sein Ton war dumpf und entrückt. »Sie mußte sterben, weil niemand einer Gejagten und Ausgestoßenen, der Witwe eines verurteilten Verräters, beistehen wollte. Das Neugeborene folgte ihr nach wenigen Stunden in den Tod.«

»O Gott!« Portia versuchte, die Bilder zu verdrängen – der Junge, der seine Mutter in den Wehen liegen sieht, der hilflos ihr Leiden und ihren Tod erleben muß und schließlich als Waise zurückbleibt.

Darin lag die Wurzel des Übels. Und es würde nie ein Ende haben, solange Rufus sich der Rache verschrieb und sie alle damit herabzog.

»Cato hat deinen Vater nicht getötet«, wandte sie ein. »Er war damals ein Junge wie du, den du nicht für die Taten seines Vaters verantwortlich machen kannst.«

»So spricht eine Granville«, knirschte Rufus bitter. »Wie

sonderbar, daß ich es ein- oder zweimal schaffte zu vergessen, wer du bist.«

»Ich kann nicht anders«, sagte sie. »Ich kann nichts für mein Blut, Rufus.«

Ohne eine Antwort zu geben, saß er einfach auf seinem Pferd und starrte wieder hinunter auf die Ruinen seines Vaterhauses. Portia faßte nach Pennys Zügel und sprach die einzige Wahrheit aus, die es gab. »Ich kann nichts dafür, und du kannst es nicht vergessen, Rufus. Im Dorf Decatur ist für mich kein Platz. Als Geisel kann ich dir nichts nützen, und etwas anderes kann ich nicht sein. Ich werde immer nur die Feindin sein.«

Nun sah er sie an, und sein Blick war verhangen. »Eine Stunde Ritt in südlicher Richtung, und du erreichst Castle Granville. Kehre an den Herd der Granvilles zurück. Dort gehörst du hin.«

Portia wendete Penny hügelabwärts, zurück zum Weg, dann wandte sie sich nach Süden. Sie warf keinen Blick zurück, doch sah sie noch immer den Mann hoch zu Roß auf dem Hügelkamm vor sich, allein mit seiner Rache.

Allein war auch sie und wußte nicht, was für einen Empfang man ihr bereiten würde. Ganz sicher aber wußte sie, daß sie fortan stets unter der Erinnerung an jene Momente leiden würde, als sie, wenn auch nur kurz, jemandem von Herzen angehört hatte.

Portia brachte die Strecke in totaler Benommenheit hinter sich. Etliche Male mußte sie nach dem Weg fragen, erreichte aber sehr rasch Granville-Gebiet. Nach der Trennung von Rufus war nicht viel mehr als eine Stunde vergangen, als sie auch schon Castle Granville auf dem Hang gegenüber aufragen sah. Sie war ratlos, wie sie ihre Gefühle hätte definieren sollen. Ihr Elend war mit jeder Meile, die sie zwischen sich und Rufus Decatur legte, gewachsen. Sie kam sich vor wie ein aus dem Nest gefallener und in die Kälte hinausgestoßener Vogel. Da nützte es nichts, daß sie sich sagte, sie hätte alles selber herausgefordert und sei aus freien Stücken fortgegangen. Es nützte gar nichts. Keiner der zahlreichen und vielfältigen Schicksalsschläge ihrer Mädchenzeit hatte sie auf dieses Gefühl der Trostlosigkeit vorbereitet.

Sie ritt an der Nebenpforte vor, und der Posten beäugte sie mißtrauisch. Doch als sie sich zu erkennen gab, reagierte er wie der Blitz. Die Pforte schwang auf, der Posten ergriff ihre Zügel und rief über die Schulter: »Hol Sergeant Crampton. Das Mädchen ist wieder da.«

Portia saß müde ab und wartete im Pförtnerhaus auf Giles. Für eine auf wundersame Weise heimgekehrte Geisel ein alles andere als freudiger Empfang.

Giles, der bei Tisch gestört worden war, stürzte mit seiner karierten Serviette herein. Verblüfft starrte er sie an und brauchte ein paar Sekunden, bis er herausbrachte: »Woher kommt Ihr?«

»Ich konnte entkommen«, sagte sie. »Warum werde ich hier festgehalten, Sergeant?« Sie versuchte es mit Arroganz und erzielte damit bei dem Sergeanten eine gewisse Wirkung.

»Lord Granville ist beim Dinner«, gab er kühl zurück. »Aber kommt mit.«

Portia verkniff sich die Erwiderung, daß sie den Weg zum Eßzimmer sehr wohl kannte, und schickte sich darein, wie eine entflohene Gefangene eskortiert zu werden.

Im Speisezimmer unternahm Cato höchst untaugliche Versuche, Brian Morse zu unterhalten. Diana zeigte sich seit der Ankunft des Gastes wie verwandelt, da mit Brian etwas vom Glanz des Hoflebens ins Haus gekommen war. Seine Kleidung war modisch, seine Manieren von feinster Höflingsart und mit einer Prise Flirtfreudigkeit gewürzt, um den Reiz zu erhöhen. Diana, die in ihrem Element war, strahlte vor Glück. Bei Cato konnte davon keine Rede sein.

»Brian, wenn du Lust hast, auf Falkenjagd zu gehen, könnte

ich …« Cato sprach nicht weiter, als Stimmen vor der massiven Tür hörbar wurden. Er erkannte Giles Cramptons energischen Ton und war sofort auf den Beinen, als die Tür geöffnet wurde.

Der Sergeant stand im Eingang. »Verzeiht, wenn ich die Tafel störe, aber …«

»Schon gut, Giles.« Cato legte seine Serviette beiseite. Er konnte Portia hinter dem stattlichen Sergeanten zunächst nicht sehen. »Kommt, gehen wir in mein Gemach. Entschuldige mich, meine Liebe.« Er verbeugte sich hastig vor seiner Frau und ging zur Tür, wo er erstaunt innehielt.

»Portia! Guter Gott, Mädchen, wie hast du es hierher geschafft?«

»Sie kam eben jetzt, Mylord«, sagte Giles, ehe Portia ein Wort äußern konnte. »Tauchte an der kleinen Pforte ohne Vorwarnung auf.«

»Nun, eine Vorwarnung wäre wohl schwierig gewesen«, sagte Cato trocken. Er mußte Portias plötzliches Erscheinen und seine möglichen Folgen erst verarbeiten. »Bist du wohlauf, Kind? Unversehrt?«

Portia nickte und sagte der Wahrheit entsprechend: »Aber ich bin sehr müde, Sir. Es ist eine lange Geschichte.«

»Ja, natürlich. Komm, wir wollen alles unter vier Augen besprechen.«

»Was ist, Mylord?« hörte man Dianas neugierige Stimme von der Tafel her.

»Portia ist zurück«, verkündete Cato. »Sehr ungewöhnlich. Aber ehe sie mir nicht alles berichtet hat, kann ich dir nichts weiter sagen, meine Liebe.« Er schloß die Tür fest hinter sich. Mit derselben Bewegung schob er Portia vor sich den Korridor entlang zum Turmzimmer. Giles folgte in gemessenem Abstand.

Nachdem die Tür seines Refugiums fest geschlossen war, begutachtete Cato Portia mit demselben verwunderten Staunen. »Was ist passiert?«

»Ich war die falsche Geisel«, sagte sie. »Aber das wißt Ihr sicher.«

»Ja, ich weiß, daß dieser Schuft Decatur es auf Olivia abgesehen hatte.« Seine Augen wurden schmal. »Man hat dich doch nicht irgendwie mißhandelt?«

Portia schüttelte den Kopf. »Die Entführung selbst war schlimm, doch kann ich mich über meine Behandlung im Dorf Decatur nicht beklagen.« Sie begegnete ruhig seinem Blick.

»Sie sagte, ihr wäre die Flucht gelungen.« Giles sah sie scharf an.

Portia zögerte, und Cato kniff die Augen zusammen. »Das stimmt«, sagte sie. Wie hätte sie denn die Wahrheit sagen können?

»Sie ritt eine Vollblutstute, Mylord«, bemerkte Giles. Sein argwöhnischer Blick hing unverwandt an Portia.

»Ein Pferd Decaturs?«

»Ja«, gab Portia zur Antwort.

»Hast du es gestohlen?«

»So könnte man es nennen.« Sie schwankte leicht und suchte an einer Stuhllehne Halt. Diesem Verhör war sie nicht gewachsen. Heute nicht. »Ich sah es eher als Ausleihen an.«

»Die Flucht aus dem Dorf ist nicht leicht«, warf Giles ein. »Vielleicht hat man mit Absicht weggeschaut.«

Portia sah ihn verwirrt an. Was wollte er damit andeuten?

»Das Pferd muß zurückgebracht werden«, erklärte Cato. »Ich werde Decatur doch nicht Grund liefern, mich des Diebstahls zu bezichtigen.«

»Wir könnten die Stute den größten Teil des Weges führen und sie dann allein den Stall suchen lassen, Sir.«

»Ja, zusammen mit einer Botschaft für Freund Decatur«, knurrte Cato grimmig. Dann wandte er sich wieder Portia zu. »Was ist mit deinen Kleidern?«

Portia blickte an ihrer ungewöhnlichen Aufmachung hinunter. »Meine Sachen wurden bei der Entführung ruiniert«, erklärte sie. »Und im Dorf gab es nur dies. Dort leben keine Frauen«, setzte sie hinzu.

Cato nickte. »Das hörte ich.« Er sah sie scharf an. »Hast du während deines Aufenthaltes etwas Nützliches erfahren können?«

»Ich weiß nicht, was Ihr als nützlich anseht, Mylord.«

»Hattest du das Gefühl, daß es ein Militärlager ist?«

»Ein sehr gut organisiertes, das auf seiten des Königs steht.«

Cato stand da und sah Portia an. Ihre Aufmachung war unvorteilhaft, ihr Haar vom Wind zerzaust und durcheinander. Sagte sie die Wahrheit über ihre Flucht? Ihm war ihr verräterisches Zögern nicht entgangen. War es denkbar, daß ihre erstaunliche Rückkehr Teil eines großangelegten Planes war, den Decatur verfolgte? Wie hatte dieses schwache Mädchen die Flucht aus Decaturs Festung geschafft? Und den Diebstahl des Pferdes? Er wurde nicht klug aus Portia. Sie war das Kind seines Bruders und blickte ihn nun mit dessen Augen an. Konnte er ihr trauen? Er wußte es nicht.

Er bemerkte, wie krampfhaft sie die Stuhllehne umfaßte, sah die dunklen Ringe unter ihren Augen. Was immer sie zurückgeführt hatte, sie war auf jeden Fall völlig erschöpft.

»Wir wollen uns später ausführlicher unterhalten«, sagte er und bedeutete ihr, sie solle gehen. »Olivia wird sich freuen, dich zu sehen. Sie war schon in Sorge um dich. Von Lady Granville weiß ich, daß Olivia erkrankt ist und das Bett hütet. Geh zu ihr.«

»Gewiß, Sir.« Portia, die in ihren Breeches nicht knicksen konnte, verbeugte sich linkisch.

Kaum hatte sie Olivias Tür geöffnet, war ihr eigenes Unglück vergessen.

Olivia lag mit geschlossenen Augen da, bleicher als ihr Kissen, bis zum Kinn zugedeckt. Sie lag so reglos da wie eine aufgebahrte Leiche, und Portias Herzschlag stockte. Cato hatte gesagt, sie sei erkrankt. Ihrem Aussehen nach aber stand sie an der Schwelle des Todes.

»Olivia?«

»Portia!« Olivia fuhr auf, und Portias Angst verflog. Olivia war quicklebendig.

»Du bist es? Bist du es wirklich?« Olivias Augen wurden groß, als sie Portias ungewöhnliche Kostümierung sah. »Du trägst ja Breeches!«

»Ja, ich bin es ... ja, ich trage Breeches.« Portia schloß die Tür und kam ans Bett. »Was hält dich im Bett? Dein Vater sagte, daß du krank bist.«

»Das bin ich.« Olivia griff nach Portias Händen und umklammerte sie mit schmerzhafter Festigkeit. »Wie f-froh bin ich, dich zu sehen. Was ist dir zugestoßen? Warum trägst du diese Sachen?« In ihren schwarzen Augen blitzte es neugierig auf, und ihre Wangen hatten sich gerötet.

Portia ließ sich auf der Bettkante nieder. »Das ist eine lange Geschichte, Kleines.«

»Erzähl schon!« forderte Olivia und drückte Portias Hände noch fester.

Erst schwieg Portia. Das Verlangen, ihr Herz auszuschütten und ihr Leid zu klagen, war plötzlich überwältigend. Als Olivia wiederholte: »Erzähle!«, fing Portia zu sprechen an.

Sie versuchte so zu tun, als würde sie das alles nicht sonderlich berühren, aber Olivia hörte ihre Verzweiflung unter der Selbstironie und dem spöttischen Ton heraus. Und sie spürte, daß Portia, die sie immer für stark, für unbekümmert und unabhängig gehalten hatte, verletzt war. Ihre treue Freundin brauchte nun selbst eine Stütze.

Eine Woge der Wärme und Entschlossenheit erfaßte Olivia. »L-liebst du ihn?« fragte sie, als Portia geendet hatte.

Portias Auflachen war verbittert. »Ob ich ihn liebe? Ich weiß nicht, was das ist. Ich glaube, Jack liebte ich – aber vielleicht war es nur ein Gefühl der Abhängigkeit, da ich ja nur ihn hatte. Nein, ich glaube nicht, daß Liebe bei meiner kurzen Begegnung mit Rufus Decatur eine Rolle spielte.«

»Was war es dann?« bohrte Olivia weiter, nach wie vor Portias Hand haltend.

Portia blickte ins Leere, spürte die Wärme und Kraft von Olivias Griff und fühlte sich wortlos getröstet. Ja, was war es wohl? Leidenschaft, Erregung, Neugierde? Alles das. Und wenn es noch etwas gegeben hatte, wenn sie tatsächlich die Ansätze von etwas Tieferem gespürt hatte – die Möglichkeit von etwas Tieferem –, dann war es klar, daß dies auf Rufus nicht zutraf. Für ihn würde sie ewig nur die Feindin sein und ihrer Herkunft wegen mit einem Stigma behaftet.

»Es war sicher nicht Liebe«, sagte sie mit einem kleinen Achselzucken. »Ich glaube nicht, daß in meinem Leben irgendeine Art von Liebe Platz hat.«

»Ich habe dich lieb«, sagte Olivia mit Nachdruck und beugte sich vor, um Portias schmale Gestalt zu umarmen. »Ich habe dich lieb.«

»Ach, Olivia!« Portia wischte über ihre Augen, als ihr die Tränen kamen. »Sieh, was du angerichtet hast.«

»Zuweilen t-tut Weinen gut«, sagte Olivia, selbst den Tränen nahe.

Portia gab kurz nach, dann entzog sie sich Olivias Umarmung. »Ich bin nur hungrig und müde«, sagte sie mit mattem Lächeln. »Ich weine nicht.«

»Eben d-doch«, widersprach Olivia.

»Was für ein Gespann wir doch sind.« Portia lachte, und diesmal war eine Andeutung der alten Portia erkennbar. Sie sah nach, was das Tablett bot, das auf einem Tisch stand. »Ist das dein Dinner? Könnten wir es uns teilen?«

»Ich habe keinen Hunger«, sagte Olivia und schob das Tablett Portia zu.

»Bist du sicher?« Portia riß die Keule einer gebratenen Taube ab. Mit einem schlauen Blick zu Olivia sagte sie: »Ich habe dir mein Herzeleid geklagt. Jetzt mußt du mir sagen, warum du dich im Bett verkriechst und die Kranke spielst.«

»B-Brian«, sagte Olivia und ließ sich ins Kissen fallen. »Er ist da.«

»Was ist mit ihm?« Portia nagte das Fleisch von der Keule, warf den Knochen weg und griff zu einem Flügel. Sie wartete geduldig, während Olivia blicklos vor sich hinstarrte.

Olivia suchte nach etwas Konkretem, das Portias Frage beantwortet hätte. Aber allein der Gedanke an ihn genügte, um Widerwillen und Angst wachzurufen. Und wie stets, wenn sie versuchte, die Verwirrung zu durchdringen, schreckte sie davor zurück. Es war etwas, das sie gar nicht wissen wollte.

Sie schüttelte den Kopf. »Ich kann es dir nicht sagen. I-ich weiß es nicht. Ich weiß nur, daß ich ihn umbringen möchte.« Hilflos sah sie Portia an, die von dieser Meinungsäußerung nicht schockiert schien. Portia war unerschütterlich. Nichts schien sie aus der Ruhe zu bringen.

Unbewußt griff Olivia nach einem Stück Weißbrot.

Portia bot ihr die Butterdose an und gönnte sich eine Gabel eingemachter roter Bete. Schweigend wurde gegessen, bis Portia sagte: »Töten würde ich ihn nicht für dich, aber ich kenne ein, zwei Tricks, die den Aufenthalt für ihn sehr ungemütlich machen könnten. Wenn du willst ...«

In Olivias Augen leuchtete es auf. »Was für T-tricks?«

Portia lächelte verschmitzt. Ihre Augen waren noch gerötet, aber der alte Glanz war wieder da. »Das wirst du schon erfahren. Erst mußt du aufstehen und dich den anderen zeigen. Wir können diesem Brian nicht viel antun, wenn du hier Trübsal bläst.«

Olivia verspeiste ein Stück Pilzpastete. War es denn möglich, daß Portia Brian Morse gewachsen war? Sie selbst fühlte sich in seiner Gegenwart so hilflos wie eine Maus vor einer gierigen Katze. Aber mit Portia an ihrer Seite konnte sie vielleicht Stärke zeigen und sich vor seinen Gemeinheiten schützen. »Na schön«, sagte sie. »Morgen werde ich aufstehen.«

»Bravo!« applaudierte Portia.

Portia hatte schon längst die unschätzbare Lektion gelernt, daß man sich mit Aktivität am besten von seinem Kummer und Seelenschmerz ablenkt. An ihrer momentanen Situation konnte sie nichts ändern, doch konnte sie sich der Probleme Olivias annehmen, und wenn ein wenig Schabernack mit der Ablenkung verbunden war, um so besser.

13

Auch wenn Portia von Olivias Abscheu nichts geahnt hätte, wäre Brian Morse ihr auf den ersten Blick unsympathisch gewesen. Als sie ihm in Dianas Salon am nächsten Nachmittag vorgestellt wurde, tat er sie nach einem einzigen Blick sofort als seiner Aufmerksamkeit unwürdig ab. Eine arme Verwandte ohne die Vorzüge von Schönheit und Haltung.

»Mein Gemahl ist unglaublich großzügig«, sagte Diana in gedämpftem Ton, aber gerade noch so laut, daß Portia es hören konnte. »Ich kenne nur wenige Männer, die dem Bastard ihres Halbbruders ein Dach über dem Kopf bieten würden.«

»Ein bedauernswertes Ding«, murmelte Brian mit einem Blick zu Portia, die mit Olivia am Fenster stand. Die letzten Sonnenstrahlen des Nachmittags fingen sich in ihrem flammendroten Haar, fielen auf ihre eckige Gestalt, hoben ihre Nase hervor und beleuchteten ihre Sommersprossen.

»Olivia«, rief Diana scharf. »Komm und unterhalte dich mit Mr. Morse. Ich weiß gar nicht, wo du in letzter Zeit deine Manieren gelassen hast. Es gehört sich nicht, daß du mit Portia, auf die gewiß noch allerlei Pflichten warten, in einer Ecke tuschelst.«

»Mein Vater sagte, P-Portia solle mir G-Gesellschaft leisten«, verteidigte Olivia ihre Freundin, vor Zorn, aber auch unter der Mühe des Sprechens errötend.

»Meine Liebe, sicher erwartet dein Vater, daß du seinen Gästen als Tochter des Hauses gebührende Aufmerksamkeit widmest«, zischte Diana ätzend. »Mr. Morse möchte die Stallungen besichtigen. Ich schlage vor, daß du ihn begleitest. Portia wird in der Kinderstube gebraucht.«

Olivias flehentlicher Blick flog zu Portia, die ihr beruhigend zuzwinkerte und langsam zur Tür ging.

»Lord Granville bat mich am Morgen ausdrücklich, bei Olivia zu bleiben, Madam. Ich glaube, er wollte, daß ich als Begleiterin fungiere, bis sie wieder ganz zu Kräften gekommen ist. Ich hole sofort ihren Mantel, wenn sie hinausgehen soll. Obwohl … der Abend ist rauh, und ich frage mich, ob es klug wäre, wenn sie …«

»Schon gut.« Diana unterbrach gereizt diesen in überbesorgtem Ton vorgebrachten Kommentar. »Ich vergaß, wie spät es ist.« Es war durchaus möglich, daß Cato dem Mädchen Anweisungen gegeben hatte, und seinen Wünschen konnte sie sich nicht widersetzen, ohne dies zuvor mit ihm zu besprechen.

»Wenn es zu kalt ist, könnte mein Schwesterchen mit mir die Galerie besichtigen«, schlug Brian vor. »Ich kann es kaum erwarten, unsere Bekanntschaft zu erneuern. Es ist so lange her – damals warst du fast noch ein Baby.«

Sein Lächeln ist besonders schmierig, dachte Portia angewidert. Schmierig und falsch. Und sie spürte, daß er Olivia ärgerte. Er wußte, daß Olivia ihn aus irgendeinem Grund fürchtete, und genoß es, mit ihr sein Spielchen zu treiben.

»Eine gute Idee«, sagte sie und drehte sich um, um Olivias Arm zu nehmen. »Wir wollen Mr. Morse die Galerie zeigen.«

Das hatte Brian nicht gewollt. Es war unter seiner Würde, sich mit dieser Vogelscheuche abzugeben, deren Status im Haus unter dem einer bezahlten Kinderfrau lag. Aber die Versuchung, sich auf Kosten Olivias zu amüsieren, war zu groß, und er baute darauf, Jack Worths Bastard seine Anmaßung austreiben zu können, sobald er allein mit dem Mädchen war. Mit Olivia hatte er schließlich leichtes Spiel gehabt.

Im schmalen Korridor nahm er Olivias freien Arm und zog sie energisch neben sich, so daß Portia gezwungen war, zurückzubleiben. Prompt glitt Portia seitlich zwischen Olivia und die Wand und bewegte sich krabbenartig mit dem Rücken zur Wand fort.

Brian ignorierte sie völlig. »A-also, Schwesterchen«, sagte er spöttisch, »ich h-hoffte auf einen v-viel wärmeren Empfang.«

Portia, deren Unmut stieg, da sie Olivias Verzweiflung spürte, eröffnete die Kampfhandlungen, indem sie seine Aufmerksamkeit brutal von Olivia ablenkte. »Warum suchst du dir nicht jemanden aus, der zu deiner Größe paßt, du boshafter Wicht?«

Brian machte ein so verdutztes Gesicht, daß Olivia ihre Angst kurz vergaß und fast gelacht hätte.

»In schwarzem Samt siehst du aus wie ein Mistkäfer«, fuhr Portia liebenswürdig fort. »Aber ich könnte mir denken, daß dir die schwindelerregende Höhe eines Misthaufens so vertraut ist, daß es dir wie eine Schutzfarbe erscheint. Hat man dir nicht gesagt, daß schwarzer Samt bei dünnen Beinen ein Mißgriff ist? Er betont die ...«

Sie unterbrach sich und duckte sich, als er gegen sie ausholte. Sein Gesicht war vor Wut puterrot angelaufen. »Ihr müßt flinker sein, wenn Ihr mich erwischen wollt, Mr. Mistkäfer«, höhnte sie. »Mr. Dreckshurensohn, der zu feige ist, um sich mit jemandem einzulassen, der zurückschlägt.« Rücklings den Gang entlangtänzelnd, vollführte sie eine obszöne Geste, während er um Worte rang.

»Hat es dir die Sprache verschlagen? Siehst du, Olivia, dieses Stück Gossendreck wird gleich seine Zunge verschlucken.« Mit untrüglichem Gefühl griff sie hinter sich, öffnete die Tür zu ihrer Kammer und packte Olivia, um sie mit sich zu ziehen. Dann stieß sie die Tür mit dem Fuß zu und schob den Riegel vor.

Olivia, die sich vor Lachen kaum halten konnte, lehnte sich an die Tür, die unter einem heftigen Tritt des wutschnaubenden Brian Morse erbebte.

»Wie konntest du nur?« kickste Olivia und wischte sich über die Augen »Wie konntest du es wagen, diese Dinge zu sagen?«

»Ach, das ist noch gar nichts«, meinte Portia geringschätzig. »Da habe ich noch ganz anderes auf Lager. Hör gut zu.« Sie ging an die Tür und flüsterte durchs Schlüsselloch. Es war ein durchdringendes Geflüster, und die Worte waren von einer Art, wie Olivia sie noch nie gehört hatte. Dennoch brauchte man ihr nicht zu erklären, daß sie überaus unanständig waren. Sie verschränkte die Arme, als draußen Stille eintrat. Es war eine verdutzte, ungläubige Stille, und in diese Stille hinein sprach Portia weiter, leise und ohne zu stocken, und schloß mit einem Knalleffekt, als sie das männliche Organ des unglücklichen Mr. Morse mit dem eines brünstigen Ebers verglich.

Eine Antwort blieb aus. Olivia, die nun nicht mehr lachte, sah Portia voller Hochachtung an. Diese lehnte an der Tür und lächelte verschmitzt. »Nun fehlen ihm endgültig die Worte«, erklärte sie zufrieden. »In Zukunft wird er vielleicht vorsichtiger sein, wen er sich als Ziel seines Spottes aussucht.«

»Das wird er dir nie verzeihen«, prophezeite Olivia glucksend.

»Das will ich hoffen«, antwortete Portia aufgeräumt. »Auf Verzeihung von diesem Dreckskerl pfeife ich. Aber das war nur der Anfang. Wenn ich mit ihm fertig bin, wird er nicht wissen, wo ihm der Kopf steht.«

Behutsam zog sie den Riegel zurück und öffnete die Tür einen Spaltbreit. Der Korridor war leer. »Weißt du, welches sein Gemach ist?«

»Wir k-können da nicht hinein.« In Olivias Augen war die Angst zurückgekehrt, ihre Stimme bebte.

»Er wird uns nicht erwischen. Also, weißt du es?«

Olivia schüttelte den Kopf. »Bailey wird es wissen.«

»Gut, dann frage ihn. Und jetzt komm. Wir müssen auf das stille Örtchen.« Sie faßte nach ihrem Mantel und schlang ihn um ihre Schultern.

»Warum?« fragte Olivia, ehe ihr einfiel, wie dumm die Frage war.

»Nicht das Übliche.« Portia trat hinaus. »Komm«. Sie winkte Olivia zu sich, nahm ihre Hand und lief mit ihr den Gang zur Küchentreppe entlang.

In der Küche herrschte die emsige Betriebsamkeit eines Bienenstockes, so daß niemand die Mädchen beachtete, als sie durch den Raum liefen, hinaus in den Küchengarten. Der Abtritt befand sich am Ende des Gartens, in dem seine Produkte ihre letzte Verwendung fanden. Olivia, die keinen Mantel anhatte, fröstelte, als sie dem Licht des über der Tür hängenden Lämpchens zustrebten, doch stellte sie keine Fragen, sondern wartete, bis Portia ihren Plan erläuterte.

Portia nahm die Lampe vom Haken an der Tür und betrat den engen Raum. Die Lampe reichte sie Olivia. »Halte sie hoch.«

»Aber was suchen wir hier?«

»Spinnen«, sagte Portia. »Die halten sich bevorzugt in den Winkeln von Abtritten auf. Manchmal gibt es hier große, rotgefleckte, die beißen.«

Olivia hatte keine Ahnung, was Portia beabsichtigte, doch konnte sie ein kleines Kichern nicht unterdrücken und erschauerte, als ein Windstoß die Tür zuschlug und die Laterne flackerte.

»Ach, sieh einer an. Was für ein Prachtstück«, murmelte Portia anerkennend und kniete sich auf den festgetretenen Boden. »Was für schöne große Flecken du hast«, schmeichelte sie und zog ein Taschentuch heraus. »Hinein mit dir.« Sie faltete das Tuch über ihrem Schatz zusammen. »So, und jetzt wollen wir sehen, ob es noch mehr davon gibt.«

Olivia, die für Spinnen nicht viel übrig hatte, beugte sich dennoch fasziniert vor, um Portias akribische Suche in den dunkelsten Ecken zu beobachten.

»Jemand kommt«, flüsterte sie, als sie Schritte hörte.

»Na und? Niemand wird fragen, was wir hier tun.« Portia

bugsierte ein zweites und besonders prächtiges Exemplar ins Taschentuch.

»Ich benutze immer den Leibstuhl in meinem Gemach«, sagte Olivia zweifelnd.

Portia schüttelte den Kopf und fuhr in ihrer Sammeltätigkeit fort. Als sie ein halbes Dutzend Spinnen in verschiedenen Größen beisammen hatte, richtete sie sich vorsichtig auf. Den Finger auf die Lippen legend, öffnete sie die Tür. Ein Küchenmädchen stand davor. »'n Abend, Miss.« Das Mädchen riß erstaunt die Augen auf, als Olivia mit der Lampe in der Hand Portia folgte.

»'n Abend, Lady Olivia.«

»G-guten Abend, Mary.« Olivia, die dem Mädchen die Lampe mit gespielter Gelassenheit übergab, folgte Portias raschen Schritten in Richtung Küche.

»Finde heraus, welches Gemach dieser elende Wurm hat«, trug Portia ihr auf und hielt ihre Hand unter dem Mantel an den Rock gedrückt. »Beeile dich. Sie werden schon unruhig, und ich möchte nicht gebissen werden.«

Olivia nickte und schlenderte beiläufig an den Gesindetisch, an dem Bailey sich zu einem Lendenstück einen Humpen Ale genehmigte. Portia verließ rasch die Küche und wartete am oberen Ende der Treppe auf Olivia. »Nun?«

»Im Ostturm. Aber Bailey weiß nicht, ob er jetzt da ist.«

»Hmmm.« Portia runzelte die Stirn und preßte die Lippen zusammen. »Das könnte unangenehm werden.« Sie sah Olivia fest an. »Wenn er da ist, müssen wir ihn ablenken. Nur eine Minute lang. Bringst du das fertig?«

»Allein mit ihm zu sein?« Olivia schüttelte energisch den Kopf.

»Nur eine Minute«, drängte Portia, der inzwischen klargeworden war, daß Olivia sich dem Dämon, der sich in Brian Morse manifestierte, mutig stellen mußte. »Ich bin in der Nähe, das schwöre ich.«

Olivia schluckte und straffte ihre Schultern. »V-versprichst du es?«

»Ich verspreche es. Komm. Die Biester werden ihn bis aufs Blut peinigen.« Sie strebte den Gang entlang, und nach kurzem Zögern folgte Olivia ihr.

Vor der Tür zu Brian Morses Gemach blieben sie stehen. Portia drückte sich flach an die Wand hinter der Tür und bedeutete Olivia, sie solle anklopfen.

Olivia stand nur da und starrte die Tür wie gelähmt an, unfähig, die Hand zu heben. Das Schweigen zog sich in die Länge, bis Portia sich vorbeugte und laut an die Tür hämmerte. Olivia sprang erbleichend zurück.

Die Tür flog auf. Brian Morse sah Olivia mit seinen harten Kieselsteinaugen an. »Nun?«

»D-Diana.« Dieses Wort kostete Olivia so viel Mühe, daß sie es nur krächzend herausbrachte. Olivia deutete in Richtung von Dianas Salon, mit hochgerafften Röcken dastehend, bereit, die Flucht zu ergreifen, falls er sich ihr irgendwie nahern sollte.

Brian schenkte ihr jedoch keine weitere Beachtung, schlug nur die Tür zu und eilte davon. Olivia trat einen Schritt zurück, um ihm die Sicht auf Portia zu verstellen, falls er sich aus irgendeinem Grund umdrehen sollte. Kaum war er um die Ecke gebogen, als Portia aus der Deckung sprang.

»Da, nimm das, und leg es ihm ins Bett! Rasch! Ich halte hier Wache. Wenn jemand kommt, pfeife ich.« Sie hielt ihr das Taschentuch mit dem krabbelnden Inhalt entgegen, während sie mit der freien Hand die Tür öffnete.

»Los!« drängte sie, als Olivia sich nicht rührte.

Olivia schluckte. Dann nahm sie das Taschentuch und huschte in den Raum. Portia trat in den Türspalt und behielt den Korridor im Auge. »Zieh die Decke bis ans Fußende zurück«, wies sie ihre Freundin leise an.

Olivias Herz klopfte so heftig, daß sie kaum atmen konnte. Doch sie befolgte Portias Anweisungen, zog das Bettzeug am

Fußende hoch und schüttelte den Inhalt des Taschentuchs auf das Laken.

»Und jetzt steck die Decke wieder fest«, befahl Portia ihr.

Olivia tat, wie ihr befohlen. Vor Nervosität und Erregung kichernd klopfte sie als Bekräftigung für das gute Gelingen des Planes leicht auf die Decke und flüchtete sofort wieder hinaus zu Portia.

»So, das müßte reichen. In der Wärme werden sie sich beruhigen, und wenn dieses Ekel zu Bett geht, steuern sie auf seine wärmste und feuchteste Stelle los. Rate mal, wo das ist.« Portia feixte boshaft. »Am Morgen wird er mit großen roten Bißmalen an den unzugänglichsten Stellen erwachen.«

»Sind sie giftig?«

»Nicht tödlich«, erwiderte Portia ernst. »Ich sagte schon, daß ich ihn nicht töten werde.«

»Ach, ich wünschte, ich könnte es mit ansehen.« Olivia sagte es mit sichtlicher Vorfreude.

»Es reicht, wenn du ihn am Frühstückstisch beobachtest«, erwiderte Portia schmunzelnd.

Brian hielt vor Dianas Salon inne, zupfte automatisch sein Wams zurecht und ordnete den Fall des Spitzenkragens an den Schultern. Er hatte sich von der Szene mit Jack Worths Bastard noch immer nicht ganz erholt. Noch nie zuvor war er mit so gemeinen Schmähungen überhäuft worden, auch nicht bei seinen Ausflügen in die verrufensten Kaschemmen. Er war ratlos, was er in der Sache unternehmen sollte. Granville oder Diana von dem Vorfall zu berichten war undenkbar. Wie hätte er denn eingestehen können, daß dieses Straßengör ihn tödlich beleidigt hatte? Wie konnte er wiederholen, was sie gesagt hatte? Das Schlimmste war, daß Olivia alles mit angehört hatte. Diese dumme Pute war Zeugin seiner Niederlage geworden. Irgendwie würde er sich an Portia Worth, dieser Bastardbalge, rächen müssen, aber zu seiner Zeit und mit seiner eigenen Methode, in der er wahre Meisterschaft entwickelt hatte: Er ließ sich Zeit, die günstigste Gelegenheit abzuwarten, weil dann die Rache um so süßer schmeckte.

Nach kurzem Anklopfen öffnete er die Salontür und trat mit einer tiefen Verbeugung ein. »Lady Granville, wie kann ich Euch zu Diensten sein?«

Sie blickte mit überraschtem Lächeln von dem Brief auf, den sie schrieb. »Ach, wie schön, daß Ihr mir Gesellschaft leisten wollt, Mr. Morse. Ich muß gestehen, daß mir das Leben in letzter Zeit recht öde erscheint, da sich kaum Gäste zu uns verirren. Aber wer besucht schon gern ein Militärlager?« Sie schmollte. »Natürlich muß mein Gemahl tun, was er für das Beste hält, aber zuweilen verzehre ich mich nach einem kultivierteren Umgang, nach geistreicher Konversation, nach Gelegenheiten, sich wieder mit Mode zu befassen. Ich habe ja keine Ahnung, was man jetzt bei Hofe trägt.« Sie glättete mit einer geringschätzigen Geste den Rock ihres eleganten Kleides. »Gewiß haltet Ihr mich für hausbacken.«

»Aber keineswegs, teure Lady Granville.« Brian setzte sich auf das Sofa neben sie. »Ihr seid der Inbegriff von Eleganz. Bei Hofe könnte niemand Euch das Wasser reichen.«

Diana lachte melodisch. »Ihr schmeichelt mir, Sir. Ich bitte Euch, fahrt fort, mir vom Hofe zu erzählen.« Sie berührte seine Hand. »Wie ergeht es der Königin unter diesen widrigen Umständen? Ich wünschte mir so sehr, ihr beistehen zu können. Und der armen kleinen Prinzessin Henrietta! Ein zartes Kind wie sie muß das alles besonders arg treffen.«

»Vor zwei Monaten war ich in Oxford«, berichtete Brian. »Die vornehme Haltung der Majestäten ist für den ganzen Hof Vorbild.« Daß er, wiewohl in Oxford, sich nicht bei Hof hatte blicken lassen und dem Königspaar nur beim Kirchgang auf der Straße begegnet war, verschwieg er.

»Ich wünschte, ich könnte meinen Gemahl überreden, daß er …« Diana hielt inne und betupfte ihre Augen mit dem Rand ihres parfümierten Taschentuches. »Vergebt, Mr. Morse. Es steht mir nicht zu, die Entscheidungen meines Gemahls zu kritisieren, aber ich fühle mich so erniedrigt. Meine Pflicht, meine Loyalität gehört meinem Souverän, und in dieser schrecklichen Lage – vergebt«, wiederholte sie und vergrub ihr Gesicht im Taschentuch.

Brian tätschelte ihr Knie. Seine Augen blickten scharf, da er eine Möglichkeit witterte, Zwietracht zu säen. Überaus nutzbringende und produktive Zwietracht. »Manchmal, Teuerste, muß man seinem Gewissen folgen, selbst wenn die Pflicht etwas anderes gebietet.«

Diana blickte auf. Ihr Gesicht zeigte keine entstellenden Spuren der Verzweiflung. »Was meint Ihr, Sir?«

Brian hüstelte diskret. »Persönliche Loyalitäten, Gewissensfragen ... Ich glaube nicht, Euer Gemahl würde erwarten, daß Ihr Euer Gewissen vergeßt, nur weil seines ihn in eine andere Richtung führt. Wir beide wissen, daß Lord Granvilles Entscheidung ein schwerer Fehler ist. Sich gegen den König zu wenden, heißt, sich gegen Gott zu wenden. Der König regiert von Gottes Gnaden als gesalbter Stellvertreter des Allmächtigen.«

Diese ernste und zutiefst belehrende Rede war Musik in Dianas Ohren. »Ich fürchte sehr um meinen Gemahl!« murmelte sie. »Was soll aus ihm werden und aus all jenen, die sich gegen den König erheben, wenn der Aufruhr niedergeschlagen wird und alle sich königlichem Zorn stellen müssen?«

»Eine wahrhaft betrübliche Aussicht«, gab Brian salbungsvoll zu. »Lord Granville hat gewiß nicht bedacht, daß seine eigene Familie sein Los teilen muß.«

Diana erschauerte. »Auch mein eigener Vater erwägt, sich für das Parlament zu entscheiden. Wir werden jeder Zuflucht beraubt.«

»Vielleicht ... aber, nein, ich könnte ... könnte so etwas nie vorschlagen.« Er erhob sich und durchmaß in scheinbarer Erregung den warmen, vom Feuer erhellten Raum.

»Bitte, sprecht aus, was Euch bewegt«, bat Diana.

»Es erscheint mir undankbar, da Lord Granville mich so großzügig willkommen hieß, und doch ertrage ich es nicht, Euch leiden zu sehen, Mylady.« Er kam zurück zum Sofa und erfaßte vor ihr niederkniend ihre Hände. »Wenn Ihr mir vertrauen würdet.«

»Natürlich vertraue ich Euch.« Sie drückte seine Hände. »Was habt Ihr mir zu sagen?« Ihre Augen glänzten.

»Nun, vielleicht könnt Ihr mit Eurem Verhalten das Vergehen Eures Gemahls in den Augen des Königs mildern.«

»Ich soll mich gegen meinen Mann wenden?«

»Nicht eigentlich. Wenn Ihr aber einen Weg fändet, ohne Wissen Eures Gemahls die Sache des Königs zu fördern ...« Seine Zunge huschte über seine Lippen. Er begab sich auf gefährlichen Boden, aber Diana sah ihn mit so rückhaltloser Bewunderung an, daß er den Triumph schon zu schmecken vermeinte. Was für ein Coup! Die Ehefrau im Herzen der Rebellenfestung zum Verrat zu bewegen!

Cato war ein mächtiger Mann. Ein ehrenhafter Mann, der mit seinem Eintreten für das Parlament dessen Sache enorm fördern konnte und sie in den Augen vieler noch Unentschlossener legitimieren würde. Wenn es aber gelänge, seine Macht auf seinem eigenen Territorium, innerhalb der Mauern seiner Festung zu untergraben, würde er jegliche Glaubwürdigkeit verlieren. Und Brian Morse, dem Instrument seines Sturzes, würde der Dank des auf seinen Thron zurückgekehrten Königs sicher sein.

»Wie?« flüsterte Diana, die sich der Gefahr ebenso bewußt war wie Brian. Aber ehe er antworten konnte, wurde die Tür geöffnet.

»Brian, was soll das? Was machst du auf den Knien?« herrschte Cato ihn an. »Meine Frau ist schon vergeben.«

Brian rappelte sich auf. »Mylord, ich ...«

»Mr. Morse half mir bei der Auswahl eines Farbtons meiner Stickseide«, erwiderte Diana gelassen.

»Ich verstehe.« Cato beugte sich über die Körbe mit den Seidensträhnen. »Vielleicht kann ich helfen.«

Diana lächelte. »Ach was, Mylord. Euch interessiert ja doch nur, was mit diesem schrecklichen Krieg zusammenhängt.«

Cato zog die Schultern hoch. »Mag sein.« Er griff nach dem Klingelzug.

»Ist etwas vorgefallen, das Euch erregte, Mylord?« Diana erhob sich und schwebte auf ihn zu, um besorgt eine Hand auf seinen Arm zu legen.

»Nur der verdammte Krieg«, beschied er sie knapp. »Ach, Bailey, bring uns Wein.«

»Bekümmert Euch etwas, Mylord?« fragte Brian, der sich bückte, um das Feuer zu schüren.

Deine überaus störende Gegenwart und ein ganzes Hornissennest von Verdacht gegen Portia Worth. »Wo sind die Mädchen?« fragte Cato, der die Frage überging. »Es ist doch schon Zeit zum Abendessen?«

»Ich weiß es nicht«, sagte Diana. »Soll ich nach ihnen schicken ... oder nur nach Olivia?« Sie lächelte ihrem Mann zu und fuhr mit liebevoller Besorgtheit fort: »Mylord, allmählich wächst in mir das Gefühl, daß wir Portia allzu ungezwungen in die Familie einbeziehen. Ihren Einfluß auf Olivia sollte man nicht fördern, zumal nach dieser schrecklichen Entführung. Ich weiß, daß Ihr das Kind Eures Bruders nicht benachteiligen wollt, doch glaube ich, Portia wäre viel glücklicher, wenn ihr Platz unter den Bedienten wäre.«

Cato versuchte, seinen Ärger zu beherrschen. Er hatte nicht die Absicht, Diana ins Vertrauen zu ziehen. »Madam, ich bin anderer Meinung. Ihr ist es immerhin zu verdanken, daß Olivia das Bett verlassen hat. Und das kann nicht schlecht sein. Ich habe meine Gründe dafür, daß sie im Kreis der Familie verbleibt, zumindest im Moment.«

Diana schien enttäuscht. »Darf ich diese Gründe erfahren?«

Cato schüttelte den Kopf. »Meine Liebe, es ist nicht nötig,

daß du dir deshalb Sorgen machst Ich habe alles bedacht. Ach, Bailey ...« Er drehte sich um, als der Butler mit dem Wein eintrat. »Melde Lady Olivia und Mistress Worth, daß wir in zehn Minuten zu Tisch gehen.«

»Ja, Mylord.« Bailey entfernte sich unter Verbeugungen.

Diana preßte die Lippen zusammen und schwieg. Als wenig später Olivia und Portia eintraten, lächelte sie Olivia voller Wärme zu und küßte sie. »Ich bin ja so glücklich, daß du dich besser fühlst, liebes Kind.«

Olivia lächelte andeutungsweise zurück und wischte sich verstohlen über die Wange, als sie sich umdrehte.

Bei Tisch wirkte Cato geistesabwesend und überließ es Diana und Brian, Konversation zu machen, während er Portia beobachtete. Sie benahm sich perfekt, sprach sehr wenig und antwortete höflich, wenn sie angesprochen wurde. Nichts an ihrem Benehmen ließ vermuten, daß er eine Spionin unter seinem Dach beherbergte. Daß sie ihm nicht alles über ihren Aufenthalt im Lager Decaturs verraten hatte, war für ihn deutlich spürbar gewesen, ein Eindruck, den er schon gewonnen hatte, als er sie über ihre erste Begegnung mit Decatur befragte. Vielleicht hatte Giles mit seiner Vermutung recht, und an der Beziehung des Mädchens mit Decatur war etwas faul.

Er merkte gar nicht, wie aufmerksam er sie beobachtete, bis Portia unvermittelt von ihrem Teller aufsah und seinem Blick kühn begegnete. Herausfordernd. Vielleicht ebenso unbeabsichtigt wie seinerzeit sein Bruder. Vielleicht wollte sie wie Jack nur ihren Spott mit ihm treiben, in der Meinung, sie könne ihn zum Narren halten.

Er war entschlossen, noch einmal mit ihr darüber zu sprechen und sie weiter auszuhorchen.

Gleich nach Tisch bat er daher Portia in sein Allerheiligstes im Wehrturm. Sie saß ihm am großen Tisch ernst gegenüber, bemüht, ihr Unbehagen zu verbergen, das sie empfand, da sie sich über Catos messerscharfen Verstand keine Illusionen machte. Er durfte nicht – konnte nicht – die ganze Wahrheit über ihre Begegnung mit Rufus Decatur erfahren.

»Wie oft hast du mit Decatur gesprochen?«

Portia überlegte. »Eigentlich nur einmal. Als ich ankam und er sah, daß ich nicht Olivia bin.«

»War er sehr erbost?«

»Zuerst schon, dann aber hat er sich wohl damit abgefunden, daß seinen Leuten ein verständlicher Irrtum unterlaufen war. Ich trug Olivias Mantel, und sie hatten Befehl, das Mädchen in Blau mitzunehmen.«

Die Sache mit dem geborgten Mantel wußte Cato bereits von Olivia. Insofern stimmten ihre Versionen überein. »Und wie hat man dich behandelt?«

Mit Humor, mit Lust, mit Leidenschaft? Oder war sie vom erbittertsten Gegner der Granvilles nur manipuliert und zum Narren gehalten worden? Gleichmütig gab sie zurück: »Die meiste Zeit wurde ich in einem Apfelspeicher festgehalten. Ich unternahm einen Fluchtversuch auf dem Fluß, nachdem ich einen Schlitten entwenden konnte, wurde aber von den Wachtposten gestellt.« Sie hielt seinem Blick stand.

Cato furchte die Stirn. »Und wie bist du tatsächlich entkommen?«

»Ich konnte mich unter eine kleine, ausrückende Abteilung schmuggeln, und als das Decatur-Gebiet weit genug hinter uns lag, stahl ich mich davon.« Die Tatsache, daß dies ihre ursprüngliche Absicht gewesen war und ihr Plan vielleicht sogar geklappt hätte, verlieh ihren Worten Überzeugung.

Portia wurde klar, daß sie sich noch nicht endgültig entschieden hatte, ob sie Cato in seinem Kampf gegen Rufus Decatur beistehen wollte. Doch war eine Entscheidung auch nicht nötig, da sie keine nützliche Information preisgeben würde.

Cato, der optimistische Erleichterung empfand, strich über sein Kinn. Bislang konnte er ihr nichts nachweisen. Sein Blick fiel auf eine Nachricht, die ihn heute morgen erreicht hatte.

»Hast du etwas von einem Angriff auf eine Abteilung Lord Levens unweit Yetholm gehört?«

»Als ich fliehen konnte, war Lord Rothbury mit einer Truppe unterwegs«, gab sie vorsichtig zurück. »Während ich im Apfelspeicher saß, habe ich nichts von ihren Plänen mitbekommen.« *Was unbestreitbar stimmte.* »Hat es einen solchen Angriff gegeben, Mylord?« fragte sie.

»Offenbar«, sagte Cato mit einer wegwerfenden Bewegung, als sei es ohne Bedeutung. Er stand auf und durchmaß den kleinen Raum. »Konntest du in Erfahrung bringen, welches Lösegeld Decatur für Olivias sichere Rückkehr forderte?«

»Nein.« Nun log Portia zum ersten Mal direkt. Sie sah Rufus' Gesicht vor sich, verzerrt vor Schmerz und Wut, als er auf sein Vaterhaus hinunterstarrte. Sie hörte, wie er mit harten und wilden Worten beschrieb, was seinem Vater von den Granvilles angetan worden war und wie diese mit seinem Ahnensitz verfahren waren. Und sie hörte auch, wie er sagte, was er sich von der Entführung Olivias erhofft hatte. Wie konnte sie über das Entsetzliche mit Cato sprechen, da ihr die Erinnerung daran unerträglich war?

Cato, der sie aufmerksam ansah, wußte sofort, daß sie log. Ihr Blick und die Anspannung ihrer Lippen verrieten es ihm. Aber warum sollte sie lügen, wenn sie nichts zu verbergen hatte?

Er blieb vor dem Feuer stehen, setzte einen Fuß auf das Kamingitter und legte den Arm auf den Sims, während er sie eindringlich musterte. »Decatur kannte die Farbe von Olivias Mantel. Das läßt auf geradezu unglaubliche Vertrautheit mit unseren Lebensgewohnheiten schließen. Wie kam er nur auf die Idee, ihr auf dem zugefrorenen Burggraben aufzulauern? Woher wußte er, daß ihr beide dort oft gemeinsam eisgelaufen seid?«

»Ich weiß es nicht«, sagte sie.

»Ich frage mich, ob sich nicht womöglich ein Spion in unserer Mitte befindet«, sagte er in sinnendem Ton, ohne den Blick von ihr zu wenden.

Portia hatte das Gefühl, einen reißenden Strom auf ein paar wackligen Trittsteinen überqueren zu müssen. Sie dachte an Rufus, wie er sich im Burghof Catos Spießbraten schmecken ließ, wie er die Gespräche seiner Feinde belauschte und sie mit Olivia auf dem Graben beim Eislaufen beobachtete und seinen Hals in einem tödlichen Spiel riskierte, das ihn nur amüsierte. Seine Augen hatten sie die ganze Zeit über angelacht, und damals hatte er sie zum ersten Mal geküßt …

Sie senkte den Blick auf ihre im Schoß gefalteten Hände. »Ich halte es für möglich, Mylord.«

Cato lächelte plötzlich. »Nun, du sollst dir weiter keine Sorgen machen. Ich bin froh, daß es dir glückte, wohlbehalten zurückzukehren. Olivia ist außer sich vor Freude. Sie sehnt sich nach deiner Gesellschaft. Geh jetzt zu ihr.«

Nachdem sie sich mit einem Knicks empfohlen hatte, nahm Cato seine Wanderung wieder auf. Sein Lächeln freilich war verschwunden, kaum daß die Tür sich hinter ihr geschlossen hatte. Sie hatte ihm nicht in die Augen sehen können. Aber wenn sie eine Spionin war, würde es ihm vielleicht gelingen, sie für sich zu nutzen. Solange sie nichts von seinem Argwohn ahnte, konnte man ihr Informationen zuspielen. Falsche Informationen, um Rufus Decatur in jene Falle zu locken, die seinen endgültigen Untergang besiegeln würde.

Und was in Teufels Namen hatte Brian heute mit Diana getrieben? Um die Auswahl von Stickseiden war es jedenfalls nicht gegangen. Je eher er Brian loswurde, desto besser.

Er konnte nicht ahnen, daß auch von anderer Seite versucht worden war, Brian Morses Abschied zu beschleunigen. Brian, von Catos edlem Cognac benebelt, fiel ins Bett und schnarchte bald laut. Das Nest rotgefleckter Spinnen stürzte sich in wilder Empörung auf das blanke Fleisch, das seine Ruhe störte. Sie krochen auf ihm herum und drangen in alle Winkel und Spalten ein, wo das Fleisch am feuchtesten und saftigsten war. Brian warf sich hin und her, zog die Knie an, in seinen trunkenen Träumen von quälenden Nadelstichen geplagt.

Er erwachte, als der ihm zugeteilte Diener die Fensterläden öffnete und die Bettdraperien zurückzog. »Ich bringe heißes Wasser zum Rasieren, Sir. Der Stiefelknecht hat alle Eure Stiefel geputzt.«

Brian setzte sich auf und blinzelte ins grelle Licht. Sein Schädel dröhnte. Er fuhr mit einer Hand unter die Decke, um sich am Schenkel und im Schritt zu kratzen. Etwas strich gegen seine Finger, er schlug die Decke zurück. Die umherkrabbelnden rotgefleckten Tierchen nahmen sich im Licht des Tages aus wie einem Alptraum entsprungen. Unwillkürlich kam ihm ein röchelnder Schrei über die Lippen.

Der Diener starrte die Spinnen fassungslos an. »Woher kommen die denn? Das sind ja Spinnen.«

»Das weiß ich, du Trottel!« Brian sprang auf. »Töte sie.« Er machte sich daran, seine Beine zu untersuchen. Große rote Male hoben sich häßlich von der hellen Haut ab. Als er den Schenkel nach außen drehte, sah er, daß die roten Flecken sich in seinem dunklen Schamhaar fortsetzten. Er schauderte vor Ekel, als der Diener mit dem Feuerhaken auf die Spinnen einschlug.

»Ich kann mir nicht denken, woher sie kommen, Sir«, erklärte der Diener, der Jagd auf ein besonders großes Exemplar machte, das sich in die Falten des Lakens flüchtete. »Ihr müßt sie mitgebracht haben.«

»Idiot! Natürlich nicht.« Brian fing an, sich zu kratzen und bewirkte damit nur, daß das Jucken noch schlimmer wurde und die Male größer und zahlreicher. »Ein Bad ... heißes Wasser ... siedendheißes Wasser!« brüllte er, und schon rannte der Diener hinaus.

Auf dem Korridor stieß der Mann mit Olivia und Mistress Worth zusammen, die Arm in Arm dahinschlenderten. »Guten

Morgen, Peter. Ist etwas mit Mr. Morse?« erkundigte Olivia sich unschuldig.

»Gott steh uns bei, Lady Olivia, aber er ist schier verrückt geworden.« Peter grinste. »Ich weiß, daß ich nicht lachen sollte, aber es war zu komisch. In seinem Bett waren Spinnen, die ihn am ganzen Körper gebissen haben. Jetzt schreit er nach heißem Wasser. Er wird sich noch zu Tode kratzen.« Peter entfernte sich mitleidslos lachend.

»Portia, wie klug du bist!«

Portia lächelte selbstgefällig. »Ein wirksamer kleiner Trick, nicht?«

»Und ich habe auch einen auf Lager«, platzte Olivia mit leuchtenden Augen heraus.

»Ach?« Portia blieb neugierig stehen. »Du willst dieser Kröte selbst einen Streich spielen? Sehr gut!«

»Ja.« Olivia, von ihrem Wagemut und Erfindungsgeist so beflügelt, daß ihre Wangen sich röteten, zog ein kleines Stück Papier heraus. »Heute morgen war ich im Vorratsraum. Er soll in seinem Frühstücks-Ale eine kleine Überraschung vorfinden.«

»Was denn?«

»Abwarten.«

Portia lachte erfreut auf, weil Olivia die Sache selbst in die Hand genommen hatte. Es war die beste Methode, Gespensterfurcht zu bannen.

Olivia konnte vor Aufregung kaum an sich halten. Als Brian im Speisezimmer erschien, bemühte sie sich, ihn nicht zu offen zu beobachten, doch fiel es ihr schwer, Gelächter und köstliche Vorfreude zu unterdrücken.

Brian erwiderte Dianas Begrüßung und entschuldigte sich für sein spätes Erscheinen. Olivia, die einen Morgengruß stammelte, würdigte er kaum eines Blickes. Und der Blick, den er Portia zuwarf, hätte nicht giftiger sein können. Sie reagierte mit einem ernsten kleinen Knicks.

Olivia ließ ihn nicht aus den Augen. Wenn er zusammenzuckte und unter den Tisch griff, wußte sie, daß er sich zwischen den Schenkeln kratzte, und jedesmal mußte sie sehr an sich halten, um vor Lachen nicht herauszuplatzen. Als die lindernde Wirkung des heißen Bades nachließ und der Juckreiz sich steigerte, wurde seine Miene zunehmend geplagter.

Einmal sprang er jäh vom Tisch auf, und als Diana ihn erstaunt ansah, errötete er bis an die Wurzeln seines vorzeitig schütter werdenden Haares und ging unter verlegenem Räuspern ans Büfett, um die Deckel der Schüsseln zu heben, als wolle er den Inhalt begutachten, während er die ganze Zeit über verstohlen seine Schenkel aneinanderrieb und von einem Fuß auf den anderen trat.

Olivia warf Portia einen belustigt funkelnden Blick zu. Dann griff sie über Brians Ale-Humpen hinweg nach dem Salzfaß. Dabei öffnete sie ihre geschlossene Hand über dem Trinkgefäß, um sich dann wieder auf ihrem Stuhl zurückzulehnen und eine Scheibe Brot mit Butter zu bestreichen.

Du schlimmes Mädchen, dachte Portia mit mühsam unterdrücktem Gelächter. Sie hatte keine Ahnung, was Olivia in Brians Ale getan hatte, ahnte aber, daß es etwas sehr Drastisches sein mußte.

Brian kam an den Tisch zurück, machte zu Diana eine beiläufige Bemerkung über das Wetter und setzte sich.

»Ist alles in Ordnung, Mr. Morse?« Diana war aufrichtig besorgt.

»Aber ja, Lady Granville.« Sein Lachen hörte sich hohl und wenig überzeugend an. »In so reizender Gesellschaft kann einen kein Kummer plagen.« Er griff nach seinem Humpen und trank ihn in einem Zug leer.

Portia entging nicht, daß Olivia reglos verharrte, während Brian trank. Erst als er den Humpen absetzte, aß sie weiter.

Wenig später betrat Cato das Speisezimmer, begrüßte seine Familie und bediente sich mit Kalbsnieren vom Büfett. Seit Stunden auf den Beinen, brachte er einen Schwall kalter Luft mit, und seine Geistesabwesenheit verriet, daß er in Gedanken bei seinen Truppen war. Doch auch er staunte, als Brian plötzlich aufsprang und aus dem Raum eilte.

»Herrjeh, was hat der Mann?«

»Ich g-glaube, Mr. Morse fühlt sich nicht wohl!« sagte Olivia mit offenkundiger Besorgnis. »Er sch-scheint Schmerzen zu leiden.«

Portia erstickte fast an einem Krümel.

»Gestern hat ihm noch nichts gefehlt«, bemerkte Cato.

»Vielleicht sollte ich zu ihm gehen.« Diana erhob sich.

»Ach, das würde ich nicht tun«, murmelte Olivia so leise, daß es nur Portia hörte.

»Wie bitte, Olivia?« Cato sah sie fragend an.

»N-nichts von Bedeutung, Sir.«

Diana wollte eben die Tür öffnen, als diese aufgerissen wurde, und ein sehr bleicher Brian erschien. »Verzeihung«, murmelte er und nahm seinen Platz wieder ein.

»Sir, ist Euch nicht wohl?« fragte Portia in einem Ton, der an Sphärenklänge denken ließ.

Brian klappte den Mund auf, um zu antworten, als er seinen Stuhl diesmal so heftig wegstieß, daß er umfiel. Mit einem Aufstöhnen lief Brian gehetzt hinaus.

Nun erst erwachte Catos Besorgnis. »Diana, vielleicht sollte der Arzt kommen.«

»Ja, ja, sofort.« Auch Diana eilte hinaus.

Portia sagte nun: »Wenn Ihr mich entschuldigt, Lord Granville, Janet braucht mich in der Kinderstube.«

Als nächste sprang Olivia auf und entschuldigte sich wie Portia, so daß ihr Vater allein am Frühstückstisch zurückblieb.

»Was hast du ihm in sein Ale getan?« fragte Portia giggelnd im Flüsterton. Sie hatte Olivia in eine Fensternische des Korridors gezogen.

»Eine Riesendosis Senna«, gestand Olivia prustend. »Er wird den ganzen Tag auf seinem Leibstuhl verbringen.«

»Kluges Mädchen«, gluckste Portia anerkennend. »Brillant.« Olivia erglühte vor Stolz.

»Ich könnte mir denken, daß er bald verschwindet«, griente Portia. »Wo man sich zum Narren macht oder zum Narren gemacht wurde, bleibt man nicht gern«, setzte sie kenntnisreich hinzu. »Jetzt wäre es angebracht, daß ich zu Janet gehe und sehr nett zu ihr bin.«

Mit einem verschwörerischen Winken entfernte sie sich, und Olivia faßte nach ihrem Medaillon. Sie öffnete es und entnahm ihm den aus Haaren geflochtenen, dreifarbigen Ring. Was für eine mächtige Kraft Freundschaft doch war, wenn sie sogar Dämonen auszutreiben vermochte!

14

Was da wohl in die Festung geschafft wurde? Portia schob sich weiter vor, um durch den Abtritt-Schacht besser in den Burggraben hinuntersehen zu können. Ihrem Blick bot sich die gleiche Szene, die sie schon oft beobachtet hatte – Männer, die Lasttiere abluden, um sodann unter der Zugbrücke und durch einen versteckten Eingang in den Gewölben zu verschwinden. Das alles lief wie stets völlig lautlos unter der Aufsicht von Giles Crampton ab.

Portia rutschte zurück und richtete sich in dem beengten Raum auf. Was sie gesehen hatte, faszinierte sie und weckte erneut ihre Neugierde. Diese Vorgänge mußten mit dem Krieg zusammenhängen. Cato ließ etwas heranschaffen, das für die Kriegführung von Bedeutung war. Aber was?

Seit ihrer Rückkehr nach Castle Granville und dem unrühmlichen Auszug Brian Morses wurde sie von ihren regelmäßigen nächtlichen Erkundungsexpeditionen vollständig in Anspruch genommen. Dabei wartete sie ständig auf ein Zeichen von Rufus oder seinen Männern. Auf eine bekannte, durch die Dunkelheit huschende Gestalt, ein vertrautes Geflüster, das in der Finsternis an ihr Ohr drang. *Auf einen buckligen Greis, der in einem groben Mantel vorüberschlurfte.* Wenn Rufus sich bis ins Innerste von Catos Herrschaftsbereich vorwagte, war es nicht ausgeschlossen, daß er oder einer seiner Leute sich in der Nähe aufhielt und in irgendeiner Gestalt oder Verkleidung alles beobachtete. Sie hatte keine Ahnung, was sie tun würde, sollte sie einen von ihnen oder gar Rufus selbst erspähen. Ihn stellen? Oder Hilfe anbieten?

Lächerlich. Sie stand auf der Seite des Feindes. Rufus würde ihre Hilfe nicht annehmen.

Das sagte sie sich immer wieder voller Bitterkeit vor, doch änderte das nichts an ihrem Verhalten. Wenn ihr zuweilen die ganze Entführung wie ein Traum erschien, mußte sie sich energisch ins Gedächtnis rufen, daß sie Tatsache war und daß alles, wozu sie geführt hatte, sich wirklich zugetragen hatte.

So kam es, daß sie um die Festung herumschlich und sich vorstellte, sie sammle Informationen für Rufus Decatur – Informationen, die sie niemals weitergeben konnte. Doch es lieferte ihr einen Vorwand und ergab einen, wenn auch etwas fragwürdigen Sinn inmitten von Verwirrung und Schmerz.

Ihren Umhang enger um sich ziehend, huschte sie aus der engen Zelle und die Wehrgänge entlang. Sie lief eine schmale, in die Ringmauer eingelassene Steintreppe hinunter, die im äußeren Hof endete. Pechfackeln in Mauerhalterungen loderten im Nachtwind und warfen gespenstische Schatten auf die Pflastersteine.

Portia schlich die Mauer entlang und hielt sich sorgfältig in der Dunkelheit, bis sie die kleine Pforte erreichte. Sie stand offen, man hörte Geräusche vom Graben herauf. Der Wachtposten half beim Abladen der Tragtiere.

Sie schlüpfte durch die Pforte. Das Uferstück zwischen Mauer und Graben war nur ein schmaler Grasstreifen, kaum zwei

Meter breit. Eng an die Mauer gedrückt, schlich Portia auf Zehenspitzen seitwärts weiter, bis sie dem Lichtkreis der Fackeln entkommen war. Dann blieb sie reglos und flach an die Wand gepreßt stehen und lauschte. Die Stimmen waren leise, aber deutlich zu hören.

»Das ist das letzte Maultier, Sergeant.«

»Richtig. Schließ das Gewölbe hinter dir ab.«

»Jawohl, Sir.«

Es folgte das Quietschen von Angeln, die nach Öl verlangten, dann ein dumpfes Zuschlagen, und das Fackellicht verschwand. Aus der Dunkelheit drang nun das Geklirr von Zaumzeug. Portia nahm an, daß die Maultiere fortgeführt wurden. Sie hörte Schritte auf der Zugbrücke, dann wurde die Pforte geschlossen, und sie stand allein außerhalb der Burganlage.

Was nun?

Sie ließ sich nieder und glitt auf ihrer Sitzfläche den Abhang zum zugefrorenen Graben hinunter. Es war stockfinster, über ihr dräute die Zugbrücke. Sie tastete sich die feuchte und eiskalte Mauer entlang, bis sie direkt unter der Zugbrücke stand. Irgendwo in der Mauer mußte sich die Geheimtür befinden. Ohne Licht konnte man die feinen Umrisse nicht ausmachen, doch hatte sie sie zuvor schon gesehen und wußte, daß die Tür knapp einen Meter über der Grabenoberfläche lag. Sie zog die Handschuhe aus und tastete mit frierenden Fingern die Wand ab.

Ja, tatsächlich. Eine kaum merkliche Linie im Stein, zu regelmäßig und gerade für eine zufällige Ritze. Sie fuhr die obere waagerechte Begrenzung entlang, dann die senkrechten Seiten und tastete nach einem Knauf, einem Hebel, nach einer Vorrichtung, mit der sich die Tür von außen öffnen ließ.

Nichts. Die Steine waren wie harte, unnachgiebige Eisblöcke. Und sie war um zwei Uhr morgens vor der Außenmauer gestrandet …

Portia biß die Zähne zusammen und dehnte ihre Suche aus,

indem sie ihre Handflächen über die Steine entlang der Türumrisse gleiten ließ. Noch immer nichts. Ihre kalten Hände waren inzwischen gefühllos geworden. Unter heftigem Zittern zog sie ihre Handschuhe wieder an und überlegte, an die Mauer gelehnt, was sie als nächstes tun sollte.

Da gab die Mauer hinter ihr nach, so plötzlich, daß sie rücklings ins Taumeln geriet. Es gab keinen Türstock, und sie stolperte um sich schlagend in ein schwarzes Nichts und schaffte es gerade noch, sich auf den Beinen zu halten, indem sie sich am Stein festhielt, als er schwer nach innen schwang.

Sie befand sich im Inneren und blickte auf den Graben hinaus. Hinter ihr herrschte absolute Finsternis, vor ihr das graue Schwarz der Nacht. Schloß sie die Tür, würde sie gar nichts mehr sehen.

Reglos dastehend versuchte sie, aus der Finsternis hinter sich etwas zu hören, doch vernahm sie nur das Brausen in ihren Ohren und ihren Herzschlag. Waren die Männer schon fort? Bestand die Gefahr, mit ihnen zusammenzustoßen? Ein Blick nach rückwärts zeigte ihr nur einen niedrigen, schmalen Gang, der in der Dunkelheit verschwand.

Um sie war absolute Stille. Eine Stille, so tief, daß sie furchteinflößend wirkte. Die Tür zuzuziehen, erforderte mehr Mut, als Portia zu besitzen glaubte, doch schaffte sie es. Das gleiche Quietschen, der gleiche dumpfe Laut, dann stand sie in völliger Finsternis und Stille da. Sie drehte sich um, drückte ihre Hände auf die Wände zu beiden Seiten und ging los, Kopf und Schultern gesenkt. Allmählich wurde die Decke höher, so daß sie sich aufrichten konnte. Die Dunkelheit lichtete sich ein wenig, als sich ihre Augen daran gewöhnten, und nach ein paar weiteren Schritten glaubte sie vor sich einen grauen Schimmer in der Schwärze zu erkennen.

Und dann sah sie ein Flackern. Fackelschein. Sie erstarrte und drückte sich an die Wand, obwohl sie erleichtert war, daß sie sich bewohnten Bereichen näherte. Noch immer war kein

Geräusch zu hören. Das Licht rührte sich nicht von der Stelle und flackerte wie im Luftzug. Sie schlich weiter, immer eng an der Wand entlang. Der Gang wurde breiter, und plötzlich sah sie vor sich die Mündung. Da hörte sie Stimmen. Cato und Giles Crampton!

»Ich glaube, jetzt sind wir fertig, Giles.« Catos Ton verriet Befriedigung.

»Ja, Mylord. Ein schöner Fang.« Giles lachte auf. »Ich bezweifle, ob es zwischen hier und York noch einen einzigen Silberkelch gibt. Wann verfrachten wir das Zeug weiter?«

»Nächsten Freitag nach Durham ... da nun mein Stiefsohn aus dem Weg ist ...«

»Er machte sich ziemlich hastig aus dem Staub«, bemerkte Giles. »Sah richtig abgezehrt aus und konnte auf seinem Hintern nicht stillsitzen.«

»Hmmm«, gab Cato ihm recht. Brians überstürzter Aufbruch war in wenig freundschaftlicher Stimmung erfolgt. Tatsächlich hatte Cato das unbehagliche Gefühl, sein Stiefsohn hege gegen Castle Granville und seine Bewohner einen tiefen Groll – so unangenehm, wenn nicht gar bedrohlich, hatte er den Blick seiner glanzlosen braunen Augen auf sich gespürt. Aber Cato hatte wichtigere Dinge im Kopf als Brians kleinliche Gehässigkeiten.

»Wenn der Schatz abtransportiert wird, werden wir dafür sorgen, daß Rufus Decatur genau weiß, wann und auf welcher Route.« Cato sagte es in unverändert befriedigtem Ton.

»Sir, ich verstehe nicht ganz.« Giles zögerte. »Er wird sich das Zeug für den König schnappen, sobald er davon erfährt.«

»Genau. Aber wenn er es tut, tappt er in eine Falle«, erklärte Cato mit kalter Bestimmtheit. »Er wird den Transport überfallen, und wir werden ihn erwarten. Giles, du kannst dich darauf verlassen, daß Rufus Decatur hängt, noch ehe der Monat um ist.«

»Ein guter Plan, Sir, aber wie ködern wir ihn?« Giles war ein

Mensch mit begrenzter Phantasie. Auch der Lauscherin im Gang entging seine Verwunderung nicht.

»Wir werden durchsickern lassen, daß es einen Transport gibt«, erklärte Cato geduldig. »In der Gegend wimmelt es von Spähern Decaturs. Sie werden ihm die Nachricht zutragen, und ...« Er hielt inne.

Portia schlich näher. In ihrem Eifer, kein Wort zu überhören, vergaß sie die Gefahr.

»... und ich glaube, daß wir sogar eine Spionin im Haus haben. Wenn ich mich nicht sehr irre, wird Mistress Worth die Information weiterleiten – durch welche Kanäle auch immer.«

Giles stieß einen Pfiff aus. »Ihr glaubt, daß sie ein falsches Spiel treibt?«

»Ich weiß nicht, ob sie falsch oder nur leichtgläubig ist«, sagte Cato. »Wenn ich recht behalte, wird sie die Neuigkeit weitergeben, sobald sie ihr zu Ohren kommt. Sollte ich mich aber irren, und sie ist keine Spionin, werden wir dafür sorgen, daß sie trotzdem davon erfährt.«

Portia wurde übel. Ihre Kopfhaut zog sich so stark zusammen, daß sie das Gefühl hatte, ihre Haare stünden ihr zu Berge.

Sie nahm wahr, daß die Stimmen verklangen, dann verlosch das Licht, doch sie blieb an die Tunnelwand gedrückt stehen, bis wieder völlige Stille herrschte. Erst als sie sicher sein konnte, daß sie ganz allein war, trat sie aus dem Tunnel und stand in einem großen Gewölbe. Sie roch das Öl der ausgelöschten Fackel. Trotz der Dunkelheit konnte sie die Umrisse der an der Wand aufgereihten Truhen ausmachen. Als sie eine davon öffnete, starrte sie den Inhalt wie gebannt an – schimmerndes Silber, etwas dunkler glänzendes Gold und glitzernde Juwelen, ein Schatz, der das Dunkel zu erhellen schien.

Sie berührte die Kleinode. Kerzenhalter, Kelche, Silbergefäße. Und Schmuck. Ringe und Broschen. Ein wahres Schatzhaus voller Altargerät, kostbarem Hausrat, Geschmeide. Alles aus Edelmetallen und reich mit Juwelen verziert. Alles für die Kriegskasse der Parlamentsarmee bestimmt. Der Unterhalt einer Streitmacht im Krieg kostete enorme Summen, und die Mittel des Königs waren ebenso begrenzt wie die der Rebellen. Dieser Schatz würde seinen Besitzer einen großen Vorteil verschaffen, wenn die Kämpfe im Frühling wieder aufflammten.

Cato wußte, daß Rufus alles tun würde, um diesen Schatz an sich zu bringen.

Als Portia den Truhendeckel fallen ließ, hallte es im Gewölbe wie Donnerschlag, und ihr Herz pochte schneller. Es blieb still. In der Wand am anderen Ende konnte sie die Umrisse einer Öffnung erkennen und ging darauf zu. Wieder erstreckte sich ein Gang vor ihr, breiter und höher als der vom Graben hereinführende. Sie folgte ihm, während sie angestrengt überlegte.

Sie mußte Rufus vor der Falle warnen. Cato hatte mit seiner Annahme recht, daß sein Widersacher Augen und Ohren in der ganzen Gegend hatte. Rufus Decatur würde daher nichts von Cato Granvilles Vorhaben entgehen, und bei dem Versuch, Cato den Schatz abzujagen, würde er in die Falle gehen.

Der Gang endete an einer steilen Treppe, die zu einer Eichentür führte. Portia faßte beklommen nach dem Türgriff. Was, wenn die Tür von der anderen Seite verschlossen war? Doch die Haspe hob sich leicht, sie schlüpfte durch die Tür und befand sich in einem der Wirtschaftsräume neben der Küche.

Die einzigen Geräusche waren das laute Ticken der hohen Standuhr in der Küche und das Knistern des Feuers im großen Kamin. Über die Hintertreppe gelangte Portia zu ihrer eigenen eisigen Kammer. Dort ließ sie sich aufs Bett fallen, die Hände im Schoß gefaltet, während ihre Gedanken sich überstürzten.

Cato hielt sie also für eine Spionin. Für ein leichtgläubiges naives Ding, das nicht wußte, was sie tat. Entrüstung erfaßte sie, als sie daran dachte, wie Cato sie zu benutzen gedachte. Sie sollte der Köder in seiner Falle sein! Blutsbande oder nicht, sie würde genau das Gegenteil tun.

Aber wie? Leider war es anders, als Lord Granville vermutete, da ihr keine Nachrichtenkanäle zum Dorf Decatur offenstanden. Und mitten im Krieg gab es keine Postboten, die eine so brisante Nachricht durchs winterliche Cheviot-Hügelland beförderten. Sie hatte keine Möglichkeit, mit einem von Rufus' Getreuen Kontakt aufzunehmen, und sie konnte auch nicht über Land wandern und Andeutungen fallen lassen in der Hoffnung, sie würden von den Richtigen aufgeschnappt.

Es gab nur eine Lösung. Sie würde die Information selbst überbringen müssen.

Sofort meldete sich die nüchterne Überlegung, daß es für sie keine Rückkehr mehr geben würde, sobald sie Catos Haus mit dieser Absicht verlassen hatte. Sie würde allein auf sich gestellt sein.

Doch wußte sie ebenso, daß sie keine andere Wahl hatte. Sie konnte nicht zulassen, daß Rufus in den sicheren Tod ging.

Sie kroch unter ihre Decke und döste von Schauern geschüttelt ein. Im harten grauen Licht der Dämmerung stand sie auf und machte sich daran, ihre spärlichen Habseligkeiten einzupacken. Sie würde zu Fuß laufen müssen. Ein großes Wagnis, doch konnte sie nicht eines von Catos Pferden nehmen, und Penny war zu ihrem Besitzer zurückgeschickt worden, nachdem man sie gefüttert und ihr eine Rast gegönnt hatte. Cato hatte Portia nicht verraten, welche Nachricht er mit dem Pferd zurückgeschickt hatte, und Portia zog es vor, das nicht wissen zu wollen.

Bis zum Dorf war es ein Ritt von vier Stunden, zu Fuß also etwa zwölf. Sobald sie die öde Gleichförmigkeit der Cheviots erreicht hatte, gab es keine Landmarken mehr, nur das, was sie sich zufällig gemerkt hatte. Aber sie konnte sich nach den Wachtfeuern richten. Der Feuerring auf den Hügelkuppen würde ihr schon von weitem den Weg weisen.

Sie brauchte Wein und Proviant. Wasser gab es unterwegs. Von dem Geld, das Giles ihr in Edinburgh gegeben hatte, war nicht mehr viel übrig, und ihr Gewissen verbot es ihr, es zu diesem Zweck zu verwenden. Widerstrebend legte sie die zwei Silbermünzen auf den Waschtisch. Dann ging sie auf Beutezug in die Küche. Es war noch sehr früh, und der verschlafene Küchenjunge, der gähnend im Feuer stocherte, nahm Portias Anwesenheit nicht zur Kenntnis.

Die Zeitspanne vom Augenblick der Entscheidung bis zum Aufbruch war viel zu kurz und ihre Vorbereitungen für ein so gewagtes Unternehmen daher minimal. Als Proviant nahm sie eine Flasche Wein mit und in einem Beutel ein wenig Brot, Käse und kaltes Fleisch. Unter ihrem Reitrock trug sie Breeches und zwei Paar Strümpfe, darüber ihren dicken Mantel und Handschuhe. Ihre spärlichen Habseligkeiten waren auf die verschiedenen Taschen verteilt.

Nun stand ihr als erstes der Abschied von Olivia bevor, als zweites galt es, ungesehen aus der Burg zu gelangen.

Als Portia zu Olivias Schlafgemach ging, wußte sie, daß letzteres einfacher sein würde.

Olivia, die noch schlief, erwachte, als Portia sanft ihre Schulter schüttelte. »Was machst du so früh?« Sie setzte sich auf und blinzelte Portia erstaunt an. »Warum bist du so warm angezogen?«

Portia setzte sich auf die Bettkante. »Ich muß zurück ins Dorf Decatur. Dein Vater will Rufus eine Falle stellen, und ich kann nicht zulassen, daß er hineingerät.«

»Nein, n-natürlich nicht«, sagte Olivia, deren Blick verwundert an Portias Gesicht hing. »Was für eine Falle?«

Portia erklärte es ihr, und Olivia hörte mit gerunzelten Brauen zu.

»K-kommst du wieder zurück?« fragte sie, doch verrieten ihr tapferer Ton und der Schmerz in ihrem Blick Portia, daß Olivia die Antwort kannte.

»Du weißt, daß es nicht geht. Dein Vater wird mich nie wieder aufnehmen.« Portia beugte sich vor und gab Olivia einen Kuß auf die Wange. »Aber das ist kein Lebewohl. Ich weiß es. Wohin ich gehen werde, nachdem ich Rufus warnen konnte, weiß ich nicht. Aber ich werde versuchen, dir eine Nachricht zukommen zu lassen, damit du weißt, wie die Sache ausging.«

Sie krauste nachdenklich die Stirn, dann fiel ihr etwas ein. »Hör zu, ich lasse für dich Nachrichten auf der Insel im Burggraben hinterlegen, unter dem großen Stein, auf dem die Enten sich bei Regen versammeln. Sieh dort nach, wenn es sich einrichten läßt. Versprichst du es?«

»Ich verspreche es.« Olivia zwang sich zu einem Lächeln. »Geh jetzt!«

Portia gab ihr rasch noch einen Kuß und stand auf. Sie spürte einen Kloß in der Kehle. »Noch eines.« Sie sagte es beschwörend und mit eindringlichem Blick. »Du mußt so tun, als wüßtest du nicht, warum oder wohin ich ging. Kannst du das?«

»Aber natürlich.« Olivia schien gekränkt, weil Portia daran zweifelte. »Und jetzt geh schon, ehe ich l-losheule.«

Portia zögerte kurz und ging dann, ehe sie selbst in Tränen ausbrach.

Sie verließ die Burg durch die Pforte im Nordturm. Zum Wachtposten sagte sie, daß sie die Enten füttern wolle. Das kam so oft vor, daß der Mann nur nickte und sie nach einer Bemerkung über das Wetter durchließ.

Jetzt war es taghell. Der Himmel war klar, es war fast windstill. Für die vor ihr liegende Wanderung ein günstiges Wetter. Der Pfad fiel steil ins Tal ab, dann folgte er einige Meilen dem Talboden, ehe er sich die erste Hügelkette hinaufwand, die in die Cheviots führte.

Portia schritt frisch aus, die Arme schwingend und vor sich hinsummend, um sich Mut zu machen, nach Möglichkeit hinter Hecken und parallel zur Straße. Eine Frau allein war Freiwild für alle, insbesondere für Soldaten, die regelmäßig ihren

Weg kreuzten. Zum Glück kündigten Marschtritt, Dudelsackklänge und Trommelwirbel ihr Näherkommen an, so daß sie stets rechtzeitig Deckung suchen konnte.

Zu Mittag verzehrte sie etwas von ihrem kleinen Mundvorrat und ruhte sich kurz aus, doch war es zu kalt, um nur mit einer Hecke als Windschutz im Rücken länger auf dem kalten Boden zu sitzen. Sie kam an einigen Weilern und etlichen einsamen Bauernhäusern vorbei, und merkte allmählich, daß die Schatten länger wurden und die Dämmerung nahte. Seit dem frühem Morgen auf den Beinen, fiel ihr nun jeder Schritt zunehmend schwerer. Auch hatte sie keine Ahnung, wie weit es noch war. Mit Einbruch der Dunkelheit würde sie den Weg nicht mehr sehen können, und die bereits tiefe Temperatur würde noch weiter fallen. Sie mußte eine Unterkunft finden. Sicher würde man sie in einem Haus aufnehmen.

Bislang hatte sie nirgends Spuren des Krieges erkennen können, doch änderte sich das sofort, nachdem Portia beschlossen hatte, eine Unterkunft zu suchen. Sie war einen schmalen, mit hohen Hecken gesäumten Weg entlanggegangen. Schwacher Rauchgeruch lag in der Luft, den sie für das Herdfeuer eines Bauern oder ein spätes Herbstfeuer hielt, bis die Hecke plötzlich den Blick auf offene Felder beidseits des Weges freigab.

Die Felder waren bis zur nackten Erde abgebrannt. Bäume, unter viel Mühen als Windschutz gegen den heftigen Wind vom Hügelland und von den Mooren gepflanzt, hoben sich als verkohlte Skelette vor dem dunkler werdenden Himmel ab. An den kahlen Ästen baumelten Fetzen. Im Näherkommen sah Portia, daß die Fetzen Leichen waren und sich mit dem auffrischenden Wind drehten. Sie hingen wohl schon mehrere Tage da und trugen die Farben von Lord Newcastles königlichen Truppen.

Portia wandte sich geschockt ab. Verwesungsgeruch, leere Augenhöhlen, schwarze Krähenschwärme, die ihr grausiges Mahl krächzend umkreisten, dies alles bereitete ihr Übelkeit.

Als sie dem schrecklichen Anblick entfliehen wollte, vernahm sie jämmerliches Gewinsel ganz schwach aus dem Graben neben dem Galgenfeld. Sie wollte das Geräusch ignorieren, doch es verfolgte sie, mitleiderregend und dennoch beharrlich wie in letzter Verzweiflung. Schließlich machte sie kehrt und hielt auf das Geräusch zu, während sie es vermied, zu den Gehenkten hinzusehen.

Das Geräusch kam von einem Hündchen, das erst wenige Wochen alt sein konnte. Sicher nicht alt genug, um ohne Mutter zu überleben. Es lag im Graben und blickte sie aus glänzenden braunen Augen unter verfilztem Fransenhaar hervor flehentlich an. Sein senfgelbes Fell strotzte vor Disteln und Schmutzknötchen.

»Ach, du armes kleines Ding«, murmelte Portia, in der sich sofort Mitleid mit dem verlassenen Tierchen regte. Als sie sich nach ihm bückte, spürte sie es zittern, ganz Haut und Knochen und Nässe. Ein Stück Stoff hing ihm um den mageren Hals, der Fetzen einer königlichen Flagge.

Unwillkürlich warf Portia einen Blick zum Schlachtfeld hin. War das Hündchen ein Truppenmaskottchen? Gut möglich. Ein Maskottchen, das in den Nachwehen der Greuel zu verhungern drohte.

»Komm, Hündchen. Irgendwie drängt sich mir der Eindruck auf, wir beide haben viel Ähnlichkeit.« Sie steckte das Tier unter ihren Mantel, drückte es an ihr Herz und spürte seinen Herzschlag und das Beben, das langsam nachließ, als der Hund sich erwärmte.

Nun galt es, ein Nachtlager zu finden. Es war fast ganz finster, der aufkommende Wind brachte noch mehr Kälte. Die plündernden Haufen der Parlamentstruppen, die hier gewütet hatten, konnten sich noch in der Gegend aufhalten. Selbst wenn sie längst über alle Berge waren, würden die Bauern einer Fremden aus Angst argwöhnischer als sonst begegnen.

Sie erreichte eine kleine Ansiedlung etwa zwei Meilen weiter an der Straße. Die Häuser waren fest verschlossen, nur die dünnen Rauchfahnen über den Schornsteinen zeigten an, daß sie bewohnt waren. Sie wählte das Haus, das der kleinen Kirche am nächsten war und klopfte mit einer Kühnheit, die sie nicht empfand, an die Tür.

Keine Antwort. Wieder klopfte sie und wartete. Kein Laut, kein Lebenszeichen. Und doch wußte sie, daß jemand vor dem Feuer sitzen mußte, dessen Rauch sich über dem Dach kräuselte. Wieder klopfte sie an und rief leise und beruhigende Worte. Vielleicht würde man einer Frau eher öffnen.

Nichts. Sie ging zurück zur Straße und betrachtete von dort aus das Haus, das sich inmitten eines kahlen Gemüsegartens duckte. Die Fensterläden waren geschlossen und ließen auch nicht den winzigsten Lichtstrahl durch.

Portia schauderte zusammen. So allein und verzagt hatte sie sich noch nie gefühlt. Und sie hatte große Angst, vor einem Überfall ebenso wie vor der Kälte, da kein Mensch eine eisige Februarnacht im Freien überleben konnte. Das Hündchen winselte leise. Es mußte fast verhungert sein. Ob es alt genug war, um Brot, Fleisch und Käse zu fressen?

Aber als erstes mußten sie sich vor der eisigen Nacht in Sicherheit bringen. Der Himmel war schwarz und wolkenverhangen, der Wind wurde immer stärker. Die Kirche würde Zuflucht bieten. Drinnen war es zwar auch kalt und die Bänke hart, doch würden sie vor dem Wind und vor Menschen sicher sein.

Sie öffnete die Friedhofspforte und ging den Weg zur Kirche entlang, einem gedrungenen normannischen Bau aus grauem Stein mit einem Rosettenfenster über der gewölbten Eichentür. Portia hob den Riegel und lehnte sich gegen die Tür, ein Stoßgebet auf den Lippen, sie möge unversperrt sein. Laut knarzend öffnete sich die Tür auf einen dunklen, feuchten Vorraum.

Portia stand da und versuchte, sich an die Dunkelheit zu gewöhnen. Langsam nahmen das Taufbecken, die langen Bankreihen, der schimmernde Altar Gestalt an. Gut möglich, daß in der Sakristei Priestergewänder hingen, in die sie sich einhüllen konnte, da es ihr als Sakrileg erschienen wäre, das Altartuch zu benutzen.

Sie ging nach vorne und setzte sich auf die oberste Altarstufe. An das Kommuniongitter gelehnt, holte sie den jungen Hund unter ihrem Mantel hervor.

»Na, zu welcher Sorte gehörst du?« Es war zu dunkel, um es zu erkennen, ihre tastenden Finger aber fanden rasch die Antwort – eindeutig weiblich. Das Tierchen leckte ihre Hand und ließ wieder ein Winseln hören.

Portia setzte es auf den Boden und öffnete das Proviantbündel. Als es das Fleisch roch, drängte sich das Hündchen energisch gegen ihr Knie. Portia nahm ihr Messer aus dem Stiefel und schnitt das Fleisch in winzige Stückchen, die sie auf die Altarstufen legte. Der Hund schien daran nur zu schnüffeln, und schon war das Häppchen verschwunden.

»Ich habe das Gefühl, dein Hunger ist größer als meiner«, murmelte Portia und fuhr fort, Fleisch in Stückchen zu schneiden, bis sie ihren gesamten Fleischvorrat an den Hund verfüttert hatte. Sie selbst begnügte sich mit dem Wein und fühlte sich wenigstens innerlich gewärmt. Sie erwog, eine der Altarkerzen anzuzünden, entschied dann aber, daß es unklug gewesen wäre, Licht zu machen. Sie hatte keine Ahnung, wie die Bewohner des Weilers sie empfangen würden. Die verschlossenen Häuser deuteten jedenfalls darauf hin, daß sie mit Feindseligkeit rechnen mußte.

Der nun gesättigte Hund trottete davon, in die Dunkelheit. Portia, die ahnte, was er vorhatte, raffte sich hastig auf. »Warte, in einer Kirche muß man sich benehmen.« Sie hob das Tier auf und trug es ins Freie. Im Kirchhof erleichterten sich beide im Schutze einer Eibe und zogen sich anschließend wieder in die Kirche zurück.

Portia entdeckte in der Sakristei ein verschlissenes Meßgewand, in das sie sich hüllte. Dann setzte sie sich mit dem

Rücken zum Altar nieder und schloß die Augen. Der Hund kroch auf der Suche nach Wärme auf ihren Schoß, unter Mantel und Meßgewand.

»In diesem Fall ist es erlaubt«, sagte Portia mit klappernden Zähnen. Der kurze Ausflug ins Freie hatte die wohlige Wärme des Weins zunichte gemacht. Nur ein kleines Schlückchen war ihr noch geblieben.

Nun erschien es ihr nicht mehr als Sakrileg, das Altartuch zu benutzen, da sie sich nicht vorstellen konnte, daß es eine Lästerung Gottes sein sollte, wenn das Tuch eines seiner Geschöpfe vor dem Erfrieren bewahrte.

Aber auch mit dem Altartuch war es zum Schlafen zu kalt. Sie war todmüde, jeder Muskel war starr vor Kälte. »Weißt du was, Juno, wenn dieser mißmutige Rufus Decatur nach allem, was ich durchstehen mußte, auch nur das kleinste Anzeichen von Undank erkennen läßt, soll er mein Messer an seiner Kehle spüren«, murmelte sie im Nacken des Hundes. Laut mit jemandem sprechen zu können, war ein gewisser Trost, auch wenn es nur ein Tier war, das nicht antworten konnte.

Warum hatte sie sich entschlossen, dieses unansehnliche Häufchen Hund Juno zu nennen? Die Frage blitzte in ihrem Kopf auf, ohne auf Antwort zu warten. Ihr Verstand fing an, ihr Streiche zu spielen. Sie glaubte, sie läge wieder in ihrem Bett in Catos Burg. Dann wiederum befand sie sich in der St. Stephen's Street und hörte Jack gotteslästerlich fluchen, weil sie ihm nicht genügend Brandy besorgt hatte. Als nächstes lag sie auf einer sonnigen Wiese an der Loire. Die Sonne brannte ihr heiß auf den Rücken und wärmte ihre Knochen. Jack saß ein Stück weiter und würfelte mit zwei Wanderkrämern, denen allmählich dämmerte, daß der Mann, den sie als leichte Beute angesehen hatten, ihnen alles abnehmen würde, was sie besaßen, bis hin zu den Stiefeln an ihren Füßen.

Sie strich über ihre Wange, wo eine Fliege sie plagte, und störte die wonnige Trägheit der Sonnenhitze, die schöne rotdurchzogene Schwärze hinter den geschlossenen Augen. Das Summen hörte nicht auf. Ärgerlich schlug sie zu, und etwas kniff sie in die Finger, so daß sie in die kalte Realität zurückversetzt wurde.

Verständnislos starrte sie Juno an, die angsterfüllt ihren Blick erwiderte. Das Hündchen hatte ihre Wange abgeleckt, da es spürte, daß sie im Begriff stand, in eine Sphäre zu entgleiten, aus der es vielleicht keine Wiederkehr mehr gab.

Mit heftigem Schaudern sprang Portia auf und zog das Altartuch enger um sich, während sie das Kirchenschiff auf und ab lief, immer wieder, bis sie hellwach war und spürte, wie das Blut, wenn auch träge, wieder durch ihre Adern pulsierte. Noch immer fror sie entsetzlich, doch war sie wach und am Leben.

Sie ging an die Tür und spähte hinaus. Der Tag graute unter einem bedeckten Himmel. »Ich glaube, wir machen uns auf den Weg, Juno. Lieber nehme ich es mit einer Brigantenbande auf, als hier zu erfrieren.« Sie tat Altartuch und Meßgewand an deren Platz, verspeiste die letzten Brotreste und überließ Juno den Käse. Dann ging sie hinaus, dem Wind trotzend, das Hündchen unter dem Arm.

Mit Tagesanbruch hatte Schneefall eingesetzt, und sie mußte sich nun den Weg durch die weglose Einöde der Cheviots bahnen. Die einzigen Lebewesen, auf die sie traf, waren ein paar armselige Schafe, die sich im spärlichen Schutz einiger kahler Bäume zusammendrängten. Durstig schlug sie ein Loch in das Eis eines Baches. Juno trank gierig, doch war das Wasser so kalt, daß Portia sofort Kopfschmerzen davon bekam. Tränen des Jammers und der Verzweiflung kamen ungewollt und reichlich und froren auf ihren Wangen. Sie zitterte krampfhaft, da ihre Kleider ihr so viel Schutz boten, als wäre sie nackt. Das Hündchen hielt sie aufrecht und schuf eine kleine warme Stelle an ihrer Brust.

Das Schneetreiben wurde immer dichter, so daß sie kaum einen Schritt weit sehen konnte. Sie wußte nicht mehr, ob sie in die richtige Richtung ging oder immer nur im Kreis lief. Nichts war mehr wichtig, nur die Notwendigkeit, einen froststarren Fuß vor den anderen zu setzen, während sie durch den Schnee taumelte.

Als sie einen diffusen Schein durch den weißen, erstickenden Schleier hindurch erblickte, schenkte Portia ihm kaum Beachtung. Sie hatte vergessen, was sie suchte, hatte fast vergessen, wer sie war. Es gab nur eine Antriebskraft – einen Fuß vor den anderen zu setzen.

Doch ihre Füße trugen sie hinauf, dem Schein entgegen, ohne daß es ihr bewußt gewesen wäre. Plötzlich stolperte sie in ein Kaninchenloch und stürzte so schwer, daß sie sich den Knöchel verstauchte. Nun lag sie da, vor Schmerz, Kälte und Angst schluchzend, da sie wußte, sie würde hier sterben, in ein Bahrtuch aus Schnee gehüllt.

15

Pechfackeln loderten im Weiß. Stimmen drangen von hoch oben zu ihr. Hände hoben sie auf, während Portia Juno mit letzter Kraft an sich drückte.

Jemand zwang ihre Lippen auseinander und flößte ihr etwas ein. Sie hustete und erstickte fast, als das feurige Naß durch ihre Kehle rann. Beißender Ammoniakgeruch durchdrang die Schwärze, die ihre Sinne einhüllte. Sie öffnete schaudernd die Augen.

»Allmächtiger, wenn das nicht das Mädchen aus Granville ist.« George sagte es verblüfft. Wieder drückte er ihr das Fläschchen an die Lippen. »Trink, Mädchen. Du bist ja halbtot.« Er hielt ihr die Phiole mit Ammoniak unter die Nase, während sie zu trinken versuchte, sich wieder verschluckte und den scharfen Brandy über ihren Mantel verschüttete.

Eine Kohlepfanne glühte in der Hütte des Wachtpostens. Es

war warm, in der Luft lag der Geruch nach Schweiß, gebratenen Zwiebeln und Ale. Juno schlängelte sich unter ihrem Mantel hervor, sprang auf den Boden und lief zur Glutpfanne, wo sie sich schüttelnd niederlegte.

»Beim Teufel und all seinen Höllengeistern! Was ist denn das?« rief George verdattert aus.

Portia konnte nicht sprechen. Ihre Lippen waren taub, ihre Zunge schien am Gaumen festgefroren, ihr Kiefer unbeweglich. Hilflos sah sie George und seinen viel jüngeren Gefährten an, die sie anstarrten, als sei sie dem Totenreich entstiegen.

George kratzte sich am Kopf. »Jamie, lauf hinunter und hol den Herrn. Sag ihm, das Mädel aus Granville ist wieder da.«

Jamie hüllte sich in seinen Mantel, nahm eine Fackel und lief den Pfad zum Dorf hinunter, bis er schwer atmend vor Rufus' Haus anlangte. Dort hämmerte er an die Tür und rief laut: »Mylord, kommt rasch! Ihr werdet oben gebraucht!«

Rufus riß die Tür auf. »Was ist? Soldaten? Ein Überfall?« Schon nahm er seinen Schwertgürtel vom Haken neben dem Kamin.

»Nein, keine Soldaten, Sir.« Jamie schüttelte heftig den Kopf. »Auch kein Überfall.«

Schon etwas ruhiger legte Rufus den Gürtel um. »Nun, was ist es dann?« Der Junge war nicht der flinkste, und wenn man ihn drängte, wurde er noch verwirrter.

»Mr. George schickt mich, Sir, damit ich es Euch sage.«

»Was denn, Jamie?« Rufus warf seinen Mantel um die Schultern.

»Das Mädel aus Granville«, brachte Jamie stolz heraus. »Es ist wieder da, aber Mr. George weiß nicht, warum. Halbtot war sie, als wir sie im Schnee fanden und …«

Weiter kam er nicht. Rufus stürzte an ihm vorüber aus dem Haus und rannte die Straße entlang. Er lief weiter, die Anhöhe hinauf, ohne den Schritt zu verlangsamen, stürzte in die Hütte und warf die Tür hinter sich zu.

»Allmächtiger!« Mit zwei Schritten war er bei dem dreibeinigen Schemel, auf dem Portia neben der Glutpfanne halb kauerte, halb lag. Ihre Lippen waren blau, die Tränen auf ihren totenbleichen Wangen noch sichtbar. An ihren Wimpern klebte noch Schnee, und die Haare über ihrer Stirn waren mit Eis verkrustet.

»Was hast du getan?« flüsterte er. »Was hast du dir angetan?« Er fiel auf die Knie und strich ihr die eisigen Haare aus der Stirn. Er rieb ihre Wangen, von verzweifelter Sehnsucht erfüllt, Leben und Erkennen in ihren Augen zu sehen. Sie starrte durch ihn hindurch, als wäre er ihr unbekannt.

Er hatte sich so sehr bemüht, ohne sie auszukommen. Hatte versucht, sich keine Sorgen zu machen. Er hatte sich eingeredet, daß eine kurze und lustvolle Begegnung alles war, was ihnen an Erwartungen zustand. Sie war eine Granville und konnte nie etwas anderes sein. Sie hatte die Granvilles sogar verteidigt, als er ihr seinen großen Schmerz offenbarte. Sie hätte den verzweifelten Zorn begreifen müssen, der ihn dazu trieb, zu sagen, was er gesagt hatte, doch sie hatte ihn abgelehnt. Sie war nicht imstande gewesen, ihre Loyalität den Granvilles gegenüber zu vergessen.

Er hatte seinen Zorn mit heißer Flamme genährt, doch als er nun mit seinem eigenen Atem Wärme in Portias Gesicht und Augen zu hauchen versuchte, war sein Zorn verraucht.

Sie war zurückgekommen. Aber warum?

In ihrem momentanen Zustand würde er keine Antwort auf diese Frage bekommen. Sein Gefühlsaufruhr wich praktischer Fürsorge, als er sich bückte, sie auf die Beine stellte und sie fester in ihren Mantel hüllte. »Ich schaffe sie hinunter.«

Die Worte durchdrangen Portias Benommenheit. »Juno!« stieß sie unter Zähneklappern hervor.

»Ach, das muß der Hund sein, Sir.« George bückte sich nach dem Tier. »Sie hat ihn wie einen Rettungsanker umklammert.«

Rufus, der die schwankende Portia an sich drückte, begutachtete den unansehnlichen Köter erstaunt. Juno wedelte hoffnungsvoll mit dem Schwänzchen und hechelte mit hängender Zunge.

»Sie hat mir das Leben gerettet«, brachte Portia völlig verständlich über die Lippen, wenn auch mit einer Stimme, die so dünn war, daß sie ihr selbst fremd in den Ohren klang. »Sie muß bei mir bleiben.«

Rufus konnte ihren Worten keinen Sinn entnehmen, war jedoch so erleichtert, sie sprechen zu hören, daß es ihn nicht kümmerte. Er hob sie hoch, um sie sich über die Schultern zu legen und mit einer Hand um ihre Mitte festzuhalten. Dann nahm er George das Hündchen ab, steckte es unter seinen freien Arm und machte sich festen Schrittes auf den Weg bergab.

Portia nahm diese unwürdige Art der Beförderung gar nicht wahr. Sie wußte nur, daß sie in Sicherheit war, daß die kalten Schauer in ihrem Inneren bald aufhören würden und sie sich ausruhen konnte. Darüber hinaus war sie zu keinem Gedanken fähig.

Rufus stieß die Tür seines Hauses auf und trug seine zwei Lasten hinein. Den Hund ließ er auf den Boden fallen, Portia ließ er sanft von seiner Schulter gleiten und setzte sie auf einen Schemel am Feuer. Sie sah noch immer aus wie halbtot; sogar ihr leuchtendes Haar wirkte stumpf.

Da kam ihm der unglaubliche Gedanke, daß sie den ganzen langen Weg von Castle Granville her gelaufen sein mußte. Und nun fühlte er sich wie damals, als Toby einem Ball nachgejagt war und voll bekleidet unterhalb des Mühlrades knapp über dem Mühlgerinne in den Fluß gefallen war. Sobald das Kind in Sicherheit war, hatte Rufus' Entsetzen sich in einem Wutanfall Luft verschafft, den weder er noch Toby vergessen konnten.

Portia wurde so heftig von Schüttelfrost erfaßt, daß ihre Zähne aufeinanderschlugen. »Mein Knöchel«, klagte sie und befühlte ihren Fuß. »Er schmerzt schrecklich.«

Rufus, der niederkniete, um ihr den Stiefel auszuziehen,

fluchte leise, als er merkte, daß ihr stark geschwollener Knöchel es nicht zuließ. »Was hast du dir dabei gedacht?« Er zog sein Messer aus dem Gürtel und schnitt vorsichtig in den Stiefelschaft. »Ich weiß nicht, was in dich gefahren ist. Du mußt den Verstand verloren haben.«

»Ja, ich bin verrückt«, antwortete Portia durch Wogen von Schmerz und Jammer, als er ihr behutsam den Stiefel über den Knöchel zog. »Ich war so verrückt, daß mir der Gedanke unerträglich war, dich auf Castle Granville hängen zu sehen.«

Rufus, der ihren Fuß umfaßt hielt, blickte aufmerksam in ihr bleiches, angespanntes Gesicht. »Darf ich erfahren, wovon du sprichst?«

Aber Portias entsetzter Blick hing an ihrem Knöchel. Ihr Fuß sah aus, als hinge er an einem Kürbis. An einem weißen Kürbis mit roten Streifen. Wie betäubt starrte sie dieses eklige Ding an.

»Offenbar nicht«, murmelte Rufus als Antwort auf seine eigene Frage. Im Moment hatte er ohnehin andere Sorgen. Seine Aufmerksamkeit galt nun ganz ihrem verletzten Fuß, und er überlegte laut: »Eigentlich müßte man den Fuß in Eis packen, damit die Schwellung abklingt, aber …«

»Nein!« rief Portia unter Tränen aus. »Das ertrage ich nicht.«

»Wenn du mich ausreden ließest – ich wollte sagen, daß dein Fleisch so kalt ist, daß es meiner Meinung nach nichts nützen würde.« Er ließ ihren Fuß sanft los und stand auf. »Ich werde ihn fest bandagieren, und dann werden wir weitersehen. Zuerst mußt du aus deinen Kleidern heraus.«

Als er hinauslief, erklang aus jedem seiner Schritte Ungeduld. Portia versuchte, ihre Tränen zu beherrschen. Nach allem, was sie auf sich genommen hatte, um ihm zu helfen, erschien ihr sein Zorn sehr unvernünftig. Und sie war so entsetzlich müde. Juno drückte sich an ihre nassen Röcke und winselte mitleidig.

»Das dürfte dich wärmen.« Rufus kam mit einem seiner eigenen dicken Wollhemden und einem pelzgefütterten Morgenmantel wieder. »Du mußt versuchen, auf einem Fuß zu stehen ... was macht dieser gräßliche Köter da?«

»Sie ist erfroren und müde und hungrig«, schnatterte Portia.

»Sie? Aha. Außerdem ist sie verdreckt.« Rufus stützte Portia mit einer Hand unter dem Ellbogen, während er ihr mit der anderen die durchnäßten Sachen auszog. Sie schwankte unsicher, mehr vor Müdigkeit als vor Schwindel.

Rufus wußte, daß es das Vordringlichste war, sie zu erwärmen, damit das Blut unter ihrer zarten weißen Haut wieder richtig zirkulierte. Er befürchtete Erfrierungen, vor allem an ihrem geschwollenen Knöchel. Schroffheit tarnte seine Besorgnis, als er ihre Sachen aufknöpfte und aufhakte und sie von allen Kleidungsstücken befreite.

Als er ihre Breeches herunterstreifte, sah er, daß die Feuchtigkeit sogar das Leder durchdrungen hatte. Er strich über ihren Leib, ihre Schenkel entlang und über die Wölbung ihres Gesäßes. Ihre Kälte war erschreckend.

»Du bist ja bis auf die Haut naß. Wie konntest du etwas so Verrücktes und Kindisches tun? Hast du denn deinen Verstand verloren? Was hast du dir dabei gedacht ... daß du einen Sonntagsspaziergang in den Hügeln machst?«

Portia starrte an ihrem schmalen, zitternden Körper hinunter. Ihre Haut war so weiß, daß sie vor Ekel schauderte. Ebenso abstoßend fand sie es, daß er ihre Nacktheit sah und ihren Körper behandelte wie einen Fisch, den es auszunehmen galt. Sie ertrug es nicht, so vor ihm zu stehen. Ihre Beine kamen ihr vor wie dünne Stöckchen, ihre Brüste waren geschrumpft und mit Gänsehaut bedeckt, die Brustspitzen zusammengezogen.

Mit einem unartikulierten Ausruf schob sie ihn beiseite und griff nach dem Morgenmantel, den er vor dem Feuer zum Wärmen aufgehängt hatte. »Geh jetzt, ich komme allein zurecht.« In ihrer Hast trat sie auf ihren verstauchten Fuß auf und fiel mit einem Schmerzensschrei zurück.

Rufus fing sie auf. »Still!« donnerte er, so daß Juno erschrocken aufjaulte und sich an ein Tischbein drückte.

Portia gab auf. Sie war mit ihrer Kraft und Ausdauer am Ende.

Rufus rieb ihren Körper mit einem Handtuch ab, sehr grob, damit die Blutzirkulation angeregt wurde, und tatsächlich wich die Totenblässe bald einem gesunden rosigen Ton. Er drehte sie hin und her, hob ihre Arme an, teilte ihre Schenkel, frottierte die weiche Haut an der Innenseite, ließ keine einzige Stelle unberührt. Seine Miene verriet grimmige Entschlossenheit, und falls es ihm bewußt wurde, daß dies ein Körper war, den er besessen, mit dem er gespielt und den er einst zu den Gipfeln der Lust geführt hatte, ließ er sich nichts anmerken. Während all dem biß Portia die Zähne zusammen und versuchte, an nichts zu denken. Obwohl ihre Haut schon aufgerauht und wund war, gab sie keinen Laut von sich.

»Zieh das an.« Er streifte ihr sein Hemd über den Kopf, in dem sie fast verschwand und das ihr bis über die Knie reichte. Er führte ihre Arme in die weiten Ärmel des pelzgefütterten Morgenmantels, so wie er normalerweise die Arme seiner Söhne in ihre Wämse steckte. »Setz dich.« Er drückte sie auf den Schemel. Da sie nun bekleidet war, war auch ihre Verletzlichkeit unter Wolle und Pelz verschwunden. Portia konnte sich nun erlauben, ihrer Umgebung gewahr zu werden.

»Wann hast du zuletzt gegessen?« Er machte sich daran, ihren Knöchel mit breiten Stoffstreifen zu umwickeln.

»Heute morgen einen Bissen Brot, Fleisch und Käse mußte ich Juno überlassen. Sie war halbverhungert«, gab Portia tonlos zurück, obwohl ihr nun warm war. Es war eine wunderbare, bis ins Mark reichende Wärme, die den pochenden, nun fest bandagierten Knöchel wettmachte.

Juno wedelte mit ihrem trockenen, jetzt buschigen Schwanz und kratzte mit ihrer kleinen Pfote an Rufus' Bein.

»Jetzt hat sie auch Hunger«, erklärte Portia überflüssigerweise. »Würdest du sie füttern?«

Rufus sah Portia an, wie sie auf dem Schemel saß, in Kleidern, in denen sie buchstäblich versank. Wirklich sichtbar war nur ihr Kopf, dessen Haar sich als stumpfrote Gloriole auf dem dunklen Fell seines Mantels abhob. Ein wenig kleinlaut und resigniert sah sie ihn nun mit jener Unerschrockenheit an, die ihm von Anfang an schon Respekt und Bewunderung abgenötigt hatte.

Seit sie ihn verlassen hatte, hatte das Bild ihrer schrägstehenden grünen Augen, ihrer ausgeprägten Nase und hohen Wangenknochen ihn bis in seine Träume verfolgt, und die unglaubliche Weichheit ihrer Haut schien er in seinen Händen zu spüren. Er hatte dagegen angekämpft, es geleugnet. Hatte sich eingeredet, daß er nie an diesen sonderbaren Sehnsüchten, an diesem Gefühl des Unvollendeten gelitten hätte, wenn ihrer Begegnung ein natürliches Ende beschieden gewesen wäre. Als er sie jetzt betrachtete, mußte er sich eingestehen, daß er noch nie für jemanden in der Art empfunden hatte, wie er das nun für Portia Worth tat. Zwar wußte er nicht genau, was er eigentlich fühlte, doch ging es über die simple Lust einer angenehmen, kurzen sexuellen Beziehung hinaus.

Wieder kratzte der Hund an seinem Stiefel. Er blickte hinunter und bemerkte, wie jämmerlich klein und jung er war.

Da fing er zu lachen an. Portia sah ihn an, als hätte er den Verstand verloren, so jäh kam der Umschwung. Ihr fiel aber ein, daß Rufus zu abrupten Stimmungsschwankungen neigte. Wärme und Kraft regten sich wieder in ihr. Sie lächelte zaghaft und strich sich ihr Haar aus den Augen. »Freust du dich, mich zu sehen?«

»Ja, verdammt!« schimpfte er. »Frag mich nicht, warum. Du tauchst halbtot vor Erschöpfung mitten in einem Schneesturm auf, jagst mir einen Riesenschrecken ein …« Erneut fiel sein Blick auf den Hund, und wieder mußte er lachen.

»Was für ein Gespann ihr abgebt! Dieses häßliche kleine Tier könnte dein böser Dämon sein.« Er hob Juno hoch und hielt sie in der Luft, um sie näher zu untersuchen. »Vermutlich wurde sie nie entwöhnt. Woher hast du sie?«

Portia berichtete ihm, unter welch grauenvollen Umständen sie das Hündchen gefunden hatte, und Rufus verging sein Lachen. »Diese Ungeheuer«, sagte er. »Seit Wochen schon sind Gerüchte über solche Greuel im Umlauf, doch ist es der erste Augenzeugenbericht, den ich höre.«

»Sind nur die Rebellen so grausam?«

»Nein«, sagte Rufus kurz. »Ich wünschte, ich könnte sagen, es wäre so, aber beide Seiten sind einander in diesem Punkt ebenbürtig und zu immer grausameren Racheakten imstande.« Er sagte es, während er Milch auf eine Untertasse goß, die er für Juno auf den Boden stellte. Mit einem aufgeregten Japsen machte sich der Hund darüber her.

Er goß Whisky in zwei Tassen und reichte Portia eine mit der Ermahnung, langsam zu trinken. Dann setzte er sich auf die Tischkante und betrachtete sie eingehend. »Also, was war das mit meinem Galgentod auf Castle Granville?«

»Ich bin gekommen, um dich vor einer Falle Catos zu warnen. Eine Nachricht konnte ich nicht schicken, da ich nicht wußte, wo ich deine Späher finde. Da du mich als Feindin betrachtest, ist es kein Wunder, daß du mich nicht ins Vertrauen ziehst.« Portia staunte, daß sie die Energie für diese herausfordernde Behauptung aufbrachte.

»Du warst zu kurz da, als daß ich Vertrauen hätte fassen können«, sagte er leise.

»Nach allem, was du gesagt hattest, konnte ich nicht bleiben. Ich bin noch immer der Meinung, daß es falsch ist, wenn du dich von deinen Rachegefühlen leiten läßt. Ich aber bin frei davon, Rufus.« Sie hatte sich halb erhoben, als ihr Knöchel sie wieder zum Hinsetzen zwang. Unwillig stöhnend musterte sie ihn.

Rufus strich über sein Kinn und starrte mit zusammengekniffenen Augen ins Feuer. Dann sah er sie wieder an. »Wenn du also glaubst, daß ich nicht richtig handle, dann sage mir, warum du unter Einsatz deines Lebens das einzige Zuhause aufgegeben hast, das du besitzt, nur um mir zu helfen. Man möchte meinen, es wäre dir nichts lieber, als mich hängen zu sehen.«

»Man möchte es meinen«, erwiderte sie zustimmend. »Glaube mir, ich kämpfte gegen den Impuls an. Aber aus irgendeinem unerfindlichen Grund unterlag ich.«

Rufus grinste. Freudige Erregung ließ sein Herz höher schlagen ... und grenzenlose Erleichterung, weil sie einigermaßen unversehrt geblieben war. »Du frecher Spatz! Deine scharfe Zunge läßt sich durch nichts abstumpfen. Also, sag schon, was es mit dieser Falle auf sich hat!«

»Ich belauschte Cato und Leutnant Giles Crampton, als ich mich nachts in der Burg herumtrieb.« Portia lieferte diese halbe Erklärung mit einem Achselzucken. Von alten Abtrittschächten und ihrer nie versiegenden Neugier brauchte er nichts zu wissen. Sie berichtete, was sie gehört hatte, und er lauschte schweigend und nippte mit ausdrucksloser Miene seinen Whisky.

»Ich weiß längst, daß Cato und seine Getreuen das Land rücksichtslos ausplündern«, bemerkte er, als sie geendet hatte. »Inzwischen muß er einen ansehnlichen Schatz zusammengerafft haben.« Rufus lächelte grimmig. »Einen Schatz, der jenen des Königs hübsch aufwerten wird.«

Nun änderte sich sein Ausdruck. Er stand auf und hob ihr Kinn an. Seine Augen waren ernst, als er sie musterte. »Ich bin sehr froh, daß du zurückgekommen bist, und ich weiß nicht, was ich dir bieten kann. Da du aber so kühn warst, Catos Herd zu verlassen, muß ich dir meinen anbieten.« Er fuhr mit dem Daumenrand über ihren Mund.

»Auf deine Wohltaten kann ich gut verzichten«, schnappte Portia mit einer unwilligen Drehung des Kopfes. Sie war nicht ganz sicher, was er gemeint hatte. Seiner Einladung, falls es eine war, fehlte etwas. Wenn er ihr nur ein Heim anbot, weil sie nirgendwohin gehen konnte, sozusagen als Belohnung für ihre Information, dann würde sie es nicht annehmen. »Ich kam ohne diese Erwartung.«

Rufus ließ seine Hand fallen. Er starrte sie an. *»Wohltaten!«* echote er empört.

»Ich komme allein zurecht«, beharrte Portia. »Das war immer schon so.«

»Du lieber Gott, wenn du nicht in so jämmerlicher Verfassung wärest ...« Er drehte sich abrupt um und tigerte einmal aufgebracht durch den Raum. Dann baute er sich gefährlich vor sie auf. »Möchtest du bleiben?«

»Nicht, wenn du in mir immer nur eine Granville siehst«, sagte Portia. Plötzlich stand so viel auf dem Spiel. Mehr als sie momentan erfassen konnte.

»Du bist eine«, sagte er tonlos. »Ich wüßte nicht, wie ich es vergessen könnte.«

»Aber ist es denn wichtig?«

Rufus seufzte. »Portia, du hast mir gefehlt. Keine Granville, sondern du.«

Portia, die spürte, wie ihr warm ums Herz wurde, lächelte zaghaft. »Dann ist es gut«, entschied sie.

Rufus hatte das höchst sonderbare Gefühl, daß er eben eine Schlappe erlitten hatte, obwohl er gar nicht gemerkt hatte, daß er in einen Kampf verwickelt war.

Leise sagte Portia: »Auch du hast mir gefehlt. Ständig hielt ich in allen dunklen Hofwinkeln Ausschau nach einem buckligen Alten.«

Rufus strich sanft über ihr Gesicht. Sein Unbehagen schwand. Wieder war er sich ihrer Blässe bewußt, ihrer Schwäche und seines Verlangens, sich ihrer anzunehmen. »Ich hole dir aus der Kantine etwas zur Stärkung. Es dauert nicht lange.«

»Bring auch für Juno etwas mit.«

Allein gelassen kauerte Portia sich schläfrig ans Feuer. Der

Schmerz in ihrem Knöchel war durch den Whisky gedämpft. Zum erstenmal im Leben hatte sie das Gefühl, heimgekehrt zu sein.

Binnen zehn Minuten war Rufus wieder da, schüttelte Schnee von seinem Mantel und trat seine Stiefel stampfend im Eingang ab. Ein Junge folgte ihm mit einem vollbeladenen Tablett. Er warf Portia einen neugierigen Blick zu, als er das Tablett auf den Tisch stellte, und machte Anstalten zu bleiben.

»Danke, Adam«, sagte Rufus mit Betonung und stellte einen Deckelkrug auf die Feuerstelle.

»Sehr wohl, Sir.« Nach einem weiteren Blick auf die Gestalt am Feuer trat der Junge mit offensichtlichem Widerstreben wieder hinaus in den Schnee.

Portia schnupperte hungrig. »Was gibt es?«

»Suppe, geschmorte Ochsenzunge und Glühwein mit Milch.« Rufus schöpfte rasch und geschickt Gemüsesuppe in eine Schüssel, die er ihr reichte. Dann sah er ihr beim Essen zu. Wie eine Glucke einem verletzten Küken, dachte Portia insgeheim lächelnd. Dieses genaue, besorgte Beobachtetwerden hatte etwas wundervoll Tröstliches an sich. Es verriet ihr, daß sie wieder irgendwie dazugehörte, so sehr, daß auch der trivialste Aspekt ihres Wohlergehens für Rufus wichtig war.

Gierig schluckte sie die Suppe, die ihr schmeckte wie himmlisches Manna. Rufus ließ der Suppe Ochsenzunge folgen und stellte für Juno eine Untertasse mit Hühnerklein auf den Boden. Der Hund fiel selig japsend darüber her. Rufus schenkte sich wieder Whisky nach und stand in seiner gewohnten Haltung vor dem Kamin, einen Arm auf dem Sims, einen Fuß auf der Kaminstufe. Selbst belustigt über seine besitzergreifende Befriedigung sah er zu, mit welcher Hingabe und Konzentration sich seine Schützlinge ihrer Mahlzeit widmeten. Langsam bekamen Portias Wangen wieder Farbe, und ihm schien es sogar, als ob ihr Haar nicht mehr so stumpf wirkte.

Schließlich ließ Juno von ihrem Mahl ab und trottete ans Feuer. Sie legte sich Portia zu Füßen, rollte sich auf den Rücken, ihr volles Bäuchlein der Wärme zuwendend, die Beine in die Luft.

Rufus nahm Portias leeren Teller und hob den Deckelkrug von der Feuerstelle. »Trink dies hier, dann bringe ich dich zu Bett.« Er füllte einen Humpen mit der heißen, würzigen, mit Wein versetzten Milch, und Portia nahm ihn zwischen beide Hände und versenkte ihre Nase im köstlichen Dampf.

»Wo sind die Jungen?« Sein letzter Satz hatte sie an das widerspenstige und verwahrloste Gespann erinnert. Sie blickte erschrocken zu der Ecke hinter dem Vorhang. »Sie sind doch nicht etwa draußen im Schnee?«

»Nein, natürlich nicht. In ein Schneetreiben lasse ich sie doch nicht hinaus.« Rufus, der eine Wärmepfanne mit Glutstücken füllte, schien entrüstet ob dieser Unterstellung. »Heute schlafen sie bei Will.«

»Kommt das oft vor?«

Achselzuckend legte Rufus die Feuerzange aus der Hand. »Ziemlich oft, das heißt, wenn der Schlaf sie bei ihm umkippen läßt.« Er nahm die Wärmepfanne und ging damit hinauf.

Portia trank ihre Gewürzmilch. Sie fand, daß bei der Erziehung seiner Kinder sehr viel dem Zufall überlassen blieb. Aber ausgerechnet sie, die in Jack einen alles andere als vorbildlichen Vater besessen hatte und völlig ungezügelt aufgewachsen war, durfte sich keine Kritik erlauben.

Als Rufus zurückkehrte, um sie hinaufzutragen, spürte sie warme und sinnliche Trägheit. In seinen Armen liegend, berührte sie mit der Hand sein Gesicht.

»Nur keine falschen Hoffnungen«, sagte er, sie auf sein angewinkeltes Knie stützend, als er die Decken auf seinem großen Bett zurückschlug. »Nekrophilie gehörte nie zu meinen Lastern.«

»So müde bin ich auch wieder nicht«, widersprach Portia hoffnungsvoll.

»Glaube mir, du bist es«, stellte er fest, schälte sie aus dem pelzgefütterten Morgenmantel und steckte sie ins Bett. Dank der Wärmepfanne war das Bett wunderbar behaglich.

Juno winselte am unteren Ende der Treppe, die ebensogut ein Berg hätte sein können, den es mit ihren kurzen Beinchen zu erklimmen galt.

»Der Hund soll unten am Feuer schlafen«, bestimmte Rufus, als er merkte, daß Portia ein Wort für Juno einlegen wollte. Er blickte auf sie hinunter. Wie mitleiderregend zart ihre Gestalt unter den Decken wirkte! Und doch wußte er, wie widerstandsfähig sie war – wenn sie nicht gerade einen zwölfstündigen Fußmarsch durch hohen Schnee unternommen hatte, um seinen Hals zu retten.

»Ich muß mit George die Aufstellung der Vorposten besprechen. Kannst du eine Weile allein bleiben?«

»Hmm.« Portia gähnte, vor Erschöpfung schon fast eingeschlafen. »Könnte Juno nicht hier oben liegen?«

»Nein. Sie ist zu schmutzig und hat vermutlich Flöhe«, erklärte Rufus. »Beim Feuer hat sie es schön warm. Und jetzt schlaf, und widersprich nicht.« Als er sich über sie beugte und sie küßte, verweilten seine Lippen sekundenlang. Er hatte schon vergessen, wie köstlich weich ihr Mund war. Weich und süß und wunderbar willig.

»Mehr«, forderte sie, als er widerstrebend den Kopf hob.

»Später. Dann bekommst du so viele Küsse, wie du möchtest«, versprach er mit leisem Auflachen und verließ sie, ehe sie ihre Verführungskünste ankurbeln konnte. Er lief hinunter und ging leise aus dem Haus.

Juno kratzte winselnd an der Treppe. Als Portia sich nicht rührte, fing sie zu kläffen an. Es waren unglaublich störende kleine Kläffer, die Portia trotz ihrer Erschöpfung nicht einschlafen ließen.

»Juno, still.«

Es nützte nichts. Das Gebell wurde schriller und steinerweichend. Stöhnend raffte Portia sich auf und kämpfte sich aus dem warmen Bett. Auf einem Fuß hüpfend, erreichte sie die Treppe. »Wie kann ich dich holen, wenn ich nicht auftreten kann?«

Das Hündchen sprang mit Anlauf auf die erste Stufe und purzelte rücklings herunter. Wieder kläffte es und blickte erwartungsvoll hinauf. »Außerdem bist du schmutzig«, sagte Portia, eine Feststellung, auf die Juno mit Winseln reagierte.

»O Gott!« Portia setzte sich auf die oberste Stufe und bewegte sich mit ihrem Gesäß Stufe um Stufe hinunter. Die Stufen waren hoch, doch klappte der Abstieg relativ leicht, indem sie nur einen Fuß benutzte, während sie den verletzten steif von sich streckte.

Am Fuß der Treppe angelangt, nahm sie den Hund, der sich vor Freude wie toll gebärdete, auf ihren Schoß und versuchte, sich wieder auf die nächsthöhere Stufe hinaufzustemmen. Sofort stieß sie auf ein Problem: um hinaufzukommen, mußte man beide Hände benutzen. Und auf ihrem Schoß saß Juno.

Wieder stöhnte Portia auf. Sie drehte sich um, so daß sie das Gesicht der Treppe zuwandte, und hob den Hund drei Stufen höher. »Bleib dort.« Unter Schmerzen stemmte sie sich hoch, bis sie Juno erreicht hatte und sie wieder ein paar Stufen höher heben konnte.

Die Haustür wurde so leise geöffnet, daß sie es nicht hörte, so intensiv war sie mit diesem anstrengenden Aufstieg beschäftigt. Sie hörte Rufus erst, als er von unten hinaufrief: »Nicht zu fassen! Sag mir, daß ich mir das nur einbilde, Portia!«

»Es geht um Juno«, japste sie zwischen Tränen und Lachen. »Ich weiß, du wolltest nicht, daß sie hinaufkommt, aber sie kläffte und winselte so laut, daß ich nicht einschlafen konnte. Deshalb versuche ich, sie hinaufzuschaffen, damit ich schlafen kann! Ich bin so müde, Rufus.« Die letzten Worte kamen im Jammerton.

In ihrer sturen, unbeirrbaren Hartnäckigkeit war sie schlichtweg unwiderstehlich. Jeder andere hätte in diesem Zustand der Erschöpfung den Jammer des Hundes ignoriert. Nicht aber Mistress Worth.

Rufus griff kopfschüttelnd hinauf und hob Juno am Nacken von der Stufe.

»Bitte, wirf sie nicht hinaus«, bettelte Portia.

»Ich werde sie baden.« Er hielt das Tier auf Armeslänge von sich. »Es ist zwar nicht das, was ich um elf Uhr abends gern tue. Aber der Teufel schläft eben nicht, und du, Portia Worth, kannst ein wahrer Teufel sein.« Er ließ den Hund auf den Boden fallen und beugte sich vor, um Portia wieder in die Arme zu nehmen.

Er trug sie endgültig hinauf und deponierte sie im Bett. »Würdest du jetzt wohl im Bett bleiben?«

»Du wirst nicht wieder hinausgehen?« Ihr fielen die Augen zu.

»Nein.« Er steckte die Decke um sie herum so fest, daß sie sich wie in einem Wickelkissen fühlte. »Und jetzt schlaf endlich ein.«

Portia horchte eine Minute lang auf die tröstlichen Geräusche seiner Bewegungen im Erdgeschoß. Sie hörte seine Stimme, leise und ein wenig streng, während er mit dem Hund redete. Sie versuchte zu verstehen, was er sagte, als sie auch schon in das tiefe, schwarze Loch des Vergessens schwebte, in das Junos Winseln und Jaulen nicht dringen konnte.

Der junge Hund setzte dem heißen Wasser und der Laugenseife energischen Widerstand entgegen. Rufus aber kannte kein Erbarmen. Nicht lange, und der Hund akzeptierte die Hand des Herrn, gab seinen Widerstand auf und begnügte sich damit, jämmerlich dreinzuschauen, einer nassen Ratte ähnlicher als einem Hund.

Rufus rubbelte das Hündchen so trocken, wie es ging. »Ich weiß sehr gut, daß du nicht nachgeben wirst, bis du ins Bett darfst«, sagte er. »Dein Frauchen wird mich mit seinen schrägen grünen Augen ansehen, und ich werde nichts dagegen tun können.« Juno wedelte mit dem Schwanz und versprühte die restlichen Wassertropfen. »Du bist eine echte Plage!« stöhnte Rufus. »Aber eines sage ich dir: Ich denke nicht daran, mit einem stinkenden nassen Hund zu schlafen, also halt gefälligst still!«

Schließlich schubste er Juno vor das Feuer und schenkte sich Whisky ein. Mit dem Glas in der Hand setzte er sich neben den Hund und streckte die Beine dem Feuer entgegen. Mit einem kleinen zufriedenen Seufzer legte Juno ihren Kopf auf seinen Fuß. Rufus sah sie finster an, doch den Hund beeindruckte das wenig, im Gegenteil – er schien ihn anzugrinsen.

In seinen Whisky starrend, ließ sich Rufus die Information durch den Kopf gehen, die Portia ihm gebracht hatte. Sein ruheloser Verstand war schon dabei, Pläne zu schmieden und sie wieder zu verwerfen, während diebische Vorfreude von ihm Besitz ergriff. Er witterte eine Chance, Granville zu übertölpeln und den Schatz für sich zu gewinnen, ohne seine eigenen Leute einem gefährlichen Risiko aussetzen zu müssen.

Der Schatz würde das ideale Pfand in seiner Hand sein.

Seine Lippen wurden schmal und machten aus seinem Mund eine fast unsichtbare Linie. Wenn dem König an Rufus Decaturs Hilfe gelegen war, würde es ihn teuer zu stehen kommen.

16

Als Portia aus dem Schlaf auftauchte, hafteten noch hartnäckige Reste lebendiger Träume an ihr und zogen sie wieder in die Tiefen des Vergessens. Sie war begraben in Wärme, ihr Körper war so schwer, daß sie kein Glied bewegen konnte, ihr Verstand benommen vom Schlaf. Minutenlang wußte sie nicht, wo sie war, Bilder von Eis, von geschlossenen Türen, von kalten Leichen schlugen gegen die Schranken ihres Bewußtseins, ehe sich langsam die Erinnerung wieder einstellte. Sie konnte keinen Muskel bewegen, doch ihr umnebeltes Gehirn klärte sich, und sie erkannte, daß sie in Rufus Decaturs Bett lag, daß ihr Körper dicht an seine Seite gerollt war, da sein Gewicht in die Matratze eine Vertiefung gedrückt hatte. Sie sah, daß der Raum von jenem hellen Licht erfüllt war, das ein Teil ihres Verstandes als Schneelicht erkannte. Ihr fiel der Schneesturm ein. Und ihr fiel Juno ein. Reglos lag sie in der unheimlichen Stille, die die Schneedecke jenseits des Fensters vermittelte, und hörte mit einem Mal das tröstliche Schnaufen des Hundes vom Fußende her.

Dann merkte sie, daß etwas ihren nackten Schenkel berührte. Das Hemd war um ihre Mitte verrutscht, und etwas stieß drängend an ihre Haut. Kühn griff sie nach unten, und ihre Finger schlossen sich neugierig um den harten Schaft, der vor Eigenleben bebte, wuchs und in ihrer Hand pulsierte.

Portia lächelte vor sich hin. Rufus schlief noch, während sein Körper übermütig seinen Instinkten folgte. Sie spielte mit ihm, streichelte ihn leicht mit den Fingerspitzen, knetete ihn und schob die weiche Hülle zurück, um die feucht werdende Spitze zu befühlen. Das Fleisch zuckte in ihrer Hand, und ihr Lächeln wurde breiter. Köstliche, prickelnde Wärme erfüllte ihre Lenden. Mit der freien Hand berührte sie sich.

»Überlaß mir das.« Rufus' verschlafene Stimme klang heiser und schien sie zu liebkosen, während seine Hand schon über ihren Bauch und zwischen ihre Schenkel glitt. Seine Finger ertasteten das Zentrum ihres Geschlechts, die feuchte und weiche Öffnung ihres Körpers.

Sie lagen Seite an Seite in der Nestwärme der Decken und streichelten einander, bis drängendes Verlangen die letzten Reste der Trägheit vertrieb. Rufus drehte sie sacht so um, daß sie ihm den Rücken zukehrte, und drückte sich an sie, indem er sich um ihre Kehrseite wölbte. »Ich will deinen Knöchel schonen«, flüsterte er. Sein Bart kitzelte sie an der Schulter, und sie kicherte. »Zieh die Knie an.«

So öffnete sich ihr Körper, und er drang ein, eine Hand vorne an ihrer Taille, die andere an ihrem Nacken, warm und fest. Portia konnte nichts tun, als nur dazuliegen, während die über ihr zusammenschlagenden Wogen der Lust sie endgültig weckten. Er bewegte sich tief und mit harten Stößen in ihr. Sein Atem pustete in regelmäßigen Abständen gegen ihren Nacken. Sie spürte, wie sich in ihrem Inneren etwas unermeßlich Köstliches spiralenförmig aufbaute, spürte, wie Rufus erbebte und ihren Schoß mit seinem Samen füllte. Gleichzeitig schienen in ihr und um sie herum Sterne zu explodieren, und mit einem langgezogenen Stöhnen erreichte sie ihren Höhepunkt.

Mit einem befriedigten Ausatmen ließ Rufus sich zurückfallen und gab sie frei. »Willkommen am heutigen Tag, mein Spatz.«

Portia gluckste matt. »Ein wundervoller Morgengruß. Ach, Juno!« quietschte sie auf, als eine nasse Zunge über ihre Wange schlabberte. »Du riechst aber sauber«, murmelte sie beifällig und tätschelte Junos Köpfchen, worauf ein zustimmendes Japsen erklang. Der Hund kollerte vom Bett, lief zur Treppe und wieder zurück zum Bett.

»Sie muß hinaus.« Rufus warf die Decken beiseite und stand auf. Als er sich streckte, spannten sich seine Muskeln an Rücken und Gesäß. Er bückte sich, um das Feuer zu schüren, legte Späne nach, und als die Flammen aufloderten, größere Scheite.

Portia genoß den Anblick seines nackten Körpers, registrierte aufmerksam, wie das helle Licht vom Fenster die feinen rotgoldenen Härchen auf den Schulterblättern, im Kreuz, auf den schlanken, kraftvollen Schenkeln betonte. Wie schön er ist, dachte sie schläfrig, und bedauerte die Sekunde, in der er nach dem Morgenmantel griff, den sie am Abend zuvor getragen hatte.

Als Juno wieder ein Winseln hören ließ, fuhr Portia hoch. Alle sinnlichen Träumereien waren vergessen. »Nein, Juno, nicht!«

»Um Himmels willen!« rief Rufus aus und drehte sich zu dem an der Treppe kauernden Hund um, unter dem sich eine Pfütze bildete. »Das blöde Vieh ist nicht stubenrein.«

»Sie kann nichts dafür«, verteidigte Portia sie vehement. »Sie war die ganze Nacht im Bett. Sicher hat sie es kaum ausgehalten.«

»Ich wollte sie eben raussetzen«, sagte Rufus grimmig. Er packte Juno am Nackenfell und hielt sie auf Armeslänge, als er sie hinuntertrug.

Portia hörte seine Stimme, ruhig, aber in unverkennbar scheltendem Ton, als er das tropfende Bündel vor der Tür absetzte. Mit Eimer und Lappen ausgerüstet, kam er wieder und wischte die Pfütze auf, alles andere als erfreut, wie Portia merkte.

»Soll ich es machen?«

»Nein.«

»Man kann nicht erwarten, daß sie schon stubenrein ist«, stellte Portia klar und verschloß die Ohren vor dem Gewinsel des Hundes, der vor der Tür im Schnee wartete. »Man wird es ihr beibringen müssen.«

»Ich war nicht darauf gefaßt, daß zu meinen vielfachen Pflichten noch ein undichter Hund stößt«, erklärte Rufus trocken und wrang den Lappen in den Eimer aus.

»Du nicht. Das übernehme ich.«

Rufus stand auf. »Das wird dich wenigstens beschäftigen.«

Portia richtete sich abrupt in den Kissen auf. »Beschäftigen? Was soll das heißen?«

Rufus griff nach seinen Kleidern, die auf einer Truhe am Fußende des Bettes lagen. »Ich habe mir den Kopf zermartert, was ich mit dir machen soll«, sagte er und warf den Morgenmantel von sich.

»Mit mir? Machen?« Portia war über seinen Ton entrüstet. Die matte Glut der Nachliebe erkaltete sehr rasch.

Rufus zog Unterhose und Breeches an und drehte sich wieder zum Bett um. »Mädchen, das hier ist ein Truppenlager. Es gibt hier keine Frauen, für dich also keine Freundinnen oder Vertraute. Jeder hat hier seine Pflichten, so auch ich.« Er zog sein Hemd an. »Ich kann nicht ständig für deine Zerstreuung sorgen oder ...«

»Ich brauche keine Zerstreuung!« rief Portia aus. »Du tust gerade so, als wäre ich ein unnützes Ding, das dir zur Last fällt!«

»Nein, das meine ich nicht«, beruhigte Rufus sie, der sein Hemd in den Hosenbund steckte. »Tatsache bleibt aber, daß dies kein Ort und keine Situation für eine Frau ist. Und ich weiß nicht, was ich mit dir machen soll oder wie du dich beschäftigen könntest.«

»Ach, ich könnte deine Knöpfe annähen, im Haus putzen und für dich kochen«, schnurrte Portia mit gefährlichem Unterton. »Damit wäre ich dir nicht im Weg.«

»Das ginge Josiah gewaltig gegen den Strich«, sagte Rufus ernst. »Er würde sich überflüssig vorkommen.«

Portia sah ihn fassungslos an. Er hatte tatsächlich geglaubt, es wäre ihr ernst! »Wenn es für dich ein so großes Problem ist, weiß ich nicht, warum du wolltest, daß ich bleibe.«

Ärger und Ungeduld flammten aus seinen Augen. Sichtlich um Ruhe bemüht, kam er ans Bett und beugte sich über sie. Sein Mund schwebte lockend über ihr, und seine Augen neckten sie. »Eigentlich weiß ich ganz genau, was ich mit dir machen werde. Ich werde dich an mein Bett fesseln. Die Aussicht, daß du hier untätig liegst und nur auf mich wartest, ist absolut köstlich.«

Momentan konnte Portia der sinnlichen Verheißung in seinem Ton nicht widerstehen. Sie lachte leise auf. »Angenehme Träume, Mylord.« Sie zog ein Knie an, um es spielerisch gegen seinen Schritt zu drücken.

Rufus' Augen verdunkelten sich. Seine Hände umfaßten leicht ihre Kehle, doch noch ehe er sich ihr nähern konnte, hatte Portia sich ihm entzogen. »Ganz im Ernst ...«

»Ich bin ernst«, sagte er. »Halte still.«

»Nein!« Portia zerrte an seinen Händen. »Das ist wichtig, Rufus.«

Er ließ sie los und richtete sich auf. Seine Miene spiegelte Unmut. »Mir fehlt die Zeit, mich wegen einer so sinnlosen Frage zu streiten. Heute morgen gibt es jede Menge Arbeit.« Er setzte sich auf die Truhe, um seine Stiefel anzuziehen.

»Sinnlos? Sie ist nicht sinnlos.« Portia fand es unfaßbar, daß er das nicht einsehen konnte.

»Portia, wir haben Krieg«, sagte er wie zu einem begriffsstutzigen Kind. »Ich muß eine Expedition auf die Beine stellen. Angesichts dieser Dinge ist das Problem sinnlos.«

»Du willst Cato den Schatz abjagen?«

»Natürlich«. Er legte seinen Schwertgürtel an, und als er sich zu ihr umdrehte, war klar, daß er in Gedanken woanders war, wieder an jenem finsteren Ort, zu dem Portia ihm nicht folgen wollte.

»Und mit etwas Glück werden Cato Granville und ich uns bei dieser vereitelten Falle begegnen«, sagte er wie im Selbstgespräch und ließ dieses kalte, freudlose und grimmige Lächeln sehen, das Portia haßte. »Wenn endlich Catos Kopf auf meiner Schwertspitze steckt, hat sich das Blatt gründlich gewendet, meinst du nicht auch?«

»Du weißt, was ich meine«, sagte sie und preßte die Lippen zusammen.

Rufus sah sie mit unverändert angsteinflößender Miene an, und sie erwiderte stur seinen Blick. Von unten war Gepolter zu hören, als Juno, die verzweifelt darauf wartete, eingelassen zu werden, gegen die Tür sprang.

»Verdammtes Hundsvieh«, murmelte Rufus, dessen Miene sich aufhellte. »Ich schicke jemanden, der dir das Frühstück bringt. Soll ich dich hinuntertragen?«

»Ja, bitte«, sagte sie niedergeschlagen. Sie schwang die Beine über den Bettrand und untersuchte ihren Knöchel. Er war noch immer geschwollen, und das Pochen darin hatte nicht nachgelassen.

Rufus reichte ihr seinen Morgenmantel. »Wir wollen nicht unnötig zanken, Spatz«, sagte er mit sichtlicher Mühe. »Sicher wird sich eine Tätigkeit für dich finden.«

»Ich möchte Soldat werden«, verriet Portia, die ihre Arme in den Mantel steckte. »Das wollte ich mein Leben lang schon. Wenn du in den Kampf ziehst, werde ich mitkämpfen.«

Zu ihrer Empörung brach Rufus in schallendes Gelächter aus. All seine Anspannung wich der Vorstellung dieser erheiternden Idee. »Auf dem Schlachtfeld ist für ein Mädchen kein Platz!« rief er halb amüsiert, halb streng aus.

»Bei dem Überfall auf Colonel Neath war ich nicht übel«, wandte sie entrüstet ein und zog den Mantel um sich.

»Nein, es war eine sehr glaubwürdige Imitation von David und Goliath.« Rufus lachte noch immer. »Ich gebe ja zu, daß du ein Messer sehr geschickt handhaben kannst. Aber Frauen sind keine guten Kämpferinnen.«

»Einige schon«, sagte Portia knapp. »Johanna von Orleans etwa, oder Boadicea. Die Amazonen.«

»Das reicht!« Er warf in gespielter Verzweiflung die Hände hoch. »In deinem Kopf wirbeln Windmühlenflügel!«

Da Portia nichts mehr sagte, faßte Rufus ihr Schweigen als Einverständnis auf, dieses lächerliche Thema fallenzulassen. Er hob sie hoch und trug sie hinunter, wo er sie auf einen Schemel beim Tisch setzte. Dann gab er ihr einen Kuß, fuhr ihr flüchtig durchs Haar und ließ beim Hinausgehen Juno ein.

Als der Hund freudig zu Portia lief und ihr auf den Schoß sprang, streichelte sie gedankenverloren seinen Kopf. Dann stand sie vorsichtig auf, indem sie sich an der Tischkante festhielt. Sie wollte versuchen, durch den frischen Schnee zum stillen Örtchen zu gelangen. Besser wäre es gewesen, das Nachtgeschirr im Obergeschoß zu benutzen, doch die Vorstellung, es nicht selbst ausleeren zu können, war ihr unangenehm.

Sie humpelte zur Spülküche und entdeckte ein paar Holzpantinen und einen derben Schlehdornstock neben der Hintertür. Sie steckte den gesunden Fuß in eine Pantine und hüpfte auf den Stock gestützt hinaus in den Hinterhof. Der Schneesturm hatte mindestens einen halben Meter hoch Schnee gebracht. Jemand hatte in der letzten Stunde einen Pfad zum stillen Örtchen freigeschaufelt. Jemand, dem die Bequemlichkeit des Herrn am Herzen liegt, dachte sie. Ein hoher Rang brachte eben gewisse Vorteile.

In die Küche zurückgekehrt, blies sie auf ihre Hände, um sie zu wärmen, und schüttelte den Schnee vom Mantelsaum. Dann erst merkte sie, daß der Duft von gebratenem Speck in der Luft lag.

»Ich brachte Euch das Frühstück.« Will drehte sich vom Tisch um, den er eben deckte. Er errötete ein wenig, als er sie in dieser Aufmachung sah. Obwohl sie in Rufus' Morgenmantel fast verschwand, war es doch ein sinnliches und intimes Bild.

Juno sprang zur Begrüßung um die Beine Portias, als wäre es ein Wiedersehen seit langer Zeit, und Will richtete sichtlich erleichtert seinen Blick auf den Hund. »Teufel noch mal, wie häßlich er ist. Woher kommt er?«

»Ich habe sie mitgebracht. *Sie* heißt Juno.« Portia humpelte zum Tisch und sog hungrig den köstlichen Duft ein. »Könnt Ihr mir eine Weile Gesellschaft leisten, Will? Ich möchte Euch ein paar Fragen stellen.«

»Kann nicht Rufus sie beantworten?« Will sah aus, als sei er in Teufels Küche geraten.

Portia nahm einen Schluck Ale und brach ein Stück Brot ab. »Was muß man tun, um Soldat der Decatur-Miliz zu werden?«

Das Thema war so unverfänglich, daß Will sofort erleichtert aufatmete.

»Also, erstens muß man einen Eschenbogen spannen können und ein Ziel auf fünfundzwanzig Metern Entfernung treffen«, begann er unter Zuhilfenahme seiner Finger aufzuzählen.

»Zweitens ein Kavallerieschwert handhaben können. Drittens muß man innerhalb von zwei Minuten eine Muskete abfeuern und nachladen können ... und ein Ziel auf zwanzig Schritt Entfernung treffen. Viertens muß man mit einer Pike umgehen können.«

Das war eine eindrucksvolle, um nicht zu sagen, beängstigende Liste an Leistungsvorgaben. Portia spießte ein Stück Speck auf ihre Gabel. »Kann man ein leichteres Schwert und einen Weidenholzbogen benutzen, wenn man richtig damit umgeht?«

Will überlegte. »Ich wüßte nicht, warum das nicht gehen sollte. Solange die Kampfgefährten sich auf einen verlassen können ...« Er hielt inne und schaute sie neugierig an. »Warum wollt Ihr das wissen?«

»Weil ich Eurer Truppe angehören möchte«, sagte sie ohne Umschweife. »Und Ihr sollt mir alles beibringen.«

Wills Kinnlade fiel herunter. »Ich kann nicht ...«

»Wenn Ihr wollt, könnt Ihr«, unterbrach Portia ihn. »Ich bin jetzt schon eine gute Fechterin, und mit dem Messer gehe ich meisterhaft um. Auch als Bogenschützin bin ich ganz passabel. Natürlich habe ich vom Messer abgesehen nie Waffen im Kampf angewendet, aber ich bin dazu bereit.«

»Weiß Rufus davon?« Will konnte es nicht glauben.

»Na ja, er weiß es, und er weiß es nicht«, antwortete Portia sybillinisch. »Trotzdem müßte es vorerst ein Geheimnis bleiben. Ich möchte ihn überraschen.« Sie sah Will listig an. »Ich habe Euch einmal das Leben gerettet. Man könnte sagen, daß ich jetzt die Gegenleistung fordere.«

Ehe Will antworten konnte, ertönte aufgeregtes Geschrei, gefolgt von energischem Poltern an der Tür. »Das sind die Buben«, sagte Will bestürzt. »Sie sind mir nachgelaufen.« Er stand auf und ging an die Tür, um zu öffnen. Zwei kleine, dick eingemummte Gestalten purzelten herein, da sie ihr Gleichgewicht verloren hatten, als sie hochgesprungen waren, um den Riegel zu erreichen.

»Papa kommt«, kreischte Luke und richtete sich auf.

»Er möchte mit Will reden«, erklärte Toby vernünftig. »Du hast dir am Fuß weh getan«, stellte er fest und deutete auf Portia.

»Wie hast du das gemacht?« fragte Luke, der auf den Knien zu Portia rutschte und ihren bandagierten Knöchel eingehend beäugte.

»Ich geriet mit dem Fuß in einen Kaninchenbau«, berichtete sie bereitwillig. Keines der Kinder schien ihre Anwesenheit im Haus ihres Vaters in Frage zu stellen.

»Ach, was ist das denn?« Toby hatte Juno erblickt, die sich hinter dem Holzkorb verkrochen hatte und die fremdartigen kleinen Wesen nervös betrachtete. »Ein Hündchen!« rief er aus, sprang auf und stürzte darauf zu. »Sieh doch, Luke, ein Hündchen!«

Als die Jungen unter begeisterten Ausrufen mit ihren ungeschickten Händchen nach ihr fassen wollten, knurrte Juno mit gesträubten Nackenhaaren und wich zurück, bis sie fast im Feuer landete.

»Ihr dürft sie nicht erschrecken«, mahnte Portia. »Sie ist ganz klein, und ihr kommt ihr sehr groß vor.«

Die Jungen nickten und senkten ihre Stimmen zu einem Flüstern, als sie Juno mit sanften Handbewegungen aus ihrem Schlupfwinkel zu locken trachteten. »Warum kommt sie denn nicht?« wollte Luke wissen.

»Weil du ihr Angst eingejagt hast«, sagte Will. »Wenn ihr sie eine Weile in Ruhe laßt, faßt sie sich vielleicht ein Herz und kommt hervor.«

Die Buben rutschten auf den Knien zurück und hockten sich ein Stück weiter hin, um Juno mit ihren leuchtendblauen Augen zu fixieren.

»Wir wollen unsere Schwerter haben«, erklärte Toby, ohne seinen Blick vom Hund zu wenden.

»Sie hängen am Haken neben Papas Schwert.« Luke deutete hin. Portia drehte sich um und sah nun zum erstenmal die zwei kleinen Holzschwerter in Filzscheiden neben dem großen geschwungenen Schwert ihres Vaters. Der Anblick war so absurd, daß sie unwillkürlich lächelte.

»Gott im Himmel, ihr seid zwei richtige Teufelsbraten! Und ihr müßt Flügel an den Füßen haben!« Rufus erschien in der offenen Tür. Sein Gesicht war von der Kälte gerötet, er schlug seine behandschuhten Hände fest gegeneinander. Für Portia hatte er ein flüchtiges Lächeln übrig. Man sah ihm an, daß er in Gedanken weit weg war.

»Ach, Will, gut, daß du da bist. Granville schickt seine Schätze am Freitag auf der Straße nach Durham über Land.« Er beugte sich händereibend übers Feuer.

»Und wir werden den Trupp aufhalten«, stellte Will grinsend fest.

»Einige von uns.« Rufus richtete sich auf und sagte kurz und bündig: »Das Unternehmen leite ich. Du übernimmst hier das Kommando. George ist dein Leutnant.«

Will konnte seine Enttäuschung nicht verhehlen, wagte aber keinen Widerspruch. Befehl war Befehl.

»Ach, wie günstig«, murmelte Portia, so daß nur Will es hören konnte. Als er ihr einen raschen Blick zuwarf, blinzelte sie ihm zu. Er lief rot an und widmete seine Aufmerksamkeit wieder Rufus, der nun seine Anweisungen gab, während er ungeduldig die Küche durchmaß.

»Also, Will, sieh zu, daß das alles rasch geht. In fünfzehn Minuten tritt alles zu einem allgemeinen Appell an«, schloß er. »Ach, und nimm die Jungen mit.«

»Wir wollen unsere Schwerter!« ließ Toby nicht locker und hüpfte zum Haken hoch.

»Hier.« Rufus nahm sie vom Haken. »Ihr folgt jetzt Will.«

Als die drei gegangen waren, wandte Rufus sich Portia zu. Er kam zu ihr und faßte ihr unters Kinn. »Der Tag scheint aus dem Ruder gelaufen zu sein«, murmelte er. »Verzeih mir, wenn ich schroff war. Ich weiß, daß das zu meinen Fehlern gehört.«

»Ich verstehe«, gab sie mit zurückhaltendem Lächeln zurück. »Als Kommandant hast du vielfache Aufgaben. Menschenleben hängen von dir ab, vielleicht sogar ein Königsthron und ...«

Dieses anstrengende kleine Loblied wurde von seinen Lippen zum Schweigen gebracht. Und diesmal ergab Portia sich der Woge der Lust, ihre Lippen teilten sich, ihre Zunge erforschte hingebungsvoll die samtene Höhlung seines Mundes. Sie hatte einen Plan entwickelt und sich vorgenommen, Rufus Decaturs engstirnige Ansichten über Aufgaben und Pflichten einer Frau umzustülpen. Bis sie bereit war, mit der Überraschung herauszurücken, konnte sie getrost die Nachgiebige spielen.

Rufus hielt ihr Kinn fest, als er sie küßte, und ließ seinen Mund zu ihrer Nasenspitze wandern, zu ihren Lidern, den hohen ausgeprägten Wangenknochen, und zeichnete ihre Züge mit der Zunge und seinen Lippen nach.

Als ein Trompetenstoß zum Appell rief, richtete er sich widerstrebend auf. »Ich bringe dich wieder zu Bett, Spatz. Du bist noch viel zu schwach.«

Portia, die nicht widersprach, lag kurz darauf wieder im Bett, und Juno schmiegte sich nach einem kurzen Ausflug vors Haus an ihren Rücken.

»So«, sagte Rufus mit spitzbübischem Zwinkern. »Hübsch im Bett und bereit für mich. Genau wie ich es mag.« Das Gepolter seiner Stiefel auf der Treppe war verklungen, ehe Portia ihm die gebührende aufsässige Antwort geben konnte.

Das Gefühl, das sie aufweckte, war so zart, so lockend, daß sie einen Moment zu träumen glaubte. Dann spürte sie einen Lufthauch auf ihrer Haut. Ihr Morgenmantel war vorne offen und ließ ihren Körper frei. Über ihre Haut bewegte sich etwas, etwas köstlich Unkörperliches, das ein kleines Aufflackern verträumter Wonne nach sich zog.

Sie schlug die Augen auf und begegnete dem eindringlichen Blick Rufus Decaturs. Auf einen Ellbogen gestützt, lag er nackt neben ihr und lächelte voller Vorfreude. »Kein Wort«, sagte er leise, und wie um diesem Befehl Nachdruck zu verleihen, berührte er ihre Lippen mit den weichen Fasern eines Federkiels.

Nun wußte sie, was dieses sonderbare und wundervolle Gefühl hervorgerufen hatte. Reglos daliegend, sah sie voller Erwartung zu ihm auf. Die Feder wisperte über ihr Ohr, zeichnete die Muschelform nach, fuhr hinein, so daß sie sich unter diesem kitzligen Gefühl drehte und wand. Hätte er ihr nicht einen Finger auf die Lippen gelegt, sie wäre nicht stumm geblieben. Die Feder glitt über die Wölbung ihrer Wangen, dann über ihr Schlüsselbein.

Portia erbebte, in ihrem Leib staute sich eine sonderbare Beklemmung. Ihre Brustwarzen reagierten auf die Streichelbewegung, ehe sie kam. Zuvor aber zeichnete er den Hügel ihrer Brust nach und dann, ganz zart, die Brustwarze, bis sie hart wurde und die Spirale der Spannung sich in ihr noch stärker zusammenzog. Die flatternde Bewegung glitt über ihren Körper, zuckte über ihren Nabel, ehe er sacht ihre Schenkel teilte und sie weit auseinanderspreizte.

Die kühle, aber nicht kalte Luft drang bis in ihr Innerstes und weckte in ihr das Gefühl, ganz offen zu sein, von köstlicher Verletzlichkeit und doch ohne Angst, nur von einem tiefen, unaussprechlichen Sehnen erfüllt. Die Feder huschte über die Innenseite ihrer Schenkel und versetzte sie in höchste Erregung. Gleich darauf veränderte sich das Gefühl. Die Spitze, schärfer als die Federn und doch erstaunlich weich, berührte ihre Haut, als er sie in einer langgestreckten Linie ihren Schenkel hinaufzog, immer näher, in die Mitte ihrer Weiblichkeit. Ihr Blick hielt den seinen fest. Sie glaubte, in den hellblauen Tiefen, die sie eindringlich und entzückt ansahen, zu versinken. Sie wollte sich äußern, wollte drängen, wollte ihr Verlangen hinausschreien, das sie so erfüllte, daß ihr Verstand die Herrschaft über den Körper verloren hatte. In ihren Lenden spürte sie ein Beben, ein schier unerträgliches Sehnen – und doch blieb sie still.

Sie flehte mit den Augen um Erlösung, flehte aber ebenso, daß dies nie enden möge. Er öffnete sie, die feuchten und vollen Schamlippen, die das Geheimnis ihrer Lust bargen. Sein Streicheln war ganz zart und bewirkte doch, daß sie die Erlösung herbeiflehte, die nur er ihr bringen konnte. Eine Ewigkeit geschah nichts. Sie lag ohne berührt zu werden da, am Rand der Wonne in der Schwebe gehalten, ehe er das zarte Instrument einführte und unvorstellbare Lust ihren Körper durchzuckte. Verloren für die Welt, hatte sie das Gefühl, ihr würden die Sinne schwinden, als glutrote Wogen der Verzückung über sie hereinbrachen.

Ehe sie jedoch den Höhepunkt erreichte, nahm Rufus ihren Mund in Besitz. Er zog sie an sich und drang kraftvoll in ihren weichen geöffneten Körper ein, bebend vor Verlangen. Sie blickte zu ihm auf, gefangen in ihrer heißen Wollust, die sich von neuem in unermeßlich köstlichen Spiralen in ihr aufbaute. Nun kniete Rufus zwischen ihren Schenkeln und zog ihre Beine auf seine Schultern. Er stieß bis ins tiefste Innere ihres Schoßes ein und verharrte darin, während seine Hände über ihre Schenkel glitten, um ihre angehobenen Hinterbacken zu umfassen. Sie wölbte sich ihm mit einem kleinen Aufschluchzen entgegen, wollte ihn noch tiefer in sich drücken, während ihre inneren Muskeln ihn umspannten. Sachte zog er sich jedoch langsam aus ihr zurück, bis die äußerste Spitze seines Schaftes über den empfindlichen Einlaß ihres Körpers strich. Mit einer raschen Bewegung drang er erneut ein.

Portia keuchte auf, immer wieder. Es war unerträglich, wundervoll und überstieg all ihre Vorstellungskraft. Ihre Fingernägel gruben sich in seinen Rücken. Sie klammerte sich so verzweifelt an ihn wie an ein Stück Treibholz in tosender See, als sie endlich gemeinsam den explosiven Gipfel ihrer Lust erreichten.

Kraftlos fielen ihre Hände von seinem Rücken. »Lieber Gott, was war das?« Sie konnte kaum sprechen, als sie den Mund an seine Schulter drückte und den salzigen Schweiß auf seiner Haut schmeckte.

Rufus rollte sich auf die Seite und lag reglos da, schwer atmend und schweißnaß. Eine schwere Hand glitt zu ihrem Schamhügel und faßte besitzergreifend ins feuchte Lockengekräusel.

»La petite mort«, flüsterte er. »Für diejenigen, die das Glück haben, ihn zu erleben.«

»Der kleine Tod.« Portia drehte den Kopf zur Seite, damit sie ihn ansehen konnte. Noch immer lag Verwunderung in ihrem Blick. »An diesen Tod könnte ich mich gewöhnen.«

Er lachte leise auf. »Es passiert nicht jedes Mal. In der Liebe gibt es oft Enttäuschungen.«

Portia streichelte mit den Fingerspitzen seine Brustwarzen. »Soll das eine Warnung sein?«

Er erfaßte ihre Hand mit seiner freien und küßte ihre Handfläche. »Du kannst nicht erwarten, daß jedesmal der Himmel einstürzt, Liebes.«

»Na schön, dann eben nicht.« Sie lächelte. »Aber auch etwas weniger Sintflutartiges lohnt sich.«

Rufus lachte und zog ihren Mantel vorne zusammen. »Du wirst dich erkälten.«

»Hier drinnen ist es warm.«

»Wie im Backofen!« bestätigte er. »Ehe ich wagte, diesen zarten Körper der Luft auszusetzen, schürte ich das Feuer, bis es fast den Kamin in Brand setzte.«

Portia setzte sich auf. »Du hast alles geplant?«

»Nicht wirklich.« Er setzte sich auf. »Es war sozusagen ein Geistesblitz.« Entschuldigend blickte er auf sie hinunter. »Du weißt, daß einiges auf Erledigung drängt.«

»Ach ja«, sagte sie träge. »Ich weiß.« Ihr Blick klärte sich. »Wann brichst du auf?«

»Am Morgen. Wir müssen Granvilles Mannen den gebührenden Empfang bereiten und anschließend den Schatz weiterbefördern, da man ihn ja nicht einfach herumliegen lassen kann.«

»Nein«, sagte sie, und schaffte es, daß das Wort ein wenig verloren klang. »Wie lange wirst du ausbleiben?«

»Schwer zu sagen. Mindestens eine Woche.«

»Ich verstehe«, sagte sie und verzog traurig den Mund.

»Na, und wer wollte Soldat werden?« neckte er sie und strich ihr mit dem Finger eine Locke aus der Stirn.

Portia senkte den Blick, um das Aufblitzen in ihren Augen zu verbergen. »Ich finde mich damit ab, eine Frau zu sein, die den häuslichen Herd hütet und sich grämt«, murmelte sie.

»Zum Grämen ist kein Grund«, sagte Rufus ernst. »Ich verspreche, daß *ich* von dieser kleinen Expedition unversehrt heimkehren werde.«

Aber wie viele würden nicht so viel Glück haben?

Sie hatte Cato und seine Männer der Rache Decaturs ausgeliefert. Oder hatte sie Rufus vor der Rache Granvilles bewahrt? Vielleicht war es ein und dasselbe.

17

Wills Verlegenheit war am dritten Tag der Übungsstunden noch so groß wie am ersten. Er stand am Ufer und sah kritisch zu, wie Portia den schlanken Bogen aus Weidenholz spannte und auf die Zielscheibe anlegte, die am dicken Stamm einer kahlen Eiche angebracht war.

Das machen die Breeches, überlegte sie. Sie ließen sie fremd aussehen, anders als jede andere Frau. Dann aber dachte sie, daß es nicht das allein sein konnte, obwohl es dazugehörte und Teil ihrer Andersartigkeit war. Will war ein konventioneller Typ, der sich nur wohl fühlte, wenn er es mit bekannten Gewohnheiten und Menschen zu tun hatte. Gewiß, er liebte die Aufregungen des Lebens als Geächteter, doch war das für ihn Normalität. Er wußte, was er zu erwarten hatte, vor allem von seinen Kameraden. Aber diese Mistress Worth war so überraschend und merkwürdig, als wäre sie vom Mond herabgefallen.

Zuerst hatte Will nicht gewußt, ob es Portia ernst mit dem Militärdienst meinte. Nachdem aber sein Kommandant mit einer Abteilung Decatur verlassen hatte, hatte sie ihm ihren Ernst deutlich gemacht. Und Will hatte festgestellt, daß man ihr unmöglich widerstehen konnte. Warum, das wußte er nach wie vor nicht. Zwar hatte sie ihn daran erinnert, daß er ihr einen Gefallen schulde, da sie ihm das Leben gerettet hatte, doch hätte er unter dem Vorwand ablehnen können, sein Kommandant gestatte es nicht, und ohne Befehl könne er nichts unternehmen. Aber aus irgendeinem Grund hatte er die Worte nicht herausgebracht.

Er hatte sich mit George beraten, der Rufus' ältester Freund war und nach dem Tod von Rufus' Onkeln die Rolle des Ältesten im Clan der Geächteten eingenommen hatte. Anstatt Portias Idee sofort als lächerlich abzutun, hatte George ihm auf seine gelassene Art zugezwinkert und gesagt: »Warum nicht? Kann nicht schaden, wenn das Mädel ein paar Lektionen bekommt. Am Ende wird es eine Sache zwischen ihr und dem Herrn sein.« Er hatte sogar angeboten, Portia den gröberen Teil, nämlich den Umgang mit Pike und Muskete, beizubringen, während Will sie die Feinheiten des Bogenschießens und des Schwertkampfes lehren sollte.

George schien mit seiner Aufgabe keine Schwierigkeiten zu haben. Der alte Mann war durch seine neue Schülerin nicht in Unruhe versetzt worden, im Gegenteil zu Will, der in Portias Gegenwart einsilbig, gegen seinen Willen streitsüchtig und vor allem ungeschickt wurde.

Will nahm sich daraufhin zusammen und konzentrierte sich auf die vorliegende Aufgabe. Da er einmal zugestimmt hatte, ließ sein Stolz ein Versagen nicht zu. Es sollte nicht seine Schuld sein, wenn Portia ihr Ziel nicht schaffte.

Unter seinem scharfen Blick belastete sie ihren noch nicht ganz heilen Knöchel vorsichtig, ehe sie den Bogen abschoß. In den drei Tagen der Ausbildung hatte er die verräterischen Anzeichen von Nervosität kennengelernt, die dem Schuß vorausgingen. Ihre Schulterhaltung, die Fußstellung. Er wartete, daß sie zum Himmel emporblickte wie immer, ehe sie den Pfeil losschnellen ließ.

Und wie immer spürte er, daß ihre Entschlossenheit ihm wider Willen Bewunderung abnötigte. Wenn es auf diese allein ankäme, würde sie es schaffen. Das Weidenholz war stark, viel stärker als jeder Bogen, den sie je benutzt hatte. Das Spannen fiel ihr schwer. Nun aber schaffte sie es mit scheinbarer Leichtigkeit.

Als sie den Bogen losließ, ertönte aufgeregtes Gekreische vom Weg her, der zum Ufer führte. Der Pfeil verfehlte sein Ziel beschämend weit und landete auf dem Fluß, wo er auf dem Eis dahinschlitterte.

»Wir holen ihn!« Noch immer schreiend kamen Toby und Luke auf dem Weg in Sicht. »Wir haben euch gesehen ... wir haben euch gesehen«, riefen sie im Singsang, als sie vorbeirannten und übers Eis schlitterten, um den Pfeil zu holen. Es folgte ein kurzes Getümmel, als sie um den Besitz kämpften, dann rutschte Toby triumphierend auf dem Hinterteil zurück ans Ufer, seine Beute über dem Kopf schwenkend, während Luke heulend mitten auf der Eisfläche zurückblieb.

Will ging hin und holte ihn ans Ufer. »Ihr könnt nicht dabeisein, wenn wir üben«, schimpfte er.

»Wir stehen hinter euch«, protestierte Toby. »Weit hinten. Dort drüben.« Zur Demonstration sprang er ein Stück zurück.

»Das reicht nicht«, sagte Will bestimmt.

»Abgesehen von allem anderen habt ihr mir meinen Schuß verpatzt«, erklärte Portia und entnahm dem Köcher den nächsten Pfeil. »Wenn das noch einmal vorkommt, könnte ich danebenschießen und euch womöglich treffen. Was wäre dann mit euch?«

»Wären wir dann tot?« fragte Toby stirnrunzelnd.

»Auf jeden Fall verletzt«, sagte Portia. »Geht zurück ins

Dorf, und wenn Will und ich hier fertig sind, hole ich euch, und wir laufen mit Juno ein Stück.«

»Versprochen?«

»Versprochen!«

Widerstrebend trollten sie sich, nicht ohne sich ständig umzublicken.

»Ich glaube, Eure Beinstellung ist falsch«, setzte Will schüchtern an. »Ihr müßt breiter dastehen.« Tiefe Röte breitete sich von seinem Nacken aus.

»So etwa?« Portia ging mit gespreizten Beinen in Stellung und legte den Pfeil an.

»Ja, aber die Schultern ...« Will, der insgeheim seinen Vetter zum Teufel wünschte, rückte ihre Schultern mit glühendem Gesicht zurecht. »Versucht es jetzt.«

Diesmal traf der Pfeil schon in bedenklicher Zielnähe die Scheibe. »Das war gut«, lobte Will und holte den Pfeil.

»Nicht gut genug«, knurrte Portia tonlos. »Verdammt will ich sein, wenn ich heute Schluß mache, ehe ich ins Schwarze getroffen habe.« Sie nahm den Pfeil und legte ihn von neuem an. »Sagt, was ich sonst noch falsch mache. Ihr müßt es wissen.«

»Ich glaube, es hängt auch davon ab, wie Ihr den Pfeil haltet«, erklärte er verlegen. »Ihr haltet ihn zu fest.« Hinter ihr stehend griff er nach vorne, um es ihr zu zeigen. Als sein Arm ihre Brüste streifte, zuckte er zurück, als hätte er sich verbrannt.

Portia drehte sich zu ihm um. »Will, könnt Ihr nicht vergessen, daß ich eine Frau bin?«

»Nicht so leicht«, sagte er. »Zumal Ihr Rufus' Bett teilt.«

»Ach.« Sie kratzte sich nachdenklich am Kopf. »Könnt Ihr mich nicht so sehen wie die anderen Frauen, die ins Dorf kommen?«

Will starrte sie an, als hätte sie den Verstand verloren. Sie seufzte. »Vermutlich nicht. Also, sehen wir die Sache mal so: Als Rufus' Vetter seid Ihr für mich wie ein Bruder. Könnt Ihr mich nicht als Schwester sehen?«

»Ich könnte es versuchen«, stimmte Will düster zu. »Aber leicht ist es nicht. Ich hatte nie eine Schwester, und wenn ich eine gehabt hätte, wäre sie wohl nicht so gewesen wie Ihr.«

Portia gab es auf. Will würde sich mit der Zeit an sie gewöhnen.

Ihre Übungsstunden bei George waren insgesamt leichter. Für den alten Haudegen gab es nur die ihm übertragene Aufgabe. Sobald er gesehen hatte, daß es seiner Schülerin ernst war, unterwies er sie sachlich und gründlich wie alle anderen Rekruten. Es dauerte eine Weile, bis Portia sich daran gewöhnt hatte, einen Strohsack mit der Pike anzugreifen und sich vorzustellen, daß sie menschliches Fleisch durchstach. Von Natur aus nicht blutrünstig, fand sie Georges anatomische Erläuterungen, die ihr die wirksamsten Zielpunkte vor Augen führen sollten, allzu drastisch.

Sie beruhigte sich damit, daß es ja nur zur Übung war. Sie mußte Rufus und den anderen beweisen, daß sie dazu fähig war, und daß man sich in jeder Situation auf sie verlassen konnte. Es mußte nicht unbedingt bedeuten, daß sie tatsächlich jemandem den Leib zerstückeln mußte.

Besser war die Muskete, da eine Kugel über eine größere Distanz abgefeuert wurde, doch machte sie sich keine Illusionen über den angerichteten Schaden. Da ihre langen, schmalen Finger geschickt und flink waren, beherrschte sie bald die Kunst des Nachladens. Die Muskete drückte jedoch schwer auf ihre Schulter, und der Rückstoß traf sie heftig. Nach wenigen Versuchen hatte sie einen starken Bluterguß, und es bedurfte ihrer ganzen Ausdauer, um die Übungen fortzusetzen, ohne George merken zu lassen, wie schmerzhaft es für sie war.

Am leichtesten fiel ihr das Training mit dem Rapier. Jack hatte sie fechten gelehrt, als sie zwölf war. Es war ein Sport, in dem er brillierte, bis der Brandy seinen Blick getrübt hatte und er so stark zitterte, daß er außer einer Brandyflasche nichts mehr halten konnte. Will war viel entspannter, wenn sie in Tods Scheune fochten. Portia war so geübt, daß sie von ihm nur wenig lernen konnte und ihre Waffengänge für sie bald zum reinen Vergnügen wurden.

Als die Tage vergingen und keine Nachrichten eintrafen, beschwichtigte Portia ihre Ängste, indem sie sich sagte, daß es für sie besser war, wenn Rufus länger ausblieb. Bei seiner Rückkehr wollte sie absolut perfekt sein. Sie wollte, daß George und Will bedenkenlos sagen konnten, sie sei imstande, neben ihnen in der Kampfreihe zu stehen. Es konnte nicht ausbleiben, daß ihre Übungsstunden Zuschauer anzogen, die anfangs mit Belustigung und Skepsis reagierten. Allmählich aber änderte sich ihre Haltung. Ihre Kommentare waren nicht mehr spöttisch, sondern ermutigend, und bald waren sie mit Ratschlägen zur Hand. Mit jedem Tag wuchs in Portia das Gefühl, daß sie sich irgendwie – und zwar auf eigene Faust, ohne Beistand von Rufus – unter diesen Männern einen festen Platz erkämpfte.

Nicht ein einziges Mal fühlte sie sich durch ihre Position als einzige Frau inmitten einer Bande wilder Briganten gefährdet. Die Erfahrung hatte sie gelehrt, von Männern, insbesondere in Gruppen, das Schlimmste anzunehmen. Zunächst war sie der Meinung gewesen, die Zurückhaltung der Männer von Decatur komme daher, daß sie in festen Händen war und niemand auf das Territorium des Kommandanten vorzudringen wagte. Das aber hätte lüsterne Blicke, beleidigende sexuelle Anspielungen, Geflüster und schlüpfrige Witze bedeutet. Das alles gab es nicht. Es war eine angenehme Überraschung, eine, die ihre Vorurteile über das gesamte männliche Geschlecht leicht ins Wanken brachte.

Als Rufus zurückkehrte, focht sie eben mit Will in Tods Scheune ein hitziges Duell aus. Rufus kam an der Spitze seiner Truppe ins Dorf geritten, ohne Fanfare, da er Portia überraschen wollte. Als er das Haus leer vorfand, war er enttäuscht und ging in die Kantine, weil er sie dort vermutete.

»Ach, das Mädel ist um diese Tageszeit meist mit Will in Tods

Scheune«, eröffnete ihm Josiah inmitten seiner Kochtöpfe seelenruhig.

Rufus' Neugierde war geweckt. Was konnte Will und Portia täglich in die Scheune führen? Sofort machte er sich auf den Weg dorthin und blieb davor stehen, als er den unverkennbaren Klang von Stahl auf Stahl hörte. Mit gerunzelter Stirn schlüpfte er durch das angelehnte Tor und blieb im Halbdunkel stehen, um die zwei geschmeidigen Gestalten zu beobachten.

Er sah auf den ersten Blick, daß Portia gut war. Flinker als Will und durch ihre Schnelligkeit etwas unpräziser in ihren Stößen, parierte sie seine Attacken jedoch mit unübertroffener Zielsicherheit, so daß es ihrem Gegner kaum gelang, ihre Deckung zu durchstoßen.

O Gott, wie sehr sie ihm gefehlt hatte! Sogar während der konzentrierten Planung, in der Hitze des Gefechts und im Siegestaumel hatte er ständig an sie gedacht. Er konnte es kaum erwarten zurückzukehren und zu hören, daß er ihr so gefehlt hatte wie sie ihm.

Zumindest hatte sie nicht dagesessen und Trübsal geblasen, dachte er spöttisch. Eine Weile sah er ihr unbemerkt zu und genoß diese private Aufführung. Ihre Anmut und ihr Elan im Fechtkampf erinnerten ihn an ihre wundervoll ungehemmte Art zu tanzen und an die Geschmeidigkeit und Biegsamkeit bei der Liebe. Sie lachte fröhlich, als sie Wills Klinge mit einer Terzparade abfing, und Will, der im Gegensatz zu ihr grimmig und entschlossen dreinsah, senkte seine Klinge.

»Bravo, Spatz!« Rufus trat aus dem Dunkel und klatschte Beifall.

»Rufus!« Portia warf ihr Rapier auf einen Strohballen, lief durch die Scheune und sprang direkt in seine Arme. Sie schlang die Beine um seine Mitte, die Arme um seinen Nacken und küßte ihn mit unverhüllter Leidenschaft.

»Du bist unversehrt«, raunte sie an seinem Mund. »Ich hatte so große Angst, obwohl ich dagegen ankämpfte.«

»Natürlich bin ich unversehrt«, antwortete er leichthin und umfaßte ihr Hinterteil.

»Ist es dir gelungen, den Schatz an dich zu bringen?«

»Er wird nach Newcastle geschafft.«

»Gab es Tote?« fragte Will und versuchte, nicht so verlegen zu klingen, wie er sich fühlte. Er wußte nicht, wohin er schauen sollte. Die Hände seines Vetters erschienen ihm so groß und Portias Hinterteil so klein.

»Einige«, sagte Rufus. »Aber nicht auf unserer Seite.«

Nun trat Schweigen ein, bis Portia die Spannung nicht mehr aushielt. Auch wenn sie damit diesen Moment des freudigen Wiedersehens aufs Spiel setzte, mußte sie es erfahren. Hatte sie Cato dem Tod ausgeliefert? »Cato?« Dieses eine Wort, als Frage geäußert, durchbrach die Stille.

Rufus stellte sie auf den Boden. »Granville war an dem Überfall nicht beteiligt«, sagte er. »Das überließ er seinen Gefolgsleuten ... zum Glück für ihn«, setzte er mit hartem Auflachen hinzu. »Ihre Niederlage war so eindeutig, daß wir quitt gewesen wären, er und ich, hätte er mitgekämpft.« Dann wischte er mit fast sichtbarer Anstrengung über seine Stirn, um die Erinnerung zu verscheuchen, und fragte gutgelaunt: »Und wie kommt es, daß du dir mit Will ein Duell lieferst?«

Will sah Portia an, die ihrerseits Will ansah. Dann atmete Portia tief durch und sagte: »Will und George haben mir den Umgang mit allen Waffen beigebracht, die man braucht, wenn man in den Reihen der Miliz kämpft.«

»Was?« rief Rufus aus.

»Ich sagte dir ja, daß ich mitkämpfen möchte«, sagte Portia unbeirrt. »Und jetzt kann ich dir beweisen, daß ich dazu befähigt bin. Ich bin gut genug, so ist es doch, Will?« Sie fixierte ihn mit einem durchdringenden Blick, der eine Äußerung verlangte.

Will spürte, wie ihm der Boden unter den Füßen entzogen wurde, und Rufus machte ein Gesicht, als wolle er seinen Ohren nicht trauen. Aber Will war kein Hasenfuß. »Mit dem Schwert ist sie besser als ich«, berichtete er, »und mit dem Bogen geht sie einigermaßen um.«

»Danke, Will«, sagte Portia leise.

Er zuckte mit den Achseln. »Es ist die Wahrheit. Ihr habt mir einmal das Leben gerettet, und mir wäre nicht bange, wenn ich Euch an meiner Seite wüßte.«

Ein wahrhaft großes Lob! Portia errötete vor Freude. Am liebsten hätte sie ihm einen Kuß gegeben, doch war dies unter Kameraden unüblich.

»Soll das heißen, daß du auch George in diese lächerliche Sache hineingezogen hast?« wollte Rufus wissen.

»So ist es, Mylord. Ich brachte ihr den Umgang mit Pike und Muskete bei.« George sprach aus dem Hintergrund. Er hatte von der Rückkehr des Herrn vernommen und wollte wissen, wie die Expedition verlaufen war. Nach der Gewittermiene des Herrn zu schließen, drohte Portias Plan freilich auf wenig Gegenliebe zu stoßen. »Das Mädchen hält sich gut, Mylord. Die Männer haben ihr beim Training zugesehen. Alle sind sie dieser Meinung.«

Das war Portia neu. Ihre Röte vertiefte sich. Ehe Rufus etwas äußern konnte, sagte sie rasch und entschlossen: »Rufus, ich werde es dir beweisen. Eben hast du mich fechten sehen. Jetzt will ich mit dir fechten.« Entschlossen bückte sie sich nach ihrem Rapier, das sie zu einem raschen Salut durch die Luft sirren ließ. »Und dann werde ich mit sechs Pfeilen dreimal ins Schwarze treffen und dir zeigen, wie ich eine Muskete in wenig mehr als einer Minute abfeuern und nachladen kann.« Ihre Augen blitzten, und ihre Worte kullerten in einem begeisterten Schwall heraus, so sehr lag ihr daran, ihn zu überzeugen. »Wenn du mich nur ...«

Rufus hob eine Hand. »Ich brauche das alles nicht mit eigenen Augen zu sehen«, wehrte er scharf ab. »Wenn Will und George bestätigen, daß du es kannst, reicht es. Aber das alles ändert nichts an meinem Entschluß, Mädchen. Glaubst du, ich würde zulassen, daß du dich den Gefahren eines Kampfes aussetzt?«

Portia straffte ihre Schultern und sah ihn mit vorgestrecktem Kinn entschlossen an. »Wenn ich mich diesen Gefahren aussetzen möchte, ist es allein meine Sache und nicht deine. Ich bin gut genug, um unter deinem Banner zu kämpfen, und es ist eine Beleidigung, wenn du sagst, du würdest es nicht zulassen, weil ich eine Frau bin. Warum willst du es verhindern, wenn deine Männer nichts dagegen haben?«

Nach dieser leidenschaftlichen Rede trat peinliche Stille ein. Niemand bemerkte, daß George still den Rückzug angetreten hatte.

Rufus' Miene verriet nichts. »Will, in einer Stunde erstatte ich Bericht über die Expedition«, sagte er schließlich. »Allgemeiner Appell in der Exerzierhalle.«

Will salutierte und ging sichtlich erleichtert hinaus.

Rufus wandte sich nun an Portia, die ihn noch immer herausfordernd musterte. »Mußt du mich so anfunkeln?« fragte er mit der Andeutung eines fragenden Lächelns. »Ein Stein hätte mich herzlicher willkommen geheißen.«

Portia zögerte. Jetzt sah sie, wie müde er war. Er war grau vor Erschöpfung. Um seine Augen lagen dunkle Ringe, sein Mund bildete eine verkniffene Linie. Schon bereute sie, daß sie ihn angegriffen hatte, ehe er sich vom Ritt erholt hatte. Ihr Problem war nicht so wichtig, als daß es nicht bis nach einer liebevollen Begrüßung hätte warten können.

»Es tut mir leid«, sagte sie reuig. »Du siehst so erschöpft aus, Liebster.«

»Eine Untertreibung«, sagte er und fuhr sich übers Kinn. »Ich muß dringend baden und mich umziehen. Ein Becher Honigwein könnte auch nicht schaden.«

»Das alles kann ich besorgen«, sagte Portia bereitwillig, nahm seine Hand und zog ihn hinaus. Sie schwang vergnügt seinen Arm, als sie wortlos, aber voller Vorfreude, zum Haus gingen.

Rufus stieß die Haustür auf. »Ja, ja, ich bin auch entzückt, dich zu sehen. Juno … wenn ich nicht irre.« Er beugte sich zu dem völlig durchgedrehten Hündchen, das hektisch an ihm hochsprang und ein durchdringendes Jaulen von sich gab.

Portia berührte Rufus' Gesicht und zeichnete mit dem Finger seinen Mund nach. »Ich bringe dir den Honigwein.« Sie füllte in der Speisekammer einen Humpen. »Soll ich das Bad vorbereiten?«

»Bitte.« Rufus ließ sich mit einem Aufstöhnen am Tisch nieder und streckte die Beine von sich. »Gott, was bin ich müde. Zwölf Stunden sind wir ununterbrochen geritten.«

Portia schob den Zuber vors Feuer und nahm den Kupferkessel vom Haken. Als Rufus ihr helfen wollte, schüttelte sie den Kopf. »Ich kann einen Weidenbogen spannen und einen Strohsack mit einer Pike in Stücke zerfetzen. Also kann ich auch einen Wasserkessel tragen.«

Rufus zog eine Braue in die Höhe, schwieg aber. Er ließ zu, daß sie das heiße Wasser selbst in den Zuber schüttete, während er sein Lederkoller aufknöpfte. Dann streifte er die Stiefel ab und rollte die Strümpfe hinunter, ehe er aufstand und seinen Schwertgürtel abnahm, um sich seiner Breeches und Unterhosen zu entledigen.

Vielleicht war es Selbstsucht, als Portia ohne den leisesten Anflug von schlechtem Gewissen ihre Zurückhaltung vergaß. »Bist du so müde, weil du in Newcastle nicht zum Schlafen gekommen bist?« fragte sie unschuldig, als er in den Zuber stieg und beim Hinsetzen seine langen Beine über den Rand drapierte. »Oder haben dich die Vergnügungen der Stadt so in Anspruch genommen, daß dir für etwas so Langweiliges wie Schlaf keine Zeit blieb?«

Rufus sah sie aus zusammengekniffenen Augen an. »Willst du etwa einen neuen Streit vom Zaun brechen?«

»Es wäre eine Alternative zur Liebe«, griente sie und kniete am Zuber nieder. »Ich verspüre ein starkes Verlangen.« Sie beugte sich vor und küßte ihn, während sie mit den Fingern durch seinen Bart strich und ihre Zunge fordernd Einlaß in seinen Mund begehrte. Ihre Hände glitten an seinem Hals hinunter, über seine muskulöse Brust, hielten an seinen Brustwarzen inne und tasteten in die rote Behaarung, die in seidigem Gelock seinen Oberkörper bedeckte.

Rufus legte den Kopf auf den Rand des Zubers und schloß die Augen, den verführerischen kleinen Liebkosungen ganz hingegeben und der süßen Pein ihrer streichelnden Finger. Ihre Hände wanderten tiefer, strichen zwischen seine Schenkel und massierten sanft sein erwachendes Glied.

Straff erhob er sich zu pulsierendem Leben, und sie lachte entzückt, knabberte an seiner Unterlippe und ließ ihre Zunge in die Kerbe in seinem Kinn gleiten.

»O Gott, du könntest einen Toten im Grab in Versuchung führen«, murmelte Rufus. »Was hast du nur während meiner Abwesenheit getrieben?«

Portia züngelte über seine feuchten Lippen und raunte: »Laß mich überlegen ... Bogenschießen, fechten, Strohsäcke aufschlitzen, Musketen nachladen ... ach, und träumen. Ich hatte viel Zeit für Träume im großen Bett. Und ich glaube, ich träumte für einem guten Zweck«, setzte sie mit einem triumphierenden kleinen Auflachen hinzu und lehnte sich zurück, so daß sie auf ihren Fersen kauerte. »Was sagt Ihr, Lord Rothbury?«

»Ich sage, es wird Zeit, daß ich dir etwas zum Träumen liefere«, erklärte er. »Zieh dich aus.«

Erregung flammte in ihren Augen auf. »Hier ... jetzt?«

»Ja. Beeil dich.«

Portia stand kommentarlos auf und zog sich aus. Nackt blickte sie auf ihn hinunter, unsicher, was nun folgen würde.

»Komm her.« Er griff nach ihren Händen und zog sie in den Zuber. »Knie dich über mich ... So, und jetzt führe mich ein.«

Portia befolgte die Anweisungen, die Zunge zwischen den Zähnen, eine konzentrierte Falte zwischen den Brauen. Sie hob sich leicht an, um ihn aufzunehmen, dann ließ sie sich behutsam sinken und kam rittlings auf seinen Hüften zu sitzen.

»Jetzt gibst du den Ton an«, sagte Rufus, ihre Taille umfassend. »Du bewegst dich ganz nach Wunsch. Wie immer es dir richtig erscheint. Du beherrschst alles.«

Portias Augen wurden groß, doch wurde ihr rasch klar, daß er schlicht die Wahrheit gesagt hatte. Sie beherrschte nicht nur ihre eigene Lust, sondern auch jene ihres Geliebten. Hingerissen gluckste sie und las seine Reaktion in seinem Blick, spürte jede Regung seines Körpers wie ihre eigene. Am liebsten hätte sie ewig in diesem herrlichen sinnlichen Reich verweilt. Um so enttäuschter war sie, als sie merkte, daß sie bald den Wogen der Wollust nachgeben mußten. Die Dämme brachen mit aller Gewalt, und sie wurden hochgeschleudert ins Firmament der totalen hingebungsvollen Leidenschaft.

Ein langgezogener Trompetenstoß, der bebend den Ton hielt, riß Rufus ruckartig aus seiner Benommenheit. »Hölle und Teufel! Ist schon eine Stunde um?« Er tätschelte Portias Hüfte. »Auf, auf, Liebes. Ich muß gehen.«

Portia erhob sich widerstrebend, und Rufus stand in einer Kaskade von Tropfen auf. »Heilige Muttergottes!« rief er aus. »Was ist mit deiner Schulter?« Er berührte die gelbliche Verfärbung, die sich vom Nacken aus über ihre Schulter zog.

»Der Rückstoß der Muskete«, erklärte Portia achselzuckend. »Jetzt schmerzt es schon viel weniger, weil ich immer ein gefaltetes Tuch darunterlege.«

Rufus stand stirnrunzelnd da, als wolle er etwas sagen, verkniff es sich aber mit einem Kopfschütteln und stieg aus dem Zuber. Die Folgen ihrer Entscheidung waren ihre Sache, auch wenn sie diese auf die mühsame Art erleben mußte. Sie hatte von Anfang an klargemacht, daß sie nicht verhätschelt werden wollte und Konzessionen ablehnte.

»Zieh dich an«, forderte er und rieb sich kräftig mit einem Handtuch trocken. »Es ist ein Generalappell und betrifft auch dich.«

Portia glaubte nicht richtig gehört zu haben und sah ihn wachsam an. »Bist du ... bin ich ... darf ich ...?«

»Ja, ich bin ... ja, du bist ... ja, du darfst in die Truppe eintreten«, sagte Rufus in einem Ton, der seine mangelnde Begeisterung über seine Entscheidung verriet. »Es ist gegen meine bessere Einsicht, und erwarte dir ja keine Rücksichtnahme. Weder von mir noch von anderen, ist das klar?«

Er sah sie finster an, aber Portia lächelte nur begeistert. Was diesen Punkt betraf, war sie überglücklich, daß der Befehlshaber den Liebhaber ersetzt hatte. »Anders möchte ich es gar nicht, Mylord.« Sie entriß ihm das Handtuch und trocknete sich ab, ehe sie in ihre Kleider schlüpfte. »Wieviel ist Catos Schatz deiner Meinung nach wert?«

Rufus schnallte seinen Schwertgürtel um. Dabei drehte er ihr den Rücken halb zu, so daß sie seine Miene nicht sehen konnte. »Genug«, grummelte er.

Genug für den Pardon eines Königs. Genug für die Rehabilitierung des Hauses Rothbury. Genug, um sein Geburtsrecht Cato Granvilles Macht zu entreißen.

18

Portia schob sich auf dem Bauch vor, bis sie von der Hügelkuppe aus einen ungehinderten Blick auf Castle Granville hatte. Die Zugbrücke war heruntergelassen, ein kleiner Trupp rückte unter den im Wind flatternden Standarten Granvilles und des Parlaments aus.

Sie konnte die kleine Enteninsel mitten im Burggraben sehen. Fünfzehn Minuten würde sie benötigen, um hinunterzuklettern, fünf Minuten, um die Nachricht für Olivia zu hinterlassen, und vielleicht zwanzig Minuten, um wieder auf den Hügelrücken zu gelangen. Aber wie sollte sie Paul, ihrem Begleiter, ihre Abwesenheit erklären?

Sie rutschte zurück und richtete sich auf. Paul saß an einen Felsblock gelehnt auf dem Boden und verzehrte seelenruhig einen Apfel. Ihre zwei Pferde, die an ein Bäumchen gebunden waren, waren mit dem Inhalt ihrer Hafersäcke beschäftigt.

»Was meinst du, wann die anderen hier eintreffen werden?« fragte Portia beiläufig.

»Will meinte, wir könnten vor Sonnenuntergang mit ihnen rechnen«, erwiderte Paul. »Sicher hat er nicht gedacht, daß wir so rasch fertig sein würden.« Grinsend warf er den Apfelrest fort. »Wir hätten auch viel länger gebraucht, wenn du nicht auf die Spur gestoßen wärest.«

Portia öffnete ihre Satteltasche und zog ein Bündel heraus. »Hast du das Huhn aufgegessen, Paul?«

»Hast du nicht gesagt, daß du es nicht magst?«

»Das habe ich nie gesagt«, protestierte sie. »Na, schon gut, mir reicht der Käse.« Sie hockte sich lässig mit Brot und Käse auf den Stein.

»Tja, wenn du nicht auf ihre Spur gestoßen wärest, hätten wir sie verfehlt«, wiederholte Paul, mit einem Zweig in seinen Zähnen stochernd.

Portias Lächeln zeigte eine gewisse Selbstzufriedenheit. »Als wir vor ihnen auf den Weg sprangen, waren sie ziemlich verdutzt.« Sie und Paul waren mit der Aufgabe betraut worden, zwei Männern zu folgen, die, als wohlhabende Bauern verkleidet, in Wahrheit Kuriere der Rebellen waren, wie Will durch seine Späher erfahren hatte. Diese Männer sollten Informationen von General Fairfax in Hull zu Lord Leven bringen, der vor Durham lagerte.

Paul lachte verhalten. »Ja, der Herr wird erfreut sein, wenn er sieht, was wir aus ihnen herausbekommen haben.«

Sie waren den Männern zu einem Weiler etwa fünf Meilen von ihrem gegenwärtigen Standort gefolgt und hatten sie überrumpelt. Nun harrten die zwei Kuriere geknebelt und gefesselt in einem Hühnerstall einer ungewissen Befreiung. Die Depeschen, die sie befördert hatten, enthielten wichtige Informationen über Truppenbewegungen und waren für die Königstreuen von höchstem Interesse. Nun steckten sie in einem Innenfach von Portias Satteltasche.

Will hatte Portia und Paul mit diesem Auftrag betraut, während er und der Rest der Patrouille einer kleinen Abteilung der Granville-Miliz in der Hoffnung nachsetzten, sie in ein Gefecht zu verwickeln.

Im Winter waren die Kämpfe im nördlichen Grenzland ziemlich planlos geführt worden. Es war ein Krieg der kleinen Scharmützel und Spähaktionen, der Belagerungen und lästigen Nadelstiche. Seit Leven seine schottische Armee über die Grenze geführt hatte, war es zu keinen entscheidenden Kämpfen gekommen. Zwar hatten sich die Royalisten im Norden halten können und nur Hull verloren, mit dem Nahen des Frühlings würden die Truppen aber wieder volle Bewegungsfreiheit erlangen, so daß man mit einer Vereinigung der zwei Flügel der Rebellenarmee rechnen mußte. Da die Royalisten unter Lord Newcastle den Parlamentstruppen zahlenmäßig unterlegen waren, war ihre Niederlage mehr als wahrscheinlich.

Rufus würde an den Informationen, die Portia in ihrer Satteltasche trug, zweifellos sehr interessiert sein.

»Ich gehe ein Stück spazieren, Paul.« Sie glitt von ihrem Stein.

Paul knurrte nur und schloß die Augen. Er verschränkte die Arme unter seinem Mantel und richtete sich auf ein Nickerchen ein.

Sicher glaubte er, sie würde nur ihre Notdurft verrichten, und Portia ließ ihn bei dieser Annahme. Mit etwas Glück würde er den Großteil des Nachmittags verschlafen. Sie konnte zurück sein, ehe er erwachte.

Mit Schnelligkeit und Geschick, die sie sich in den letzten Wochen angeeignet hatte, bewegte sie sich durch ein kleines Waldstück den Hang hinunter zur Festung, von einem Baumstamm zum nächsten springend, stets hinter Strauchwerk und Steinen Deckung suchend. Breeches und Wams waren dunkel und verschmolzen mit der Umgebung. Ihr helles Haar hatte sie unter einer Kappe versteckt, die den Kopf ganz umschloß. Im Gürtel steckten Rapier und Messer, Waffen, die sie bereits angewendet hatte. In den letzten Wochen hatte sie vieles gelernt, unter anderem auch, daß alle Skrupel, Blut zu vergießen, vergessen waren, wenn das eigene Leben bedroht war.

Sie schlich den Graben entlang, bis sie sich auf Höhe der kleinen Insel befand. Unter der wärmenden Märzsonne ließ der eisige Biß des Winters schon nach. Eine Woche noch, und das Eis würde so dünn sein, daß Olivia nicht mehr darauf laufen konnte. Es war Portias letzte Chance, die versprochene Nachricht unter dem Stein zu hinterlegen.

Sie hatte sich verzweifelt den Kopf zerbrochen, wie sie Olivia eine Nachricht zukommen lassen konnte, doch hatte sich bis heute keine Gelegenheit ergeben. Selbst wenn es ihr gelungen wäre, das Dorf unbemerkt zu verlassen, hätte sie für einen solchen Ausflug keine Zeit gefunden.

Dem Wort des Herrn über Decatur getreu, war der neue Rekrut ohne Rücksicht auf Geschlecht oder Beziehung in die Truppe eingegliedert worden. Da sie den niedrigsten Rang innehatte, wurde sie regelmäßig mit eintönigen und ermüdenden Wartungsarbeiten betraut, die jedoch unumgänglich waren, um die Ausrüstung in hervorragendem Zustand zu erhalten. Sie machte auch Postendienst nach Plan, und wenn dies bedeutete, daß sie nicht Rufus' Bett teilen konnte, nahm er es ohne Grollen hin. Rückte Rufus zu einer Unternehmung aus, nahm sie nicht immer daran teil. Als sie dies einmal in Frage gestellt hatte, lautete seine Antwort, ein Blick in den Dienstplan hätte ihm gezeigt, daß sie zu Übungen an der Feldschlange eingeteilt worden sei. Portia schloß daraus, daß Rufus nie erwogen hatte, ihren Dienstplan zu ändern, um diese Konflikte zu vermeiden.

Die kleine Aktion des heutigen Tages hatte als Routinesache begonnen. Will sollte mit einer Abteilung von zehn Mann, darunter Portia und Paul, das Netzwerk von Spähern in der Gegend kontrollieren. Normalerweise hätte er sich damit begnügt, die Kuriere der Rebellen zu verfolgen, doch die Meldung, daß ein kleiner Granville-Trupp sich von York her näherte, hatte seinen Kampfgeist gestärkt. Er wollte ohne Rufus oder George allein ein Gefecht bestehen. Es war das erste Mal, und er ergriff die Gelegenheit, sich als Kommandant auf dem Feld zu bewähren, beim Schopf.

Portia und Paul auf die Fährte der Kuriere zu setzen erschien Will als ideale Lösung. Zudem war es keine gefährliche Mission, da sie besser bewaffnet waren und das Überraschungselement auf ihrer Seite hatten. Für den Aufbruch ins Lager wollte man sich bei Sonnenuntergang treffen. Damit blieben Portia zwei Stunden, um ihr Vorhaben zu erledigen. Sehr viel Zeit also.

Sie blickte zur Burg hinauf, von deren Zinnen und Türmen Flaggen wehten. Auf dem Eis hinter der Insel würde sie von der Zugbrücke und den Wachttürmen aus nicht zu sehen sein, und auf der Insel selbst war sie sicher vor Entdeckung. Trotzdem machte sie sich mit einem tiefen Atemzug Mut, als sie die Deckung verließ und das grünlich-durchscheinende Eis betrat. Einige wenige Schritte, und sie vernahm ein unheilverkündendes leises Knacken.

»Hölle und Teufel!« stieß sie hervor und rannte tiefgebückt übers Eis. Sie hatte keine Ahnung, wie tief der Graben war, doch auch wenn er seicht war, bedeutete es eine Katastrophe, wenn sie einbrach. Inmitten einer schnatternden Entenschar lief sie zur Insel und tauchte ins Dickicht der Büsche ein.

Portia fand den Stein vor, wie sie ihn in Erinnerung hatte. Sie zog den Brief aus der Innentasche ihres Kollers und schob ihn unter den Stein, um sofort wieder übers Eis zurückzulaufen.

Just als sie die Deckung verlassen wollte, hörte sie die Stimmen. Sie waren noch weit, und es dauerte einen Moment, bis ihr klarwurde, daß eine davon Olivias Stimme war. Aber wem gehörte die andere? Wenn Olivia sie entdeckte, war es halb so schlimm, doch konnte sie sich nicht erlauben, von jemandem anderen hier ertappt zu werden.

Es gab kein Versteck. Die ganze Insel bestand praktisch nur aus einem großen Felsblock, der ihr momentan als Deckung diente. Vielleicht würde Olivia auf ihren Schlittschuhen vorübergleiten, ohne sich umzudrehen. Die Stimmen kamen näher, hoch und eindringlich, beide weiblich. Portia runzelte die Stirn und kramte in ihrer Erinnerung. Irgendwie kam ihr die zweite Stimme bekannt vor – ja, jetzt fiel es ihr ein. Sie gehörte Phoebe, Dianas jüngerer Schwester. Nun, wenn sie sich nicht sehr verändert hatte, war von ihr nichts zu befürchten. Portia hockte sich auf den Felsblock und wartete.

Die Mädchen erreichten die Insel. »Der Stein ist hinter dem Gebüsch«, stieß Olivia atemlos hervor. »Sie hat versprochen, eine Nachricht zu hinterlassen, bislang aber hat sie es nicht getan. Ich mache mir Sorgen, daß sie es womöglich nicht bis Decatur geschafft hat.«

»Ich habe es geschafft«, ließ Portia sich daraufhin vernehmen und kostete ihren Überraschungscoup weidlich aus.

Olivia, die vor Angst und Erleichterung aufschrie, warf die Arme hoch. »Ach, Portia!«

Portia umfing sie. »Ich hinterließ eine Nachricht, die sich jetzt freilich erübrigt.« Lächelnd musterte sie Olivias Begleiterin. Phoebe hatte sich nicht verändert. Ihr rundes Gesicht war rosig vor Überraschung, die offenen grauen Augen freundlich.

»Himmel, hast du uns erschreckt«, sagte sie überflüssigerweise. »Olivia war überzeugt, daß du ums Leben gekommen wärest. Und was für ungewöhnliche Sachen du anhast!«

»Für das Leben, das ich jetzt führe, sind sie äußerst praktisch«, gab Portia mit fröhlichem Lächeln zurück.

»Olivia war der Meinung, du würdest Lord Rothburys Geliebte werden. Gefällst du ihm in Hosen?« fragte Phoebe neugierig.

»Nicht im Bett«, griente Portia mit einem Anflug von Verruchtheit.

»Du trägst ja ein Schwert!« stieß Olivia fassungslos hervor. »Warum das?«

»Weil ich Soldat bin«, sagte Portia geduldig. »Das wollte ich immer schon sein.«

»Ja, das war schon in London dein Wunsch«, warf Phoebe ein. »Ich kann mich gut erinnern. Damals, als wir schworen, an unseren Zielen festzuhalten und nicht wie die anderen zu werden.«

»Nun, ich habe den Pakt nicht gebrochen«, sagte Portia. »Als Soldat ist man nicht wie die anderen.«

»Ich bin mit meinen Plänen nicht sehr weit gekommen«, erklärte Phoebe leicht bedrückt. »Ich versuche mich als Dichterin, bin aber mit meinen Arbeiten nicht zufrieden, da sie mir unvollkommen erscheinen. Und ich kann keine guten Gedichte schreiben, wenn wir wegen des Krieges nicht die Burg verlassen dürfen.«

Olivia hörte gar nicht zu. »Und d-du kannst mit dem Schwert umgehen?« fragte sie ungläubig.

»Natürlich.«

»Zeig es uns.«

Portia wurde klar, wie weit sie sich schon von Olivias Leben entfernt hatte. »Es ist kein Spielzeug«, sagte sie leise und wechselte das Thema. »Also, Phoebe, was führt dich in den Norden?«

»Ach, daran ist mein Vater schuld! Er schlug sich auf die Seite des Parlaments und brachte seine eigene Miliz herauf, um sich mit General Fairfax zu vereinigen. Er war der Meinung, bei Diana auf Castle Granville wäre ich am besten aufgehoben«, erklärte Phoebe ungehalten.

»So ist es, Portia. Und Diana haßt sie noch mehr als mich.«

»Es ist schrecklich«, gab Phoebe zu. »Sie ist eine gräßliche

Person. Ich dachte, Ehe und Kinder würden sie milder stimmen, doch war es nicht der Fall ... ach, sieh mal, woher kommen die Flecken?« Sie strich über eine Stelle an ihrem Mantel, die Schmutzflecke aufwies.

»Und deine Rüsche am Unterrock ist zerrissen«, ermahnte Olivia sie.

»O Gott!« jammerte Phoebe. »Wie konnte das passieren?«

»Bei deinem Sturz auf dem Eis.«

»Ich kann nicht richtig eislaufen«, seufzte Phoebe betrübt. »Ich stolpere schon beim Gehen über meine Füße, wie also soll ich mit diesen Kufen an den Schuhen das Gleichgewicht halten?« Sie hob einen Fuß mit der beinernen Kufe.

»Viel länger werdet ihr ohnehin nicht mehr eislaufen können. Das Eis wird immer dünner«, sagte Portia zum Trost.

»Ja, und Pechvogel, der ich bin, würde ich als erste einbrechen«, meinte Phoebe. »Ich bin so dick wie ein Elefant, sagt Diana.«

Portia betrachtete Phoebe kritisch. »Dick bist du nicht, aber rund.«

»Ich könnte nie Breeches tragen«, stellt Phoebe selbstkritisch fest. »Kannst du dir vorstellen, wie ich darin wirken würde?«

Olivia lachte auf, und Portia sagte: »Warum solltest du welche tragen?«

»Will ich auch gar nicht«, sagte Phoebe. »Zu meinem Glück.« Und dann brach sie in fröhliches Lachen aus, das ihr Aussehen verwandelte und den schuldbewußten Ausdruck aus ihren Augen vertrieb.

»Wie bin ich froh, daß du Olivia Gesellschaft leistest«, sagte Portia. »Ich machte mir große Sorgen um sie.«

»Ich schilderte Phoebe eben, was du Brian angetan hast«, vertraute ihr Olivia an und wollte sich wieder ausschütten vor Lachen.

Portia schmunzelte. »Was wir beide ihm antaten.« Sie wurde wieder ernst. »Wie reagierte dein Vater, als ich verschwand?«

Olivia krauste die Nase. »Er tobte vor Zorn. Ich versicherte ihm, daß ich nicht wüßte, wohin oder warum du gegangen wärest, und er hat mir wohl geglaubt. Doch dann ist etwas wirklich Schlimmes passiert. Was das genau war, weiß ich nicht. Aber ich weiß, daß er dir die Schuld daran gibt.«

Portia nickte. Das hatte sie erwartet. »Ich muß gehen«, sagte sie unvermittelt. »Gut, daß du Phoebe bei dir hast, Olivia. Also, lebt wohl.« Sie schob sich an ihnen vorbei, ehe die beiden erfaßt hatten, daß es ein Abschied war. Mit einem raschen Winken huschte sie auf die Eisfläche und rannte auf das Gebüsch auf der anderen Seite des Grabens zu, um darin wie ein Schemen zu verschwinden.

Atemlos erklomm Portia den Abhang. Noch ehe sie den Wald hinter sich ließ und die Stelle erreichte, wo sie den schlafenden Paul verlassen hatte, vernahm sie das Klirren von Zaumzeug und leise Stimmen. Sie verlangsamte ihren Schritt und schlich unter Herzklopfen weiter. Mindestens eine Stunde mußte vergangen sein, seitdem sie sich davongestohlen hatte. War Paul überfallen worden?

Was sie jedoch sah, entlockte ihr eine leise Verwünschung. Will und seine Gruppe waren früher als erwartet eingetroffen. Sie alle waren noch im Sattel – bis auf Will, der in ein Gespräch mit Paul vertieft war, das nach den Armbewegungen zu schließen sehr erregt verlief.

Auf unangenehme Fragen gefaßt, trat sie aus dem Wald. »Noch eine Stunde bis zum Sonnenuntergang«, sagte sie zur Begrüßung. »Ihr wart schnell. Hattet Ihr Glück?«

Will fuhr herum. »Wo wart Ihr? Paul sagte, Ihr seid stundenlang ausgeblieben.«

»Paul hat geschlafen«, sagte Portia und ging damit ein kalkuliertes Risiko ein. »Ich war mehrmals da und wieder fort.« Ein rascher Blick zu Paul, der seiner Sache nicht mehr so sicher schien, beruhigte sie.

»Wohin seid Ihr gegangen?« Will machte ein finsteres Gesicht.

»Ich muß mir den Magen verdorben haben«, sagte Portia. »Einzelheiten werdet Ihr gewiß nicht hören wollen.«

Vor zwei Wochen hätte Will noch rote Ohren bekommen, jetzt aber nicht mehr. Er ging mit Portia inzwischen so ungezwungen um wie mit allen anderen Kameraden und schaffte es sogar, ihre Beziehung zu Rufus zu ignorieren. Sein Rang verlieh ihm Befehlsgewalt über sie, und da Portia sie nicht in Frage stellte und Rufus sie eindeutig billigte, war zwischen ihnen nun alles klar und freundschaftlich. »Hoffentlich müssen wir Euretwegen nicht auf dem Rückweg anhalten. In der Gegend wimmelt es vor Rebellen«, brummte er darauf.

Portia schwang sich in Pennys Sattel und lenkte die Stute neben Wills Pferd. Sie ahnte, daß Will sich über etwas ärgerte, das nichts mit ihr zu tun hatte. »Ist es mit den Granville-Leuten erwartungsgemäß verlaufen?«

Will schwieg zunächst, ehe er widerstrebend sagte: »Wir konnten sie in die Flucht schlagen, als ein Rebellen-Bataillon am Hügelkamm auftauchte. Nachdem sie in der Überzahl waren, mußten wir die Jagd abbrechen.«

»Ach, das tut mir leid.« Portia beugte sich zu ihm und berührte seine behandschuhte Hand in einer flüchtigen Geste des Mitgefühls, da sie wußte, wieviel diese Expedition ihm bedeutete. »Immerhin habt Ihr dem ersten Trupp tüchtig Beine gemacht.«

Wills Ausdruck erhellte sich. »Portia, Ihr hättet sehen sollen, wie sie Reißaus nahmen. Wir hätten alle gefangennehmen können.«

»Es wird sich eine andere Gelegenheit ergeben«, tröstete Portia ihn. »Rufus sagt, ein guter Taktiker wüßte immer, wann er den Rückzug antreten soll.«

»Ach?« Will sah schon viel glücklicher drein. »Paul sagte, Ihr hättet den Kurieren Depeschen abgenommen.«

»Hat er auch gesagt, was sie enthalten?«

»Nein. Wir waren zu sehr damit beschäftigt, uns den Kopf zu zerbrechen, wo Ihr gesteckt habt.«

»Wie ich schon sagte …« Portia zog vielsagend eine Braue in die Höhe, dann beugte sie sich zur Seite, um ihre Satteltasche zu öffnen. Sie kramte darin und holte die Pergamentrolle hervor. »Seht selbst.«

Nachdem Will das Pergament überflogen hatte, pfiff er leise. »Truppenbewegungen. Das muß sofort nach York.«

»Das dachte ich mir«, sagte Portia. Sein erregter Blick verriet ihr, daß die Aussicht, seinem Kommandanten ein so wichtiges Dokument zu überbringen, ihn seine Enttäuschung von vorhin vergessen ließ.

Es war schon stockfinster, als sie die Postenfeuer passierten und im Stallhof müde anhielten. Will saß ab, und Portia, die Penny einem der Stallburschen übergab, sagte: »Will, kommt Ihr ins Haus? Sicher ist Rufus da.«

Will zögerte. Portia war es, der diese wertvolle Information in die Hände gefallen war, doch durfte er als Anführer der Expedition dafür das Lob einheimsen und den Erfolg an seine Fahnen heften. »Nehmt Ihr es.« Er griff in sein Wams.

»Nein, Ihr geht zu Rufus. Ich mache mich auf die Suche nach den Jungen, die sicher noch mit Juno umherstrolchen. Es ist längst Abendbrotzeit, und sie müssen nach Hause.« Es war eine Vermutung, die aber meist zutraf. Luke und Toby waren nur zu Hause anzutreffen, wenn sie schliefen, und auch darauf war kein Verlaß. Rufus hielt es offenbar für unnötig, ihr Leben in einigermaßen geordnete Bahnen zu lenken, und Portia war der Meinung, daß es sie nichts anging.

Will sah sie gehen und kam sich angesichts von Portias kluger Zurückhaltung kleinlich und kindisch vor. Er wußte, wie sehr es sie drängte, Rufus zu begrüßen. Stets wurde sie unruhig, wenn sie sich nach längerer Abwesenheit dem Dorf näherten, und er spürte, wie sie am liebsten losgesprengt wäre, anstatt als Teil der Truppe in Reih und Glied im Schrittempo einzureiten. Und jetzt verschob sie ihm zuliebe den Moment des Wiedersehens, auf den sie sich schon stundenlang freute.

Doch seine eigene Aufregung siegte über sein schlechtes Gewissen, und er eilte zu Rufus' Haus. Rufus stand in der offenen Tür und sah die Straße entlang, als Will angelaufen kam.

»Wo ist Portia?«

Will hörte Schärfe aus der Frage heraus und spürte, daß Rufus ihre Rückkehr so sehnsüchtig erwartet hatte wie Portia. Er lief rot an und sagte: »Auf der Suche nach deinen Söhnen und Juno. Sie sagte, daß sie bald kommen wolle.«

Rufus runzelte die Stirn und trat zurück in das erleuchtete Haus. »War der Tag erfolgreich?«

»Wir haben Kuriere abgefangen.« Als Will ihm das Pergament aushändigte, war er bemüht, sich nicht anmerken zu lassen, daß er vor Aufregung fast platzte. »Einzelheiten über Truppenbewegungen!«

Rufus überflog die Nachricht. »Wie ist es in deine Hände gelangt?«

Nach kaum merklichem Zögern sagte Will: »Portia und Paul nahmen es den Kurieren ab.« Wahrheitsgemäß und ohne eine Einzelheit auszulassen, lieferte er nun einen Bericht über die Ereignisse des Tages und seine Entscheidungen.

Rufus hörte aufmerksam zu. Ein- oder zweimal verfinsterte sich sein Blick, zum Schluß aber sagte er lächelnd: »Ein voller Erfolg, Will. Ich gratuliere dir.«

Will strahlte. »Werden die Informationen an das Kommando in York weitergegeben?«

»Ja, noch heute.« Rufus drehte sich zum Tisch um und goß für beide Ale ein.

»Ich will sie selbst nach York bringen.«

Rufus schüttelte den Kopf. »Nein, Junge, du bist den ganzen Tag geritten. Das wird George übernehmen.«

Will war enttäuscht, fügte sich aber. Er trank sein Ale aus und stellte den Humpen auf den Tisch. »Ich gehe jetzt.«

Rufus nickte. »Ehe du deinen Dienst beendest, bringst du die Depesche zu George und versorgst ihn mit Instruktionen.«

Will schien erfreut. Er hatte erwartet, Rufus würde diese wichtige Sache selbst übernehmen. »Soll er sofort aufbrechen?«

»Sofort«, bestätigte Rufus. Er beugte sich vor und schlug ihm auf die Schulter. »Will, du hast dich wacker gehalten.«

»Ja, nicht wahr?« hörte man Portias Stimme von der Tür her. Sie stand da und betrachtete die zwei Männer mit einem kleinen Lächeln, das die sinnliche Glut in ihren Augen nicht verbergen konnte, als sie Rufus ansah. »Die Kinder sind mit Silas flußabwärts, um seine Freunde zu besuchen. Und Juno haben sie mitgenommen. Wann sie zurückkommen, ist ungewiß. Meiner Meinung nach ist es für sie zu spät, um sich noch draußen herumzutreiben.«

»Ach, Silas kümmert sich schon um sie«, sagte Will obenhin, als er mit einem Abschiedsgruß an Portia vorüber hinausging.

Portia blieb reglos in der Tür stehen und sah Rufus unverwandt an. »Meinst du nicht, daß es für die beiden reichlich spät ist?« sagte sie.

»Ich meine, daß die Abwesenheit von Hund und Kindern ein Glücksfall ist.« Er kam langsam auf sie zu, wobei jeder Schritt mit Verheißung geladen war. Portia überlief ein Schauer, und sie fragte sich zum wiederholten Mal, wie es kam, daß er diese Wirkung auf sie ausübte. Es genügte, daß sie sich mit ihm in einem Raum befand, und schon glaubte sie dahinzuschmelzen, während ihr die Knie weich wurden und sie vor Verlangen fast verging.

Rufus blieb vor ihr stehen, ohne sie zu berühren. Er beugte sich an ihr vorüber, um die Tür zu schließen. Das Klicken des Riegels hatte in der warmen, kerzenerhellten Stille etwas Endgültiges an sich. Er war ihr so nahe, daß er fast ihren Herzschlag spürte. Der Duft ihrer Haut stieg ihm in die Nase, ein voller, erdiger Duft, bei dem sich Schweiß, Pferdegeruch und frische Luft mit ihrer eigenen persönlichen Aura mischten. Es war ein Duft, dessen er nie überdrüssig wurde, jugendlich, zart und doch vor Gesundheit strotzend, ein Duft auch, der ihn an ihre weiche Haut denken ließ, an die wilde ungezügelte Kraft ihres Haares und an das Leuchten ihrer Augen.

Als er ihr die Kappe vom Kopf zog, fiel ihre leuchtendrote Lockenmähne auf ihre Schultern, und ihr bleiches Gesicht, dessen rechte Wange ein Schmutzfleck zierte, schien plötzlich von einer flammenden Gloriole umgeben.

Mit einer zärtlichen Bewegung strich er die Linie ihrer Wange mit dem Zeigefinger entlang, tupfte leicht auf ihre Kinnspitze, strich mit dem Daumenrand über ihren Mund. Unbeweglich stand sie da und sah ihn an, mit leicht geöffneten Lippen, als wolle sie etwas sagen, sei aber gehindert worden, die Worte auszusprechen.

Er nahm ihr den Mantel ab und warf ihn beiseite, dann zog er ihr die Handschuhe aus, erst den einen, dann den anderen. Sie landeten beim Mantel. Er löste ihren Schwertgürtel und hängte ihr Rapier neben sein eigenes schweres Kavallerieschwert. Dann hob er sie hoch und setzte sie auf den Tisch, um ihr Stiefel und Strümpfe auszuziehen.

Portia fiel rücklings auf die harte Tischfläche. Sie hob ihre Hüfte an, damit er ihr Breeches und Unterhose ausziehen konnte, und streckte dann die Hände über den Kopf, um nach der Tischkante hinter sich zu greifen. Ohne den Blick von ihr zu wenden, öffnete Rufus seine Breeches.

Da sie ahnte, was er vorhatte, schlang Portia ihre Beine um seine Mitte. Sein steifes Glied glitt mit verlockender Geschmeidigkeit in sie hinein. Sie umklammerte den Tischrand noch fester und hob ihm ihre Hüften zuckend entgegen, während er dastand, ihre Fußknöchel hinter seinem Rücken festhielt und sie mit einem verhangenen Lächeln in den Augen beobachtete. Portia lachte unvermittelt auf, ein fast schockierendes Geräusch, da es die Intensität ihres Schweigens brach.

Auch Rufus lachte leise, umfaßte ihre Knöchel nur mit einer Hand und liebkoste mit dem Daumen der anderen ihre feuchte Öffnung mit langgezogenen Streichelbewegungen. Heißes Feuer der Lust ließ sie guttural aufstöhnen. Ihre Hüften wölbten sich ihm sehnsüchtig entgegen, sie schloß die Augen, ihr Atem kam rasch und stoßweise.

Rufus zögerte den Moment der Erfüllung heraus und labte sich an dem sinnlichen Spiel ihrer Muskeln. Er beobachtete ihr ekstatisches Gesicht, war versunken in den kostbaren Schimmer ihrer durchscheinenden Haut, als ihr Höhepunkt nahte. Mit einem langgedehnten rauhen Schrei gab sie sich ihm hin und streckte dann verlangend die Arme aus, um ihn noch enger an sich zu ziehen, während sie das Pulsieren seines Gliedes in ihrem Schoß spürte. Sein heiseres lustvolles Aufkeuchen erstickte an ihrer Schulter.

»Willkommen zu Hause, Spatz«, murmelte Rufus, sich langsam aufrichtend. »Ich wünsche dir einen guten Abend.«

»Ich Euch ebenso, Lord Rothbury«, erwiderte sie mit schelmischem Lächeln und setzte sich auf. »Ich muß sagen, daß ich auf ein so leidenschaftliches Willkommen nicht gefaßt war.«

»Aus der Erfahrung zu lernen zeugt von Intelligenz«, grinste er und knöpfte seine Hose wieder zu.

»In deiner Gegenwart vergesse ich alles, was ich jemals lernte«, sagte sie, zu Boden gleitend. »Sicher bin ich im Moment ungenießbar. Ich muß nach Pferd und Schweiß riechen.«

Nur mit ihrem Hemd bekleidet holte sie aus der Speisekammer eine Waschschüssel, in die sie heißes Wasser aus dem Kessel goß. Nachdem sie sich völlig ausgezogen hatte, ging sie daran, sich mit sachlicher Gründlichkeit zu waschen.

An den Kaminsims gelehnt, sah Rufus ihr zu. Trotz regelmäßiger und nahrhafter Mahlzeiten war sie so dünn wie eh und je, doch liebte er die Eckigkeit ihres Körpers, die scharfen, hervortretenden Hüftknochen, ihren schmalen Brustkorb mit den deutlich sichtbaren Rippen, die Form ihrer Schulterblätter, die sich unter der weißen Haut bewegten.

»Wie ich hörte, hast du heute ein richtiges Abenteuer erlebt«, bemerkte er.

Den Waschlappen unter einem erhobenen Arm, hielt Portia in ihrem Reinigungsritual inne. »Was hat Will erzählt?«

»Er sagte, du hättest dich mit Paul an die Fährte der Kuriere geheftet und ihnen die Depeschen abgenommen, sehr wichtige Dokumente, wie du sicher weißt.«

»Natürlich«, sagte sie und fuhr fort, sich zu waschen. »Paul und ich lockten sie in einen Hinterhalt. Paul, der vorgab, sein Pferd hätte mitten auf dem Weg ein Eisen verloren, verstellte ihnen den Weg, so daß sie anhalten mußten.« Sie reichte ihm den Waschlappen und drehte ihm den Rücken zu.

Rufus kam ihrer stummen Aufforderung nach, während sie fortfuhr: »Während er sie ablenkte und in seinem breitesten Yorkshire-Dialekt in ein völlig sinnloses Gespräch verwickelte, von dem sie kaum ein Wort verstanden, fiel ich über sie her!«

»Spreize die Beine!«

Sie tat es, und er zog den Waschlappen zwischen ihren Gesäßbacken hindurch und die Innenseite ihrer Schenkel entlang. Ihre Stimme stockte.

»Was sagtest du?« fragte Rufus unschuldig, legte ihr den Waschlappen auf die Schulter und nahm seine bequeme Pose am Kamin wieder ein.

»Ich gab einen Schuß aus meiner Muskete ab, der ihre Pferde scheuen ließ. Als sie sich aufbäumten, sprang Paul auf und ergriff beide Pferde am Zaum. Die Männer waren eben dabei, ihre Waffen zu ziehen, als ich daherkam, einen mit dem Rapier ausschaltete und den anderen mit meinem Messer.«

»Hast du sie getötet?«

»Nein. Kaltblütig töte ich nicht«, wehrte sie entsetzt ab. Sie schlüpfte in ihr Hemd und knöpfte es zu. »Wir entwaffneten sie und ließen sie gefesselt in einem Hühnerstall zurück, den wir zuvor entdeckt hatten. Dann jagten wir ihre Pferde davon.«

»Klingt sehr ordentlich.« Rufus bückte sich nach ihrer Hose und warf sie ihr zu. »War das dein einziges Abenteuer?«

Portia hielt den Kopf gesenkt, als sie in ihre Breeches stieg.

»Ja, natürlich«, sagte sie. »Paul und ich warteten auf Will und die anderen, dann machten wir uns alle gemeinsam auf den Heimweg.« Als sie ihren Hosenbund zuknöpfte, spürte sie, wie plötzlich ihre Finger jedes Gefühl verloren.

»Ich sterbe vor Hunger. Da Paul das ganze Huhn verzehrte, blieben mir nur Brot und Käse.«

»Wir gehen sofort in die Kantine. Will sagte, du wärest bei seiner Ankunft nicht zur Stelle gewesen.« Er beobachtete sie ganz genau, bemerkte, wie nervös ihre Finger plötzlich hantierten, obwohl Portias Ton gleichmütig blieb. Er behielt seine lockere Haltung bei, einen Arm auf dem Kaminsims ausgestreckt, die Hand um seinen Humpen gespannt.

»Hat er dir auch gesagt, daß mein Magen revoltierte und ich den Großteil des Nachmittags hinter einem Busch verbrachte, während Paul schlief?« gab sie zurück und fuhr mit den Fingern durch ihr Haar, während sie ihr Gesicht leicht abgewendet hielt.

»Nein, das erwähnte er nicht.« Er trank einen Schluck Ale, ohne den Blick von ihr zu wenden. Röte färbte ihre blassen Wangen, um ihren Mund lag ungewohnte Anspannung. »Der Treffpunkt war in unmittelbarer Nähe von Castle Granville«, fuhr er gelassen fort. »Hast du während der Wartezeit eine interessante Beobachtung gemacht?«

Portia schüttelte den Kopf, noch immer mit abgewendetem Gesicht. »Nichts, was aus dem Rahmen gefallen wäre. Die Zugbrücke war unten, Truppenteile kamen und gingen. Die übliche Betriebsamkeit eben.«

Rufus wußte mit absoluter Gewißheit, daß sie nicht die Wahrheit sagte. Als Will ihm von Portias unerklärlicher Abwesenheit in unmittelbarer Nähe von Castle Granville berichtet hatte, war er zunächst verblüfft gewesen. Um von ihr eine Erklärung zu bekommen, hatte er sie ein wenig ausfragen wollen, doch war seine Neugierde sofort Unbehagen gewichen, da er spürte, daß an ihren Antworten etwas faul war. Nun lag ihm nichts mehr daran, die Sache mit Fingerspitzengefühl anzugehen. »Du lügst«, stellte er ohne Umschweife fest.

Tiefes Rot überflutete ihre Wangen. »Ich weiß nicht, warum du das sagst.«

»Lüg mich nicht an, Portia.« Sein Ton war gereizt, seine Enttäuschung wich der Wut, die hinter seiner oberflächlichen Ruhe lauerte. »Was hast du unternommen, nachdem du dich von Paul entfernt hattest?«

Nun sah Portia ihn offen an. Sie sah seine geballten Fäuste, sah die Blitze in seinen Augen. Sie spürte, daß der Mann, der sie eben noch mit so großer Leidenschaft geliebt hatte, im Begriff stand, wieder von seinen Dämonen überwältigt zu werden. Es lief ihr kalt über den Rücken. Noch einmal würde sie seinen Ausbruch nicht ertragen.

Sie schluckte hart und nahm dann all ihren Mut zusammen. »Ich wollte für Olivia eine Nachricht hinterlassen, da ich versprochen hatte, sie wissen zu lassen, daß ich in Sicherheit bin, doch bot sich nie eine Gelegenheit.«

»Du bist mit Granville in Verbindung?« Er sagte es gefährlich leise, sein Ausdruck war unverändert furchteinflößend.

»Mit Olivia«, sagte sie verzweifelt. »Nur mit Olivia. Sie ist meine Freundin, Rufus. Da sie sich meinetwegen Sorgen macht, versprach ich, eine Nachricht zu hinterlegen. Ich wollte es eben tun, als sie und Phoebe zufällig vorüberkamen und wir kurz ein paar Worte sprachen. Das ist alles.«

»Phoebe?«

»Catos Schwägerin, mit der ich auch befreundet bin.« Portia, die aus ihren eigenen Worten Mut und Kraft schöpfte, schob ihr Kinn vor. Niemand, auch nicht Rufus Decatur, konnte ihr vorschreiben, mit wem sie befreundet sein durfte.

»Granville-Frauen«, gab er dumpf von sich.

»Ach, hol's der Teufel, Rufus«, brach es aus ihr hervor. »Olivia kümmert die Fehde zwischen dir und ihrem Vater keinen Deut, und Phoebe ebensowenig. Ich war fünf Minuten mit ihnen beisammen, und es kam nicht ein einziges Mal die Rede darauf! Das mag dich verwundern, aber ...«

»Sei still und komm her!« unterbrach er sie und löste sich plötzlich vom Kaminsims. Seine Augen blitzten, als er eine gebieterische Handbewegung vollführte.

Portia wich zurück. »Eher trete ich zwischen zwei gereizte Eber«, sagte sie und brachte den Tisch zwischen sich und Rufus.

»Komm her!«

Portia schüttelte den Kopf, und als er auf sie zuging, langsam und mit entschlossenem Blick, langte sie hinter sich und bekam den Henkel des kupfernen Ale-Kruges zu fassen. »Rühr mich nicht an, Rufus!«

Er schien taub zu sein und kam näher. Als er den Tisch mit beunruhigender Leichtigkeit wegstieß, schleuderte ihm Portia den Inhalt des Kruges entgegen, der als schäumende Kaskade auf seinen Kopf traf und sich über seine Schultern ergoß. Die gewünschte Wirkung trat sofort ein. Er blieb wie angewurzelt stehen.

Als ihm Ale in die Stiefel floß, waren seine Fassungslosigkeit und Verblüffung so groß, daß Portia fast einen hysterischen Lachkrampf bekam.

Und dann stürzte er sich mit kriegerischem Gebrüll auf sie. Portia sprang zur Seite, wobei sie zu spät merkte, daß sie sich von der Tür, ihrem einzigen Fluchtweg, entfernte. Im Haus gab es sonst kein Ausweichen. Sie lief zur Treppe, doch er reagierte blitzschnell und erreichte diese gleichzeitig mit ihr. Sein ausgestreckter Arm blockierte ihr den Weg. Instinktiv duckte sie sich darunter weg und sprang auf die dritte Stufe, wohl wissend, daß es egal war, denn auch oben würde sie nicht sicher sein.

Seine Finger umklammerten ihren Knöchel. Ein entschlossener Ruck, und sie taumelte rücklings und fiel mit rudernden Armen gegen ihn. Sie spürte seinen Körper eisenhart und feucht an ihrem Rücken. Der Ale-Geruch war überwältigend.

»Verdammt, Rufus! Was machst du da? Wage es nicht, mich festzuhalten!« Trotz ihrer verzweifelten Gegenwehr wurde sein Griff nur noch eiserner. Als er sie hochhob, und sie strampelte und um sich trat, fühlte sie sich wie eine Fliege im Netz unter den Augen einer hungrigen Spinne.

Dann trug er Portia, die sich noch immer vehement wehrte, hinauf. Er warf sie mit dem Gesicht nach unten aufs Bett, und als sie sich an den Rand rollen wollte, stützte er ein Knie in ihr Kreuz und nagelte sie fest wie einen Schmetterling in einer Sammlung. »Laß mich los, du Ungeheuer!«

Anstatt sie loszulassen, schwang er sich aufs Bett und setzte sich rittlings auf ihre Kehrseite. Er umfaßte ihre Handgelenke und hielt sie hinter ihrem Rücken mit einer Hand fest. Sie bäumte sich auf und trat mit den Beinen, obwohl sie wußte, daß sie hilflos wie ein Baby war.

Rufus wartete geduldig, bis ihre Kräfte erlahmt waren, dann veränderte er seine Position und rollte Portia auf den Rücken, wobei er nach wie vor rittlings auf ihr saß.

»O Gott!« sagte er. »Hätte ich etwas von deinen Steinzeitgelüsten geahnt, dann hätte ich dir diesen Gefallen eher tun können.«

Für Portia war es ein Schock, als ihr klarwurde, daß er nicht mehr wütend war, sondern sich über sie lustig machte. »Hurensohn!« krakeelte sie. »Du bist ein richtiger Bastard … ein Mistkerl … ein Dreckfresser … ein … ein …« Ihre Erfindungsgabe ließ sie im Stich. »Und du stinkst wie ein Alefaß!«

»Dann trink tief daraus«, riet er ihr, beugte sich über sie und hob ihren Kopf mit verschränkten Armen, als er seinen Mund auf ihren drückte. Sie lag unbequem, und es war weder ein sanfter noch ein besonders liebevoller Kuß, doch paßte er zum Schlagabtausch der letzten Minuten, zur Unbeherrschtheit, die sie beide ausgetobt hatten.

Als er sie losließ und ihr Kopf aufs Bett fiel, hatte Portia das Gefühl, ihre Lippen seien von einem Bienenschwarm wundgestochen worden. Ihr Herz pochte heftig, sie kämpfte um Atem wie nach einem Marathonlauf oder nach einem verlorenen Ringkampf, was den Tatsachen sehr nahekam.

»Das hatte ich die ganze Zeit schon tun wollen«, erklärte Rufus. »Wie du selbst entdeckt hättest, wenn du zu mir gekommen wärest, als ich dich darum bat, anstatt dich aufzuführen, als wärest du in der Löwengrube gelandet.« Er krabbelte von ihr weg und machte sich daran, seine übelriechenden Sachen auszuziehen.

»Du wolltest mich nur küssen?« Sie konnte es nicht glauben.

»Ich wollte deine gerechte Empörung wegküssen«, feixte er. »Dein Versuch, mich in die Schranken zu weisen, war sehr tapfer.« Er schüttelte tadelnd den Kopf. »Was hattest du denn gedacht, daß ich tun würde?«

»Nach dem letzten Mal wußte ich es nicht«, platzte sie ehrlich heraus.

Rufus drehte sich um. Sein Ausdruck hatte sich verhärtet. »Vermutlich habe ich es verdient. Ich werde mich sehr bemühen, daß solche Mißverständnisse nicht wieder vorkommen.«

»Es stört dich also nicht, daß Olivia meine Freundin ist?« Sie wußte, daß sie an eine offene Wunde rührte, doch mußte die Sache unbedingt bereinigt werden. Ihre Herkunft war für ihn trotz ihrer Liebe noch immer ein Stein des Anstoßes. Ehe er sie nicht so nehmen konnte, wie sie war, würde sie stets zwischen Freundschaft, Blutsbanden und Liebe hin- und hergerissen werden.

Rufus stand reglos da, sein von Ale durchtränktes Hemd in der Hand. »Doch, es stört mich«, sagte er, »aber mir ist klar, daß ich dich nicht ändern kann. So sehr ich es mir wünsche, kann ich deine persönliche Geschichte nicht neu schreiben. Mir ist bewußt, daß ich nicht der einzige bin, der Treue von dir erwartet.«

Das klang unendlich traurig, schmerzlich, verletzlich und

verloren. Portia wurde klar, daß sein Leben trotz der Liebe und der Lust, die sie teilten, einsam war. Aber wie konnte ein Leben, dessen früheste Erinnerungen allein vom Verlangen nach Rache geprägt worden waren, anders sein? Ein Leben ohne Raum für andere Gefühlsregungen, für die Zwischenbereiche einer Freundschaft außerhalb der Decatur-Festung.

Sie griff nach seiner Hand und hob sie an ihre Wange. »Rufus, meine Loyalität ist dir sicher.«

Darauf sagte er nichts und liebkoste nur ihre Wange mit dem Handrücken.

19

»Schlafen im Dienst wird schwer bestraft.«

Portia, die gähnend die Augen aufschlug, lächelte die hochgewachsene Gestalt, die vor ihr stand und sie beschattete, mit verschleiertem Blick an. »Ich bin nicht im Dienst.«

Rufus nickte ernst. »Bis vor zehn Minuten noch nicht.«

»Ach, das kann nicht sein.« Portia setzte sich im moosdurchsetzten Gras auf. »So lange kann ich nicht geschlafen haben.« Sie kämpfte sich auf die Beine, indem sie sich am Baumstamm hochzog, auf dessen verzweigten Wurzeln sie so friedlich geschlummert hatte.

Juno kam munter bellend das Ufer entlang auf sie zugesprungen, ließ einen Stock vor Rufus' Füßen fallen und setzte sich auf die Hinterbeine, mit hechelnder Zunge und herausforderndem Blick. Rufus bückte sich nach dem Stock und schleuderte ihn weit von sich. Der Hund raste begeistert kläffend davon.

»Ich weiß nicht, warum ich einschlief. Ich wollte mich nur für ein paar Minuten hinsetzen«, murmelte Portia, die ihr Koller ausklopfte und Zweige und Moosteilchen von ihren Breeches streifte. Es passierte ihr neuerdings häufig, daß sie von einem unüberwindlichen Schlafbedürfnis überfallen wurde und sie einnickte, wo immer sie saß. »Jetzt wird George mir grollen und mich vorwurfsvoll ansehen.«

»Nein, wird er nicht. Zufällig löst dich ein anderer ab.« Rufus, der sich ins Gras setzte und sich an den Baum lehnte, deutete einladend auf das Moos neben sich.

Portia zögerte, der Aufforderung nachzukommen. »Warum?« fragte sie mit gerunzelter Stirn.

»Für dich habe ich eine wichtigere Aufgabe als Wache schieben.« Aufblickend beschattete er die Augen gegen die warme Maisonne.

Portia schaute um sich. In ihren Augen flammte es sinnlich auf, sie benetzte ihre Lippen. »Hier? Ist das nicht zu öffentlich?«

»Das hatte ich ausnahmsweise nicht im Sinn, du unersättliches Frauenzimmer«, erklärte er lachend. »Komm, setz dich, ich muß dir etwas sagen.«

Portia betrachtete ihn nachdenklich. Sie spürte eine gewisse Erregung an ihm. Rufus zwang sich zwar, seine gleichmütige Miene beizubehalten, der Farbton seiner Augen aber gemahnte an blitzgeladene Sommergewitter, und als er sich mit scheinbarer Lässigkeit an den Baumstamm lehnte, tat er es mit mühsam beherrschter Spannung.

»Was gibt es?« Sie ließ sich neben ihm nieder.

»Aus Oxford kam ein Bote.« Er hob sein Gesicht mit geschlossenen Augen der Sonne entgegen, während ein unmerkliches Lächeln seinen Mund umspielte.

»Vom König? Nein, Juno, trag es wieder fort. Es ist ganz angesabbert.« Portia griff nach dem Stöckchen, das der Hund ihr in den Schoß gelegt hatte und ließ es angeekelt ins Gras fallen.

»Vom König«, bestätigte er noch immer lächelnd und ohne die Augen zu öffnen.

»Soll ich raten? Hier, Juno, nimm das da!« Sie schleuderte einen Tannenzapfen, und der Hund jagte wie ein abgeschossener Pfeil hinterher.

»Nein, und wenn du aufhörst, mit dem Köter zu spielen, und mir deine Aufmerksamkeit ungeteilt schenkst, erzähle ich dir alles.«

»Ach, entschuldige.« Sie beugte sich zur Seite und gab ihm einen reuigen Kuß auf den Mundwinkel. »Ich bin ganz Ohr.«

»In seiner unendlichen Weisheit erkennt der König die Dienste seines loyalen Untertanen an, indem er dem Haus Rothbury vollen Pardon gewährt und ihm seine angestammten Besitzungen samt allen Einkünften wieder überträgt.« Er schlug die Augen auf, und Portia las darin jubilierende Freude, unaussprechliche Genugtuung und etwas, das ihr einen Schauer über den Rücken jagte – jenen Triumph, den der Sieger nach der vollständigen Demütigung des Feindes erlebt, wenn er dem am Boden Liegenden den Fuß auf den Nacken stellt.

Juno kam wieder, knurrend und den Zapfen schüttelnd, doch sie spürte, daß da etwas in der Luft lag. Deshalb spuckte sie Portia nur den Zapfen vor die Füße und plazierte sich vorsichtig an ihre Seite, nicht ohne sie aufmerksamst im Blick zu behalten.

»Das ist nicht alles«, stellte Portia fest. »Was noch?«

»Ich bekam Befehl, Castle Granville zu belagern«, fuhr Rufus fort. »Nach unserer Niederlage im April ist die Rebellenarmee im Norden uns zahlenmäßig weit überlegen. Wenn wir aber Granville ausschalten und ihn daran hindern, seine Miliz in den Sommerfeldzug zu schicken, steigen unsere Chancen beträchtlich.« Seine Hand glitt unwillkürlich zum Schwertgürtel, und seine Finger umspielten den schlichten Griff seines großen, geschwungenen Schwertes.

»Und wer wäre geeigneter für die Aufgabe, den Marquis und seine Festung in die Knie zu zwingen, als sein Nachbar und erbitterter Feind, der Earl of Rothbury, des Königs ergebenster Untertan?«

Der Schauer des Unbehagens steigerte sich. Seine triumphierenden Worte waren ätzend, und Portia dämmerte, daß Rufus Decaturs Königstreue sich nicht auf Prinzipien gründete und er in diesem Konflikt nur zu seinem eigenen Vorteil Stellung bezogen hatte. Sie wußte, daß dies auf Cato nicht zutraf. Dieser hatte sich aus Überzeugung für die Sache des Parlaments entschieden. Machte dies aus Cato einen besseren, einen ehrenhafteren Menschen?

Es war eine Frage, auf die Portia keine Antwort wollte. Sie wußte, daß die Armeen des Königs nach der schweren Niederlage bei Selby im April in große Bedrängnis geraten waren. Daß man jetzt bestrebt war, Cato und seine Streitmacht auszuschalten, war der logische nächste Schritt. »Wann soll die Belagerung beginnen?«

»Wir brechen mit der Nacht auf.« Er stand in einer einzigen geschmeidigen Bewegung auf und reichte Portia die Hand, um sie hochzuziehen. »Wenn Cato am Morgen erwacht, werden wir schon vor den Toren seiner Burg in Stellung liegen. Geh jetzt und packe deine Sachen.«

»Ich soll mitkommen?«

Er kniff die Augen zusammen, deren Farbe sich zu Mitternachtsblau verdunkelte. »Du gehörst unserer Truppe an. Jeder fähige Decatur-Kämpfer nimmt an der Belagerung teil. Sie wird sich hinziehen und eintönig verlaufen, doch habe ich die Absicht, Cato vor Ende des Sommers in die Knie zu zwingen, wenn nötig, mit allen Mitteln.« Sein Blick tastete ihr Gesicht ab. »Fällt es dir schwer, Portia?« fragte er leise.

Sie wußte, daß ihm ihr unmerkliches Zögern nicht entging. »Nein«, sagte sie und schüttelte den Kopf.

Er fuhr fort, sie zu mustern, so eindringlich, als könne er ihre Gedanken lesen, und sagte dann: »Ich nehme an, daß Granville sich auf eine Belagerung gut vorbereitet hat. Ist meine Annahme richtig?«

»Ja«, sagte sie leise. »Er hat große Getreidevorräte angelegt, seine Gewölbe sind bis oben angefüllt. Ich sah, wie alle nötigen Vorkehrungen getroffen wurden.«

Rufus' Miene blieb unverändert. »Aber etwas hat er nicht in unbegrenztem Maße. Etwas, ohne das er und seine Leute nicht leben können. Weißt du, was es ist, Portia?«

Sie überlegte. Ihr Eindruck von Castle Granville war der eines uneinnehmbaren Bollwerks unter fähiger Führung. Nichts blieb dem Zufall überlassen. Sie schüttelte den Kopf. »Nein.«

Er lächelte, doch war an diesem Lächeln ohne Wärme und Humor nichts Anziehendes. »Du wirst es früh genug erfahren.« Mit einem knappen Nicken entfernte er sich.

In der Leere, die sein Weggang hinterließ, wurde Portia der allgemeinen Bewegung und Erregung überdeutlich gewahr. Männer rannten unter lauten Zurufen durcheinander, es wurde zum Appell getrommelt, Trompetenstöße von allen Wachttürmen riefen die Abwesenden. Die Zeit der kleinen Scharmützel war vorüber. Den Männern von Decatur stand der erste richtige Kampf bevor.

Was soll aus den Unschuldigen in der Festung werden? Aus Olivia und Phoebe? Aus den Babys? Und aus Diana? Was hatten sie getan, daß man gegen sie Krieg führte und sie Hunger und Not aussetzte? Daß der Feind vor ihren Toren lagerte und sie Angriffe von Rammböcken und Kanonen sowie ununterbrochenen Beschuß über die Mauern hinweg ertragen mußten und sich gegen Schrecken und Nöte einer Belagerung nicht zur Wehr setzen konnten?

Portia empfand keine Erregung, nur Niedergeschlagenheit. Sie mußte daran teilnehmen, wenn sie Rufus die Treue halten wollte. Und doch wollte sie nichts damit zu schaffen haben. Was war dieses Geheimnis, das er für sich behalten hatte, und das dem Belagerer die Tore von Castle Granville öffnen sollte?

Als sie zurück zum Haus ging, ließ ihr Schritt den gewohnten Elan vermissen. Juno machte dies im Übermaß wett, indem sie ihr munter vorauslief und dauernd kopfüber in Kaninchenlöchern verschwand, nach Düften schnuppernd und mit dem Schweif wedelnd.

Im Haus war es still, das Feuer brannte niedrig, da es im warmen Frühling nur zum Wärmen von Wasser gebraucht wurde. Portia ging hinauf, um ihre Sachen zu packen. Auf dem Bett ausgebreitet, nahmen sich ihre spärlichen Habseligkeiten wahrhaft mitleiderregend aus. Wäsche zum Wechseln, Strümpfe, ihr Lederkoller, zwei Leinenhemden. Gedankenversunken ging sie daran, die Leinentücher zu falten, die sie während ihrer Monatsblutung benutzte, und legte sie auf das Häufchen. Plötzlich hielt sie inne. Sie stand da und blickte auf das Bett hinunter.

Diesen Monat mußte sie sich verspätet haben. Seit wann? Sie überlegte und versuchte, sich zu erinnern. Auf ihre monatliche Unpäßlichkeit hatte sie nie viel geachtet. Sie kam, wenn sie kam, und stets war sie ihr lästig. Über ihre Körperfunktionen wußte sie sehr wenig, da sie während des Heranwachsens kaum weibliche Vertraute gehabt hatte und keine davon Mutterstelle bei ihr vertrat. Bei ihrer ersten Blutung war sie in Tränen zu Jack gelaufen, überzeugt, eine schreckliche Wunde hätte sich in ihrem Körper geöffnet.

Wie immer betrunken, hatte er sich jedoch so weit zusammengerissen, daß er ihr sagen konnte, es handle sich um eine Sache, die Frauen eben hätten und sie sich damit abfinden mußte. Am nächsten Tag hatte er sie zur Madame seines bevorzugten Bordells in Glasgow mitgenommen, und die Frau hatte das verstörte Mädchen über die Tatsachen des Lebens mehr schlecht als recht aufgeklärt. Seither hatte Portia es geschafft, mit diesen Dingen zurechtzukommen, ohne ihnen allzuviel Aufmerksamkeit zu schenken.

Doch der Mangel an Aufmerksamkeit hatte seine Nachteile. Sie strich mit den Händen über ihren Leib. Er war unverändert. Wann würde er sich anders anfühlen, wenn sie empfangen hatte? Sie fühlte sich völlig normal. Wäre etwas so Schwerwiegendes wie eine Empfängnis eingetreten, hätte ihr etwas auffallen müssen.

Unten flog die Tür auf und wurde zugeknallt. »Portia ... Portia ... Portia!« Die aufgeregten Rufe der kleinen Jungen vertrieben mit einem Schlag alle beunruhigenden Gedanken.

»Was ist?« Sie eilte hinunter.

»Wir müssen unsere Sachen zusammensuchen, weil ...«

»Ja, und ich möchte meine Soldaten mitnehmen«, krähte Luke, seinem Bruder ins Wort fallend. »Nur kann ich sie nicht finden. Ich muß sie bei Silas gelassen haben, er hat sie aber nicht.« Eifrig machte er sich daran, Bettzeug auf den Boden zu werfen und es zu durchsuchen.

Juno, die mit den Kindern hereingekommen war, beteiligte sich mit aufgeregtem Japsen an der Jagd. Toby, der auf den Zehenspitzen hüpfend eine hölzerne Trompete von einem Bord über seinem Bett holen wollte, bekam das Ende des Brettes zu fassen und riß es herunter, worauf es Spielzeug und hölzerne Puzzle-Teile auf ihn niederhagelte.

»Was zum Teufel geht hier vor?« Rufus' laute Frage, die einem Gebrüll sehr nahekam, durchschnitt den Aufruhr. »Hier geht es zu wie im Irrenhaus.«

»Sie glauben, daß sie mitkommen«, sagte Portia. »Das stimmt doch nicht, oder?«

»Ich kann sie nicht zurücklassen. Es ist niemand da, der sich um sie kümmern könnte«, sagte Rufus, das Getöse übertönend. *»Ruhe!«*

Seiner gebrüllten Aufforderung folgte augenblicklich Stille. Ohne eine Spur von Erschrecken hielten die Kinder inne und schauten ihren Vater fragend an.

»Du kannst die Kinder nicht zu einer Belagerung mitnehmen«, widersprach Portia. »Das wäre zu gefährlich.«

Rufus fuhr sich zerstreut durchs Haar. »Jeder fähige Mann kommt mit. Du willst mir doch nicht raten, ich solle sie in der Obhut der Kranken und Siechen zurücklassen?«

Ein absurder Gedanke. »Nein, natürlich nicht. Aber es muß jemanden anderen geben. Was ist mit den Frauen in Miss Beldams Haus?«

»Ich werde die Kinder doch nicht in einem Bordell unterbringen.«

»Es ist nicht unpassender als ein Militärlager«, wandte Portia ein.

»Was ist ein Bordell?« fragte Toby.

»Ein Haus, in dem nur Frauen wohnen«, antwortete Portia.

»Dort wollen wir nicht hin«, äußerte Luke angewidert.

»Nein, dorthin nicht«, stimmte Toby naserümpfend zu. »Ich muß jetzt meine Soldaten suchen!« Mit frischer Kraft stürzte er sich wieder in die Suche.

Rufus stand mit ungehaltener Miene da, als der Lärmpegel wieder anstieg. »Sie müssen mit«, sagte er schließlich. »Es ist ja nicht so, als ob uns eine offene Schlacht bevorstünde.«

»Es ist deine Entscheidung.« Portia ging zur Treppe. »Du bist ihr Vater.«

»Aber ich weiß deine Meinung zu schätzen.« Rufus folgte ihr und ließ den Lärm hinter sich.

»Dann erkläre mir folgendes: Du bist jetzt der Earl of Rothbury und kein Geächteter und Wegelagerer mehr. Du erhältst deine Güter zurück. Du wirst dein Haus wieder aufbauen und die dir gebührende Position in der Gesellschaft einnehmen. Wie sollen sich deine Söhne in diese Ordnung einfügen?«

Rufus wurde klar, daß er im Verlauf seiner sorgfältigen, eiskalten Planung und nun in der Hochstimmung des Triumphes diesen Fragen keine Beachtung geschenkt hatte, so wie er sich auch nicht überlegt hatte, wie er selbst in diese Gesellschaft passen würde. Er hatte sie mit acht Jahren verlassen, ihre Sitten und Gepflogenheiten waren ihm fremd geworden.

»Ich weiß nicht«, antwortete er ehrlich. »Soweit voraus habe ich nicht gedacht.« Mit einer Aufwallung von Abwehr und Ungeduld setzte er hinzu: »Portia, ich weiß es erst seit heute morgen. Und wir stecken mitten in einem Krieg. Ich habe andere Dinge im Kopf.«

»Ja, natürlich.« Portia wandte sich wieder ihren Sachen auf dem Bett zu. »Ich werde dafür sorgen, daß unsere und die Sachen der Kinder gepackt werden. Sicher wirst du anderswo gebraucht.«

Rufus zögerte, überrascht von ihrem Ton. Er hatte das Gefühl, daß etwas unausgesprochen blieb, daß Portia auf irgend etwas hinauswollte und es ihm entgangen war. »Ich sehe wirklich keine andere Möglichkeit, als die Kinder mitzunehmen«, sagte er, den Ausgangspunkt der Debatte aufgreifend.

»Nein, vermutlich nicht«, sagte Portia. »So genau bedachte ich das nicht. Außerdem wird sich für sie nicht viel ändern.«

»Nur, daß sie in einem Zelt hausen werden.«

»Nun, das dürfte ihnen zusagen.« Sie warf ihm ein Lächeln über die Schulter zu, während sie dasselbe Hemd immer wieder zusammenlegte und ausbreitete. »Am besten, du machst dich wieder an deine Arbeit.«

»Ja ...« Nach kurzem Zögern eilte er mit einem ratlosen Achselzucken hinaus, von den Stimmen seiner Söhne bis vor die Tür verfolgt.

Portia saß auf dem Bett und hielt das Hemd selbstvergessen in Händen. Ihr wurde klar, daß es ihr bei ihrer Frage um sich selbst gegangen war. Welchen Platz würde es für sie im wiederhergestellten Hausstand des Earl of Rothbury geben? Sie gehörte ins Armeelager, ins Leben des Geächteten genauso wie Toby und Luke. Und was, wenn sie ein Kind unter dem Herzen trug? Einen weiteren illegitimen Sproß Rufus Decaturs ...

»Portia ... Portia ... wir brauchen dich!« Lukes Kopf tauchte am oberen Treppenende auf, seine Augen, denen seines Vaters so ähnlich, funkelten vor Erregung. »Ich kann mein grünes Hemd nicht finden. Es ist mein liebstes.«

Das Hemd war als Folge einer intensiven Begegnung mit einem Dornbusch in Fetzen. Rufus, dem es zufällig aufgefallen war, hatte es in der Hoffnung versteckt, es würde, unsichtbar geworden, in Vergessenheit geraten. Eine Woche lang hatte es geklappt. Aber jetzt nicht mehr.

Portia stand auf und ermahnte sich energisch, unabsehbarer Umstände wegen nicht ins Grübeln zu verfallen, da es sinnlos und kraftraubend war. Es gab genügend praktische Dinge, die ihre unmittelbare Aufmerksamkeit erforderten. »Ich will sehen, ob es sich findet, Luke.«

Es war dunkel, als das Gros der Kavalkade die Wachtfeuer des Lagers passierte. Portia ritt neben Rufus an der Spitze. Juno saß aufrecht und gespannt unter ihrem Mantel im Sattel. Luke und Toby waren auf einem Karren mit Will und der Feldküche vorausgefahren, einen Packzug von Maultieren im Gefolge.

Auch nach fünf Monaten, die Portia in der Decatur-Festung verbracht hatte, konnte sie über die Geschwindigkeit und Effizienz, mit der diese große Operation in Gang gesetzt wurde, nicht genug staunen. Noch staunenswerter war jedoch die absolute Geheimhaltung, mit der alles ablief. Mit Waffen und Munition beladene Boote waren flußabwärts geglitten. Wo der Fluß das Hügelland verließ und in das Tal am Fuß von Castle Granville eintrat, waren sie mitten in dunkelster Nacht in Empfang genommen worden und ihre Fracht auf Bauernkarren verladen worden, die nun über Feldwege holperten, hochbeladen mit Heuballen, unter denen Geschütze versteckt waren.

Im Dorf war nur eine kleine Zahl von Bewachern zurückgeblieben. Es gab weder etwas zu stehlen noch irgend etwas, was einen Überfall gelohnt hätte. Rufus hatte seine Entscheidung damit begründet, daß aufständische Marodeure ihre Zeit nicht in einem halb verlassenen und nur von Alten und Kranken bewohnten Dorf vertun würden.

Unter den Reitern fiel kein Wort. Durchweg dunkel gekleidet, verschmolzen sie mit der mondlosen Nacht, als sie in dichter Reihe durch die einsame Gegend ritten. Und doch lag ein

Prickeln in der Luft, eine vibrierende Spannung und Vorfreude, gegen die nur Portia immun war. Um so deutlicher spürte sie die Erregung in Rufus neben sich. Er saß nicht so locker wie sonst im Sattel, sondern steif und ganz aufrecht, während sein Blick ständig von einer Seite zur anderen glitt und alles wahrnahm … die Bewegung im Gras, wenn ein Hase vorüberhoppelte, leises Knacken im Unterholz, von einem Nachttier verursacht. Eine Eule schrie, der Klageton eines Tieres durchschnitt die Stille der Nacht. Juno schmiegte sich ängstlich an Portia.

Die von Rufus gewählte Route verlief abseits menschlicher Behausungen, nur einmal ritten sie mitten durch einen abgeschiedenen Weiler mit verriegelten Häusern und achteten darauf, daß die Pferde auf den Grasstreifen neben der geschotterten Dorfstraße gingen.

Portia fand es unheimlich, durch das schlafende Dorf zu reiten, den Hufschlag vom Gras gedämpft, das todbringende Blitzen von Schwert, Dolch und Pistole unter dunklen Mänteln verborgen. Die Bewohner würden erwachen, ohne zu ahnen, daß ein ganzes Kriegsheer durch ihre Ansiedlung gezogen war.

Um zwei Uhr morgens erreichten sie den bewaldeten Hügelzug, der Castle Granville gegenüberlag. Von Bäumen gedeckt, saßen sie ab, banden ihre Pferde fest und verzehrten den Proviant aus den Satteltaschen. Lederne Weinflaschen machten die Runde, lautlos, damit auf der anderen Seite des Tales die Posten auf den Wehrmauern von Castle Granville nicht aufmerksam wurden.

Portia, die an einem dick mit Butter bestrichenen Hafermehlgebäck knabberte, ging an den Waldsaum und blickte zur Festung hinüber, die sich grau-weiß von der Dunkelheit abhob. Rufus wollte vor Tagesanbruch vorrücken und seine Truppen unbemerkt von den Wachtposten um die gesamte Länge der Mauern in Stellung bringen. Hatten die Belagerer erst die Anlage umzingelt, war die Burg abgedichtet wie ein Faß.

Sie drehte sich um, als sie die Schritte auf dem moosigen Boden hinter sich eher ahnte als hörte. Rufus trat neben sie. Er legte eine Hand auf ihre Schulter und hielt ihr eine Flasche Wein an die Lippen.

Sie kostete den herben Rotwein mit Genuß, lehnte aber einen zweiten Schluck ab. »Was wirst du tun, wenn Cato einen Ausfall wagt und den Kampf aufnimmt?« Ihre im Flüsterton gesprochenen Worte fügten sich in die belebte Stille um sie herum ein.

»Das wird er nicht«, erwiderte Rufus mit einer Andeutung von Genugtuung in seinem Blick. Er gönnte sich einen tiefen Schluck. »Seine Verluste wären zu hoch, da er die Zugbrücke senken müßte und wir sie an unserem Ende blockieren würden.«

»Ja, natürlich. Aber reicht deine Truppenstärke aus?«

»Eine Abteilung von Prince Ruperts Infanterie wird mittags zu uns stoßen, Infanterie und Ingenieure mit Erfahrung in Belagerungstechnik. Granville und seine Truppen können nicht heraus.«

Aus dem Nichts kam ihr das Bild der Geheimtür unter der Zugbrücke in den Sinn. Sie vermeinte die Umrisse im Stein an ihrer Hand zu spüren, konnte den niedrigen, schmalen Tunnel vor sich sehen, der sich durch die Gewölbe wand, über die Steintreppe hinauf in den Küchentrakt.

Als sie Rufus von dem Gespräch zwischen Cato und Giles berichtete, hatte sie die Tür nicht erwähnt. Ihr einziger Gedanke war es damals, Rufus vor der Falle zu warnen. Alles andere war in den Nebeln ihrer Erschöpfung untergegangen.

Sollte sie es ihm jetzt sagen? Aber eine ganze Truppe konnte durch die Tür nicht hinaus, und wer sich hinauswagte, würde innerhalb des Lagers der Belagerer herauskommen. Mochte ein einzelner den scharfen Augen der Posten noch entgehen, würde dies einer Gruppe nicht gelingen.

Es war nicht nötig, daß Rufus von der Existenz der Tür erfuhr. Wenn Cato sie nicht benutzen konnte, um der Belagerung zu entkommen, brauchte Rufus nichts davon zu wissen. Sie konnte die Tür getrost vergessen.

Wenn Rufus aber vom Vorhandensein der Tür Kenntnis hätte, konnte er sich Einlaß in die Festung verschaffen.

Ihre Magengrube revoltierte, und ihre Haut prickelte, als wäre sie durch ein Nesselbeet gegangen. Wenn sie wirklich vorbehaltlos auf Rufus' Seite stand, würde sie ihm doch verraten, was ihm einen Vorteil verschaffen konnte. Oder nicht?

»Rufus?« Wills Stimme drang aus der Dunkelheit, und Rufus wandte sich von Portia ab. Sie atmete tief durch. Der Moment war verpaßt ... jetzt jedenfalls.

»Alles fertig, Will?« Rufus fragte es im Vorgefühl des Kampfes voller Ungeduld.

»Jawohl.« Will trat zu ihnen.

Er hatte die Kavalkade nicht begleitet, und Portia sah nun, daß sein Gesicht mit Schmutz geschwärzt war und seine Zähne weiß darin aufblitzten, als er grinste. Sie sah seine Erregung, glaubte zu spüren, wie sie in Wellen von ihm ausging. »Alles ist bereit. Noch ehe eine Woche um ist, werden sie ohne Wasser sein.«

»Gut gemacht!« Rufus schlug ihm auf die Schulter. »Du hast einen Mann auf dem Damm postiert?«

»Ja.« Wieder grinste Will.

»Was heißt das?« Portia legte eine Hand auf Rufus' Arm. »Auf welchem Damm?«

»Ach, ich erwähnte doch, ich hätte eine kleine Überraschung für Cato auf Lager.« Rufus ließ das Lächeln sehen, das Portia nicht ausstehen konnte. »Die Wasserversorgung ist der einzige Schwachpunkt von Castle Granville. Der Brunnen wird von einem Bach in den Hügeln hinter uns gespeist. Errichtet man einen Staudamm, versiegt der Brunnen.« Seine geöffneten Handflächen deuteten an, wie einfach das war. »Wenn Cato entdeckt, daß ihm das Wasser ausgeht, wird er springen.«

Portia wußte, daß sie die Taktik nicht mißbilligen konnte, wenn sie nicht die Belagerung selbst mißbilligte. Es war im Interesse aller, daß sie möglichst rasch beendet wurde. Aber sie haßte den Triumph, den Rufus zeigte, seine prahlerische Genugtuung. Die Niederlage Colonel Neaths hatte er nicht so ausgekostet, im Gegenteil, er hatte den Colonel und seine Leute respektvoll, wenn nicht gar freundschaftlich behandelt. Aber Colonel Neath war ein gewöhnlicher Gegner. Cato war es nicht.

Nun wußte sie, daß sie niemandem etwas von dem Geheimgang in die Festung verraten würde.

Die Gestalten kamen aus dem Dunkel und schwärmten aus, die Anhöhe hinauf. Sie kamen mit Musketenfeuer, Trommelwirbel, Dudelsackklängen und flammenden Fackeln. Die Posten auf den Wehrgängen von Castle Granville waren momentan vor Entsetzen über das Unerwartete wie erstarrt. Die Nacht war ruhig verlaufen. Die Wachen hatten die Wehrmauern abgeschritten, die Turmwächter hatten Karten gespielt und gewürfelt. Nur die üblichen Nachtgeräusche hatten den Frieden gestört. Und nun rückten in der noch nächtlich dunklen Stunde vor Tagesanbruch bewaffnete Horden unter lautem Kriegsgeschrei gegen sie vor.

Feuer knisterte auf dem schmalen Vorsprung jenseits des Grabens am Fuß der Festung; Rauch stieg erstickend in trangeschwängerten Schwaden auf. Irgendwie, irgendwann in der Nacht waren die Holzstöße unter den Augen der Wachtmannschaft errichtet worden. Irgendwie hatten die Angreifer das Brennholz über den Graben geschafft und es an den Mauern aufgeschichtet. Nun schossen die brennenden Fackeln in Bögen durch die Nacht und fielen auf trockenes Reisig. Der üble Geruch von brennendem Pech und Talg zog an den Mauern hinauf, der Lärm der Angriffstruppen wurde lauter und wilder. Der Gegner sollte gedemütigt und in Angst und Schrecken versetzt werden.

Cato wurde aus dem ersten tiefen Schlaf seit Wochen gerissen. Diana schoß im Bett auf. »Was ist das? Was bedeutet der Lärm?«

Ohne ihr zu antworten, stieg Cato hastig in seine Breeches und lief barfuß und ohne Hemd aus dem Gemach. Giles Crampton kam ihm schon auf dem Korridor entgegengelaufen.

»Eine Belagerung, Mylord. Sie haben die Mauern umzingelt, den Graben überbrückt. Wir haben sie nicht gesehen und nichts gehört. Bei Gott und allen Heiligen, Sir, ich schwöre, daß sie wie Gespenster gekommen sein müssen.« Er rang die Hände vor Verzweiflung, aber Cato, der ihm kaum zuhörte, blieb stumm.

Er stürzte hinaus auf den Mauerkranz und lief ungeachtet der spitzen Steine unter seinen bloßen Füßen zum Wachtturm über der Zugbrücke. »Heilige Muttergottes!« Sein Blick zuckte über Rauch und Flammen hinweg zu den Reihen der Bewaffneten, die sich auf der anderen Seite des Grabens drängten. Er hustete, als der schmutzige, ölige Rauch in seine Lungen drang. Das Feuer konnte keinen Schaden anrichten, da brennendes Reisig und Pech den Mauern nichts anhaben konnten, doch nahm der Qualm einem die Sicht. Dies war auch für die Belagerer ein Nachteil, da sie nicht präzise zielen konnten.

Er befahl den Rückzug von den Wehrmauern. Jetzt galt es, im äußeren Hof anzutreten, um eine Bestandsaufnahme vorzunehmen. Da erschien Diana auf den Stufen des Wohntraktes. Sie hatte einen Mantel über ihr Nachtgewand geworfen und schien außer sich vor Angst.

»Mylord, was gibt es? Werden wir angegriffen?«

Er unterdrückte das Verlangen, sie fortzuschicken. Natürlich fürchtete sie sich und verdiente eine Antwort.

»Es sieht aus, als würden wir belagert, Madam«, sagte er in unbesorgtem Ton, als er die Stufen hinauf auf sie zuging. »Aber es besteht kein Grund zur Panik. Wir sind gut gerüstet und können uns monatelang versorgen. Keller und Speicher sind gefüllt. Und Fairfax wird uns zu Hilfe eilen. Er wird den Belagerungsring in kürzester Zeit sprengen.«

Einen Arm um ihre schmalen Schultern legend, schob er sie

vor sich ins Innere. »Ich muß mich ankleiden. Es liegt nun an dir, das Gesinde zu beruhigen – und die Mädchen. Ich gehe davon aus, daß absolut kein Grund zur Beunruhigung vorliegt.«

Als er Diana losließ und forteilte, starrte sie fassungslos vor sich hin, zum erstenmal im Leben völlig ratlos. Geschrei und Musketenfeuer waren unvermindert laut. Sie hielt sich die Ohren zu, um nichts hören zu müssen.

»Diana, was ist passiert?« Phoebe kam auf sie zugeeilt, ihr auf den Fersen Olivia. »Was ist? Ein Gefecht?«

Diana schüttelte den Kopf, die Hände noch an den Ohren, als sie totenbleich an ihnen vorüberstolperte. Beide sahen ihr verblüfft nach.

»O Gott, so elend habe ich Diana noch nie gesehen«, bemerkte Phoebe verwundert. »Daß ich das erlebe«, setzte sie grienend hinzu.

»Komm!« Olivia zupfte ungeduldig an Phoebes Ärmel. »Auf die Wehrgänge. Wir wollen sehen, was sich tut.« Sie zog Phoebe zur Tür und lief los.

Sie erreichten die äußere Mauer, als der Himmel sich erhellte und rosige und orangegelbe Streifen den Horizont färbten. Männer stürzten aus ihren Unterkünften und drängten sich mit Musketen und Schwertern auf dem Hof. Olivia wich dem Gedränge aus, indem sie sich mit Phoebe an dem Rand des Hofes hielt, bis sie die schmale in die Mauer eingelassene Treppe erreichten. Olivia rannte zum Wehrgang hinauf, um oben keuchend innezuhalten.

»Grauenhaft!« japste Phoebe, die an die Brustwehr trat und hinausspähte. »Sieh diese vielen Soldaten, Olivia. Tausende.« Es war eine Übertreibung, doch im gespenstischen Licht des raucherfüllten Morgengrauens erschienen ihr die Gestalten vervielfacht.

»Sie greifen die Burg an«, stellte Olivia mit einem Anflug von Erregung fest, die ihre Angst überlagerte. »Genau wie Portia es voraussagte.«

»Was konnte Portia denn davon wissen?« Phoebes Neugierde erwachte sofort.

»Portia weiß alles«, gab Olivia zur Antwort.

»Das bezweifle ich«, wandte die realistischere Phoebe ein. »Auch wenn sie auf seiten der Royalisten steht, kann sie nicht alles wissen.«

»Aber sehr viel«, widersprach Olivia, und Phoebe beließ es dabei.

»Unter welchem Banner stehen die Truppen?« Phoebe beugte sich mit tränenden Augen über die Brustwehr. »Ist es das Banner des Königs? Ja, ich glaube schon, aber daneben weht noch eines, ein Adler, wie mir scheint. Azurblau auf goldenem Feld.«

»Decatur!«

Die Mädchen fuhren herum. Hinter ihnen stand Cato mit wutverzerrter Miene. Seine Gelassenheit war von ihm abgefallen. Vor seinen Toren stand sein Todfeind. Und dieser Feind war nicht König Charles.

Die Fanfare eines Herolds durchdrang die ziehenden Rauchschwaden. Es tagte, die Feuer waren fast niedergebrannt. Rufus Decatur ritt auf seinem Fuchs an den Rand des Grabens bis zu der Stelle, wo die Zugbrücke auftraf, wenn man sie senkte.

Er saß da, die Standarte derer von Rothbury vor sich in der Halterung seines Sattels. Er gab dem Herold ein Zeichen.

Catos Herold antwortete unverzüglich, der Marquis of Granville trat an den Rand der Brustwehr. Die Regeln des Krieges und der Unterhandlungen gewährleisteten seine Sicherheit.

Rufus erhob sich in seinen Steigbügeln und ließ seine Stimme durch die morgendliche Stille ertönen: »Mylord Granville, ich komme im Namen Seiner Allerhöchsten Majestät König Charles und fordere Euch auf, die Waffen niederzulegen, der Rebellion zu entsagen und Eure Person und Eure Festung der Gnade Seiner Majestät zu überantworten.«

Als Cato antwortete, war sein Ton so kräftig wie der seines Feindes und seine Worte ebenso förmlich. »Im Namen des Parlamentes trete ich für die Sache des Volkes ein. Castle Granville wird sich nicht ergeben.«

Als er zurücktrat, herrschte absolute Stille. Phoebe hatte den Eindruck, daß niemand wußte, was nun als nächstes zu tun war. Dann hörte sie Catos barschen Befehl: »Ihr zwei habt hier nichts zu suchen. Verschwindet hinein und bleibt dort.«

Sie gehorchten, ohne zu zögern.

In der Stille, die der Kampfansage folgte, wurde Portia in den hinteren Reihen der Belagerer von einer Woge der Übelkeit übermannt, gegen die sie sich zunächst heftig wehrte. Schließlich mußte sie sich geschlagen geben und ließ sich aus dem Sattel gleiten, um sich hinter einen Busch zu schleppen und sich jämmerlich zu übergeben.

20

»Portia, hast du etwas Schlechtes gegessen?« Luke fragte es besorgt und legte der gebückt im Gebüsch kauernden Portia seine Hand auf den Rücken.

»Vermutlich.« Portia richtete sich ein wenig auf und wischte sich mit dem Taschentuch über den Mund.

»Sicher waren es Stachelbeeren«, sagte Toby altklug. Er hockte sich vor sie hin, um sie mit schräggelegtem Kopf zu betrachten. Seinem letzten Anfall von Übelkeit war die ausgedehnte Plünderung eines Stachelbeerstrauches vorausgegangen.

Portia hoffte, ihr mattes Lächeln würde die Jungen beruhigen. Bislang war es ihr geglückt, diese gräßlichen morgendlichen Anfälle von Übelkeit zu verbergen. Sie wollte nicht, daß die Kinder zu Rufus rannten und ihm davon erzählten. »Jetzt ist es vorüber, und es geht mir besser«, sagte sie. »Habt ihr schon gefrühstückt?« Der Gedanke an Essen brachte ihren Magen erneut in Aufruhr.

»Bill hat weiche Eier für uns gemacht«, sagte Luke. »Geht es dir wirklich besser?«

»Ja, wirklich.« Portia richtete sich unsicher auf und griff nach ihrem Strohhut. Er paßte zwar nicht zu ihrer Soldatenkluft, schützte aber ihre helle Haut vor der Sonne. »Wo ist Juno?«

»In einem Kaninchenloch.«

Dumme Frage. »Gehen wir ins Lager.« Sie nahm die beiden an den Händen und ging mit ihnen zurück zum Lager, das sich am Fuße der Burg zusammendrängte. Doch noch ehe sie die ersten Zelte erreichten, wurde die Aufmerksamkeit der Jungen von einem Soldaten gefesselt, der die gebrochene Achse eines Karrens reparierte. Sie schossen davon, um ihre Hilfe anzubieten, so daß Portia allein weiterging.

In den zwei Wochen, seitdem sie hier lagen, hatten Belagerungstechniker über den Graben Brücken geschlagen, die so fest waren, daß sie das Gewicht der Feldschlangen aushielten. Dumpfer Geschützdonner war bei Tagesanbruch und Sonnenuntergang zum Ritual geworden. Die Festungsmauern hatten bislang dem Beschuß ohne größere Beschädigungen widerstanden, wiesen aber doch Spuren der ständigen Angriffe auf.

Auf den Pfeilregen, der sich über die Mauern hinweg ergoß, reagierten die Verteidiger mit Gegenbeschuß, planlos freilich und ohne viel Schaden anzurichten. Es war viel zu riskant, sich über dem Rand der Brustwehr zu zeigen und sorgfältig zu zielen. Die ölgeschwängerten Feuer wurden im Schutz der Dunkelheit entzündet und machten die Luft erstickend für beide Seiten. Doch die Belagerer können sich wenigstens zurückziehen, dachte Portia bei sich. Für die Burgbewohner mußte die stickige Luft in der Nacht eine wahre Qual sein. Sie konnten ihr nicht entfliehen, und das Wetter machte die Sache nicht leichter. Es war heiß und gewitterschwül, ohne daß ein Gewitter Abkühlung gebracht hätte.

An diesem frühen Junimorgen aber zogen am stahlgrauen Himmel bereits Gewitterwolken auf, und die Schwüle vermehrte Portias Unwohlsein. Sie hatte Kopfschmerzen, und die ständige zermürbende Übelkeit wurde fast unerträglich und ließ sich immer weniger verbergen. Sie konnte von Glück reden, daß ihre Pflichten nicht schwer waren. Sie half beim Brückenbau und beim Anbringen der leichten Strickleitern, die sie beim Erklimmen der Mauern benutzen würden. Sie machte Wachtdienst, ging auf Patrouille um Lager und Graben und hielt ständig Ausschau nach ungewöhnlichen Bewegungen in der Festung. Und wenn sie vorüberging, wandte sie den Blick von der Geheimtür knapp oberhalb des Grabens ab.

Prince Ruperts Bataillon war wie versprochen eingetroffen, und als Portia über den zertrampelten Rasen zum Kommandozelt ging, hörte sie die Stimme des Prinzen, zuversichtlich und gutgelaunt. Er hatte kürzlich die Blockade um York durchbrechen können und strotzte vor Siegesgewißheit.

Die hohen Herren, die von der Hitze aus dem Zelt vertrieben worden waren, umstanden im Schatten einer Buche einen langen Tisch mit einer Landkarte. Der Prinz, dem sein Lockenhaar bis auf den kunstvollen Kragen aus Valenciennes-Spitze fiel, war in seinem pfauenblauen Wams mit den rotgefütterten Schlitzen prächtig anzusehen, wie er so dastand und mit einem Stab auf die Karte deutete.

»Gentlemen, wir müssen – besser gesagt, wir werden – eine Entscheidungsschlacht erzwingen. Der König fordert es.« Er wandte sein strahlendes Gesicht der Sonne entgegen und schwang seinen Stab. »Es ist der Wille des Königs, Mylords.«

Rufus studierte die Karte. Seine Miene ließ die begeisterte Zuversicht des Prinzen jedoch vermissen. Tatsächlich hatte Portia, die aus einiger Entfernung die Szene beobachtete, den Eindruck, daß ihm Widerspruch auf der Zunge lag. Seine Schulterhaltung und der Zug um seinen Mund deuteten darauf hin. Zu ihrer Verwunderung aber sagte er kein Wort und fuhr fort, stirnrunzelnd die Karte zu betrachten.

Plötzlich blickte er auf, und sie wußte, daß er ihre Nähe gespürt hatte. Mit einer Entschuldigung entfernte er sich von der Gruppe und kam auf sie zu. »Nun, meine Liebe?« Trotz seines Lächelns blieb sein Ausdruck angespannt. »Hast du heute keinen Dienst?«

»Bis Mittag«, sagte sie. »Steht Verdruß bevor?«

»Ich weiß es nicht. Der Prinz hält an seiner Überzeugung fest, daß die Armeen zu einem entscheidenden Schlag bereit sind. Ich bin da nicht so sicher.«

»Heißt das, daß die Belagerung aufgehoben wird?«

Rufus warf einen Blick auf Castle Granville. Die Banner flatterten noch immer über den Mauern, tapfer den Belagerern trotzend. »Seit Tagen haben sie kein Wasser mehr. Auch wenn sie Wasservorräte angelegt haben sollten, können diese bei fünfhundert Personen und ich weiß nicht wie vielen Pferden nicht lange reichen.«

Nun erst sah er Portia aufmerksamer an. »Wenn du den Hut in der Hand trägst, wird er dir nicht viel nützen.« Er nahm ihr den Hut aus der Hand und setzte ihn ihr auf, wobei er ihr die Krempe schräg und verwegen in die Stirn zog. »Du siehst spitz aus. Bist du krank?«

»Nein. Das macht nur die Hitze«, beeilte sie sich zu versichern. »Was soll aus Olivia und Phoebe werden, aus Diana und den Kleinen?«

»Man wird ihnen auf Wunsch sicheres Geleit gewähren. Ist es das, was dir Sorgen bereitet?«

»Ich bin in Sorge, weil sie jetzt leiden müssen«, sagte sie offen.

»Es liegt an Cato, diesem Leiden ein Ende zu bereiten«, erwiderte Rufus knapp. »Er braucht nur seine Banner einzuziehen und die Zugbrücke zu senken.«

»Und dann wirst du ihn hängen«, meinte sie darauf.

»Nein. Er wird nicht mein Gefangener sein, sondern der des Königs. Mich interessiert nur seine Kapitulation.« Er sagte es mit kalter Endgültigkeit.

Portia entgegnete nichts darauf. Ihr sommersprossiges Gesicht nahm einen entschlossenen Ausdruck an, und ihre eckigen Züge traten, vom Schatten der Hutkrempe noch betont, stärker hervor. Sie glaubte ihm nicht. Rufus nahm den Krieg zum Vorwand, um sein Mütchen zu kühlen. Besitz und Freiheit hatte er schon wiedergewonnen, nun wollte er noch Catos Leben für das seines Vaters.

Rufus ertappte sich dabei, wie er auf ihre Antwort wartete, obschon er wußte, daß sie ihm die Antwort, die er hören wollte, nicht geben wollte, nicht geben konnte. Sie sollte sagen, daß sie ihn verstünde und die Freude über seinen Triumph teile. Insgeheim aber war ihm klar, daß er von ihr nur stumme Hinnahme seiner an Besessenheit grenzenden Rachegelüste und die ebenso stumme Loyalität, die sie ihm gelobt hatte, erwarten konnte. Und er wußte, daß sie unter beidem litt.

Als das Schweigen sich in die Länge dehnte, ging er mit einer brüsken Geste zurück zu den Männern unter dem Baum und wandte Portias Schmerz und der Tatsache, daß er daran schuld war, den Rücken zu. Selbst wenn er es gewollt hätte, konnte er jetzt dem Lauf der Ereignisse nicht mehr Einhalt gebieten.

Portia schleppte sich mit bleiernen Schritten zum Kantinenzelt. Sie hatte nicht gefrühstückt und wurde nun von Hunger und Übelkeit zugleich geplagt. Ihr ganzer Körper schien nicht zu wissen, wie ihm geschah und wie er reagieren sollte. Ihre Brüste waren empfindlich, ständig schwankte sie ohne triftigen Grund zwischen Hochstimmung und tiefster Niedergeschlagenheit, zwischen Lächeln und Schroffheit. Sie fand jedenfalls, daß das Kinderkriegen längst nicht so wundervoll war, wie vielfach behauptet wurde.

Rufus hatte sie von ihrem Zustand noch immer nichts gesagt. Sie hatte die feste Absicht, war aber noch nicht bereit dazu, da sie sich über ihre eigenen Gefühle noch nicht im klaren war und außerdem Angst hatte. Angst, daß er nicht so reagieren würde, wie es für sie wünschenswert gewesen wäre. Da er schon Kinder hatte, würde es für ihn kein einschneidendes Ereignis sein. Zwar wußte sie, daß er ihr Kind nicht ablehnen würde, doch mußte sie damit rechnen, daß er sich achselzuckend damit abfinden und ihr versprechen würde, für das Kleine zu sorgen. Dabei würde er es wohl belassen. Das Kind würde der Bastard seiner Geliebten sein. Beide konnten keine Forderungen geltend machen und sich nur auf Liebe und Ehre berufen. Seiner Ehre würde er Genüge tun, aber was die Liebe betraf, so war Portia ihrer Sache nicht sicher.

Und sie brauchte mehr, viel, viel mehr als eine pflichtschuldige Reaktion. Sie ertrug den Gedanken nicht, ihr Kind so aufwachsen zu sehen, wie sie selbst aufgewachsen war, im Bewußtsein, daß man ungewollt war, nur ein lästiges Ärgernis, dem kein Platz auf der Welt zugebilligt wurde. Und die Gewißheit, daß das Bastardkind eines Bastards doppelt verflucht war, machte sie zornig und verbittert.

Sie mußte es irgend jemandem sagen. Mußte sich anvertrauen, darüber sprechen, mit ihren eigenen Gefühlen ins reine kommen. Aber außer Rufus hatte sie niemanden, der ihr zuhören würde.

»He, Mädchen, du warst zum Frühstück nicht da«, rief Bill ihr entgegen, als sie im Zelteingang zögerte. »Ich habe ein hübsches Stück fetten Speck und frische Hafermehlbrötchen.«

»Nur das Brötchen, danke«, sagte Portia und wandte hastig den Blick von der dicken weißen Fettschicht der Speckseite, die Bill aufschneiden wollte.

»Wie du willst. Ein rarer Leckerbissen.«

»Danke, heute morgen nicht. Ist Milch da?«

»Ja, im Krug dort hinten.« Er deutete mit dem Kopf auf den rückwärtigen Teil des Zeltes, wo Steinkrüge in Schüsseln mit kaltem Wasser standen.

Portia trank in tiefen Zügen direkt aus dem Krug. Die Milch war kühl und sahnig, am Morgen von der kleinen Herde im Tal gemolken. Granville-Vieh, das außerhalb der Mauern weidete.

Für die Belagerten gab es keine Milch. Sie stellte den Krug wieder hin und tauchte einen Finger in die Schüssel mit dem kalten Wasser. Wie mochte es sein, wenn man kein Wasser hatte? Wenn man es rationieren mußte und wußte, daß es kein frisches geben würde?

Selbst wenn es Cato gelungen war, Leute unbemerkt durch die Geheimtür hinauszuschleusen, konnten sie nicht ausreichend Wasser für die ganze Festung herbeischaffen. Sicher hielt er täglich mit steigender Verzweiflung nach den rettenden Verstärkungstruppen Ausschau. Aber nach ihrer Niederlage bei York hatten Fairfax und Leven alle Hände voll zu tun und konnten weder Zeit noch Truppen für Castle Granville erübrigen.

Sie trat aus dem Kantinenzelt und schlenderte hinunter an den Burggraben. Der Wasserstand war sehr niedrig, da es seit fast sechs Wochen keinen Regen mehr gegeben hatte und die Schneeschmelze längst vorüber war. Schlamm und Algen am Grund waren durch das schmutzige Wasser deutlich zu sehen. Befand sie sich erst im Wasser, würde sie so weit unterhalb des Uferniveaus sein, daß sie nur für jemanden sichtbar war, der hinunter in den Graben schaute. Und das taten die Wachtposten nicht. Sie schritten das Lager und den Graben ab und wenn sie nicht strikt geradeaus sahen, richteten sie ihre Blicke hinauf zu den Wehrgängen oder von der anderen Seite auf die Mauern. Der Rauch von den Feuern würde für zusätzliche Deckung sorgen.

Direkt gegenüber der Zugbrücke in den Graben hinunterzuklettern, war zu gefährlich, da dort die Wachen der Belagerer am dichtesten postiert waren. Auf der anderen Seite, hinter der Enteninsel, war es günstiger, da der Fackelschein vom Lager nicht so weit reichte. Sie hatte gute Chancen, unentdeckt zu bleiben, wenn sie sich beim Schwimmen dicht ans Ufer hielt. Die Geheimtür lag genau an der Stelle, wo die Stütze für die Zugbrücke über den Graben ragte. Da es dort total finster war, konnte sie sich Zeit lassen, um den Öffnungsmechanismus der Tür zu suchen.

Portia merkte wenig überrascht, daß sie sich ihren Plan ohne bewußte Entscheidung zurechtgelegt hatte. Daß sie in die Festung mußte, um mit Olivia und Phoebe zu sprechen, stand für sie unumstößlich fest. Sie mußte erfahren, wie es ihnen ging, und sie mußte ihnen ihren eigenen Zustand anvertrauen. Ihre Freundinnen hatten nichts mit diesem Krieg zu tun und noch weniger mit Rufus und Cato. Es war kein Verrat an Rufus, wenn sie nur mit ihnen sprach. Er hatte schon einmal Verständnis gezeigt und sich zu guter Letzt damit abgefunden. Diesmal war die Lage ähnlich.

Ihre Vorbereitungen traf sie ebenso kühl und überlegt, wie sie ihren Plan entwickelt hatte. Sie tauschte den Wachtdienst mit Paul, der froh war, sich vor der von Mitternacht bis vier Uhr morgens dauernden Patrouille drücken zu können. Rufus dachte sich nichts dabei, daß sie um Mitternacht Dienst machte und sich sofort nach dem Abendbrot zur Ruhe begab, während er sich noch mit Prince Rupert und dessen Offizieren unterhielt.

Als er um elf Uhr zu Bett ging, stellte Portia sich schlafend, obwohl sie viel zu aufgeregt war, um Ruhe zu finden. Er zündete die Lampe nicht an und begnügte sich mit dem schwachen Schein der Fackel, die die ganze Nacht über in einer Halterung vor der Zeltklappe brannte. Sie wußte, daß er sie in der halben Stunde, bis sie aufstehen mußte, nicht stören würde, und lag reglos auf ihrer Pritsche, wobei sie seinen Blick auf sich spürte, als er ihren Atemzügen lauschte. Erleichtert hörte sie, daß er sich entfernte und in dem kleinen, nach Gras riechenden Raum hin- und herging.

Sie sah ihn so deutlich vor sich, als hätten ihre Augen offengestanden, sah jede Geste von ihm, wußte, wann er seinen Gürtel löste, seinen Hosenbund aufknöpfte, sein Hemd mit beiden Händen und einer ungeduldigen, immer gleichen Bewegung aus dem losen Hosenbund zog. Mit geschlossenen Augen sah sie seine breite Brust vor sich, die kleinen harten Brustwarzen, das rotgoldene Haar, das sich zum Nabel im flachen Bauch und weiter hinunter hinzog. Er schob seine Breeches hinunter, ließ sie von den Beinen rutschen und bückte sich, um seine Strümpfe abzustreifen.

Die Gurte seiner Pritsche knarrten unter seinem Gewicht, und sie wußte so sicher, als ob er neben ihr gelegen hätte, daß er in seiner Unterwäsche schlief. Wenn er neben ihr gelegen hätte, wäre das anders gewesen. Ein Lächeln berührte ihre Lippen. Eine angenehme Vorstellung, daß er züchtig bekleidet schlief, wenn sie nicht verfügbar war.

Plötzlich wurden ihre Lider schwer, ihr Atem nahm den Schlafrhythmus von Rufus' tiefen, regelmäßigen Zügen auf. Der Schlaf kam, sanft und liebkosend wie Schwanendaunen.

Sie wurde wachgerüttelt. Rufus' Hand lag auf ihrer Schulter und schüttelte sie leicht. Vor dem Zelt hörte sie den Posten, der sie wecken sollte, heiser ihren Namen flüstern.

»Du hast wie tot geschlafen«, raunte Rufus. Er beugte sich über den schmalen Zwischenraum zwischen ihren Pritschen.

Portia stöhnte. Sie konnte nicht anders. Der Schock, aus dem ersten Tiefschlaf gerissen zu werden, war zu groß, und sofort rührten sich die ersten Anzeichen von Übelkeit in ihrem Magen.

»Schlaf weiter«, sagte Rufus. »Ich übernehme deine Runde.«

»Nein ... nein.« Sie setzte sich auf und schüttelte die letzten Schlafreste ab. »Nein, es ist mein Dienst. Ich gehe schon.« Sie schob die Decke von sich und setzte sich auf. Ihren Kopf hielt sie gesenkt, in der Hoffnung, der Übelkeit Herr zu werden, ehe sie sich aufrichtete.

»Portia, bist du krank?« Er fragte es scharf und gleichzeitig besorgt.

»Nein ... nein.« Vorsichtig schüttelte sie den Kopf. »Ich mag es bloß nicht, um Mitternacht geweckt zu werden.« Sie griff nach ihren Breeches am Fußende der Pritsche. Sie hatte sich total angezogen hingelegt und brauchte nur ihre bestrumpften Füße hineinzustecken und in die Stiefel zu schlüpfen.

Behutsam stand sie auf. Um sie herum drehte sich alles, und ihr Magen drehte sich mit. Sie biß sich auf die Innenseite der Wangen, bis der Schmerz ihr Tränen in die Augen trieb, als sie die Hose zuknöpfte und ihren Gürtel festschnallte. Rapier und Messer lagen bereit. Als sie in ihre Stiefel kletterte, mußte sie sich am Zeltpfosten festhalten.

Rufus lag auf einen Ellbogen gestützt da und beobachtete sie mit zusammengekniffenen Augen im Halbdunkel. Etwas stimmte nicht mit ihr. War es das mangelnde Orientierungsvermögen nach dem plötzlichen Erwachen? Am liebsten hätte er darauf bestanden, daß sie sich wieder hinlegte, doch das hätte bedeutet, daß er ihr den Respekt verweigerte, den sie forderte und den sie sich innerhalb der Truppe erworben hatte. Sie erwartete keine Rücksichtnahme, und bei den ein oder zwei Gelegenheiten, als man sie ihr anbot, hatte sie sie entrüstet zurückgewiesen.

Portia steckte ihr Rapier in die Scheide und ihr Messer in einen Stiefel. Jetzt hatte sie sich im Griff und brachte ein Lächeln zustande, als sie ihm einen Kuß zuwarf, ehe sie durch die schmale Öffnung hinausschlüpfte.

Rufus ließ sich zurücksinken und lag da, die Hände hinter dem Kopf verschränkt, hellwach, von einem tiefen Unbehagen erfüllt, das keinen ersichtlichen Grund hatte.

Portia nickte dem Mann zu, der sie geweckt hatte, und ging durch das Lager, in die Richtung, die der Festung entgegengesetzt war, zur Vorpostenlinie, wo der Mann stand, den sie ablösen sollte. Es war ein einsamer und für ihre Absicht idealer Abschnitt. Das Hauptaugenmerk aller Patrouillen galt der Festung. Daneben mußte aber auch die Außenbegrenzung des gesamten Biwaks kontrolliert werden. Dieser Abschnitt war isoliert und umfaßte das bewaldete Gelände hinter dem Lager. Hierher würde sich niemand verirren, hier kreuzten sich auch keine anderen Postenstrecken. Niemand würde merken, ob derjenige, der an dieser Stelle Dienst machte, seinen Posten eine Zeitlang verlassen hatte – es sei denn, ihr Glück ließ sie im Stich. Portia war entschlossen, es zu riskieren.

Adam empfing sie mit erleichtertem Grinsen. »Freut mich, dich zu sehen. Ich dachte, Paul würde die nächste Runde übernehmen.«

»Ich tauschte mit ihm, weil ich morgen nachmittag Zeit brauche.«

»Ach so.« Adam nickte einsichtig. »Hier war es wieder so aufregend wie im Bett einer alten Jungfer. Also, viel Vergnügen.« Er hob eine Hand zum Abschied und entfernte sich munteren Schrittes, um rasch zu seinem Ale in der Kantine zu kommen.

Portias Übelkeit war wie weggepustet. Vielleicht war Angst das beste Gegenmittel. Dreimal lief sie die Strecke ab, ohne daß sie jemanden gesichtet hätte. Bis auf gelegentliche leise Geräusche von unten aus dem Lager, dem üblichen Geraschel kleiner Waldtiere und dem Ruf eines Nachtvogels war es still. Die schmale silberne Sichel des Neumondes zeigte sich nur, wenn die Wolkendecke sich öffnete. Auch der Abendstern war ab und zu sichtbar, doch war es für eine Juninacht bemerkenswert dunkel.

Portia verschwand zwischen den Bäumen und suchte die Eiche, die sie sich am Nachmittag ausgewählt hatte. Sie griff unter das dicke Moos, das die Wurzeln deckte, und rupfte die dunkle Kappe hervor, die ihr Haar verbergen sollte. Nun zog sie Stiefel, Strümpfe und ihr weißes Hemd aus. Ohne Hemd spürte sie das dunkle Wollwams heiß und rauh auf ihrer blanken Haut, doch würde sie so in der Dunkelheit nicht zu sehen sein. Ihr Rapier fand seinen Platz bei ihren Sachen unter dem Moos. Mit einem Leinenstreifen band sie ihr Messer an ihrem Bein fest, nachdem sie die scharfe Klinge sorgsam mit mehreren Stoffschichten umwickelt hatte.

Die Früchte, die sie ebenfalls hier versteckt hatte – Äpfel und Birnen – steckte sie in ihre Taschen. Mehr konnte sie nicht mitnehmen, da Herzhafteres vom Wasser im Graben ruiniert worden wäre. Gegen Durst aber gab es ohnehin nichts Besseres als Saft und Fleisch der Früchte. Zuletzt band sie sich ein Taschentuch vor Mund und Nase. Dann schlich sie barfuß durch die Bäume, um die Festung herum, bis sie vor der Enteninsel angelangt war.

Nachdem sie vorsichtig bäuchlings den Hang hinuntergerutscht war, beobachtete sie den Posten, der seine Strecke abschritt – einen Abschnitt von zweihundert Metern. Als er drei Viertel des Rückweges hinter sich hatte und nicht in Portias Richtung blickte, rutschte sie das allerletzte Stück hinunter und ließ sich über den Rand des Grabens fallen. Nun suchte sie mit dem Fuß Halt am Ufer und fand ihn auch, so daß sie sich über der Wasseroberfläche halten konnte und sich zusätzlich an ein verkrümmtes, über ihrem Kopf aus dem Schlamm ragendes Wurzelstück klammerte.

Die Feuer schwelten an den Mauern. Ihr Taschentuch schützte sie vor dem ärgsten Rauch und würde auch ein verräterisches Husten dämpfen. Sie wartete, bis sie den Posten wieder kommen hörte. Als er abermals kehrtmachte und an ihr vorüberging, schob sie sich Stück für Stück weiter, indem sie sich molluskengleich am Ufer festklammerte und hoffte, möglichst lange einigermaßen trocken zu bleiben. Zwischen Enteninsel und Zugbrücke lagen drei Postenabschnitte. Die größte Gefahr drohte, wenn sie, der Biegung des Grabens folgend, zu dem Abschnitt gelangte, der direkt vor dem Lager verlief.

Das Glück war ihr gewogen. Sie hatte im Grabenufer einen Vorsprung gefunden, der breit genug war, um ihr Halt zu bieten. So konnte sie im Krebsgang unter dem Überhang hindurchkriechen, bis sie vor sich den Schatten der Zugbrückenstützen sah. Von oben waren hin und wieder gedämpfte Stimmen zu hören, wenn die Wachen ein paar Worte wechselten, doch das Lager hatte sich zur Ruhe begeben. Ebenso die Festung – das hoffte sie jedenfalls.

Unter der Zugbrücke holte Portia mit dem Gesicht zur Mauer tief Atem. Wenn sie jetzt innehielt, um zu überlegen, würde sie ihr Vorhaben aufgeben. Sie glitt unters Wasser und spürte die Wasserpflanzen um ihre Knöchel, als sie das kurze Stück ins Dunkel und in die Sicherheit der gegenüberliegenden Mauer schwamm.

Sie stieß mit dem Kopf hoch und atmete tief durch. Die Luft war rauchgeschwängert, aber besser als nichts. Dann tauchte sie wieder unter und wartete mit berstenden Lungen, ob jemand vom Ufer aus die gekräuselte Wasseroberfläche bemerkt hatte. Falls es der Fall war, hoffte sie, der Posten würde weitergehen und es vergessen.

Als sie es nicht mehr aushielt, hob sie behutsam den Kopf. Die klobige Form des Zugbrückenpfeilers ragte direkt über ihrem Kopf vor. Die Mauern waren bis zur Höhe des früheren Wasserstandes mit grünem Schleim überzogen. Über dem Grün aber war das Mauerwerk so blank, wie sie es aus der Zeit kannte, als sie auf dem Eis gestanden hatte. Sie schwamm näher an die Mauer heran und tastete mit den Zehen nach einem Riß oder einer Ritze, in der sie Halt finden und sich bis zur Türhöhe aus dem Wasser hieven konnte. Ihr tastender Fuß fand das Gesuchte, das zwar kaum einer Zehe Halt bot, es ihr aber ermöglichte, sich so hoch hinaufzustemmen, daß sie festen Boden erreichte und die Umrisse der Tür fand.

Wo aber war der Hebel, der sie öffnete? Sie hatte ihn damals zufällig entdeckt. Aber diesmal konnte sie nicht aufrecht mit dem Rücken zur Wand stehen und sich auf denselben glücklichen Zufall verlassen, der sie auf den Druckpunkt hatte stoßen lassen. Immerhin wußte sie, daß er sich in der Tür selbst und nicht am Rand befand. Sie nahm sich deshalb den oberen Teil der Tür vor und ließ die Hände über den Stein gleiten, indem sie fest mit der Handwurzel dagegendrückte. Dann glitt sie ein Stück tiefer und strich die Tür von neuem ab.

Obwohl die Nacht warm war, fror sie bald, da ihre nassen Sachen klamm an ihr klebten. Ihre Hände zitterten, ihre Zähne schlugen so laut aufeinander, daß sie sicher war, jemand könne sie hören. Ob vor Kälte oder Angst, wußte sie nicht. Aber sie fuhr unbeirrt fort, die Mauer abzusuchen.

Und dann passierte es. Ein leises Klicken, und sie spürte, wie der Stein sich unter ihren Handflächen bewegte. Ihr Herz tat einen Sprung, als die Tür wie damals nach innen schwang. Sie purzelte in den schwarzen Gang, der ihr noch schwärzer erschien als beim ersten Mal. Und sie fror jämmerlich.

Während die Tür hinter ihr noch offenstand, zögerte sie. Für einen Rückzug war es noch nicht zu spät. Es war auch nicht zu spät, die ganze verrückte Idee zu vergessen. Ihre Zähne klapperten, sie zitterte vor Kälte. Wenn sie jetzt zurückschlich …

Während Portia dieser Gedanke durch den Kopf zuckte und sie sehnsüchtig an ihr trockenes Hemd unter den Baumwurzeln dachte, schloß sie auch schon lautlos die Tür hinter sich und tappte den Gang entlang, bis sich vor ihr das nun leere Gewölbe auftat. Sie hielt auf die Öffnung in der gegenüberliegenden Wand und auf die Treppe zu, flink und ohne zu überlegen.

Mit einem kaum hörbaren Geräusch ließ sich die Tür am oberen Ende der Treppe so leicht öffnen wie damals, und Portia befand sich in der ihr wohlbekannten Spülküche. Die Stille war undurchdringlich. Im Herd brannte kein Feuer, die Uhr war stehengeblieben. Sie huschte durch den Raum zur Hintertreppe. Als sie die Küche querte, hörte sie ein Schnaufen und Murmeln. Sie versteinerte an der Wand und betete darum, ihre dunkle Kleidung würde sie in der finsteren Küche unsichtbar machen. Wieder das Geräusch – und sie atmete auf. Jemand schnarchte. Sicher ein Küchenjunge, der auf einer Bank neben dem Herd schlief.

Sie lief zur Treppe, verstohlen wie ein feindlicher Spion, und rannte hinauf. Die Treppe führte auf einen wenig benutzten Korridor, der kurz vor dem Hauptgang lag, von dem aus die Schlafgemächer der Familie abzweigten.

Nun hatte Portia fast vergessen, daß sie fror und naß war. Aufregung und Angst wärmten sie und hielten sie in Bewegung, bis sie Olivias Tür erreichte. Sie drückte die Klinke nieder und schlüpfte hinein. Erst als sie die Tür hinter sich geschlossen hatte, merkte sie, daß ihr Herz so stark pochte, daß sie glaubte, es würde ihre Brust sprengen.

21

»Was ist? Wer ist da?« Phoebes verängstigte Stimme drang durch die Dunkelheit.

»Pst! Ich bin's nur«, flüsterte Portia.

»Portia! Du?« Olivia fuhr im Bett auf. Ihr Nachthemd hob sich weiß in der Finsternis der Bettdraperien ab.

»Ja. Sei still.« Portia huschte ans Bett, in dem die zwei Mädchen Seite an Seite saßen und sie verdutzt anstarrten.

»Du kannst leicht sagen: ›Ich bin's nur‹«, erklärte Phoebe entrüstet. »Wie hätten wir erwarten sollen, daß du es bist?«

»Nein, wie auch?« gab Portia ihr recht. »Leise, bitte.«

»Du bist ja ganz naß«, sagte Phoebe. »Es tropft von dir auf den Boden.«

»Ich mußte den Graben durchschwimmen.« Portia schauderte zusammen und verschränkte die Arme vor der Brust. »Und mir scheint, daß mir meine Mühe kein warmes Willkommen beschert.«

»Aber Portia, n-natürlich bist du willkommen!« Olivia sprang aus dem Bett und schlang ihre Arme in einer stürmischen Umarmung um Portia. »Wie kalt du bist! Und bis auf die Haut durchnäßt.«

»Das weiß ich«, sagte Portia verdrossen. »Ich habe euch Obst mitgebracht.« Sie holte die Früchte aus der Tasche und legte sie aufs Bett.

»Zieh dich aus.« Olivia zerrte an Portias Wams. »Wir könnten versuchen, das Zeug zu trocknen.«

Phoebe war vom hohen Bett heruntergeklettert und kramte im Wäscheschrank. »Hier ist ein Morgenmantel, der dich wärmt.«

»Ach, danke!« Portia warf das naßkalte Wams von sich und zog ihre Breeches aus. »Nasse Kleider sind widerlich.«

»Da ist ein H-handtuch.«

Portia trocknete sich ab und wurde plötzlich lebhaft daran erinnert, wie Rufus Wärme und Leben in ihren leblosen Körper gerieben hatte, als sie sich im Schneesturm verirrt hatte. Kaum war ihr ein wenig wärmer geworden, als ihr klarwurde, daß ihre gegenwärtige Situation nicht einer gewissen Ironie entbehrte.

Sie fuhr in die Ärmel des Mantels, den Phoebe ihr hinhielt, und wickelte ihn fest um ihren Körper. Wenigstens schlugen ihre Zähne nicht mehr aufeinander.

»Da ist Obst für euch«, sagte sie erneut und deutete aufs Bett. »Viel ist es nicht, aber mehr konnte ich nicht tragen.«

»Ich verstehe gar nichts«, sagte Phoebe und biß herzhaft in die Birne. »Die schmeckt aber gut ... Wie um alles auf der Welt bist du hereingekommen, wenn niemand hinauskann?«

»Es gibt einen Weg«, sagte Portia, die sich auf dem Sitz in der Fensternische niederließ. »Aber darüber kann ich euch nichts sagen. Ich wollte nur sehen, wie es euch geht, da ich in Sorge um euch war.«

»Es ist gräßlich«, sagte Olivia, die wieder ins Bett krabbelte. »Wir k-können nichts kochen, weil es kein Wasser gibt.«

»Zum Trinken gibt es nur Ale«, warf Phoebe ein. »Lord Granville ist meist wütend, und Diana gibt ihm an allem die Schuld, obwohl sie es natürlich nicht ausspricht, doch läßt sie es an uns aus. Es ist sehr ungemütlich.« Mit dieser Feststellung warf sie das Kerngehäuse der Birne in den leeren Kamin und suchte sich sorgfältig einen Apfel aus.

»Und heiß ist es«, sagte Olivia. »D-die Fenster kann man

nicht öffnen, weil von draußen der Qualm hineindringt. Und mein Vater läßt uns wegen der Pfeile nicht ins Freie.«

»Glaubst du, daß es bald vorüber sein wird?« Phoebe sah Portia scharf an.

»Ich weiß es nicht«, antwortete Portia. »Und ich kann darüber auch nicht sprechen.« Sie furchte die Stirn. Ihren Freundinnen Trost zu spenden, ohne Verrat an Rufus zu üben, war schwieriger, als sie gedacht hatte. Fragen dieser Art hatte sie nicht erwartet, obwohl sie darauf hätte gefaßt sein sollen.

»Du kannst darüber nicht sprechen, weil du auf der Seite des Gegners stehst«, bemerkte Phoebe mit gewohntem Freimut.

»Portia ist keine Gegnerin!« rief Olivia schrill vor Empörung aus. »Wie k-konntest du so etwas sagen?«

»Genaugenommen hat Phoebe recht«, sagte Portia. »Aber ich bin nicht gekommen, um vom Krieg zu sprechen. Zumindest nicht direkt. Ich wollte wissen, wie es euch geht. Außerdem mußte ich einfach mit euch sprechen.«

»Ist es denn so einsam in der Armee?« fragte Phoebe.

Portia zuckte mit den Achseln. Phoebes Unverblümtheit grenzte an Taktlosigkeit, doch hatte sie die unheimliche Gabe, ins Schwarze zu treffen. »Ich habe es nicht erwartet, doch ist es so.«

Sie wußte, daß sie immer einsam gewesen war, von klein auf, selbst zu Jacks Lebzeiten. Da sie sich eingeredet hatte, sie brauche keine Gesellschaft, hatte sie diese auch nicht vermißt. Aber seitdem Olivia und Phoebe ihr eine Ahnung von Freundschaft vermittelt hatten, wußte sie, daß das etwas war, das durch keine noch so große Leidenschaft und Liebe zwischen Mann und Frau ersetzt werden konnte.

»Aber was ist mit Lord Rothbury?« fragte Phoebe sie mit derselben Direktheit. »Bist du nicht mehr seine Geliebte?«

»Ich bekomme sein Kind«, platzte Portia heraus.

»Ach!« Olivias Auge wurden rund wie Untertassen. »A-aber ihr seid nicht verheiratet.«

»Das muß man nicht sein, Kleines«, sagte Portia amüsiert und verlegen. »Ich bin der lebende Beweis.«

»Ihr werdet nicht heiraten, ehe das Kind geboren wird?« fragte Phoebe.

»Ich glaube nicht.« Portia senkte ihren Blick auf ihre im Schoß gefalteten Hände. »Ich habe Rufus noch nichts gesagt, aber ...«, sie blickte mit einem kleinen wehmütigen Lachen auf, »... ich bin nicht aus Holz, aus dem eine Countess geschnitzt ist. Könnt ihr euch mich als Lady Rothbury vorstellen?«

»Aber der Earl ist ein Geächteter!«

»Nicht mehr. Der König hat dem Haus Rothbury Pardon gewährt und ihm die Rückgabe seiner Ländereien zugesichert.« Die Weitergabe dieser Information ist kein Verrat, rechtfertigte Portia sich insgeheim. Es war kein Geheimnis, und wenn Cato es nicht ohnehin schon wußte, würde es bald der Fall sein.

»Ich glaube, du w-würdest eine wunderbare Countess abgeben«, erklärte Olivia im Brustton der Überzeugung.

»Aber möchtest du eine sein?« Wieder war es Phoebe, die die verzwickte Frage stellte. »Du hast immer gesagt, daß du dich ungern Konventionen beugst ... daß du Soldat werden möchtest ... daß es dir bestimmt war, als Junge zur Welt zu kommen.«

»Tja, die Natur hat mich offenbar widerlegt«, gab Portia mit Galgenhumor zurück. »Sonst würde ich mich nicht in der weiblichsten aller Situationen befinden.«

Die kleine vergoldete Uhr auf dem Kaminsims schlug drei Uhr, und Portia sprang mit einem Ruck vom Fenstersitz. »Ich muß gehen! Ich merkte gar nicht, wie lange ich brauchte, um hierher zu gelangen.« Sie warf den Mantel ab und schlüpfte schaudernd zurück in ihr nasses Zeug.

»Niemand weiß, daß du da bist?«

»Nur ihr beide. Und ihr dürft mich nicht verraten.«

»Natürlich nicht!« rief Phoebe aus.

»W-wirst du wiederkommen?«

»Wenn ich kann.« Portia knöpfte ihr Wams zu. »Aber ich

weiß nicht, was als nächstes passieren wird.« Sie sah die beiden hilflos an. »Ich wünschte, ich könnte etwas für euch tun.«

»Die Früchte waren köstlich«, erklärte Phoebe tröstend, um mit unverhohlener Neugierde fortzufahren: »Leidest du unter Übelkeit? Ich hörte, daß einer Schwangeren immer übel wird.«

»Fast unentwegt«, klagte Portia mit angewiderter Grimasse. »Vom Zeitpunkt des Erwachens an bis ich zu Bett gehe.«

»Ach, schrecklich. Wie bin ich froh, daß ich nie heiraten werde«, sagte Olivia, die sich aufrichtete, um Portia einen Kuß zu geben.

»Aber Portia wird auch nicht heiraten«, stellte Phoebe nüchtern fest. »Die Leidenschaft ist es, die Probleme schafft, und nicht die Ehe.«

Portia lachte auf. Ihre Niedergeschlagenheit ließ nach. »Wie recht du hast, Phoebe. Bleib Jungfrau, dann hast du nichts zu bereuen.« Von der Tür aus warf sie ihnen einen Kuß zu. »Dieser Krieg kann ja nicht ewig dauern.« Dann stellte sie die Frage, deretwegen sie gekommen war, wie ihr nun bewußt wurde. »Werdet ihr die Patenschaft für das Kind übernehmen?«

»Natürlich«, sagte Olivia.

»Schick uns unseren Ring, wenn die Zeit gekommen ist, und wir werden kommen … irgendwie«, erklärte Phoebe fest.

Und Portia wiederum fand diese Idee gar nicht verstiegen und unrealistisch. Sie hatte ihr Kind zwei Patinnen anvertraut und wußte, daß ihre Freundinnen einen Weg finden würden, ihr Versprechen zu halten. Sogar das Bastardkind eines Bastards konnte hochgestellte Gönnerinnen haben. Olivia und Phoebe würde es nie an irdischen Gütern fehlen, ob sie nun heirateten oder alte Jungfern wurden.

In ihrer Brust glühte ein warmer Punkt, der Kälte und Angst verscheuchte, als sie durch den Korridor zurückschlich, durch die Spülküche und in den schwarzen Tunnel. Der Rückweg erschien ihr viel kürzer, in Minutenschnelle war sie an der Tür über dem Graben.

Der Hebel an der Innenseite war nicht verborgen angebracht, da offenbar keine Notwendigkeit bestand, ihn zu verstecken. Portia hob ihn lautlos und drückte gegen die Tür, die sofort aufschwang. Es war noch immer Nacht, doch wirkte das Dunkel nach der Pechschwärze des Korridors grau. Sie konnte jenseits des Grabens die Zelte der Belagerer und die lodernden Fackeln der Wachtposten unterscheiden. Die Feuer an den Mauern waren heruntergebrannt, der Qualm nicht mehr so dicht und beißend.

Sie ließ sich halb in den Graben gleiten. Durch die Kälte ihrer Kleider hindurch empfand sie das Wasser als fast lau. Sie griff hinauf, um die Tür zuzuziehen und in diesem Moment, als ihr Körper sich vor der grauen Mauer abzeichnete, warf eine Fackel ihren Schein über das unbewegte, dunkle Wasser.

Portia, die das Licht auf ihrem Rücken spürte, fühlte sich ausgesetzt wie ein schwarzer Punkt auf weißem Hintergrund. Ihr Herz pochte zum Zerspringen, während sie reglos verharrte. Und dann kam der Warnruf. Als sie ihn hörte, wußte sie, daß sie verloren war.

Es folgten aufgeregte Schreie, Laufschritte, das helle Licht weiterer Fackeln. Portia ließ sich voll ins Wasser gleiten, da sie nicht wußte, was sie sonst hätte tun sollen. Als sie versank, hörte sie schon Musketenfeuer und die Kugel, die in die Mauer hinter ihr schlug. Verzweifelt unter Wasser weiterschwimmend, versuchte sie sich zu orientieren. Hielt sie auf das Ufer zu? Kugeln pfiffen über das Wasser. Sie wußte, daß man nur darauf wartete, bis sie auftauchte und sich ihnen als Ziel darbot. Ihre Lungen drohten zu bersten.

Bevor sie Wasser schlucken mußte, hob sie lieber den Kopf und schnappte nach Luft. Jemand rief etwas vom Ufer aus, wieder wurde geschossen, wieder pfiff die Kugel an ihr vorüber. Sie tauchte mit vollen Lungen unter. Diese eine Sekunde hatte genügt, um ihr die Richtung zu weisen und ihr zu zeigen, daß drei Mann dastanden und auf sie zielten. Gelang es ihr, die drei zu provozieren, daß sie gleichzeitig feuerten, würde sie Zeit gewinnen, um sich zu erkennen zu geben, während sie nachluden.

Portia hatte jede Hoffnung auf Entkommen aufgegeben. Jetzt ging es nur ums nackte Überleben. Sie streckte ihre Hand aus dem Wasser. Eine Muskete wurde abgefeuert. Nun streckte sie die andere heraus und wurde mit dem nächsten Knall belohnt. Dann hob sie ihren Kopf und tauchte sofort wieder unter. Der dritte Schuß schlug so nahe ein, daß sie fast das Schießpulver riechen konnte.

Sie hob den Kopf und rief das Losungswort des Tages. Dann schrie sie: »Stellt das Feuer ein!« So laut wie möglich planschte sie ans Ufer und gab somit zu erkennen, daß sie sich stellte.

Die drei Posten griffen nach ihr und zogen sie ans Ufer. Um Atem ringend lag sie auf dem Bauch und würgte an dem Wasser, das sie in den letzten verzweifelten Augenblicken geschluckt hatte. Dicht vor ihr ragten Stiefel auf. Jemand stieß sie mit dem Fuß und drehte sie um. Sie blickte in unbekannte Gesichter. Das waren keine Decatur-Männer, sondern Leute aus Prince Ruperts Bataillon, die sie nicht kannten.

»Ich gehöre zur Decatur-Truppe«, würgte sie heraus.

»Wie kommt es, daß ein Decatur-Mann sich aus der Festung stiehlt?« wollte einer der Männer wissen und stieß sie wieder mit dem Fuß an.

»Er wird bald antworten«, sagte einer seiner Kameraden. »Bringen wir ihn zum Captain.« Zwei packten sie, faßten sie unter den Armen und stellten sie auf die Beine.

»Ich kann selbst gehen«, protestierte sie, doch man hörte nicht auf sie und zerrte sie durch das schlafende Lager zum Zelt des Captains der Wache.

Der Gardecaptain des Bataillons des Prinzen saß bei einem Krug Ale und würfelte mit seinem Leutnant. Als die Posten mit ihrem Gefangenen kamen, blickte er auf.

»Was haben wir denn da?« Er schob den Feldstuhl zurück

und stand auf, um vor Portia zu treten, die man gezwungen hatte, sich auf den Boden zu knien.

»Wir faßten ihn, als er aus der Festung kam, Sir. Aus der Mauer, offenbar durch einen Geheimgang. Er durchschwamm den Graben.«

»Ein schmächtiges Kerlchen«, bemerkte der Captain und riß Portia am Kragen hoch. »Also, heraus mit der Sprache, mein Junge.«

Portia schüttelte den Kopf. Als die Hand des Captains mit dem schweren Siegelring ihre Lippe traf und blutig aufriß, geriet sie ins Taumeln.

»Komm schon«, sagte er einschmeichelnd und boshaft zugleich. »Du wirst bald bereitwillig plaudern. Wer bist du?«

Portia wischte sich mit dem Handrücken das Blut ab. »Ich bin von der Truppe Decaturs.«

Wieder schlug der Captain zu, diesmal auf die Wange. Sie schwankte und fiel erneut auf die Knie. »Holt Lord Rothbury«, stieß sie unter Tränen hervor. Noch nie war sie so mißhandelt worden, und zu ihrer Angst gesellte sich eine Aufwallung von Zorn, weil jemand es wagte, Gewalt gegen sie anzuwenden. »Er wird für mich bürgen.«

Stille trat ein. Dann sagte der Captain: »Was weißt du von Lord Rothbury, Junge?«

»Ich sagte schon, daß ich zu seiner Einheit gehöre«, erwiderte Portia stur und richtete sich mühsam auf.

Die Selbstsicherheit des Gefangenen ließ den Mann zögern. »Na schön«, sagte er schließlich. »Aber falls das eine List sein sollte, wirst du es büßen.« Er wandte sich an einen der Posten. »Geh und hole Lord Rothbury. Die anderen begeben sich wieder auf ihre Posten.«

Der aufgeregte Ruf des Wachtpostens riß Rufus aus dem Schlaf. Sich aufsetzen und aufstehen war eine einzige Bewegung. Schon griff er nach seinen Kleidern. »Was ist?«

»Der Captain der Wache schickt mich, Mylord. Wir haben einen Gefangenen gemacht, der aus der Festung kam und den Graben durchschwamm. Der Captain wollte ihn verhören, der Gefangene aber sagte, Ihr würdet ihn kennen.«

»Klingt interessant«, bemerkte Rufus und zog sich rasch an. Ein aus Castle Granville Entflohener verdiente in der Tat Aufmerksamkeit.

Er folgte dem Mann durchs Lager und bückte sich im Eingang des Wachtzeltes mit einem munteren: »Na, was gibt es, Captain?«

Portia stand etwas unsicher in der Mitte des Zeltes. Rufus sah ihre durchnäßten Sachen, ihren geschwollenen und blutenden Mund, die dunkle Schwellung auf der Wange.

»Was zum ...«, setzte er an, um sich aufgebracht dem Captain zuzuwenden. »Was soll das?«

Unter dem wütenden Blick des Earl of Rothbury wurde der Captain verlegen. »Wir erwischten ihn, als er aus der Festung kommend den Graben durchschwimmen wollte. Die Posten sahen ihn aus einer Geheimtür in der Mauer schlüpfen.« Er sah, daß der Ausdruck des Earls sich änderte und fuhr nun sicherer fort: »Er sagte, Ihr würdet ihn kennen, Mylord.«

Rufus ignorierte den Captain. Sein Gesicht war wie aus Granit gemeißelt und seine Augen leer, als er sich an Portia wandte: »Was hast du in der Burg getrieben?«

Portia berührte ihre Lippen mit einer Fingerspitze. Auf dem Finger blieb Blut haften. »Ich besuchte Olivia und Phoebe.« In diesem Stadium erschien es ihr einfacher, sich an die schlichte Wahrheit ohne Proteste und Verteidigung zu halten, doch sah sie, daß Rufus ihr schon entglitten war. Ihr Herz sank.

»Wie bist du hineingelangt?« Sein Ton und seine Miene blieben ausdruckslos, als ginge es ihm nur um die Information und nicht um den Menschen, den er verhörte.

»Es gibt eine Geheimtür«, verriet sie stockend. »Ich entdeckte sie, als ich in der Burg wohnte.«

Jetzt hatte sein tiefes und scheinbar grundloses Unbehagen eine Erklärung gefunden. Rufus hatte das Gefühl, alle Teile des Rätsels hätten nun ihren Platz gefunden. Sie hatte von der Tür gewußt und hatte kein Wort gesagt. Die Belagerung hätte schon längst ein Ende haben können, wenn sich den Belagerern eine Möglichkeit geboten hätte, überraschend in die Festung einzudringen. Sie hatte von der Tür gewußt und die Information nicht weitergegeben. Dafür konnte es nur einen Grund geben.

Nun wußte er, daß sie ihn die ganze Zeit über hintergangen hatte. Sie hatte ihm eine wichtige Information geliefert, um ihn von ihrer Glaubwürdigkeit zu überzeugen. Granville hatte ihm seine Schätze nur überlassen, um eine Spionin in sein Lager einschleusen zu können. So einfach war das, und er war darauf hereingefallen. Weil er einmal bei einer Granville in seiner Vorsicht nachgelassen hatte, war er zum Narren gemacht worden.

Seine kalte Gleichgültigkeit wich von ihm, und seine Stimme bebte vor Wut, als er ihr entgegenschleuderte: »Seit Beginn der Belagerung hast du die Tür benutzt, um in die Burg einzudringen. Du hast deine Familie besucht, hast sie mit Informationen versorgt und ihr Trost gebracht. Was hat Cato zu …«

»Nein!« rief sie aus. »Das habe ich nicht. Es war das erste Mal. Rufus, ich habe dich nicht betrogen. Ich wollte nur meine Freundinnen besuchen. Das ist alles.«

»Verzeihung, Mylord, aber ich bin völlig verwirrt.« Der Captain sagte es zögernd. »Ist das einer Eurer Männer?«

Rufus beugte sich vor und nahm Portia die Mütze ab. »Nein. Sie gehört nicht zu meinen Leuten, aber sie begleitet uns.«

»Ach so.« Der Captain nickte verständnisvoll. Armeedirnen waren nichts Besonderes, wenngleich diese durch ihre Kleidung ungewöhnlich wirkte. Im übrigen hatte sie wohl Schändlicheres im Sinn gehabt, als nur den Soldaten zu folgen. »Sie hat spioniert?«

»Es sieht ganz danach aus«, sagte Rufus so distanziert wie vorhin. »Und nicht das erste Mal.«

»Nein, das stimmt nicht!« Portia hörte selbst, wie verzweifelt sie klang. Sie konnte es nicht fassen, daß Rufus sie vor dem Captain verleugnet und sie mit einer gewöhnlichen Dirne auf eine Stufe stellte. »Du weißt, daß ich es nicht getan habe, Rufus.«

Er ignorierte ihr Flehen. »Du leugnest nicht, die Burg durch einen geheimen Eingang betreten zu haben?«

»Nein.«

»Du leugnest nicht, daß dies als Einverständnis mit dem Feind gewertet wird?«

»Olivia und Phoebe sind keine Feinde«, sagte sie in dem trostlosen Wissen, daß sie ihn von der Harmlosigkeit ihres Tuns nicht überzeugen konnte ... diesmal nicht.

»Du warst in der Festung. Du hast dich in die Mitte der Feinde begeben.« Er ließ eine wegwerfende Handbewegung folgen. »Du hast den Eid auf unsere Flagge geleistet und ihn gebrochen.«

Portia schüttelte den Kopf. In Wangen und Lippen spürte sie unangenehmes Pochen. »Bitte, Rufus –«

»Hast du etwas in die Festung geschmuggelt?« Er fiel ihr ins Wort, brüsk und rauh.

Sie sah ihn verwirrt an. »Nur Früchte«, sagte sie. »Ich dachte mir, sie müßten Durst haben.« Damit hatte sie sich selbst endgültig ihr Urteil gesprochen.

Der Captain folgerte auf der Stelle: »Das gilt als Beihilfe für die Rebellen, die Feinde des Königs. Verrat fällt in die Kompetenz des Hauptquartiers.«

Rufus sah Portia unverwandt an. »Wie konnte ich so hintergangen werden?« sagte er. »Aber du bist eben eine Granville und trägst den Keim von Verrat und Betrug im Blut.« Mit einer Geste des Abscheus wandte er sich ab.

»Das ist eine Sache fürs Hauptquartier, Mylord«, wiederholte der Captain. »Sobald es tagt, wird sie zum Verhör dorthin geschafft.«

»Rufus ...« Portia streckte flehentlich die Hand aus. Er konnte sie nicht einfach im Stich lassen. Das konnte er nicht.

Er warf einen Blick über die Schulter und sagte mit derselben kalten Distanziertheit: »Ich kann für dich nichts tun. Du hast dein Urteil selbst gesprochen«. Damit öffnete er die Zeltplane und war verschwunden.

Portia starrte die Zeltklappe an, die sich noch bewegte, wo er sie grob beiseite gerissen hatte. Sie konnte nicht glauben, daß ihre ganze Welt zusammengebrochen war, so plötzlich, so vollständig und so grundlos. Doch als man ihre Hände mit einem dicken rauhen Seil fesselte und sie hinaus in die Nacht schleppte, wurde ihr klar, welche Schrecken ihr bevorstanden – der Kerker und das Verhör in York, an dessen Ende der Galgen wartete. Sie wollte laut schreien ob dieser Ungerechtigkeit, doch ihre Stimme gehorchte ihr nicht.

Man zwang sie, sich in einiger Entfernung vom Wachtzelt am Fuß eines Baumes hinzusetzen und band sie mit dem Seil unter den Armen an den Stamm. Mit dem losen Ende des Seils, das um ihre Hände lag, wurden auch ihre Knöchel gefesselt. Unbeweglich, naß und zitternd mußte sie bis zum Morgengrauen ausharren.

Rufus durchschritt das Lager, blind und taub, isoliert in seiner eigenen Welt, in der sein Zorn wie ein Vulkan loderte und der Schmerz ein schwarzes Loch war, so kalt wie der Zorn heiß. Aber schließlich durchbrach etwas die Trance, und er hörte seine eigene Stimme ständig sagen: ›Ich kann für dich nichts tun.‹ Es war wie eine eintönige Litanei, die alles andere übertönte. Schließlich blieb er stehen und machte kehrt, um Will zu suchen.

Was immer Portia getan hatte, er konnte sie nicht dem Entsetzlichen ausliefern, das sie in York erwartete. Rasende Wut hatte ihn zu diesen Worten getrieben, nun aber hatte er sich wieder in der Gewalt. Gewiß, der Zorn loderte noch immer, und der Schmerz ließ sein Innerstes erstarren, doch seine Vernunft setzte sich durch und rief ihm in Erinnerung, was sie ihm gewesen war, was sie ihm bedeutet hatte. Er konnte nicht tatenlos zusehen, wenn man ihr Schmerz zufügte, und er konnte ihren Tod nicht zulassen. Sie war voller Falschheit und verdiente, was man ihr antat, aber er konnte es nicht zulassen.

Will hörte fassungslos, was sich zugetragen hatte, verkniff sich aber eine Bemerkung, da er erkannte, daß der Herr von Decatur seine Dämonen nur mit Mühe bezwungen hatte. Nachdem er seine Befehle entgegengenommen hatte, schlich er verstohlen davon.

Portia lehnte den Kopf gegen den Baumstamm. Ihr Gesicht glühte und hämmerte, und ihre Hände waren taub. Als Will zwischen den Bäumen hinter ihr auftauchte, sah sie ihn nur an. Ihre Lippen waren zu wund, als daß sie ein Wort herausgebracht hätte, selbst wenn ihr danach zumute gewesen wäre.

Er kniete nieder und durchschnitt hastig ihre Fesseln. »Kommt. Ihr müßt fort, ehe man Euch holt.«

»Ich weiß nicht, ob ich gehen kann«, brachte sie heraus. Sie wußte ja nicht einmal, ob sie aufstehen konnte. Ihr Verstand war nicht mehr imstande, mit den Geschehnissen Schritt zu halten, und ihr Körper schien sich aufgegeben zu haben.

Will gab keine Antwort. Er hob sie hoch und trug sie halb rennend zu Rufus' Zelt. Rufus erwartete sie bereits. Seine Augen blickten kalt und distanziert, als Will sie auf ihre Pritsche setzte und davoneilte.

»Raus aus dem nassen Zeug«, befahl Rufus, auf die trockenen Sachen deutend, die er vorbereitet hatte. »Wenn du bei Tagesanbruch noch da bist, kann ich dich nicht retten. Beeil dich also.«

Benommen zog Portia sich aus, zog mühsam die sauberen Sachen an und schlüpfte in ihre Reservestiefel. Die Stille zwischen ihnen war beklemmend. Sie ertrug es nicht, in sein Gesicht zu sehen und die Verachtung über den Verrat in seinen Augen zu lesen. Seine ärgste Wut war zwar verraucht, doch waren Kälte und Verachtung viel schlimmer zu ertragen, so daß sie kein weiteres Wort zu ihrer Verteidigung wagte.

George kam herein, als sie ihre Stiefel angezogen hatte. »Die Pferde sind bereit«, meldete er und schien Portias Blick mit Absicht auszuweichen.

»Du mußt ihr in den Sattel helfen. Sie ist völlig erschöpft.« Es war das erste Mal, daß er ihren Zustand zur Kenntnis nahm, und in Portia flammte Hoffnung auf. Doch als sie zu ihm aufsah, schaute er durch sie hindurch, als sei sie Luft.

George hob sie hoch, wie Will es getan hatte, trug sie hinaus und setzte sie in Pennys Sattel. »Ich werde das Pferd führen. Haltet Euch am Sattelknauf fest«, riet er ihr.

Portia gehorchte. Rufus war ihnen nicht vor das Zelt gefolgt, und sie brachte nicht einmal so viel Energie auf, um George zu fragen, wohin er sie brachte. Als er mit einem Zungenschnalzen die Pferde antrieb, schoß Juno aus dem Unterholz, aufgeregt japsend und auf den Hinterbeinen tänzelnd, weil sie in den Sattel gehoben werden wollte. George schenkte dem Hund keine Beachtung und trieb die Pferde zum Trab an.

»George, bitte.« Portia sagte es unter Tränen. »Juno …«

George fluchte. »In meinem Befehl war von einem Hund nicht die Rede.«

»Bitte.«

Nun schien er sie zum erstenmal richtig anzusehen, und der Zug um seinen Mund wurde weicher. Er zügelte sein Pferd und als Juno hochsprang, beugte er sich hinunter, packte sie am Nackenfell und hob sie hoch. »Hier.« Er reichte den jungen Hund Portia, die es ihm mit einem zitternden Lächeln dankte. Sie wußte nicht, wohin man sie brachte, aber Juno bei sich zu haben bedeutete sofortigen Trost.

Die nächsten Stunden verlebte sie wie in Trance. Sie wußte nicht, ob sie schlief oder hin und wieder das Bewußtsein verlor. Ihr ganzes Sein konzentrierte sich auf ihre Hände, die den Sattelknauf umklammerten. Solange sie ihn nicht losließ, spielte es keine Rolle, daß ihre Augen geschlossen waren, ihr Kopf vornüberhing und ihr Körper schwankte. Ihr Verstand hatte ausgesetzt. Sie konnte nicht daran denken, was passiert war oder noch passieren konnte. Sie existierte nur in diesem Moment, in diesem kleinen Zeitraum, der sie umgab.

So nahm sie kaum wahr, daß sie die Postenstationen des Decatur-Dorfes passierten. Sie waren nicht bemannt, es brannten keine Feuer. Das Dorf war kein Militärlager mehr, und die wenigen Bewohner beschränkten sich auf ihre tägliche Arbeit, die für niemanden eine Bedrohung darstellte.

George führte Penny zu einem gemauerten Haus außerhalb des Dorfes. Es war klein und quadratisch, die Fenster vergittert, die einzige Tür aus massiver Eiche, mit einem schweren Riegel verschlossen. Das Gefängnis.

Als er ihr beim Absitzen helfen wollte, fiel Portia George fast in die Arme. Sie umklammerte Juno, als wäre das Hündchen ihre einzige Verbindung zum Leben. Ohne ihre Umgebung wahrzunehmen, stand sie schwankend da, als George den Riegel anhob und die Tür öffnete. Er bedeutete ihr, ins dunkle und muffige Innere einzutreten, das in zwei Zellen unterteilt war, enge, vergitterte Räume, in denen eine schmale Pritsche und ein Eimer standen. In einem Gefängnis war Komfort überflüssig.

»Hier herein, Mädchen.« George schwang eine der Gittertüren auf und schob sie hinein. »Ich hole Wasser und Brot. Der Herr sagte, Ihr sollt hier drinnen bleiben, bis er entschieden hat, was aus Euch werden soll.«

Als Portia sich auf die Pritsche mit den zwei dünnen Decken fallen ließ, kam sie sich vor wie im Himmel. In die Decken gehüllt, schlief sie sofort ein, während Juno sich an ihre Brust schmiegte. Sie hörte nicht mehr, wie George mit einem Wasserkrug und einem Laib Brot eintrat, hörte nicht das Knirschen des Schlüssels im Schloß oder den schweren Riegel, der an der Außentür zugeschoben wurde.

Stunden später wurde sie von Juno geweckt. Es war dunkel,

und Portia hatte momentan keine Ahnung, wo sie sich befand, und wußte einen schrecklichen Augenblick lang gar nicht, wer sie war. Die Hündin, die es sichtlich eilig hatte, hinauszukommen, kratzte und winselte an der verriegelten Tür.

»O Gott!« Portia setzte sich auf, als die Erinnerung wieder einsetzte und mit ihr die morgendliche Übelkeit. Ihr Gesicht fühlte sich aufgedunsen und wund an, ihr Mund zu doppelter Größe geschwollen. Sie taumelte zum Eimer, um sich zu erbrechen, doch war es so lange her, seit sie etwas gegessen hatte, daß sie fast nichts herausbrachte. Juno hörte nicht auf zu winseln.

»Ich kann dich nicht hinauslassen.« Portia kauerte auf ihren Fersen auf dem kalten Steinboden, zum ersten Mal in voller Erkenntnis ihrer schlimmen Lage. »Ich kann keinen von uns beiden hinauslassen.« Schwaches, diffuses Licht drang durch das vergitterte Fenster hoch oben in der Wand, vermutlich Mondlicht. Es herrschte absolute Stille. Würde man sie hier etwa für immer festhalten und vermodern lassen?

Ein schrecklicher Gedanke, fast schlimmer als die Aussicht, die sie in York erwartete. Sie bezwang ihre Panik, schluckte die Tränen hinunter und brach ein Stück Brot ab. Trockenes Brot half manchmal gegen Übelkeit. Sie kaute es ganz langsam und spürte, wie ihr Magen sich beruhigte. Juno gab in der entgegengesetzten Ecke der Zelle ihrer Not nach und sah Portia reuig an.

Dann war ein Geräusch zu hören. Ein Scharren, als der schwere Riegel an der Außentür angehoben wurde. Licht drang herein, und Portia ließ einen Ausruf der Erleichterung hören.

»Na, was habt Ihr angestellt und verbrochen?«

Nie waren Portia menschliche Laute willkommener gewesen als Josiahs knarrende Stimme. Der Alte stellte seine Lampe auf den Tisch vor Portias Zelle. Von dem zugedeckten Gefäß, das er neben die Lampe stellte, stieg würziger Duft auf. Josiah näherte sich der Zellentür. Das Licht spiegelte sich in seinem runden Kahlkopf und verlieh der flaumigen weißen Tonsur einen rosigen Hauch.

»Ich lasse das Hündchen lieber hinaus … ach, zu spät.« Als er die Pfütze bemerkte, schüttelte er ärgerlich den Kopf. »Ein paar Mal guckte ich herein, aber ihr beide habt dagelegen wie tot. Ich hole einen Lappen.«

»Kannst du uns hinauslassen?« Portia stand auf und trat an das Gitter.

»Nur den Hund, sagte George.« Josiah sperrte die Tür auf und öffnete. Juno drängte sich zwischen seinen Beinen durch, und der Alte schloß die Tür wieder. »Ich komme mit dem Lappen wieder.« Er schlurfte hinter Juno hinaus, die erleichtert davonflitzte.

Portia setzte sich auf ihre Pritsche und dachte über ihre Situation nach, die besser war, als sie noch vor wenigen Minuten befürchtet hatte. Doch es schien so, als würde man sie in diesem winzigen Raum längere Zeit gefangenhalten.

Josiah kam mit einem Eimer Wasser und einem Lappen wieder. Beides reichte er Portia, wobei er die Tür mit großer Sorgfalt auf- und wieder zusperrte. »Na, und was habt Ihr verbrochen? George wollte nichts dazu sagen.«

»Zufällig gar nichts«, knurrte Portia und ging daran, Junos Malheur aufzuwischen. »Aber Rufus denkt da anders.«

»Es sieht dem Herrn nicht ähnlich, ungerecht zu sein«, sagte Josiah, der Portias Behauptung offenbar keinen Glauben schenkte. »Nicht in all den Jahren, die ich ihn kenne … und ich kenne ihn, seit er ein kleiner Junge war.« Er sperrte die Gittertür wieder auf, um Eimer und Lappen in Empfang zu nehmen.

»Es ist nicht nötig, daß du die Tür ständig auf- und zusperrst«, sagte Portia matt. »Ich werde schon nicht verschwinden. Wo ist Juno?«

»Läuft draußen herum.« Josiah zögerte, sah die ausdruckslosen und zerschundenen Züge der Gefangenen, dann wandte er sich achselzuckend zum Tisch um und ließ die Gittertür offen. »Wollt Ihr etwas zu Abend essen?«

Wie immer in letzter Zeit schickte Portias Magen undefinierbare Signale aus, doch wußte sie, daß sie essen mußte. »Kann ich hinauskommen und essen?«

Wieder zögerte Josiah, ehe er sagte: »Wenn Ihr mir versprecht ...«

»Ich werde nicht flüchten«, versprach Portia rasch und trat hinaus. »Was hat George zu dir gesagt?«

»Nur daß der Herr befohlen hätte, Euch gefangenzuhalten, bis er anders verfügt. Ich soll mich um Euch kümmern, da ja außer uns Alten niemand da ist.« Er hob den Deckel von der Schüssel. »Hier ist ein Löffel für das Stew.«

Portia aß im Stehen, weil kein Stuhl da war. Schon beim ersten Bissen merkte sie, daß sie einen Bärenhunger hatte. »Kannst du mir warmes Wasser zum Waschen bringen?«

»Ja, ich soll mich um alles kümmern, was nötig ist«, sagte Josiah mit einem Nicken. »Den Eimer leeren ... heißes Wasser und Essen bringen. Und morgen bringe ich Wein oder Ale.«

Portia stellte die leere Schüssel hin und ging in ihre Zelle zurück. »Kannst du mir etwas bringen, damit ich mich beschäftigen kann? Papier, eine Feder und Tinte vielleicht und eines von Rufus' Büchern? Mir ist jedes recht.«

Josiah hatte seine Zweifel. »Ich soll Dinge aus dem Haus nehmen, wenn er nicht da ist? Na, ich weiß nicht.«

»Ich glaube nicht, daß er etwas dagegen einzuwenden hätte«, sagte Portia. »Und wenn, dann wird er die Schuld nicht bei dir, sondern bei mir suchen.«

Josiah runzelte die Stirn und sah seine Schutzbefohlene aus schwachen, wasserhellen Augen an. Als er sie so verzweifelt und unglücklich sah, dachte er daran, wie lebenssprühend und fröhlich sie immer gewesen war. Egal was sie getan hatte, diese Kerkerhaft in dem nahezu verlassenen Dorf war schon hart genug, ohne daß man ihr zusätzlich Härten auferlegte.

»Hm, möglich wäre es schon«, sagte er nach einer Weile. »Es wird Euch hier schrecklich langweilig werden.«

»Danke.« Portia schaffte ein steifes, aber dankbares Lächeln.

Doch als Josiah Juno brachte und dann den Riegel der äußeren Tür wieder vorschob, kauerte Portia sich überwältigt von Schmerz und Trauer hin.

Sie konnte Rufus' kalte Augen sehen, die bittere Verachtung aus seinem Ton hören. Es war ihr unerträglich, daß er das alles von ihr glaubte. Sie liebte ihn, und sie hatte zu hoffen gewagt, daß auch er sie liebte. Doch sie hatte sich geirrt. Wenn er sie geliebt hätte, hätte er gewußt, daß sie ihn nicht hintergehen konnte. Er hätte akzeptiert, wer und was sie war. Zu diesem unglücklichen Mißverständnis wäre es nie gekommen.

Sie war es so überdrüssig, Rufus auf dem hindernisreichen Kurs seines Rachefeldzuges zu folgen, überdrüssig, einen Teil ihres Wesens zu leugnen, nur um ihn zufriedenzustellen. Der Preis war zu hoch für seine ... seine was?

Sympathie? Liebe? Leidenschaft?

Welche Rolle spielte es denn noch, da nun ohnehin alles in Schutt und Asche lag? Portia verkroch sich unter ihren Decken, und der Schlaf machte bald ihrem Leid ein vorübergehendes Ende.

22

»Na, in welchem Monat seid Ihr schon?«

Portia hob den Kopf vom Eimer und wischte sich, auf den Fersen kauernd, den Mund mit dem Taschentuch ab. »Woher weißt du es?«

Josiah zuckte mit den Achseln. »Ach, das ist doch klar, wenn ein Mädel täglich erbricht. Also, wie weit seid Ihr?«

Portia richtete sich auf. Josiah war der einzige Mensch, den sie zu sehen bekam, der einzige, dem sie sich anvertrauen konnte. »Es ist mir sehr peinlich, aber ich bin nicht sicher. Ich weiß nicht mehr, wann ich zuletzt meine Tage hatte.«

Josiah stellte den Topf mit dem Porridge auf den Tisch. »Nach den ersten drei Monaten ist es mit der Übelkeit meist vorbei.«

»Ich werde also danach nicht mehr erbrechen?« Portia war nur zu gern bereit zu glauben, daß Josiah sich auf diesem Gebiet auskannte.

»Bei den meisten hört es auf«, erklärte er. »Bei anderen wiederum nicht.«

»Ich gehöre vermutlich zu denen, bei denen es anhält«, prophezeite sie düster. Sie reckte und streckte sich in dem beengten Raum, voller Neid auf Juno, die sich draußen austoben konnte. Josiah sorgte dafür, daß der Hund dreimal täglich Auslauf hatte. Aber Juno kann ihre Notdurft auch nicht in einem Eimer verrichten, dachte sie in einem Anflug von Galgenhumor.

»Weiß es der Herr?« fragte Josiah und sperrte Portias Zelle auf.

»Als ich meiner Sache sicher war, ergab sich nie der richtige Zeitpunkt, es ihm zu sagen.« Portia kam mit einem Seufzer der Erleichterung aus der Zelle. Die fünf Tage, die sie in dieser Enge verbracht hatte, machten sich unangenehm bemerkbar. In ihren Beinen zuckte es vor Verlangen nach Bewegung; ihre geballte Energie verhinderte, daß sie im Schlaf Entspannung fand; und ihr Verstand kochte schier über vor Wenn und Aber.

»Josiah, könnte ich bitte ein Stück am Ufer entlanglaufen? Ich gebe dir mein Wort – mein Ehrenwort, daß ich zurückkommen werde.«

Josiah war nicht wohl dabei zumute. »Ich weiß, aber ich habe andere Befehle.«

Portia war ratlos. Der Rufus, den sie zu kennen glaubte, hätte sie nie dieser Einschränkung unterworfen. Sie konnte verstehen, daß er seine Befehle im Zorn gegeben und es verabsäumt hatte, die Einzelheiten ihrer Haft festzulegen. Vielleicht aber auch nicht. Gut möglich, daß er genau dies beabsichtigt hatte. Er hatte sie vor der Bestrafung als Spionin gerettet und ihr seine Strafe auferlegt, die sehr viel gnädiger ausfiel, aber immer noch schlimm genug war.

»Vielleicht könnte ich –« Josiah wurde durch das laute Gequäke eines Dudelsackes unterbrochen. Trotz der Entfernung zum Dorf war von dort etwas zu hören – Laufschritte, Rufe.

»Was ist?« Portia ging an das vergitterte Fenster. Ihr Puls raste. Sie spürte die Antwort mit allen Fasern ihres Seins. Rufus war zurück.

»Ich sehe nach. Eßt Euer Porridge, dann komme ich wieder.« Josiahs Geschlurfe war schneller als sonst, als er zur Tür ging und einen Hauch der frischen, morgendlichen Sommerluft einließ, der in Portia das schmerzliche Verlangen nach Freiheit weckte.

Die Tür fiel laut ins Schloß, der Riegel wurde vorgeschoben.

Sie aß ihr Porridge ohne Appetit. Ihre Untätigkeit dämpfte den Hunger, und ihr Speiseplan war zu eintönig, um ihn anzuregen. Doch sie war sich des Lebens bewußt, das in ihr wuchs. Ein Leben, das für ihr eigenes von großer Bedeutung war. Sie lebte für dieses Kind. Ihre Lungen atmeten für das Kind. Es war, als ginge ihr Körper unbewußt in der Erhaltung eines Lebens auf, das seine eigene Bedeutung und seine Bedürfnisse noch nicht entdeckt hatte. Sie und das Kind in ihrem Schoß waren eins.

Die Tätigkeit des Essens wirkte beruhigend auf sie. Die Geräusche jenseits der Kerkermauern hatten sich geändert. Jetzt war Pfeifen und Trommeln zu hören, Marschtritte und alle anderen Kennzeichen des militärischen Drills, der im Militärlager eines Geächteten normalerweise herrschte.

Rufus Decatur war jedoch kein Wegelagerer, kein Geächteter mehr. Er war der rechtmäßige Earl of Rothbury, der für seinen König kämpfte, und Portia Worth war eine Verräterin, der er Unterschlupf gewährte. Was immer ihn hierhergeführt hatte, offiziell würde er ihre Anwesenheit ignorieren müssen, aber heimlich würde er sicher kommen und mit ihr sprechen oder ihr zumindest durch einen seiner Vertrauten eine Nachricht zukommen lassen.

Junos kurzes Gekläff vor der Tür kündigte Josiahs Kommen an, da der Hund ihm stets vorauslief. Juno sprang begeistert an Portia hinauf, als hätte sie sie wochenlang nicht gesehen.

»Ja ... ja ... ich habe dich auch lieb.« Portia bückte sich, um sie zu streicheln. Vor zwei Monaten hatte sie Juno noch ganz leicht in die Arme nehmen können, nun aber war die Hündin schon ein halbes Jahr und zu groß geworden, als daß Portia sie auf den Arm nehmen wollte.

»Ist es Rufus?« Portia versuchte, sich Angst und Hoffnung nicht anmerken zu lassen, als sie zu Josiah aufblickte, während sie beruhigend eine Hand in Junos Nackenfell vergrub.

»Ja.« Um Josiahs gewohnte Ruhe war es geschehen. »Alle sind sie zurück, mit den Truppen des Prinzen. Es soll eine große Schlacht bevorstehen. Schon morgen rücken sie alle wieder aus.«

Portias Herz sank. »Hast du Rufus gesehen?«

»Nur ganz kurz. Seid Ihr fertig?« Josiah deutete auf die Schüssel. In seinen alten Augen lag tiefer Kummer. »Sieht aus, als sei er sehr beschäftigt – unter anderem mit den Offizieren des Prinzen.«

»Wenn er mit mir sprechen möchte, wird er es wohl tun.« Portia klang so entmutigt, wie sie sich fühlte. Gefolgt von Juno ging sie in ihre Zelle. »Schließlich weiß er, daß ich hier bin.«

»Ja, aber er weiß nicht, daß Ihr guter Hoffnung seid«, sagte Josiah und versperrte die Zellentür, ehe er die leere Porridgeschüssel vom Tisch nahm. »Zu Mittag bringe ich wieder etwas.«

Portia legte sich auf ihre Pritsche und lauschte den inzwischen vertrauten Geräuschen der Tür und des Riegels. Wie lange wollte Rufus sie hier festhalten? Bis der Krieg vorüber war? Bis sie nicht mehr wegen Verrats vor Gericht gestellt werden konnte? Würde er jemals wieder mit ihr sprechen? Oder würde Josiah eines Tages die Tür öffnen und sagen, daß sie frei sei?

Frei zu gehen, wohin es ihr beliebte und wohin das Schicksal sie führte, solange sie nie wieder Rufus Decaturs Wege kreuzte? Frei, einem Decatur-Bastard das Leben zu schenken, der seinen Vater nie kennenlernen würde?

Als Rufus sein Haus betrat, traf ihn die Leere mit Wucht. Es war viele Monate her, seitdem er hier ohne Portia gelebt hatte, und dem Haus schien nun etwas Wichtiges zu fehlen. Ihr schwerer Wintermantel hing nach wie vor am Haken an der Tür, und er wußte, daß er oben ihr Nachthemd über dem Fußende des Bettes sehen würde. Er konnte sich sogar vorstellen, daß sich auf der Matratze noch die leichte Mulde fand, die ihr Körper hinterlassen hatte. Sein eigener Körper war viel größer und schwerer als Portias trügerisch zarte Gestalt, so daß sie dauernd in die von ihm verursachte Mulde gerutscht war, um sich dann an seinen Rücken zu schmiegen und ihn nicht loszulassen.

Noch nie im Leben hatte er sich so grauenvoll gefühlt. Auch nicht als verwaister Junge, der mit Erinnerungen kämpfte — an die letzten Worte seines Vaters, an das Geräusch des Schusses, der ihn getötet hatte, an den Geruch des Rauchs, der das einzige Heim, das Rufus je gekannt hatte, in Schutt und Asche legte. Und auch nicht, als er auf seine verstorbene Mutter und das schwache Neugeborene hinuntergeblickt und sich gefragt hatte, was er nun tun sollte.

Damals hatte es dennoch eine Zukunft gegeben, eine bedrohliche, unbekannte Zukunft, doch allein das Wissen um eine Zukunft barg schon an sich Hoffnung. Nun aber hatte er das Gefühl, als sei ihm etwas für seine weitere Existenz Lebenswichtiges genommen worden. Er hatte kein Ziel mehr, auf das er sich freuen, für das er planen konnte. Zum ersten und einzigen Mal als Erwachsener hatte er sich, sein Vertrauen, seine Loyalität und seine Liebe verschenkt. Er hatte geliebt … nein, er liebte sie immer noch … mit so überwältigender Kraft, daß dieses Gefühl alle anderen in sich barg. Sie jedoch hatte ihn verraten, hatte seine Liebe benutzt, um ihn zu hintergehen. Dieses Wissen war unerträglich.

»Ist sie da? Ist Portia da?« Luke und Toby schubsten sich zwischen seinen Beinen, weil sie es eilig hatten, hineinzukommen. Sie stolperten kopfüber in die Küche und richteten sich auf, um sich erstaunt im leeren Raum umzublicken.

»Sie ist nicht da?« fragte Luke enttäuscht.

»Sie ist nirgends«, stellte Toby fest. Er sah seinen Vater an. »Wo ist sie?«

Rufus hatte geglaubt, sie würden Portias Verschwinden so leicht hinnehmen, wie sie sich unweigerlich an die ständig wechselnden Lebensumstände anpaßten. Jetzt wurde ihm klar, daß dies Wunschdenken war. Die Tatsache, daß sie keine Fragen gestellt hatten, bedeutete nur, daß sie sich ihren eigenen Reim auf Portias Abwesenheit gemacht und einfach angenommen hatten, sie würde in vertrauter Umgebung wieder auftauchen. Jetzt sahen sie ihn mit einer Mischung aus Anklage und Furcht an, und er verwünschte sich als kurzsichtigen Idioten. Portia war für ihr Leben ebenso unabdingbar geworden wie für seines. In seinen eigenen Kummer versunken, hatte er nicht gesehen, wie seine Söhne unter ihrer plötzlichen und unerklärten Abwesenheit litten.

Um nun seinen Kindern eine Antwort geben zu können, mußte er sich der Frage stellen, die er in der letzten Woche verdrängt hatte. Er konnte Portia nicht ewig eingesperrt halten. Was also sollte er tun?

»Ich weiß es nicht«, hörte er sich sagen und fast geistesabwesend seine eigene Frage und nicht jene Tobys beantworten.

Die Buben starrten ihn ungläubig an. »Wo ist sie?« wiederholte Toby mit einer merkwürdig erwachsenen Anwandlung von Geduld, als glaubte er, sein Vater hätte ihn nicht richtig verstanden.

»Wann kommt sie zurück?« fragte Luke mit bebender Stimme und sah seinen Vater eindringlich an.

»Ich weiß es nicht genau«, sagte Rufus, der sich zu einem beruhigenden Ton zwang. »Sie hat einiges zu tun.«

»Aber sie hat uns gar nicht Lebewohl gesagt. Ich dachte, sie würde ganz bestimmt hier sein«, beharrte Toby mit derselben sonderbaren Reife.

»Sie mußte plötzlich fort und wollte euch nicht wecken«, sagte Rufus ungeduldig. »Das habe ich schon erklärt. Jetzt werdet ihr ein paar Tage bei Mrs. Beldam bleiben, deshalb beeilt euch und sucht zusammen, was ihr mitnehmen wollt.«

Zu Portia hatte er zwar entrüstet gesagt, er würde seine Kinder nie in der Obhut einer Bordellmutter lassen, doch während er sie auf dem relativ ruhigen Schauplatz einer Belagerung bei sich haben konnte, war dies auf einem Schlachtplatz ausgeschlossen, zumal Rufus sich über den bevorstehenden Kampf keine Illusionen machte. Prince Rupert war zwar überzeugt von der Schlagkraft der Königstreuen und hielt die Zeit für gekommen, eine Entscheidung zu erzwingen. Aber Rufus argwöhnte, nein, er wußte, daß Rupert in einem Irrtum gefangen war. Die Truppen des Königs waren einer Entscheidungsschlacht nicht gewachsen, und ihre Niederlage bedeutete, daß der König sich dem Parlament beugen mußte.

Seine kurze Bekanntschaft mit Prince Rupert hatte ihn davon überzeugt, daß es diesem ungeachtet seiner Verdienste als Oberbefehlshaber an Besonnenheit und Logik mangelte. So wäre es vernünftig gewesen, die Belagerung von Castle Granville bis zum Ende durchzuhalten. Sie kurz vor dem Erfolg aufzugeben war voreilig und für die Truppenmoral katastrophal.

Da die Königstreuen seit dem Winter nur Niederlagen erlitten hatten, war ein überzeugender Sieg bitter nötig, und die Einnahme von Castle Granville hätte ihnen diesen geliefert. Rufus wußte, wie entmutigt die Truppen des Königs waren, aber Prince Rupert weigerte sich beharrlich, dies zur Kenntnis zu nehmen. Rufus hatte keine andere Wahl, als sich den Entscheidungen seines Oberbefehlshabers zu beugen, ob er sie für richtig hielt oder nicht, da er im Moment auf seiten des Königs war und dem Kommando Prince Ruperts unterstand. Aber wenn diese Schlacht geschlagen war und er sie unversehrt überlebte, würde er seine Position gründlich überdenken müssen.

Es hatte ihn zutiefst getroffen, Catos Festung den Rücken kehren zu müssen und ihm so knapp vor der Einnahme den Triumph zu überlassen! Aber Rufus war mehr denn je davon überzeugt, daß die entscheidende Konfrontation nicht lange auf sich warten lassen würde. Er spürte, daß sie in der bevorstehenden Schlacht auf dem Feld aufeinandertreffen würden ...

»Verzeiht, Sir ...?«

Josiahs Stimme, die fast entschuldigend klang, riß ihn aus seinen Gedanken. Er drehte sich mit einem Begrüßungslächeln um.

»Gewährt Ihr mir ein Gespräch unter vier Augen, Mylord?«

Rufus war darauf gefaßt, daß er gleich nach seiner Ankunft mit Josiah über seine Gefangene sprechen würde. »Natürlich.« Er deutete auf die Treppe. »Kinder, sucht eure Sachen zusammen. Bill fährt mit euch im Karren los, sobald ihr fertig seid.«

»Wir sind fertig«, erklärte Toby anklagend. »Seit damals, als Portia noch da war ... vor der Belagerung. Da hatten wir schon alles gepackt.«

»Hier ist nichts mehr, was wir wollen«, warf Luke ein und stieß mit dem Kopf gegen die Knie des Vaters.

»Dann geht hinaus und spielt.« Rufus trieb die Buben energisch zur Tür hinaus, trat wieder ein und schloß die Tür. Er lehnte sich dagegen, ohne dem Protestgeschrei Beachtung zu schenken. »Also, wie geht es ihr?«

Als Josiah sich ernst übers Kinn strich, bekam Rufus es mit der Angst zu tun. »Was ist? Geht es ihr gut?«

»Das schon, Mylord. So gut, wie unter den Umständen zu erwarten«, antwortete Josiah gemessen. »Aber sie braucht Bewegung ... hin und wieder einen Spaziergang am Flußufer. Und ich hatte keine Order, sie ...« Er sah Rufus fragend an.

In den schrecklichen Abgründen seines Schmerzes hatte Rufus alle Bilder von Portia gelöscht, da er sie sich nicht mehr als Person vergegenwärtigen wollte. Nun aber sah er sie wieder in ihrer warmherzigen und rastlosen Lebhaftigkeit vor sich. Langbeinig, energisch, mit wirrem, leuchtendem Haar, die schrägen grünen Katzenaugen voller Lachen, Witz und Klugheit. Wenn er sich ihre Haft vorstellte, die schreckliche Untätigkeit, die Stunden der Langeweile, schauderte ihn.

Fünf Minuten das Flußufer entlang, und er könnte sie in den Armen halten.

Doch dann dachte er daran, was sie ihm angetan hatte, und die Verbitterung erfaßte ihn wie ein Geschwür, das sich in sein Gedächtnis fraß und alle Milde tilgte.

»Die Jungen sollen nicht wissen, daß sie hier ist. Sobald Bill die Kinder weggebracht hat und wir am Morgen ausgerückt sind, kannst du ihr die Freiheit geben«, knurrte er. »Sag ihr, daß ich sie bei meiner Rückkehr nicht mehr vorfinden will.« Mit einer brüsken Handbewegung ging er an Josiah vorbei und die Treppe hinauf.

Der Alte hörte seine Schritte auf den Holzdielen, ziellos, als liefe er auf und ab, weil er keine Ruhe fand. Josiah hatte den Schmerz in seiner Miene gelesen, jenen Schmerz, den er in den letzten Wochen oft bei Portia gesehen hatte. Kein Zweifel, diese beiden machten einander aus irgendeinem Grund sehr unglücklich ... aus einem Grund, der die Qualen nicht wert war, wie Josiah aus lebenslanger Erfahrung wußte. Außerdem erwartete Portia ein Kind. Wenn Rufus das Mädchen endgültig verstieß, wie es seine Absicht zu sein schien, würde er nie davon erfahren.

Mit einem entschlossenen Kopfschütteln ging Josiah hinaus. Die Kinder hockten auf der Erde und zeichneten mit Stöckchen ein Linienmuster in die Erde. Als Josiah aus dem Haus trat und sie ihn ansahen, wich die aufblitzende Hoffnung in den zwei blauen Augenpaaren sofort einer so tiefen Enttäuschung, daß es

Josiah sein altes Herz fast im Leib umdrehte. »Na, wollt ihr mitkommen und mir helfen, den Honig aus den Bienenstöcken zu holen?«

Es war eine Aufforderung, die sie früher in einen wahren Freudentaumel versetzt hätte. Nun aber folgten sie ihm nur in lustlosem Schweigen und mit schleppenden Füßen.

Portia verbrachte die langen Stunden des Tages, indem sie dem Lärm lauschte, der gedämpft durch das hohe, vergitterte Fenster ihrer Zelle drang. Pfeifen, Trommelwirbel, Marschtritte, laute Kommandorufe. Dabei wurde sie das Gefühl nicht los, daß etwas Sonderbares in der Luft lag. In den Geräuschen der Armee, die sich offensichtlich für einen Kampf rüstete, schienen Angst und Nervosität mitzuschwingen.

Stundenlang lief sie in ihrer Zelle unter Junos aufmerksamen Blicken auf und ab, wobei sie angestrengt auf Schritte von draußen lauschte. Sie wußte, sie würde sein Kommen schon von weitem spüren, und die Hoffnung verließ sie nicht bis nach Mittag. Erst dann wußte sie, daß sie vergebens wartete. Er würde in den Kampf ziehen, ohne sie aufzusuchen. Ohne ein Wort der Versöhnung würde er dem Tod ins Auge sehen und sie verlassen, so daß sie den Rest ihres Lebens die Last dieser zerstörten Beziehung tragen mußte, das Wissen, daß er in den Tod gegangen war und sie gehaßt und für eine Verräterin gehalten hatte.

Während sie nun auf Josiah wartete, kämpfte sie in finsterem Schweigen gegen die Tränen an. Der Nachmittag war schon zur Hälfte vergangen, ehe sich die Tür öffnete und der Alte eintrat, schwer atmend, als sei er gelaufen.

»Herr im Himmel, was für einen Wirbel wir heute haben.« Er stellte ein zugedecktes Körbchen auf den Tisch. »Hoffentlich habt Ihr nicht geglaubt, ich hätte Euch vergessen.« Er sperrte Portias Zellentür auf. Sofort fielen ihm ihre Blässe, ihr trauriger Mund und die von ungewohnten Tränen glänzenden Augen auf.

»Nein, das dachte ich nicht.« Portia trat hinaus in den größeren Raum, als Juno auch schon schweifwedelnd zur Tür rannte. »Was tut sich im Dorf?«

Josiah ließ Juno hinaus, dann drehte er sich um und packte den Korb aus. »Ach, was sich beim Militär immer tut ... Leute marschieren hin und her und machen sich wichtig. Kommt und eßt. Vergeßt nicht, daß Ihr für zwei essen müßt.«

»Wie könnte ich das vergessen?« Portia aß lustlos, da sie ihre gesamte Energie darauf verwandte, nicht nach Rufus zu fragen, vor allem nicht zu fragen, ob er etwas über sie gesagt hatte.

Die Armee rückte bei Tagesanbruch aus. Portia hörte sie im grauen Morgenlicht, rhythmische Stiefelschritte, Hufschlag, Geklirr von Biß und Zaum. Diesmal ohne kriegerische Klänge, ohne Dudelsackgequäke oder Trommelschlag, und diese Stille verlieh dem Aufbruch etwas so unheilvoll Düsteres, daß Portia sich fragte, ob die Truppe unter wehenden Bannern und mit stolzer Siegesgewißheit auszog, überzeugt von sich und der Rechtmäßigkeit ihres Kampfes.

Rufus hatte aus seinen Zweifeln an der Fähigkeit des Oberkommandos der Königstreuen nie ein Hehl gemacht. Die Tapferkeit der Manner war unbestritten, Taktik und Vorgehensweise aber oft unklug. Portia fragte sich nun, ob er unter dem Gefühl litt, daß ihre Sache verloren war. Sie fragte sich auch, was sich vor Castle Granville zugetragen hatte. Hatte Cato sich ergeben? Es war möglich, aber eigentlich unwahrscheinlich. Und wenn nicht, wie hatte Rufus auf den Befehl reagiert, die Belagerung aufzuheben?

Es war nervtötend, wenn man nichts wußte. Josiah hatte nichts gesagt, und ihr unnützer und sinnloser Stolz hatte Portia davon abgehalten, direkt danach zu fragen, was über die Belagerung durchgesickert war und wie es um die weiteren Pläne und die Stimmung im Lager stand.

So lief sie auf und ab, gequält von ihrer Ungewißheit, gequält auch von Bildern Rufus', sterbend, verstümmelt, vor Schmerz im Todeskampf schreiend. Und dann hörte sie gedämpftes Hufgetrappel, leises Klirren, ein kurzes Wiehern, und ihr Herz schöpfte Hoffnung. Sie lief zur vergitterten Zellentür und stand da, die Stäbe umklammernd, und horchte auf die vertrauten Schritte.

Juno stellte sich winselnd auf die Hinterpfoten und stützte die Vorderpfoten erwartungsvoll auf das Schloß. Schritte waren gleichbedeutend mit Freiheit.

»Rufus?« Portia brachte den Namen kaum über die Lippen, als sie hörte, wie der Riegel angehoben wurde. Ihre Hände waren feucht, ihr Herz schlug so heftig, daß es schmerzte. »Rufus ...« Ihre Stimme verstummte. Ihre Enttäuschung war so groß, daß sie glaubte, ohnmächtig zu werden.

Josiah trat mit vollen Armen ein. Seine blassen Augen glänzten. »Komm mit, Mädchen.« Er stellte seine Last auf dem Tisch ab und sperrte die Zellentür auf.

»Die Nachhut ist keine halbe Stunde vor Euch. Und es sind keine Decatur-Männer. Die sind an der Spitze, wo sie hingehören.« Er nickte mit einem Anflug von Stolz. »Ihr könnt Euch unauffällig unter die Nachzügler mischen, da Euch keiner kennt.«

»Wovon sprichst du, Josiah?« Portia trat aus ihrer Zelle. Der Alte verströmte ungewohnte Energie. Und sie selbst verspürte die ersten Regungen einer unbeschreiblichen Hoffnung.

»Ihr müßt ihnen natürlich nachreiten«, erklärte Josiah. »Ich habe Euch alles mitgebracht – Euer Schwert, die Muskete und das Messer, das George Euch abnahm. Hier sind Brustpanzer, Helm und Koller. Penny steht gesattelt bereit. Die Armee marschiert nach Marston Moor, gleich hinter York. Letzte Nacht wurde in der Kantine viel geredet. Also, nichts wie fort, Mädchen.«

Plötzlich wurde Portia alles klar, und sie sah ihren Weg deutlich vor sich. Josiah gab ihr die Freiheit und die Mittel, wieder selbst über ihr Schicksal zu bestimmen. Sie war nicht mehr hilflos.

Da sie schon zu sehr Soldat war, machte sie sich über den bevorstehenden Kampf ebensowenig Illusionen wie Rufus. Selbst wenn man die Lage sehr optimistisch einschätzte, hielten sich die Chancen von Tod und Überleben die Waage. Sie wollte nur die Chance bekommen, zwischen ihnen alles richtigzustellen, ehe er in den Kampf zog.

Als sie das Lederkoller anzog und den Brustpanzer umschnallte, verdrängte sie den Gedanken, daß Rufus sich in seinem Zorn und in seinem zwanghaften Rachedurst weigern würde, ihr Gehör zu schenken. Nun, sie würde dafür sorgen, daß er ihr zuhörte.

Josiah reichte ihr die Waffen. Portia steckte das Schwert in die Scheide, das Messer in den Stiefel, hängte sich die Muskete über den Rücken und die Patronentasche vor die Brust. Sofort fühlte sie sich, als hätte sie wieder die ihr vertraute Welt betreten. Dies waren die Werkzeuge ihres Berufes. Ihr verräterisches Haar stopfte sie unter die gestrickte schwarze Mütze und setzte den Helm auf. Nur wer sie sehr gut kannte, würde sie erkennen.

»Josiah, wirst du dich um Juno kümmern?«

»Ja. Macht Euch keine Sorgen um den Hund«, beruhigte der Alte sie. »Tut nur, was Ihr tun müßt.«

Portia ging an die Tür und pfiff nach Juno. Die Hündin kam das Ufer entlang schweifwedelnd auf sie zugelaufen. Portia hob sie mit einiger Mühe hoch, worauf Juno ihr das Gesicht voller Begeisterung ableckte. »Du bleibst bei Josiah«, befahl Portia und trug sie ins Gefängnis.

»Kannst du sie festhalten, während ich losreite?«

Josiah nahm das strampelnde Bündel gelassen in Empfang. »Fort mit Euch, Mädchen, und Gott mit Euch.«

»Mit uns allen«, sagte Portia ernst, ehe sie Josiah auf beide Wangen küßte. »Das werde ich dir nie vergessen.«

»Ach, ich bin ein alter Mann und kann nicht mit ansehen, wenn Menschen sich aus nichtigem Grund unglücklich machen. Ihr reitet ihm nach und rückt alles zurecht. Der Herr ist zuweilen eigensinnig und macht Fehler wie wir alle.« Er scheuchte sie mit der freien Hand fort.

Penny graste, den Zügel im Nacken verknotet. Sie wieherte zur Begrüßung, als Portia ihren Hals streichelte und ihr in gewohnter Manier die Ohren kraulte, den Geruch von Pferd und Leder auskostend.

Es war der letzte Tag des Juni. Portia schwang sich in den Sattel und atmete tief die milde Morgenluft ein. Es war noch früh, doch es versprach, wieder ein heißer Tag zu werden. Sie lenkte Penny auf die Hügel zu, und die Stute trabte fröhlich los. Nachdem sie die verlassenen Postenstellungen passiert hatten, lag die Decatur-Festung hinter ihnen.

Als sie die Straße nach York erreichten, stieg die Sonne heiß und blendend auf. Die Erde war hart und spröde, das Gras roch fast versengt. Penny, deren Ohren spielten, da sie die Armee vor sich spürte, in deren Reihen sie gehörte, hatte es anders als Portia sehr eilig. Portia wollte die Truppe, deren Route leicht zu verfolgen war, noch nicht einholen und ritt in einem gemächlichen Trab dahin, um keine vorzeitige Entdeckung zu riskieren.

Das Hügelland prangte gelb und purpurn vor Ginster und Heidekraut, und Portias Herz sang hoffnungsvoll und jubilierend wie die Lerchen, die über der duftenden Heide schwebten.

23

Die zwei Männer schritten zwischen den Bäumen hinunter zum Fluß. Hinter ihnen stieg der Rauch der Kochfeuer auf, begleitet von den Geräuschen einer Armee, die ihr Lager aufschlägt. Portia folgte ihnen, lautlos und gedeckt durch Baum und Strauch dahinhuschend, behielt sie ständig im Auge, wagte sich aber nie zu nahe heran, um nicht entdeckt zu werden. In den zwei Tagen, seitdem sie das Dorf verlassen hatte, war sie Rufus auf den Fersen geblieben. Immer wieder hatte sie sich unter Truppenteile gemischt, hatte ihn mit ihren Blicken verfolgt und hatte die Ohren gespitzt, um seine Stimme zu hören. Es war eine Qual, von ihm getrennt zu sein, und doch die süßeste aller Foltern, ihn unbemerkt zu beobachten.

Bei dem Marsch, der sie an diesen Ort geführt hatte, bildeten die berittenen Decatur-Leute die Spitze, gefolgt von der Infanterie Prince Ruperts, während eine kleine Kavallerie-Einheit als Nachhut diente. Das Nachtbiwak hatte man vor den Mauern von York aufgeschlagen, wo im Schutz der Dunkelheit die übrigen Truppen der Royalisten aus allen Richtungen unter ihren eigenen Kommandanten zu ihnen gestoßen waren.

Wenn sie Rufus sah, erschauerte sie, und Verlangen regte sich in ihrem Körper. Es drängte sie, zu ihm zu laufen, seine Arme um sich zu fühlen, seine Haut und sein Haar zu riechen, mit den Fingern durch seinen seidigen Bart zu streichen, das warme Licht seiner Augen auf sich zu spüren. Als er sie letztes Mal angeblickt hatte, waren sie kalt und distanziert gewesen, und sie versuchte mit aller Macht, diese Erinnerung zu verdrängen und statt dessen an den liebevollen und zärtlichen Blick zu denken, der das Gefühl in ihr weckte, sie wäre einzigartig und vollkommen.

Jedes Mal, wenn sie ihn beobachtete, fürchtete sie, daß er über die Entfernung hinweg die Glut ihres Blickes spürte, die Kraft ihres Verlangens, das so stark war, daß sie vermeinte, es müßte die Luft um ihn in Schwingungen versetzen. Es erschien ihr unglaublich, daß er ihre Gegenwart nicht mit jedem Atemzug fühlte. Aber nicht ein einziges Mal blickte er in ihre Richtung, und die Angst, ihm gegenüberzutreten und abgewiesen zu werden, hinderte sie daran. Deshalb begnügte sie sich damit, ihn von weitem zu beobachten.

Doch während sie wartete und plante und den Moment der Begegnung hinauszögerte, erwachte in ihr eine andere Befürchtung und belastete schwarz und kalt jede wache Minute: Sie mußte ihn unbedingt vor Tagesanbruch stellen, vor der Schlacht, da es sonst vielleicht zu spät sein würde.

Der Unmut der Mannschaft, die seit Monaten keinen Sold mehr bekommen hatte, war ihr nicht verborgen geblieben. Sie hatte das Murren der Leute mitbekommen, wenn sie sich an einer Gruppe möglichst unauffällig oder am Rande vorüberdrängte. Die Männer wollten nicht länger einsehen, warum sie sich für eine Sache opfern sollten, mit der sie sich wenig oder gar nicht identifizieren konnten. Portia schätzte daher die Lage ähnlich verzweifelt ein wie Rufus. Diese Leute würden sich niemals mit voller Kraft in den Kampf stürzen, da der Anblick der prächtig uniformierten Offiziere auf ihren edlen Rössern in ihnen weder Stolz noch Loyalität weckte und deren Kampf nicht der ihre war. Die wenigsten schienen gewillt, ihr Leben aufs Spiel zu setzen, damit die feinen Herren ihr privilegiertes Leben in Luxus und Reichtum weiterführen konnten.

Nun lagerten sie an jenem Ort, den Prince Rupert und seine Kommandeure zum Schlachtfeld erkoren hatten, auf dem der entscheidende Sieg für den König erkämpft werden sollte. Ein paar Meilen nördlich von York erstreckte sich Marston Moor als öde Moorebene, die zwei Armeen genügend Raum für die Bewegungen einer offenen Feldschlacht mit ihren starren Formationen bot.

Es war am Nachmittag, als Portia Will und Rufus zum Fluß folgte, der am Fuß einer kleinen bewaldeten Anhöhe dahinströmte. Sie hatten das Lager verlassen, während die Decatur-Leute mit den anderen Truppenteilen am Ende eines kurzen Tagesmarsches ihre Mahlzeit zubereiteten. Die Standarten der Parlaments-Truppen, die inmitten der Zelte am anderen Ende des Moores flatterten, konnte man mit dem Feldstecher ausmachen. Die Atmosphäre im Lager der Königstreuen war gespannt, und Portia fragte sich, wie der Feind sich fühlen mochte, während er sich auf die grauenvolle Realität des kommenden Tages einstellte.

Will und Rufus schienen nicht viel zu sprechen, obwohl Portia so weit entfernt war, daß sie auch nichts gehört hätte, wenn sie sich tatsächlich unterhielten. Sie kamen ans Ufer, und Portia kroch, durch einen dichten Strauch gedeckt, näher heran. Nun war sie nahe genug, um sie zu hören, doch fiel kein Wort zwischen ihnen. Sie zogen sich nur aus und wateten ins Wasser.

Portia beobachtete es mit dem ungehemmten Vergnügen einer Voyeurin. Ihr erschien es lange her, seitdem sie Rufus nackt gesehen hatte, und sie fragte sich, ob er dünner geworden war. Sie hatte den Eindruck, daß seine Rippen stärker hervortraten und daß sein Rücken magerer geworden war. Sein Gesäß aber war so straff und muskulös wie eh und je, seine Taille so schmal, seine Hüften so schlank. Als er sich bückte, um sich Wasser ins Gesicht zu spritzen und seine Hinterbacken sich spannten und seine Schenkelmuskeln spielten, wallte ihr Verlangen fast unbezähmbar auf. Will war zwar gut gebaut und von jünglingshafter Geschmeidigkeit, mit Rufus aber konnte sich keiner messen. Nicht mit seiner Stärke, seiner Kraft, der gezügelten Autorität seines Körpers.

Die zwei Männer schwammen eine Weile und lieferten sich Wettschwimmen über den Fluß. Die Späherin am Ufer hatte indes den Eindruck, daß es ihnen keinen Spaß machte und sie es nur taten, weil sie sich bewegen und sich ertüchtigen wollten. Als Rufus aus dem Wasser stieg, sein Körper mit jedem Schritt mehr aus dem Naß auftauchte und die Tropfen von ihm perlten, da nahm Portia eine Inventur seines Körpers vor. Sie registrierte alles, was ihr so viel Lust geschenkt und sie mit überirdischer Wonne erfüllt hatte.

Sie liebte seinen flachen Leib, die hervortretenden Hüftknochen, das weiche Haar auf seiner breiten Brust. Und sie liebte seinen Nabel. Unwillkürlich überfiel sie die Erinnerung daran, wie sie Wein aus dieser köstlichen Senke geschlürft hatte, wie ihre Zunge ihn streichelnd und kitzelnd geneckt hatte, bis er sich drehte und wand. Jetzt noch vermeinte sie die salzige Spitze seines Gliedes zu schmecken, vermeinte die muskulöse Härte zu spüren, als sie ihn in den Mund nahm und ihre Zunge um ihn spielen ließ.

Während sie hinter dem Gebüsch hervor zusah, wie Rufus sich achtlos mit seinem Hemd abtrocknete, wurde Portia von einem so sehnsüchtigen Verlangen übermannt, daß ihre Hände erzitterten. Ihre Knie wurden weich, sie ließ sich auf den feuchten, moosigen Boden sinken, den kaum je ein Sonnenstrahl erreichte.

Will kam prustend aus dem Wasser, viel geräuschvoller als sein Vetter, und warf sich ins Gras. Seine Stimme war bis zu Portia zu hören.

»Rufus, warum ziehst du morgen in den Kampf, wenn du seinen Ausgang so ungünstig beurteilst?«

Es vergingen ein paar Sekunden, ehe Rufus antwortete. »Aus zweierlei Gründen. Ich habe mit meinen Leuten gelobt, für die Sache des Königs einzutreten, und ich werde meinen Eid zumindest für diesen Kampf nicht brechen …« Nach einer kleinen Pause fuhr er fort: »Aber wenn einer meiner Männer sein Leben nicht aufs Spiel setzen will, werde ich ihn von seinem Gelöbnis entbinden.«

»Du weißt, daß das niemand tun würde«, wandte Will hitzig ein. »Sie würden ihr Leben für dich geben.«

»Ja, aber warum sollten sie ihr Leben für eine verlorene Sache lassen?« Rufus zuckte mit den Achseln. »Sicher gibt es auf beiden Seiten Männer, die so denken.«

»Und der zweite Grund?« half Will nach.

»Ich habe die Absicht, Cato Granville auf dem Feld zu stellen.« Rufus sagte es ausdruckslos.

»Und sein Tod wird dich glücklich machen.« Wills Äußerung kam als Feststellung und nicht als Frage.

Rufus legte sich zurück ins Gras und verschränkte die Arme hinter dem Kopf. »Damit erfülle ich eine Verpflichtung.«

»Eine Verpflichtung? Steckt nicht mehr dahinter?« Wills Ton war ungläubig.

Rufus drehte sich zur Seite und half einer Ameise auf einen Grashalm. »Will, mir ist die Fähigkeit abhanden gekommen, für irgend etwas Gefühle zu entwickeln.«

»Portias wegen?« Will fragte es zögernd. Das Thema war tabu, doch nun spürte er so etwas wie eine stumme Aufforderung.

Wieder schwieg Rufus. Dann setzte er sich auf und griff nach seinem feuchten Hemd. »Ich bin zur Einsicht gelangt, daß ein Mann sich nur einmal einer Frau mit Herz und Seele schenken kann. Wird diese Gabe verschmäht, verliert die Zukunft für ihn an Bedeutung.« Er zog seine Breeches an. »Komm, es wird Zeit, ins Lager zurückzukehren.« Sein Ton war nun sachlich, völlig emotionslos und abweisend.

Will begriff sofort und zog sich an. Ihr Rückweg verlief so stumm wie der Hinweg.

Portia blieb noch lange unter ihrem Strauch hocken, ehe auch sie wieder zurück zu den Lagerfeuern ging.

»Nun, was haltet Ihr davon?«

Cato senkte den Feldstecher und wandte sich dem neben ihm Stehenden zu, um dessen Frage zu beantworten. Oliver Cromwell war ein Mann von gedrungener Statur, dessen äußere Erscheinung vernachlässigt wirkte. Sein Kragen war vergilbt, das Wams mit Fettflecken übersät, die kurzen Haare klebten strähnig am Kopf.

»Wir haben noch vier Stunden Tageslicht vor uns«, gab Cato nachdenklich zurück. »Und nach den Kochfeuern zu schließen, könnten wir sie überrumpeln.«

»So ist es.« Cromwell rieb sich befriedigt die Hände. »Was meint Ihr, Fairfax?«

Lord Fairfax hob seine wohlgeborene Nase prüfend in die Luft. »Es erscheint mir nicht sehr ritterlich«, bemerkte er. »Sich auf den Feind zu stürzen, wenn er nichtsahnend und in Erwartung des Essens am Feuer sitzt. Aber es liefert uns einen entscheidenden Vorteil.«

»Der Krieg ist kein ritterliches Geschäft«, erwiderte Cato. Wieder hob er den Feldstecher an die Augen und blickte über die Ebene des Moores hinweg zu den feindlichen Feuern. Befand Rufus sich unter den Truppen des Königs? Wahrscheinlich. Es bestand also die Möglichkeit, daß sie auf dem Schlachtfeld aufeinandertrafen, falls sie vorher den Kampf überlebten. Wie auch immer diese Begegnung ausgehen mochte, sie würde vermutlich das Ende der Fehde ihrer Väter bedeuten. Ließ er heute sein Leben, sei es durch die Hand Decaturs oder auf dem Schlachtfeld, würde kein Erbe die Fehde weiterführen, da dies keine Last war, die man Töchtern aufbürdete. Aber auch Rufus Decatur hatte keine legitimen Erben, die seinen Rachefeldzug weiterführen konnten.

Cato merkte nicht, daß er seine Lippen fest zusammenpreßte, als er seine Aufmerksamkeit wieder dem Gespräch zuwandte, das um ihn herum geführt wurde.

»Sie werden uns durchFerngläser so beobachten wie wir sie.« Lord Leven schürzte nachdenklich die Lippen. »Unsere Angriffsvorbereitungen werden ihnen nicht entgehen.«

Als Cromwell nun mit blitzenden Augen und voller Überzeugungskraft und Autorität seinen Plan erläuterte, war allen klar, daß er diese Strategie schon vor geraumer Zeit entwickelt haben mußte. »Wenn Fairfax mit seiner Streitmacht von rechts angreift, wird sein Vorrücken durch den Wald gedeckt, während die Schotten, die die linke Flanke übernehmen, sich die ersten hundert Meter im Schutz dieses Hügels bewegen.« Er wies mit seiner Gerte auf die kleine Erhebung. »Das Gros der Armee greift frontal an, sobald der Feind überrumpelt wurde.«

»Ja, die werden mit uns zu beschäftigt sein, um euch zu bemerken.« Lord Leven rieb sich schmunzelnd die Hände. »Ich denke, bei Sonnenuntergang ist der Tag unser.«

Für den meist ernsten Schotten war diese optimistische Äußerung ungewöhnlich, aber auch die drei anderen waren zuversichtlich, daß die friedlich an ihren Abendfeuern sitzende Armee des Gegners durch einen unerwarteten, mit voller Kraft geführten Angriff in Panik geraten und sich in wilder Hektik praktisch auflösen würde.

»Dann wollen wir es wagen.« Cromwell sprach mit Entschiedenheit, und nach einem kurzen Händedruck trennten sich die vier, um ihre Dispositionen zu treffen.

Portia hockte an einem Lagerfeuer und verspeiste eine auf ihrer Dolchspitze aufgespießte Wurst, während sie mit zwei Bauernburschen aus Cumberland würfelte, die voller Angst des kommenden Kampfes, ihrer Feuertaufe, harrten. Portias Geplauder und die Tatsache, daß sie ständig gewann, lenkte sie ein wenig ab. Aus Portias Sicht war es ein Akt purer Nächstenliebe, wenn sie diese Gelegenheit nutzte, ihre leeren Taschen ein wenig zu füllen.

Das Gespräch zwischen Rufus und Will, das sie belauscht hatte, ließ sie zwischen den Gipfeln der Hoffnung und den Niederungen der Verzweiflung schwanken. Rufus hatte gesagt, daß er sie liebte, doch hatte er mit totaler Endgültigkeit vom Ende dieser Liebe gesprochen. Und die Zeit lief ihr davon. Heute noch mußte sie ihn finden. Sie nahm sich vor, daß sie diese Runde zu Ende spielen und dann den Stier bei den Hörnern packen würde.

Die ersten verwirrenden Geräusche – Schreie, Musketenfeuer, das Donnern von Hufen, das Klirren von Stahl – ertönten, als sie unter den deftigen Flüchen ihrer Spielpartner eine Handvoll Münzen einstrich. Die Männer um das Feuer sprangen jetzt auf, warfen Essen und Trinkgefäße um und griffen verschreckt nach ihren Waffen, die im Gras neben ihnen lagen. Es folgte ein irres Durcheinander, als Krieger wie kopflose Hühner hin und her flitzten, bis ihr Sergeant sie zur Ordnung rief und sie sich faßten. Die Angriffsgeräusche von jenseits des kleinen Waldstückes, in dem sie biwakierten, dauerten indessen an.

Portia verschwand unauffällig zwischen den Bäumen. Sie war nicht nach Marston Moor gekommen, um auf dem Schlachtfeld im Kampf den Tod zu finden oder ihr ungeborenes Kind einer sinnlosen Gefahr auszusetzen. Ihr Verstand war kristallklar, ihr Körper bewegte sich geschmeidig zwischen den Bäumen, als sie sich dem Schauplatz des Kampfes näherte.

Ihr war klar, daß die Rebellenarmee einen Überraschungsangriff gewagt hatte. Ihre Überlegungen konzentrierten sich auf die Decatur-Truppen, von denen sie wußte, daß sie an der rechten Flanke der Linie lagen. Als sie sich dorthin durchschmuggelte, hörte sie leider auch die lautesten Kampfgeräusche aus dieser Richtung.

Unter lautem Ästeknacken bahnte sich ein Pferd den Weg durch das Dickicht, und plötzlich bäumte sich ein prächtiges schwarzes Streitroß vor ihr auf. Der in Samt und Seide prangende Reiter schwang sein gebogenes Schwert.

»He, du!« Er stellte sich in den Bügeln auf und faßte die Zügel so kurz, daß der Rappe nur noch unruhig tänzelte. »Welches Bataillon?«

»Decatur«, gab Portia beherzt zurück.

»Warum bist du nicht bei den anderen?« Er holte mit seinem Schwert in einem Bogen aus, der Portia den Kopf vom Leib getrennt hätte, wäre sie nicht zurückgesprungen. Sein Gesicht war vor wilder Panik gerötet, seine Augen blutunterlaufen und voller Todesangst.

»Ich besuchte ein anderes Biwak, Sir«, stieß sie hervor. Der Mann hielt sie gewiß für einen Deserteur. »Jetzt will ich zurück zu meiner Kompanie. Was ist geschehen, Sir?«

»Zurück zu deiner Kompanie! Dein Sergeant wird dir sagen, was du wissen mußt.« Er wendete sein Pferd und sprengte durch den Wald zurück.

Portia nahm Helm und gestrickte Mütze ab und schüttelte ihr Haar, so daß es lose herunterfiel. Es war Zeit, sich der Soldatenkluft zu entledigen. Sie schnallte den Brustpanzer ab und warf ihn weg, dann kroch sie an den Waldrand vor. Schon roch sie Pulverdampf. Stahlklirren und Musketenfeuer kamen aus unmittelbarer Nähe. Laute Rufe und Schlachtenlärm durchschnitten die Luft. Verzweifelte Schreie, in denen sich Angst mit Kampflust paarten, jagten ihr Schauer über den Rücken.

Portia kletterte auf eine Eiche. Das Blut dröhnte ihr in den Ohren, ihr Mund war wie ausgetrocknet vor Angst, aber nicht vor Angst um sich. Auf halber Höhe fand sie auf einem starken Ast Platz und ließ sich rittlings darauf nieder. Sie teilte das Laub vor sich und hatte nun Ausblick auf das Moor.

Zunächst konnte sie nicht erkennen, was da vor sich ging. Die Szene, die sich ihr darbot, war ein Bild der Apokalypse. Inmitten der hin und her wogenden Linien konnte sie die Royalisten von den Rebellen nicht unterscheiden, da Qualm von Musketen und Geschützen über dem Feld waberte. Plötzlich lichtete er sich, und man sah, daß der Boden mit Menschen und Pferden bedeckt war, tot oder in Agonie. Reiterlose Pferde galoppierten in Panik übers Feld und zertrampelten Tote und Verwundete unter ihren eisernen Hufen. Infanteristen liefen inmitten des Kampfes auf der Suche nach ihrer Einheit scheinbar sinnlos im Kreis, dem massiven Kugelhagel sowie den Schwertern der Kavallerie ausgesetzt.

Portia sah dies alles wie in Trance. Sie verspürte Übelkeit, da ihr der grausige Blutgeruch in die Nase stieg und die Schmerzensschreie der Verwundeten und markerschütternder Kampflärm auf sie eindrangen. Sie sah zu, wie ein Offizier der Königstreuen mit blutüberströmtem Gesicht, mit zerrissenem Jabot und zerfetztem Wams eine Gruppe von Pikeuren um sich sammelte und sie in Kampfstellung brachte. Unter wildem Kampfgeschrei stürmten sie nun los, die Piken im Anschlag, direkt auf eine Linie feindlicher Infanterie zu, die sofort eine Salve abfeuerte. Als der Rauch sich verzogen hatte, lagen die Körper der Pikeure wie schlaffe Puppen auf dem roten Boden, der geköpfte Leichnam des Offiziers, der sie angeführt hatte, ein Stück vor ihnen.

Jetzt konnte Portia die zwei feindlichen Heere unterscheiden, und sie sah auch mit erschreckender Deutlichkeit, daß die königliche Armee vor der Niederlage stand. Zahlenmäßig unterlegen, hatte sie sich nach diesem Überraschungsangriff nicht mehr sammeln und der Attacke wirkungsvoll begegnen können.

Portia hatte nur Sicht auf einen Teil des Schlachtfeldes, jenen Bereich, wo die Decatur-Streitmacht stand. Von ihrem Ausguck aus konnte sie die einzelnen Krieger nicht unterscheiden, wußte aber, daß Rufus und seine Leute sich dort unten befanden und auf dem blutigen Feld kämpften.

Als sie die Decatur-Standarte, den stolzen Adler des Hauses Rothbury, erblickte, der sich hoch über dem Gemetzel erhob, wünschte sie sich, dort unten zu sein und mit ihren Freunden und Kameraden unter diesem Banner zu kämpfen. Da sie die Chance, vor dem Kampf alles zwischen ihr und Rufus ins reine zu bringen, verpaßt hatte, wollte sie jetzt diese Gefahr mit ihm teilen und ihrem Geliebten, dem Vater ihres ungeborenen Kindes, zur Seite stehen. Dieses Verlangen war so überwältigend, daß sie das Gefühl hatte, es könne sie wie ein Windstoß in das Zentrum des Kampfes tragen.

Doch sie blieb, wo sie war, in der Astgabel eines Baumes, die Hand auf ihrem Leib, den Blick auf das Gemetzel geheftet, das Herz von unaussprechlichem Grauen erfüllt.

Rufus sah, wie um ihn herum die Männer fielen. Er sah George zu Boden gehen, den Mann, der ihm Menschenführung und die Grundbegriffe des Kampfes beigebracht hatte, der ihn aber auch gelehrt hatte, sich den harten Tatsachen eines Lebens als Geächteter zu stellen und sie sich zu eigen zu machen.

Rufus bahnte sich seinen Weg durch das blutrote Chaos, den gräßlichen Glanz des Todes, um den Gefallenen zu erreichen. Aber George war tot. Seine Augen starrten zum orangegelben Himmel empor, sein stoischer Realismus und seine gelassene Weisheit entströmten ihm mit dem Blut, das sich unter seinem Kopf zur Pfütze sammelte.

Rufus schloß George die Augen und richtete sich langsam auf. Ajax stampfte mit den Beinen, blähte die Nüstern und rollte mit den Augen, so daß nur das Weiße darin sichtbar war. Rufus schwang sich wieder in den Sattel und lenkte das Pferd ins Kampfgetümmel zurück. Er sah Paul, der die Decatur-Standarte trug, unter der Attacke einer gegnerischen Klinge seitwärts vom Pferd sinken. Ajax sprengte unter dem Zwang der Sporen durch die Männer, die den Gefallenen umdrängten.

Rufus beugte sich vor und erfaßte das Banner, als es Pauls kraftlosen Fingern entglitt. Nun kämpfte Rufus auf Leben und Tod, doch er kämpfte nur mehr für die Männer, die diesem Banner folgten, für Männer, die sein Leben als Geächteter geteilt und seinen Kampf zu ihrem gemacht hatten. Er hatte sie zu seinem Nutzen in diesen Kampf gezogen, und nun schuldete er ihnen allen – den Lebenden wie den Toten – den endgültigen Sieg des Hauses Rothbury.

Er galoppierte ins dichteste Getümmel hinein. Standen ihm die Feinde des Königs im Weg, hieb er sie nieder. Wo Hilfe not tat, griff er ein, und war doch ständig auf der Suche. Er ritt durch das Gemetzel wie besessen und als wäre er gegen alles gefeit. Musketenschüsse pfiffen an ihm vorüber, Schwerter verfehlten ihn so knapp, daß er den Luftzug im Haar spürte, doch er und Ajax kämpften sich durch den aufgewühlten Schlamm und das Blut des Schlachtfeldes, bis Rufus schließlich das Banner das Hauses Granville vor sich sah.

Und er entdeckte auf einem grauen Hengst Cato, Marquis of Granville, der seine Männer mit lauten, triumphierenden Rufen um sich scharte, aufrecht in den Bügeln stehend, als er sie zu dem endgültigen Vorstoß anfeuerte, der die Armee des Königs ein für allemal in die Knie zwingen würde.

»Auf diesem Schlachtfeld von Marston Moor geht es um die Rechte des aufrechten englischen Landmannes!« Catos Stimme steigerte sich zu höchster Überzeugungskraft, und seine Männer, die auf den Satz mit lautem Gebrüll reagierten, warfen sich den ungeordneten Reihen der feindlichen Streitmacht entgegen, ihnen voraus Cato auf seinem Grauen. Rufus versperrte ihm gezielt den Weg.

Es folgte ein kurzer Moment der Verwirrung. Dann klärte sich Catos Blick, er zügelte sein Pferd, und die zwei Männer standen einander inmitten eines mörderischen Aufruhrs gegenüber, dessen Getöse sie beide wie von weitem hörten.

»Nun denn, Decatur«, sagte Cato in die Stille, die sie umgab wie ein magischer Schutzwall.

»Granville.«

Der knappe Gruß genügte. Rufus wendete Ajax und entfernte sich vom Kampfgeschehen. Cato folgte ihm. Beide Männer waren entschlossen, die persönliche Fehde, die seit Kindertagen ihr Leben, ihre Entscheidungen, ihre Gefühle bestimmt hatte, hier und jetzt auszukämpfen.

Sie erreichten einen Bereich des Feldes, auf dem noch vor einer Stunde der Kampf getobt hatte. In unausgesprochenem beiderseitigen Einverständnis zügelten sie ihre Pferde und saßen ab.

Rufus rammte das Decatur-Banner ins weiche Erdreich und nahm Helm und Brustpanzer ab. Cato entledigte sich seiner Rüstung, so daß sie sich in Breeches und Lederwams gegenüberstanden.

»Schwerter?« fragte Cato höflich. »Oder Schwerter und Dolche?«

»Das ist einerlei«, entgegnete Rufus mit ähnlich distanzierter Höflichkeit.

»Dann nur Schwerter«, entschied Cato. Er zog einen Dolch aus dem Gürtel und warf ihn zu Boden.

Rufus folgte seinem Beispiel, um dann sein Schwert zu ziehen. Sie nahmen einander gegenüber Aufstellung.

Portia wußte nicht, warum sie ausgerechnet in diesem Moment von ihrem Ausguck herunterkletterte, da sie sich von Instinkten und Vorahnungen leiten ließ, die sie nicht in Frage stellte. Sie wußte nur, daß die Schlacht für den König verloren war. Es war kein bedeutungsloser Verlust, keine Bagatelle, sondern eine vernichtende Niederlage, die der Sache des Königs im Norden, wenn nicht gar im ganzen Land ein Ende bereiten würde.

Irgendwo auf diesem Feld des Blutes würde sie Rufus tot oder lebendig finden. War er tot, dann wollte sie seinen Leichnam bergen. Zu einer Versöhnung war es nicht gekommen, doch sie würde seinen Leichnam finden und so gut es ging Frieden mit seiner Seele machen. Sie hatte einmal seine Liebe besessen. Und nun trug sie einen Teil von ihm in sich.

Portia betrat das Schlachtfeld von Marston Moor. Der Abendstern war blaß, aber sichtbar. Der Himmel im Westen leuchtete rot. Sie folgte unbeirrt ihrem Weg zwischen Toten und halb Lebenden hindurch sowie verzweifelten Gruppen, die noch kämpften, als wäre sie ein Gespenst, unsichtbar und unverwundbar. Sie hörte nicht die Schreie, nicht das Gewimmer, nicht das schrille Jammern von Verwundeten, nicht das grausige Schreien verendender Pferde. Sie roch das Blut nicht, spürte nicht die durchnäßte Erde unter ihren Füßen. Sie ging, bis sie das Banner Decaturs im Wind flattern sah.

Sie hörte Schwert auf Schwert. In der unheimlichen Stille der Dämmerung gab es zunächst nur dieses Geräusch. Dann erst hörte Portia die Atemzüge der Kämpfenden, schwer und angestrengt. Sie hörte die gedämpften Tritte gestiefelter Füße, die sich auf weichem Boden bewegten. Doch keine Stimmen.

So instinktiv, wie sie eine halbe Stunde zuvor von ihrem Baum geglitten war, ging Portia nun auf die Geräusche zu, lautlos und unsichtbar in den Schatten der Dämmerung.

Und dann sah sie den kunstvollen Todestanz der zwei Männer, deren Schwerter im sinkenden Licht wie silberne Fische hin und her schnellten, wippten und zuckten. Ihre kraftvollen, aber scheinbar substanzlosen Körper glichen Geistern, todbringend, doch, aller Logik widersprechend, schön.

Endlich traf Portia die Erkenntnis der Realität und durchbrach ihren merkwürdigen Zustand der Benommenheit. Sie sah, daß die Gegner einander ebenbürtig waren, und sie sah voraus, wie dieser Kampf enden mußte. Einer würde sein Leben lassen. Oder gar beide.

Portia empfand plötzlich ungezügelte Wut, die so mächtig war, daß sie alle anderen Gefühle überschattete. Wußten die zwei nicht, wie sehr sie geliebt wurden? Wußten sie nicht, wie viele Menschen auf ihre Kraft, ihr Mitgefühl und ihre Liebe bauten? Wußten sie nicht, wieviel sie diesen Menschen schuldig waren, von deren Liebe und Verständnis sie wiederum abhingen?

Sie griff nach ihrem Messer im Stiefel und zielte mit zusammengekniffenen Augen auf die Zwillingsklingen. Die zwei Männer ahnten nicht, daß sie hinter ihnen in der Finsternis stand. Für sie gab es nur diesen einen Kampf und sonst nichts. Aber Portias Kopf war so klar wie nie zuvor. Wie ein Krieger, der einen tödlichen Angriff plant, wartete sie kalt und gefühllos auf den geeigneten Moment zum Einschreiten.

Als er kam, zögerte sie nicht und schleuderte das Messer. Es traf Catos Schwert in einem Funkenregen und lenkte es ab, als er die Deckung seines Gegners durchstoßen wollte. Nun hechtete Portia zwischen die Kontrahenten, landete auf den Knien, und duckte sich unter den zwei Klingen.

Verblüffte Stille senkte sich über die Szene. Rufus trat mit gesenkter Klinge zurück, und als Cato seinem Beispiel folgte, hob Portia den Kopf.

Nun warf Rufus sein Schwert neben sich, bückte sich und packte Portia unter den Armen, um sie hochzuziehen und fest zu schütteln. Er stellte sie auf die Füße, nahm sie an den Schultern und schüttelte sie so heftig, bis sie glaubte, ihr Kopf würde herunterfallen.

»Wie kannst du es wagen! Wie kannst du etwas so Tollkühnes, etwas so unaussprechlich Dummes wagen!« tobte er. »Ich hätte dich töten können!« Sie an sich ziehend, drückte er sie fest wie ein Schraubstock an sich und ließ seine Wut wie eine Salve über ihrem Kopf bersten, während er ihr Haar streichelte, ihren Nacken und ihre schmalen Schultern umfing.

Portia kämpfte sich los. Ihr eigener Zorn loderte unvermindert. Sie weinte vor Wut und erlittener Enttäuschung, und gleichzeitig vor Freude, daß Rufus sie liebte. Sie spürte es trotz der Rauheit seines Griffes, hörte es trotz seiner ungezügelten Schimpfkanonade. Doch sie selbst war sich momentan ihrer Gefühle nicht sicher. Noch überwog ihre Empörung darüber, was sie an diesen Ort geführt hatte.

»Wie konntest du das tun?« rief sie aus und riß sich endlich los. »Wie konntet ihr beide das tun? Wurde an diesem Tag nicht schon genug getötet?« Sie drehte sich zu dem verdatterten Cato mit einer alles umfassenden Handbewegung um. »Ist es denn von Bedeutung, ob eure Väter einander haßten? Was wiegt dieser Haß gegen euer Leben? Gegen das Leben eurer Kinder?«

»Einen Moment ...« Cato gebot ihr mit einer herrischen Handbewegung Schweigen, aber Portia ließ sich nicht beirren.

»Was soll aus Olivia werden?« fragte sie aufgebracht. »Was soll aus Euren Kindern werden, wenn Ihr in dieser sinnlosen Fehde mit Rufus unterliegt? Glaubt Ihr, es kümmert sie, was sich vor fast dreißig Jahren ereignete? Sie wollen ihren Vater, sie brauchen ...«

»Schweig still!« Cato hatte sich gefaßt und unterbrach ihre Tirade mit solcher Autorität, daß Portia ungeachtet der Kraft ihrer Überzeugung mitten im Satz innehielt. »Von einem jungen Ding wie dir lasse ich mir das nicht bieten!« donnerte er. »Wo zum Teufel kommst du her?«

»Das tut nichts zur Sache.« Portia tat die Frage mit einer Handbewegung ab und wandte sich Rufus zu. Aus ihren Augen blitzte grünes Feuer, ihr Haar schien in Flammen zu stehen; ihr gesamter Körper vibrierte, so heftig war ihr Verlangen, diesem Wahn ein Ende zu bereiten.

»Was soll aus deinen Söhnen werden, Rufus?« fragte sie. »Sollen sie verwaist aufwachsen wie du? Sollen sie heimatlos und ohne Familie leben? Was bleibt ihnen, wenn du dein Leben einer sinnlosen Rache opferst?«

Sie sah seine Augen, sah, wie die Dämonen zum Leben erwachten. Ohne Scheu trat sie nahe an ihn heran und hob ihr Gesicht, so daß sie ihm in die Augen sehen und den Kampf mit seinen Dämonen aufnehmen konnte.

»Und was soll aus diesem Kind werden, Rufus?« Sie legte ihre Rechte auf ihren Leib. »Ich bin nicht bereit, mein Kind vaterlos zur Welt zu bringen.«

Diese schlichte Feststellung lastete schwer zwischen ihnen. Cato trat einen Schritt zurück, als ginge ihn das nichts an.

Rufus hörte Portias Worte zwar, doch schien er sie nicht recht zu begreifen. Er sah ihre Hand auf ihrem Leib liegen und dachte daran, wie seine Mutter so dagestanden und das vaterlose Kind beschützt hatte, das sie trug. Er dachte an seine neugeborene Schwester, bläulich, wächsern, blutig.

»Mein Kind?« Sein Ton klang seltsam hohl, als übersteige das sein Begriffsvermögen.

Portia hörte nur den Frageton heraus. »Wessen Kind denn?« raunzte sie ihn an. Sie spürte, wie ihre Kehle eng wurde. »Oder glaubst du, ich hätte es mit dem ganzen Decatur-Lager getrieben?«

Es folgte eine Ewigkeit der Stille. Es hatte den Anschein, als hielten alle drei den Atem an.

Dann flüsterte Rufus schließlich: »Ich verdiene viel, aber das nicht.«

Portia wandte sich mit einer undeutbaren Geste ab.

»Seit wann weißt du es?« fragte Rufus und legte sanft eine Hand auf ihre Schulter. Damit wollte er sie bitten und nicht drängen, sich zu ihm umzudrehen.

»Seit der Belagerung ... knapp vorher schon, glaube ich. Aber ich war meiner Sache nicht sicher, da ich mich bei diesen Dingen nicht auskenne.« Schon wandte sie sich ihm halb zu, doch ihr Ton ließ noch Anspannung erkennen.

»Warum hast du es mir nicht gesagt, Liebes?«

»Erst war ich nicht sicher, und als ich sicher war, warst du nicht eben geneigt, mir zuzuhören«, erwiderte sie lakonisch und fragte sich, warum sie diese Bitterkeit nicht hinunterschlucken konnte; warum nun, da alles zwischen ihnen ins Lot zu kommen schien, der ganze Schmerz der letzten zwei Wochen sie so überwältigte, daß sie zurückschlagen mußte. »Du hättest mir an jenem Abend nicht zugehört, oder?«

»Nein.« In diesem einen Wort klang die Reue seines ganzen bisherigen Lebens, seiner Besessenheit. Er wünschte sich so dringend, sie festzuhalten, ihr das Leid von der Stirn zu streichen, die Verletztheit aus ihren Augen, wünschte sich, sie um Vergebung zu bitten, doch sie hielt sich von ihm fern, und Schmerz und Wut ragten wie ein unüberwindbarer Wall um sie auf.

»Ich ging in die Festung, weil ich sprechen wollte ... weil ich mußte ... mit ...« Innehaltend fuhr Portia sich durchs Haar und strich es aus der Stirn. Ihre Wut verrauchte, der Schutzwall zerbröckelte.

»Olivia?«

Sie nickte.

Rufus fehlten die Worte, um seinen Kummer auszudrücken, doch er merkte, daß er sie nun festhalten konnte. Er zog sie wieder an sich und legte seine Hand in ihren Nacken, eine vertraute Geste, die für sie gleichbedeutend mit Frieden und Geborgenheit war. »Verzeih mir«, flüsterte er, heiser vor Reue, weil er ihr in seiner Blindheit und Rachsucht so viel Schlimmes angetan hatte. »Ehe ich dir begegnete, wußte ich nicht, was es heißt zu lieben.«

Cato hatte reglos dagestanden und zugehört. Vieles von dem, was sich zwischen den beiden zugetragen hatte, verstand er nicht, doch die Stärke der Gefühle, die die Tochter seines Bruders mit Rufus Decatur aneinanderband, war fast greifbar. Er steckte sein Schwert ein und durchbrach die Stille mit einer ruhigen Frage. »Verstehe ich recht, daß meine Nichte Euer Kind trägt, Decatur?«

»Es sieht ganz so aus, Granville.« Leuchtendblaue Decatur-Augen blinzelten den Marquis of Granville über Portias rotem Haar leicht spöttisch an. »Es sieht so aus, als würde uns fürderhin nicht nur vergossenes Blut verbinden.«

»Portia ist das Kind ihres Vaters.« Mit einer Mischung aus Zynismus und Erheiterung erwiderte Cato das Lächeln Rothburys. »Und sie scheint wie ihr Vater ihr Schicksal ohne Rücksicht auf die üblichen Sitten und Gepflogenheiten selbst in die Hand genommen zu haben. Ich würde Euch gern Glück wünschen, bezweifle aber, ob Ihr auf meine Gefühlsbekundungen Wert legt ...« Achselzuckend suchte er nach Worten. »Mein Vater war kein angenehmer Mensch. Er glaubte an Pflichterfüllung ohne Rücksicht auf Gefühle oder sentimentale Bindungen. Euer Vater wandte sich gegen den König ... mein Vater übte im Auftrag des Königs an Eurem Vater Gerechtigkeit.« Cato lachte kurz auf. »Unter den gegenwärtigen Umständen eine Ironie des Schicksals. Mein Vater hätte keine Bedenken, mich wegen meiner Haltung dem König gegenüber dem Henker auszuliefern. Aber ich weiß, daß jeder Sovereign an Einkünften aus den Rothbury-Gütern gezählt wurde, vom Tod Eures Vaters an. Ich bitte Euch, mir dies zu glauben. Was mein Vater Eurem Vater an Unrecht, wirklichem oder vermeintlichem, antat, kann ich nicht gutmachen, aber ich bin gewillt, im Namen des ungeborenen Kindes die alte Fehde zu vergessen, wenn Ihr es auch seid.«

Sein Ton war schlicht, die Gesinnung großmütig. Rufus spürte, wie Portia sich rührte. Er spürte, wie ein Schauer sie überlief, spürte ihren rascheren Atem. Und endlich ging ihm auf, daß die Dämonen, die ihn beherrscht hatten, nicht seine eigenen waren, sondern die seines Vaters, eines Mannes von ungestümer Wesensart, der sich rasch und grundlos gekränkt fühlte und ebenso rasch bereit war, Verrat zu wittern.

Zwei unbeugsame Persönlichkeiten waren vor langer Zeit aufeinandergeprallt, und die Nachwirkungen dieses Zusammenstoßes sollten das Leben ihrer Kinder oder Enkel nicht mehr vergällen. Es würde ihm schwerfallen, jene Züge seines Vaters, die zur Tragödie geführt und so viele Menschenleben gekostet hatten, aus sich zu tilgen, doch er war gewillt, es aus tiefster Seele zu versuchen.

Rufus nahm Portias Hand. »Granville, gebt Ihr dem Earl of Rothbury Eure Nichte zur Frau?«

»Ich weiß nicht, ob ich dazu befugt bin.« Catos Lächeln veränderte sein Gesicht und verlieh ihm einen fast verschmitzten Ausdruck. Er griff nach Portias freier Hand. »Die Dame hat einen eigenen Willen. Portia, ist diese Verbindung in deinem Sinn?«

»Ja.« Dieses eine Wort genügte.

Rufus, der das Gefühl hatte, dies sei der Moment, auf den alle vorangegangenen in seinem Leben hingeführt hätten, fühlte sich unendlich erleichtert und unbeschwert. »Dann wollen wir es hinter uns bringen«, sagte er entschlossen. »Granville, holt Ihr einen Geistlichen?«

»Also eine Feldtrauung«, griente Cato mit demselben gewitzten Lächeln. »Nun, für eine Braut in Breeches nicht unpassend.« Er ging zu seinem Pferd. »In einer halben Stunde bin ich zurück.«

»Aber wir können nicht hier heiraten!« protestierte Portia. »Ich möchte keine Braut in Breeches sein.«

»Meine Liebe, ich denke nicht daran, auch nur eine Stunde länger zu warten, bis wir unsere Verbindung auf solide Grundlagen gestellt haben«, sagte Rufus in entschiedenem Ton. »Abgesehen davon, daß du ohnehin immer Breeches trägst, sehe ich nicht ein, welche Rolle es spielen soll, was du anhast.«

»Aber ich bin nicht das, was man sich unter einer Countess vorstellt.« Portia wußte nicht, warum sie Bedenken äußerte, aber irgendwie konnte sie nicht anders. »Ich bin die Bastard-Tochter eines Granville-Taugenichts! Wie kann ich Countess of Rothbury werden?«

Rufus zog sie an sich, nahm ihr Gesicht in beide Hände und musterte sie in der Dunkelheit forschend. »Was soll dieser Unsinn?«

Sie zuckte hilflos mit den Achseln. »Ich weiß es nicht. Ist es denn Unsinn?«

»Völliger Unsinn«, bestätigte er. »Und du tust gut daran, ihn nie wieder zu äußern.«

»Natürlich bist du auch nicht das Idealbild eines Earl«, bemerkte Portia und ließ ein glucksendes Lachen aufkollern.

»Sehr richtig.« Er strich ihr über die Wange, und als er wieder sprach, tat er es leise und eindringlich. »Du bist mein Leben, Geliebte. Der Gedanke, daß ich dir Schmerz zufügte, ist mir unerträglich, aber ich schwöre dir, daß ich dich bis zu meinem Tode ehren und lieben und beschützen werde.«

Später sprach Portia nach seinem Ehegelöbnis ihr eigenes vor einem total überforderten Geistlichen im flackernden Licht einer Laterne, die auf einer umgedrehten Trommel stand – fern vom Schlachtfeld unter einem mächtigen dichtbelaubten Baum. Sie spürte Catos Hand, die fest die ihre umfaßte, als er sie wiederum Rufus reichte, der sie mit einem ähnlich starken Griff von Granville übernahm. Er schob ihr seinen Siegelring mit dem in Gold gravierten Rothbury-Adler über den Finger, und sie schloß die Hand und hielt ihn mit dem Daumen fest.

Ihre Hochzeitsnacht verbrachte sie damit, mit Rufus nach den Männern zu suchen, die unter dem Decatur-Banner gekämpft hatten, und als es dämmerte, schlief sie in Ajax' Sattel ein, von ihrem Gemahl gehalten, während Will Penny am Zügel führte, wie schon einmal, in einer kalten Winternacht, als es um die Sache des Königs noch gut stand.

Rufus führte seine dezimierte Streitmacht zurück ins Decatur-Dorf, und dort machte er sich in erneuter und unaussprechlicher Dankbarkeit seine Braut zu eigen, nahm sie in Besitz und wurde in Besitz genommen. Als sie in der köstlichen Spanne zwischen Schlaf und Wachen ermattet an seiner Brust lag, empfand Rufus eine Freude und jubelnde Gewißheit für die Zukunft, wie er sie nie für möglich gehalten hätte.

Er lächelte in der Dunkelheit und strich ihr die feuchten Locken aus der Stirn.

»Warum dieses selbstzufriedene Lächeln?« murmelte Portia und schmiegte ihre Wange an sein Brusthaar.

»Woher weißt du, daß ich lächle?« Er streichelte ihren Rücken und umfaßte ihr Gesäß mit der Handfläche.

»Ich spüre es an deiner Haut.« Sie drückte einen Kuß auf seine Brust und legte träge und einladend ein Bein über seines. »Ich weiß immer, was du denkst.«

»Das sollte mir wohl angst machen«, griente Rufus und ließ eine Hand zwischen ihre Schenkel gleiten. »Aber aus einem unerfindlichen Grund heraus tut es das nicht.«

»Weil du nie wieder Gedanken haben wirst, von denen du nicht möchtest, daß ich sie nicht höre«, sagte Portia mit einem kleinen kehligen Auflachen. Sie drückte auffordernd gegen seine Hand, und ihr Lachen wurde noch sinnlicher.

Epilog

Caulfield Abbey, Uxbridge, England 1645

»B-brian ist da.« Olivia flüsterte es mit gesenktem Kopf.

»Wo?« fragte Phoebe und verhielt ihren Schritt.

»Hinter uns.« Olivia faßte Phoebes Arm fester. »Ich kann seinen Blick fühlen.«

Portia blickte über ihre Schulter zum Kreuzgang, den sie eben verlassen hatten. »Ach ja, da ist er«, sagte sie munter. »Stinkender Hurensohn.«

Brian Morse stand in einem gewölbten Durchgang, der sich auf den Kreuzgang öffnete. Mit verschränkten Armen an einem Pfeiler lehnend, beobachtete er stirnrunzelnd die drei jungen Frauen, die Arm in Arm über das weiche Rasengeviert schritten.

»Was er hier wohl treibt?« murmelte Olivia.

»Dasselbe wie alle anderen, nehme ich an«, gab Portia zurück, als sie in ein von Rosensträuchern gebildetes Rondell in der Mitte des Rasens traten. »Wahrscheinlich macht er sich am Rande der Friedensverhandlungen wichtig. Daß er irgendeine bedeutende Rolle spielt, kann ich mir nicht vorstellen.«

»Hier kann er uns ohnehin nicht sehen.« Phoebe bückte sich, um an einer der großen gelben Rosen zu riechen, die sich an einem Spalier im Inneren des kleinen Gartens emporrankten. Mit einem ärgerlichen Ausruf zuckte sie zurück und lutschte einen Blutstropfen vom Finger, in den sie ein Dorn gestochen hatte.

»Jetzt habe ich mir mein Kleid mit Blut beschmutzt.« Sie rieb ergebnislos an einem winzigen Blutspritzer auf ihrem weißen Baumwollkleid, der dadurch rasch größer wurde.

»Das gibt einen feinen Fleck«, sagte Portia wenig hilfreich. Auf Zehenspitzen stehend, spähte sie über die Rosensträucher. »Olivia, da drüben im Kreuzgang sehe ich Rufus und deinen Vater.« Sie runzelte die Stirn. »Und wer ist der dritte?«

Olivia, nun so groß wie Portia, sah über die Sträucher hinweg, während die kleiner geratene Phoebe ein wenig hochhüpfen mußte, um etwas zu sehen.

»Das ist der König«, erklärte Phoebe ehrfurchtsvoll. Dank ihres Aufenthalts am königlichen Hof zu Oxford kannte sie, anders als ihre Freundinnen, den Monarchen.

»Wir wollen hingehen und sie begrüßen.« Portia benetzte ihre Fingerspitzen und glättete ihre Augenbrauen. »Sitzt mein Hut gerade?«

»Wir k-können sie doch nicht einfach bei einer vertraulichen Unterredung stören«, wandte Olivia entsetzt ein. »Das wäre äußerst ungehörig.«

»Mein Gemahl hat unser Kind auf dem Arm, falls es dir nicht aufgefallen ist«, sagte Portia in zuckersüßem Ton und rückte die breite Krempe ihres Strohhutes zurecht. »Das ist noch viel ungehöriger.«

»Das stimmt«, gab Phoebe ihr recht, höchst beeindruckt von dem Anblick, der sich ihr bot. Rufus Decatur mit König Charles und dem Marquis von Granville in ein Gespräch vertieft. An sich keine ungewöhnliche Szene in diesen Tagen der Friedensverhandlungen, bis auf den Umstand, daß er ein Baby auf dem Arm hielt. Ein pausbäckiges, grünäugiges Kind mit Sommersprossen auf dem Nasenrücken und einem erdbeerblonden Lockenkopf. Das Kleine lutschte am Daumen und krähte, während es mit der anderen Hand kräftig im Haar seines Vaters zerrte. Den völlig unbefangenen Earl of Rothbury schien es nicht zu kümmern, welch ungewöhnliches Bild er bot.

»Ich werde mich dem König vorstellen lassen«, erklärte Portia. Mit schelmischem Lächeln ließ sie ihre aufstöhnenden Freundinnen allein und verließ das schützende Rosenrondell.

Brian Morse trat aus dem Bogendurchgang, um der Countess of Rothbury nachzublicken, als sie über den Rasen auf die drei Herren zuging. Seine Lippen kräuselten sich geringschätzig, seine kleinen Kieselaugen wirkten stumpf und brütend. Jack Worths Bastard hatte es geschafft, von der vornehmen Gesellschaft akzeptiert zu werden. Niemand schien sich daran zu stoßen, daß ihr Gemahl einer der berüchtigtsten Halunken im ganzen Lande war, ein gemeiner Dieb und Räuber, der Sohn eines überführten Verräters. Der Earl of Rothbury hatte es irgendwie verstanden, sich im Verlauf der Friedensverhandlungen Einfluß auf beiden Seiten zu verschaffen. Zu allem Überfluß galt seine magere, sommersprossige Gattin, die gar nicht daran dachte, sich gesellschaftlichen Konventionen zu beugen, als charmante Exzentrikerin.

Aber Brian war mit Lady Rothbury noch nicht fertig. Im Grunde hatte er allerdings noch gar nicht richtig angefangen. Mit ihr und diesem Balg Olivia. Sein kalter Blick huschte zu seinem Stiefvater. Auch mit ihm hatte er ein Hühnchen zu rupfen. Cato mußte hinter dem Giftanschlag stecken, dem er bei seinem letzten Besuch zum Opfer gefallen war. Um den Parteigänger des Königs unter seinem Dach loszuwerden, hatte Granville sich einer besonders boshaften und demütigenden Methode bedient. Brian war nicht der Mensch, der das vergaß.

Auf dem Absatz kehrtmachend, zog er sich in das kühle Halbdunkel der Abteikirche zurück.

Portia näherte sich den drei Herren mit ihren üblichen ausgreifenden Schritten. Sie lächelte, wie immer, wenn sie ihren Gemahl sah. Rufus hatte sich nicht wesentlich verändert, nachdem er wieder in seine Rechte eingesetzt worden war. Er kleidete sich nach wie vor schlicht und praktisch; sein Haar war noch immer kurz geschnitten, ganz im Gegensatz zu den wallenden Locken des Königs und seiner Kavaliere. Da ihm die steifen Förmlichkeiten höfischer Etikette wesensfremd waren, wirkte sein Auftreten oft so brüsk, daß es schon an Schroffheit grenzte. Nach der abweisenden Miene des Königs zu schließen, hatte Rufus seinem eigenwilligen und unter vielfachen Zwängen stehenden Souverän wieder einmal einige seiner kompromißlosen Ansichten offen ins Gesicht gesagt.

Die drei Herren drehten sich zu ihr um, als sie zu ihnen trat und vor dem König in einem tiefen Knicks versank. Rufus stellte sie vor, und Charles murmelte eine Begrüßung, blieb aber verstimmt. Rufus hingegen benahm sich völlig ungezwungen, und die Kleine lachte fröhlich beim Anblick ihrer Mutter und streckte ihr sehnsüchtig die Ärmchen entgegen.

»Ach, wankelmütige Eve«, lachte Rufus vorwurfsvoll und reichte seine Tochter Portia.

Portia drückte Eve einen Kuß auf die runde Wange, worauf das Baby entzückt krähte.

»Ich werde die Sache mit meinen Ratgebern besprechen«, beschied Charles die Herren herablassend. »Rothbury, Granville, Lady Rothbury, ich wünsche einen guten Tag.« Er neigte den Kopf und schritt davon, während die Männer sich hinter seinem Rücken verbeugten und Portia knickste.

»Und ich dachte, ihr seid seine Ratgeber«, bemerkte Portia kritisch.

»Nur wenn wir Seiner Majestät den Rat geben, den er zu hören wünscht«, sagte Rufus mit zynischem Lächeln.

Cato schüttelte in ungewöhnlicher Erregung den Kopf. »Portia, weißt du, wo Olivia und Phoebe sind? Wir müssen sofort zurück nach Cliveden. Eben wurde mir gemeldet, daß sich Dianas Zustand verschlechtert hat.«

»Das tut mir leid«, sagte Portia aufrichtig. Sie machte sich nichts aus Diana, wünschte ihr aber auch nichts Böses. Diana war schon seit einigen Wochen krank und hielt sich in Catos Haus am Rand von London auf, während ihre Stieftochter und ihre Schwester Cato nach Uxbridge begleiteten, wo die Friedensgespräche in festlicher Atmosphäre stattfanden. Leider entwickelte sich nicht alles wie geplant.

Cato strich unglücklich über sein Kinn. »Die Blutung läßt nicht nach. Der Arzt sagt, daß sie schon sehr geschwächt ist.«

»Olivia und Phoebe sind im Rosengarten.« Portia deutete auf die Mitte des Gevierts. »Sie wollten nicht mit mir kommen, weil sie es für respektlos hielten.«

»Du hast natürlich kein Hindernis gesehen, dich dem König zu präsentieren«, bemerkte Rufus schmunzelnd.

»Im Gegenteil, ich hielt es für meine Pflicht, dich von Eve zu befreien. Mir erschien es als Gipfel der Respektlosigkeit, mit einem Kind auf dem Arm ein Gespräch mit dem König zu führen«, erklärte Portia mit hochgezogener linker Augenbraue.

»Wenn ihr mich entschuldigen wollt ...« Cato strebte dem Rosengarten zu, von seinen eigenen Gedanken zu sehr in Anspruch genommen, um auf ihr Wortgefecht zu achten.

Rufus sah nun mit gerunzelter Stirn über die Rasenfläche zum Kreuzgang hin. »Ist dir vor einer Weile ein Mann dort drüben aufgefallen?«

»Ja, das war der Mistkäfer.« Portia nahm eine von Eves Händchen und küßte die molligen Fingerchen. Das Kind quiekste vor Wonne.

»Ich verstehe wohl nicht richtig.« Rufus' Stirnrunzeln vertiefte sich.

»Brian Morse, Catos Stiefsohn«, erklärte Portia. »Er ist aus irgendeinem Grund Olivias Schreckgespenst. Sie selbst weiß eigentlich gar nicht warum, aber er äfft ihr Stottern nach und macht sich über sie lustig. Ein abscheulicher Kerl.« Sie feixte genüßlich über die hübsche Erinnerung. »Wir haben seine überstürzte und peinliche Abreise aus Castle Granville in die Wege geleitet. Sicher grollt er uns deswegen heute noch.«

»Ich verstehe.« Nachdenklich zupfte Rufus an seinem Bart. Die lauernden Blicke des Mannes bereiteten ihm Unbehagen. Er gedachte, Erkundigungen über Master Morse einzuziehen. Dann glättete sich seine Stirn, und er sah Portia fragend an.

»Es wird Zeit, daß du wieder deine Breeches anzichst.«

»Ach, mein Kleid gefällt dir wohl nicht?« Portia blickte an ihrem apfelgrünen Seidenkleid hinunter. »Ich finde es sehr hübsch.«

»Ja, es ist hübsch, aber deine Breeches gefallen mir noch besser.«

Sein sinnlicher Ton ließ Portias Augen aufleuchten. »In Gegenwart des Königs kann ich kaum in Hosen erscheinen.«

»Nein, aber wir verlassen den Hof. Ich habe hier alles getan, was in meiner Macht stand, aber der König legt die Sturheit eines Maulesels an den Tag und weigert sich, zu Cromwells Bedingungen Frieden zu schließen.«

»Es gibt also wieder Krieg?«

»Vermutlich.« Rufus schüttelte voller Ungeduld den Kopf. »Im Moment habe ich genug von allem. Die nächsten Monate möchte ich damit zubringen, den Wiederaufbau meines Hauses und die Zähmung meiner Söhne zu überwachen und ...«, er hielt inne und strich mit seinem Daumen über ihren Mund, »... und meinen widerspenstigen Spatz zu lieben.«

Der Ausdruck seiner glänzenden und von Verheißung erfüllten Augen hielt sie fest. Atemlos und bebend wartete sie auf den Kuß, der das Versprechen besiegelte, und auf den Moment, in dem der Zauberkreis sich um sie schloß, die Welt versank und sie erneut die allumfassende Gewißheit spürte, daß ihr Leben, ihre Seele und ihr Herz diesem Mann gehörten, genauso wie er ihr.